# 组合飛花令 诗词集萃

黄振岗　黄峻雄　黄静　编

中国文史出版社

**图书在版编目（CIP）数据**

组合飞花令诗词集萃 / 黄振岗，黄峻雄，黄静编.
—北京：中国文史出版社，2024.6
ISBN 978-7-5205-4701-7

Ⅰ. ①组… Ⅱ. ①黄… ②黄… ③黄… Ⅲ. ①诗词 –
作品集 – 中国 Ⅳ. ① I22

中国国家版本馆 CIP 数据核字（2024）第 102828 号

责任编辑：赵姣娇　　　　　　装帧设计：程　跃　王　琳

---

**出版发行：中国文史出版社**

社　　址：北京市海淀区西八里庄路 69 号　　邮编：100142
电　　话：010 – 81136606　81136602　81136603（发行部）
传　　真：010 – 81136655
印　　装：河北京平诚乾印刷有限公司
经　　销：全国新华书店
开　　本：787mm×1092mm　1/16
印　　张：27.25
字　　数：418 千字
版　　次：2025 年 4 月北京第 1 版
印　　次：2025 年 4 月第 1 次印刷
定　　价：78.00 元

---

# 序　言

迄今为止，一年一度竞赛型的中国诗词大会已经举办了八季，掀起了全国人民无分男女老幼学习中国古典诗词的热潮，极大地推动了我国的文化建设，形势一片大好。飞花令是诗词大会一个必备的竞赛栏目，从第四季起，为了提高比赛的难度，大会推出了组合飞花令，使人们耳目一新。在大会第二季后我们曾适时地编写了《飞花令诗词速查》一书，受到广大读者的欢迎。但该书基本上是单字的飞花令，无法满足现今读者的需求，于是，我们又着手编撰了本书，取名《组合飞花令诗词集萃》，作为前书的姊妹篇。

既然是"组合"，就会有各式各样的组合方式，如何以最经济的篇幅实现最常见的组合而减少重大的脱漏是本书的写作宗旨。为此，我们构建了下述框架：全书分为六篇，第一、二、三篇分别以"颜色、数字、方位"为经，以"动物、植物、天文、天气、季节、水川江河湖海、形体、布帛及其织物、建筑物"为纬；第四篇分别以"动物、植物"为经，以"天文、天气、季节、水川江河湖海、形体、布帛及其织物、建筑物"为纬；第五篇分别以"天文、天气、季节"为经，以"水川江河湖海、形体、布帛及其织物、建筑物"为纬，相互交织而成。第六篇为各种词组合集，以补上述五篇之不足，分为天文类、天气类、季节类、年节类、山水类、都市类、音乐乐器歌舞类、与人有关的词组类、由疑问词"何"构成的词组类、动物类、植物类、数字类、叠字类、联绵词类、酒 + 酒器类、诗句 + 人名类。最后为附录：圆周率 π 的汉字表现形式（精确到小数点后一百位）。因圆周率为最常见的无理数，有小学文化程度的人都知道它，故其以诗词来表现的形式一定为广大人民群众所喜闻乐见。

前五篇的分类中均提到"天文"，原本与之对应的义项应为"地理"，而地理的主体无疑是"山川"，但表达大山的名称甚少，而表达大水的名称却很多，所以我们就采用"水川江河湖海"代表地理的主体，未及之处用第六篇中各种名目的"山"补足之。

以前，我们虽有相当大的诗词储备，但用来写作本书，还是远远不够，于是，只得博采旁搜，其来源有三：1. 在历代选本之外采择著名诗人和词人的遗珠；2. 有些诗词就整体而言并不出众，但有一联或一节亮眼，亦予收入；3. 扩大诗人和词人的圈子，酌收二流诗人词人的优秀作品。尽管绝大多数诗词来自唐宋，但又不局限于唐宋，可下求至元明清、民国，甚或当代。

入选的诗作不分古体近体，一律按四言、五言、七言（含杂言）排序，最后是词，并且不加分隔符，以节省篇幅。前五篇的每个大栏目一般每栏目收一百条上下，极少不足七十条者，但季节类例外，因可取者仅有"春秋"两季，含"冬夏"两季的诗词极少，但我们还勉力保持在每栏三十条以上。第六篇均为两个字的词组，这两个字既可颠倒排列，亦可分拆排列在不同的甚至很远的位置上。含该词组的诗词至少要二十条，以便在比赛时能交手至少十个回合。

如果本书能激起广大读者学习中国古典诗词的热情，或能为醉心于创作古典诗词的人们提供立意和技巧方面的借鉴，我们将感到莫大的欣慰。

黄振岗 黄峻雄 黄 静
2023 年岁末于北京

# 目　录

I

## 第五篇　天文天气季节类

## 第六篇　各种词组合集

# 第一篇

# 颜 色 类

## 颜色＋动物

| | |
|---|---|
| 青丝系马尾，黄金络马头。 | 《陌上桑》 |
| 淑气催黄鸟，晴光转绿蘋。 | 杜审言《和晋陵陆丞早春游望》 |
| 忽逢青鸟使，邀入赤松家。 | 孟浩然《宴梅道士山房》 |
| 莫学游侠儿，矜夸紫骝好。 | 王昌龄《塞上曲》 |
| 八月蝴蝶黄，双飞西园草。 | 李白《长干行》 |
| 素练风霜起，苍鹰画作殊。 | 杜甫《画鹰》 |
| 白发悲花落，青云羡鸟飞。 | 岑参《寄左省杜拾遗》 |
| 飞鸟没何处，青山空向人。 | 刘长卿《饯别王十一南游》 |
| 月黑雁飞高，单于夜遁逃。 | 卢纶《塞下曲之三》 |
| 绿蚁新醅酒，红泥小火炉。 | 白居易《问刘十九》 |
| 打起黄莺儿，莫教枝上啼。 | 金昌绪《春怨》 |
| 华颠萎寥落，白眼看鸡虫。 | 鲁迅《哀范君三章之一》 |
| 白狼河北音书断，丹凤城南秋夜长。 | 沈佺期《独不见》 |
| 昔人已乘黄鹤去，此地空余黄鹤楼。 | 崔颢《黄鹤楼》 |
| 黄鹤一去不复返，白云千载空悠悠。 | 崔颢《黄鹤楼》 |
| 射杀山中白额虎，肯数邺下黄须儿。 | 王维《老将行》 |
| 漠漠水田飞白鹭，阴阴夏木啭黄鹂。 | 王维《积雨辋川庄作》 |
| 绛帻鸡人报晓筹，尚衣方进翠云裘。 | 王维《和贾至舍人早朝大明宫之作》 |
| 手持绿玉杖，朝别黄鹤楼。 | 李白《庐山谣寄卢侍御虚舟》 |
| 翠影红霞映朝日，鸟飞不到吴天长。 | 李白《庐山谣寄卢侍御虚舟》 |
| 黄鹤之飞尚不得过，猿猱欲度愁攀缘。 | 李白《蜀道难》 |
| 故人西辞黄鹤楼，烟花三月下扬州。 | 李白《黄鹤楼送孟浩然之广陵》 |

三山半落青天外，二水中分白鹭洲。　　　　　　　李白《登金陵凤凰台》

千里黄云白日曛，北风吹雁雪纷纷。　　　　　　　高适《别董大之一》

曾貌先帝照夜白，龙池十日飞霹雳。　　　杜甫《韦讽录事宅观曹将军画马图》

鸿飞冥冥日月白，青枫叶赤天雨霜。　　　　　　　杜甫《寄韩谏议注》

紫驼之峰出翠釜，水精之盘行素鳞。　　　　　　　杜甫《丽人行》

杨花雪落覆白蘋，青鸟飞去衔红巾。　　　　　　　杜甫《丽人行》

长安城头头白乌，夜飞延秋门上呼。　　　　　　　杜甫《哀王孙》

辇前才人带弓箭，白马嚼啮黄金勒。　　　　　　　杜甫《哀江头》

两个黄鹂鸣翠柳，一行白鹭上青天。　　　　　　　杜甫《绝句四首之三》

风急天高猿啸哀，渚清沙白鸟飞回。　　　　　　　杜甫《登高》

珠帘绣柱围黄鹄，锦缆牙樯起白鸥。　　　　　　　杜甫《秋兴八首之六》

香稻啄余鹦鹉粒，碧梧栖老凤凰枝。　　　　　　　杜甫《秋兴八首之八》

鸡鸣紫陌曙光寒，莺啭皇州春色阑。　　　岑参《奉和中书舍人贾至早朝大明宫》

石鱼湖，似洞庭，夏水欲满君山青。　　　　　　　元结《石鱼湖上醉歌》

今夜偏知春气暖，虫声新透绿窗纱。　　　　　　　刘方平《月夜》

二月黄鹂飞上林，春城紫禁晓阴阴。　　　　　　　钱起《赠阙下裴舍人》

鸾翔凤翥众仙下，珊瑚碧树交枝柯。　　　　　　　韩愈《石鼓歌》

朱雀桥边野草花，乌衣巷口夕阳斜。　　　　　　　刘禹锡《乌衣巷》

晴空一鹤排云上，便引诗情到碧霄。　　　　　　　刘禹锡《秋词二首之一》

座中泣下谁最多，江州司马青衫湿。　　　　　　　白居易《琵琶行》

报君黄金台上意，提携玉龙为君死。　　　　　　　李贺《雁门太守行》

斜拔玉钗灯影畔，剔开红焰救飞蛾。　　　　　　　张祜《赠内人》

千里莺啼绿映红，水村山郭酒旗风。　　　　　　　杜牧《江南春绝句》

身无彩凤双飞翼，心有灵犀一点通。　　　　　　　李商隐《无题》

微风万顷靴纹细，断霞半空鱼尾赤。　　　　　　　苏轼《游金山寺》

伤心桥下春波绿，曾是惊鸿照影来。　　　　　　　陆游《沈园之二》

朱门沉沉按歌舞，厩马肥死弓断弦。　　　　　　　陆游《关山月》

儿童急走追黄蝶，飞入菜花无处寻。　　　　　　　杨万里《宿新市徐公店》

黄梅时节家家雨，青草池塘处处蛙。　　　　　　　赵师秀《约客》

怵目飞红随蝶舞，开心茸碧绕阶生。　　　　　　　鲁迅《惜花四律之一》

云横九派浮黄鹤，浪下三吴起白烟。　　　　　　毛泽东《登庐山》

绿水青山枉自多，华佗无奈小虫何。　　　　　　毛泽东《送瘟神二首之一》

西塞山前白鹭飞，桃花流水鳜鱼肥。　　　　　　张志和《渔歌子》

琵琶金翠羽，弦上黄莺语。　　　　　　　　　　韦庄《菩萨蛮》

青鸟不传云外信，丁香空结雨中愁。　　　　　　李璟《摊破浣溪沙》

斗鸭阑干独倚，碧玉搔头斜坠。　　　　　　　　冯延巳《谒金门》

情怀渐觉成衰晚，鸾镜朱颜惊暗换。　　　　　　钱惟演《木兰花》

翠叶藏莺，朱帘隔燕，炉香静逐游丝转。　　　　晏殊《踏莎行》

一棹碧涛春水路，过尽晓莺啼处。　　　　　　　晏几道《清平乐》

紫骝认得旧游踪，嘶过画桥东畔路。　　　　　　晏几道《木兰花》

晚春盘马踏青苔，曾傍绿荫深驻。　　　　　　　晏几道《御街行》

三年枕上吴中路，遣黄犬，随君去。　　　　　　苏轼《青玉案》

黛蛾长敛，任是春风吹不展。　　　　　　　　　秦观《减字木兰花》

人静乌鸢自乐，小桥外、新绿溅溅。　　　　　　周邦彦《满庭芳》

暗柳啼鸦，单衣伫立，小帘朱户。　　　　　　　周邦彦《琐窗寒》

楼角初销一缕霞，淡黄杨柳暗栖鸦，玉人和月摘梅花。　贺铸《浣溪沙》

睡起流莺语。掩苍苔、房栊向晚，乱红无数。　　叶梦得《贺新郎》

弱柳千丝缕，嫩黄匀遍鸦啼处。　　　　　　　　袁去华《安公子》

闲阶静、杨花渐少，朱门掩、莺声犹嫩。　　　　僧挥《金明池》

红莲相倚浑如醉，白鸟无言定自愁。　　　　　　辛弃疾《鹧鸪天》

断肠片片飞红，都无人管，倩谁唤、啼莺声住。　辛弃疾《祝英台近》

燕燕飞来，问春何在？唯有池塘自碧。　　　　　姜夔《淡黄柳》

梦中未比丹青见，暗里忽惊山鸟啼。　　　　　　姜夔《鹧鸪天》

犹记深宫旧事，那人正睡里，飞近蛾绿。　　　　姜夔《疏影》

朱户黏鸡，金盘簇燕，空叹时序侵寻。　　　　　姜夔《一萼红》

黄鹤断矶头，故人曾到否？旧江山浑是新愁。　　刘过《唐多令》

犀帘黛卷，凤枕云孤，应也几番凝伫。　　　　　张镃《宴山亭》

愁损翠黛双蛾，日日画阑独凭。　　　　　　　　史达祖《双双燕》

怕天教何处，参差双燕，还染残朱剩粉。　　　　陆睿《瑞鹤仙》

飞红若到西湖底，搅翠澜、总是愁鱼。　　　　　吴文英《高阳台》

梦翠翘，怨鸿料过南谯。　　　　　　　　吴文英《惜黄花慢》

殷勤待写，书中长恨，蓝霞辽海沉过雁。　　吴文英《莺啼序》

溪雨急，岸花狂，趁残鸦飞过苍茫。　　　　吴文英《夜合花》

池上红衣伴倚阑，栖鸦常带夕阳还。　　　　吴文英《鹧鸪天》

紫丝罗带鸳鸯结，的的镜盟钗誓。　　　　　朱嗣发《摸鱼儿》

东风渐绿西湖岸，雁已还、人未南归。　　　周密《高阳台》

燕约莺期，恼芳情偏在，翠深红隙。　　　　周密《曲游春》

箫声断、约彩鸾归去，未怕金吾呵醉。　　　刘辰翁《宝鼎现》

梦冷黄金屋，叹秦筝、斜鸿阵里，素弦尘扑。　蒋捷《贺新郎》

化作娇莺飞归去，犹认纱窗旧绿，正过雨、荆桃如菽。　蒋捷《贺新郎》

月户云窗，石田瑶草，丹井飞龙虎。　　　　萨都剌《酹江月》

蝶化彩衣金缕尽，虫衔画粉玉楼空。　　　　陈子龙《山花子》

黄云紫塞三千里，女墙西畔啼乌起。　　　　纳兰性德《菩萨蛮》

黛蛾更羞重斗，避面月黄昏。　　　　　　　蒋春霖《忆旧游》

鸿影惊回雪，怅天寒竹翠，色暗罗裙。　　　蒋春霖《忆旧游》

蛾蕊鬈深，翠茵蹴浅，暗省韶光迟暮。　　　况周颐《西子妆》

黄鹤知何去？剩有游人处。　　　　　　　　毛泽东《菩萨蛮》

大雨落幽燕，白浪滔天，秦皇岛外打鱼船。　毛泽东《浪淘沙》

## ❧ 颜色＋植物 ❧

蒹葭苍苍，白露为霜。　　　　　　　《诗经·秦风·蒹葭》

青青河畔草，郁郁园中柳。　　　　　　　　《青青河畔草》

淑气催黄鸟，晴光转绿蘋。　　　　杜审言《和晋陵陆丞早春游望》

江南有丹橘，经冬犹绿林。　　　　　　张九龄《感遇之七》

绿树村边合，青山郭外斜。　　　　　　孟浩然《过故人庄》

忽逢青鸟使，邀入赤松家。　　　　孟浩然《宴梅道士山房》

黄尘足今古，白骨乱蓬蒿。　　　　　　王昌龄《塞下曲》

红豆生南国，春来发几枝。　　　　　　王维《相思》

言入黄花川，每逐清溪水。　　　　　　王维《青溪》

返景入深林，复照青苔上。　　　　　　王维《鹿柴》

春草年年绿，王孙归不归。　　　　　　王维《送别》

燕草如碧丝，秦桑低绿枝。　　　　　　李白《春思》

红颜弃轩冕，白首卧松云。　　　　　　李白《赠孟浩然》

夜雨剪春韭，新炊间黄粱。　　　　　　杜甫《赠卫八处士》

天寒翠袖薄，日暮倚修竹。　　　　　　杜甫《佳人》

晓看红湿处，花重锦官城。　　　　　　杜甫《春夜喜雨》

白发悲花落，青云羡鸟飞。　　　　　　岑参《寄左省杜拾遗》

寥落古行宫，宫花寂寞红。　　　　　　元稹《行宫》

遥夜泛清瑟，西风生翠萝。　　　　　　许浑《早秋》

五更疏欲断，一树碧无情。　　　　　　李商隐《蝉》

荒戍落黄叶，浩然离故关。　　　　　　温庭筠《送人东游》

碧玉妆成一树高，万条垂下绿丝绦。　　贺知章《咏柳》

坐看红树不知远，行尽青溪忽值人。　　王维《桃源行》

鸿飞冥冥日月白，青枫叶赤天雨霜。　　杜甫《寄韩谏议注》

似闻昨者赤松子，恐是汉代韩张良。　　杜甫《寄韩谏议注》

江头宫殿锁千门，细柳新蒲为谁绿。　　杜甫《哀江头》

两个黄鹂鸣翠柳，一行白鹭上青天。　　杜甫《绝句四首之三》

香稻啄余鹦鹉粒，碧梧栖老凤凰枝。　　杜甫《秋兴八首之八》

山红涧碧纷烂漫，时见松枥皆十围。　　韩愈《山石》

鸾翔凤翥众仙下，珊瑚碧树交枝柯。　　韩愈《石鼓歌》

朱雀桥边野草花，乌衣巷口夕阳斜。　　刘禹锡《乌衣巷》

西宫南内多秋草，落叶满阶红不扫。　　白居易《长恨歌》

住近湓江地低湿，黄芦苦竹绕宅生。　　白居易《琵琶行》

松排山面千重翠，月点波心一颗珠。　　白居易《春题湖上》

画栏桂树悬秋香，三十六宫土花碧。　　李贺《金铜仙人辞汉歌》

日光斜照集灵台，红树花迎晓露开。　　张祜《集灵台》

一骑红尘妃子笑，无人知是荔枝来。　　杜牧《过华清宫绝句之一》

白石岩扉碧藓滋，上清沦谪得归迟。　　　　　李商隐《重过圣女祠》

玉郎会此通仙籍，忆向天阶问紫芝。　　　　　李商隐《重过圣女祠》

迢递高城百尺楼，绿杨枝外尽汀洲。　　　　　李商隐《安定城楼》

瑶池阿母绮窗开，黄竹歌声动地哀。　　　　　李商隐《瑶池》

春色满园关不住，一枝红杏出墙来。　　　　　叶绍翁《游园不值》

接天莲叶无穷碧，映日荷花别样红。　　　杨万里《晓出净慈寺送林子方》

香径尘生鸟自啼，屧廊人去苔空绿。　　　　　吴伟业《圆圆曲》

落红不是无情物，化作春泥更护花。　　　　龚自珍《己亥杂诗之一》

扶桑正是秋光好，枫叶如丹照嫩寒。　　　　鲁迅《送增田涉君归国》

斑竹一枝千滴泪，红霞万朵百重衣。　　　　　毛泽东《答友人》

记得绿罗裙，处处怜芳草。　　　　　　　　　牛希济《生查子》

绿杨芳草几时休，泪眼愁肠先已断。　　　　　钱惟演《木兰花》

绿杨烟外晓寒轻，红杏枝头春意闹。　　　　　宋祁《木兰花》

雨轻风色暴，梅子青时节。　　　　　　　　　张先《千秋岁》

翠叶藏莺，朱帘隔燕，炉香静逐游丝转。　　　晏殊《踏莎行》

小径红稀，芳郊绿遍，高台树色阴阴见。　　　晏殊《踏莎行》

紫薇朱槿花残，斜阳却照阑干。　　　　　　　晏殊《清平乐》

群芳过后西湖好，狼藉残红，飞絮濛濛，垂柳阑干尽日风。　欧阳修《采桑子》

把酒祝东风，且共从容，垂杨紫陌洛城东。　欧阳修《浪淘沙》

聚散苦匆匆，此恨无穷；今年花胜去年红。　欧阳修《浪淘沙》

日日花前常病酒，不辞镜里朱颜瘦。　　　　欧阳修《蝶恋花》

六朝旧事随流水，但寒烟衰草凝绿。　　　　　王安石《桂枝香》

兰佩紫，菊簪黄，殷勤理旧狂。　　　　　　　晏几道《阮郎归》

墙头丹杏雨余花，门外绿杨风后絮。　　　　　晏几道《木兰花》

街南绿树春饶絮，雪满游春路。　　　　　　　晏几道《御街行》

树头花艳杂娇云，树底人家朱户。　　　　　　晏几道《御街行》

晚春盘马踏青苔，曾傍绿荫深驻。　　　　　　晏几道《御街行》

东风里，朱门映柳，低按小秦筝。　　　　　　秦观《满庭芳》

念柳外青骢别后，水边红袂分时，怆然暗惊。　秦观《八六子》

到清明时候，百紫千红，花正乱，已失春风一半。　李元膺《洞仙歌》

风消绛蜡，露浥红莲，灯市光相射。　　　　　周邦彦《解语花》

正拂面垂杨堪揽结，掩红泪、玉手亲折。　　　周邦彦《浪淘沙慢》

天际小山桃叶步，白蘋花满湔裙处。　　　　　贺铸《蝶恋花》

锦瑟华年谁与度？月桥花院，琐窗朱户，只有春知处。　贺铸《青玉案》

铺翠冠儿，捻金雪柳，簇带争济楚。　　　　　李清照《永遇乐》

莫道不销魂，帘卷西风，人比黄花瘦。　　　　李清照《醉花阴》

红藕香残玉簟秋，轻解罗裳，独上兰舟。　　　李清照《一剪梅》

闲阶静、杨花渐少，朱门掩、莺声犹嫩。　　　僧挥《金明池》

欲黄昏，雨打梨花深闭门。　　　　　　　　　李重元《忆王孙》

紫薇登览最关情，绝妙夸能赋。　　　　　　　廖世美《烛影摇红》

茅檐低小，溪上青青草。　　　　　　　　　　辛弃疾《清平乐》

红莲相倚浑如醉，白鸟无言定自愁。　　　　　辛弃疾《鹧鸪天》

绿树听鹈鴂，更那堪、鹧鸪声住，杜鹃声切。　辛弃疾《贺新郎》

春归翠陌，平莎茸嫩，垂杨金浅。　　　　　　陈亮《水龙吟》

翠叶吹凉，玉容销酒，更洒菰蒲雨。　　　　　姜夔《念奴娇》

谁教岁岁红莲夜，两处沉吟各自知。　　　　　姜夔《鹧鸪天》

长记曾携手处，千树压、西湖寒碧。　　　　　姜夔《暗香》

树若有情时，不会得青青如此。　　　　　　　姜夔《长亭怨慢》

飘然快拂花梢，翠尾分开红影。　　　　　　　史达祖《双双燕》

剪红情，裁绿意，花信上钗股。　　　　　　　吴文英《祝英台近》

绣幄鸳鸯柱，红情密，腻云低护秦树。　　　　吴文英《宴清都》

一树桃花飞茜雪，红豆相思暗结。　　　　　　周密《清平乐》

化作娇莺飞归去，犹认纱窗旧绿，正过雨、荆桃如菽。　蒋捷《贺新郎》

恐翠袖正天寒，犹倚梅花那树。　　　　　　　张炎《月下笛》

恐怨歌、忽断花风，碎却翠云千叠。　　　　　张炎《疏影》

一襟余恨宫魂断，年年翠阴庭树。　　　　　　王沂孙《齐天乐》

紫萸一枝传赐，梦谁到、汉家陵。　　　　　　姚云文《紫萸香慢》

月户云窗，石田瑶草，丹井飞龙虎。　　　　　萨都剌《酹江月》

春透紫髓琼浆，玻璃杯酒，滑泻蔷薇露。　　　萨都剌《酹江月》

满目荒凉谁可语？西风吹老丹枫树。　　　　　纳兰性德《蝶恋花》

枫老树流丹，芦华吹又残，系扁舟、同倚朱阑。　　　　蒋春霖《唐多令》

园林红紫千千，放教狼藉，休但怨、连番风雨。　　　　文廷式《祝英台近》

## 颜色 + 天文①

白日依山尽，黄河入海流。　　　　　　　　　　王之涣《登鹳雀楼》

泉声咽危石，日色冷青松。　　　　　　　　　　王维《过香积寺》

明月出天山，苍茫云海间。　　　　　　　　　　李白《关山月》

暮从碧山下，山月随人归。　　　　李白《下终南山过斛斯山人宿置酒》

小时不识月，呼作白玉盘。　　　　　　　　　　李白《古朗月行》

峥嵘赤云西，日脚下平地。　　　　　　　　　　杜甫《羌村之一》

天寒翠袖薄，日暮倚修竹。　　　　　　　　　　杜甫《佳人》

露从今夜白，月是故乡明。　　　　　　　　　　杜甫《月夜忆舍弟》

月黑雁飞高，单于夜遁逃。　　　　　　　　　　卢纶《塞下曲之三》

来往不逢人，长歌楚天碧。　　　　　　　　　　柳宗元《溪居》

日出雾露余，青松如膏沐。　　　　　　柳宗元《晨诣超师院读禅经》

春风对青冢，白日落梁州。　　　　　　　　　　张乔《书边事》

广泽生明月，苍山夹乱流。　　　　　　　　　　马戴《楚江怀古》

谁为含愁独不见，更教明月照流黄。　　　　　　沈佺期《独不见》

大漠风尘日色昏，红旗半卷出辕门。　　　　　　王昌龄《从军行之五》

醉卧不知白日暮，有时空望孤云高。　　　　　　李颀《送陈章甫》

长河浪头连天黑，津吏停舟渡不得。　　　　　　李颀《送陈章甫》

白日登山望烽火，黄昏饮马傍交河。　　　　　　李颀《古从军行》

卫青不败由天幸，李广无功缘数奇。　　　　　　王维《老将行》

天姥连天向天横，势拔五岳掩赤城。　　　　　李白《梦游天姥吟留别》

青冥浩荡不见底，日月照耀金银台。　　　　　李白《梦游天姥吟留别》

---

① 指"宇宙天霄日月星辰阳"，下同。

俱怀逸兴壮思飞，欲上青天览明月。　　　　李白《宣州谢朓楼饯别校书叔云》

翠影红霞映朝日，鸟飞不到吴天长。　　　　李白《庐山谣寄卢侍御虚舟》

噫吁嚱，危乎高哉，蜀道之难难于上青天。　　李白《蜀道难》

美人如花隔云端，上有青冥之长天，下有绿水之波澜。　李白《长相思》

君不见黄河之水天上来，奔流到海不复回。　　李白《将进酒》

孤帆远影碧空尽，唯见长江天际流。　　　　李白《黄鹤楼送孟浩然之广陵》

三山半落青天外，二水中分白鹭洲。　　　　李白《登金陵凤凰台》

天门中断楚江开，碧水东流至此回。　　　　李白《望天门山》

千里黄云白日曛，北风吹雁雪纷纷。　　　　高适《别董大之一》

宗之潇洒美少年，举觞白眼望青天，皎如玉树临风前。　杜甫《饮中八仙歌》

忆昔巡幸新丰宫，翠华拂天来向东。　　杜甫《韦讽录事宅观曹将军画马图》

鸿飞冥冥日月白，青枫叶赤天雨霜。　　　　杜甫《寄韩谏议注》

霜皮溜雨四十围，黛色参天二千尺。　　　　杜甫《古柏行》

云来气接巫峡长，月出寒通雪山白。　　　　杜甫《古柏行》

两个黄鹂鸣翠柳，一行白鹭上青天。　　　　杜甫《绝句四首之三》

白日放歌须纵酒，青春作伴好还乡。　　　　杜甫《闻官军收河南河北》

风急天高猿啸哀，渚清沙白鸟飞回。　　　　杜甫《登高》

纱窗日落渐黄昏，金屋无人见泪痕。　　　　刘方平《春怨》

紫盖连延接天柱，石廪腾掷堆祝融。　　韩愈《谒衡岳庙遂宿岳寺题门楼》

烟销日出不见人，欸乃一声山水绿。　　　　柳宗元《渔翁》

朱雀桥边野草花，乌衣巷口夕阳斜。　　　　刘禹锡《乌衣巷》

晴空一鹤排云上，便引诗情到碧霄。　　　　刘禹锡《秋词二首之一》

松排山面千重翠，月点波心一颗珠。　　　　白居易《春题湖上》

黑云压城城欲摧，甲光向日金鳞开。　　　　李贺《雁门太守行》

角声满天秋色里，塞上燕脂凝夜紫。　　　　李贺《雁门太守行》

日光斜照集灵台，红树花迎晓露开。　　　　张祜《集灵台》

嫦娥应悔偷灵药，碧海青天夜夜心。　　　　李商隐《嫦娥》

沧海月明珠有泪，蓝田日暖玉生烟。　　　　李商隐《锦瑟》

永忆江湖归白发，欲回天地入扁舟。　　　　李商隐《安定城楼》

玉郎会此通仙籍，忆向天阶问紫芝。　　　　李商隐《重过圣女祠》

疏影横斜水清浅，暗香浮动月黄昏。　　　　　　林逋《山园小梅》

春风又绿江南岸，明月何时照我还。　　　　　　王安石《泊船瓜洲》

是时江月初生魄，二更月落天深黑。　　　　　　苏轼《游金山寺》

杳杳天低鹘没处，青山一发是中原。　　　　　　苏轼《澄迈驿通潮阁》

戍楼刁斗催落月，三十从军今白发。　　　　　　陆游《关山月》

接天莲叶无穷碧，映日荷花别样红。　　　　杨万里《晓出净慈寺送林子方》

泽中何有多红兰，天风日暮徒盘桓。　　　　　　夏完淳《长歌》

坐客飞觞红日暮，一曲哀弦向谁诉？　　　　　　吴伟业《圆圆曲》

红颜流落非吾恋，逆贼天亡自荒宴。　　　　　　吴伟业《圆圆曲》

薰天意气连宫掖，明眸皓齿无人惜。　　　　　　吴伟业《圆圆曲》

浩荡离愁白日斜，吟鞭东指即天涯。　　　　　龚自珍《己亥杂诗之一》

洞庭木落楚天高，眉黛猩红涴战袍。　　　　　鲁迅《无题（1932 年）》

湘灵妆成照湘水，皎如皓月窥彤云。　　　　　　鲁迅《湘灵歌》

吟罢低眉无写处，月光如水照缁衣。　　　　　　鲁迅《惯于》

青松怒向苍天发，败叶纷随碧水驰。　　　　　　毛泽东《有所思》

满地月明思故国，穷途裘敝感黄金。　　　　郁达夫《乱离杂诗之七》

日出江花红胜火，春来江水绿如蓝。能不忆江南？　白居易《忆江南》

垆边人似月，皓腕凝双雪。　　　　　　　　　　韦庄《菩萨蛮》

春水碧于天，画船听雨眠。　　　　　　　　　　韦庄《菩萨蛮》

回首绿波春色暮，接天流。　　　　　　　　　李璟《摊破浣溪沙》

碧云天，黄叶地，秋色连波，波上寒烟翠。　　　范仲淹《苏幕遮》

明月不谙离恨苦，斜光到晓穿朱户。　　　　　　晏殊《蝶恋花》

昨夜西风凋碧树，独上高楼，望尽天涯路。　　　晏殊《蝶恋花》

紫薇朱槿花残，斜阳却照阑干。　　　　　　　　晏殊《清平乐》

长天净，绛河清浅，皓月婵娟。思绵绵。　　　　柳永《戚氏》

烟敛寒林簇，画屏展，天际遥山小，黛眉浅。　　柳永《迷神引》

斜月半窗还少睡，画屏闲展吴山翠。　　　　　　晏几道《蝶恋花》

明月几时有，把酒问青天。不知天上宫阙，今夕是何年。　苏轼《水调歌头》

绿芜墙绕青苔院，中庭日淡芭蕉卷。　　　　　　陈克《菩萨蛮》

新绿小池塘，风帘动，碎影舞斜阳。　　　　　　周邦彦《风流子》

| | |
|---|---|
| 遥知新妆了，开朱户，应自待月西厢。 | 周邦彦《风流子》 |
| 月皎惊乌栖不定，更漏将阑，辘轳牵金井。 | 周邦彦《蝶恋花》 |
| 天际小山桃叶步，白蘋花满湔裙处。 | 贺铸《蝶恋花》 |
| 江南梦断横江渚。浪黏天、葡萄涨绿，半空烟雨。 | 叶梦得《贺新郎》 |
| 青山隐隐，败叶萧萧，天际暝鸦零乱。 | 蔡伸《苏武慢》 |
| 酣酣日脚紫烟浮，妍暖破轻裘。 | 范成大《眼儿媚》 |
| 日暮，青盖亭亭，情人不见，争忍凌波去。 | 姜夔《念奴娇》 |
| 怕天教何处，参差双燕，还染残朱剩粉。 | 陆睿《瑞鹤仙》 |
| 乡梦窄，水天宽，小窗愁黛淡秋山。 | 吴文英《鹧鸪天》 |
| 池上红衣伴倚阑，栖鸦常带夕阳还。 | 吴文英《鹧鸪天》 |
| 渺空烟四远，是何年、青天坠长星。 | 吴文英《八声甘州》 |
| 一时左计，悔不早荆钗，暮天修竹，头白倚寒翠。 | 朱嗣发《摸鱼儿》 |
| 恐翠袖正天寒，犹倚梅花那树。 | 张炎《月下笛》 |
| 一缕萦帘翠影，依稀海天云气。 | 王沂孙《天香》 |
| 蔽日旌旗，连云樯橹，白骨纷如雪。 | 萨都剌《百字令》 |
| 月户云窗，石田瑶草，丹井飞龙虎。 | 萨都剌《酹江月》 |
| 渐欹斜、无力低飘，正目送、碧罗天暮。 | 朱彝尊《长亭怨慢》 |
| 黛蛾更羞重斗，避面月黄昏。 | 蒋春霖《忆旧游》 |
| 鸿影惊回雪，怅天寒竹翠，色暗罗裙。 | 蒋春霖《忆旧游》 |
| 大雨落幽燕，白浪滔天，秦皇岛外打鱼船。 | 毛泽东《浪淘沙》 |

## 颜色 + 天气 [①]

| | |
|---|---|
| 蒹葭苍苍，白露为霜。 | 《诗经·秦风·蒹葭》 |
| 但去莫复问，白云无尽时。 | 王维《送别》 |
| 白云回望合，青霭入看无。 | 王维《终南山》 |

---

① 指"风霜雨露雪冰烟雾霭霰云霞霓虹雷电光气"等，下同。

又疑瑶台镜，飞在青云端。　　　　　　　　李白《古朗月行》

不觉碧山暮，秋云暗几重。　　　　　　　　李白《听蜀僧濬弹琴》

牛渚西江夜，青天无片云。　　　　　　　　李白《夜泊牛渚怀古》

红颜弃轩冕，白首卧松云。　　　　　　　　李白《赠孟浩然》

夜雨剪春韭，新炊间黄粱。　　　　　　　　杜甫《赠卫八处士》

峥嵘赤云西，日脚下平地。　　　　　　　　杜甫《羌村之一》

野径云俱黑，江船火独明。　　　　　　　　杜甫《春夜喜雨》

素练风霜起，苍鹰画作殊。　　　　　　　　杜甫《画鹰》

道由白云尽，春与青溪长。　　　　　　　　刘眘虚《阙题》

遥夜泛清瑟，西风生翠萝。　　　　　　　　许浑《早秋》

黄叶仍风雨，青楼自管弦。　　　　　　　　李商隐《风雨》

春风对青冢，白日落梁州。　　　　　　　　张乔《书边事》

空园白露滴，孤壁野僧邻。　　　　　　　　马戴《灞上秋居》

雨中黄叶树，灯下白头人。　　　　　　司空曙《喜外弟卢纶见宿》

黄鹤一去不复返，白云千载空悠悠。　　　　崔颢《黄鹤楼》

烽火城西百尺楼，黄昏独坐海风秋。　　　王昌龄《从军行之一》

青海长云暗雪山，孤城遥望玉门关。　　　王昌龄《从军行之四》

黄河远上白云间，一片孤城万仞山。　　　　王之涣《出塞》

当时只记入山深，青溪几度到云林。　　　　王维《桃源行》

渭城朝雨浥轻尘，客舍青青柳色新。　　　　王维《渭城曲》

翠影红霞映朝日，鸟飞不到吴天长。　　李白《庐山谣寄卢侍御虚舟》

黄云万里动风色，白波九道流雪山。　　李白《庐山谣寄卢侍御虚舟》

欲渡黄河冰塞川，将登太行雪满山。　　　　李白《行路难》

美人如花隔云端，上有青冥之长天，下有绿水之波澜。　　李白《长相思》

朝辞白帝彩云间，千里江陵一日还。　　　　李白《下江陵》

一枝红艳露凝香，云雨巫山枉断肠。　　　　李白《清平调之二》

千里黄云白日曛，北风吹雁雪纷纷。　　　　高适《别董大之一》

丹青不知老将至，富贵于我如浮云。　　　　杜甫《丹青引》

是日牵来赤墀下，迥立阊阖生长风。　　　　杜甫《丹青引》

云来气接巫峡长，月出寒通雪山白。　　　　杜甫《古柏行》

杨花雪落覆白蘋，青鸟飞去衔红巾。　　　　杜甫《丽人行》

风急天高猿啸哀，渚清沙白鸟飞回。　　　　杜甫《登高》

波漂菰米沉云黑，露冷莲房坠粉红。　　　　杜甫《秋兴八首之七》

三春白雪归青冢，万里黄河绕黑山。　　　　柳中庸《征人怨》

斑骓只系垂杨岸，何处西南待好风。　　　　李商隐《无题》

红楼隔雨相望冷，珠箔飘灯独自归。　　　　李商隐《春雨》

千里莺啼绿映红，水村山郭酒旗风。　　　　杜牧《江南春绝句》

冰簟银床梦不成，碧天如水夜云轻。　　　　温庭筠《瑶瑟怨》

九秋风露越窑开，夺得千峰翠色来。　　　　陆龟蒙《秘色越器》

碧阑干外绣帘垂，猩色屏风画折枝。　　　　韩偓《已凉》

春风又绿江南岸，明月何时照我还。　　　　王安石《泊船瓜洲》

微风万顷靴文细，断霞半空鱼尾赤。　　　　苏轼《游金山寺》

为爱名花抵死狂，只愁风日损红芳。　　　　陆游《花时遍游诸家园》

黄梅时节家家雨，青草池塘处处蛙。　　　　赵师秀《约客》

传来消息满江乡，乌桕红经十度霜。　　　　吴伟业《圆圆曲》

抚剑长号归去也，千山风雨啸青锋。　　　　康有为《出都留别诸公》

细雨轻寒二月时，不缘红豆始相思。　　　　鲁迅《惜花四律之三》

扫除腻粉呈风骨，褪却红衣学淡妆。　　　　鲁迅《莲蓬人》

钟山风雨起苍黄，百万雄师过大江。　　　　毛泽东《人民解放军占领南京》

红雨随心翻作浪，青山着意化为桥。　　　　毛泽东《送瘟神二首之二》

云横九派浮黄鹤，浪下三吴起白烟。　　　　毛泽东《登庐山》

九嶷山上白云飞，帝子乘风下翠微。　　　　毛泽东《答友人》

一阵风雷惊世界，满街红绿走旌旗。　　　　毛泽东《有所思》

眉翠薄，鬓云残，夜长衾枕寒。　　　　　　温庭筠《更漏子》

春水碧于天，画船听雨眠。　　　　　　　　韦庄《菩萨蛮》

翠华一去寂无踪，玉楼歌吹，声断已随风。　鹿虔扆《临江仙》

雨横风狂三月暮，门掩黄昏，无计留春住。　冯延巳《蝶恋花》

菡萏香销翠叶残，西风愁起绿波间。　　　　李璟《摊破浣溪沙》

青鸟不传云外信，丁香空结雨中愁。　　　　李璟《摊破浣溪沙》

昨夜西风凋碧树，独上高楼，望尽天涯路。　晏殊《蝶恋花》

水风轻、蘋花渐老；月露冷、梧叶飘黄。　　　　　柳永《玉蝴蝶》

街南绿树春饶絮，雪满游春路。　　　　　　　　　晏几道《御街行》

满地残红宫锦污，昨夜南园风雨。　　　　　　　　王安国《清平乐》

去年紫陌青门，今宵雨魄云魂。　　　　　　　　　赵令畤《清平乐》

胡马嘶风，汉旗翻雪，彤云又吐，一竿残照。　　　时彦《青门饮》

楼角初销一缕霞，淡黄杨柳暗栖鸦，玉人和月摘梅花。　贺铸《浣溪沙》

托微风、彩箫流怨，断肠马上曾闻。　　　　　　　贺铸《绿头鸭》

江南梦断横江渚。浪黏天、葡萄涨绿，半空烟雨。　叶梦得《贺新郎》

欲黄昏，雨打梨花深闭门。　　　　　　　　　　　李重元《忆王孙》

洞庭青草，近中秋、更无一点风色。　　　　　　　张孝祥《念奴娇》

已是黄昏独自愁，更著风和雨。　　　　　　　　　陆游《卜算子》

金钗斗草，青丝勒马，风流云散。　　　　　　　　陈亮《水龙吟》

此地，宜有词仙，拥素云黄鹤，与君游戏。　　　　姜夔《翠楼吟》

翠叶吹凉，玉容销酒，更洒菰蒲雨。　　　　　　　姜夔《念奴娇》

过春风十里，尽荠麦青青。　　　　　　　　　　　姜夔《扬州慢》

犀帘黛卷，凤枕云孤，应也几番凝伫。　　　　　　张镃《宴山亭》

薰风燕乳，暗雨槐黄，午镜澡兰帘幕。　　　　　　吴文英《澡兰香》

殷勤待写，书中长恨，蓝霞辽海沉过雁。　　　　　吴文英《莺啼序》

溪雨急，岸花狂，趁残鸦飞过苍茫。　　　　　　　吴文英《夜合花》

璧月初晴，黛云远淡，春事谁主。　　　　　　　　刘辰翁《永遇乐》

东风渐绿西湖岸，雁已还、人未南归。　　　　　　周密《高阳台》

一缕萦帘翠影，依稀海天云气。　　　　　　　　　王沂孙《天香》

春透紫髓琼浆，玻璃杯酒，滑泻蔷薇露。　　　　　萨都刺《酹江月》

月户云窗，石田瑶草，丹井飞龙虎。　　　　　　　萨都刺《酹江月》

满眼韶华，东风惯是吹红去。　　　　　　　　　　陈子龙《点绛唇》

黄云紫塞三千里，女墙西畔啼乌起。　　　　　　　纳兰性德《菩萨蛮》

重来已是朝云散，怅明珠佩冷，紫玉烟沉。　　　　朱彝尊《高阳台》

鸿影惊回雪，怅天寒竹翠，色暗罗裙。　　　　　　蒋春霖《忆旧游》

剪鲛绡，传燕语，黯黯碧云暮。　　　　　　　　　文廷式《祝英台近》

更洒黄昏雨，水环风佩，数断红消息。　　　　　　郑文焯《六丑》

| | |
|---|---|
| 愁入云遥，寒禁霜重，红烛泪深人倦。 | 况周颐《苏武慢》 |
| 倦凝眄，可奈病叶惊霜，红兰泣骚畹。 | 吕碧城《祝英台近》 |
| 登临感清快，对层云曳缟，乱峰横黛。 | 吕碧城《瑞鹤仙》 |
| 百尺朱楼临大道，楼外轻雷，不间昏和晓。 | 王国维《蝶恋花》 |
| 万木霜天红烂漫，天兵怒气冲霄汉。 | 毛泽东《渔家傲》 |
| 漫天皆白，雪里行军情更迫。 | 毛泽东《减字木兰花》 |
| 烟雨莽苍苍，龟蛇锁大江。 | 毛泽东《菩萨蛮》 |
| 大雨落幽燕，白浪滔天，秦皇岛外打鱼船。 | 毛泽东《浪淘沙》 |

## 颜色 + 季节①

| | |
|---|---|
| 兰叶春葳蕤，桂华秋皎洁。 | 张九龄《感遇之一》 |
| 江南有丹橘，经冬犹绿林。 | 张九龄《感遇之七》 |
| 红豆生南国，春来发几枝。 | 王维《相思》 |
| 春草年年绿，王孙归不归。 | 王维《送别》 |
| 不觉碧山暮，秋云暗几重。 | 李白《听蜀僧濬弹琴》 |
| 夜雨剪春韭，新炊间黄粱。 | 杜甫《赠卫八处士》 |
| 秋色从西来，苍然满关中。 | 岑参《与高适薛据登慈恩寺浮图》 |
| 春风对青冢，白日落梁州。 | 张乔《书边事》 |
| 道由白云尽，春与青溪长。 | 刘眘虚《阙题》 |
| 琴绝最伤情，朱华春不荣。 | 毛泽东《挽易昌陶》 |
| 白狼河北音书断，丹凤城南秋夜长。 | 沈佺期《独不见》 |
| 闺中少妇不知愁，春日凝妆上翠楼。 | 王昌龄《闺怨》 |
| 狂夫富贵在青春，意气骄奢剧季伦。 | 王维《洛阳女儿行》 |
| 漠漠水田飞白鹭，阴阴夏木啭黄鹂。 | 王维《积雨辋川庄作》 |
| 青春复随冠冕入，紫禁正耐烟花绕。 | 杜甫《洗兵马》 |

---

① 指"春夏秋冬"，下同。

长安城头头白乌，夜飞延秋门上呼。　　　　　　　杜甫《哀王孙》

白日放歌须纵酒，青春作伴好还乡。　　　　杜甫《闻官军收河南河北》

映阶碧草自春色，隔叶黄鹂空好音。　　　　　　　杜甫《蜀相》

佳人拾翠春相问，仙侣同舟晚更移。　　　　　杜甫《秋兴八首之八》

二月黄鹂飞上林，春城紫禁晓阴阴。　　　　　钱起《赠阙下裴舍人》

今夜偏知春气暖，虫声新透绿窗纱。　　　　　　刘方平《月夜》

新妆宜面下朱楼，深锁春光一院愁。　　　　　　刘禹锡《春词》

西宫南内多秋草，落叶满阶红不扫。　　　　　　白居易《长恨歌》

东船西舫悄无言，唯见江心秋月白。　　　　　　白居易《琵琶行》

角声满天秋色里，塞上燕脂凝夜紫。　　　　　李贺《雁门太守行》

青山隐隐水迢迢，秋尽江南草未凋。　　　　杜牧《寄扬州韩绰判官》

怅卧新春白袷衣，白门寥落意多违。　　　　　　李商隐《春雨》

隔座送钩春酒暖，分曹射覆蜡灯红。　　　　　　李商隐《无题》

九秋风露越窑开，夺得千峰翠色来。　　　　　陆龟蒙《秘色越器》

春风又绿江南岸，明月何时照我还。　　　　　王安石《泊船瓜洲》

伤心桥下春波绿，曾是惊鸿照影来。　　　　　　陆游《沈园之二》

绿章夜奏通明殿，乞借春阴护海棠。　　　　陆游《花时遍游诸家园》

扶桑正是秋光好，枫叶如丹照嫩寒。　　　　鲁迅《送增田涉君归国》

故乡黯黯锁玄云，遥夜迢迢隔上春。　　　　鲁迅《无题（1932年）》

雪压冬云白絮飞，万花纷谢一时稀。　　　　　　毛泽东《冬云》

日出江花红胜火，春来江水绿如蓝。能不忆江南？　白居易《忆江南》

玉炉香，红蜡泪，偏照画堂秋思。　　　　　　温庭筠《更漏子》

春水碧于天，画船听雨眠。　　　　　　　　　　韦庄《菩萨蛮》

泪眼问花花不语，乱红飞过秋千去。　　　　　冯延巳《蝶恋花》

雨横风狂三月暮，门掩黄昏，无计留春住。　　冯延巳《蝶恋花》

回首绿波春色暮，接天流。　　　　　　　　李璟《摊破浣溪沙》

林花谢了春红，太匆匆。无奈朝来寒雨晚来风。　李煜《相见欢》

碧云天，黄叶地，秋色连波，波上寒烟翠。　　范仲淹《苏幕遮》

数声鶗鴂，又报芳菲歇。惜春更把残红折。　　　张先《千秋岁》

弹到断肠时，春山眉黛低。　　　　　　　　　　张先《菩萨蛮》

朱粉不深匀，闲花淡淡春。　　　　　　　　张先《醉垂鞭》

遍绿野、嬉游醉眼，莫负青春。　　　　　韩缜《凤箫吟》

绿杨烟外晓寒轻，红杏枝头春意闹。　　　宋祁《木兰花》

自春来、惨绿愁红，芳心是事可可。　　　柳永《定风波》

不肯画堂朱户，春风自在杨花。　　　　　王安国《清平乐》

绿阴春尽，飞絮绕香阁。　　　　　　　　晏几道《六幺令》

街南绿树春饶絮，雪满游春路。　　　　　晏几道《御街行》

晚春盘马踏青苔，曾傍绿阴深驻。　　　　晏几道《御街行》

手捻红笺寄人书，写无限、伤春事。　　　晏几道《留春令》

明朝万一西风动，争奈朱颜不耐秋。　　　晏几道《鹧鸪天》

一棹碧涛春水路，过尽晓莺啼处。　　　　晏几道《清平乐》

红叶黄花秋意晚，千里念行客。　　　　　晏几道《思远人》

黛蛾长敛，任是春风吹不展。　　　　　　秦观《减字木兰花》

舞困榆钱自落，秋千外、绿水桥平。　　　秦观《满庭芳》

恼乱横波秋一寸，斜阳只与黄昏近。　　　赵令畤《蝶恋花》

吹尽繁红，占春长久，不如垂柳。　　　　晁补之《水龙吟》

到清明时候，百紫千红，花正乱，已失春风一半。　陈克《菩萨蛮》

早占取韶光共追游，但莫管春寒，醉红自暖。　陈克《菩萨蛮》

几处簸钱声，绿窗春睡轻。　　　　　　　陈克《菩萨蛮》

锦瑟华年谁与度？月桥花院，琐窗朱户，只有春知处。　贺铸《青玉案》

红藕香残玉簟秋，轻解罗裳，独上兰舟。　李清照《一剪梅》

暖絮乱红，也知人春愁无力。　　　　　　李甲《帝台春》

内苑春、不禁过青门，御沟涨、潜通南浦。　万俟咏《三台》

帘外残红春已透，镇无聊、殢酒厌厌病。　李玉《贺新郎》

青楼春晚，昼寂寂、梳匀又懒。　　　　　吕渭老《薄幸》

洞庭青草，近中秋、更无一点风色。　　　张孝祥《念奴娇》

共携手处，香如雾，红随步，怨春迟。　　韩元吉《六州歌头》

红酥手，黄縢酒。满城春色宫墙柳。　　　陆游《钗头凤》

春如旧，人空瘦，泪痕红浥鲛绡透。　　　陆游《钗头凤》

惜春长怕花开早，何况落红无数。　　　　辛弃疾《摸鱼儿》

春未绿，鬓先丝，人间别久不成悲。　　　　　　　　姜夔《鹧鸪天》

春渐远，汀洲自绿，更添了、几声啼鴂。　　　　　　姜夔《琵琶仙》

过春风十里，尽荠麦青青。　　　　　　　　　　　　姜夔《扬州慢》

燕燕飞来，问春何在？唯有池塘自碧。　　　　　　　姜夔《淡黄柳》

柳暗花明春事深，小阑红芍药，已抽簪。　　　　　　章良能《小重山》

红杏香中箫鼓，绿杨影里秋千。　　　　　　　　　　俞国宝《风入松》

苔径追忆曾游，念谁伴秋千，彩绳芳柱。　　　　　　张镃《宴山亭》

柳院灯疏，梅厅雪在，谁与细倾春碧。　　　　　　　史达祖《喜迁莺》

叙旧期、不负春盟，红朝翠暮。　　　　　　　　　　吴文英《宴清都》

江燕话归成晓别，水花红减似春休，西风梧井叶先愁。　吴文英《浣溪沙》

倚银屏、春宽梦窄，断红湿、歌纨金缕。　　　　　　吴文英《莺啼序》

长波妒盼，遥山羞黛，渔灯分影春江宿，记当时、短楫桃根渡。

　　　　　　　　　　　　　　　　　　　　　　　　吴文英《莺啼序》

遨头小簇行春队，步苍苔、寻幽别墅，问梅开未。　　吴文英《贺新郎》

半壶秋水荐黄花，香噀西风雨。　　　　　　　　　　吴文英《霜叶飞》

黄蜂频扑秋千索，有当时、纤手香凝。　　　　　　　吴文英《风入松》

素秋不解随船去，败红趁一叶寒涛。　　　　　　　　吴文英《惜黄花慢》

红妆春骑，踏月影竿旗穿市。　　　　　　　　　　　刘辰翁《宝鼎现》

璧月初晴，黛云远淡，春事谁主。　　　　　　　　　刘辰翁《永遇乐》

朱钿宝玦，天上飞琼，比人间春别。　　　　　　　　周密《瑶华》

春透紫髓琼浆，玻璃杯酒，滑泻蔷薇露。　　　　　　萨都剌《酹江月》

白发渔樵江渚上，惯看秋月春风。　　　　　　　　　杨慎《临江仙》

从此伤春伤别，黄昏只对梨花。　　　　　　　　　　纳兰性德《清平乐》

甚飞絮年光，绿阴满地，断送春人。　　　　　　　　蒋春霖《忆旧游》

望中春草草，残红卷尽，旧愁难扫。　　　　　　　　王鹏运《玉漏迟》

蘼芜春思远，采芳馨愁贻，黛痕深敛。　　　　　　　王鹏运《三姝媚》

战松林、万翠鸣秋，并作怒涛澎湃。　　　　　　　　吕碧城《瑞鹤仙》

# 颜色＋水川江河湖海

| | |
|---|---|
| 青青河畔草，郁郁园中柳。 | 《青青河畔草》 |
| 白毛浮绿水，红掌拨清波。 | 骆宾王《咏鹅》 |
| 客路青山下，行舟绿水前。 | 王湾《次北固山下》 |
| 江南有丹橘，经冬犹绿林。 | 张九龄《感遇之七》 |
| 白日依山尽，黄河入海流。 | 王之涣《登鹳雀楼》 |
| 言入黄花川，每逐清溪水。 | 王维《青溪》 |
| 寒山转苍翠，秋水日潺湲。 | 王维《辋川闲居赠裴秀才迪》 |
| 青山横北郭，白水绕东城。 | 李白《送友人》 |
| 汉下白登道，胡窥青海湾。 | 李白《关山月》 |
| 野径云俱黑，江船火独明。 | 杜甫《春夜喜雨》 |
| 曲终人不见，江上数峰青。 | 钱起《省试湘灵鼓瑟》 |
| 秋风度河上，大野入苍穹。 | 毛泽东《喜闻捷报》 |
| 白狼河北音书断，丹凤城南秋夜长。 | 沈佺期《独不见》 |
| 黄河远上白云间，一片孤城万仞山。 | 王之涣《出塞》 |
| 长河浪头连天黑，津吏停舟渡不得。 | 李颀《送陈章甫》 |
| 白日登山望烽火，黄昏饮马傍交河。 | 李颀《古从军行》 |
| 欲渡黄河冰塞川，将登太行雪满山。 | 李白《行路难》 |
| 云青青兮欲雨，水澹澹兮生烟。 | 李白《梦游天姥吟留别》 |
| 美人如花隔云端，上有青冥之长天，下有绿水之波澜。 | 李白《长相思》 |
| 君不见黄河之水天上来，奔流到海不复回。 | 李白《将进酒》 |
| 天门中断楚江开，碧水东流直北回。 | 李白《望天门山》 |
| 孤帆远影碧空尽，惟见长江天际流。 | 李白《送孟浩然之广陵》 |
| 三山半落青天外，二水中分白鹭洲。 | 李白《登金陵凤凰台》 |
| 朝辞白帝彩云间，千里江陵一日还。 | 李白《早发白帝城》 |
| 张公一生江海客，身长九尺须眉苍。 | 杜甫《洗兵马》 |

隐士休歌紫芝曲，词人解撰河清颂。　　　　　　杜甫《洗兵马》

紫驼之峰出翠釜，水精之盘行素鳞。　　　　　　杜甫《丽人行》

江头宫殿锁千门，细柳新蒲为谁绿。　　　　　　杜甫《哀江头》

君不见，青海头，古来白骨无人收。　　　　　　杜甫《兵车行》

林花著雨燕脂落，水荇牵风翠带长。　　　　　　杜甫《曲江对雨》

背郭堂成荫白茅，缘江路熟俯青郊。　　　　　　杜甫《堂成》

白沙翠竹江村暮，相对柴门月色新。　　　　　　杜甫《南邻》

西山白雪三城戍，南浦清江万里桥。　　　　　　杜甫《野望》

一卧沧江惊岁晚，几回青琐点朝班。　　　　杜甫《秋兴八首之五》

石鱼湖，似洞庭，夏水欲满君山青。　　　　元结《石鱼湖上醉歌》

三春白雪归青冢，万里黄河绕黑山。　　　　　　柳中庸《征人怨》

烟销日出不见人，欸乃一声山水绿。　　　　　　柳宗元《渔翁》

蜀江水碧蜀山青，圣主朝朝暮暮情。　　　　　　白居易《长恨歌》

座中泣下谁最多，江州司马青衫湿。　　　　　　白居易《琵琶行》

一道残阳铺水中，半江瑟瑟半江红。　　　　　　白居易《暮江吟》

最爱湖东行不足，绿杨阴里白沙堤。　　　　　白居易《钱塘湖春行》

半卷红旗临易水，霜重鼓寒声不起。　　　　　　李贺《雁门太守行》

青山隐隐水迢迢，秋尽江南草未凋。　　　　杜牧《寄扬州韩绰判官》

千里莺啼绿映红，水村山郭酒旗风。　　　　　杜牧《江南春绝句》

冰簟银床梦不成，碧天如水夜云轻。　　　　　　温庭筠《瑶瑟怨》

澹然空水带斜晖，曲岛苍茫接翠微。　　　　　　温庭筠《利州南渡》

永忆江湖归白发，欲回天地入扁舟。　　　　　　李商隐《安定城楼》

沧海月明珠有泪，蓝田日暖玉生烟。　　　　　　李商隐《锦瑟》

嫦娥应悔偷灵药，碧海青天夜夜心。　　　　　　李商隐《嫦娥》

疏影横斜水清浅，暗香浮动月黄昏。　　　　　　林逋《山园小梅》

一水护田将绿绕，两山排闼送青来。　　　　　王安石《书湖阴先生壁》

可惜不当湖水面，银山堆里看青山。　　　黄庭坚《雨中登岳阳楼望君山之二》

绿章夜奏通明殿，乞借春阴护海棠。　　　　　陆游《花时遍游诸家园》

昔闻湘水碧如染，今闻湘水胭脂痕。　　　　　　鲁迅《湘灵歌》

湘灵妆成照湘水，皎如皓月窥彤云。　　　　　　鲁迅《湘灵歌》

痛饮黄龙终有愿，会教沧海变桑田。 柳亚子《为王卓民题扇》

红军不怕远征难，万水千山只等闲。 毛泽东《长征》

绿水青山枉自多，华佗无奈小虫何。 毛泽东《送瘟神二首之一》

青松怒向苍天发，败叶纷随碧水驰。 毛泽东《有所思》

沧海曾经人未老，青衫初浣泪偷弹。 郁达夫《赠紫罗兰女士》

西塞山前白鹭飞，桃花流水鳜鱼肥。 张志和《渔歌子》

杨柳青青江水平，闻郎江上唱歌声。 刘禹锡《竹枝词》

日出江花红胜火，春来江水绿如蓝。能不忆江南？ 白居易《忆江南》

过尽千帆皆不是，斜晖脉脉水悠悠，肠断白蘋洲。 温庭筠《梦江南》

春水碧于天，画船听雨眠。 韦庄《菩萨蛮》

哀筝一弄湘江曲，声声写尽江波绿。 张先《菩萨蛮》

欲寄彩笺兼尺素，山长水阔知何处。 晏殊《蝶恋花》

池塘水绿风微暖，记得玉真初见面。 晏殊《木兰花》

河畔青芜堤上柳，为问新愁，何事年年有。 欧阳修《蝶恋花》

水风轻、蘋花渐老；月露冷、梧叶飘黄。 柳永《玉蝴蝶》

长天净，绛河清浅，皓月婵娟。思绵绵。 柳永《戚氏》

千里澄江似练，翠峰如簇。 王安石《桂枝香》

彩舟云淡，星河鹭起，画图难足。 王安石《桂枝香》

六朝旧事随流水，但寒烟衰草凝绿。 王安石《桂枝香》

念柳外青骢别后，水边红袂分时，怆然暗惊。 秦观《八六子》

怎奈向、欢娱渐随流水，素弦声断，翠绡香减。 秦观《八六子》

舞困榆钱自落，秋千外、绿水桥平。 秦观《满庭芳》

青烟幂处，碧海飞金镜，永夜闲阶卧桂影。 晁补之《洞仙歌》

但梦想、一枝潇洒，黄昏斜照水。 周邦彦《花犯》

映水曲、翠瓦朱檐，垂杨里、乍见津亭。 周邦彦《绮寮怨》

若问闲愁都几许？一川烟草，满城风絮，梅子黄时雨。 贺铸《青玉案》

近绿水、台榭映秋千，斗草聚、双双游女。 万俟咏《三台》

坠红无信息，漫暗水、涓涓溜碧。 姜夔《霓裳中序第一》

长记曾携手处，千树压、西湖寒碧。 姜夔《暗香》

黄鹤断矶头，故人曾到否？旧江山浑是新愁。 刘过《唐多令》

画船载取春归去，余情付、湖水湖烟。　　　　　俞国宝《风入松》

江水苍苍，望倦柳愁荷，共感秋色。　　　　　　史达祖《秋霁》

飞红若到西湖底，搅翠澜、总是愁鱼。　　　　　吴文英《高阳台》

乡梦窄，水天宽，小窗愁黛淡秋山。　　　　　　吴文英《鹧鸪天》

半壶秋水荐黄花，香嗅西风雨。　　　　　　　　吴文英《霜叶飞》

翠玉楼前，惟是有、一陂湘水，摇荡湘云。　　　黄孝迈《湘春夜月》

对西风、鬓摇烟碧，参差前事流水。　　　　　　朱嗣发《摸鱼儿》

东风渐绿西湖岸，雁已还、人未南归。　　　　　周密《高阳台》

新烟禁柳，想如今、绿到西湖。　　　　　　　　张炎《渡江云》

一缕萦帘翠影，依稀海天云气。　　　　　　　　王沂孙《天香》

帐庐好在春睡，共飞归湖上，草青无地。　　　　彭元逊《六丑》

紫塞门孤，金河月冷，恨谁诉？　　　　　　　　朱彝尊《长亭怨慢》

欹角枕，掩红窗。梦到江南伊家，博山沉水香。　纳兰性德《遐方怨》

更洒黄昏雨，水环风佩，数断红消息。　　　　　郑文焯《六丑》

赣水那边红一角，偏师借重黄公略。　　　　　　毛泽东《蝶恋花》

七百里驱十五日，赣水苍茫闽山碧。　　　　　　毛泽东《渔家傲》

## 颜色＋形体[①]

青青子衿，悠悠我心。　　　　　　　　　　《诗经·郑风·子衿》

娥娥红粉妆，纤纤出素手。　　　　　　　　《青青河畔草》

青丝系马尾，黄金络马头。　　　　　　　　《陌上桑》

头上蓝田玉，耳后大秦珠。　　　　　　　　《羽林郎》

头上金雀钗，腰佩翠琅玕。　　　　　　　　曹植《美女篇》

白毛浮绿水，红掌拨清波。　　　　　　　　骆宾王《咏鹅》

不堪玄鬓影，来对白头吟。　　　　　　　　骆宾王《在狱咏蝉》

---

① 泛指"头首心身颜面容眉目眼口唇牙齿耳胸怀腰腹肠手臂指足腿脚蹄须发髭鬓骨尾"等，包括人类和其他动物，下同。

感此伤妾心，坐愁红颜老。 　　　　　李白《长干行》

红颜弃轩冕，白首卧松云。 　　　　　李白《赠孟浩然》

白头搔更短，浑欲不胜簪。 　　　　　杜甫《春望》

白头宫女在，闲坐说玄宗。 　　　　　元稹《行宫》

华颠萎寥落，白眼看鸡虫。 　　　　　鲁迅《哀范君三章之一》

悲歌慷慨士，青眼识君謦。 　　　　　柳亚子《答朱梁任》

射杀山中白额虎，肯数邺下黄须儿。 　　王维《老将行》

自从弃置便衰朽，世事蹉跎成白首。 　　王维《老将行》

脚著谢公屐，身登青云梯。 　　　　　李白《梦游天姥吟留别》

蜀道之难难于上青天，侧身西望长咨嗟。 　李白《蜀道难》

蜀道之难难于上青天，使人听此凋朱颜。 　李白《蜀道难》

忆君迢迢隔青天，昔时横波目，今作流泪泉。 李白《长相思》

宗之潇洒美少年，举觞白眼望青天，皎如玉树临风前。 杜甫《饮中八仙歌》

途穷反遭俗眼白，世上未有如公贫。 　　杜甫《丹青引》

去时里正与裹头，归来头白还戍边。 　　杜甫《兵车行》

君不见，青海头，古来白骨无人收。 　　杜甫《兵车行》

头上何所有，翠微匎叶垂鬓唇。 　　　杜甫《丽人行》

长安城头头白乌，夜飞延秋门上呼。 　　杜甫《哀王孙》

张公一生江海客，身长九尺须眉苍。 　　杜甫《洗兵马》

彩笔昔曾干气象，白头吟望苦低垂。 　　杜甫《秋兴八首之八》

寄身且喜沧洲近，顾影无如白发何。 　刘长卿《江州重别薛六柳八二员外》

紫陌红尘拂面来，无人不道看花回。 　刘禹锡《玄都观桃花》

新妆宜面下朱楼，深锁春光一院愁。 　刘禹锡《春词》

回眸一笑百媚生，六宫粉黛无颜色。 　白居易《长恨歌》

花钿委地无人收，翠翘金雀玉搔头。 　白居易《长恨歌》

五陵年少争缠头，一曲红绡不知数。 　白居易《琵琶行》

红颜未老恩先断，斜倚熏笼坐到明。 　白居易《宫词》

凤尾香罗薄几重，碧文圆顶夜深缝。 　李商隐《无题》

身无彩凤双飞翼，心有灵犀一点通。 　李商隐《无题》

嫦娥应悔偷灵药，碧海青天夜夜心。 　李商隐《嫦娥》

| | |
|---|---|
| 归来却怪丹青手，入眼平生几曾有。 | 王安石《明妃曲》 |
| 微风万顷靴文细，断霞半空鱼尾赤。 | 苏轼《游金山寺》 |
| 万里归船弄长笛，此心吾与白鸥盟。 | 黄庭坚《登快阁》 |
| 可惜不当湖水面，银山堆里看青山。 | 黄庭坚《雨中登岳阳楼望君山之二》 |
| 伤心桥下春波绿，曾是惊鸿照影来。 | 陆游《沈园之二》 |
| 人生自古谁无死，留取丹心照汗青。 | 文天祥《过零丁洋》 |
| 粉骨碎身全不惜，要留清白在人间。 | 于谦《石灰吟》 |
| 恸哭六军俱缟素，冲冠一怒为红颜。 | 吴伟业《圆圆曲》 |
| 蜡炬迎来在战场，啼妆满面残红印。 | 吴伟业《圆圆曲》 |
| 怅目飞红随蝶舞，开心茸碧绕阶生。 | 鲁迅《惜花四律之一》 |
| 慰我素心香袭袖，撩人蓝尾酒盈卮。 | 鲁迅《惜花四律之三》 |
| 红雨随心翻作浪，青山着意化为桥。 | 毛泽东《送瘟神二首之二》 |
| 爱丽舍宫唇发黑，戴维营里面施朱。 | 毛泽东《读报有感之四》 |
| 平林漠漠烟如织，寒山一带伤心碧。 | 李白《菩萨蛮》 |
| 回首绿波春色暮，接天流。 | 李璟《摊破浣溪沙》 |
| 斗鸭阑干独倚，碧玉搔头斜坠。 | 冯延巳《谒金门》 |
| 泪眼问花花不语，乱红飞过秋千去。 | 冯延巳《蝶恋花》 |
| 满眼游丝兼落絮，红杏开时，一霎清明雨。 | 冯延巳《蝶恋花》 |
| 雕栏玉砌应犹在，只是朱颜改。 | 李煜《虞美人》 |
| 情怀渐觉成衰晚，鸾镜朱颜惊暗换。 | 钱惟演《木兰花》 |
| 绿杨芳草几时休，泪眼愁肠先已断。 | 钱惟演《木兰花》 |
| 重头歌韵响琤琮，入破舞腰红乱旋。 | 晏殊《木兰花》 |
| 池塘水绿风微暖，记得玉真初见面。 | 晏殊《木兰花》 |
| 人面不知何处，绿波依旧东流。 | 晏殊《清平乐》 |
| 遍绿野、嬉游醉眼，莫负青春。 | 韩缜《凤箫吟》 |
| 朱颜空自改，向年年、芳意长新。 | 韩缜《凤箫吟》 |
| 日日花前常病酒，不辞镜里朱颜瘦。 | 欧阳修《蝶恋花》 |
| 自春来、惨绿愁红，芳心是事可可。 | 柳永《定风波》 |
| 明朝万一西风动，争奈朱颜不耐秋。 | 晏几道《鹧鸪天》 |
| 彩袖殷勤捧玉钟，当年拚却醉颜红。 | 晏几道《鹧鸪天》 |

雪云散尽，放晓晴池院。杨柳于人便青眼。　　　　李元膺《洞仙歌》

正拂面垂杨堪揽结，掩红泪、玉手亲折。　　　　周邦彦《浪淘沙慢》

回首旧游，山无重数。花底深朱户。　　　　　　贺铸《人南渡》

青翰棹舣，白蘋洲畔，尽目临皋飞观。　　　　　贺铸《望湘人》

香冷金猊，被翻红浪，起来慵自梳头。　　　李清照《凤凰台上忆吹箫》

不尽眼中青，是愁来时节。　　　　　　　　　　张元幹《石州慢》

频听银签，重燃绛蜡，年华衮衮惊心。　　　　　韩疁《高阳台》

朱颜那有年年好，逞艳游、赢取如今。　　　　　韩疁《高阳台》

忆旧游、邃馆朱扉，小园香径，尚想桃花人面。　蔡伸《苏武慢》

莫等闲、白了少年头，空悲切。　　　　　　　　岳飞《满江红》

闲时又来镜里，转变朱颜。　　　　　　　　　　辛弃疾《汉宫春》

伤心重见，依约眉山，黛痕低压。　　　　　　　姜夔《庆宫春》

飘然快拂花梢，翠尾分开红影。　　　　　　　　史达祖《双双燕》

料黛眉，重锁隋堤，芳心还动梁苑。　　　　　　卢祖皋《宴清都》

翠香零落红衣老，暮愁锁、残柳眉梢。　　　　　吴文英《惜黄花慢》

断烟离绪，关心事，斜阳红隐霜树。　　　　　　吴文英《霜叶飞》

为当时曾写榴裙，伤心红绡褪萼。　　　　　　　吴文英《澡兰香》

榴心空叠舞裙红，艾枝应压愁鬟乱。　　　　　　吴文英《踏莎行》

舞歇歌沉，花未减、红颜先变。　　　　　　　　吴文英《三姝媚》

空眉皱，看白发尊前，已似人人有。　　　　　　刘辰翁《摸鱼儿》

柳陌，新烟凝碧。映帘底宫眉，堤上游勒。　　　周密《曲游春》

是非成败转头空，青山依旧在，几度夕阳红。　　杨慎《临江仙》

钟情怕到相思路，盼长堤、草尽红心。　　　　　朱彝尊《高阳台》

渐欹斜、无力低飘，正目送、碧罗天暮。　　　　朱彝尊《长亭怨慢》

满目荒凉谁可语，西风吹老丹枫树。　　　　　　纳兰性德《蝶恋花》

头上高山，风卷红旗过大关。　　　　　　　　　毛泽东《减字木兰花》

唤起工农千百万，同心干，不周山下红旗乱。　　毛泽东《渔家傲》

从头越，苍山如海，残阳如血。　　　　　　　　毛泽东《忆秦娥》

## 颜色＋布帛及其织物[1]

| 青青子衿，悠悠我心。 | 《诗经·郑风·子衿》 |
| 缃绮为下裙，紫绮为上襦。 | 《陌上桑》 |
| 贻我青铜镜，结我红罗裾。 | 《羽林郎》 |
| 不惜红罗裂，何论轻贱躯。 | 《羽林郎》 |
| 攘袖见素手，皓腕约金环。 | 曹植《美女篇》 |
| 红颜弃轩冕，白首卧松云。 | 李白《赠孟浩然》 |
| 天寒翠袖薄，日暮倚修竹。 | 杜甫《佳人》 |
| 素练风霜起，苍鹰画作殊。 | 杜甫《画鹰》 |
| 晓看红湿处，花重锦官城。 | 杜甫《春夜喜雨》 |
| 幽映每白日，清辉照衣裳。 | 刘眘虚《阙题》 |
| 灼灼百朵红，盏盏五束素。 | 白居易《买花》 |
| 绛帻鸡人报晓筹，尚衣方进翠云裘。 | 王维《和贾至舍人早朝大明宫之作》 |
| 杨花雪落覆白蘋，青鸟飞去衔红巾。 | 杜甫《丽人行》 |
| 青春复随冠冕入，紫禁正耐烟花绕。 | 杜甫《洗兵马》 |
| 青袍白马更何有，后汉今周喜再昌。 | 杜甫《洗兵马》 |
| 寒衣处处催刀尺，白帝城高急暮砧。 | 杜甫《秋兴八首之一》 |
| 当流赤足踏涧石，水声激激风吹衣。 | 韩愈《山石》 |
| 朱雀桥边野草花，乌衣巷口夕阳斜。 | 刘禹锡《乌衣巷》 |
| 鸳鸯瓦冷霜华重，翡翠衾寒谁与共。 | 白居易《长恨歌》 |
| 五陵年少争缠头，一曲红绡不知数。 | 白居易《琵琶行》 |
| 座中泣下谁最多，江州司马青衫湿。 | 白居易《琵琶行》 |
| 碧毯线头抽早稻，青罗裙带展新蒲。 | 白居易《春题湖上》 |
| 怅卧新春白袷衣，白门寥落意多违。 | 李商隐《春雨》 |

---

[1] 指"丝绸素锦绣罗绮纱缕冠冕帽衣裳裙带袖襦裾袍裤褂鞋袜履屐"等，下同。

凤尾香罗薄几重，碧文圆顶夜深缝。 李商隐《无题》

衣玄绡衣冠玉冠，明珰垂绂乘六鸾。 夏完淳《长歌》

恸哭六军俱缟素，冲冠一怒为红颜。 吴伟业《圆圆曲》

电扫黄巾定黑山，哭罢君亲再相见。 吴伟业《圆圆曲》

慰我素心香袭袖，撩人蓝尾酒盈卮。 鲁迅《惜花四律之三》

芰裳荇带处仙乡，风定犹闻碧玉香。 鲁迅《莲蓬人》

扫除腻粉呈风骨，褪却红衣学淡妆。 鲁迅《莲蓬人》

洞庭木落楚天高，眉黛猩红涴战袍。 鲁迅《无题（1932 年）》

吟罢低眉无写处，月光如水照缁衣。 鲁迅《惯于》

素筝浊酒逢君日，白马青丝盗国年。 柳亚子《为王卓民题扇》

赤县无人存正朔，青衫有泪哭琵琶。 柳亚子《次韵和陈巢南》

斑竹一枝千滴泪，红霞万朵百重衣。 毛泽东《答友人》

简札浮沉殷羡使，泪痕斑驳谢庄衣。 郁达夫《乱离杂诗之六》

青箬笠，绿蓑衣，斜风细雨不须归。 张志和《渔歌子》

眉翠薄，鬓云残，夜长衾枕寒。 温庭筠《更漏子》

记得绿罗裙，处处怜芳草。 牛希济《生查子》

六幅罗裙窣地，微行曳碧波。 孙光宪《思帝乡》

青杏园林煮酒香，佳人初试薄罗裳，柳丝无力燕飞忙。 晏殊《浣溪沙》

翠叶藏莺，朱帘隔燕，炉香静逐游丝转。 晏殊《踏莎行》

绿酒初尝人易醉，一枕小窗浓睡。 晏殊《清平乐》

欲寄彩笺兼尺素，山长水阔知何处。 晏殊《蝶恋花》

满地残红宫锦污，昨夜南园风雨。 王安国《清平乐》

绿杯红袖趁重阳，人情似故乡。 晏几道《阮郎归》

彩袖殷勤捧玉钟，当年拚却醉颜红。 晏几道《鹧鸪天》

石榴半吐红巾蹙，待浮花浪蕊都尽，伴君幽独。 苏轼《贺新郎》

怎奈向、欢娱渐随流水，素弦声断，翠绡香减。 秦观《八六子》

黄衫飞白马，日日青楼下。 陈克《菩萨蛮》

侵晨浅约宫黄，障风映袖，盈盈笑语。 周邦彦《瑞龙吟》

唤起两眸清炯炯，泪花落枕红绵冷。 周邦彦《蝶恋花》

天际小山桃叶步，白蘋花满湔裙处。 贺铸《蝶恋花》

红藕香残玉簟秋，轻解罗裳，独上兰舟。　　　　　李清照《一剪梅》

铺翠冠儿，捻金雪柳，簇带争济楚。　　　　　　　李清照《永遇乐》

东篱把酒黄昏后，有暗香盈袖。　　　　　　　　　李清照《醉花阴》

榴花不似舞裙红，无人知此意，歌罢满帘风。　　　陈与义《临江仙》

教人红消翠减，觉衣宽金缕，都为轻别。　　　　　田为《江神子慢》

便角枕题诗，宝钗贳酒，共醉青苔深院。　　　　　吕渭老《薄幸》

故国梅花归梦，愁损绿罗裙。　　　　　　　　　　鲁逸仲《南浦》

闲傍枕，百啭黄鹂语。　　　　　　　　　　　　　袁去华《安公子》

脸霞红印枕，睡觉来、冠儿还是不整。　　　　　　陆淞《瑞鹤仙》

金钗斗草，青丝勒马，风流云散。　　　　　　　　陈亮《水龙吟》

倩何人唤取，红巾翠袖，揾英雄泪？　　　　　　　辛弃疾《水龙吟》

马上单衣寒恻恻，看尽鹅黄嫩绿，都是江南旧相识。姜夔《淡黄柳》

犀帘黛卷，凤枕云孤，应也几番凝伫。　　　　　　张镃《宴山亭》

惆怅南楼遥夜，记翠箔张灯，枕肩歌罢。　　　　　史达祖《三姝媚》

翠眼圈花，冰丝织练，黄道宝光相直。　　　　　　史达祖《喜迁莺》

江城次第，笙歌翠合，绮罗香暖。　　　　　　　　卢祖皋《宴清都》

绣幄鸳鸯柱，红情密，腻云低护秦树。　　　　　　吴文英《宴清都》

旧尊俎，玉纤曾擘黄柑，柔香系幽素。　　　　　　吴文英《祝英台近》

溯红渐招入仙溪，锦儿偷寄幽素。　　　　　　　　吴文英《莺啼序》

倚银屏、春宽梦窄，断红湿、歌纨金缕。　　　　　吴文英《莺啼序》

翠香零落红衣老，暮愁锁，残柳眉梢。　　　　　　吴文英《惜黄花慢》

离魂难倩招清些，梦缟衣解佩溪边。　　　　　　　吴文英《高阳台》

池上红衣伴倚阑，栖鸦常带夕阳还。　　　　　　　吴文英《鹧鸪天》

盘丝系腕，巧篆垂簪，玉隐绀纱睡觉。　　　　　　吴文英《澡兰香》

午梦千山，窗阴一箭，香瘢新褪红丝腕。　　　　　吴文英《踏莎行》

红萸佩，空对酒。砧杵动微寒，暗欺罗袖。　　　　潘希白《大有》

翠扇恩疏，红衣香褪，翻成消歇。　　　　　　　　周密《玉京秋》

剔残红烓，但梦里隐隐，钿车罗帕。　　　　　　　蒋捷《女冠子》

恐翠袖正天寒，犹倚梅花那树。　　　　　　　　　张炎《月下笛》

恋恋青衫，犹染枯香，还叹鬓丝飘雪。　　　　　　张炎《疏影》

| | |
|---|---|
| 一襟余恨宫魂断，年年翠阴庭树。 | 王沂孙《齐天乐》 |
| 蝶化彩衣金缕尽，虫衔画粉玉楼空。 | 陈子龙《山花子》 |
| 好在软绡红泪积，漏痕斜罥菱丝碧。 | 纳兰性德《天仙子》 |
| 欹角枕，掩红窗。梦到江南伊家，博山沉水香。 | 纳兰性德《逍方怨》 |
| 酒态添华活，任翩翩燕子，偷啄红巾。 | 蒋春霖《忆旧游》 |
| 天远无消息，问谁裁尺帛，寄与青冥？ | 文廷式《忆旧游》 |
| 盈盈怎堪攀折，只轻朱薄粉，愁上簪帻。 | 郑文焯《六丑》 |
| 登临感清快，对层云曳缟，乱峰横黛。 | 吕碧城《瑞鹤仙》 |
| 洒向人间都是怨，一枕黄粱再现。 | 毛泽东《清平乐》 |
| 须晴日，看红装素裹，分外妖娆。 | 毛泽东《沁园春》 |

## 颜色＋建筑物①

| | |
|---|---|
| 盈盈楼上女，皎皎当窗牖。 | 《青青河畔草》 |
| 青楼临大路，高门结重关。 | 曹植《美女篇》 |
| 别酒青门路，归轩白马津。 | 张九龄《送韦城李少府》 |
| 又疑瑶台镜，飞在青云端。 | 李白《古朗月行》 |
| 魂来枫林青，魂返关塞黑。 | 杜甫《梦李白二首之一》 |
| 青槐夹驰道，宫观何玲珑。 | 岑参《与高适薛据登慈恩寺浮图》 |
| 寥落古行宫，宫花寂寞红。 | 元稹《行宫》 |
| 白头宫女在，闲坐说玄宗。 | 元稹《行宫》 |
| 黄叶仍风雨，青楼自管弦。 | 李商隐《风雨》 |
| 昔人已乘黄鹤去，此地空余黄鹤楼。 | 崔颢《黄鹤楼》 |
| 烽火城西百尺楼，黄昏独坐海风秋。 | 王昌龄《从军行之一》 |
| 黄沙百战穿金甲，不破楼兰终不还。 | 王昌龄《从军行之四》 |
| 大漠风尘日色昏，红旗半卷出辕门。 | 王昌龄《从军行之五》 |

---

① 指"宫禁寺庙观殿堂楼台亭榭厅阁城阙关塞房屋庭院桥园苑"等，下同。

闺中少妇不知愁，春日凝妆上翠楼。　　　　　　王昌龄《闺怨》

画阁朱楼尽相望，红桃绿柳垂檐向。　　　　　　王维《洛阳女儿行》

手持绿玉杖，朝别黄鹤楼。　　　　　　李白《庐山谣寄卢侍御虚舟》

君不见，高堂明镜悲白发，朝如青丝暮成雪。　　　　李白《将进酒》

青冥浩荡不见底，日月照耀金银台。　　　　李白《梦游天姥吟留别》

天门中断楚江开，碧水东流直北回。　　　　　　李白《望天门山》

故人西辞黄鹤楼，烟花三月下扬州。　　　　　　李白《送孟浩然之广陵》

江头宫殿锁千门，细柳新蒲为谁绿？　　　　　　杜甫《哀江头》

忆昔巡幸新丰宫，翠华拂天来向东。　　　杜甫《韦讽录事宅观曹将军画马图》

黄门飞鞚不动尘，御厨络绎送八珍。　　　　　　杜甫《丽人行》

长安城头头白乌，夜飞延秋门上呼。　　　　　　杜甫《哀王孙》

青春复随冠冕入，紫禁正耐烟花绕。　　　　　　杜甫《洗兵马》

背郭堂成荫白茅，缘江路熟俯青郊。　　　　　　杜甫《堂成》

千家山郭静朝晖，日日江楼坐翠微。　　　　　　杜甫《秋兴八首之三》

西望瑶池降王母，东来紫气满函关。　　　　　　杜甫《秋兴八首之五》

昆吾御宿自逶迤，紫阁峰阴入渼陂。　　　　　　杜甫《秋兴八首之八》

一去紫台连朔漠，独留青冢向黄昏。　　　　　　杜甫《咏怀古迹之三》

翠华想像空山里，玉殿虚无野寺中。　　　　　　杜甫《咏怀古迹之四》

二月黄鹂飞上林，春城紫禁晓阴阴。　　　　　　钱起《赠阙下裴舍人》

玄都观里桃千树，尽是刘郎去后栽。　　　　　　刘禹锡《玄都观桃花》

新妆宜面下朱楼，深锁春光一院愁。　　　　　　刘禹锡《春词》

回眸一笑百媚生，六宫粉黛无颜色。　　　　　　白居易《长恨歌》

骊宫高处入青云，仙乐风飘处处闻。　　　　　　白居易《长恨歌》

翠华摇摇行复止，西出都门百余里。　　　　　　白居易《长恨歌》

西宫南内多秋草，落叶满阶红不扫。　　　　　　白居易《长恨歌》

梨园弟子白发新，椒房阿监青娥老。　　　　　　白居易《长恨歌》

画栏桂树悬秋香，三十六宫土花碧。　　　　　　李贺《金铜仙人辞汉歌》

日光斜照集灵台，红树花迎晓露开。　　　　　　张祜《集灵台》

十年一觉扬州梦，赢得青楼薄幸名。　　　　　　杜牧《遣怀》

红楼隔雨相望冷，珠箔飘灯独自归。　　　　　　李商隐《春雨》

迢递高城百尺楼，绿杨枝外尽汀洲。 李商隐《安定城楼》

紫泉宫殿锁烟霞，欲取芜城作帝家。 李商隐《隋宫》

洞房昨夜停红烛，待晓堂前拜舅姑。 朱庆馀《近试上张水部》

绿章夜奏通明殿，乞借春阴护海棠。 陆游《花时遍游诸家园》

薰天意气连宫掖，明眸皓齿无人惜。 吴伟业《圆圆曲》

玉炉香，红蜡泪，偏照画堂秋思。 温庭筠《更漏子》

红楼别夜堪惆怅，香灯半卷流苏帐。 韦庄《菩萨蛮》

翠华一去寂无踪，玉楼歌吹，声断已随风。 鹿虔扆《临江仙》

梯横画阁黄昏后，又还是、斜月帘栊。 张先《一丛花》

小径红稀，芳郊绿遍，高台树色阴阴见。 晏殊《踏莎行》

明月不谙离恨苦，斜光到晓穿朱户。 晏殊《蝶恋花》

翠娥执手，送临歧，轧轧开朱户。 柳永《采莲令》

未名未禄，绮陌红楼，往往经岁迁延。 柳永《戚氏》

不肯画堂朱户，春风自在杨花。 王安国《清平乐》

满地残红宫锦污，昨夜南园风雨。 王安国《清平乐》

碧楼帘影不遮愁，还似去年今日意。 晏几道《木兰花》

绿阴春尽，飞絮绕香阁。 晏几道《六幺令》

晚来翠眉宫样，巧把远山学。 晏几道《六幺令》

树头花艳杂娇云，树底人家朱户。 晏几道《御街行》

异时对，黄楼夜景，为余浩叹。 苏轼《永遇乐》

转朱阁，低绮户，照无眠。 苏轼《水调歌头》

古台芳榭，飞燕蹴红英。 秦观《满庭芳》

东风里，朱门映柳，低按小秦筝。 秦观《满庭芳》

谩赢得青楼，薄幸名存。 秦观《满庭芳》

去年紫陌青门，今宵雨魄云魂。 赵令畤《清平乐》

黄衫飞白马，日日青楼下。 陈克《菩萨蛮》

侵晨浅约宫黄，障风映袖，盈盈笑语。 周邦彦《瑞龙吟》

遥知新妆了，开朱户，应自待月西厢。 周邦彦《风流子》

暗柳啼鸦，单衣伫立，小帘朱户。 周邦彦《琐窗寒》

不记归时早暮，上马谁扶，醒眠朱阁。 周邦彦《瑞鹤仙》

锦瑟华年谁与度？月桥花院，琐窗朱户，只有春知处。　　　贺铸《青玉案》

回首旧游，山无重数。花底深朱户。　　　贺铸《感皇恩》

青翰棹舣，白蘋洲畔，尽目临皋飞观。　　　贺铸《望湘人》

闲阶静、杨花渐少，朱门掩、莺声犹嫩。　　　僧挥《金明池》

睡起流莺语。掩苍苔、房栊向晚，乱红无数。　　　叶梦得《贺新郎》

近绿水、台榭映秋千，斗草聚、双双游女。　　　万俟咏《三台》

饧香更、酒冷踏青路；会暗识、夭桃朱户。　　　万俟咏《三台》

清明看、汉宫传蜡炬，散翠烟、飞入槐府。　　　万俟咏《三台》

红酥手，黄縢酒。满城春色宫墙柳。　　　陆游《钗头凤》

马上琵琶关塞黑，更长门、翠辇辞金阙。　　　辛弃疾《贺新郎》

犹记深宫旧事，那人正睡里，飞近蛾绿。　　　姜夔《疏影》

纵豆蔻词工，青楼梦好，难赋深情。　　　姜夔《扬州慢》

渐吹尽、枝头香絮，是处人家，绿深门户。　　　姜夔《长亭怨慢》

柳院灯疏，梅厅雪在，谁与细倾春碧。　　　史达祖《喜迁莺》

幻苍崖云树，名娃金屋，残霸宫城。　　　吴文英《八声甘州》

紫曲门荒，沿败井、风摇青蔓。　　　吴文英《三姝媚》

空樽夜泣，青山不语，残月当门。　　　黄孝迈《湘春夜月》

君且醉，君不见长门青草春风泪。　　　朱嗣发《摸鱼儿》

柳陌，新烟凝碧。映帘底宫眉，堤上游勒。　　　周密《曲游春》

一襟余恨宫魂断，年年翠阴庭树。　　　王沂孙《齐天乐》

泛孤艇东皋过遍，尚记当日，绿阴门掩。　　　王沂孙《长亭怨慢》

憺憺雨、春心如腻，欲待化、丰乐楼前帐饮，青门都废。　　　彭元逊《六丑》

一壶幽绿，爱松阴满地，蕊珠宫府。　　　萨都剌《酹江月》

月户云窗，石田瑶草，丹井飞龙虎。　　　萨都剌《酹江月》

寂寂景阳宫外月，照残红。　　　陈子龙《山花子》

紫塞门孤，金河月冷，恨谁诉？　　　朱彝尊《长亭怨慢》

寂寂锁朱门，梦承恩。　　　纳兰性德《昭君怨》

# 颜色＋颜色①

| | |
|---|---|
| 蒹葭苍苍，白露为霜。 | 《诗经·秦风·蒹葭》 |
| 贻我青铜镜，结我红罗裙。 | 《羽林郎》 |
| 白毛浮绿水，红掌拨清波。 | 骆宾王《咏鹅》 |
| 不堪玄鬓影，来对白头吟。 | 骆宾王《在狱咏蝉》 |
| 淑气催黄鸟，晴光转绿蘋。 | 杜审言《和晋陵陆丞早春游望》 |
| 客路青山下，行舟绿水前。 | 王湾《次北固山下》 |
| 别酒青门路，归轩白马津。 | 张九龄《送韦城李少府》 |
| 江南有丹橘，经冬犹绿林。 | 张九龄《感遇之七》 |
| 白日依山尽，黄河入海流。 | 王之涣《登鹳雀楼》 |
| 忽逢青鸟使，邀入赤松家。 | 孟浩然《宴梅道士山房》 |
| 绿树村边合，青山郭外斜。 | 孟浩然《过故人庄》 |
| 白发催年老，青阳逼岁除。 | 孟浩然《岁暮归南山》 |
| 黄尘足今古，白骨乱蓬蒿。 | 王昌龄《塞下曲》 |
| 白云回望合，青霭入看无。 | 王维《终南山》 |
| 燕草如碧丝，秦桑低绿枝。 | 李白《春思》 |
| 红颜弃轩冕，白首卧松云。 | 李白《赠孟浩然》 |
| 魂来枫林青，魂返关塞黑。 | 杜甫《梦李白二首之一》 |
| 白发悲花落，青云羡鸟飞。 | 岑参《寄左省杜拾遗》 |
| 联步趋丹陛，分曹限紫微。 | 岑参《寄左省杜拾遗》 |
| 绿蚁新醅酒，红泥小火炉。 | 白居易《问刘十九》 |
| 朱绂皆大夫，紫绶悉将军。 | 白居易《轻肥》 |
| 黄叶仍风雨，青楼自管弦。 | 李商隐《风雨》 |
| 春风对青冢，白日落梁州。 | 张乔《书边事》 |

---

① 即两种或两种以上的颜色。

雨中黄叶树，灯下白头人。 　　　　司空曙《喜外弟卢纶见宿》

碧玉妆成一树高，万条垂下绿丝绦。 　　　　贺知章《咏柳》

射杀山中白额虎，肯数邺下黄须儿。 　　　　王维《老将行》

画阁朱楼尽相望，红桃绿柳垂檐向。 　　　　王维《洛阳女儿行》

坐看红树不知远，行尽青溪忽值人。 　　　　王维《桃源行》

漠漠水田飞白鹭，阴阴夏木啭黄鹂。 　　　　王维《积雨辋川庄作》

蜀道之难难于上青天，使人听此凋朱颜。 　　　　李白《蜀道难》

手持绿玉杖，朝别黄鹤楼。 　　　　李白《庐山谣寄卢侍御虚舟》

翠影红霞映朝日，鸟飞不到吴天长。 　　　　李白《庐山谣寄卢侍御虚舟》

黄云万里动风色，白波九道流雪山。 　　　　李白《庐山谣寄卢侍御虚舟》

三山半落青天外，二水中分白鹭洲。 　　　　李白《登金陵凤凰台》

千里黄云白日曛，北风吹雁雪纷纷。 　　　　高适《别董大之一》

青春复随冠冕入，紫禁正耐烟花绕。 　　　　杜甫《洗兵马》

崔嵬枝干郊原古，窈窕丹青户牖空。 　　　　杜甫《古柏行》

杨花雪落覆白蘋，青鸟飞去衔红巾。 　　　　杜甫《丽人行》

鸿飞冥冥日月白，青枫叶赤天雨霜。 　　　　杜甫《寄韩谏议注》

映阶碧草自春色，隔叶黄鹂空好音。 　　　　杜甫《蜀相》

一去紫台连朔漠，独留青冢向黄昏。 　　　　杜甫《咏怀古迹之三》

波漂菰米沉云黑，露冷莲房坠粉红。 　　　　杜甫《秋兴八首之七》

彩笔昔曾干气象，白头吟望苦低垂。 　　　　杜甫《秋兴八首之八》

二月黄鹂飞上林，春城紫禁晓阴阴。 　　　　钱起《赠阙下裴舍人》

山红涧碧纷烂漫，时见松枥皆十围。 　　　　韩愈《山石》

三春白雪归青冢，万里黄河绕黑山。 　　　　柳中庸《征人怨》

紫陌红尘拂面来，无人不道看花回。 　　　　刘禹锡《玄都观桃花》

碧毯线头抽早稻，青罗裙带展新蒲。 　　　　白居易《春题湖上》

千里莺啼绿映红，水村山郭酒旗风。 　　　　杜牧《江南春绝句》

一水护田将绿绕，两山排闼送青来。 　　　　王安石《书湖阴先生壁》

朱弦已为佳人绝，青眼聊因美酒横。 　　　　黄庭坚《登快阁》

接天莲叶无穷碧，映日荷花别样红。 　　　　杨万里《晓出净慈寺送林子方》

黄梅时节家家雨，青草池塘处处蛙。 　　　　赵师秀《约客》

人生自古谁无死，留取丹心照汗青。　　　　　　文天祥《过零丁洋》

电扫黄巾定黑山，哭罢君亲再相见。　　　　　　吴伟业《圆圆曲》

遍索绿珠围内第，强呼绛树出雕栏。　　　　　　吴伟业《圆圆曲》

全家白骨成灰土，一代红妆照汗青。　　　　　　吴伟业《圆圆曲》

怵目飞红随蝶舞，开心茸碧绕阶生。　　　　　　鲁迅《惜花四律之一》

洞庭木落楚天高，眉黛猩红浣战袍。　　　　　　鲁迅《无题（1932 年）》

赤县无人存正朔，青衫有泪哭琵琶。　　　　　　柳亚子《次韵和陈巢南》

绿水青山枉自多，华佗无奈小虫何。　　　　　　毛泽东《送瘟神二首之一》

红雨随心翻作浪，青山着意化为桥。　　　　　　毛泽东《送瘟神二首之二》

九嶷山上白云飞，帝子乘风下翠微。　　　　　　毛泽东《答友人》

斑竹一枝千滴泪，红霞万朵百重衣。　　　　　　毛泽东《答友人》

爱丽舍宫唇发黑，戴维营里面施朱。　　　　　　毛泽东《读报有感之四》

青箬笠，绿蓑衣，斜风细雨不须归。　　　　　　张志和《渔歌子》

日出江花红胜火，春来江水绿如蓝。能不忆江南？　白居易《忆江南》

菡萏香销翠叶残，西风愁起绿波间。　　　　　　李璟《摊破浣溪沙》

碧云天，黄叶地，秋色连波，波上寒烟翠。　　　范仲淹《苏幕遮》

小径红稀，芳郊绿遍，高台树色阴阴见。　　　　晏殊《踏莎行》

翠叶藏莺，朱帘隔燕，炉香静逐游丝转。　　　　晏殊《踏莎行》

紫薇朱槿花残，斜阳却照阑干。　　　　　　　　晏殊《清平乐》

遍绿野、嬉游醉眼，莫负青春。　　　　　　　　韩缜《凤箫吟》

绿杨烟外晓寒轻，红杏枝头春意闹。　　　　　　宋祁《木兰花》

翠娥执手，送临歧，轧轧开朱户。　　　　　　　柳永《采莲令》

长天净，绛河清浅，皓月婵娟。思绵绵。　　　　柳永《戚氏》

兰佩紫，菊簪黄，殷勤理旧狂。　　　　　　　　晏几道《阮郎归》

墙头丹杏雨余花，门外绿杨风后絮。　　　　　　晏几道《木兰花》

晚春盘马踏青苔，曾傍绿阴深驻。　　　　　　　晏几道《御街行》

念柳外青骢别后，水边红袂分时，怆然暗惊。　　秦观《八六子》

多情，行乐处，珠钿翠盖，玉辔红缨。　　　　　秦观《满庭芳》

去年紫陌青门，今宵雨魄云魂。　　　　　　　　赵令畤《清平乐》

金碧上青空，花晴帘影红。　　　　　　　　　　陈克《菩萨蛮》

到清明时候，百紫千红，花正乱，已失春风一半。　　　　李元膺《洞仙歌》

风消绛蜡，露浥红莲，灯市光相射。　　　　　　　　　周邦彦《解语花》

映水曲、翠瓦朱檐，垂杨里、乍见津亭。　　　　　　　周邦彦《绮寮怨》

谩伫立、倚遍危阑，尽黄昏，也只是暮云凝碧。　　　　　　李甲《帝台春》

算翠屏应是，两眉余恨倚黄昏。　　　　　　　　　　　鲁逸仲《南浦》

红粉腻，娇如醉，倚朱扉。　　　　　　　　　　　　韩元吉《六州歌头》

倩何人唤取，红巾翠袖，揾英雄泪？　　　　　　　　辛弃疾《水龙吟》

翠尊易泣，红萼无言耿相忆。　　　　　　　　　　　　　姜夔《暗香》

冰池晴绿照还空，香径落红吹已断。　　　　　　　　　　严仁《木兰花》

临断岸、新绿生时，是落红、带愁流处。　　　　　　　史达祖《绮罗香》

山黛暝，尘波澹绿无痕。　　　　　　　　　　　　　　吴文英《渡江云》

小娉婷，清铅素靥，蜂黄暗偷晕，翠翘敧鬓。　　　　　　吴文英《花犯》

翠香零落红衣老，暮愁锁、残柳眉梢。　　　　　　　吴文英《惜黄花慢》

剪红情，裁绿意，花信上钗股。　　　　　　　　　　吴文英《祝英台近》

飞红若到西湖底，搅翠澜、总是愁鱼。　　　　　　　吴文英《高阳台》

紫曲门荒，沿败井、风摇青蔓。　　　　　　　　　　吴文英《三姝媚》

是非成败转头空，青山依旧在，几度夕阳红。　　　　　杨慎《临江仙》

黄云紫塞三千里，女墙西畔啼乌起。　　　　　　　纳兰性德《菩萨蛮》

黛蛾更羞重斗，避面月黄昏。　　　　　　　　　　蒋春霖《忆旧游》

园林红紫千千，放教狼藉，休但怨、连番风雨。　　　文廷式《祝英台近》

更洒黄昏雨，水环风佩，数断红消息。　　　　　　　郑文焯《六丑》

赤橙黄绿青蓝紫，谁持彩练当空舞。　　　　　　　毛泽东《菩萨蛮》

## 颜色＋数字

门前迟行迹，一一生绿苔。　　　　　　　　　　　　　李白《长干行》

八月蝴蝶黄，双飞西园草。　　　　　　　　　　　　　李白《长干行》

四角碍白日，七层摩苍穹。　　　　　　岑参《与高适薛据登慈恩寺浮图》

五陵北原上，万古青濛濛。　　　　　岑参《与高适薛据登慈恩寺浮图》

灼灼百朵红，盏盏五束素。　　　　　白居易《买花》

红叶晚萧萧，长亭酒一瓢。　　　　　许浑《秋日赴阙题潼关驿楼》

五更疏欲断，一树碧无情。　　　　　李商隐《蝉》

碧玉妆成一树高，万条垂下绿丝绦。　贺知章《咏柳》

黄河远上白云间，一片孤城万仞山。　王之涣《凉州词》

黄鹤一去不复返，白云千载空悠悠。　崔颢《黄鹤楼》

烽火城西百尺楼，黄昏独坐海风秋。　王昌龄《从军行之一》

黄沙百战穿金甲，不破楼兰终不还。　王昌龄《从军行之四》

天姥连天向天横，势拔五岳掩赤城。　李白《梦游天姥吟留别》

黄云万里动风色，白波九道流雪山。　李白《庐山谣寄卢侍御虚舟》

早服还丹无世情，琴心三叠道初成。　李白《庐山谣寄卢侍御虚舟》

一枝红艳露凝香，云雨巫山枉断肠。　李白《清平调之二》

故人西辞黄鹤楼，烟花三月下扬州。　李白《送孟浩然之广陵》

三山半落青天外，二水中分白鹭洲。　李白《登金陵凤凰台》

两岸青山相对出，孤帆一片日边来。　李白《望天门山》

千里黄云白日曛，北风吹雁雪纷纷。　高适《别董大之一》

江头宫殿锁千门，细柳新蒲为谁绿。　杜甫《哀江头》

将军得名三十载，人间又见真乘黄。　杜甫《韦讽录事宅观曹将军画马图》

黄门飞鞚不动尘，御厨络绎送八珍。　杜甫《丽人行》

张公一生江海客，身长九尺须眉苍。　杜甫《洗兵马》

黄四娘家花满蹊，千朵万朵压枝低。　杜甫《江畔独步寻花七绝句之六》

两个黄鹂鸣翠柳，一行白鹭上青天。　杜甫《绝句四首之三》

千家山郭静朝晖，日日江楼坐翠微。　杜甫《秋兴八首之三》

一卧沧江惊岁晚，几回青琐点朝班。　杜甫《秋兴八首之五》

一去紫台连朔漠，独留青冢向黄昏。　杜甫《咏怀古迹之三》

二月黄鹂飞上林，春城紫禁晓阴阴。　钱起《赠阙下裴舍人》

三春白雪归青冢，万里黄河绕黑山。　柳中庸《征人怨》

山红涧碧纷烂漫，时见松枥皆十围。　韩愈《山石》

烟销日出不见人，欸乃一声山水绿。　柳宗元《渔翁》

新妆宜面下朱楼，深锁春光一院愁。　　　　　　刘禹锡《春词》

晴空一鹤排云上，便引诗情到碧霄。　　　　　刘禹锡《秋词二首之一》

钗留一股合一扇，钗擘黄金合分钿。　　　　　　白居易《长恨歌》

五陵年少争缠头，一曲红绡不知数。　　　　　　白居易《琵琶行》

松排山面千重翠，月点波心一颗珠。　　　　　　白居易《春题湖上》

画栏桂树悬秋香，三十六宫土花碧。　　　　　李贺《金铜仙人辞汉歌》

十年一觉扬州梦，赢得青楼薄幸名。　　　　　　　杜牧《遣怀》

九秋风露越窑开，夺得千峰翠色来。　　　　　　陆龟蒙《秘色越器》

一水护田将绿绕，两山排闼送青来。　　　　　王安石《书湖阴先生壁》

微风万顷靴文细，断霞半空鱼尾赤。　　　　　　苏轼《游金山寺》

杳杳天低鹘没处，青山一发是中原。　　　　　苏轼《澄迈驿通潮阁》

恸哭六军俱缟素，冲冠一怒为红颜。　　　　　　吴伟业《圆圆曲》

坐客飞觞红日暮，一曲哀弦向谁诉。　　　　　　吴伟业《圆圆曲》

传来消息满江乡，乌桕红经十度霜。　　　　　　吴伟业《圆圆曲》

全家白骨成灰土，一代红妆照汗青。　　　　　　吴伟业《圆圆曲》

抚剑长号归去也，千山风雨啸青锋。　　　　　康有为《出都留别诸公》

细雨轻寒二月时，不缘红豆始相思。　　　　　鲁迅《惜花四律之三》

红军不怕远征难，万水千山只等闲。　　　　　　毛泽东《长征》

钟山风雨起苍黄，百万雄师过大江。　　　毛泽东《人民解放军占领南京》

云横九派浮黄鹤，浪下三吴起白烟。　　　　　毛泽东《登庐山》

九嶷山上白云飞，帝子乘风下翠微。　　　　　毛泽东《答友人》

斑竹一枝千滴泪，红霞万朵百重衣。　　　　　毛泽东《答友人》

神州岂止千重恶，赤县原藏万种邪。　　　　毛泽东《读报有感之一》

平林漠漠烟如织，寒山一带伤心碧。　　　　　　李白《菩萨蛮》

翠华一去寂无踪，玉楼歌吹，声断已随风。　　　鹿虔扆《临江仙》

雨横风狂三月暮，门掩黄昏，无计留春住。　　　冯延巳《蝶恋花》

六曲阑干偎碧树，杨柳风轻，展尽黄金缕。　　　冯延巳《蝶恋花》

满眼游丝兼落絮，红杏开时，一霎清明雨。　　　冯延巳《蝶恋花》

哀筝一弄湘江曲，声声写尽江波绿。　　　　　　张先《菩萨蛮》

绿酒初尝人易醉，一枕小窗浓睡。　　　　　　　晏殊《清平乐》

千里澄江似练，翠峰如簇。　　　　　　　　　　　　　王安石《桂枝香》

六朝旧事随流水，但寒烟衰草凝绿。　　　　　　　　　王安石《桂枝香》

明朝万一西风动，争奈朱颜不耐秋。　　　　　　　　　晏几道《鹧鸪天》

一棹碧涛春水路，过尽晓莺啼处。　　　　　　　　　　晏几道《清平乐》

秾艳一枝细看取，芳意千重似束，又恐被西风惊绿。　苏轼《贺新郎》

故垒西边，人道是、三国周郎赤壁。　　　　　　　　　苏轼《念奴娇》

恼乱横波秋一寸，斜阳只与黄昏近。　　　　　　　　　赵令畤《蝶恋花》

小雨纤纤风细细，万家杨柳青烟里。　　　　　　　　　朱服《渔家傲》

到清明时候，百紫千红，花正乱，已失春风一半。　　李元膺《洞仙歌》

梅风地溽，虹雨苔滋，一架舞红都变。　　　　　　　　周邦彦《过秦楼》

但梦想、一枝潇洒，黄昏斜照水。　　　　　　　　　　周邦彦《花犯》

若问闲愁都几许？一川烟草，满城风絮，梅子黄时雨。　贺铸《青玉案》

花底深、朱户何处？半黄梅子，向晚一帘疏雨。　　　贺铸《感皇恩》

楼角初销一缕霞，淡黄杨柳暗栖鸦，玉人和月摘梅花。　贺铸《浣溪沙》

长亭柳色才黄，远客一枝先折。　　　　　　　　　　　贺铸《石州引》

晓来庭院半残红，惟有游丝千丈罥晴空。　　　　　　叶梦得《虞美人》

楼上黄昏，片帆千里归程，年华将晚。　　　　　　　　蔡伸《苏武慢》

一点残红欲尽时，乍凉秋气满屏帏。　　　　　　　　　周紫芝《鹧鸪天》

洞庭青草，近中秋、更无一点风色。　　　　　　　　张孝祥《念奴娇》

过春风十里，尽荠麦青青。　　　　　　　　　　　　　姜夔《扬州慢》

长记曾携手处，千树压、西湖寒碧。　　　　　　　　　姜夔《暗香》

闹红一舸，记来时、尝与鸳鸯为侣。　　　　　　　　　姜夔《念奴娇》

第一是早早归来，怕红萼无人为主。　　　　　　　　姜夔《长亭怨慢》

一鞭南陌，几篙官渡，赖有歌眉舒绿。　　　　　　　史达祖《八归》

素秋不解随船去，败红趁一叶寒涛。　　　　　　　　吴文英《惜黄花慢》

午梦千山，窗阴一箭，香瘢新褪红丝腕。　　　　　　吴文英《踏莎行》

凄断流红千浪，缺月孤楼，总难留燕。　　　　　　　吴文英《瑞鹤仙》

楼前绿暗分携路，一丝柳，一寸柔情。　　　　　　　吴文英《风入松》

可惜一片清歌，都付与黄昏。　　　　　　　　　　　黄孝迈《湘春夜月》

金壶剪送琼枝，看一骑红尘，香度瑶阙。　　　　　　周密《瑶华》

一树桃花飞茜雪，红豆相思暗结。　　　　　　周密《清平乐》

更凄然、万绿西泠，一抹荒烟。　　　　　　　张炎《高阳台》

恐怨歌、忽断花风，碎却翠云千叠。　　　　　张炎《疏影》

一缕紫帘翠影，依稀海天云气。　　　　　　　王沂孙《天香》

一襟余恨宫魂断，年年翠阴庭树。　　　　　　王沂孙《齐天乐》

紫萸一枝传赐，梦谁到、汉家陵。　　　　　　姚云文《紫萸香慢》

指点六朝形胜地，唯有青山如壁。　　　　　　萨都剌《百字令》

一壶幽绿，爱松阴满地，蕊珠宫府。　　　　　萨都剌《酹江月》

黄云紫塞三千里，女墙西畔啼乌起。　　　　　纳兰性德《菩萨蛮》

一片晕红才著雨，几丝柔柳乍和烟，倩魂销尽夕阳前。　纳兰性德《浣溪沙》

园林红紫千千，放教狼藉，休但怨、连番风雨。　　文廷式《祝英台近》

料南枝明月，应减红香一半。　　　　　　　　况周颐《苏武慢》

看万山红遍，层林尽染；漫江碧透，百舸争流。　毛泽东《沁园春》

赣水那边红一角，偏师借重黄公略。　　　　　毛泽东《蝶恋花》

万木霜天红烂漫，天兵怒气冲霄汉。　　　　　毛泽东《渔家傲》

唤起工农千百万，同心干，不周山下红旗乱。　毛泽东《渔家傲》

六盘山上高峰，红旗漫卷西风。　　　　　　　毛泽东《清平乐》

七百里驱十五日，赣水苍茫闽山碧。　　　　　毛泽东《渔家傲》

长夜难明赤县天，百年魔怪舞翩跹，人民五亿不团圆。　毛泽东《浣溪沙》

## 颜色 + 方位[①]

江南有丹橘，经冬犹绿林。　　　　　　　　　张九龄《感遇之七》

红豆生南国，春来发几枝。　　　　　　　　　王维《相思》

八月蝴蝶黄，双飞西园草。　　　　　　　　　李白《长干行》

青山横北郭，白水绕东城。　　　　　　　　　李白《送友人》

---

① 指"东西南北中前后左右上下内外间"等，下同。

| | |
|---|---|
| 蜀僧抱绿绮，西下峨眉峰。 | 李白《听蜀僧濬弹琴》 |
| 牛渚西江夜，青天无片云。 | 李白《夜泊牛渚怀古》 |
| 峥嵘赤云西，日脚下平地。 | 杜甫《羌村之一》 |
| 秋色从西来，苍然满关中。 | 岑参《与高适薛据登慈恩寺浮图》 |
| 五陵北原上，万古青濛濛。 | 岑参《与高适薛据登慈恩寺浮图》 |
| 平明寻白羽，没在石棱中。 | 卢纶《塞下曲之二》 |
| 雨中黄叶树，灯下白头人。 | 司空曙《喜外弟卢纶见宿》 |
| 遥夜泛清瑟，西风生翠萝。 | 许浑《早秋》 |
| 白狼河北音书断，丹凤城南秋夜长。 | 沈佺期《独不见》 |
| 黄河远上白云间，一片孤城万仞山。 | 王之涣《凉州词》 |
| 烽火城西百尺楼，黄昏独坐海风秋。 | 王昌龄《从军行之一》 |
| 闺中少妇不知愁，春日凝妆上翠楼。 | 王昌龄《闺怨》 |
| 四月南风大麦黄，枣花未落桐叶长。 | 李颀《送陈章甫》 |
| 射杀山中白额虎，肯数邺下黄须儿。 | 王维《老将行》 |
| 西当太白有鸟道，可以横绝峨眉巅。 | 李白《蜀道难》 |
| 天门中断楚江开，碧水东流直北回。 | 李白《望天门山》 |
| 故人西辞黄鹤楼，烟花三月下扬州。 | 李白《送孟浩然之广陵》 |
| 辇前才人带弓箭，白马嚼啮黄金勒。 | 杜甫《哀江头》 |
| 黄昏胡骑尘满城，欲往城南望城北。 | 杜甫《哀江头》 |
| 西望瑶池降王母，东来紫气满函关。 | 杜甫《秋兴八首之五》 |
| 北风卷地白草折，胡天八月即飞雪。 | 岑参《白雪歌送武判官归京》 |
| 翠华摇摇行复止，西出都门百余里。 | 白居易《长恨歌》 |
| 西宫南内多秋草，落叶满阶红不扫。 | 白居易《长恨歌》 |
| 东船西舫悄无言，唯见江心秋月白。 | 白居易《琵琶行》 |
| 座中泣下谁最多，江州司马青衫湿。 | 白居易《琵琶行》 |
| 最爱湖东行不足，绿杨阴里白沙堤。 | 白居易《钱塘湖春行》 |
| 一道残阳铺水中，半江瑟瑟半江红。 | 白居易《暮江吟》 |
| 角声满天秋色里，塞上燕脂凝夜紫。 | 李贺《雁门太守行》 |
| 青山隐隐水迢迢，秋尽江南草未凋。 | 杜牧《寄扬州韩绰判官》 |
| 斑骓只系垂杨岸，何处西南待好风。 | 李商隐《无题》 |

春风又绿江南岸，明月何时照我还。　　　　　　王安石《泊船瓜洲》

试登绝顶望乡国，江南江北青山多。　　　　　　苏轼《游金山寺》

杳杳天低鹘没处，青山一发是中原。　　　　　　苏轼《澄迈驿通潮阁》

塞上长城空自许，镜中衰鬓已先斑。　　　　　　陆游《书愤》

浩荡离愁白日斜，吟鞭东指即天涯。　　　　　　龚自珍《己亥杂诗之一》

咬定青山不放松，立根原在破岩中。　　　　　　郑燮《竹石》

中华儿女多奇志，不爱红装爱武装。　　　　　　毛泽东《为女民兵题照》

偶攀红豆来南国，为访云英上玉京。　　　　　　郁达夫《乱离杂诗之九》

西塞山前白鹭飞，桃花流水鳜鱼肥。　　　　　　张志和《渔歌子》

日出江花红胜火，春来江水绿如蓝。能不忆江南？　　白居易《忆江南》

藕花相向野塘中，暗伤亡国，清露泣香红。　　　鹿虔扆《临江仙》

菡萏香销翠叶残，西风愁起绿波间。　　　　　　李璟《摊破浣溪沙》

青鸟不传云外信，丁香空结雨中愁。　　　　　　李璟《摊破浣溪沙》

夜过也，东窗未白凝残月。　　　　　　　　　　张先《千秋岁》

昨夜西风凋碧树，独上高楼，望尽天涯路。　　　晏殊《蝶恋花》

人面不知何处，绿波依旧东流。　　　　　　　　晏殊《清平乐》

把酒祝东风，且共从容，垂杨紫陌洛城东。　　　欧阳修《浪淘沙》

满地残红宫锦污，昨夜南园风雨。　　　　　　　王安国《清平乐》

街南绿树春饶絮，雪满游春路。　　　　　　　　晏几道《御街行》

紫骝认得旧游踪，嘶过画桥东畔路。　　　　　　晏几道《木兰花》

东风又作无情计，艳粉娇红吹满地。　　　　　　晏几道《木兰花》

明朝万一西风动，争奈朱颜不耐秋。　　　　　　晏几道《鹧鸪天》

不恨此花飞尽，恨西园、落红难缀。　　　　　　苏轼《水龙吟》

故垒西边，人道是、三国周郎赤壁。　　　　　　苏轼《念奴娇》

三年枕上吴中路，遣黄犬，随君去。　　　　　　苏轼《青玉案》

东风里，朱门映柳，低按小秦筝。　　　　　　　秦观《满庭芳》

绿芜墙绕青苔院，中庭日淡芭蕉卷。　　　　　　陈克《菩萨蛮》

遥知新妆了，开朱户，应自待月西厢。　　　　　周邦彦《风流子》

翠尊未竭，凭断云留取西楼残月。　　　　　　　周邦彦《浪淘沙慢》

东园岑寂，渐蒙笼暗碧，静绕珍丛底，成叹息。　周邦彦《六丑》

东篱把酒黄昏后，有暗香盈袖。　　　　　　　　　　　李清照《醉花阴》

莫道不销魂，帘卷西风，人比黄花瘦。　　　　　　　　李清照《醉花阴》

芳草碧色，萋萋遍南陌。　　　　　　　　　　　　　　李甲《帝台春》

内苑春、不禁过青门，御沟涨、潜通南浦。　　　　　　万俟咏《三台》

闻道中原遗老，常南望、翠葆霓旌。　　　　　　　　　张孝祥《六州歌头》

洞庭青草，近中秋、更无一点风色。　　　　　　　　　张孝祥《念奴娇》

青山遮不住，毕竟东流去。　　　　　　　　　　　　　辛弃疾《菩萨蛮》

长记曾携手处，千树压、西湖寒碧。　　　　　　　　　姜夔《暗香》

淮南皓月冷千山，冥冥归去无人管。　　　　　　　　　姜夔《踏莎行》

马上单衣寒恻恻，看尽鹅黄嫩绿，都是江南旧相识。　　姜夔《淡黄柳》

梦中未比丹青见，暗里忽惊山鸟啼。　　　　　　　　　姜夔《鹧鸪天》

红杏香中箫鼓，绿杨影里秋千。　　　　　　　　　　　俞国宝《风入松》

竹槛气寒，蕙畹声摇，新绿暗通南浦。　　　　　　　　张镃《宴山亭》

惆怅南楼遥夜，记翠箔张灯，枕肩歌罢。　　　　　　　史达祖《三姝媚》

故园信息，爱渠入眼南山碧。　　　　　　　　　　　　史达祖《秋霁》

一鞭南陌，几篙官渡，赖有歌眉舒绿。　　　　　　　　史达祖《八归》

梦翠翘，怨鸿料过南谯。　　　　　　　　　　　　　　吴文英《惜黄花慢》

半壶秋水荐黄花，香噀西风雨。　　　　　　　　　　　吴文英《霜叶飞》

记醉踏南屏，彩扇咽寒蝉，倦梦不知蛮素。　　　　　　吴文英《霜叶飞》

飞红若到西湖底，搅翠澜、总是愁鱼。　　　　　　　　吴文英《高阳台》

殷勤待写，书中长恨，蓝霞辽海沉过雁。　　　　　　　吴文英《莺啼序》

恰归来、南山翠色依旧。　　　　　　　　　　　　　　潘希白《大有》

对西风、鬓摇烟碧，参差前事流水。　　　　　　　　　朱嗣发《摸鱼儿》

东风渐绿西湖岸，雁已还、人未南归。　　　　　　　　周密《高阳台》

笑绿鬟邻女，倚窗犹唱，夕阳西下。　　　　　　　　　蒋捷《女冠子》

鸳楼碎泻东西玉，问芳踪、何时再展，翠钗难卜。　　　蒋捷《贺新郎》

更凄然、万绿西泠，一抹荒烟。　　　　　　　　　　　张炎《高阳台》

新烟禁柳，想如今、绿到西湖。　　　　　　　　　　　张炎《渡江云》

载取白云归去，问谁留楚佩，弄影中洲？　　　　　　　张炎《八声甘州》

泛孤艇东皋过遍，尚记当日，绿阴门掩。　　　　　　　王沂孙《长亭怨慢》

但数点红英，犹识西园凄婉。　　　　　　王沂孙《长亭怨慢》

荼蘼花落，东风吹散红雨。　　　　　　　萨都剌《酹江月》

满眼韶华，东风惯是吹红去。　　　　　　陈子龙《点绛唇》

黄云紫塞三千里，女墙西畔啼乌起。　　　纳兰性德《菩萨蛮》

满目荒凉谁可语，西风吹老丹枫树。　　　纳兰性德《蝶恋花》

教说与东风，垂杨淡碧吹梦痕。　　　　　蒋春霖《忆旧游》

看茫茫南徐，苍苍北固，如此山川。　　　蒋春霖《木兰花慢》

最销魂，画楼西畔黄昏。　　　　　　　　郑文焯《湘春夜月》

料南枝明月，应减红香一半。　　　　　　况周颐《苏武慢》

六盘山上高峰，红旗漫卷西风。　　　　　毛泽东《清平乐》

壁上红旗飘落照，西风漫卷孤城。　　　　毛泽东《临江仙》

歌未竟，东方白。　　　　　　　　　　　毛泽东《贺新郎》

# 第二篇

# 数 字 类

## 数字 + 动物

使君从南来，五马立踟蹰。 　　　　　　　　　　　　　《陌上桑》

赌胜马蹄下，由来轻七尺。 　　　　　　　　　　　　李颀《古意》

万壑树参天，千山响杜鹃。 　　　　　　　　王维《送梓州李使君》

回看射雕处，千里暮云平。 　　　　　　　　　　　　王维《观猎》

五月不可触，猿声天上哀。 　　　　　　　　　　　　李白《长干行》

柴门鸟雀噪，归客千里至。 　　　　　　　　　　杜甫《羌村之一》

戍鼓断人行，秋边一雁声。 　　　　　　　　杜甫《月夜忆舍弟》

无才日衰老，驻马望千门。 　　杜甫《至德二载甫自京金光门出》

飘飘何所似，天地一沙鸥。 　　　　　　　　　　杜甫《旅夜书怀》

星河秋一雁，砧杵夜千家。 　　　　　韩翃《酬程近秋夜即事见赠》

千山鸟飞绝，万径人踪灭。 　　　　　　　　　　柳宗元《江雪》

鸣鸡一声唱，汗漫东皋上。 　　　　　　　　毛泽东《挽易昌陶》

一片飘飘下，欢迎有晚鹰。 　　　　　　　　　　毛泽东《看山》

黄鹤一去不复返，白云千载空悠悠。 　　　　崔颢《黄鹤楼》

东门酤酒饮我曹，心轻万事如鸿毛。 　　　李颀《送陈章甫》

少年十五二十时，步行夺得胡马骑。 　　　　王维《老将行》

烹羊宰牛且为乐，会须一饮三百杯。 　　　　李白《将进酒》

长风万里送秋雁，对此可以酣高楼。 李白《宣州谢朓楼饯别校书叔云》

两岸猿声啼不住，轻舟已过万重山。 　　　　李白《下江陵》

三山半落青天外，二水中分白鹭洲。 　　李白《登金陵凤凰台》

故人西辞黄鹤楼，烟花三月下扬州。 　　李白《送孟浩然之广陵》

千里黄云白日曛，北风吹雁雪纷纷。 　　　高适《别董大之一》

大厦如倾要梁栋，万牛回首丘山重。 杜甫《古柏行》

斯须九重真龙出，一洗万古凡马空。 杜甫《丹青引》

金鞭断折九马死，骨肉不待同驰驱。 杜甫《哀王孙》

两个黄鹂鸣翠柳，一行白鹭上青天。 杜甫《绝句四首之三》

听猿实下三声泪，奉使虚随八月槎。 杜甫《秋兴八首之二》

同学少年多不贱，五陵衣马自轻肥。 杜甫《秋兴八首之三》

关塞极天唯鸟道，江湖满地一渔翁。 杜甫《秋兴八首之七》

莺啼燕语报新年，马邑龙堆路几千。 皇甫冉《春思》

二月黄鹂飞上林，春城紫禁晓阴阴。 钱起《赠阙下裴舍人》

蒐于岐阳骋雄俊，万里禽兽皆遮罗。 韩愈《石鼓歌》

旧时王谢堂前燕，飞入寻常百姓家。 刘禹锡《乌衣巷》

晴空一鹤排云上，便引诗情到碧霄。 刘禹锡《秋词二首之一》

六军不发无奈何，宛转蛾眉马前死。 白居易《长恨歌》

东风不与周郎便，铜雀春深锁二乔。 杜牧《赤壁》

千里莺啼绿映红，水村山郭酒旗风。 杜牧《江南春绝句》

行军司马智且勇，十四万众犹虎貔。 李商隐《韩碑》

此日六军同驻马，当时七夕笑牵牛。 李商隐《马嵬》

身无彩凤双飞翼，心有灵犀一点通。 李商隐《无题》

玉珰缄札何由达，万里云罗一雁飞。 李商隐《春雨》

雁声远过潇湘去，十二楼中月自明。 温庭筠《瑶瑟怨》

数丛沙草群鸥散，万顷江田一鹭飞。 温庭筠《利州南渡》

江雨霏霏江草齐，六朝如梦鸟空啼。 韦庄《台城》

竹外桃花三两枝，春江水暖鸭先知。 苏轼《惠崇春江晚景》

百二关河草不横，十年戎马暗秦京。 元好问《岐阳之一》

衣玄绡衣冠玉冠，明珰垂绂乘六鸾。 夏完淳《长歌》

专征箫鼓向秦川，金牛道上车千乘。 吴伟业《圆圆曲》

九州生气恃风雷，万马齐暗究可哀。 龚自珍《己亥杂诗之二》

横眉冷对千夫指，俯首甘为孺子牛。 鲁迅《自嘲》

牛郎欲问瘟神事，一样悲欢逐逝波。 毛泽东《送瘟神二首之一》

金猴奋起千钧棒，玉宇澄清万里埃。 毛泽东《和郭沫若同志》

云横九派浮黄鹤，浪下三吴起白烟。　　　　　毛泽东《登庐山》

梁王堕马寻常事，何用哀伤付一生。　　　　　毛泽东《贾谊》

孤鸿铩羽悲鸣镝，万马齐喑叫一声。　　　　　毛泽东《刘蕡》

却喜长空播玉音，灵犀一点此传心。　　　郁达夫《乱离杂诗之七》

便欲扬帆从此去，长天渺渺一征鸿。　　　郁达夫《乱离杂诗之十》

燕鸿过后莺归去，细算浮生千万绪。　　　　　晏殊《木兰花》

一棹碧涛春水路，过尽晓莺啼处。　　　　　晏几道《清平乐》

三年枕上吴中路，遣黄犬，随君去。　　　　　苏轼《青玉案》

燕子楼空，暗尘锁、一床弦索。　　　　　　周邦彦《解连环》

不解寄、一字相思，幸有归来双燕。　　　　　贺铸《望湘人》

凤城远，楚梅香嫩，先寄一枝春。　　　　　　贺铸《绿头鸭》

牛渚天门险，限南北、七雄豪占。　　　　　　贺铸《天门谣》

争渡，争渡，惊起一滩鸥鹭。　　　　　　李清照《如梦令》

征鸿过尽，万千心事难寄。　　　　　　　李清照《念奴娇》

万里云帆何时到，送孤鸿、目断千山阻。　　　叶梦得《贺新郎》

追念人别后，心事万重，难觅孤鸿托。　　　　刘一止《喜迁莺》

闷来弹鹊，又搅碎、一帘花影。　　　　徐伸《转调二郎神》

雁足不来，马蹄难驻，门掩一庭芳景。　　徐伸《转调二郎神》

双阙中天，凤楼十二春寒浅。　　　　　　张抡《烛影摇红》

弱柳千丝缕，嫩黄匀遍鸦啼处。　　　　　　袁去华《安公子》

寂寞凭高念远，向南楼、一声归雁。　　　　　陈亮《水龙吟》

马上离愁三万里，望昭阳宫殿孤鸿没。　　　辛弃疾《贺新郎》

宝马雕车香满路。凤箫声动，玉壶光转，一夜鱼龙舞。　辛弃疾《青玉案》

想当年，金戈铁马，气吞万里如虎。　　　　辛弃疾《永遇乐》

可堪回首，佛狸祠下，一片神鸦社鼓。　　　辛弃疾《永遇乐》

千万缕、藏鸦细柳，为玉尊、起舞回雪。　　　姜夔《琵琶仙》

闹红一舸，记来时、尝与鸳鸯为侣。　　　　　姜夔《念奴娇》

雨余风软碎鸣禽，迟迟日，犹带一分阴。　　　章良能《小重山》

恐凤靴挑菜归来，万一灞桥相见。　　　　史达祖《东风第一枝》

千金买光景，但疏钟催晓，乱鸦啼暝。　　　　陆睿《瑞鹤仙》

仙人凤咽琼箫，怅断魂送远，九辨难招。　　　　吴文英《惜黄花慢》

惆怅双鸳不到，幽阶一夜苔生。　　　　　　　　吴文英《风入松》

人去西楼雁杳。叙别梦，扬州一觉。　　　　　　吴文英《夜游宫》

十年一梦凄凉，似西湖燕去，吴馆巢荒。　　　　吴文英《夜合花》

凄断流红千浪，缺月孤楼，总难留燕。　　　　　吴文英《瑞鹤仙》

十载西湖，傍柳系马，趁娇尘软雾。　　　　　　吴文英《莺啼序》

戏马台前，采花篱下，问岁华、还是重九。　　　潘希白《大有》

肠断竹马儿童，空见说、三千乐指。　　　　　　刘辰翁《宝鼎现》

照野旌旗，朝天车马，平沙万里天低。　　　　　周密《高阳台》

三山何在，乘鸾便欲飞去。　　　　　　　　　　萨都剌《酹江月》

老鹤一声霜衬履，隔断人间尘土。　　　　　　　萨都剌《酹江月》

秋空一碧无今古，醉衵貂裘，略记寻呼处。　　　陈维崧《醉落魄》

并马三河年少客，粗豪，皂栎林中醉射雕。　　　陈维崧《南乡子》

落日万山寒，萧萧猎马还。　　　　　　　　　　纳兰性德《菩萨蛮》

凤髻抛残秋草生，高梧湿月冷无声，当时七夕有深盟。　纳兰性德《浣溪沙》

筝雁十三双，输他作一行。　　　　　　　　　　纳兰性德《菩萨蛮》

奔腾急，万马战犹酣。　　　　　　　　　　　　毛泽东《十六字令》

一声鸡唱，万怪烟消云落。　　　　　　　　　　毛泽东《念奴娇》

六月天兵征腐恶，万丈长缨要把鲲鹏缚。　　　　毛泽东《蝶恋花》

鲲鹏展翅，九万里，翻动扶摇羊角。　　　　　　毛泽东《念奴娇》

## ❧ 数字＋植物 ❧

树木丛生，百草丰茂。　　　　　　　　曹操《步出夏门行·观沧海》

绕树三匝，何枝可依。　　　　　　　　曹操《短歌行之一》

万壑树参天，千山响杜鹃。　　　　　　王维《送梓州李使君》

复值接舆醉，狂歌五柳前。　　　　　　王维《辋川闲居赠裴秀才迪》

楚塞三湘接，荆门九派通。　　　　　　王维《汉江临眺》

花间一壶酒，独酌无相亲。　　　　　　　李白《月下独酌》

八月蝴蝶黄，双飞西园草。　　　　　　　李白《长干行》

此地一为别，孤蓬万里征。　　　　　　　李白《送友人》

竹批双耳峻，风入四蹄轻。　　　　　　　杜甫《房兵曹胡马》

泠泠七弦上，静听松风寒。　　　　　　　刘长卿《弹琴》

谁言寸草心，报得三春晖。　　　　　　　孟郊《游子吟》

一丛深色花，十户中人赋。　　　　　　　白居易《买花》

离离原上草，一岁一枯荣。　　　　　　　白居易《草》

五更疏欲断，一树碧无情。　　　　　　　李商隐《蝉》

碧玉妆成一树高，万条垂下绿丝绦。　　　贺知章《咏柳》

枯桑老柏寒飕飀，九雏鸣凤乱啾啾。　　　李颀《听安万善吹觱篥歌》

四月南风大麦黄，枣花未落桐叶长。　　　李颀《送陈章甫》

遥看一处攒云树，近入千家散花竹。　　　王维《桃源行》

千岩万壑路不定，迷花倚石忽已暝。　　　李白《梦游天姥吟留别》

桃花潭水深千尺，不及汪伦送我情。　　　李白《赠汪伦》

二帝巡游俱未回，五陵松柏使人哀。　　　李白《永王东巡歌之五》

生女犹得嫁比邻，生男埋没随百草。　　　杜甫《兵车行》

君不闻汉家山东二百州，千村万落生荆杞。　杜甫《兵车行》

已经百日窜荆棘，身上无有完肌肤。　　　杜甫《哀王孙》

江头宫殿锁千门，细柳新蒲为谁绿。　　　杜甫《哀江头》

河广传闻一苇过，胡危命在破竹中。　　　杜甫《洗兵马》

三年笛里关山月，万国兵前草木风。　　　杜甫《洗兵马》

花近高楼伤客心，万方多难此登临。　　　杜甫《登楼》

两个黄鹂鸣翠柳，一行白鹭上青天。　　　杜甫《绝句四首之三》

群山万壑赴荆门，生长明妃尚有村。　　　杜甫《咏怀古迹之三》

丛菊两开他日泪，孤舟一系故园心。　　　杜甫《秋兴八首之一》

忽如一夜春风来，千树万树梨花开。　　　岑参《白雪歌送武判官归京》

去年花里逢君别，今日花开又一年。　　　韦应物《寄李儋元锡》

山红涧碧纷烂漫，时见松枥皆十围。　　　韩愈《山石》

森然魄动下马拜，松柏一迳趋灵宫。　　　韩愈《谒衡岳庙遂宿岳寺题门楼》

| | | |
|---|---|---|
| 最是一年春好处， | 绝胜烟柳满皇都。 | 韩愈《早春呈水部张十八员外》 |
| 玄都观里桃千树， | 尽是刘郎去后栽。 | 刘禹锡《玄都观桃花》 |
| 中有一人字太真， | 雪肤花貌参差是。 | 白居易《长恨歌》 |
| 玉容寂寞泪阑干， | 梨花一枝春带雨。 | 白居易《长恨歌》 |
| 人间四月芳菲尽， | 山寺桃花始盛开。 | 白居易《大林寺桃花》 |
| 松排山面千重翠， | 月点波心一颗珠。 | 白居易《春题湖上》 |
| 画栏桂树悬秋香， | 三十六宫土花碧。 | 李贺《金铜仙人辞汉歌》 |
| 春心莫共花争发， | 一寸相思一寸灰。 | 李商隐《无题》 |
| 相见时难别亦难， | 东风无力百花残。 | 李商隐《无题》 |
| 迢递高城百尺楼， | 绿杨枝外尽汀洲。 | 李商隐《安定城楼》 |
| 数丛沙草群鸥散， | 万顷江田一鹭飞。 | 温庭筠《利州南渡》 |
| 江雨霏霏江草齐， | 六朝如梦鸟空啼。 | 韦庄《台城》 |
| 无情最是台城柳， | 依旧烟笼十里堤。 | 韦庄《台城》 |
| 春色满园关不住， | 一枝红杏出墙来。 | 叶绍翁《游园不值》 |
| 春风疑不到天涯， | 二月山城未见花。 | 欧阳修《戏答元珍》 |
| 竹外桃花三两枝， | 春江水暖鸭先知。 | 苏轼《惠崇春江晚景》 |
| 小楼一夜听春雨， | 深巷明朝卖杏花。 | 陆游《临安春雨初霁》 |
| 山重水复疑无路， | 柳暗花明又一村。 | 陆游《游山西村》 |
| 梦断香消四十年， | 沈园柳老不吹绵。 | 陆游《沈园之一》 |
| 百二关河草不横， | 十年戎马暗秦京。 | 元好问《岐阳之一》 |
| 怀抱芳馨兰一握， | 纵横宙合雾千重。 | 康有为《出都留别诸公》 |
| 如磐夜气压重楼， | 剪柳春风道九秋。 | 鲁迅《悼丁君》 |
| 何来酪果供千佛， | 难得莲花似六郎。 | 鲁迅《秋夜有感》 |
| 一水西陵松柏渡， | 吴山越浦怒潮秋。 | 柳亚子《吴门记游之十》 |
| 三十一年还旧国， | 落花时节读华章。 | 毛泽东《和柳亚子先生》 |
| 春风杨柳万千条， | 六亿神州尽舜尧。 | 毛泽东《送瘟神二首之二》 |
| 斑竹一枝千滴泪， | 红霞万朵百重衣。 | 毛泽东《答友人》 |
| 梧桐树， | 三更雨， | 不道离情正苦。 | 温庭筠《更漏子》 |
| 百草千花寒食路， | 香车系在谁家树。 | 冯延巳《蝶恋花》 |
| 六曲阑干偎碧树， | 杨柳风轻， | 展尽黄金缕。 | 冯延巳《蝶恋花》 |

夜深风竹敲秋韵，万叶千声皆是恨。　　　　　　　欧阳修《木兰花》

一叶兰舟，便恁急桨凌波去。　　　　　　　　　　柳永《采莲令》

更回首、重城不见，寒江天外，隐隐两三烟树。　　柳永《采莲令》

望中酒旆闪闪，一簇烟村，数行霜树。　　　　　　柳永《夜半乐》

败荷零落，衰杨掩映，岸边两两三三，浣纱游女。　柳永《夜半乐》

重湖叠巘清嘉，有三秋桂子，十里荷花。　　　　　柳永《望海潮》

六朝旧事随流水，但寒烟衰草凝绿。　　　　　　　王安石《桂枝香》

竹杖芒鞋轻胜马，谁怕？一蓑烟雨任平生。　　　　苏轼《定风波》

故人早晚上高台，寄我江南春色一枝梅。　　　　　舒亶《虞美人》

小雨纤纤风细细，万家杨柳青烟里。　　　　　　　朱服《渔家傲》

桐花半亩，静锁一庭愁雨。　　　　　　　　　　　周邦彦《琐窗寒》

凭栏久，黄芦苦竹，疑泛九江船。　　　　　　　　周邦彦《满庭芳》

长亭柳色才黄，远客一枝先折。　　　　　　　　　贺铸《石州引》

潇洒江梅，向竹梢疏处，横两三枝。　　　　　　　李邴《汉宫春》

梧桐叶上三更雨，叶叶声声是别离。　　　　　　　周紫芝《鹧鸪天》

竹外一枝斜，想佳人、天寒日暮。　　　　　　　　曹组《蓦山溪》

洞庭青草，近中秋、更无一点风色。　　　　　　　张孝祥《念奴娇》

弱柳千丝缕，嫩黄匀遍鸦啼处。　　　　　　　　　袁去华《安公子》

东风夜放花千树，更吹落，星如雨。　　　　　　　辛弃疾《青玉案》

长记曾携手处，千树压、西湖寒碧。　　　　　　　姜夔《暗香》

双桨莼波，一蓑松雨，暮愁渐满空阔。　　　　　　姜夔《庆宫春》

记曾共西楼雅集，想垂柳还袅万丝金。　　　　　　姜夔《一萼红》

都把一襟芳思，与空阶榆荚。　　　　　　　　　　姜夔《琵琶仙》

千万缕、藏鸦细柳，为玉尊、起舞回雪。　　　　　姜夔《琵琶仙》

玉梯凝望久，但芳草萋萋千里。　　　　　　　　　姜夔《翠楼吟》

做冷欺花，将烟困柳，千里偷催春暮。　　　　　　史达祖《绮罗香》

十载西湖，傍柳系马，趁娇尘软雾。　　　　　　　吴文英《莺啼序》

肠断竹马儿童，空见说、三千乐指。　　　　　　　刘辰翁《宝鼎现》

连昌约略无多柳，第一是难听夜雨。　　　　　　　张炎《月下笛》

一襟余恨宫魂断，年年翠阴庭树。　　　　　　　　王沂孙《齐天乐》

漫想熏风，柳丝千万缕。　　　　　　　　　　王沂孙《齐天乐》

风烟雨雪阴晴晚，更何须、春风千树。　　　　彭元逊《疏影》

一壶幽绿，爱松阴满地，蕊珠宫府。　　　　　萨都剌《酹江月》

杨柳迷离晓雾中，杏花零落五更钟。　　　　　陈子龙《山花子》

梨花带雨，柳絮迎风，一番愁债。　　　　　　夏完淳《烛影摇红》

怅霜飞榆塞，月冷枫江，万里凄清。　　　　　文廷式《忆旧游》

灯萼半成灰，短书千里回，报岩扃、晚桂都开。　朱孝臧《唐多令》

一霎车尘生树杪，陌上楼头，都向尘中老。　　王国维《蝶恋花》

战松林、万翠鸣秋，并作怒涛澎湃。　　　　　吕碧城《瑞鹤仙》

我失骄杨君失柳，杨柳轻飏，直上重霄九。　　毛泽东《蝶恋花》

已是悬崖百丈冰，犹有花枝俏。　　　　　　　毛泽东《卜算子》

## 数字 + 天文

风鸣两岸叶，月照一孤舟。　　　　　孟浩然《宿桐庐江寄广陵旧游》

万壑树参天，千山响杜鹃。　　　　　　　王维《送梓州李使君》

五月不可触，猿声天上哀。　　　　　　　　　李白《长干行》

举杯邀明月，对影成三人。　　　　　　　　　李白《月下独酌》

长安一片月，万户捣衣声。　　　　　　　　　李白《子夜吴歌》

星临万户动，月傍九霄多。　　　　　　　　　杜甫《春宿左省》

飘飘何所似，天地一沙鸥。　　　　　　　　　杜甫《旅夜书怀》

四角碍白日，七层摩苍穹。　　　　岑参《与高适薛据登慈恩寺浮图》

北斗七星高，哥舒夜带刀。　　　　　　　　西鄙人《哥舒歌》

长江一帆远，落日五湖春。　　　　　　刘长卿《饯别王十一南游》

星河秋一雁，砧杵夜千家。　　　　韩翃《酬程近秋夜即事见赠》

天秋月又满，城阙夜千重。　　　　戴叔伦《江乡故人偶集客舍》

天地英雄气，千秋尚凛然。　　　　　　　　刘禹锡《蜀先主庙》

晚来天欲雪，能饮一杯无。　　　　　　　　白居易《问刘十九》

惆怅中何寄，江天水一泓。　　　　　　　　　毛泽东《挽易昌陶》

岩峣太华俯咸京，天外三峰削不成。　　　　　崔颢《行经华阴》

一声已动物皆静，四座无言星欲稀。　　　　　李颀《琴歌》

天姥连天向天横，势拔五岳掩赤城。　　　　　李白《梦游天姥吟留别》

天台四万八千丈，对此欲倒东南倾。　　　　　李白《梦游天姥吟留别》

上有六龙回日之高标，下有冲波逆折之回川。　李白《蜀道难》

天生我材必有用，千金散尽还复来。　　　　　李白《将进酒》

三山半落青天外，二水中分白鹭洲。　　　　　李白《登金陵凤凰台》

飞流直下三千尺，疑是银河落九天。　　　　　李白《望庐山瀑布》

两岸青山相对出，孤帆一片日边来。　　　　　李白《望天门山》

南风一扫胡尘静，西入长安到日边。　　　　　李白《永王东巡歌之十一》

千里黄云白日曛，北风吹雁雪纷纷。　　　　　高适《别董大之一》

霜皮溜雨四十围，黛色参天二千尺。　　　　　杜甫《古柏行》

翻身向天仰射云，一箭正坠双飞翼。　　　　　杜甫《哀江头》

三年笛里关山月，万国兵前草木风。　　　　　杜甫《洗兵马》

两个黄鹂鸣翠柳，一行白鹭上青天。　　　　　杜甫《绝句四首之三》

三峡楼台淹日月，五溪衣服共云山。　　　　　杜甫《咏怀古迹之一》

五更鼓角声悲壮，三峡星河影动摇。　　　　　杜甫《阁夜》

三顾频烦天下计，两朝开济老臣心。　　　　　杜甫《蜀相》

海内风尘诸弟隔，天涯涕泪一身遥。　　　　　杜甫《野望》

关塞极天唯鸟道，江湖满地一渔翁。　　　　　杜甫《秋兴八首之七》

日暮汉宫传蜡烛，轻烟散入五侯家。　　　　　韩翃《寒食》

三湘愁鬓逢秋色，万里归心对月明。　　　　　卢纶《晚次鄂州》

周纲凌迟四海沸，宣王愤起挥天戈。　　　　　韩愈《石鼓歌》

夜深静卧百虫绝，清月出岭光入扉。　　　　　韩愈《山石》

一封朝奏九重天，夕贬潮阳路八千。　　　　韩愈《左迁至蓝关示侄孙湘》

烟销日出不见人，欸乃一声山水绿。　　　　　柳宗元《渔翁》

晴空一鹤排云上，便引诗情到碧霄。　　　　刘禹锡《秋词二首之一》

天生丽质难自弃，一朝选在君王侧。　　　　　白居易《长恨歌》

闻道汉家天子使，九华帐里梦魂惊。　　　　　白居易《长恨歌》

潮落夜江斜月里，两三星火是瓜洲。　　　　　　张祜《题金陵渡》

二十四桥明月夜，玉人何处教吹箫。　　　　　　杜牧《寄扬州韩绰判官》

雁声远过潇湘去，十二楼中月自明。　　　　　　温庭筠《瑶瑟怨》

八尺龙须方锦褥，已凉天气未寒时。　　　　　　韩偓《已凉》

春风疑不到天涯，二月山城未见花。　　　　　　欧阳修《戏答元珍》

是时江月初生魄，二更月落天深黑。　　　　　　苏轼《游金山寺》

杳杳天低鹘没处，青山一发是中原。　　　　　　苏轼《澄迈驿通潮阁》

落木千山天远大，澄江一道月分明。　　　　　　黄庭坚《登快阁》

戍楼刁斗催落月，三十从军今白发。　　　　　　陆游《关山月》

三万里河东入海，五千仞岳上摩天。　　　陆游《秋夜将晓出篱门迎凉有感》

半亩方塘一鉴开，天光云影共徘徊。　　　　　　朱熹《观书有感》

卢龙雄塞倚天开，十载三逢敌骑来。　　　　　　陈子龙《辽事杂诗之一》

坐客飞觞红日暮，一曲哀弦向谁诉。　　　　　　吴伟业《圆圆曲》

我劝天公重抖擞，不拘一格降人才。　　　　　　龚自珍《己亥杂诗之二》

天连五岭银锄落，地动三河铁臂摇。　　　　　　毛泽东《送瘟神二首之二》

便欲扬帆从此去，长天渺渺一征鸿。　　　　　　郁达夫《乱离杂诗之十》

四面边声连角起，千嶂里，长烟落日孤城闭。　　范仲淹《渔家傲》

年年今夜，月华如练，长是人千里。　　　　　　范仲淹《御街行》

天不老，情难绝，心似双丝网，中有千千结。　　张先《千秋岁》

冻云黯淡天气，扁舟一叶，乘兴离江渚。　　　　柳永《夜半乐》

对潇潇暮雨洒江天，一番洗清秋。　　　　　　　柳永《八声甘州》

晚秋天，一霎微雨洒庭轩。　　　　　　　　　　柳永《戚氏》

画屏天畔，梦回依约，十洲云水。　　　　　　　晏几道《留春令》

人生如梦，一尊还酹江月。　　　　　　　　　　苏轼《念奴娇》

无端天与娉婷，夜月一帘幽梦，春风十里柔情。　秦观《八六子》

牛渚天门险，限南北、七雄豪占。　　　　　　　贺铸《天门谣》

天遥地远，万水千山，知他故宫何处。　　　　　赵佶《燕山亭》

竹外一枝斜，想佳人、天寒日暮。　　　　　　　曹组《蓦山溪》

三十功名尘与土，八千里路云和月。　　　　　　岳飞《满江红》

五云深处，万烛光中，揭天丝管。　　　　　　　张抡《烛影摇红》

楚天千里清秋，水随天去秋无际。　　　　　　辛弃疾《水龙吟》

况屈指中秋，十分好月，不照人圆。　　　　　辛弃疾《木兰花慢》

东风夜放花千树，更吹落，星如雨。　　　　　辛弃疾《青玉案》

七八个星天外，两三点雨山前。　　　　　　　辛弃疾《西江月》

淮南皓月冷千山，冥冥归去无人管。　　　　　姜夔《踏莎行》

人何在，一帘淡月，仿佛照颜色。　　　　　　姜夔《霓裳中序第一》

第四桥边，拟共天随住。　　　　　　　　　　姜夔《点绛唇》

暖风十里丽人天，花压鬓云偏。　　　　　　　俞国宝《风入松》

但怅望一缕新蟾，随人天角。　　　　　　　　吴文英《澡兰香》

渺空烟四远，是何年、青天坠长星。　　　　　吴文英《八声甘州》

凄断流红千浪，缺月孤楼，总难留燕。　　　　吴文英《瑞鹤仙》

记少年一梦扬州，二十四桥明月。　　　　　　周密《瑶华》

悲欢离合总无情，一任阶前点滴到天明。　　　蒋捷《虞美人》

一缕萦帘翠影，依稀海天云气。　　　　　　　王沂孙《天香》

相思一夜窗前梦，奈个人、水隔天遮。　　　　王沂孙《高阳台》

荏苒一枝春，恨东风、人似天远。　　　　　　王沂孙《法曲献仙音》

伤心千古，秦淮一片明月。　　　　　　　　　萨都剌《百字令》

辜负天工，九重自有春如海。　　　　　　　　夏完淳《烛影摇红》

七宝修成合璧，重轮岁岁中天。　　　　　　　纳兰性德《清平乐》

落日万山寒，萧萧猎马还。　　　　　　　　　纳兰性德《菩萨蛮》

一片石头城上月，浑怕照，旧江山。　　　　　蒋春霖《唐多令》

怅霜飞榆塞，月冷枫江，万里凄清。　　　　　文廷式《忆旧游》

料南枝明月，应减红香一半。　　　　　　　　况周颐《苏武慢》

最怜娥月含颦，一般消瘦，又别后、依依重见。　吕碧城《祝英台近》

鹰击长空，鱼翔浅底，万类霜天竞自由。　　　毛泽东《沁园春》

不见前年秋月朗，订了三家条约。　　　　　　毛泽东《念奴娇》

# 数字 + 天气

城阙辅三秦，风烟望五津。　　　　　王勃《送杜少府之任蜀州》

潮平两岸阔，风正一帆悬。　　　　　王湾《次北固山下》

风鸣两岸叶，月照一孤舟。　　　　　孟浩然《宿桐庐江寄广陵旧游》

山中一夜雨，树杪百重泉。　　　　　王维《送梓州李使君》

回看射雕处，千里暮云平。　　　　　王维《观猎》

长风几万里，吹度玉门关。　　　　　李白《关山月》

竹批双耳峻，风入四蹄轻。　　　　　杜甫《房兵曹胡马》

泠泠七弦上，静听松风寒。　　　　　刘长卿《弹琴》

欲持一瓢酒，远慰风雨夕。　　　　　韦应物《寄全椒山中道士》

浮云一别后，流水十年间。　　　　　韦应物《淮上喜会梁州故人》

晚来天欲雪，能饮一杯无。　　　　　白居易《问刘十九》

不知细叶谁裁出，二月春风似剪刀。　　贺知章《咏柳》

黄河远上白云间，一片孤城万仞山。　　王之涣《出塞》

黄鹤一去不复返，白云千载空悠悠。　　崔颢《黄鹤楼》

烽火城西百尺楼，黄昏独坐海风秋。　　王昌龄《从军行之一》

三晋云山皆北向，二陵风雨自东来。　　崔曙《九日登望仙台呈刘明府》

今为羌笛出塞声，使我三军泪如雨。　　李颀《古意》

野营万里无城郭，雨雪纷纷连大漠。　　李颀《古从军行》

遥看一处攒云树，近入千家散花竹。　　王维《桃源行》

飞湍瀑流争喧豗，砯崖转石万壑雷。　　李白《蜀道难》

一枝红艳露凝香，云雨巫山枉断肠。　　李白《清平调之二》

朝辞白帝彩云间，千里江陵一日还。　　李白《下江陵》

杀气三时作阵云，寒声一夜传刁斗。　　高适《燕歌行》

千里黄云白日曛，北风吹雁雪纷纷。　　高适《别董大之一》

霜皮溜雨四十围，黛色参天二千尺。　　杜甫《古柏行》

翻身向天仰射云，一箭正坠双飞翼。 杜甫《哀江头》

窗含西岭千秋雪，门泊东吴万里船。 杜甫《绝句四首之三》

西山白雪三城戍，南浦清江万里桥。 杜甫《野望》

海内风尘诸弟隔，天涯涕泪一身遥。 杜甫《野望》

三峡楼台淹日月，五溪衣服共云山。 杜甫《咏怀古迹之一》

三分割据纡筹策，万古云霄一羽毛。 杜甫《咏怀古迹之五》

瞿塘峡口曲江头，万里风烟接素秋。 杜甫《秋兴八首之六》

北风卷地白草折，胡天八月即飞雪。 岑参《白雪歌送武判官归京》

忽如一夜春风来，千树万树梨花开。 岑参《白雪歌送武判官归京》

瀚海阑干百丈冰，愁云惨淡万里凝。 岑参《白雪歌送武判官归京》

仙台初见五城楼，风物凄凄宿雨收。 韩翃《同题仙游观》

万里寒光生积雪，三边曙色动危旌。 祖咏《望蓟门》

三春白雪归青冢，万里黄河绕黑山。 柳中庸《征人怨》

云开远见汉阳城，犹是孤帆一日程。 卢纶《晚次鄂州》

晴空一鹤排云上，便引诗情到碧霄。 刘禹锡《秋词二首之一》

玉容寂寞泪阑干，梨花一枝春带雨。 白居易《长恨歌》

楼阁玲珑五云起，其中绰约多仙子。 白居易《长恨歌》

中有一人字太真，雪肤花貌参差是。 白居易《长恨歌》

可怜九月初三夜，露似真珠月似弓。 白居易《暮江吟》

南朝四百八十寺，多少楼台烟雨中。 杜牧《江南春绝句》

誓将上雪列圣耻，坐法宫中朝四夷。 李商隐《韩碑》

玉珰缄札何由达，万里云罗一雁飞。 李商隐《春雨》

嵩云秦树久离居，双鲤迢迢一纸书。 李商隐《寄令狐郎中》

一春梦雨常飘瓦，尽日灵风不满旗。 李商隐《重过圣女祠》

九秋风露越窑开，夺得千峰翠色来。 陆龟蒙《秘色越器》

江雨霏霏江草齐，六朝如梦鸟空啼。 韦庄《台城》

微风万顷靴文细，断霞半空鱼尾赤。 苏轼《游金山寺》

参横斗转欲三更，苦雨终风也解晴。 苏轼《六月二十日夜渡海》

桃李春风一杯酒，江湖夜雨十年灯。 黄庭坚《寄黄几复》

半亩方塘一鉴开，天光云影共徘徊。 朱熹《观书有感》

孤臣霜发三千丈，每岁烟花一万重。　　　　　陈与义《伤春》

小楼一夜听春雨，深巷明朝卖杏花。　　　　　陆游《临安春雨初霁》

传来消息满江乡，乌桕红经十度霜。　　　　　吴伟业《圆圆曲》

九州生气恃风雷，万马齐暗究可哀。　　　　　龚自珍《己亥杂诗之二》

抚剑长号归去也，千山风雨啸青锋。　　　　　康有为《出都留别诸公》

最是令人愁不解，四檐疏雨送秋声。　　　　　鲁迅《惜花四律之一》

细雨轻寒二月时，不缘红豆始相思。　　　　　鲁迅《惜花四律之三》

难向史家搜比例，一言恩重降云霄。　　　　　柳亚子《集定公句之四》

猛闻南岳一声雷，起蛰蛟龙舞劫灰。　　　　　柳亚子《除夕杂感之七》

更喜岷山千里雪，三军过后尽开颜。　　　　　毛泽东《长征》

钟山风雨起苍黄，百万雄师过大江。　　　毛泽东《人民解放军占领南京》

云横九派浮黄鹤，浪下三吴起白烟。　　　　　毛泽东《登庐山》

九嶷山上白云飞，帝子乘风下翠微。　　　　　毛泽东《答友人》

雪压冬云白絮飞，万花纷谢一时稀。　　　　　毛泽东《冬云》

一从大地起风雷，便有精生白骨堆。　　　　　毛泽东《和郭沫若同志》

南园满地堆轻絮，愁闻一霎清明雨。　　　　　温庭筠《菩萨蛮》

梧桐树，三更雨，不道离情正苦。　　　　　　温庭筠《更漏子》

雨横风狂三月暮，门掩黄昏，无计留春住。　　冯延巳《蝶恋花》

满眼游丝兼落絮，红杏开时，一霎清明雨。　　冯延巳《蝶恋花》

砌下落梅如雪乱，拂了一身还满。　　　　　　李煜《清平乐》

帘外雨潺潺，春意阑珊。罗衾不耐五更寒。　　李煜《浪淘沙》

楼头残梦五更钟，花底离愁三月雨。　　　　　晏殊《木兰花》

望中酒旆闪闪，一簇烟村，数行霜树。　　　　柳永《夜半乐》

归云一去无踪迹，何处是前期。　　　　　　　柳永《少年游》

晚秋天，一霎微雨洒庭轩。　　　　　　　　　柳永《戚氏》

对潇潇暮雨洒江天，一番洗清秋。　　　　　　柳永《八声甘州》

乱石穿空，惊涛拍岸，卷起千堆雪。　　　　　苏轼《念奴娇》

晓来雨过，遗踪何在，一池萍碎。　　　　　　苏轼《水龙吟》

竹杖芒鞋轻胜马，谁怕？一蓑烟雨任平生。　　苏轼《定风波》

桐花半亩，静锁一庭愁雨。　　　　　　　　　周邦彦《琐窗寒》

梅风地溽，虹雨苔滋，一架舞红都变。 周邦彦《过秦楼》

花底深、朱户何处？半黄梅子，向晚一帘疏雨。 贺铸《感皇恩》

梧桐叶上三更雨，叶叶声声是别离。 周紫芝《鹧鸪天》

七八个星天外，两三点雨山前。 辛弃疾《西江月》

双桨莼波，一蓑松雨，暮愁渐满空阔。 姜夔《庆宫春》

千万缕、藏鸦细柳，为玉尊、起舞回雪。 姜夔《琵琶仙》

自怜两鬓清霜，一年寒食，又身在云山深处。 吴文英《祝英台近》

可怜千点吴霜，寒消不尽，又相对、落梅如雨。 吴文英《祝英台近》

十载西湖，傍柳系马，趁娇尘软雾。 吴文英《莺啼序》

一帘鸠外雨，几处闲田，隔水动春锄。 张炎《渡江云》

连昌约略无多柳，第一是难听夜雨。 张炎《月下笛》

风烟雨雪阴晴晚，更何须、春风千树。 彭元逊《疏影》

老鹤一声霜衬履，隔断人间尘土。 萨都剌《酹江月》

杨柳迷离晓雾中，杏花零落五更钟。 陈子龙《山花子》

一往情深深几许，深山夕照深秋雨。 纳兰性德《蝶恋花》

怅霜飞榆塞，月冷枫江，万里凄清。 文廷式《忆旧游》

小栏人影凄迷，和烟和雾，更化作、一庭幽怨。 吕碧城《祝英台近》

万木霜天红烂漫，天兵怒气冲霄汉。 毛泽东《渔家傲》

四海翻腾云水怒，五洲震荡风雷激。 毛泽东《满江红》

北国风光，千里冰封，万里雪飘。 毛泽东《沁园春》

一篇读罢头飞雪，但记得斑斑点点，几行陈迹。 毛泽东《贺新郎》

## 数字＋季节

胡姬年十五，春日独当垆。 《羽林郎》

千秋万岁名，寂寞身后事。 杜甫《梦李白二首之二》

戍鼓断人行，秋边一雁声。 杜甫《月夜忆舍弟》

长江一帆远，落日五湖春。 刘长卿《饯别王十一南游》

星河秋一雁，砧杵夜千家。　　　　　　　韩翃《酬程近秋夜即事见赠》

天秋月又满，城阙夜千重。　　　　　　　戴叔伦《江乡故人偶集客舍》

谁言寸草心，报得三春晖。　　　　　　　　　　　孟郊《游子吟》

天地英雄气，千秋尚凛然。　　　　　　　　　　刘禹锡《蜀先主庙》

春种一粒粟，秋成万颗子。　　　　　　　　　李绅《悯农二首之一》

不知细叶谁裁出，二月春风似剪刀。　　　　　　　贺知章《咏柳》

烽火城西百尺楼，黄昏独坐海风秋。　　　　　王昌龄《从军行之一》

龙吟虎啸一时发，万籁百泉相与秋。　　　李颀《听安万善吹觱篥歌》

春窗曙灭九微火，九微片片飞花琐。　　　　　王维《洛阳女儿行》

秋毫不犯三吴悦，春日遥看五色光。　　　李白《永王东巡歌之三》

长风万里送秋雁，对此可以酣高楼。　　李白《宣州谢朓楼饯别校书叔云》

美人娟娟隔秋水，濯足洞庭望八荒。　　　　　杜甫《寄韩谏议注》

窗含西岭千秋雪，门泊东吴万里船。　　　　　杜甫《绝句四首之三》

万里悲秋常作客，百年多病独登台。　　　　　　　　杜甫《登高》

瞿塘峡口曲江头，万里风烟接素秋。　　　　　杜甫《秋兴八首之六》

怅望千秋一洒泪，萧条异代不同时。　　　　　杜甫《咏怀古迹之二》

二月黄鹂飞上林，春城紫禁晓阴阴。　　　　　钱起《赠阙下裴舍人》

三湘愁鬓逢秋色，万里归心对月明。　　　　　　　卢纶《晚次鄂州》

最是一年春好处，绝胜烟柳满皇都。　　　韩愈《早春呈水部张十八员外》

沉舟侧畔千帆过，病树前头万木春。　　刘禹锡《酬乐天扬州初逢席上见赠》

新妆宜面下朱楼，深锁春光一院愁。　　　　　　　刘禹锡《春词》

从今四海为家日，故垒萧萧芦荻秋。　　　　　刘禹锡《西塞山怀古》

玉容寂寞泪阑干，梨花一枝春带雨。　　　　　　　白居易《长恨歌》

三春白雪归青冢，万里黄河绕黑山。　　　　　　　柳中庸《征人怨》

画栏桂树悬秋香，三十六宫土花碧。　　　　　李贺《金铜仙人辞汉歌》

东风不与周郎便，铜雀春深锁二乔。　　　　　　　　杜牧《赤壁》

金河秋半虏弦开，云外惊飞四散哀。　　　　　　　　杜牧《早雁》

须知胡骑纷纷在，岂逐春风一一回。　　　　　　　　杜牧《早雁》

春风十里扬州路，卷上珠帘总不如。　　　　　　　　杜牧《赠别》

春心莫共花争发，一寸相思一寸灰。　　　　　　　李商隐《无题》

一春梦雨常飘瓦，尽日灵风不满旗。　　　　李商隐《重过圣女祠》

九秋风露越窑开，夺得千峰翠色来。　　　　陆龟蒙《秘色越器》

春风疑不到天涯，二月山城未见花。　　　　欧阳修《戏答元珍》

竹外桃花三两枝，春江水暖鸭先知。　　　　苏轼《惠崇春江晚景》

桃李春风一杯酒，江湖夜雨十年灯。　　　　黄庭坚《寄黄几复》

小楼一夜听春雨，深巷明朝卖杏花。　　　　陆游《临安春雨初霁》

春色满园关不住，一枝红杏出墙来。　　　　叶绍翁《游园不值》

躲进小楼成一统，管他冬夏与春秋。　　　　鲁迅《自嘲》

春风容易送韶年，一棹烟波夜驶船。　　　　鲁迅《别诸弟（辛丑）》

最是令人愁不解，四檐疏雨送秋声。　　　　鲁迅《惜花四律之一》

伏匿穹庐又一春，蹉跎岁月值黄金。　　　　柳亚子《元旦感怀之一》

画船箫鼓满春湖，十里湖光一镜铺。　　　　柳亚子《吴门记游之六》

春风杨柳万千条，六亿神州尽舜尧。　　　　毛泽东《送瘟神二首之二》

雪压冬云白絮飞，万花纷谢一时稀。　　　　毛泽东《冬云》

两川明镜蒸春梦，一棹烟波识老渔。　　　　郁达夫《乱离杂诗之四》

雨横风狂三月暮，门掩黄昏，无计留春住。　冯延巳《蝶恋花》

风乍起，吹皱一池春水。　　　　　　　　　冯延巳《谒金门》

罗衾不耐五更寒。流水落花春去也，天上人间。李煜《浪淘沙》

问君能有几多愁，恰似一江春水向东流。　　李煜《虞美人》

一年春事都来几？早过了、三之二。　　　　欧阳修《青玉案》

夜深风竹敲秋韵，万叶千声皆是恨。　　　　欧阳修《木兰花》

一望关河萧索，千里清秋，忍凝眸。　　　　柳永《曲玉管》

夕阳岛外，秋风原上，目断四天垂。　　　　柳永《少年游》

晚秋天，一霎微雨洒庭轩。　　　　　　　　柳永《戚氏》

对潇潇暮雨洒江天，一番洗清秋。　　　　　柳永《八声甘州》

渐觉一叶惊秋，残蝉噪晚，素商时序。　　　柳永《竹马子》

别馆寒砧，孤城画角，一派秋声入寥廓。　　王安石《千秋岁引》

明朝万一西风动，争奈朱颜不耐秋。　　　　晏几道《鹧鸪天》

一春犹有数行书，秋来书更疏。　　　　　　晏几道《阮郎归》

红叶黄花秋意晚，千里念行客。　　　　　　晏几道《思远人》

一棹碧涛春水路，过尽晓莺啼处。　　　　　　　晏几道《清平乐》

一春离恨懒调弦，犹有两行闲泪宝筝前。　　　晏几道《虞美人》

春色三分，二分尘土，一分流水。　　　　　　　苏轼《水龙吟》

无端天与娉婷，夜月一帘幽梦，春风十里柔情。　秦观《八六子》

尽日沉烟香一缕，宿酒醒迟，恼破春情绪。　　　赵令畤《蝶恋花》

春恨十常八九，忍轻辜，芳醑经口。　　　　　　晁补之《水龙吟》

更携取胡床上南楼，看玉做人间，素秋千顷。　　晁补之《洞仙歌》

故人早晚上高台，寄我江南春色一枝梅。　　　　舒亶《虞美人》

一年春好处，不在浓芳，小艳疏香最娇软。　　　李元膺《洞仙歌》

到清明时候，百紫千红，花正乱，已失春风一半。李元膺《洞仙歌》

愿春暂留，春归如过翼，一去无迹。　　　　　　周邦彦《六丑》

秋阴时晴渐向暝，变一庭凄冷。　　　　　　　　周邦彦《关河令》

凤城远，楚梅香嫩，先寄一枝春。　　　　　　　贺铸《绿头鸭》

楼上几日春寒，帘垂四面，玉阑干慵倚。　　　　李清照《念奴娇》

一点残红欲尽时，乍凉秋气满屏帏。　　　　　　周紫芝《鹧鸪天》

双阙中天，凤楼十二春寒浅。　　　　　　　　　张抡《烛影摇红》

洞庭青草，近中秋、更无一点风色。　　　　　　张孝祥《念奴娇》

寒入罗衣春尚浅，过一番风雨。　　　　　　　　袁去华《安公子》

无意苦争春，一任群芳妒。　　　　　　　　　　陆游《卜算子》

春慵恰似春塘水，一片縠纹愁。　　　　　　　　范成大《眼儿媚》

晚晴风歇，一夜春威折。　　　　　　　　　　　范成大《霜天晓角》

旧恨春江流不尽，新恨云山千叠。　　　　　　　辛弃疾《念奴娇》

楚天千里清秋，水随天去秋无际。　　　　　　　辛弃疾《水龙吟》

况屈指中秋，十分好月，不照人圆。　　　　　　姜夔《翠楼吟》

过春风十里，尽荠麦青青。　　　　　　　　　　姜夔《扬州慢》

人间万感幽单，华清惯浴，春盎风露。　　　　　吴文英《宴清都》

素秋不解随船去，败红趁一叶寒涛。　　　　　　吴文英《惜黄花慢》

折芦花赠远，零落一身秋。　　　　　　　　　　张炎《八声甘州》

最堪爱，一曲银钩小，宝帘挂秋冷。　　　　　　王沂孙《眉妩》

荏苒一枝春，恨东风、人似天远。　　　　　　　王沂孙《法曲献仙音》

| | |
|---|---|
| 风烟雨雪阴晴晚，更何须、春风千树。 | 彭元逊《疏影》 |
| 辜负天工，九重自有春如海。 | 夏完淳《烛影摇红》 |
| 秋色冷并刀，一派酸风卷怒涛。 | 陈维崧《南乡子》 |
| 十二曲阑春寂寂，隔蓬山、何处窥人面？ | 梁启超《金缕曲》 |
| 战松林、万翠鸣秋，并作怒涛澎湃。 | 吕碧城《瑞鹤仙》 |
| 一年一度秋风劲，不似春光。 | 毛泽东《采桑子》 |
| 胜似春光，寥廓江天万里霜。 | 毛泽东《采桑子》 |

## 数字 + 水川江河湖海

| | |
|---|---|
| 八月湖水平，涵虚混太清。 | 孟浩然《临洞庭上张丞相》 |
| 仍怜故乡水，万里送行舟。 | 李白《渡荆门送别》 |
| 长江一帆远，落日五湖春。 | 刘长卿《饯别王十一南游》 |
| 星河秋一雁，砧杵夜千家。 | 韩翃《酬程近秋夜即事见赠》 |
| 四海无闲田，农夫犹饿死。 | 李绅《悯农二首之一》 |
| 黄河远上白云间，一片孤城万仞山。 | 王之涣《出塞》 |
| 节使三河募年少，诏书五道出将军。 | 王维《老将行》 |
| 上有六龙回日之高标，下有冲波逆折之回川。 | 李白《蜀道难》 |
| 我欲因之梦吴越，一夜飞度镜湖月。 | 李白《梦游天姥吟留别》 |
| 金阙前开二峰长，银河倒挂三石梁。 | 李白《庐山谣寄卢侍御虚舟》 |
| 三川北虏乱如麻，四海南奔似永嘉。 | 李白《永王东巡歌之二》 |
| 飞流直下三千尺，疑是银河落九天。 | 李白《望庐山瀑布》 |
| 朝辞白帝彩云间，千里江陵一日还。 | 李白《下江陵》 |
| 三山半落青天外，二水中分白鹭洲。 | 李白《登金陵凤凰台》 |
| 桃花潭水深千尺，不及汪伦送我情。 | 李白《赠汪伦》 |
| 或从十五北防河，便至四十西营田。 | 杜甫《兵车行》 |
| 河广传闻一苇过，胡危命在破竹中。 | 杜甫《洗兵马》 |
| 张公一生江海客，身长九尺须眉苍。 | 杜甫《洗兵马》 |

| | |
|---|---|
| 西山白雪三城戍，南浦清江万里桥。 | 杜甫《野望》 |
| 海内风尘诸弟隔，天涯涕泪一身遥。 | 杜甫《野望》 |
| 五更鼓角声悲壮，三峡星河影动摇。 | 杜甫《阁夜》 |
| 一卧沧江惊岁晚，几回青琐点朝班。 | 杜甫《秋兴八首之五》 |
| 瞿塘峡口曲江头，万里风烟接素秋。 | 杜甫《秋兴八首之六》 |
| 关塞极天唯鸟道，江湖满地一渔翁。 | 杜甫《秋兴八首之七》 |
| 瀚海阑干百丈冰，愁云惨淡万里凝。 | 岑参《白雪歌送武判官归京》 |
| 三春白雪归青冢，万里黄河绕黑山。 | 柳中庸《征人怨》 |
| 纤云四卷天无河，清风吹空月舒波。 | 韩愈《八月十五夜赠张功曹》 |
| 周纲凌迟四海沸，宣王愤起挥天戈。 | 韩愈《石鼓歌》 |
| 从今四海为家日，故垒萧萧芦荻秋。 | 刘禹锡《西塞山怀古》 |
| 一道残阳铺水中，半江瑟瑟半江红。 | 白居易《暮江吟》 |
| 未能抛得杭州去，一半勾留是此湖。 | 白居易《春题湖上》 |
| 欲把一麾江海去，乐游原上望昭陵。 | 杜牧《将赴吴兴登乐游原》 |
| 金河秋半虏弦开，云外惊飞四散哀。 | 杜牧《早雁》 |
| 海外徒闻更九州，他生未卜此生休。 | 李商隐《马嵬》 |
| 千里山河轻孺子，两朝冠剑恨谯周。 | 罗隐《筹笔驿》 |
| 京口瓜洲一水间，钟山只隔数重山。 | 王安石《泊船瓜洲》 |
| 一水护田将绿绕，两山排闼送青来。 | 王安石《书湖阴先生壁》 |
| 竹外桃花三两枝，春江水暖鸭先知。 | 苏轼《惠崇春江晚景》 |
| 满川风雨独凭栏，绾结湘娥十二鬟。 | 黄庭坚《雨中登岳阳楼望君山之二》 |
| 桃李春风一杯酒，江湖夜雨十年灯。 | 黄庭坚《寄黄几复》 |
| 毕竟西湖六月中，风光不与四时同。 | 杨万里《晓出净慈寺送林子方》 |
| 山重水复疑无路，柳暗花明又一村。 | 陆游《游山西村》 |
| 三万里河东入海，五千仞岳上摩天。 | 陆游《秋夜将晓出篱门迎凉有感》 |
| 百二关河草不横，十年戎马暗秦京。 | 元好问《岐阳之一》 |
| 专征箫鼓向秦川，金牛道上车千乘。 | 吴伟业《圆圆曲》 |
| 尘海苍茫沉百感，金风萧瑟走千官。 | 鲁迅《亥年残秋偶作》 |
| 画船箫鼓满春湖，十里湖光一镜铺。 | 柳亚子《吴门记游之六》 |
| 红军不怕远征难，万水千山只等闲。 | 毛泽东《长征》 |

| | |
|---|---|
| 坐地日行八万里，巡天遥看一千河。 | 毛泽东《送瘟神二首之一》 |
| 天连五岭银锄落，地动三河铁臂摇。 | 毛泽东《送瘟神二首之二》 |
| 别梦依稀咒逝川，故园三十二年前。 | 毛泽东《到韶山》 |
| 烽烟旷劫三吴遍，沧海乘桴咏四愁。 | 郁达夫《和广勋先生》 |
| 蓬山咫尺南溟路，哀乐都因一水分。 | 郁达夫《乱离杂诗之三》 |
| 两川明镜蒸春梦，一棹烟波识老渔。 | 郁达夫《乱离杂诗之四》 |
| 风乍起，吹皱一池春水。 | 冯延巳《谒金门》 |
| 问君能有几多愁，恰似一江春水向东流。 | 李煜《虞美人》 |
| 一望关河萧索，千里清秋，忍凝眸。 | 柳永《曲玉管》 |
| 六朝旧事随流水，但寒烟衰草凝绿。 | 王安石《桂枝香》 |
| 一棹碧涛春水路，过尽晓莺啼处。 | 晏几道《清平乐》 |
| 画屏天畔，梦回依约，十洲云水。 | 晏几道《留春令》 |
| 春色三分，二分尘土，一分流水。 | 苏轼《水龙吟》 |
| 叶下斜阳照水，卷轻浪、沉沉千里。 | 周邦彦《夜游宫》 |
| 若问闲愁都几许？一川烟草，满城风絮，梅子黄时雨。 | 贺铸《青玉案》 |
| 天遥地远，万水千山，知他故宫何处。 | 赵佶《燕山亭》 |
| 花自飘零水自流，一种相思，两处闲愁。 | 李清照《一剪梅》 |
| 潇洒江梅，向竹梢疏处，横两三枝。 | 李邴《汉宫春》 |
| 看名王宵猎，骑火一川明，笳鼓悲鸣，遣人惊。 | 张孝祥《六州歌头》 |
| 春慵恰似春塘水，一片縠纹愁。 | 范成大《眼儿媚》 |
| 楚天千里清秋，水随天去秋无际。 | 辛弃疾《水龙吟》 |
| 将军百战身名裂，向河梁、回头万里，故人长绝。 | 辛弃疾《贺新郎》 |
| 千古兴亡多少事，悠悠，不尽长江滚滚流。 | 辛弃疾《南乡子》 |
| 旧恨春江流不尽，新恨云山千叠。 | 辛弃疾《念奴娇》 |
| 千古江山，英雄无觅，孙仲谋处。 | 辛弃疾《永遇乐》 |
| 最可惜、一片江山，总付与啼鴂。 | 姜夔《八归》 |
| 三十六陂人未到，水佩风裳无数。 | 姜夔《念奴娇》 |
| 长记曾携手处，千树压、西湖寒碧。 | 姜夔《暗香》 |
| 一春长费买花钱，日日醉湖边。 | 俞国宝《风入松》 |
| 老眼平生空四海，赖有高楼百尺。 | 刘克庄《贺新郎》 |

暗数十年湖上路，能几度，着娉婷。　　　　　　卢祖皋《江城子》

十年一梦凄凉，似西湖燕去，吴馆巢荒。　　　　吴文英《夜合花》

十载西湖，傍柳系马，趁娇尘软雾。　　　　　　吴文英《莺啼序》

翠玉楼前，惟是有、一陂湘水，摇荡湘云。　　　黄孝迈《湘春夜月》

一帘鸠外雨，几处闲田，隔水动春锄。　　　　　张炎《渡江云》

盘心清露如铅水，又一夜、西风吹折。　　　　　张炎《疏影》

楚江空晚，怅离群万里，恍然惊散。　　　　　　张炎《解连环》

一缕萦帘翠影，依稀海天云气。　　　　　　　　王沂孙《天香》

相思一夜窗前梦，奈个人、水隔天遮。　　　　　王沂孙《高阳台》

他家万条千缕，解遮亭障驿，不隔江水。　　　　彭元逊《六丑》

一江南北，消磨多少豪杰。　　　　　　　　　　萨都剌《百字令》

辜负天工，九重自有春如海。　　　　　　　　　夏完淳《烛影摇红》

并马三河年少客，粗豪，皂栎林中醉射雕。　　　陈维崧《南乡子》

山一程，水一程，身向榆关那畔行，夜深千帐灯。纳兰性德《长相思》

一片石头城上月，浑怕照，旧江山。　　　　　　蒋春霖《唐多令》

百万工农齐踊跃，席卷江西，直捣湘和鄂。　　　毛泽东《蝶恋花》

赣水那边红一角，偏师借重黄公略。　　　　　　毛泽东《蝶恋花》

七百里驱十五日，赣水苍茫闽山碧。　　　　　　毛泽东《渔家傲》

胜似春光，寥廓江天万里霜。　　　　　　　　　毛泽东《采桑子》

看万山红遍，层林尽染；漫江碧透，百舸争流。　毛泽东《沁园春》

指点江山，激扬文字，粪土当年万户侯。　　　　毛泽东《沁园春》

万里长江横渡，极目楚天舒。　　　　　　　　　毛泽东《水调歌头》

四海翻腾云水怒，五洲震荡风雷激。　　　　　　毛泽东《满江红》

## 数字 + 形体

欲穷千里目，更上一层楼。　　　　　　　　　　王之涣《登鹳雀楼》

十四为君妇，羞颜未尝开。　　　　　　　　　　李白《长干行》

低头向暗壁，千唤不一回。 李白《长干行》

十五始展眉，愿同尘与灰。 李白《长干行》

千秋万岁名，寂寞身后事。 杜甫《梦李白二首之二》

主称会面难，一举累十觞。 杜甫《赠卫八处士》

烟尘一长望，衰飒正摧颜。 杜甫《秦州杂诗之七》

竹批双耳峻，风入四蹄轻。 杜甫《房兵曹胡马》

惟怜一灯影，万里眼中明。 钱起《送僧归日本》

谁言寸草心，报得三春晖。 孟郊《游子吟》

心断新丰酒，消愁斗几千。 李商隐《风雨》

迢递三巴路，羁危万里身。 崔涂《除夜有怀》

洛阳亲友如相问，一片冰心在玉壶。 王昌龄《芙蓉楼送辛渐》

腹中贮书一万卷，不肯低头在草莽。 李颀《送陈章甫》

一身转战三千里，一剑曾当百万师。 王维《老将行》

洛阳女儿对门居，才可颜容十五余。 王维《洛阳女儿行》

停杯投箸不能食，拔剑四顾心茫然。 李白《行路难》

大厦如倾要梁栋，万牛回首丘山重。 杜甫《古柏行》

翻身向天仰射云，一箭正坠双飞翼。 杜甫《哀江头》

已经百日窜荆棘，身上无有完肌肤。 杜甫《哀王孙》

张公一生江海客，身长九尺须眉苍。 杜甫《洗兵马》

三顾频烦天下计，两朝开济老臣心。 杜甫《蜀相》

花近高楼伤客心，万方多难此登临。 杜甫《登楼》

海内风尘诸弟隔，天涯涕泪一身遥。 杜甫《野望》

丛菊两开他日泪，孤舟一系故园心。 杜甫《秋兴八首之一》

三湘愁鬓逢秋色，万里归心对月明。 卢纶《晚次鄂州》

燕台一去客心惊，笳鼓喧喧汉将营。 祖咏《望蓟门》

新妆宜面下朱楼，深锁春光一院愁。 刘禹锡《春词》

回眸一笑百媚生，六宫粉黛无颜色。 白居易《长恨歌》

后宫佳丽三千人，三千宠爱在一身。 白居易《长恨歌》

六军不发无奈何，宛转蛾眉马前死。 白居易《长恨歌》

含情凝睇谢君王，一别音容两渺茫。 白居易《长恨歌》

千呼万唤始出来，犹抱琵琶半遮面。　　　　　白居易《琵琶行》

五陵年少争缠头，一曲红绡不知数。　　　　　白居易《琵琶行》

向使当初身便死，一生真伪复谁知。　　　　白居易《放言五首之三》

身无彩凤双飞翼，心有灵犀一点通。　　　　　李商隐《无题》

春心莫共花争发，一寸相思一寸灰。　　　　　李商隐《无题》

誓扫匈奴不顾身，五千貂锦丧胡尘。　　　　　陈陶《陇西行》

敢将十指夸针巧，不把双眉斗画长。　　　　　秦韬玉《贫女》

一去心知更不归，可怜着尽汉宫衣。　　　　　王安石《明妃曲》

此身行作稽山土，犹吊遗踪一泫然。　　　　　陆游《沈园之一》

恸哭六军俱缟素，冲冠一怒为红颜。　　　　　吴伟业《圆圆曲》

前身合是采莲人，门前一片横塘水。　　　　　吴伟业《圆圆曲》

风涛回首空三岛，尘壤从头数九垓。　　　林则徐《赴戍登程口占示家人》

横眉冷对千夫指，俯首甘为孺子牛。　　　　　鲁迅《自嘲》

一掬伤心南渡泪，几曾揽辔事澄清。　　　　柳亚子《次韵和蔡冶民》

更喜岷山千里雪，三军过后尽开颜。　　　　　毛泽东《长征》

却喜长空播玉音，灵犀一点此传心。　　　　郁达夫《乱离杂诗之七》

一死何难仇未复，百身可赎我奚辞。　　　　郁达夫《乱离杂诗十一》

平林漠漠烟如织，寒山一带伤心碧。　　　　　李白《菩萨蛮》

玉颜憔悴三年，谁复商量管弦。　　　　　　　王建《调笑令》

满眼游丝兼落絮，红杏开时，一霎清明雨。　　冯延巳《蝶恋花》

砌下落梅如雪乱，拂了一身还满。　　　　　　李煜《清平乐》

梦里不知身是客，一晌贪欢。　　　　　　　　李煜《浪淘沙》

剪不断，理还乱，是离愁。别是一番滋味在心头。　李煜《相见欢》

天不老，情难绝，心似双丝网，中有千千结。　张先《千秋岁》

一向年光有限身，等闲离别易销魂，酒筵歌席莫辞频。　晏殊《浣溪沙》

千娇面、盈盈伫立，无言有泪，断肠争忍回顾。　柳永《采莲令》

更回首、重城不见，寒江天外，隐隐两三烟树。　柳永《采莲令》

一寸狂心未说，已向横波觉。　　　　　　　　晏几道《六幺令》

明朝万一西风动，争奈朱颜不耐秋。　　　　　晏几道《鹧鸪天》

豆蔻梢头旧恨，十年梦、屈指堪惊。　　　　　秦观《满庭芳》

| | |
|---|---|
| 征鸿过尽，万千心事难寄。 | 李清照《念奴娇》 |
| 万里云帆何时到，送孤鸿、目断千山阻。 | 叶梦得《贺新郎》 |
| 万事一身伤老矣，戎葵凝笑墙东。 | 陈与义《临江仙》 |
| 二十余年如一梦，此身虽在堪惊。 | 陈与义《临江仙》 |
| 可堪回首，佛狸祠下，一片神鸦社鼓。 | 辛弃疾《永遇乐》 |
| 将军百战身名裂，向河梁、回头万里，故人长绝。 | 辛弃疾《贺新郎》 |
| 人何在，一帘淡月，仿佛照颜色。 | 姜夔《霓裳中序第一》 |
| 一鞭南陌，几篙官渡，赖有歌眉舒绿。 | 史达祖《八归》 |
| 惊回心未稳，送晓色、一壶葱茜，才知花梦准。 | 吴文英《花犯》 |
| 伤心千里江南，怨曲重招，断魂在否？ | 吴文英《莺啼序》 |
| 自怜两鬓清霜，一年寒食，又身在云山深处。 | 吴文英《祝英台近》 |
| 今日江城春已半，一身犹在，乱山深处，寂寞溪桥畔。 | 黄公绍《青玉案》 |
| 一时左计，悔不早荆钗，暮天修竹，头白倚寒翠。 | 朱嗣发《摸鱼儿》 |
| 折芦花赠远，零落一身秋。 | 张炎《八声甘州》 |
| 伤心千古，秦淮一片明月。 | 萨都剌《百字令》 |
| 谢桥路，十载重约钿车，惊心旧游误。 | 文廷式《祝英台近》 |
| 十二曲阑春寂寂，隔蓬山、何处窥人面？ | 梁启超《金缕曲》 |
| 晓来百念都灰尽，倦极身无凭。 | 毛泽东《虞美人》 |
| 唤起工农千百万，同心干，不周山下红旗乱。 | 毛泽东《渔家傲》 |
| 惊回首，离天三尺三。 | 毛泽东《十六字令》 |
| 一篇读罢头飞雪，但记得斑斑点点，几行陈迹。 | 毛泽东《贺新郎》 |

## 数字＋布帛及其织物

| | |
|---|---|
| 七月流火，九月授衣。 | 《诗经·豳风·七月》 |
| 长安一片月，万户捣衣声。 | 李白《子夜吴歌》 |
| 风尘三尺剑，社稷一戎衣。 | 杜甫《重经昭陵》 |
| 一路经行处，莓苔见屐痕。 | 刘长卿《寻南溪常道士》 |

灼灼百朵红，盏盏五束素。 白居易《买花》

桥南荀令过，十里送衣香。 李商隐《韩翃舍人即事》

三年羁旅客，今日又南冠。 夏完淳《别云间》

月照城头乌半飞，霜凄万木风入衣。 李颀《琴歌》

罗帏送上七香车，宝扇迎归九华帐。 王维《洛阳女儿行》

九天阊阖开宫殿，万国衣冠拜冕旒。 王维《和贾至舍人早朝大明宫之作》

此皆骑战一敌万，缟素漠漠开风沙。 杜甫《韦讽录事宅观曹将军画马图》

张旭三杯草圣传，脱帽露顶王公前，挥毫落纸如云烟。 杜甫《饮中八仙歌》

万里秋风吹锦水，谁家别泪湿罗衣。 杜甫《黄草》

三峡楼台淹日月，五溪衣服共云山。 杜甫《咏怀古迹之一》

同学少年多不贱，五陵衣马自轻肥。 杜甫《秋兴八首之三》

布衣终作云霄客，绿水青山时一过。 鱼玄机《愁思》

五陵年少争缠头，一曲红绡不知数。 白居易《琵琶行》

长安回望绣成堆，山顶千门次第开。 杜牧《过华清宫绝句之一》

锦瑟无端五十弦，一弦一柱思华年。 李商隐《锦瑟》

朝元阁迥羽衣新，首按昭阳第一人。 李商隐《华清宫》

如线如丝正牵恨，王孙归路一何遥。 李商隐《柳》

西亭翠被余香薄，一夜将愁向败荷。 李商隐《夜冷》

巧笑知堪敌万几，倾城最在著戎衣。 李商隐《北齐二首之二》

荆王枕上原无梦，莫枉阳台一片云。 李商隐《代元城吴令暗为答》

千里山河轻孺子，两朝冠剑恨谯周。 罗隐《筹笔驿》

八尺龙须方锦褥，已凉天气未寒时。 韩偓《已凉》

誓扫匈奴不顾身，五千貂锦丧胡尘。 陈陶《陇西行》

一去心知更不归，可怜着尽汉宫衣。 王安石《明妃曲》

衣玄绡衣冠玉冠，明珰垂绖乘六鸾。 夏完淳《长歌》

恸哭六军俱缟素，冲冠一怒为红颜。 吴伟业《圆圆曲》

出门一笑莫心哀，浩荡襟怀到处开。 林则徐《赴戍登程口占示家人》

六代绮罗成旧梦，石头城上月如钩。 鲁迅《无题（1931年）》

寒宵一枕邯郸梦，犹上韩王拜将台。 柳亚子《除夕杂感之三》

飞起热潮三万尺，买丝我欲绣邹枚。 柳亚子《除夕杂感之七》

解衣推食寻常事，各有千秋志愿赊。　　　　　　　　柳亚子《怀人（朱少屏）》

斑竹一枝千滴泪，红霞万朵百重衣。　　　　　　　　毛泽东《答友人》

六幅罗裙窣地，微行曳碧波。　　　　　　　　　　　孙光宪《思帝乡》

云一纲，玉一梭，澹澹衫儿薄薄罗，轻颦双黛螺。　　李煜《长相思》

帘外雨潺潺，春意阑珊。罗衾不耐五更寒。　　　　　李煜《浪淘沙》

天不老，情难绝，心似双丝网，中有千千结。　　　　张先《千秋岁》

离愁正引千丝乱，更东陌、飞絮濛濛。　　　　　　　张先《一丛花》

绿酒初尝人易醉，一枕小窗浓睡。　　　　　　　　　晏殊《清平乐》

无情不似多情苦，一寸还成千万缕。　　　　　　　　晏殊《木兰花》

败荷零落，衰杨掩映，岸边两两三三，浣纱游女。　　柳永《夜半乐》

愁极，再三追思，洞房深处，几处饮散歌阑，香暖鸳鸯被。

　　　　　　　　　　　　　　　　　　　　　　　　　柳永《浪淘沙慢》

绣帘开，一点明月窥人，人未寝，欹枕钗横鬓乱。　　苏轼《洞仙歌》

三年枕上吴中路，遣黄犬，随君去。　　　　　　　　苏轼《青玉案》

手弄生绡白团扇，扇手一时似玉。　　　　　　　　　苏轼《贺新郎》

不恋单衾再三起，有谁知，为萧娘，书一纸。　　　　周邦彦《夜游宫》

衣裳淡雅，看楚女、纤腰一把。　　　　　　　　　　周邦彦《解语花》

因念都城放夜，望千门如昼，嬉笑游冶，钿车罗帕。　周邦彦《解语花》

五云深处，万烛光中，揭天丝管。　　　　　　　　　张抡《烛影摇红》

寒入罗衣春尚浅，过一番风雨。　　　　　　　　　　袁去华《安公子》

划地东风欺客梦，一枕云屏寒怯。　　　　　　　　　辛弃疾《念奴娇》

都把一襟芳思，与空阶榆荚。　　　　　　　　　　　姜夔《琵琶仙》

三十六陂人未到，水佩风裳无数。　　　　　　　　　姜夔《念奴娇》

算空有并刀，难剪离愁千缕。　　　　　　　　　　　姜夔《长亭怨慢》

写入琴丝，一声声更苦。　　　　　　　　　　　　　姜夔《齐天乐》

午梦千山，窗阴一箭，香瘢新褪红丝腕。　　　　　　吴文英《踏莎行》

早白发、缘愁万缕，惊飙从卷乌纱去。　　　　　　　吴文英《霜叶飞》

漠漠香尘隔，沸十里乱丝丛笛。　　　　　　　　　　周密《曲游春》

叹轻别，一襟幽事，砌蛩能说。　　　　　　　　　　周密《玉京秋》

一襟余恨宫魂断，年年翠阴庭树。　　　　　　　　　王沂孙《齐天乐》

但殷勤折取，自遣一襟幽怨。 　　　　　　　　王沂孙《法曲献仙音》

一缕萦帘翠影，依稀海天云气。 　　　　　　　王沂孙《天香》

老鹤一声霜衬履，隔断人间尘土。 　　　　　　萨都剌《酹江月》

金钗十二，珠履三千，凄凉千载。 　　　　　　夏完淳《烛影摇红》

秋空一碧无今古，醉袒貂裘，略记寻呼处。 　　陈维崧《醉落魄》

莲漏三声烛半条，杏花微雨湿轻绡，那将红豆寄无聊。　纳兰性德《浣溪沙》

已凄感，和酒飘上征衣，莓鬟泪千点。 　　　　朱孝臧《祝英台近》

汽笛一声肠已断，从此天涯孤旅。凭割断愁丝恨缕。　毛泽东《贺新郎》

洒向人间都是怨，一枕黄粱再现。 　　　　　　毛泽东《清平乐》

寂寞嫦娥舒广袖，万里长空，且为忠魂舞。 　　毛泽东《蝶恋花》

# 数字＋建筑物

城阙辅三秦，风烟望五津。 　　　　　　　王勃《送杜少府之任蜀州》

谁能将旗鼓，一为取龙城。 　　　　　　　沈佺期《杂诗》

欲穷千里目，更上一层楼。 　　　　　　　王之涣《登鹳雀楼》

蝉鸣空桑林，八月萧关道。 　　　　　　　王昌龄《塞上曲》

长风几万里，吹度玉门关。 　　　　　　　李白《关山月》

低头向暗壁，千唤不一回。 　　　　　　　李白《长干行》

焉知二十载，重上君子堂。 　　　　　　　杜甫《赠卫八处士》

莽莽万重山，孤城山谷间。 　　　　　　　杜甫《秦州杂诗之七》

城中十万户，此地两三家。 　　　　　　　杜甫《水槛遣心之一》

天秋月又满，城阙夜千重。 　　　　　戴叔伦《江乡故人偶集客舍》

有一田舍翁，偶来买花处。 　　　　　　　白居易《买花》

黄河远上白云间，一片孤城万仞山。 　　　王之涣《出塞》

烽火城西百尺楼，黄昏独坐海风秋。 　　　王昌龄《从军行之一》

更吹羌笛关山月，无那金闺万里愁。 　　　王昌龄《从军行之一》

秦时明月汉时关，万里长征人未还。 　　　王昌龄《出塞》

岁夜高堂列明烛，美酒一杯声一曲。　　　　李颀《听安万善吹觱篥歌》

劝君更尽一杯酒，西出阳关无故人。　　　　王维《渭城曲》

剑阁峥嵘而崔嵬，一夫当关，万夫莫开。　　李白《蜀道难》

故人西辞黄鹤楼，烟花三月下扬州。　　　　李白《送孟浩然之广陵》

大厦如倾要梁栋，万牛回首丘山重。　　　　杜甫《古柏行》

江头宫殿锁千门，细柳新蒲为谁绿。　　　　杜甫《哀江头》

昭阳殿里第一人，同辇随君侍君侧。　　　　杜甫《哀江头》

三年笛里关山月，万国兵前草木风。　　　　杜甫《洗兵马》

西山白雪三城戍，南浦清江万里桥。　　　　杜甫《野望》

花近高楼伤客心，万方多难此登临。　　　　杜甫《登楼》

窗含西岭千秋雪，门泊东吴万里船。　　　　杜甫《绝句四首之三》

千家山郭静朝晖，日日江楼坐翠微。　　　　杜甫《秋兴八首之三》

关塞极天唯鸟道，江湖满地一渔翁。　　　　杜甫《秋兴八首之七》

三峡楼台淹日月，五溪衣服共云山。　　　　杜甫《咏怀古迹之一》

蜀主窥吴幸三峡，崩年亦在永安宫。　　　　杜甫《咏怀古迹之四》

武侯祠屋常邻近，一体君臣祭祀同。　　　　杜甫《咏怀古迹之四》

岐王宅里寻常见，崔九堂前几度闻。　　　　杜甫《江南逢李龟年》

二月黄鹂飞上林，春城紫禁晓阴阴。　　　　钱起《赠阙下裴舍人》

日暮汉宫传蜡烛，轻烟散入五侯家。　　　　韩翃《寒食》

森然魄动下马拜，松柏一迳趋灵宫。　　韩愈《谒衡岳庙遂宿岳寺题门楼》

新妆宜面下朱楼，深锁春光一院愁。　　　　刘禹锡《春词》

玄都观里桃千树，尽是刘郎去后栽。　　　　刘禹锡《玄都观桃花》

旧时王谢堂前燕，飞入寻常百姓家。　　　　刘禹锡《乌衣巷》

回眸一笑百媚生，六宫粉黛无颜色。　　　　白居易《长恨歌》

后宫佳丽三千人，三千宠爱在一身。　　　　白居易《长恨歌》

九重城阙烟尘生，千乘万骑西南行。　　　　白居易《长恨歌》

楼阁玲珑五云起，其中绰约多仙子。　　　　白居易《长恨歌》

画栏桂树悬秋香，三十六宫土花碧。　　　　李贺《金铜仙人辞汉歌》

魏官牵车指千里，东关酸风射眸子。　　　　李贺《金铜仙人辞汉歌》

金陵津渡小山楼，一宿行人自可愁。　　　　张祜《题金陵渡》

十年一觉扬州梦，赢得青楼薄幸名。　　　　　　　杜牧《遣怀》

南朝四百八十寺，多少楼台烟雨中。　　　　　　　杜牧《江南春绝句》

誓将上雪列圣耻，坐法宫中朝四夷。　　　　　　　李商隐《韩碑》

传之七十有二代，以为封禅玉检明堂基。　　　　　李商隐《韩碑》

无情最是台城柳，依旧烟笼十里堤。　　　　　　　韦庄《台城》

春风疑不到天涯，二月山城未见花。　　　　　　　欧阳修《戏答元珍》

一去心知更不归，可怜着尽汉宫衣。　　　　　　　王安石《明妃曲》

持家但有四立壁，治病不蕲三折肱。　　　　　　　黄庭坚《寄黄几复》

戍楼刁斗催落月，三十从军今白发。　　　　　　　陆游《关山月》

百二关河草不横，十年戎马暗秦京。　　　　　　　元好问《岐阳之一》

一斛明珠万斛愁，关山漂泊腰肢细。　　　　　　　吴伟业《圆圆曲》

最是令人愁不解，四檐疏雨送秋声。　　　　　　　鲁迅《惜花四律之一》

六代绮罗成旧梦，石头城上月如钩。　　　　　　　鲁迅《无题（1931 年）》

伏匿穷庐又一春，蹉跎岁月值黄金。　　　　　　　柳亚子《元旦感怀之一》

石壕村与长生殿，一例钗分惹恨长。　　　　　　　郁达夫《乱离杂诗之一》

终期舸载夷光去，鬓影烟波共一庐。　　　　　　　郁达夫《乱离杂诗之二》

一叶叶，一声声，空阶滴到明。　　　　　　　　　温庭筠《更漏子》

四面边声连角起，千嶂里，长烟落日孤城闭。　　　范仲淹《渔家傲》

一望关河萧索，千里清秋，忍凝眸。　　　　　　　柳永《曲玉管》

别馆寒砧，孤城画角，一派秋声入寥廓。　　　　　王安石《千秋岁引》

故垒西边，人道是、三国周郎赤壁。　　　　　　　苏轼《念奴娇》

更携取胡床上南楼，看玉做人间，素秋千顷。　　　晁补之《洞仙歌》

燕子楼空，暗尘锁、一床弦索。　　　　　　　　　周邦彦《解连环》

又见汉宫传烛，飞烟五侯宅。　　　　　　　　　　周邦彦《应天长》

桐花半亩，静锁一庭愁雨。　　　　　　　　　　　周邦彦《琐窗寒》

迟暮，嬉游处，正店舍无烟，禁城百五。　　　　　周邦彦《琐窗寒》

秋阴时晴渐向暝，变一庭凄冷。　　　　　　　　　周邦彦《关河令》

断肠院落，一帘风絮。　　　　　　　　　　　　　周邦彦《瑞龙吟》

楼角初销一缕霞，淡黄杨柳暗栖鸦，玉人和月摘梅花。　贺铸《浣溪沙》

凤城远，楚梅香嫩，先寄一枝春。　　　　　　　　贺铸《绿头鸭》

楼上几日春寒，帘垂四面，玉阑干慵倚。 　　李清照《念奴娇》

中州盛日，闺门多暇，记得偏重三五。 　　李清照《永遇乐》

天遥地远，万水千山，知他故宫何处。 　　赵佶《燕山亭》

晓来庭院半残红，惟有游丝千丈罥晴空。 　　叶梦得《虞美人》

万事一身伤老矣，戎葵凝笑墙东。 　　陈与义《临江仙》

闲登小阁看新晴，古今多少事，渔唱起三更。 　　陈与义《临江仙》

楼上黄昏，片帆千里归程，年华将晚。 　　蔡伸《苏武慢》

双阙中天，凤楼十二春寒浅。 　　张抡《烛影摇红》

寂寞凭高念远，向南楼、一声归雁。 　　陈亮《水龙吟》

马上离愁三万里，望昭阳宫殿孤鸿没。 　　辛弃疾《贺新郎》

怕上层楼，十日九风雨。 　　辛弃疾《祝英台近》

可堪回首，佛狸祠下，一片神鸦社鼓。 　　辛弃疾《永遇乐》

记曾共西楼雅集，想垂柳还袅万丝金。 　　姜夔《一萼红》

都把一襟芳思，与空阶榆荚。 　　姜夔《琵琶仙》

芦叶满汀洲，寒沙带浅流。二十年重过南楼。 　　刘过《唐多令》

一笛当楼，谢娘悬泪立风前。 　　史达祖《玉蝴蝶》

老眼平生空四海，赖有高楼百尺。 　　刘克庄《贺新郎》

楼前绿暗分携路，一丝柳，一寸柔情。 　　吴文英《风入松》

惆怅双鸳不到，幽阶一夜苔生。 　　吴文英《风入松》

南楼不恨吹横笛，恨晓风千里关山。 　　吴文英《高阳台》

凄断流红千浪，缺月孤楼，总难留燕。 　　吴文英《瑞鹤仙》

人去西楼雁杳。叙别梦，扬州一觉。 　　吴文英《夜游宫》

翠玉楼前，惟是有、一陂湘水，摇荡湘云。 　　黄孝迈《湘春夜月》

金壶剪送琼枝，看一骑红尘，香度瑶阙。 　　周密《瑶华》

春风飞到，宝钗楼上，一片笙箫，琉璃光射。 　　蒋捷《女冠子》

悲欢离合总无情，一任阶前点滴到天明。 　　蒋捷《虞美人》

一襟余恨宫魂断，年年翠阴庭树。 　　王沂孙《齐天乐》

一壶幽绿，爱松阴满地，蕊珠宫府。 　　萨都剌《醉江月》

指点六朝形胜地，唯有青山如壁。 　　萨都剌《百字令》

一寸横波，断肠人在楼阴。 　　朱彝尊《高阳台》

黄云紫塞三千里，女墙西畔啼乌起。　　　　纳兰性德《菩萨蛮》

一片石头城上月，浑怕照，旧江山。　　　　蒋春霖《唐多令》

一霎车尘生树杪，陌上楼头，都向尘中老。　王国维《蝶恋花》

匡庐一带不停留，要向潇湘直进。　　　　　毛泽东《西江月》

不到长城非好汉，屈指行程二万。　　　　　毛泽东《清平乐》

## ❧ 数字 + 数字 ❧

九月在户，十月蟋蟀入我床下。　　　　　《诗经·豳风·七月》

三十侍中郎，四十专城居。　　　　　　　　　　《陌上桑》

城阙辅三秦，风烟望五津。　　　王勃《送杜少府之任蜀州》

宁为百夫长，胜作一书生。　　　　　　杨炯《从军行》

欲穷千里目，更上一层楼。　　　　王之涣《登鹳雀楼》

一丘常欲卧，三径苦无资。　　　孟浩然《秦中寄远上人》

山中一夜雨，树杪百重泉。　　　　王维《送梓州李使君》

楚塞三湘接，荆门九派通。　　　　　王维《汉江临眺》

此地一为别，孤蓬万里征。　　　　　　李白《送友人》

为我一挥手，如听万壑松。　　　　李白《听蜀僧濬弹琴》

星临万户动，月傍九霄多。　　　　　杜甫《春宿左省》

烽火连三月，家书抵万金。　　　　　　杜甫《春望》

功盖三分国，名成八阵图。　　　　　　杜甫《八阵图》

城中十万户，此地两三家。　　　杜甫《水槛遣心之一》

独立三边静，轻生一剑知。　刘长卿《送李中丞归汉阳别业》

长江一帆远，落日五湖春。　　刘长卿《饯别王十一南游》

惟怜一灯影，万里眼中明。　　　　钱起《送僧归日本》

星河秋一雁，砧杵夜千家。　韩翃《酬程近秋夜即事见赠》

浮云一别后，流水十年间。　　韦应物《淮上喜会梁州故人》

独立扬新令，千营共一呼。　　　　卢纶《塞下曲之一》

十年离乱后，长大一相逢。　　　　　　　　李益《喜见外弟又言别》

势分三足鼎，业复五铢钱。　　　　　　　　刘禹锡《蜀先主庙》

一丛深色花，十户中人赋。　　　　　　　　白居易《买花》

尊罍溢九酝，水陆罗八珍。　　　　　　　　白居易《轻肥》

春种一粒粟，秋成万颗子。　　　　　　　　李绅《悯农二首之一》

故国三千里，深宫二十年。　　　　　　　　张祜《何满子》

五更疏欲断，一树碧无情。　　　　　　　　李商隐《蝉》

迢递三巴路，羁危万里身。　　　　　　　　崔涂《除夜有怀》

三上北高峰，杭州一望空。　　　　　　　　毛泽东《看山》

碧玉妆成一树高，万条垂下绿丝绦。　　　　贺知章《咏柳》

黄河远上白云间，一片孤城万仞山。　　　　王之涣《出塞》

黄鹤一去不复返，白云千载空悠悠。　　　　崔颢《黄鹤楼》

万里寒光生积雪，三边曙色动危旌。　　　　祖咏《望蓟门》

三晋云山皆北向，二陵风雨自东来。　　　　崔曙《九日登望仙台呈刘明府》

腹中贮书一万卷，不肯低头在草莽。　　　　李颀《送陈章甫》

一声已动物皆静，四座无言星欲稀。　　　　李颀《琴歌》

龙吟虎啸一时发，万籁百泉相与秋。　　　　李颀《听安万善吹觱篥歌》

一身转战三千里，一剑曾当百万师。　　　　王维《老将行》

遥看一处攒云树，近入千家散花竹。　　　　王维《桃源行》

罗帏送上七香车，宝扇迎归九华帐。　　　　王维《洛阳女儿行》

五岳寻仙不辞远，一生好入名山游。　　　　李白《庐山谣寄卢侍御虚舟》

黄云万里动风色，白波九道流雪山。　　　　李白《庐山谣寄卢侍御虚舟》

剑阁峥嵘而崔嵬，一夫当关，万夫莫开。　　李白《蜀道难》

烹羊宰牛且为乐，会须一饮三百杯。　　　　李白《将进酒》

朝辞白帝彩云间，千里江陵一日还。　　　　李白《下江陵》

三山半落青天外，二水中分白鹭洲。　　　　李白《登金陵凤凰台》

飞流直下三千尺，疑是银河落九天。　　　　李白《望庐山瀑布》

三川北虏乱如麻，四海南奔似永嘉。　　　　李白《永王东巡歌之二》

秋毫不犯三吴悦，春日遥看五色光。　　　　李白《永王东巡歌之三》

杀气三时作阵云，寒声一夜传刁斗。　　　　高适《燕歌行》

李白一斗诗百篇，长安市上酒家眠。　　　　杜甫《饮中八仙歌》

斯须九重真龙出，一洗万古凡马空。　　　　杜甫《丹青引》

三年笛里关山月，万国兵前草木风。　　　　杜甫《洗兵马》

二三豪俊为时出，整顿乾坤济时了。　　　　杜甫《洗兵马》

张公一生江海客，身长九尺须眉苍。　　　　杜甫《洗兵马》

已忍伶俜十年事，强移栖息一枝安。　　　　杜甫《宿府》

西山白雪三城戍，南浦清江万里桥。　　　　杜甫《野望》

五更鼓角声悲壮，三峡星河影动摇。　　　　杜甫《阁夜》

听猿实下三声泪，奉使虚随八月槎。　　　　杜甫《秋兴八首之二》

三峡楼台淹日月，五溪衣服共云山。　　　　杜甫《咏怀古迹之一》

三分割据纡筹策，万古云霄一羽毛。　　　　杜甫《咏怀古迹之五》

忽如一夜春风来，千树万树梨花开。　　　　岑参《白雪歌送武判官归京》

三春白雪归青冢，万里黄河绕黑山。　　　　柳中庸《征人怨》

三年谪宦此栖迟，万古惟留楚客悲。　　　　刘长卿《长沙过贾谊宅》

三湘愁鬓逢秋色，万里归心对月明。　　　　卢纶《晚次鄂州》

嗟哉吾党二三子，安得至老不更归。　　　　韩愈《山石》

五岳祭秩皆三公，四方环镇嵩当中。　　韩愈《谒衡岳庙遂宿岳寺题门楼》

赦书一日行万里，罪从大辟皆除死。　　　韩愈《八月十五夜赠张功曹》

一封朝奏九重天，夕贬潮阳路八千。　　　韩愈《左迁至蓝关示侄孙湘》

千寻铁锁沉江底，一片降幡出石头。　　　　刘禹锡《西塞山怀古》

回眸一笑百媚生，六宫粉黛无颜色。　　　　白居易《长恨歌》

后宫佳丽三千人，三千宠爱在一身。　　　　白居易《长恨歌》

九重城阙烟尘生，千乘万骑西南行。　　　　白居易《长恨歌》

曲终收拨当心画，四弦一声如裂帛。　　　　白居易《琵琶行》

十三学得琵琶成，名属教坊第一部。　　　　白居易《琵琶行》

五陵年少争缠头，一曲红绡不知数。　　　　白居易《琵琶行》

试玉要烧三日满，辨才须待七年期。　　　　白居易《放言五首之三》

可怜九月初三夜，露似真珠月似弓。　　　　白居易《暮江吟》

画栏桂树悬秋香，三十六宫土花碧。　　　　李贺《金铜仙人辞汉歌》

潮落夜江斜月里，两三星火是瓜洲。　　　　张祜《题金陵渡》

十年一觉扬州梦，赢得青楼薄幸名。　　　　　　　　杜牧《遣怀》

娉娉袅袅十三余，豆蔻梢头二月初。　　　　　　　　杜牧《赠别》

公之斯文不示后，曷与三五相攀追。　　　　　　　　李商隐《韩碑》

锦瑟无端五十弦，一弦一柱思华年。　　　　　　　　李商隐《锦瑟》

刘郎已恨蓬山远，更隔蓬山一万重。　　　　　　　　李商隐《无题》

玉珰缄札何由达，万里云罗一雁飞。　　　　　　　　李商隐《春雨》

八骏日行三万里，穆王何事不重来。　　　　　　　　李商隐《瑶池》

落木千山天远大，澄江一道月分明。　　　　　　　　黄庭坚《登快阁》

桃李春风一杯酒，江湖夜雨十年灯。　　　　　　　　黄庭坚《寄黄几复》

戍楼刁斗催落月，三十从军今白发。　　　　　　　　陆游《关山月》

三万里河东入海，五千仞岳上摩天。　　　　陆游《秋夜将晓出篱门迎凉有感》

辛苦遭逢起一经，干戈寥落四周星。　　　　　　　　文天祥《过零丁洋》

卢龙雄塞倚天开，十载三逢敌骑来。　　　　　　　　陈子龙《辽事杂诗之一》

恸哭六军俱缟素，冲冠一怒为红颜。　　　　　　　　吴伟业《圆圆曲》

风涛回首空三岛，尘壤从头数九垓。　　　　林则徐《赴戍登程口占示家人》

怀抱芳馨兰一握，纵横宙合雾千重。　　　　　　　　康有为《出都留别诸公》

画船箫鼓满春湖，十里湖光一镜铺。　　　　　　　　柳亚子《吴门记游之六》

飞起热潮三万尺，买丝我欲绣邹枚。　　　　　　　　柳亚子《除夕杂感之七》

更喜岷山千里雪，三军过后尽开颜。　　　　　　　　毛泽东《长征》

三十一年还旧国，落花时节读华章。　　　　　　　　毛泽东《和柳亚子先生》

坐地日行八万里，巡天遥看一千河。　　　　　　　　毛泽东《送瘟神二首之一》

天连五岭银锄落，地动三河铁臂摇。　　　　　　　　毛泽东《送瘟神二首之二》

别梦依稀咒逝川，故园三十二年前。　　　　　　　　毛泽东《到韶山》

一山飞峙大江边，跃上葱茏四百旋。　　　　　　　　毛泽东《登庐山》

云横九派浮黄鹤，浪下三吴起白烟。　　　　　　　　毛泽东《登庐山》

斑竹一枝千滴泪，红霞万朵百重衣。　　　　　　　　毛泽东《答友人》

雪压冬云白絮飞，万花纷谢一时稀。　　　　　　　　毛泽东《冬云》

一死何难仇未复，百身可赎我奚辞。　　　　　　　　郁达夫《乱离杂诗十一》

纤指十三弦，细将幽恨传。　　　　　　　　　　　　张先《菩萨蛮》

楼头残梦五更钟，花底离愁三月雨。　　　　　　　　晏殊《木兰花》

无情不似多情苦，一寸还成千万缕。 　　　　　　晏殊《木兰花》

浮生长恨欢娱少，肯爱千金轻一笑。 　　　　　　宋祁《木兰花》

一年春事都来几？早过了、三之二。 　　　　　　欧阳修《青玉案》

一望关河萧索，千里清秋，忍凝眸。 　　　　　　柳永《曲玉管》

明朝万一西风动，争奈朱颜不耐秋。 　　　　　　晏几道《鹧鸪天》

春色三分，二分尘土，一分流水。 　　　　　　　苏轼《水龙吟》

纵如三鼓，铿然一叶，黯黯梦云惊断。 　　　　　苏轼《永遇乐》

无端天与娉婷，夜月一帘幽梦，春风十里柔情。 　　秦观《八六子》

到清明时候，百紫千红，花正乱，已失春风一半。 　李元膺《洞仙歌》

叹年华一瞬，人今千里，梦沉书远。 　　　　　　周邦彦《过秦楼》

不恋单衾再三起，有谁知，为萧娘，书一纸。 　　周邦彦《夜游宫》

中州盛日，闺门多暇，记得偏重三五。 　　　　　李清照《永遇乐》

万事一身伤老矣，戎葵凝笑墙东。 　　　　　　　陈与义《临江仙》

二十余年如一梦，此身虽在堪惊。 　　　　　　　陈与义《临江仙》

三十功名尘与土，八千里路云和月。 　　　　　　岳飞《满江红》

玉鉴琼田三万顷，着我扁舟一叶。 　　　　　　　张孝祥《念奴娇》

七八个星天外，两三点雨山前。 　　　　　　　　辛弃疾《西江月》

马上离愁三万里，望昭阳宫殿孤鸿没。 　　　　　辛弃疾《贺新郎》

四十三年，望中犹记，烽火扬州路。 　　　　　　辛弃疾《永遇乐》

三十六陂人未到，水佩风裳无数。 　　　　　　　姜夔《念奴娇》

十里扬州，三生杜牧，前事休说。 　　　　　　　姜夔《琵琶仙》

恐凤靴挑菜归来，万一灞桥相见。 　　　　　　史达祖《东风第一枝》

怕万一，误玉人夜寒帘隙。 　　　　　　　　　史达祖《喜迁莺》

聊一笑，吊千古。 　　　　　　　　　　　　　　刘克庄《贺新郎》

十年一梦凄凉，似西湖燕去，吴馆巢荒。 　　　　吴文英《夜合花》

午梦千山，窗阴一箭，香瘢新褪红丝腕。 　　　　吴文英《踏莎行》

一片宋玉情怀，十分卫郎清瘦。 　　　　　　　　潘希白《大有》

肠断竹马儿童，空见说、三千乐指。 　　　　　　刘辰翁《宝鼎现》

绁帩流离，风鬟三五，能赋词最苦。 　　　　　　刘辰翁《永遇乐》

记少年一梦扬州，二十四桥明月。 　　　　　　　周密《瑶华》

更凄然、万绿西泠，一抹荒烟。 张炎《高阳台》

伤心千古，秦淮一片明月。 萨都剌《百字令》

金钗十二，珠履三千，凄凉千载。 夏完淳《烛影摇红》

筝雁十三双，输他作一行。 纳兰性德《菩萨蛮》

茫茫九派流中国，沉沉一线穿南北。 毛泽东《菩萨蛮》

纤笔一枝谁与似，三千毛瑟精兵。 毛泽东《临江仙》

三十八年过去，弹指一挥间。 毛泽东《水调歌头》

犹记当时烽火里，九死一生如昨。 毛泽东《水调歌头》

飞起玉龙三百万，搅得周天寒彻。 毛泽东《念奴娇》

一声鸡唱，万怪烟消云落。 毛泽东《念奴娇》

## 数字 + 方位

使君从南来，五马立踟蹰。 《陌上桑》

东方千余骑，夫婿居上头。 《陌上桑》

腰中鹿卢剑，可值千万余。 《陌上桑》

三十侍中郎，四十专城居。 《陌上桑》

坐中数千人，皆言夫婿殊。 《陌上桑》

夫子何为者，栖栖一代中。 李隆基《经鲁祭孔子而叹之》

八月蝴蝶黄，双飞西园草。 李白《长干行》

千秋万岁名，寂寞身后事。 杜甫《梦李白二首之二》

流落征南将，曾驱十万师。 刘长卿《送李中丞归汉阳别业》

惟怜一灯影，万里眼中明。 钱起《送僧归日本》

十年离乱后，长大一相逢。 李益《喜见外弟又言别》

淮南一叶下，自觉洞庭波。 许浑《早秋》

三年羁旅客，今日又南冠。 夏完淳《别云间》

鸣鸡一声唱，汗漫东皋上。 毛泽东《挽易昌陶》

三晋云山皆北向，二陵风雨自东来。 崔曙《九日登望仙台呈刘明府》

烽火城西百尺楼，黄昏独坐海风秋。　　　　　　　王昌龄《从军行之一》

辽东小妇年十五，惯弹琵琶解歌舞。　　　　　　　李颀《古意》

四月南风大麦黄，枣花未落桐叶长。　　　　　　　李颀《送陈章甫》

东门酤酒饮我曹，心轻万事如鸿毛。　　　　　　　李颀《送陈章甫》

劝君更尽一杯酒，西出阳关无故人。　　　　　　　王维《渭城曲》

天台四万八千丈，对此欲倒东南倾。　　　　　　　李白《梦游天姥吟留别》

世间行乐亦如此，古来万事东流水。　　　　　　　李白《梦游天姥吟留别》

三川北房乱如麻，四海南奔似永嘉。　　　　　　　李白《永王东巡歌之二》

南风一扫胡尘静，西入长安到日边。　　　　　　　李白《永王东巡歌之十一》

故人西辞黄鹤楼，烟花三月下扬州。　　　　　　　李白《送孟浩然之广陵》

或从十五北防河，便至四十西营田。　　　　　　　杜甫《兵车行》

君不闻汉家山东二百州，千村万落生荆杞。　　　　杜甫《兵车行》

河广传闻一苇过，胡危命在破竹中。　　　　　　　杜甫《洗兵马》

窗含西岭千秋雪，门泊东吴万里船。　　　　　　　杜甫《绝句四首之三》

北风卷地白草折，胡天八月即飞雪。　　　　　　　岑参《白雪歌送武判官归京》

翠华摇摇行复止，西出都门百余里。　　　　　　　白居易《长恨歌》

六军不发无奈何，宛转蛾眉马前死。　　　　　　　白居易《长恨歌》

魏官牵车指千里，东关酸风射眸子。　　　　　　　李贺《金铜仙人辞汉歌》

东风不与周郎便，铜雀春深锁二乔。　　　　　　　杜牧《赤壁》

南朝四百八十寺，多少楼台烟雨中。　　　　　　　杜牧《江南春绝句》

金河秋半房弦开，云外惊飞四散哀。　　　　　　　杜牧《早雁》

誓将上雪列圣耻，坐法宫中朝四夷。　　　　　　　李商隐《韩碑》

淮西有贼五十载，封狼生貙貙生罴。　　　　　　　李商隐《韩碑》

乘兴南游不戒严，九重谁省谏书函。　　　　　　　李商隐《隋宫》

雁声远过潇湘去，十二楼中月自明。　　　　　　　温庭筠《瑶瑟怨》

十二楼中尽晓妆，望仙楼上望君王。　　　　　　　薛逢《宫词》

吾观画品中，莫如二子尊。　　　　　　　　　　　苏轼《王维吴道子画》

毕竟西湖六月中，风光不与四时同。　　　　　　　杨万里《晓出净慈寺送林子方》

三万里河东入海，五千仞岳上摩天。　　　　　　　陆游《秋夜将晓出篱门迎凉有感》

前身合是采莲人，门前一片横塘水。　　　　　　　吴伟业《圆圆曲》

千磨万击还坚劲，任尔东西南北风。　　　　　　　郑燮《竹石》

金粉东南十五州，万重恩怨属名流。　　　　　　　龚自珍《咏史》

猛闻南岳一声雷，起蛰蛟龙舞劫灰。　　　　　　　柳亚子《除夕杂感之七》

一掬伤心南渡泪，几曾揽辔事澄清。　　　　　　　柳亚子《次韵和蔡冶民》

一水西陵松柏渡，吴山越浦怒潮秋。　　　　　　　柳亚子《吴门记游之十》

无端散出一天愁，幸被东风吹万里。　　　　　　　毛泽东《送纵宇一郎东行》

蓬山咫尺南溟路，哀乐都因一水分。　　　　　　　郁达夫《乱离杂诗之三》

漫学东方耽戏谑，好呼南八是男儿。　　　　　　　郁达夫《乱离杂诗之八》

问君能有几多愁，恰似一江春水向东流。　　　　　李煜《虞美人》

天不老，情难绝，心似双丝网，中有千千结。　　　张先《千秋岁》

一叶扁舟轻帆卷，暂泊楚江南岸。　　　　　　　　柳永《迷神引》

别浦高楼曾漫倚，对江南千里。　　　　　　　　　晏几道《留春令》

明朝万一西风动，争奈朱颜不耐秋。　　　　　　　晏几道《鹧鸪天》

大江东去，浪淘尽、千古风流人物。　　　　　　　苏轼《念奴娇》

故垒西边，人道是、三国周郎赤壁。　　　　　　　苏轼《念奴娇》

秾艳一枝细看取，芳意千重似束，又恐被西风惊绿。　苏轼《贺新郎》

夜饮东坡醒复醉，归来仿佛三更。　　　　　　　　苏轼《临江仙》

更携取胡床上南楼，看玉做人间，素秋千顷。　　　晁补之《洞仙歌》

故人早晚上高台，寄我江南春色一枝梅。　　　　　舒亶《虞美人》

寄语东阳沽酒市，拚一醉，而今乐事他年泪。　　　朱服《渔家傲》

牛渚天门险，限南北、七雄豪占。　　　　　　　　贺铸《天门谣》

万事一身伤老矣，戎葵凝笑墙东。　　　　　　　　陈与义《临江仙》

双阙中天，凤楼十二春寒浅。　　　　　　　　　　张抡《烛影摇红》

五云深处，万烛光中，揭天丝管。　　　　　　　　张抡《烛影摇红》

尽吸西江，细斟北斗，万象为宾客。　　　　　　　张孝祥《念奴娇》

东风恶，欢情薄。一怀愁绪，几年离索。错，错，错！　陆游《钗头凤》

东厢月，一天风露，杏花如雪。　　　　　　　　　范成大《忆秦娥》

年少万兜鍪，坐断东南战未休。　　　　　　　　　辛弃疾《南乡子》

划地东风欺客梦，一枕云屏寒怯。　　　　　　　　辛弃疾《念奴娇》

东风夜放花千树，更吹落，星如雨。　　　　　　　辛弃疾《青玉案》

长记曾携手处，千树压、西湖寒碧。　　　　　姜夔《暗香》

西山外，晚来还卷，一帘秋霁。　　　　　　　姜夔《翠楼吟》

记曾共西楼雅集，想垂柳还袅万丝金。　　　　姜夔《一萼红》

淮南皓月冷千山，冥冥归去无人管。　　　　　姜夔《踏莎行》

一鞭南陌，几篙官渡，赖有歌眉舒绿。　　　　史达祖《八归》

十年一梦凄凉，似西湖燕去，吴馆巢荒。　　　吴文英《夜合花》

烟波桃叶西陵路，十年断魂潮尾。　　　　　　吴文英《齐天乐》

十载西湖，傍柳系马，趁娇尘软雾。　　　　　吴文英《莺啼序》

人去西楼雁杳。叙别梦，扬州一觉。　　　　　吴文英《夜游宫》

更凄然、万绿西泠，一抹荒烟。　　　　　　　张炎《高阳台》

盘心清露如铅水，又一夜、西风吹折。　　　　张炎《疏影》

荏苒一枝春，恨东风、人似天远。　　　　王沂孙《法曲献仙音》

一江南北，消磨多少豪杰。　　　　　　　　　萨都剌《百字令》

一壶浊酒喜相逢，古今多少事，都付笑谈中。　杨慎《临江仙》

杨柳迷离晓雾中，杏花零落五更钟。　　　　　陈子龙《山花子》

七宝修成合璧，重轮岁岁中天。　　　　　　纳兰性德《清平乐》

黄云紫塞三千里，女墙西畔啼乌起。　　　　纳兰性德《菩萨蛮》

料南枝明月，应减红香一半。　　　　　　　　况周颐《苏武慢》

一勾残月向西流，对此不抛眼泪也无由。　　　毛泽东《虞美人》

百万工农齐踊跃，席卷江西，直捣湘和鄂。　　毛泽东《蝶恋花》

六盘山上高峰，红旗漫卷西风。　　　　　　　毛泽东《清平乐》

北国风光，千里冰封，万里雪飘。　　　　　　毛泽东《沁园春》

一桥飞架南北，天堑变通途。　　　　　　　毛泽东《水调歌头》

一截遗欧，一截赠美，一截还东国。　　　　　毛泽东《念奴娇》

往事越千年，魏武挥鞭，东临碣石有遗篇。　　毛泽东《浪淘沙》

# 第三篇

# 方 位 类

## 方位 + 动物

| | |
|---|---|
| 西陆蝉声唱，南冠客思深。 | 骆宾王《在狱咏蝉》 |
| 阳月南飞雁，传闻至此回。 | 宋之问《题大庾岭北驿》 |
| 木落雁南渡，北风江上寒。 | 孟浩然《早寒有怀》 |
| 月出惊山鸟，时鸣春涧中。 | 王维《鸟鸣涧》 |
| 五月不可触，猿声天上哀。 | 李白《长干行》 |
| 八月蝴蝶黄，双飞西园草。 | 李白《长干行》 |
| 牛渚西江夜，青天无片云。 | 李白《夜泊牛渚怀古》 |
| 戎马关山北，凭轩涕泗流。 | 杜甫《登岳阳楼》 |
| 下窥指高鸟，俯听闻惊风。 | 岑参《与高适薛据登慈恩寺浮图》 |
| 余亦谢时去，西山鸾鹤群。 | 常建《宿王昌龄隐居》 |
| 鸟宿池边树，僧敲月下门。 | 贾岛《题李凝幽居》 |
| 乡书不可寄，秋雁又南回。 | 韦庄《章台夜思》 |
| 鸣鸡一声唱，汗漫东皋上。 | 毛泽东《挽易昌陶》 |
| 飞凤亭边树，桃花岭上风。 | 毛泽东《看山》 |
| 一片飘飘下，欢迎有晚鹰。 | 毛泽东《看山》 |
| 群燕辞归雁南翔，念君客游思断肠。 | 曹丕《燕歌行》 |
| 白狼河北音书断，丹凤城南秋夜长。 | 沈佺期《独不见》 |
| 葡萄美酒夜光杯，欲饮琵琶马上催。 | 王翰《凉州曲》 |
| 月明松下房栊静，日出云中鸡犬喧。 | 王维《桃源行》 |
| 禁里疏钟官舍晚，省中啼鸟吏人稀。 | 王维《赠郭给事》 |
| 西当太白有鸟道，可以横绝峨眉巅。 | 李白《蜀道难》 |
| 但见悲鸟号古木，雄飞雌从绕林间。 | 李白《蜀道难》 |

半壁见海日，空中闻天鸡。　　　　　　　　　李白《梦游天姥吟留别》

凤凰台上凤凰游，凤去台空江自流。　　　　　李白《登金陵凤凰台》

三山半落青天外，二水中分白鹭洲。　　　　　李白《登金陵凤凰台》

千里黄云白日曛，北风吹雁雪纷纷。　　　　　高适《别董大之一》

东走无复忆鲈鱼，南飞觉有安巢鸟。　　　　　杜甫《洗兵马》

玉京群帝集北斗，或骑麒麟翳凤凰。　　　　　杜甫《寄韩谏议注》

攀龙附凤势莫当，天下尽化为侯王。　　　　　杜甫《洗兵马》

舍南舍北皆春水，但见群鸥日日来。　　　　　　　杜甫《客至》

两个黄鹂鸣翠柳，一行白鹭上青天。　　　　　杜甫《绝句四首之三》

直北关山金鼓振，征西车马羽书驰。　　　　　杜甫《秋兴八首之四》

山回路转不见君，雪上空留马行处。　　　岑参《白雪歌送武判官归京》

鸾翔凤翥众仙下，珊瑚碧树交枝柯。　　　　　　韩愈《石鼓歌》

行到中庭数花朵，蜻蜓飞上玉搔头。　　　　　　刘禹锡《春词》

旧时王谢堂前燕，飞入寻常百姓家。　　　　　　刘禹锡《乌衣巷》

君臣相顾尽沾衣，东望都门信马归。　　　　　　白居易《长恨歌》

日暮东风怨啼鸟，落花犹似堕楼人。　　　　　　杜牧《金谷园》

云边雁断胡天月，陇上羊归塞草烟。　　　　　　温庭筠《苏武庙》

雁声远过潇湘去，十二楼中月自明。　　　　　　温庭筠《瑶瑟怨》

霜禽欲下先偷眼，粉蝶如知合断魂。　　　　　　林逋《山园小梅》

我居北海君南海，寄雁传书谢不能。　　　　　　黄庭坚《寄黄几复》

蛾眉马上传呼进，云鬟不整惊魂定。　　　　　　吴伟业《圆圆曲》

旧巢共是衔泥燕，飞上枝头变凤凰。　　　　　　吴伟业《圆圆曲》

中夜鸡鸣风雨集，起然烟卷觉新凉。　　　　　　鲁迅《秋夜有感》

青空飘下能言鸟，黑海翻腾愤怒鱼。　　　　　毛泽东《读报有感之四》

尊前谈笑人依旧，域外鸡虫事可哀。　　　　毛泽东《和周世钊同志》

闻鸡久听南天雨，立马曾挥北地鞭。　　　　　　毛泽东《洪都》

西塞山前白鹭飞，桃花流水鳜鱼肥。　　　　　　张志和《渔歌子》

泪眼倚楼频独语，双燕飞来，陌上相逢否。　　　冯延巳《蝶恋花》

青鸟不传云外信，丁香空结雨中愁。　　　　　　李璟《摊破浣溪沙》

塞下秋来风景异，衡阳雁去无留意。　　　　　　范仲淹《渔家傲》

沙上并禽池上暝，云破月来花弄影。 张先《天仙子》

双蝶绣罗裙，东池宴，初相见。 张先《醉垂鞭》

断雁无凭，冉冉飞下汀洲，思悠悠。 柳永《曲玉管》

东归燕从海上去，南来雁向沙头落。 王安石《千秋岁引》

紫骝认得旧游踪，嘶过画桥东畔路。 晏几道《木兰花》

燕子楼空，佳人何在，空锁楼中燕。 苏轼《永遇乐》

露坐久，疏萤时度，乌鹊正南飞。 晁端礼《绿头鸭》

飞燕又将归信误，小屏风上西江路。 赵令畤《蝶恋花》

背飞双燕贴云寒，独向小楼东畔倚阑看。 舒亶《虞美人》

楼上阑干横斗柄，露寒人远鸡相应。 周邦彦《蝶恋花》

人静乌鸢自乐，小桥外、新绿溅溅。 周邦彦《满庭芳》

烟横水际，映带几点归鸿，东风销尽龙沙雪。 贺铸《石州引》

云中谁寄锦书来，雁字回时，月满西楼。 李清照《一剪梅》

东风静、细柳垂金缕，望凤阙、非烟非雾。 万俟咏《三台》

雨初歇，楼外孤鸿声渐远，远山外、行人音信绝。 田为《江神子慢》

江南旧事休重省，遍天涯寻消问息，断鸿难倩。 李玉《贺新郎》

双阙中天，凤楼十二春寒浅。 张抡《烛影摇红》

旧日堂前燕，和烟雨，又双飞。 韩元吉《六州歌头》

寂寞凭高念远，向南楼、一声归雁。 陈亮《水龙吟》

马上离愁三万里，望昭阳宫殿孤鸿没。 辛弃疾《贺新郎》

落日楼头，断鸿声里，江南游子。 辛弃疾《水龙吟》

休说鲈鱼堪脍，尽西风、季鹰归未。 辛弃疾《水龙吟》

元嘉草草，封狼居胥，赢得仓皇北顾。 辛弃疾《永遇乐》

可堪回首，佛狸祠下，一片神鸦社鼓。 辛弃疾《永遇乐》

年时燕子，料今宵梦到西园。 辛弃疾《汉宫春》

呼我盟鸥，翩翩欲下，背人还过木末。 姜夔《庆宫春》

马上单衣寒恻恻，看尽鹅黄嫩绿，都是江南旧相识。 姜夔《淡黄柳》

燕雁无心，太湖西畔随云去。 姜夔《点绛唇》

苔枝缀玉，有翠禽小小，枝上同宿。 姜夔《疏影》

梦中未比丹青见，暗里忽惊山鸟啼。 姜夔《鹧鸪天》

锦瑟横床，想泪痕尘影，凤弦常下。　　　　史达祖《三姝媚》

惊粉重、蝶宿西园，喜泥润、燕归南浦。　　史达祖《绮罗香》

鸿北去，日西匿。　　　　　　　　　　　　刘克庄《贺新郎》

十年一梦凄凉，似西湖燕去，吴馆巢荒。　　吴文英《夜合花》

东风睡足交枝，正梦枕、瑶钗燕股。　　　　吴文英《宴清都》

燕来晚、飞入西城，似说春事迟暮。　　　　吴文英《莺啼序》

十载西湖，傍柳系马，趁娇尘软雾。　　　　吴文英《莺啼序》

飞红若到西湖底，搅翠澜、总是愁鱼。　　　吴文英《高阳台》

对语东邻，犹是曾巢，谢堂双燕。　　　　　吴文英《三姝媚》

年事梦中休，花空烟水流。燕辞归、客尚淹留。　吴文英《唐多令》

梦翠翘，怨鸿料过南谯。　　　　　　　　　吴文英《惜黄花慢》

池上红衣伴倚阑，栖鸦常带夕阳还。　　　　吴文英《鹧鸪天》

近清明，翠禽枝上消魂。　　　　　　　　　黄孝迈《湘春夜月》

瓜洲曾舣，等行人岁岁，日下长秋，城乌夜起。　彭元逊《六丑》

花外琵琶，柳边莺燕，玉佩摇金缕。　　　　萨都剌《酹江月》

惟有无情双燕子，舞东风。　　　　　　　　陈子龙《山花子》

黄云紫塞三千里，女墙西畔啼乌起。　　　　纳兰性德《菩萨蛮》

哀角起重关，霜深楚水寒，背西风、归雁声酸。　蒋春霖《唐多令》

暝入西园，容易又、林禽声变。　　　　　　王鹏运《三姝媚》

暗禽啼破清愁，东风不到，早无数、繁枝吹淡。　朱孝臧《祝英台近》

河山半壁误英雄，赢得雕虫余技擅江东。　　柳亚子《虞美人》

西风烈，长空雁叫霜晨月。　　　　　　　　毛泽东《忆秦娥》

天高云淡，望断南飞雁。　　　　　　　　　毛泽东《清平乐》

## 方位 + 植物

青青河畔草，郁郁园中柳。　　　　　　　　　　《青青河畔草》

复值接舆醉，狂歌五柳前。　　　　王维《辋川闲居赠裴秀才迪》

声喧乱石中，色静深松里。 王维《青溪》

明月松间照，清泉石上流。 王维《山居秋暝》

竹喧归浣女，莲动下渔舟。 王维《山居秋暝》

草色新雨中，松声晚窗里。 丘为《寻西山隐者不遇》

渭北春天树，江东日暮云。 杜甫《春日忆李白》

雨中黄叶树，灯下白头人。 司空曙《喜外弟卢纶见宿》

松下问童子，言师采药去。 贾岛《寻隐者不遇》

鸟宿池边树，僧敲月下门。 贾岛《题李凝幽居》

遥夜泛清瑟，西风生翠萝。 许浑《早秋》

飞凤亭边树，桃花岭上风。 毛泽东《看山》

碧玉妆成一树高，万条垂下绿丝绦。 贺知章《咏柳》

四月南风大麦黄，枣花未落桐叶长。 李颀《送陈章甫》

月明松下房栊静，日出云中鸡犬喧。 王维《桃源行》

昔时飞箭无全目，今日垂杨生左肘。 王维《老将行》

路旁时卖故侯瓜，门前学种先生柳。 王维《老将行》

山中习静观朝槿，松下清斋折露葵。 王维《积雨辋川庄作》

此夜曲中闻折柳，何人不起故园情。 李白《春夜洛城闻笛》

孔明庙前有老柏，柯如青铜根如石。 杜甫《古柏行》

丞相祠堂何处寻，锦官城外柏森森。 杜甫《蜀相》

请看石上藤萝月，已映洲前芦荻花。 杜甫《秋兴八首之二》

正是江南好风景，落花时节又逢君。 杜甫《江南逢李龟年》

长乐钟声花外尽，龙池柳色雨中深。 钱起《赠阙下裴舍人》

独怜幽草涧边生，上有黄鹂深树鸣。 韦应物《滁州西涧》

玄都观里桃千树，尽是刘郎去后栽。 刘禹锡《玄都观桃花》

最爱湖东行不足，绿杨阴里白沙堤。 白居易《钱塘湖春行》

日暮东风怨啼鸟，落花犹似堕楼人。 杜牧《金谷园》

相见时难别亦难，东风无力百花残。 李商隐《无题》

斑骓只系垂杨岸，何处西南待好风。 李商隐《无题》

迢递高城百尺楼，绿杨枝外尽汀洲。 李商隐《安定城楼》

昨夜星辰昨夜风，画楼西畔桂堂东。 李商隐《无题》

飒飒东风细雨来，芙蓉塘外有轻雷。　　　　　　　李商隐《无题》

苏武魂销汉使前，古祠高树两茫然。　　　　　　　温庭筠《苏武庙》

遍索绿珠围内第，强呼绛树出雕栏。　　　　　　　吴伟业《圆圆曲》

却折垂杨送归客，心随东棹忆华年。　　　　　鲁迅《送增田涉君归国》

绮罗幕后送飞光，柏栗丛边作道场。　　　　　　鲁迅《秋夜有感》

剪烛西窗情款款，垂杨南国泪丝丝。　　　　　柳亚子《悼亡友亚魂》

西塞山前白鹭飞，桃花流水鳜鱼肥。　　　　　　张志和《渔歌子》

杨柳青青江水平，闻郎江上唱歌声。　　　　　　刘禹锡《竹枝词》

闲梦江南梅熟日，夜船吹笛雨萧萧，人语驿边桥。　皇甫松《梦江南》

桃花春水渌，水上鸳鸯浴。　　　　　　　　　　韦庄《菩萨蛮》

藕花相向野塘中，暗伤亡国，清露泣香红。　　　鹿虔扆《临江仙》

无言独上西楼，月如钩。寂寞梧桐深院锁清秋。　　李煜《相见欢》

沉恨细思，不如桃杏，犹解嫁东风。　　　　　　张先《一丛花》

昨夜西风凋碧树，独上高楼，望尽天涯路。　　　晏殊《蝶恋花》

绿杨烟外晓寒轻，红杏枝头春意闹。　　　　　　宋祁《木兰花》

把酒祝东风，且共从容，垂杨紫陌洛城东。　　欧阳修《浪淘沙》

月上柳梢头，人约黄昏后。　　　　　　　　　欧阳修《生查子》

更回首、重城不见，寒江天外，隐隐两三烟树。　柳永《采莲令》

望中酒旆闪闪，一簇烟村，数行霜树。　　　　　柳永《夜半乐》

日上花梢，莺穿柳带，犹压香衾卧。　　　　　　柳永《定风波》

墙头丹杏雨余花，门外绿杨风后絮。　　　　　晏几道《木兰花》

街南绿树春饶絮，雪满游春路。　　　　　　　晏几道《御街行》

北楼闲上，疏帘高卷，直见街南树。　　　　　晏几道《御街行》

守得莲开结伴游，约开萍叶上兰舟。　　　　　晏几道《鹧鸪天》

柳下桃蹊，乱分春色到人家。　　　　　　　　秦观《望海潮》

西园夜饮鸣笳，有华灯碍月，飞盖妨花。　　　秦观《望海潮》

念柳外青骢别后，水边红袂分时，怆然暗惊。　秦观《八六子》

东风里，朱门映柳，低按小秦筝。　　　　　　秦观《满庭芳》

故人早晚上高台，寄我江南春色一枝梅。　　　舒亶《虞美人》

恋树湿花飞不起，愁无比，和春付与东流水。　朱服《渔家傲》

天不老，人未偶，且将此恨，分付庭前柳。 李之仪《谢池春》

叹西园、已是花深无地，东风何事又恶? 周邦彦《瑞鹤仙》

市桥远，柳下人家，犹自相识。 周邦彦《应天长》

相将散离会，探风前津鼓，树杪参旗。 周邦彦《夜飞鹊》

桂华流瓦，纤云散，耿耿素娥欲下。 周邦彦《解语花》

想东园、桃李自春，小唇秀靥今在否。 周邦彦《琐窗寒》

细风吹柳絮，人南渡。 贺铸《感皇恩》

东风妒花恶，吹落梢头嫩萼。 张元幹《兰陵王》

莫道不销魂，帘卷西风，人比黄花瘦。 李清照《醉花阴》

江南梦断横江渚。浪黏天、葡萄涨绿，半空烟雨。 叶梦得《贺新郎》

梧桐叶上三更雨，叶叶声声是别离。 周紫芝《鹧鸪天》

东风静、细柳垂金缕，望凤阙、非烟非雾。 万俟咏《三台》

数峰江上，芳草天涯，参差烟树。 廖世美《烛影摇红》

东风着意，先上小桃枝。 韩元吉《六州歌头》

东厢月，一天风露，杏花如雪。 范成大《忆秦娥》

灯花结，片时春梦，江南天阔。 范成大《忆秦娥》

却笑东风从此，便熏梅染柳，更没些闲。 辛弃疾《汉宫春》

宝钗分，桃叶渡，烟柳暗南浦。 辛弃疾《祝英台近》

东风夜放花千树，更吹落，星如雨。 辛弃疾《青玉案》

茅檐低小，溪上青青草。 辛弃疾《清平乐》

长记曾携手处，千树压、西湖寒碧。 姜夔《暗香》

高柳垂阴，老鱼吹浪，留我花间住。 姜夔《念奴娇》

沉思年少浪迹，笛里关山，柳下坊陌。 姜夔《霓裳中序第一》

记曾共西楼雅集，想垂柳还袅万丝金。 姜夔《一萼红》

芦叶满汀洲，寒沙带浅流。二十年重过南楼。 刘过《唐多令》

红杏香中箫鼓，绿杨影里秋千。 俞国宝《风入松》

但可怜处，无奈苒苒魂惊，采香南浦，剪梅烟驿。 史达祖《秋霁》

可惜东风，将恨与、闲花俱谢。 史达祖《三姝媚》

烟波桃叶西陵路，十年断魂潮尾。 吴文英《齐天乐》

十载西湖，傍柳系马，趁娇尘软雾。 吴文英《莺啼序》

江南江北，曾未见、漫拟梨云梅雪。　　　　　周密《瑶华》

柳陌，新烟凝碧。映帘底宫眉，堤上游勒。　　周密《曲游春》

新烟禁柳，想如今、绿到西湖。　　　　　　　张炎《渡江云》

想伴侣、犹宿芦花，也曾念春前，去程应转。　张炎《解连环》

看云外山河，还老桂花旧影。　　　　　　　　王沂孙《眉妩》

花外琵琶，柳边莺燕，玉佩摇金缕。　　　　　萨都剌《酹江月》

杨柳迷离晓雾中，杏花零落五更钟。　　　　　陈子龙《山花子》

满目荒凉谁可语，西风吹老丹枫树。　　　　　纳兰性德《蝶恋花》

花骨冷宜香，小立樱桃下。　　　　　　　　　纳兰性德《生查子》

折梅花去也，城西炬火，照琼瑶碎。　　　　　邓廷桢《水龙吟》

怕后约、误东风一信，香桃瘦损，还忆而今。　郑文焯《湘春夜月》

一霎车尘生树杪，陌上楼头，都向尘中老。　　王国维《蝶恋花》

独立寒秋，湘江北去，橘子洲头。　　　　　　毛泽东《沁园春》

我失骄杨君失柳，杨柳轻飏，直上重霄九。　　毛泽东《蝶恋花》

## ❧ 方位＋天文 ❧

日月之行，若出其中。　　　　　　　曹操《步出夏门行·观沧海》

月明星稀，乌鹊南飞。　　　　　　　　　曹操《短歌行之一》

日出东南隅，照我秦氏楼。　　　　　　　　　　《陌上桑》

头上倭堕髻，耳中明月珠。　　　　　　　　　　《陌上桑》

海内存知己，天涯若比邻。　　　　　　王勃《送杜少府之任蜀州》

海上生明月，天涯共此时。　　　　　　　张九龄《望月怀远》

山光忽西落，池月渐东上。　　　　　　孟浩然《夏日南亭怀辛大》

乡泪客中尽，孤帆天际看。　　　　　　　孟浩然《早寒有怀》

潭烟飞溶溶，林月低向后。　　　　　　綦毋潜《春泛若耶溪》

高卧南斋时，开帷月初吐。　　　王昌龄《同从弟南斋玩月忆山阴崔少府》

艳色天下重，西施宁久微。　　　　　　　　　王维《西施咏》

空山新雨后，天气晚来秋。 　　　　　　　　王维《山居秋暝》

明月松间照，清泉石上流。 　　　　　　　　王维《山居秋暝》

江流天地外，山色有无中。 　　　　　　　　王维《汉江临眺》

月出惊山鸟，时鸣春涧中。 　　　　　　　　王维《鸟鸣涧》

明月出天山，苍茫云海间。 　　　　　　　　李白《关山月》

床前明月光，疑是地上霜。 　　　　　　　　李白《夜思》

却下水精帘，玲珑望秋月。 　　　　　　　　李白《玉阶怨》

吾爱孟夫子，风流天下闻。 　　　　　　　　李白《赠孟浩然》

月下飞天镜，云生结海楼。 　　　　　　　　李白《渡荆门送别》

牛渚西江夜，青天无片云。 　　　　　　　　李白《夜泊牛渚怀古》

中天悬明月，令严夜寂寥。 　　　　　　　　杜甫《后出塞之二》

峥嵘赤云西，日脚下平地。 　　　　　　　　杜甫《羌村之一》

今夜鄜州月，闺中只独看。 　　　　　　　　杜甫《月夜》

渭北春天树，江东日暮云。 　　　　　　　　杜甫《春日忆李白》

茫茫江汉上，日暮欲何之。 　　　　　刘长卿《送李中丞归汉阳别业》

鸟宿池边树，僧敲月下门。 　　　　　　　　贾岛《题李凝幽居》

孤灯闻楚角，残月下章台。 　　　　　　　　韦庄《章台夜思》

明月皎皎照我床，星汉西流夜未央。 　　　　　曹丕《燕歌行》

岩峣太华俯咸京，天外三峰削不成。 　　　　崔颢《行经华阴》

月明松下房栊静，日出云中鸡犬喧。 　　　　王维《桃源行》

君不见黄河之水天上来，奔流到海不复回。 　　李白《将进酒》

若非群玉山头见，会向瑶台月下逢。 　　　　李白《清平调》

三山半落青天外，二水中分白鹭洲。 　　　李白《登金陵凤凰台》

飞流直下三千尺，疑是银河落九天。 　　　　李白《望庐山瀑布》

天门中断楚江开，碧水东流直北回。 　　　　李白《望天门山》

南风一扫胡尘静，西入长安到日边。 　　李白《永王东巡歌之十一》

天子呼来不上船，自称臣是酒中仙。 　　　杜甫《饮中八仙歌》

三年笛里关山月，万国兵前草木风。 　　　　杜甫《洗兵马》

此曲只应天上有，人间能得几回闻。 　　　　杜甫《赠花卿》

三顾频烦天下计，两朝开济老臣心。 　　　　杜甫《蜀相》

两个黄鹂鸣翠柳，一行白鹭上青天。　　杜甫《绝句四首之三》

江间波浪兼天涌，塞上风云接地阴。　　杜甫《秋兴八首之一》

夔府孤城落日斜，每依北斗望京华。　　杜甫《秋兴八首之二》

请看石上藤萝月，已映洲前芦荻花。　　杜甫《秋兴八首之二》

支离东北风尘际，飘泊西南天地间。　　杜甫《咏怀古迹之一》

北风卷地白草折，胡天八月即飞雪。　　岑参《白雪歌送武判官归京》

轮台东门送君去，去时雪满天山路。　　岑参《白雪歌送武判官归京》

秋草独寻人去后，寒林空见日斜时。　　刘长卿《长沙过贾谊宅》

更深月色半人家，北斗阑干南斗斜。　　刘方平《月夜》

闻道欲来相问讯，西楼望月几回圆。　　韦应物《寄李儋元锡》

回看天际下中流，岩上无心云相逐。　　柳宗元《渔翁》

淮水东边旧时月，夜深还过女墙来。　　刘禹锡《石头城》

但教心似金钿坚，天上人间会相见。　　白居易《长恨歌》

东船西舫悄无言，唯见江心秋月白。　　白居易《琵琶行》

角声满天秋色里，塞上燕脂凝夜紫。　　李贺《雁门太守行》

日暮东风怨啼鸟，落花犹似堕楼人。　　杜牧《金谷园》

来是空言去绝踪，月斜楼上五更钟。　　李商隐《无题》

云边雁断胡天月，陇上羊归塞草烟。　　温庭筠《苏武庙》

春风又绿江南岸，明月何时照我还。　　王安石《泊船瓜洲》

何必桑干方是远，中流以北即天涯。　　杨万里《初入淮河之一》

碛里角声摇日月，回中烽色动楼台。　　陈子龙《辽事杂诗之一》

泽中何有多红兰，天风日暮徒盘桓。　　夏完淳《长歌》

浩荡离愁白日斜，吟鞭东指即天涯。　　龚自珍《己亥杂诗之一》

大江日夜向东流，聚义群雄又远游。　　鲁迅《无题（1931年）》

六代绮罗成旧梦，石头城上月如钩。　　鲁迅《无题（1931年）》

管却自家身与心，胸中日月常新美。　　毛泽东《送纵宇一郎东行》

望断天南尺素书，巴城消息近何如。　　郁达夫《乱离杂诗之二》

东边日出西边雨，道是无晴却有晴。　　刘禹锡《竹枝词》

日出江花红胜火，春来江水绿如蓝。能不忆江南？　　白居易《忆江南》

山寺月中寻桂子，郡亭枕上看潮头。何日更重游？　　白居易《忆江南》

无言独上西楼，月如钩。 李煜《相见欢》

小楼昨夜又东风，故国不堪回首月明中。 李煜《虞美人》

流水落花春去也，天上人间。 李煜《浪淘沙》

夜过也，东窗未白凝残月。 张先《千秋岁》

沙上并禽池上暝，云破月来花弄影。 张先《天仙子》

昨夜西风凋碧树，独上高楼，望尽天涯路。 晏殊《蝶恋花》

月上柳梢头，人约黄昏后。 欧阳修《生查子》

夕阳岛外，秋风原上，目断四天垂。 柳永《少年游》

日上花梢，莺穿柳带，犹压香衾卧。 柳永《定风波》

琵琶弦上说相思，当时明月在，曾照彩云归。 晏几道《临江仙》

不知天上宫阙，今夕是何年。 苏轼《水调歌头》

西园夜饮鸣笳，有华灯碍月，飞盖妨花。 秦观《望海潮》

遥知新妆了，开朱户，应自待月西厢。 周邦彦《风流子》

夜深月过女墙来，伤心东望淮水。 周邦彦《西河》

翠尊未竭，凭断云留取西楼残月。 周邦彦《浪淘沙慢》

但徘徊班草，欷歔酹酒，极望天西。 周邦彦《夜飞鹊》

牛渚天门险，限南北、七雄豪占。 贺铸《天门谣》

待月上潮平波滟滟，塞管轻吹新阿滥。 贺铸《天门谣》

云中谁寄锦书来，雁字回时，月满西楼。 李清照《一剪梅》

任宝奁尘满，日上帘钩。 李清照《凤凰台上忆吹箫》

宝扇重寻明月影，暗尘侵、上有乘鸾女。 叶梦得《贺新郎》

竹外一枝斜，想佳人、天寒日暮。 曹组《蓦山溪》

江南旧事休重省，遍天涯寻消问息，断鸿难倩。 李玉《贺新郎》

灯花结，片时春梦，江南天阔。 范成大《忆秦娥》

落日楼头，断鸿声里，江南游子。 辛弃疾《水龙吟》

天下英雄谁敌手？曹刘。生子当如孙仲谋！ 辛弃疾《南乡子》

鸿北去，日西匿。 刘克庄《贺新郎》

秋千外、芳草连天，谁遣风沙暗南浦。 刘辰翁《兰陵王》

少年衮衮天涯恨，长结西湖烟柳。 刘辰翁《摸鱼儿》

荏苒一枝春，恨东风、人似天远。 王沂孙《法曲献仙音》

石头城上，望天低吴楚，眼空无物。 　　　　　　　萨都剌《百字令》

天高云淡，望断南飞雁。 　　　　　　　　　　　　毛泽东《清平乐》


## ❧ 方位 + 天气 ❧


木落雁南渡，北风江上寒。 　　　　　　　　　　　孟浩然《早寒有怀》

山中一夜雨，树杪百重泉。 　　　　　　　　　　　王维《送梓州李使君》

泠泠七弦上，静听松风寒。 　　　　　　　　　　　刘长卿《弹琴》

客从东方来，衣上灞陵雨。 　　　　　　　　　　　韦应物《长安遇冯著》

朝雾弥琼宇，征马嘶北风。 　　　　　　　　　　　毛泽东《张冠道中》

秋风度河上，大野入苍穹。 　　　　　　　　　　　毛泽东《喜闻捷报》

飞凤亭边树，桃花岭上风。 　　　　　　　　　　　毛泽东《看山》

烽火城西百尺楼，黄昏独坐海风秋。 　　　　　　　王昌龄《从军行之一》

四月南风大麦黄，枣花未落桐叶长。 　　　　　　　李颀《送陈章甫》

解释春风无限恨，沉香亭北倚阑干。 　　　　　　　李白《清平调之三》

南风一扫胡尘静，西入长安到日边。 　　　　　　　李白《永王东巡歌之十一》

千里黄云白日曛，北风吹雁雪纷纷。 　　　　　　　高适《别董大之一》

忆昔霓旌下南苑，苑中万物生颜色。 　　　　　　　杜甫《哀江头》

昨夜东风吹血腥，东来橐驼满旧都。 　　　　　　　杜甫《哀王孙》

三年笛里关山月，万国兵前草木风。 　　　　　　　杜甫《洗兵马》

海内风尘诸弟隔，天涯涕泪一身遥。 　　　　　　　杜甫《野望》

江间波浪兼天涌，塞上风云接地阴。 　　　　　　　杜甫《秋兴八首之一》

支离东北风尘际，飘泊西南天地间。 　　　　　　　杜甫《咏怀古迹之一》

正是江南好风景，落花时节又逢君。 　　　　　　　杜甫《江南逢李龟年》

北风卷地白草折，胡天八月即飞雪。 　　　　　　　岑参《白雪歌送武判官归京》

春城无处不飞花，寒食东风御柳斜。 　　　　　　　韩翃《寒食》

魏官牵车指千里，东关酸风射眸子。 　　　　　　　李贺《金铜仙人辞汉歌》

东风不与周郎便，铜雀春深锁二乔。 　　　　　　　杜牧《赤壁》

日暮东风怨啼鸟，落花犹似堕楼人。 杜牧《金谷园》

南朝四百八十寺，多少楼台烟雨中。 杜牧《江南春绝句》

何当共剪西窗烛，却话巴山夜雨时。 李商隐《夜雨寄北》

昨夜星辰昨夜风，画楼西畔桂堂东。 李商隐《无题》

飒飒东风细雨来，芙蓉塘外有轻雷。 李商隐《无题》

相见时难别亦难，东风无力百花残。 李商隐《无题》

斑骓只系垂杨岸，何处西南待好风。 李商隐《无题》

春风又绿江南岸，明月何时照我还。 王安石《泊船瓜洲》

绝域东风竟何事，只应催我鬓边华。 朱弁《春阴》

毕竟西湖六月中，风光不与四时同。 杨万里《晓出净慈寺送林子方》

徒把金戈挽落晖，南冠无奈北风吹。 虞集《挽文丞相》

泽中何有多红兰，天风日暮徒盘桓。 夏完淳《长歌》

千磨万击还坚劲，任尔东西南北风。 郑燮《竹石》

无端散出一天愁，幸被东风吹万里。 毛泽东《送纵宇一郎东行》

音尘绝，西风残照，汉家陵阙。 李白《忆秦娥》

南园满地堆轻絮，愁闻一霎清明雨。 温庭筠《菩萨蛮》

闲梦江南梅熟日，夜船吹笛雨萧萧，人语驿边桥。 皇甫松《梦江南》

小楼昨夜又东风，故国不堪回首月明中。 李煜《虞美人》

沉恨细思，不如桃杏，犹解嫁东风。 张先《一丛花》

把酒祝东风，且共从容，垂杨紫陌洛城东。 欧阳修《浪淘沙》

征帆去棹残阳里，背西风、酒旗斜矗。 王安石《桂枝香》

满地残红宫锦污，昨夜南园风雨。 王安国《清平乐》

明朝万一西风动，争奈朱颜不耐秋。 晏几道《鹧鸪天》

墙头丹杏雨余花，门外绿杨风后絮。 晏几道《木兰花》

东风又作无情计，艳粉娇红吹满地。 晏几道《木兰花》

大江东去，浪淘尽、千古风流人物。 苏轼《念奴娇》

梅英疏淡，冰澌溶泄，东风暗换年华。 秦观《望海潮》

东风里，朱门映柳，低按小秦筝。 秦观《满庭芳》

叹西园、已是花深无地，东风何事又恶? 周邦彦《瑞鹤仙》

情切，画楼深闭，想见东风，暗消肌雪。 张元幹《石州慢》

| | |
|---|---|
| 东风妒花恶，吹落梢头嫩萼。 | 张元幹《兰陵王》 |
| 纵留得莺花，东风不住，也则眼前愁闷。 | 僧挥《金明池》 |
| 莫道不销魂，帘卷西风，人比黄花瘦。 | 李清照《醉花阴》 |
| 勾引东风，也知芳思难禁。 | 韩疁《高阳台》 |
| 东君也不爱惜，雪压霜欺。 | 李邴《汉宫春》 |
| 尽迟留、凭仗西风，吹干泪眼。 | 蔡伸《苏武慢》 |
| 满院东风，海棠铺绣，梨花飘雪。 | 蔡伸《柳梢青》 |
| 如今风雨西楼夜，不听清歌也泪垂。 | 周紫芝《鹧鸪天》 |
| 东风静、细柳垂金缕，望凤阙、非烟非雾。 | 万俟咏《三台》 |
| 闻道中原遗老，常南望、翠葆霓旌。 | 张孝祥《六州歌头》 |
| 东风着意，先上小桃枝。 | 韩元吉《六州歌头》 |
| 独立东风弹泪眼，寄烟波东去。 | 袁去华《安公子》 |
| 闹花深处层楼，画帘半卷东风软。 | 陈亮《水龙吟》 |
| 东厢月，一天风露，杏花如雪。 | 范成大《忆秦娥》 |
| 何处望神州，满眼风光北固楼。 | 辛弃疾《南乡子》 |
| 划地东风欺客梦，一枕云屏寒怯。 | 辛弃疾《念奴娇》 |
| 却笑东风从此，便熏梅染柳，更没些闲。 | 辛弃疾《汉宫春》 |
| 休说鲈鱼堪脍，尽西风、季鹰归未。 | 辛弃疾《水龙吟》 |
| 无情水都不管，共西风、只管送归船。 | 辛弃疾《木兰花慢》 |
| 东风夜放花千树，更吹落，星如雨。 | 辛弃疾《青玉案》 |
| 垂虹西望，飘然引去，此兴平生难遏。 | 姜夔《庆宫春》 |
| 长恨相从未款，而今何事，又对西风离别。 | 姜夔《八归》 |
| 只恐舞衣寒易落，愁入西风南浦。 | 姜夔《念奴娇》 |
| 巧沁兰心，偷粘草甲，东风欲障新暖。 | 史达祖《东风第一枝》 |
| 踪迹，漫记忆，老了杜郎，忍听东风笛。 | 史达祖《喜迁莺》 |
| 可惜东风，将恨与、闲花俱谢。 | 史达祖《三姝媚》 |
| 半壶秋水荐黄花，香噀西风雨。 | 吴文英《霜叶飞》 |
| 东风睡足交枝，正梦枕、瑶钗燕股。 | 吴文英《宴清都》 |
| 残日东风，不放岁华去。 | 吴文英《祝英台近》 |
| 南楼不恨吹横笛，恨晓风千里关山。 | 吴文英《高阳台》 |

东风紧送斜阳下，弄旧寒、晚酒醒余。　　　　　　　吴文英《高阳台》

战舰东风悭借便，梦断神州故里。　　　　　　　　　吴文英《贺新郎》

残日东风，不放岁华去。　　　　　　　　　　　　　吴文英《祝英台近》

便当日亲见霓裳，天上人间梦里。　　　　　　　　　刘辰翁《宝鼎现》

东风渐绿西湖岸，雁已还、人未南归。　　　　　　　周密《高阳台》

玉骨西风，恨最恨、闲却新凉时节。　　　　　　　　周密《玉京秋》

禁苑东风外，飏暖丝晴絮，春思如织。　　　　　　　周密《曲游春》

空独倚东风，芳思谁寄。　　　　　　　　　　　　　周密《花犯》

东风且伴蔷薇住，到蔷薇、春已堪怜。　　　　　　　张炎《高阳台》

盘心清露如铅水，又一夜、西风吹折。　　　　　　　张炎《疏影》

更消他、几度东风，几度飞花。　　　　　　　　　　王沂孙《高阳台》

荏苒一枝春，恨东风、人似天远。　　　　　　　　　王沂孙《法曲献仙音》

寂寞避暑离宫，东风辇路，芳草年年发。　　　　　　萨都剌《百字令》

荼蘼花落，东风吹散红雨。　　　　　　　　　　　　萨都剌《酹江月》

满眼韶华，东风惯是吹红去。　　　　　　　　　　　陈子龙《点绛唇》

惟有无情双燕子，舞东风。　　　　　　　　　　　　陈子龙《山花子》

教说与东风，垂杨淡碧吹梦痕。　　　　　　　　　　蒋春霖《忆旧游》

哀角起重关，霜深楚水寒，背西风、归雁声酸。　　　蒋春霖《唐多令》

薄命怜花，倚东风罗袖，泪珠偷泫。　　　　　　　　王鹏运《三姝媚》

西园霜夕，照清池宴席。步绮凌波地，成往迹。　　　郑文焯《六丑》

薄晚西风吹雨到，明朝又是伤流潦。　　　　　　　　王国维《蝶恋花》

明霞照海，渲异艳，远天外。　　　　　　　　　　　吕碧城《瑞鹤仙》

西风烈，长空雁叫霜晨月。　　　　　　　　　　　　毛泽东《忆秦娥》

天高云淡，望断南飞雁。　　　　　　　　　　　　　毛泽东《清平乐》

六盘山上高峰，红旗漫卷西风。　　　　　　　　　　毛泽东《清平乐》

## 方位 + 季节

| | |
|---|---|
| 月出惊山鸟，时鸣春涧中。 | 王维《鸟鸣涧》 |
| 红豆生南国，春来发几枝。 | 王维《相思》 |
| 空山新雨后，天气晚来秋。 | 王维《山居秋暝》 |
| 千秋万岁名，寂寞身后事。 | 杜甫《梦李白二首之二》 |
| 渭北春天树，江东日暮云。 | 杜甫《春日忆李白》 |
| 秋色从西来，苍然满关中。 | 岑参《与高适薛据登慈恩寺浮图》 |
| 古台摇落后，秋入望乡心。 | 刘长卿《秋日登吴公台上寺远眺》 |
| 老至居人下，春归在客先。 | 刘长卿《新年作》 |
| 何因不归去，淮上有秋山。 | 韦应物《淮上喜会梁州故人》 |
| 北斗兼春远，南陵寓使迟。 | 李商隐《凉思》 |
| 乡书不可寄，秋雁又南回。 | 韦庄《章台夜思》 |
| 世味秋荼苦，人间直道穷。 | 鲁迅《哀范君三章之一》 |
| 秋风度河上，大野入苍穹。 | 毛泽东《喜闻捷报》 |
| 白狼河北音书断，丹凤城南秋夜长。 | 沈佺期《独不见》 |
| 烽火城西百尺楼，黄昏独坐海风秋。 | 王昌龄《从军行之一》 |
| 闺中少妇不知愁，春日凝妆上翠楼。 | 王昌龄《闺怨》 |
| 平阳歌舞新承宠，帘外春寒赐锦袍。 | 王昌龄《春宫怨》 |
| 解释春风无限恨，沉香亭北倚阑干。 | 李白《清平调之三》 |
| 长安城头头白乌，夜飞延秋门上呼。 | 杜甫《哀王孙》 |
| 舍南舍北皆春水，但见群鸥日日来。 | 杜甫《客至》 |
| 窗含西岭千秋雪，门泊东吴万里船。 | 杜甫《绝句四首之三》 |
| 秋草独寻人去后，寒林空见日斜时。 | 刘长卿《长沙过贾谊宅》 |
| 二月黄鹂飞上林，春城紫禁晓阴阴。 | 钱起《赠阙下裴舍人》 |
| 春城无处不飞花，寒食东风御柳斜。 | 韩翃《寒食》 |
| 新妆宜面下朱楼，深锁春光一院愁。 | 刘禹锡《春词》 |

西宫南内多秋草，落叶满阶红不扫。　　　　　　白居易《长恨歌》

东船西舫悄无言，唯见江心秋月白。　　　　　　白居易《琵琶行》

长恨春归无觅处，不知转入此中来。　　　　　　白居易《大林寺桃花》

湖上春来似画图，乱峰围绕水平铺。　　　　　　白居易《春题湖上》

角声满天秋色里，塞上燕脂凝夜紫。　　　　　　李贺《雁门太守行》

东风不与周郎便，铜雀春深锁二乔。　　　　　　杜牧《赤壁》

春风十里扬州路，卷上珠帘总不如。　　　　　　杜牧《赠别》

青山隐隐水迢迢，秋尽江南草未凋。　　　　　　杜牧《寄扬州韩绰判官》

金河秋半虏弦开，云外惊飞四散哀。　　　　　　杜牧《早雁》

可怜无定河边骨，犹是春闺梦里人。　　　　　　陈陶《陇西行》

春风又绿江南岸，明月何时照我还。　　　　　　王安石《泊船瓜洲》

竹外桃花三两枝，春江水暖鸭先知。　　　　　　苏轼《惠崇春江晚景》

屡失南邻春事约，只今容有未开花。　　　　　　陈师道《春怀示邻里》

伤心桥下春波绿，曾是惊鸿照影来。　　　　　　陆游《沈园之二》

高丘寂寞竦中夜，芳荃零落无余春。　　　　　　鲁迅《湘灵歌》

故乡黯黯锁玄云，遥夜迢迢隔上春。　　　　　　鲁迅《无题（1932年）》

曾惊秋肃临天下，敢遣春温上笔端。　　　　　　鲁迅《亥年残秋偶作》

一水西陵松柏渡，吴山越浦怒潮秋。　　　　　　柳亚子《吴门记游之十》

云开衡岳积阴止，天马凤凰春树里。　　　　　　毛泽东《送纵宇一郎东行》

乐游原上清秋节，咸阳古道音尘绝。　　　　　　李白《忆秦娥》

日出江花红胜火，春来江水绿如蓝。能不忆江南？　白居易《忆江南》

桃花春水渌，水上鸳鸯浴。　　　　　　　　　　韦庄《菩萨蛮》

撩乱春愁如柳絮，悠悠梦里无寻处。　　　　　　冯延巳《蝶恋花》

手卷珠帘上玉钩，依前春恨锁重楼。　　　　　　李璟《摊破浣溪沙》

无言独上西楼，月如钩。寂寞梧桐深院锁清秋。　李煜《相见欢》

城上风光莺语乱，城下烟波春拍岸。　　　　　　钱惟演《木兰花》

碧云天，黄叶地，秋色连波，波上寒烟翠。　　　范仲淹《苏幕遮》

塞下秋来风景异，衡阳雁去无留意。　　　　　　范仲淹《渔家傲》

绿杨烟外晓寒轻，红杏枝头春意闹。　　　　　　宋祁《木兰花》

夕阳岛外，秋风原上，目断四天垂。　　　　　　柳永《少年游》

明朝万一西风动，争奈朱颜不耐秋。　　　　　晏几道《鹧鸪天》

醉别西楼醒不记，春梦秋云，聚散真容易。　　晏几道《蝶恋花》

街南绿树春饶絮，雪满游春路。　　　　　　　晏几道《御街行》

一春离恨懒调弦，犹有两行闲泪宝筝前。　　　晏几道《虞美人》

辋川图上看春暮，常记高人右丞句。　　　　　苏轼《青玉案》

柳下桃蹊，乱分春色到人家。　　　　　　　　秦观《望海潮》

可堪孤馆闭春寒，杜鹃声里斜阳暮。　　　　　秦观《踏莎行》

新酒又添残酒困，今春不减前春恨。　　　　　赵令畤《蝶恋花》

世上功名，老来风味，春归时候。　　　　　　晁补之《水龙吟》

更携取胡床上南楼，看玉做人间，素秋千顷。　晁补之《洞仙歌》

相思休问定何如，情知春去后，管得落花无。　晁冲之《临江仙》

故人早晚上高台，寄我江南春色一枝梅。　　　舒亶《虞美人》

恋树湿花飞不起，愁无比，和春付与东流水。　朱服《渔家傲》

醉里秋波，梦中朝雨，都是醒时烦恼。　　　　时彦《青门饮》

想东园、桃李自春，小唇秀靥今在否。　　　　周邦彦《琐窗寒》

水驿春回，望寄我、江南梅萼。　　　　　　　周邦彦《解连环》

画图中、旧识春风面。谁知道、自到瑶台畔。　周邦彦《拜星月慢》

当年酒狂自负，谓东君、以春相付。　　　　　贺铸《天香》

楼上几日春寒，帘垂四面，玉阑干慵倚。　　　李清照《念奴娇》

红藕香残玉簟秋，轻解罗裳，独上兰舟。　　　李清照《一剪梅》

内苑春、不禁过青门，御沟涨、潜通南浦。　　万俟咏《三台》

记年时、偷掷春心，花前隔雾遥相见。　　　　吕渭老《薄幸》

双阙中天，凤楼十二春寒浅。　　　　　　　　张抡《烛影摇红》

灯花结，片时春梦，江南天阔。　　　　　　　范成大《忆秦娥》

春已归来，看美人头上，袅袅春幡。　　　　　辛弃疾《汉宫春》

秋晚莼鲈江上，夜深儿女灯前。　　　　　　　辛弃疾《木兰花慢》

西山外，晚来还卷，一帘秋霁。　　　　　　　姜夔《翠楼吟》

柳下系船犹未稳，能几日，又中秋。　　　　　刘过《唐多令》

春风只在园西畔，荠菜花繁蝴蝶乱。　　　　　严仁《木兰花》

月洗高梧，露漙幽草，宝钗楼外秋深。　　　　张镃《满庭芳》

过春社了，度帘幕中间，去年尘冷。 史达祖《双双燕》

半壶秋水荐黄花，香噀西风雨。 吴文英《霜叶飞》

连呼酒，上琴台去，秋与云平。 吴文英《八声甘州》

隔江人在雨声中，晚风菰叶生秋怨。 吴文英《踏莎行》

情如水，小楼熏被，春梦笙歌里。 吴文英《点绛唇》

燕来晚、飞入西城，似说春事迟暮。 吴文英《莺啼序》

伤春不在高楼上，在灯前欹枕，雨外熏炉。 吴文英《高阳台》

春梦人间须断，但怪得当年，梦缘能短。 吴文英《三姝媚》

朱钿宝玦，天上飞琼，比人间春别。 周密《瑶华》

禁苑东风外，飏暖丝晴絮，春思如织。 周密《曲游春》

看画船尽入西泠，闲却半湖春色。 周密《曲游春》

东风且伴蔷薇住，到蔷薇、春已堪怜。 张炎《高阳台》

一帘鸠外雨，几处闲田，隔水动春锄。 张炎《渡江云》

想伴侣、犹宿芦花，也曾念春前，去程应转。 张炎《解连环》

荏苒一枝春，恨东风、人似天远。 王沂孙《法曲献仙音》

帐庐好在春睡，共飞归湖上，草青无地。 彭元逊《六丑》

问秋香浓未，待携客，出西城。 姚云文《紫萸香慢》

白发渔樵江渚上，惯看秋月春风。 杨慎《临江仙》

望中春草草，残红卷尽，旧愁难扫。 王鹏运《玉漏迟》

横空出世，莽昆仑，阅尽人间春色。 毛泽东《念奴娇》

## 方位＋水川江河湖海

客路青山下，行舟绿水前。 王湾《次北固山下》

江南有丹橘，经冬犹绿林。 张九龄《感遇之七》

木落雁南渡，北风江上寒。 孟浩然《早寒有怀》

江流天地外，山色有无中。 王维《汉江临眺》

青山横北郭，白水绕东城。 李白《送友人》

牛渚西江夜，青天无片云。　　　　　　　　　李白《夜泊牛渚怀古》

江南瘴疠地，逐客无消息。　　　　　　　　杜甫《梦李白二首之一》

昔闻洞庭水，今上岳阳楼。　　　　　　　　　　杜甫《登岳阳楼》

渭北春天树，江东日暮云。　　　　　　　　　　杜甫《春日忆李白》

惆怅南朝事，长江独自今。　　　　　刘长卿《秋日登吴公台上寺远眺》

茫茫江汉上，日暮欲何之。　　　　　　刘长卿《送李中丞归汉阳别业》

曲终人不见，江上数峰青。　　　　　　　　　钱起《省试湘灵鼓瑟》

还作江南会，翻疑梦里逢。　　　　　　戴叔伦《江乡故人偶集客舍》

浮云一别后，流水十年间。　　　　　　韦应物《淮上喜会梁州故人》

是岁江南旱，衢州人食人。　　　　　　　　　　　白居易《轻肥》

江上几人在，天涯孤棹还。　　　　　　　　　　温庭筠《送人东游》

蕃情似此水，长愿向南流。　　　　　　　　　　张乔《书边事》

至今思项羽，不肯过江东。　　　　　　　　　　李清照《绝句》

惆怅中何寄，江天水一泓。　　　　　　　　　毛泽东《挽易昌陶》

阁中帝子今何在，槛外长江空自流。　　　　　　王勃《滕王阁》

日暮乡关何处是，烟波江上使人愁。　　　　　　崔颢《黄鹤楼》

世间行乐亦如此，古来万事东流水。　　　　李白《梦游天姥吟留别》

请君试问东流水，别意与之谁短长。　　　　　李白《金陵酒肆留别》

君不见黄河之水天上来，奔流到海不复回。　　　　李白《将进酒》

凤凰台上凤凰游，凤去台空江自流。　　　　李白《登金陵凤凰台》

三山半落青天外，二水中分白鹭洲。　　　　李白《登金陵凤凰台》

天门中断楚江开，碧水东流直北回。　　　　　　李白《望天门山》

舍南舍北皆春水，但见群鸥日日来。　　　　　　　杜甫《客至》

西山白雪三城戍，南浦清江万里桥。　　　　　　　杜甫《野望》

江间波浪兼天涌，塞上风云接地阴。　　　　　杜甫《秋兴八首之一》

昆明池水汉时功，武帝旌旗在眼中。　　　　　杜甫《秋兴八首之七》

正是江南好风景，落花时节又逢君。　　　　　杜甫《江南逢李龟年》

旧业已随征战尽，更堪江上鼓鼙声。　　　　　　卢纶《晚次鄂州》

淮水东边旧时月，夜深还过女墙来。　　　　　　刘禹锡《石头城》

忽闻水上琵琶声，主人忘归客不发。　　　　　　白居易《琵琶行》

东船西舫悄无言，唯见江心秋月白。　　　　　　白居易《琵琶行》

孤山寺北贾亭西，水面初平云脚低。　　　　　　白居易《钱塘湖春行》

湖上春来似画图，乱峰围绕水平铺。　　　　　　白居易《春题湖上》

一道残阳铺水中，半江瑟瑟半江红。　　　　　　白居易《暮江吟》

青山隐隐水迢迢，秋尽江南草未凋。　　　　　　杜牧《寄扬州韩绰判官》

落魄江湖载酒行，楚腰纤细掌中轻。　　　　　　杜牧《遣怀》

春风又绿江南岸，明月何时照我还。　　　　　　王安石《泊船瓜洲》

试登绝顶望乡国，江南江北青山多。　　　　　　苏轼《游金山寺》

竹外桃花三两枝，春江水暖鸭先知。　　　　　　苏轼《惠崇春江晚景》

岐阳西望无来信，陇水东流闻哭声。　　　　　　元好问《岐阳之一》

为君别唱吴宫曲，汉水东南日夜流。　　　　　　吴伟业《圆圆曲》

大江日夜向东流，聚义群雄又远游。　　　　　　鲁迅《无题（1931年）》

一水西陵松柏渡，吴山越浦怒潮秋。　　　　　　柳亚子《吴门记游之十》

洞庭湘水涨连天，艟艨巨舰直东指。　　　　　　毛泽东《送纵宇一郎东行》

蓬山咫尺南溟路，哀乐都因一水分。　　　　　　郁达夫《乱离杂诗之三》

西塞山前白鹭飞，桃花流水鳜鱼肥。　　　　　　张志和《渔歌子》

杨柳青青江水平，闻郎江上唱歌声。　　　　　　刘禹锡《竹枝词》

江南忆，最忆是杭州。　　　　　　　　　　　　白居易《忆江南》

人人尽说江南好，游人只合江南老。　　　　　　韦庄《菩萨蛮》

桃花春水渌，水上鸳鸯浴。　　　　　　　　　　韦庄《菩萨蛮》

闲梦江南梅熟日，夜船吹笛雨萧萧，人语驿边桥。　皇甫松《梦江南》

胭脂泪，相留醉，几时重？自是人生长恨水长东。　李煜《相见欢》

流水落花春去也，天上人间。　　　　　　　　　李煜《浪淘沙》

问君能有几多愁，恰似一江春水向东流。　　　　李煜《虞美人》

山映斜阳天接水，芳草无情，更在斜阳外。　　　范仲淹《苏幕遮》

双鸳池沼水溶溶，南北小桡通。　　　　　　　　张先《一丛花》

一叶扁舟轻帆卷，暂泊楚江南岸。　　　　　　　柳永《迷神引》

惟有长江水，无语东流。　　　　　　　　　　　柳永《八声甘州》

别浦高楼曾漫倚，对江南千里。　　　　　　　　晏几道《留春令》

梦入江南烟水路，行尽江南，不与离人遇。　　　晏几道《蝶恋花》

大江东去，浪淘尽、千古风流人物。　　　　　苏轼《念奴娇》

飞燕又将归信误，小屏风上西江路。　　　　　赵令畤《蝶恋花》

故人早晚上高台，寄我江南春色一枝梅。　　　舒亶《虞美人》

恋树湿花飞不起，愁无比，和春付与东流水。　朱服《渔家傲》

水驿春回，望寄我、江南梅萼。　　　　　　　周邦彦《解连环》

夜深月过女墙来，伤心东望淮水。　　　　　　周邦彦《西河》

憔悴江南倦客，不堪听、急管繁弦。　　　　　周邦彦《满庭芳》

酒杯深浅去年同，试浇桥下水，今夕到湘中。　陈与义《临江仙》

江南旧事休重省，遍天涯寻消问息，断鸿难倩。李玉《贺新郎》

数峰江上，芳草天涯，参差烟树。　　　　　　廖世美《烛影摇红》

尽吸西江，细斟北斗，万象为宾客。　　　　　张孝祥《念奴娇》

灯花结，片时春梦，江南天阔。　　　　　　　范成大《忆秦娥》

落日楼头，断鸿声里，江南游子。　　　　　　辛弃疾《水龙吟》

无情水都不管，共西风、只管送归船。　　　　辛弃疾《木兰花慢》

秋晚莼鲈江上，夜深儿女灯前。　　　　　　　辛弃疾《木兰花慢》

郁孤台下清江水，中间多少行人泪。　　　　　辛弃疾《菩萨蛮》

肥水东流无尽期，当初不合种相思。　　　　　姜夔《鹧鸪天》

南去北来何事，荡湘云楚水，目极伤心。　　　姜夔《一萼红》

昭君不惯胡沙远，但暗忆、江南江北。　　　　姜夔《疏影》

男儿西北有神州，莫滴水西桥畔泪。　　　　　刘克庄《木兰花》

半壶秋水荐黄花，香嗓西风雨。　　　　　　　吴文英《霜叶飞》

莫唱江南古调，怨抑难招，楚江沉魄。　　　　吴文英《澡兰香》

伤心千里江南，怨曲重招，断魂在否？　　　　吴文英《莺啼序》

对西风、鬓摇烟碧，参差前事流水。　　　　　朱嗣发《摸鱼儿》

江南无路，鄜州今夜，此苦又谁知否。　　　　刘辰翁《永遇乐》

投老残年，江南谁念方回。　　　　　　　　　周密《高阳台》

江南江北，曾未见、漫拟梨云梅雪。　　　　　周密《瑶华》

壮年听雨客舟中，江阔云低断雁叫西风。　　　蒋捷《虞美人》

一帘鸠外雨，几处闲田，隔水动春锄。　　　　张炎《渡江云》

自顾影、欲下寒塘，正沙净草枯，水平天远。　张炎《解连环》

| | |
|---|---|
| 盘心清露如铅水，又一夜、西风吹折。 | 张炎《疏影》 |
| 短梦依然江表，老泪洒西州。 | 张炎《八声甘州》 |
| 江南自是离愁苦，况游骢古道，归雁平沙。 | 王沂孙《高阳台》 |
| 一江南北，消磨多少豪杰。 | 萨都剌《百字令》 |
| 滚滚长江东逝水，浪花淘尽英雄。 | 杨慎《临江仙》 |
| 回汀枉渚，也只恋，江南住。 | 朱彝尊《长亭怨慢》 |
| 欹角枕，掩红窗。梦到江南伊家，博山沉水香。 | 纳兰性德《遐方怨》 |
| 哀角起重关，霜深楚水寒，背西风、归雁声酸。 | 蒋春霖《唐多令》 |
| 河山半壁误英雄，赢得雕虫余技擅江东。 | 柳亚子《虞美人》 |
| 独立寒秋，湘江北去，橘子洲头。 | 毛泽东《沁园春》 |
| 曾记否，到中流击水，浪遏飞舟。 | 毛泽东《沁园春》 |

## 方位 + 形体

| | |
|---|---|
| 周公吐哺，天下归心。 | 曹操《短歌行之一》 |
| 头上倭堕髻，耳中明月珠。 | 《陌上桑》 |
| 头上蓝田玉，耳后大秦珠。 | 《羽林郎》 |
| 烽火照西京，心中自不平。 | 杨炯《从军行》 |
| 千秋万岁名，寂寞身后事。 | 杜甫《梦李白二首之二》 |
| 惟怜一灯影，万里眼中明。 | 钱起《送僧归日本》 |
| 慈母手中线，游子身上衣。 | 孟郊《游子吟》 |
| 雨中黄叶树，灯下白头人。 | 司空曙《喜外弟卢纶见宿》 |
| 腹中贮书一万卷，不肯低头在草莽。 | 李颀《送陈章甫》 |
| 东门酤酒饮我曹，心轻万事如鸿毛。 | 李颀《送陈章甫》 |
| 昔时飞箭无全目，今日垂杨生左肘。 | 王维《老将行》 |
| 蜀道之难难于上青天，侧身西望长咨嗟。 | 李白《蜀道难》 |
| 少妇城南欲断肠，征人蓟北空回首。 | 高适《燕歌行》 |
| 凌烟功臣少颜色，将军下笔开生面。 | 杜甫《丹青引》 |

| | |
|---|---|
| 良相头上进贤冠，猛将腰间大羽箭。 | 杜甫《丹青引》 |
| 途穷反遭俗眼白，世上未有如公贫。 | 杜甫《丹青引》 |
| 头上何所有，翠微匐叶垂鬓唇。 | 杜甫《丽人行》 |
| 忆昔霓旌下南苑，苑中万物生颜色。 | 杜甫《哀江头》 |
| 长安城头头白乌，夜飞延秋门上呼。 | 杜甫《哀王孙》 |
| 三顾频烦天下计，两朝开济老臣心。 | 杜甫《蜀相》 |
| 海内风尘诸弟隔，天涯涕泪一身遥。 | 杜甫《野望》 |
| 回首可怜歌舞地，秦中自古帝王州。 | 杜甫《秋兴八首之六》 |
| 昆明池水汉时功，武帝旌旗在眼中。 | 杜甫《秋兴八首之七》 |
| 回看天际下中流，岩上无心云相逐。 | 柳宗元《渔翁》 |
| 新妆宜面下朱楼，深锁春光一院愁。 | 刘禹锡《春词》 |
| 行到中庭数花朵，蜻蜓飞上玉搔头。 | 刘禹锡《春词》 |
| 遂令天下父母心，不重生男重生女。 | 白居易《长恨歌》 |
| 六军不发无奈何，宛转蛾眉马前死。 | 白居易《长恨歌》 |
| 马嵬坡下泥土中，不见玉颜空死处。 | 白居易《长恨歌》 |
| 回头下望人寰处，不见长安见尘雾。 | 白居易《长恨歌》 |
| 但教心似金钿坚，天上人间会相见。 | 白居易《长恨歌》 |
| 临别殷勤重寄词，词中有誓两心知。 | 白居易《长恨歌》 |
| 低眉信手续续弹，说尽心中无限事。 | 白居易《琵琶行》 |
| 昔日戏言身后意，今朝都到眼前来。 | 元稹《遣悲怀之二》 |
| 霜禽欲下先偷眼，粉蝶如知合断魂。 | 林逋《山园小梅》 |
| 不识庐山真面目，只缘身在此山中。 | 苏轼《题西林壁》 |
| 伤心桥下春波绿，曾是惊鸿照影来。 | 陆游《沈园之二》 |
| 粉骨碎身全不惜，要留清白在人间。 | 于谦《石灰吟》 |
| 前身合是采莲人，门前一片横塘水。 | 吴伟业《圆圆曲》 |
| 蛾眉马上传呼进，云鬟不整惊魂定。 | 吴伟业《圆圆曲》 |
| 眼中战国成争鹿，海内人才孰卧龙。 | 康有为《出都留别诸公》 |
| 头颅肯使闲中老，祖国宁甘劫后灰。 | 秋瑾《柬某君》 |
| 却折垂杨送归客，心随东棹忆华年。 | 鲁迅《送增田涉君归国》 |
| 一掬伤心南渡泪，几曾揽辔事澄清。 | 柳亚子《次韵和蔡冶民》 |

管却自家身与心，胸中日月常新美。　　　　　　毛泽东《送纵宇一郎东行》

更喜岷山千里雪，三军过后尽开颜。　　　　　　　　　毛泽东《长征》

照花前后镜，花面交相映。　　　　　　　　　　　　温庭筠《菩萨蛮》

无言匀睡脸，枕上屏山掩。　　　　　　　　　　　　温庭筠《菩萨蛮》

泪眼倚楼频独语，双燕飞来，陌上相逢否。　　　　　冯延巳《蝶恋花》

小楼昨夜又东风，故国不堪回首月明中。　　　　　　李煜《虞美人》

砌下落梅如雪乱，拂了一身还满。　　　　　　　　　　李煜《清平乐》

都来此事，眉间心上，无计相回避。　　　　　　　范仲淹《御街行》

人面不知何处，绿波依旧东流。　　　　　　　　　　晏殊《清平乐》

夕阳岛外，秋风原上，目断四天垂。　　　　　　　　柳永《少年游》

明朝万一西风动，争奈朱颜不耐秋。　　　　　　　晏几道《鹧鸪天》

天涯倦客，山中归路，望断故园心眼。　　　　　　　苏轼《永遇乐》

夜深月过女墙来，伤心东望淮水。　　　　　　　　周邦彦《西河》

且莫思身外，长近尊前。　　　　　　　　　　　周邦彦《满庭芳》

惟有楼前流水，应念我、终日凝眸。　　　李清照《凤凰台上忆吹箫》

此情无计可消除，才下眉头，却上心头。　　　　　李清照《一剪梅》

不尽眼中青，是愁来时节。　　　　　　　　　　　张元幹《石州慢》

纵留得莺花，东风不住，也则眼前愁闷。　　　　　　僧挥《金明池》

追念人别后，心事万重，难觅孤鸿托。　　　　　　刘一止《喜迁莺》

万事一身伤老矣，戎葵凝笑墙东。　　　　　　　　陈与义《临江仙》

尽迟留、凭仗西风，吹干泪眼。　　　　　　　　　　蔡伸《苏武慢》

回首池南旧事，恨星星、不堪重记。　　　　　　　　程垓《水龙吟》

独立东风弹泪眼，寄烟波东去。　　　　　　　　　袁去华《安公子》

可堪回首，佛狸祠下，一片神鸦社鼓。　　　　　　辛弃疾《永遇乐》

春已归来，看美人头上，袅袅春幡。　　　　　　　辛弃疾《汉宫春》

何处望神州，满眼风光北固楼。　　　　　　　　　辛弃疾《南乡子》

燕雁无心，太湖西畔随云去。　　　　　　　　　　姜夔《点绛唇》

南去北来何事，荡湘云楚水，目极伤心。　　　　　　姜夔《一萼红》

故园信息，爱渠入眼南山碧。　　　　　　　　　　史达祖《秋霁》

易挑锦妇机中字，难得玉人心下事。　　　　　　　刘克庄《木兰花》

浅画镜中眉，深拜楼中月。　　　　　　　　　　　刘克庄《生查子》

伤心千里江南，怨曲重招，断魂在否？　　　　　　吴文英《莺啼序》

此心与，东君同意。　　　　　　　　　　　　　　吴文英《贺新郎》

休回首，但细雨断桥，憔悴人归后。　　　　　　　刘辰翁《摸鱼儿》

空眉皱，看白发尊前，已似人人有。　　　　　　　刘辰翁《摸鱼儿》

石头城上，望天低吴楚，眼空无物。　　　　　　　萨都剌《百字令》

满眼韶华，东风惯是吹红去。　　　　　　　　　　陈子龙《点绛唇》

满目荒凉谁可语，西风吹老丹枫树。　　　　　　　纳兰性德《蝶恋花》

一勾残月向西流，对此不抛眼泪也无由。　　　　　毛泽东《虞美人》

头上高山，风卷红旗过大关。　　　　　　　　　　毛泽东《减字木兰花》

## 方位 + 布帛及其织物

缃绮为下裙，紫绮为上襦。　　　　　　　　　　　《陌上桑》

西陆蝉声唱，南冠客思深。　　　　　　　　　　　骆宾王《在狱咏蝉》

蜀僧抱绿绮，西下峨眉峰。　　　　　　　　　　　李白《听蜀僧濬弹琴》

客从东方来，衣上灞陵雨。　　　　　　　　　　　韦应物《长安遇冯著》

慈母手中线，游子身上衣。　　　　　　　　　　　孟郊《游子吟》

三年羁旅客，今日又南冠。　　　　　　　　　　　夏完淳《别云间》

踯躅张冠道，恍若塞上行。　　　　　　　　　　　毛泽东《张冠道中》

平阳歌舞新承宠，帘外春寒赐锦袍。　　　　　　　王昌龄《春宫怨》

霓为衣兮风为马，云之君兮纷纷而来下。　　　　　李白《梦游天姥吟留别》

铁衣远戍辛勤久，玉箸应啼别离后。　　　　　　　高适《燕歌行》

忆昨路绕锦亭东，先主武侯同閟宫。　　　　　　　杜甫《古柏行》

后来鞍马何逡巡，当轩下马入锦茵。　　　　　　　杜甫《丽人行》

牵衣顿足拦道哭，哭声直上干云霄。　　　　　　　杜甫《兵车行》

诏谓将军拂绢素，意匠惨澹经营中。　　　　　　　杜甫《丹青引》

青袍白马更何有，后汉今周喜再昌。　　　　　　　杜甫《洗兵马》

| | |
|---|---|
| 布衾多年冷似铁，娇儿恶卧踏里裂。 | 杜甫《茅屋为秋风所破歌》 |
| 剑外忽传收蓟北，初闻涕泪满衣裳。 | 杜甫《闻官军收河南河北》 |
| 故园东望路漫漫，双袖龙钟泪不干。 | 岑参《逢入京使》 |
| 君臣相顾尽沾衣，东望都门信马归。 | 白居易《长恨歌》 |
| 云鬓半偏新睡觉，花冠不整下堂来。 | 白居易《长恨歌》 |
| 沉吟放拨插弦中，整顿衣裳起敛容。 | 白居易《琵琶行》 |
| 座中泣下谁最多，江州司马青衫湿。 | 白居易《琵琶行》 |
| 泪尽罗巾梦不成，夜深前殿按歌声。 | 白居易《宫词》 |
| 碧阑干外绣帘垂，猩色屏风画折枝。 | 韩偓《已凉》 |
| 衣上征尘杂酒痕，远游无处不消魂。 | 陆游《剑门道中遇微雨》 |
| 徒把金戈挽落晖，南冠无奈北风吹。 | 虞集《挽文丞相》 |
| 破帽遮颜过闹市，漏船载酒泛中流。 | 鲁迅《自嘲》 |
| 六代绮罗成旧梦，石头城上月如钩。 | 鲁迅《无题（1931年）》 |
| 寒宵一枕邯郸梦，犹上韩王拜将台。 | 柳亚子《除夕杂感之三》 |
| 平浪宫前友谊多，崇明对马衣带水。 | 毛泽东《送纵宇一郎东行》 |
| 望断天南尺素书，巴城消息近何如。 | 郁达夫《乱离杂诗之二》 |
| 山寺月中寻桂子，郡亭枕上看潮头。何日更重游？ | 白居易《忆江南》 |
| 无言匀睡脸，枕上屏山掩。 | 温庭筠《菩萨蛮》 |
| 绮罗心，魂梦隔，上高楼。 | 孙光宪《酒泉子》 |
| 帘外雨潺潺，春意阑珊。罗衾不耐五更寒。 | 李煜《浪淘沙》 |
| 双蝶绣罗裙，东池宴，初相见。 | 张先《醉垂鞭》 |
| 昨日乱山昏，来时衣上云。 | 张先《醉垂鞭》 |
| 离愁正引千丝乱，更东陌、飞絮濛濛。 | 张先《一丛花》 |
| 销魂！池塘别后，曾行处、绿妒轻裙。 | 韩缜《凤箫吟》 |
| 独立小桥风满袖，平林新月人归后。 | 欧阳修《蝶恋花》 |
| 故欹单枕梦中寻，梦又不成灯又烬。 | 欧阳修《木兰花》 |
| 日上花梢，莺穿柳带，犹压香衾卧。 | 柳永《定风波》 |
| 衣上酒痕诗里字，点点行行，总是凄凉意。 | 晏几道《蝶恋花》 |
| 三年枕上吴中路，遣黄犬，随君去。 | 苏轼《青玉案》 |
| 作个归期天已许，春衫犹是，小蛮针线，曾湿西湖雨。 | 苏轼《青玉案》 |

羽扇纶巾，谈笑间、樯橹灰飞烟灭。　　　　　苏轼《念奴娇》

此去何时见也，襟袖上、空惹啼痕。　　　　　秦观《满庭芳》

黄衫飞白马，日日青楼下。　　　　　　　　　陈克《菩萨蛮》

绣阁里，凤帏深几许，听得理丝簧。　　　　　周邦彦《风流子》

更可惜、雪中高树，香篝熏素被。　　　　　　周邦彦《花犯》

向睡鸭炉边，翔鸳屏里，羞把香罗暗解。　　　贺铸《薄幸》

笑捻粉香归洞户，更垂帘幕护窗纱，东风寒似夜来些。　贺铸《浣溪沙》

红藕香残玉簟秋，轻解罗裳，独上兰舟。　　　李清照《一剪梅》

东篱把酒黄昏后，有暗香盈袖。　　　　　　　李清照《醉花阴》

辜负枕前云雨，尊前花月。　　　　　　　　　张元幹《石州慢》

满院东风，海棠铺绣，梨花飘雪。　　　　　　蔡伸《柳梢青》

五云深处，万烛光中，揭天丝管。　　　　　　张抡《烛影摇红》

隔水毡乡，落日牛羊下，区脱纵横。　　　　　张孝祥《六州歌头》

罗帐灯昏，哽咽梦中语。　　　　　　　　　　辛弃疾《祝英台近》

划地东风欺客梦，一枕云屏寒怯。　　　　　　辛弃疾《念奴娇》

闻道绮陌东头，行人曾见，帘底纤纤月。　　　辛弃疾《念奴娇》

只恐舞衣寒易落，愁入西风南浦。　　　　　　姜夔《念奴娇》

马上单衣寒恻恻，看尽鹅黄嫩绿，都是江南旧相识。　姜夔《淡黄柳》

锦瑟横床，想泪痕尘影，凤弦常下。　　　　　史达祖《三姝媚》

惆怅南楼遥夜，记翠箔张灯，枕肩歌罢。　　　史达祖《三姝媚》

易挑锦妇机中字，难得玉人心下事。　　　　　刘克庄《木兰花》

东风睡足交枝，正梦枕、瑶钗燕股。　　　　　吴文英《宴清都》

伤春不在高楼上，在灯前攲枕，雨外熏炉。　　吴文英《高阳台》

池上红衣伴倚阑，栖鸦常带夕阳还。　　　　　吴文英《鹧鸪天》

情如水，小楼熏被，春梦笙歌里。　　　　　　吴文英《点绛唇》

便当日亲见霓裳，天上人间梦里。　　　　　　刘辰翁《宝鼎现》

宝带金章，尊前茸帽风敧。　　　　　　　　　周密《高阳台》

少年听雨歌楼上，红烛昏罗帐。　　　　　　　蒋捷《虞美人》

剔残红灺，但梦里隐隐，钿车罗帕。　　　　　蒋捷《女冠子》

待把宫眉横云样，描上生绡画幅，怕不是新来妆束。　蒋捷《贺新郎》

| | |
|---|---|
| 老鹤一声霜衬履，隔断人间尘土。 | 萨都剌《醉江月》 |
| 花外琵琶，柳边莺燕，玉佩摇金缕。 | 萨都剌《醉江月》 |
| 欹角枕，掩红窗。梦到江南伊家，博山沉水香。 | 纳兰性德《遐方怨》 |
| 东风不解愁，偷展湘裙衩。 | 纳兰性德《生查子》 |
| 薄命怜花，倚东风罗袖，泪珠偷泫。 | 王鹏运《三姝媚》 |
| 已凄感，和酒飘上征衣，莓鬓泪千点。 | 朱孝臧《祝英台近》 |
| 西园霜夕，照清池宴席。步绮凌波地，成往迹。 | 郑文焯《六丑》 |
| 盈盈怎堪攀折，只轻朱薄粉，愁上簪帻。 | 郑文焯《六丑》 |
| 堆来枕上愁何状，江海翻波浪。 | 毛泽东《虞美人》 |
| 洒向人间都是怨，一枕黄粱再现。 | 毛泽东《清平乐》 |

## ❧ 方位＋建筑物 ❧

| | |
|---|---|
| 日出东南隅，照我秦氏楼。 | 《陌上桑》 |
| 盈盈楼上女，皎皎当窗牖。 | 《青青河畔草》 |
| 盛年处房室，中夜起长叹。 | 曹植《美女篇》 |
| 欲穷千里目，更上一层楼。 | 王之涣《登鹳雀楼》 |
| 常存抱柱信，岂上望夫台。 | 李白《长干行》 |
| 月下飞天镜，云生结海楼。 | 李白《渡荆门送别》 |
| 朝进东门营，暮上河阳桥。 | 杜甫《后出塞之二》 |
| 焉知二十载，重上君子堂。 | 杜甫《赠卫八处士》 |
| 昔闻洞庭水，今上岳阳楼。 | 杜甫《登岳阳楼》 |
| 戎马关山北，凭轩涕泗流。 | 杜甫《登岳阳楼》 |
| 今朝郡斋冷，忽念山中客。 | 韦应物《寄全椒山中道士》 |
| 闲持贝叶书，步出东斋读。 | 柳宗元《晨诣超师院读禅经》 |
| 凄凉蜀故伎，来舞魏宫前。 | 刘禹锡《蜀先主庙》 |
| 烽火城西百尺楼，黄昏独坐海风秋。 | 王昌龄《从军行之一》 |
| 闺中少妇不知愁，春日凝妆上翠楼。 | 王昌龄《闺怨》 |

| | |
|---|---|
| 禁里疏钟官舍晚，省中啼鸟吏人稀。 | 王维《赠郭给事》 |
| 故人西辞黄鹤楼，烟花三月下扬州。 | 李白《送孟浩然之广陵》 |
| 凤凰台上凤凰游，凤去台空江自流。 | 李白《登金陵凤凰台》 |
| 若非群玉山头见，会向瑶台月下逢。 | 李白《清平调》 |
| 后来鞍马何逡巡，当轩下马入锦茵。 | 杜甫《丽人行》 |
| 忆昨路绕锦亭东，先主武侯同閟宫。 | 杜甫《古柏行》 |
| 开元之中常引见，承恩数上南薰殿。 | 杜甫《丹青引》 |
| 丞相祠堂何处寻，锦官城外柏森森。 | 杜甫《蜀相》 |
| 翠华想像空山里，玉殿虚无野寺中。 | 杜甫《咏怀古迹之四》 |
| 蓬莱宫阙对南山，承露金茎霄汉间。 | 杜甫《秋兴八首之五》 |
| 轮台东门送君去，去时雪满天山路。 | 岑参《白雪歌送武判官归京》 |
| 二月黄鹂飞上林，春城紫禁晓阴阴。 | 钱起《赠阙下裴舍人》 |
| 闻道欲来相问讯，西楼望月几回圆。 | 韦应物《寄李儋元锡》 |
| 机中锦字论长恨，楼上花枝笑独眠。 | 皇甫冉《春思》 |
| 玄都观里桃千树，尽是刘郎去后栽。 | 刘禹锡《玄都观桃花》 |
| 王濬楼船下益州，金陵王气黯然收。 | 刘禹锡《西塞山怀古》 |
| 新妆宜面下朱楼，深锁春光一院愁。 | 刘禹锡《春词》 |
| 西宫南内多秋草，落叶满阶红不扫。 | 白居易《长恨歌》 |
| 楼阁玲珑五云起，其中绰约多仙子。 | 白居易《长恨歌》 |
| 云鬓半偏新睡觉，花冠不整下堂来。 | 白居易《长恨歌》 |
| 昭阳殿里恩爱绝，蓬莱宫中日月长。 | 白居易《长恨歌》 |
| 报君黄金台上意，提携玉龙为君死。 | 李贺《雁门太守行》 |
| 日暮东风怨啼鸟，落花犹似堕楼人。 | 杜牧《金谷园》 |
| 南朝四百八十寺，多少楼台烟雨中。 | 杜牧《江南春绝句》 |
| 誓将上雪列圣耻，坐法宫中朝四夷。 | 李商隐《韩碑》 |
| 重帏深下莫愁堂，卧后清宵细细长。 | 李商隐《无题》 |
| 昨夜星辰昨夜风，画楼西畔桂堂东。 | 李商隐《无题》 |
| 来是空言去绝踪，月斜楼上五更钟。 | 李商隐《无题》 |
| 迢递高城百尺楼，绿杨枝外尽汀洲。 | 李商隐《安定城楼》 |
| 雁声远过潇湘去，十二楼中月自明。 | 温庭筠《瑶瑟怨》 |

含情欲说宫中事，鹦鹉前头不敢言。 朱庆馀《宫中词》

十二楼中尽晓妆，望仙楼上望君王。 薛逢《宫词》

城上斜阳画角哀，沈园非复旧池台。 陆游《沈园之二》

碛里角声摇日月，回中烽色动楼台。 陈子龙《辽事杂诗之一》

为君别唱吴宫曲，汉水东南日夜流。 吴伟业《圆圆曲》

犹记高楼诀别词，叮咛别后少相思。 郁达夫《乱离杂诗之八》

暝色入高楼，有人楼上愁。 李白《菩萨蛮》

泪眼倚楼频独语，双燕飞来，陌上相逢否。 冯延巳《蝶恋花》

手卷珠帘上玉钩，依前春恨锁重楼。 李璟《摊破浣溪沙》

无言独上西楼，月如钩。寂寞梧桐深院锁清秋。 李煜《相见欢》

小楼昨夜又东风，故国不堪回首月明中。 李煜《虞美人》

昨夜西风凋碧树，独上高楼，望尽天涯路。 晏殊《蝶恋花》

斜阳独倚西楼，遥山恰对帘钩。 晏殊《清平乐》

南楼画角，又送残阳去。 柳永《竹马子》

念往昔、繁华竞逐，叹门外楼头，悲恨相续。 王安石《桂枝香》

满地残红宫锦污，昨夜南园风雨。 王安国《清平乐》

梦后楼台高锁，酒醒帘幕低垂。 晏几道《临江仙》

醉别西楼醒不记，春梦秋云，聚散真容易。 晏几道《蝶恋花》

北楼闲上，疏帘高卷，直见街南树。 晏几道《御街行》

别浦高楼曾漫倚，对江南千里。 晏几道《留春令》

楼下分流水声中，有当日、凭高泪。 晏几道《留春令》

燕子楼空，佳人何在，空锁楼中燕。 苏轼《永遇乐》

不知天上宫阙，今夕是何年。 苏轼《水调歌头》

更携取胡床上南楼，看玉做人间，素秋千顷。 晁补之《洞仙歌》

背飞双燕贴云寒，独向小楼东畔倚阑看。 舒亶《虞美人》

故人早晚上高台，寄我江南春色一枝梅。 舒亶《虞美人》

黄衫飞白马，日日青楼下。 陈克《菩萨蛮》

楼上阑干横斗柄，露寒人远鸡相应。 周邦彦《蝶恋花》

翠尊未竭，凭断云留取西楼残月。 周邦彦《浪淘沙慢》

惟有楼前流水，应念我、终日凝眸。 李清照《凤凰台上忆吹箫》

楼上几日春寒，帘垂四面，玉阑干慵倚。　　　　李清照《念奴娇》

云中谁寄锦书来，雁字回时，月满西楼。　　　　李清照《一剪梅》

情切，画楼深闭，想见东风，暗消肌雪。　　　　张元幹《石州慢》

内苑春、不禁过青门，御沟涨、潜通南浦。　　　　万俟咏《三台》

月满西楼凭阑久，依旧归期未定。　　　　李玉《贺新郎》

双阙中天，凤楼十二春寒浅。　　　　张抡《烛影摇红》

旧日堂前燕，和烟雨，又双飞。　　　　韩元吉《六州歌头》

闹花深处层楼，画帘半卷东风软。　　　　陈亮《水龙吟》

寂寞凭高念远，向南楼、一声归雁。　　　　陈亮《水龙吟》

楼阴缺，栏干影卧东厢月。　　　　范成大《忆秦娥》

何处望神州，满眼风光北固楼。　　　　辛弃疾《南乡子》

落日楼头，断鸿声里，江南游子。　　　　辛弃疾《水龙吟》

郁孤台下清江水，中间多少行人泪。　　　　辛弃疾《菩萨蛮》

马上离愁三万里，望昭阳宫殿孤鸿没。　　　　辛弃疾《贺新郎》

记曾共西楼雅集，想垂柳还袅万丝金。　　　　姜夔《一萼红》

芦叶满汀洲，寒沙带浅流。二十年重过南楼。　　　　刘过《唐多令》

玉骢惯识西湖路，骄嘶过、沽酒楼前。　　　　俞国宝《风入松》

月洗高梧，露漙幽草，宝钗楼外秋深。　　　　张镃《满庭芳》

惆怅南楼遥夜，记翠箔张灯，枕肩歌罢。　　　　史达祖《三姝媚》

一笛当楼，谢娘悬泪立风前。　　　　史达祖《玉蝴蝶》

浅画镜中眉，深拜楼中月。　　　　刘克庄《生查子》

对语东邻，犹是曾巢，谢堂双燕。　　　　吴文英《三姝媚》

故人楼上，凭谁指与，芳草斜阳。　　　　吴文英《夜合花》

楼前绿暗分携路，一丝柳，一寸柔情。　　　　吴文英《风入松》

南楼不恨吹横笛，恨晓风千里关山。　　　　吴文英《高阳台》

山色谁题，楼前有雁斜书。　　　　吴文英《高阳台》

伤春不在高楼上，在灯前敧枕，雨外熏炉。　　　　吴文英《高阳台》

人去西楼雁杳。叙别梦，扬州一觉。　　　　吴文英《夜游宫》

连呼酒，上琴台去，秋与云平。　　　　吴文英《八声甘州》

戏马台前，采花篱下，问岁华、还是重九。　　　　潘希白《大有》

| | |
|---|---|
| 朱楼外，愁压空云欲坠，月痕犹照无寐。 | 朱嗣发《摸鱼儿》 |
| 禁苑东风外，飏暖丝晴絮，春思如织。 | 周密《曲游春》 |
| 柳陌，新烟凝碧。映帘底宫眉，堤上游勒。 | 周密《曲游春》 |
| 楚箫咽，谁倚西楼淡月。 | 周密《玉京秋》 |
| 寂寞避暑离宫，东风辇路，芳草年年发。 | 萨都剌《百字令》 |
| 寂寂景阳宫外月，照残红。 | 陈子龙《山花子》 |
| 最销魂，画楼西畔黄昏。 | 郑文焯《湘春夜月》 |
| 哀筝似诉，最肠断、红楼前度。 | 况周颐《西子妆》 |
| 百尺朱楼临大道，楼外轻雷，不间昏和晓。 | 王国维《蝶恋花》 |
| 一霎车尘生树杪，陌上楼头，都向尘中老。 | 王国维《蝶恋花》 |

## ❧ 方位＋方位 ❧

| | |
|---|---|
| 日出东南隅，照我秦氏楼。 | 《陌上桑》 |
| 头上蓝田玉，耳后大秦珠。 | 《羽林郎》 |
| 男儿爱后妇，女子重前夫。 | 《羽林郎》 |
| 采菊东篱下，悠然见南山。 | 陶渊明《饮酒之五》 |
| 烽火照西京，心中自不平。 | 杨炯《从军行》 |
| 西陆蝉声唱，南冠客思深。 | 骆宾王《在狱咏蝉》 |
| 客路青山下，行舟绿水前。 | 王湾《次北固山下》 |
| 送客南昌尉，离亭西候春。 | 张九龄《送韦城李少府》 |
| 山光忽西落，池月渐东上。 | 孟浩然《夏日南亭怀辛大》 |
| 北土非吾愿，东林怀我师。 | 孟浩然《秦中寄远上人》 |
| 北阙休上书，南山归敝庐。 | 孟浩然《岁暮归南山》 |
| 木落雁南渡，北风江上寒。 | 孟浩然《早寒有怀》 |
| 中岁颇好道，晚家南山陲。 | 王维《终南别业》 |
| 江流天地外，山色有无中。 | 王维《汉江临眺》 |
| 明月松间照，清泉石上流。 | 王维《山居秋暝》 |

| | |
|---|---|
| 际夜转西壑，隔山望南斗。 | 綦毋潜《春泛若耶溪》 |
| 青山横北郭，白水绕东城。 | 李白《送友人》 |
| 吴楚东南坼，乾坤日夜浮。 | 杜甫《登岳阳楼》 |
| 渭北春天树，江东日暮云。 | 杜甫《春日忆李白》 |
| 秋色从西来，苍然满关中。 | 岑参《与高适薛据登慈恩寺浮图》 |
| 浮云一别后，流水十年间。 | 韦应物《淮上喜会梁州故人》 |
| 慈母手中线，游子身上衣。 | 孟郊《游子吟》 |
| 北斗兼春远，南陵寓使迟。 | 李商隐《凉思》 |
| 画栋朝飞南浦云，珠帘暮卷西山雨。 | 王勃《滕王阁》 |
| 阁中帝子今何在，槛外长江空自流。 | 王勃《滕王阁》 |
| 前不见古人，后不见来者。 | 陈子昂《登幽州台歌》 |
| 武帝祠前云欲散，仙人掌上雨初晴。 | 崔颢《行经华阴》 |
| 河山北枕秦关险，驿路西连汉畤平。 | 崔颢《行经华阴》 |
| 天台四万八千丈，对此欲倒东南倾。 | 李白《梦游天姥吟留别》 |
| 天门中断楚江开，碧水东流直北回。 | 李白《望天门山》 |
| 南风一扫胡尘静，西入长安到日边。 | 李白《永王东巡歌之十一》 |
| 汉家烟尘在东北，汉将辞家破残贼。 | 高适《燕歌行》 |
| 战士军前半死生，美人帐下犹歌舞。 | 高适《燕歌行》 |
| 少妇城南欲断肠，征人蓟北空回首。 | 高适《燕歌行》 |
| 或从十五北防河，便至四十西营田。 | 杜甫《兵车行》 |
| 纵有健妇把锄犁，禾生陇亩无东西。 | 杜甫《兵车行》 |
| 玉花却在御榻上，榻上庭前屹相向。 | 杜甫《丹青引》 |
| 忆昔霓旌下南苑，苑中万物生颜色。 | 杜甫《哀江头》 |
| 黄昏胡骑尘满城，欲往城南望城北。 | 杜甫《哀江头》 |
| 窃闻天子已传位，圣德北服南单于。 | 杜甫《哀王孙》 |
| 三年笛里关山月，万国兵前草木风。 | 杜甫《洗兵马》 |
| 东走无复忆鲈鱼，南飞觉有安巢鸟。 | 杜甫《洗兵马》 |
| 淇上健儿归莫懒，城南思妇愁多梦。 | 杜甫《洗兵马》 |
| 西山白雪三城戍，南浦清江万里桥。 | 杜甫《野望》 |
| 北极朝廷终不改，西山寇盗莫相侵。 | 杜甫《登楼》 |

江间波浪兼天涌，塞上风云接地阴。 杜甫《秋兴八首之一》

请看石上藤萝月，已映洲前芦荻花。 杜甫《秋兴八首之二》

直北关山金鼓振，征西车马羽书驰。 杜甫《秋兴八首之四》

西望瑶池降王母，东来紫气满函关。 杜甫《秋兴八首之五》

窗含西岭千秋雪，门泊东吴万里船。 杜甫《绝句四首之三》

支离东北风尘际，飘泊西南天地间。 杜甫《咏怀古迹之一》

岐王宅里寻常见，崔九堂前几度闻。 杜甫《江南逢李龟年》

更深月色半人家，北斗阑干南斗斜。 刘方平《月夜》

长乐钟声花外尽，龙池柳色雨中深。 钱起《赠阙下裴舍人》

回乐峰前沙似雪，受降城外月如霜。 李益《夜上受降城闻笛》

机中锦字论长恨，楼上花枝笑独眠。 皇甫冉《春思》

西宫南内多秋草，落叶满阶红不扫。 白居易《长恨歌》

上穷碧落下黄泉，两处茫茫皆不见。 白居易《长恨歌》

但教心似金钿坚，天上人间会相见。 白居易《长恨歌》

东船西舫悄无言，唯见江心秋月白。 白居易《琵琶行》

孤山寺北贾亭西，水面初平云脚低。 白居易《钱塘湖春行》

昔日戏言身后意，今朝都到眼前来。 元稹《遣悲怀之二》

昨夜星辰昨夜风，画楼西畔桂堂东。 李商隐《无题》

斑骓只系垂杨岸，何处西南待好风。 李商隐《无题》

抛掷南阳为主忧，北征东讨尽良筹。 罗隐《筹笔驿》

君不见咫尺长门闭阿娇，人生失意无南北。 王安石《明妃曲》

泥上偶然留指爪，鸿飞那复计东西。 苏轼《和子由渑池怀旧》

我居北海君南海，寄雁传书谢不能。 黄庭坚《寄黄几复》

塞上长城空自许，镜中衰鬓已先斑。 陆游《书愤》

州桥南北是天街，父老年年等驾回。 范成大《州桥》

岐阳西望无来信，陇水东流闻哭声。 元好问《岐阳之一》

徒把金戈挽落晖，南冠无奈北风吹。 虞集《挽文丞相》

为君别唱吴宫曲，汉水东南日夜流。 吴伟业《圆圆曲》

千磨万击还坚劲，任尔东西南北风。 郑燮《竹石》

金粉东南十五州，万重恩怨属名流。 龚自珍《咏史》

眼中战国成争鹿，海内人才孰卧龙。　　　　康有为《出都留别诸公》

头颅肯使闲中老，祖国宁甘劫后灰。　　　　秋瑾《柬某君》

剪烛西窗情款款，垂杨南国泪丝丝。　　　　柳亚子《悼亡友亚魂》

忍死倘然迟廿载，东南义旅问何如。　　　　柳亚子《吴门记游之八》

尊前谈笑人依旧，域外鸡虫事可哀。　　　　毛泽东《和周世钊同志》

漫学东方耽戏谑，好呼南八是男儿。　　　　郁达夫《乱离杂诗之八》

牵情儿女风前烛，草檄书生梦里功。　　　　郁达夫《乱离杂诗之十》

跑沙跑雪独嘶，东望西望路迷。　　　　　　韦应物《调笑令》

东边日出西边雨，道是无晴却有晴。　　　　刘禹锡《竹枝词》

照花前后镜，花面交相映。　　　　　　　　温庭筠《菩萨蛮》

城上风光莺语乱，城下烟波春拍岸。　　　　钱惟演《木兰花》

青鸟不传云外信，丁香空结雨中愁。　　　　李璟《摊破浣溪沙》

流水落花春去也，天上人间。　　　　　　　李煜《浪淘沙》

小楼昨夜又东风，故国不堪回首月明中。　　李煜《虞美人》

双鸳池沼水溶溶，南北小桡通。　　　　　　张先《一丛花》

北楼闲上，疏帘高卷，直见街南树。　　　　晏几道《御街行》

东归燕从海上去，南来雁向沙头落。　　　　王安石《千秋岁引》

但屈指西风几时来，又不道流年暗中偷换。　苏轼《洞仙歌》

且莫思身外，长近尊前。　　　　　　　　　周邦彦《满庭芳》

南陌脂车待发，东门帐饮乍阕。　　　　　　周邦彦《浪淘沙慢》

叹西园、已是花深无地，东风何事又恶？　　周邦彦《瑞鹤仙》

任兰舟、载将离恨，转南浦，背西曛。　　　贺铸《绿头鸭》

牛渚天门险，限南北、七雄豪占。　　　　　贺铸《天门谣》

流浪征骖北道，客樯南浦，幽恨无人晤语。　贺铸《天香》

云中谁寄锦书来，雁字回时，月满西楼。　　李清照《一剪梅》

闻道中原遗老，常南望、翠葆霓旌。　　　　张孝祥《六州歌头》

尽吸西江，细斟北斗，万象为宾客。　　　　张孝祥《念奴娇》

西北望长安，可怜无数山。　　　　　　　　辛弃疾《菩萨蛮》

年少万兜鍪，坐断东南战未休。　　　　　　辛弃疾《南乡子》

七八个星天外，两三点雨山前。　　　　　　辛弃疾《西江月》

秋晚莼鲈江上，夜深儿女灯前。 　　　　辛弃疾《木兰花慢》

昭君不惯胡沙远，但暗忆、江南江北。 　　姜夔《疏影》

南去北来何事，荡湘云楚水，目极伤心。 　姜夔《一萼红》

只恐舞衣寒易落，愁入西风南浦。 　　　　姜夔《念奴娇》

淮左名都，竹西佳处，解鞍少驻初程。 　　姜夔《扬州慢》

惊粉重、蝶宿西园，喜泥润、燕归南浦。 　史达祖《绮罗香》

男儿西北有神州，莫滴水西桥畔泪。 　　　刘克庄《木兰花》

鸿北去，日西匿。 　　　　　　　　　　　刘克庄《贺新郎》

伤春不在高楼上，在灯前敧枕，雨外熏炉。 吴文英《高阳台》

几回忆、故国莼鲈，霜前雁后。 　　　　　潘希白《大有》

东风渐绿西湖岸，雁已还、人未南归。 　　周密《高阳台》

江南江北，曾未见、漫拟梨云梅雪。 　　　周密《瑶华》

鸳楼碎泻东西玉，问芳踪、何时再展，翠钗难卜。 蒋捷《贺新郎》

壮年听雨客舟中，江阔云低断雁叫西风。 　蒋捷《虞美人》

一江南北，消磨多少豪杰。 　　　　　　　萨都剌《百字令》

看茫茫南徐，苍苍北固，如此山川。 　　　蒋春霖《木兰花慢》

望长城内外，惟余莽莽；大河上下，顿失滔滔。 毛泽东《沁园春》

茫茫九派流中国，沉沉一线穿南北。 　　　毛泽东《菩萨蛮》

一桥飞架南北，天堑变通途。 　　　　　　毛泽东《水调歌头》

# 动物和植物类

## 动物 + 植物

| | |
|---|---|
| 淑气催黄鸟，晴光转绿蘋。 | 杜审言《和晋陵陆丞早春游望》 |
| 野花看欲尽，林鸟听犹新。 | 张九龄《送韦城李少府》 |
| 忽逢青鸟使，邀入赤松家。 | 孟浩然《宴梅道士山房》 |
| 草枯鹰眼疾，雪尽马蹄轻。 | 王维《观猎》 |
| 征蓬出汉塞，归雁入胡天。 | 王维《使至塞上》 |
| 万壑树参天，千山响杜鹃。 | 王维《送梓州李使君》 |
| 郎骑竹马来，绕床弄青梅。 | 李白《长干行》 |
| 感时花溅泪，恨别鸟惊心。 | 杜甫《春望》 |
| 花隐掖垣暮，啾啾栖鸟过。 | 杜甫《春宿左省》 |
| 唯见林花落，莺啼送客闻。 | 杜甫《别房太尉墓》 |
| 白发悲花落，青云羡鸟飞。 | 岑参《寄左省杜拾遗》 |
| 岭猿同旦暮，江柳共风烟。 | 刘长卿《新年作》 |
| 风枝惊暗鹊，露草泣寒虫。 | 戴叔伦《江乡故人偶集客舍》 |
| 梧桐相待老，鸳鸯会双死。 | 孟郊《列女操》 |
| 鸟宿池边树，僧敲月下门。 | 贾岛《题李凝幽居》 |
| 鸡声茅店月，人迹板桥霜。 | 温庭筠《商山早行》 |
| 猿啼洞庭树，人在木兰舟。 | 马戴《楚江怀古》 |
| 风暖鸟声碎，日高花影重。 | 杜荀鹤《春宫怨》 |
| 葡萄美酒夜光杯，欲饮琵琶马上催。 | 王翰《凉州曲》 |
| 晴川历历汉阳树，芳草萋萋鹦鹉洲。 | 崔颢《黄鹤楼》 |
| 枯桑老柏寒飕飗，九雏鸣凤乱啾啾。 | 李颀《听安万善吹觱篥歌》 |
| 月明松下房栊静，日出云中鸡犬喧。 | 王维《桃源行》 |

| | |
|---|---|
| 但见悲鸟号古木，雄飞雌从绕林间。 | 李白《蜀道难》 |
| 故人西辞黄鹤楼，烟花三月下扬州。 | 李白《送孟浩然之广陵》 |
| 鸿飞冥冥日月白，青枫叶赤天雨霜。 | 杜甫《寄韩谏议注》 |
| 杨花雪落覆白蘋，青鸟飞去衔红巾。 | 杜甫《丽人行》 |
| 映阶碧草自春色，隔叶黄鹂空好音。 | 杜甫《蜀相》 |
| 两个黄鹂鸣翠柳，一行白鹭上青天。 | 杜甫《绝句四首之三》 |
| 香稻啄余鹦鹉粒，碧梧栖老凤凰枝。 | 杜甫《秋兴八首之八》 |
| 古庙杉松巢水鹤，岁时伏腊走村翁。 | 杜甫《咏怀古迹之四》 |
| 月落乌啼霜满天，江枫渔火对愁眠。 | 张继《枫桥夜泊》 |
| 长乐钟声花外尽，龙池柳色雨中深。 | 钱起《赠阙下裴舍人》 |
| 独怜幽草涧边生，上有黄鹂深树鸣。 | 韦应物《滁州西涧》 |
| 鸾翔凤翥众仙下，珊瑚碧树交枝柯。 | 韩愈《石鼓歌》 |
| 朱雀桥边野草花，乌衣巷口夕阳斜。 | 刘禹锡《乌衣巷》 |
| 花钿委地无人收，翠翘金雀玉搔头。 | 白居易《长恨歌》 |
| 间关莺语花底滑，幽咽泉流水下滩。 | 白居易《琵琶行》 |
| 几处早莺争暖树，谁家新燕啄春泥。 | 白居易《钱塘湖春行》 |
| 乱花渐欲迷人眼，浅草才能没马蹄。 | 白居易《钱塘湖春行》 |
| 禁门宫树月痕过，媚眼惟看宿鹭窠。 | 张祜《赠内人》 |
| 日暮东风怨啼鸟，落花犹似堕楼人。 | 杜牧《金谷园》 |
| 于今腐草无萤火，终古垂杨有暮鸦。 | 李商隐《隋宫》 |
| 嗟余听鼓应官去，走马兰台类转蓬。 | 李商隐《无题》 |
| 蓬山此去无多路，青鸟殷勤为探看。 | 李商隐《无题》 |
| 波上马嘶看棹去，柳边人歇待船归。 | 温庭筠《利州南渡》 |
| 数丛沙草群鸥散，万顷江田一鹭飞。 | 温庭筠《利州南渡》 |
| 石麟埋没藏春草，铜雀荒凉对暮云。 | 温庭筠《过陈琳墓》 |
| 云边雁断胡天月，陇上羊归塞草烟。 | 温庭筠《苏武庙》 |
| 江雨霏霏江草齐，六朝如梦鸟空啼。 | 韦庄《台城》 |
| 竹外桃花三两枝，春江水暖鸭先知。 | 苏轼《惠崇春江晚景》 |
| 蒌蒿满地芦芽短，正是河豚欲上时。 | 苏轼《惠崇春江晚景》 |
| 黄梅时节家家雨，青草池塘处处蛙。 | 赵师秀《约客》 |

花带露寒无戏蝶，草连云暗有藏鸦。 朱弁《春阴》

百二关河草不横，十年戎马暗秦京。 元好问《岐阳之一》

旧巢共是衔泥燕，飞上枝头变凤凰。 吴伟业《圆圆曲》

君不见馆娃初起鸳鸯宿，越女如花看不足。 吴伟业《圆圆曲》

香径尘生鸟自啼，屧廊人去苔空绿。 吴伟业《圆圆曲》

鹭影不来秋瑟瑟，苇花伴宿露漾漾。 鲁迅《莲蓬人》

鸟啼铃语梦常萦，闲立花阴盼嫩晴。 鲁迅《惜花四律之一》

坟坛冷落将军岳，梅鹤凄凉处士林。 鲁迅《阻郁达夫移家杭州》

云开衡岳积阴止，天马凤凰春树里。 毛泽东《送纵宇一郎东行》

西塞山前白鹭飞，桃花流水鳜鱼肥。 张志和《渔歌子》

门外草萋萋，送君闻马嘶。 温庭筠《菩萨蛮》

桃花春水渌，水上鸳鸯浴。 韦庄《菩萨蛮》

闲引鸳鸯香径里，手挼红杏蕊。 冯延巳《谒金门》

乘彩舫，过莲塘，棹歌惊起睡鸳鸯。 李珣《南乡子》

沙上并禽池上暝，云破月来花弄影。 张先《天仙子》

槛菊愁烟兰泣露，罗幕轻寒，燕子双飞去。 晏殊《蝶恋花》

日上花梢，莺穿柳带，犹压香衾卧。 柳永《定风波》

长安古道马迟迟，高柳乱蝉嘶。 柳永《少年游》

晚春盘马踏青苔，曾傍绿阴深驻。 晏几道《御街行》

去年春恨却来时，落花人独立，微雨燕双飞。 晏几道《临江仙》

乳燕飞华屋，悄无人、桐阴转午，晚凉新浴。 苏轼《贺新郎》

竹杖芒鞋轻胜马，谁怕？一蓑烟雨任平生。 苏轼《定风波》

曲港跳鱼，圆荷泻露，寂寞无人见。 苏轼《永遇乐》

驿寄梅花，鱼传尺素，砌成此恨无重数。 秦观《踏莎行》

玉钩双语燕，宝甃杨花转。 陈克《菩萨蛮》

羡金屋去来，旧时巢燕；土花缭绕，前度莓墙。 周邦彦《风流子》

兔葵燕麦，向残阳欲与人齐。 周邦彦《夜飞鹊》

暗柳啼鸦，单衣伫立，小帘朱户。 周邦彦《琐窗寒》

风老莺雏，雨肥梅子，午阴嘉树清圆。 周邦彦《满庭芳》

凤城远，楚梅香嫩，先寄一枝春。 贺铸《绿头鸭》

| | |
|---|---|
| 睡起流莺语。掩苍苔、房栊向晚，乱红无数。 | 叶梦得《贺新郎》 |
| 闲阶静、杨花渐少，朱门掩、莺声犹嫩。 | 僧挥《金明池》 |
| 纵留得莺花，东风不住，也则眼前愁闷。 | 僧挥《金明池》 |
| 无情燕子，怕春寒、轻失花期。 | 李邴《汉宫春》 |
| 雁过斜阳，草迷烟渚，如今已是愁无数。 | 周紫芝《踏莎行》 |
| 东风静、细柳垂金缕，望凤阙、非烟非雾。 | 万俟咏《三台》 |
| 向晚骤、宝马雕鞍，醉襟惹、乱花飞絮。 | 万俟咏《三台》 |
| 闷来弹鹊，又搅碎、一帘花影。 | 徐伸《转调二郎神》 |
| 落尽庭花春去也，银蟾迥，无情圆又缺。 | 田为《江神子慢》 |
| 塞鸿难问，岸柳何穷，别愁纷絮。 | 廖世美《烛影摇红》 |
| 草软莎平，跋马垂杨渡，玉勒争嘶。 | 韩元吉《六州歌头》 |
| 弱柳千丝缕，嫩黄匀遍鸦啼处。 | 袁去华《安公子》 |
| 曲岸持觞，垂杨系马，此地曾经别。 | 辛弃疾《念奴娇》 |
| 稻花香里说丰年，听取蛙声一片。 | 辛弃疾《西江月》 |
| 大儿锄豆溪东，中儿正织鸡笼。 | 辛弃疾《清平乐》 |
| 红莲相倚浑如醉，白鸟无言定自愁。 | 辛弃疾《鹧鸪天》 |
| 生怕见花开花落，朝来塞雁先还。 | 辛弃疾《汉宫春》 |
| 千万缕、藏鸦细柳，为玉尊、起舞回雪。 | 姜夔《琵琶仙》 |
| 流光过隙，叹杏梁双燕如客。 | 姜夔《霓裳中序第一》 |
| 高柳垂阴，老鱼吹浪，留我花间住。 | 姜夔《念奴娇》 |
| 绿丝低拂鸳鸯浦，想桃叶、当时唤渡。 | 姜夔《杏花天》 |
| 苔枝缀玉，有翠禽小小，枝上同宿。 | 姜夔《疏影》 |
| 翠藤共、闲穿径竹，渐笑语、惊起卧沙禽。 | 姜夔《一萼红》 |
| 恐凤靴挑菜归来，万一灞桥相见。 | 史达祖《东风第一枝》 |
| 柳锁莺魂，花翻蝶梦，自知愁染潘郎。 | 史达祖《夜合花》 |
| 绣幄鸳鸯柱，红情密，腻云低护秦树。 | 吴文英《宴清都》 |
| 华表月明归夜鹤，叹当时花竹今如此。 | 吴文英《贺新郎》 |
| 柳暝河桥，莺晴台苑，短策频惹春香。 | 吴文英《夜合花》 |
| 溪雨急，岸花狂，趁残鸦飞过苍茫。 | 吴文英《夜合花》 |
| 旧堤分燕尾，桂棹轻鸥，宝勒倚残云。 | 吴文英《渡江云》 |

古柳重攀，轻鸥聚别，陈迹危亭独倚。 吴文英《齐天乐》

薰风燕乳，暗雨槐黄，午镜澡兰帘幕。 吴文英《澡兰香》

有情花影阑干，莺声门径，解留我霎时凝伫。 吴文英《祝英台近》

十载西湖，傍柳系马，趁娇尘软雾。 吴文英《莺啼序》

修竹凝妆，垂杨驻马，凭阑浅画成图。 吴文英《高阳台》

戏马台前，采花篱下，问岁华、还是重九。 潘希白《大有》

几回忆、故国莼鲈，霜前雁后。 潘希白《大有》

当年燕子知何处，但苔深韦曲，草暗斜川。 张炎《高阳台》

月户云窗，石田瑶草，丹井飞龙虎。 萨都剌《酹江月》

花外琵琶，柳边莺燕，玉佩摇金缕。 萨都剌《酹江月》

并马三河年少客，粗豪，皂栎林中醉射雕。 陈维崧《南乡子》

鸿影惊回雪，怅天寒竹翠，色暗罗裙。 蒋春霖《忆旧游》

## 动物 + 天文

月明星稀，乌鹊南飞。 曹操《短歌行之一》

山气日夕佳，飞鸟相与还。 陶渊明《饮酒之五》

鹅鹅鹅，曲项向天歌。 骆宾王《咏鹅》

暗尘随马去，明月逐人来。 苏味道《正月十五夜》

阳月南飞雁，传闻至此回。 宋之问《题大庾岭北驿》

乡书何处达，归雁洛阳边。 王湾《次北固山下》

斜阳照墟落，穷巷牛羊归。 王维《渭川田家》

征蓬出汉塞，归雁入胡天。 王维《使至塞上》

月出惊山鸟，时鸣春涧中。 王维《鸟鸣涧》

万壑树参天，千山响杜鹃。 王维《送梓州李使君》

牛渚西江夜，青天无片云。 李白《夜泊牛渚怀古》

落日照大旗，马鸣风萧萧。 杜甫《后出塞之二》

飘飘何所似，天地一沙鸥。 杜甫《旅夜书怀》

月黑雁飞高，单于夜遁逃。　　　　　　　卢纶《塞下曲之三》

鸟宿池边树，僧敲月下门。　　　　　　　贾岛《题李凝幽居》

鸡声茅店月，人迹板桥霜。　　　　　　　温庭筠《商山早行》

风暖鸟声碎，日高花影重。　　　　　　　杜荀鹤《春宫怨》

衡阳雁声彻，湘滨春溜回。　　　　　　　毛泽东《挽易昌陶》

晴川历历汉阳树，芳草萋萋鹦鹉洲。　　　崔颢《黄鹤楼》

玉颜不及寒鸦色，犹带昭阳日影来。　　　王昌龄《长信怨》

白日登山望烽火，黄昏饮马傍交河。　　　李颀《古从军行》

月照城头乌半飞，霜凄万木风入衣。　　　李颀《琴歌》

月明松下房栊静，日出云中鸡犬喧。　　　王维《桃源行》

半壁见海日，空中闻天鸡。　　　　　　　李白《梦游天姥吟留别》

翠影红霞映朝日，鸟飞不到吴天长。　　　李白《庐山谣寄卢侍御虚舟》

三山半落青天外，二水中分白鹭洲。　　　李白《登金陵凤凰台》

千里黄云白日曛，北风吹雁雪纷纷。　　　高适《别董大之一》

鸿飞冥冥日月白，青枫叶赤天雨霜。　　　杜甫《寄韩谏议注》

玉京群帝集北斗，或骑麒麟翳凤凰。　　　杜甫《寄韩谏议注》

先帝天马玉花骢，画工如山貌不同。　　　杜甫《丹青引》

攀龙附凤势莫当，天下尽化为侯王。　　　杜甫《洗兵马》

风急天高猿啸哀，渚清沙白鸟飞回。　　　杜甫《登高》

两个黄鹂鸣翠柳，一行白鹭上青天。　　　杜甫《绝句四首之三》

云移雉尾开宫扇，日绕龙鳞识圣颜。　　　杜甫《秋兴八首之五》

关塞极天唯鸟道，江湖满地一渔翁。　　　杜甫《秋兴八首之七》

月落乌啼霜满天，江枫渔火对愁眠。　　　张继《枫桥夜泊》

朱雀桥边野草花，乌衣巷口夕阳斜。　　　刘禹锡《乌衣巷》

晴空一鹤排云上，便引诗情到碧霄。　　　刘禹锡《秋词二首之一》

在天愿作比翼鸟，在地愿为连理枝。　　　白居易《长恨歌》

禁门宫树月痕过，媚眼惟看宿鹭窠。　　　张祜《赠内人》

天街夜色凉如水，卧看牵牛织女星。　　　杜牧《秋夕》

日暮东风怨啼鸟，落花犹似堕楼人。　　　杜牧《金谷园》

云边雁断胡天月，陇上羊归塞草烟。　　　温庭筠《苏武庙》

雁声远过潇湘去，十二楼中月自明。　　　　温庭筠《瑶瑟怨》

云暗鼎湖龙去远，月明华表鹤归迟。　　　　虞集《挽文丞相》

竦听荒鸡偏阒寂，起看星斗正阑干。　　　　鲁迅《亥年残秋偶作》

闻鸡久听南天雨，立马曾挥北地鞭。　　　　毛泽东《洪都》

便欲扬帆从此去，长天渺渺一征鸿。　　　　郁达夫《乱离杂诗之十》

塞下秋来风景异，衡阳雁去无留意。　　　　范仲淹《渔家傲》

沙上并禽池上暝，云破月来花弄影。　　　　张先《天仙子》

凝泪眼、杳杳神京路，断鸿声远长天暮。　　柳永《夜半乐》

念双燕、难凭远信；指暮天、空识归航。　　柳永《玉蝴蝶》

日上花梢，莺穿柳带，犹压香衾卧。　　　　柳永《定风波》

彩舟云淡，星河鹭起，画图难足。　　　　　王安石《桂枝香》

天边金掌露成霜，云随雁字长。　　　　　　晏几道《阮郎归》

衡阳犹有雁传书，郴阳和雁无。　　　　　　秦观《阮郎归》

斜阳外，寒鸦万点，流水绕孤村。　　　　　秦观《满庭芳》

可堪孤馆闭春寒，杜鹃声里斜阳暮。　　　　秦观《踏莎行》

搓得鹅儿黄欲就，天气清明时候。　　　　　赵令畤《清平乐》

雾浓香鸭，冰凝泪烛，霜天难晓。　　　　　时彦《青门饮》

月皎惊乌栖不定，更漏将阑，辘轳牵金井。　周邦彦《蝶恋花》

楼上阑干横斗柄，露寒人远鸡相应。　　　　周邦彦《蝶恋花》

云中谁寄锦书来，雁字回时，月满西楼。　　李清照《一剪梅》

宝扇重寻明月影，暗尘侵、上有乘鸾女。　　叶梦得《贺新郎》

迤逦烟村，马嘶人起，残月尚穿林薄。　　　刘一止《喜迁莺》

青山隐隐，败叶萧萧，天际暝鸦零乱。　　　蔡伸《苏武慢》

雁过斜阳，草迷烟渚，如今已是愁无数。　　周紫芝《踏莎行》

江南旧事休重省，遍天涯寻消问息，断鸿难倩。　李玉《贺新郎》

双阙中天，凤楼十二春寒浅。　　　　　　　张抡《烛影摇红》

惟有两行低雁，知人倚画楼月。　　　　　　范成大《霜天晓角》

目断秋霄落雁，醉来时响空弦。　　　　　　辛弃疾《木兰花慢》

凤尾龙香拨，自开元霓裳曲罢，几番风月。　辛弃疾《贺新郎》

马上离愁三万里，望昭阳宫殿孤鸿没。　　　辛弃疾《贺新郎》

137

落日楼头，断鸿声里，江南游子。　　　　辛弃疾《水龙吟》

明月别枝惊鹊，清风半夜鸣蝉。　　　　辛弃疾《西江月》

月冷龙沙，尘清虎落，今年汉酺初赐。　　姜夔《翠楼吟》

雨余风软碎鸣禽，迟迟日，犹带一分阴。　章良能《小重山》

应难奈故人天际，望彻淮山，相思无雁足。　史达祖《八归》

鸿北去，日西匿。　　　　　　　　　　刘克庄《贺新郎》

春讯飞琼管。风日薄、度墙啼鸟声乱。　卢祖皋《宴清都》

应是蹑飞鸾，月下时时整佩环。　　　　潘牥《南乡子》

怕天教何处，参差双燕，还染残朱剩粉。　陆睿《瑞鹤仙》

凄断流红千浪，缺月孤楼，总难留燕。　吴文英《瑞鹤仙》

华表月明归夜鹤，叹当时花竹今如此。　吴文英《贺新郎》

云淡星疏楚山晓，听啼乌，立河桥，话未了。　吴文英《夜游宫》

水涵空、阑干高处，送乱鸦、斜日落渔汀。　吴文英《八声甘州》

池上红衣伴倚阑，栖鸦常带夕阳还。　吴文英《鹧鸪天》

暝堤空，轻把斜阳，总还鸥鹭。　　　吴文英《莺啼序》

乱鸦过，斗转城荒，不见来时试灯处。　刘辰翁《兰陵王》

晚莺娇咽，庭户溶溶月。　　　　　　周密《清平乐》

照野旌旗，朝天车马，平沙万里天低。　周密《高阳台》

接叶巢莺，平波卷絮，断桥斜日归船。　张炎《高阳台》

瓜洲曾舣，等行人岁岁，日下长秋，城乌夜起。　彭元逊《六丑》

有白鸥、淡月微波，寄语逍遥容与。　彭元逊《疏影》

月户云窗，石田瑶草，丹井飞龙虎。　萨都剌《酹江月》

落日万山寒，萧萧猎马还。　　　　纳兰性德《菩萨蛮》

鸿影惊回雪，怅天寒竹翠，色暗罗裙。　蒋春霖《忆旧游》

又日落天寒，平沙列幕边马鸣。　　　文廷式《忆旧游》

鹰击长空，鱼翔浅底，万类霜天竞自由。　毛泽东《沁园春》

六月天兵征腐恶，万丈长缨要把鲲鹏缚。　毛泽东《蝶恋花》

西风烈，长空雁叫霜晨月。　　　　　毛泽东《忆秦娥》

霜晨月，马蹄声碎，喇叭声咽。　　　毛泽东《忆秦娥》

天高云淡，望断南飞雁。　　　　　　毛泽东《清平乐》

炮火连天，弹痕遍地，吓倒蓬间雀。　　　　　　　　　　毛泽东《念奴娇》

## 动物 + 天气

| | |
|---|---|
| 风雨如晦，鸡鸣不已。 | 郑风《风雨》 |
| 木落雁南渡，北风江上寒。 | 孟浩然《早寒有怀》 |
| 饮马渡秋水，水寒风似刀。 | 王昌龄《塞下曲》 |
| 草枯鹰眼疾，雪尽马蹄轻。 | 王维《观猎》 |
| 回看射雕处，千里暮云平。 | 王维《观猎》 |
| 众鸟高飞尽，孤云独去闲。 | 李白《独坐敬亭山》 |
| 荡胸生层云，决眦入归鸟。 | 杜甫《望岳》 |
| 落日照大旗，马鸣风萧萧。 | 杜甫《后出塞之二》 |
| 素练风霜起，苍鹰画作殊。 | 杜甫《画鹰》 |
| 细雨鱼儿出，微风燕子斜。 | 杜甫《水槛遣心之一》 |
| 下窥指高鸟，俯听闻惊风。 | 岑参《与高适薛据登慈恩寺浮图》 |
| 白发悲花落，青云羡鸟飞。 | 岑参《寄左省杜拾遗》 |
| 孤云将野鹤，岂向人间住。 | 刘长卿《送上人》 |
| 风枝惊暗鹊，露草泣寒虫。 | 戴叔伦《江乡故人偶集客舍》 |
| 夸赴军中宴，走马去如云。 | 白居易《轻肥》 |
| 残萤栖玉露，早雁拂金河。 | 许浑《早秋》 |
| 鸡声茅店月，人迹板桥霜。 | 温庭筠《商山早行》 |
| 灞原风雨定，晚见雁行频。 | 马戴《灞上秋居》 |
| 风暖鸟声碎，日高花影重。 | 杜荀鹤《春宫怨》 |
| 朝雾弥琼宇，征马嘶北风。 | 毛泽东《张冠道中》 |
| 露湿尘难染，霜笼鸦不惊。 | 毛泽东《张冠道中》 |
| 飞凤亭边树，桃花岭上风。 | 毛泽东《看山》 |
| 黄鹤一去不复返，白云千载空悠悠。 | 崔颢《黄鹤楼》 |
| 月照城头乌半飞，霜凄万木风入衣。 | 李颀《琴歌》 |

鸿雁不堪愁里听，云山况是客中过。　　　　李颀《送魏万之京》

月明松下房栊静，日出云中鸡犬喧。　　　　王维《桃源行》

故人西辞黄鹤楼，烟花三月下扬州。　　　　李白《送孟浩然之广陵》

千里黄云白日曛，北风吹雁雪纷纷。　　　　高适《别董大之一》

杨花雪落覆白蘋，青鸟飞去衔红巾。　　　　杜甫《丽人行》

鸿飞冥冥日月白，青枫叶赤天雨霜。　　　　杜甫《寄韩谏议注》

风急天高猿啸哀，渚清沙白鸟飞回。　　　　杜甫《登高》

山回路转不见君，雪上空留马行处。　　　　岑参《白雪歌送武判官归京》

月落乌啼霜满天，江枫渔火对愁眠。　　　　张继《枫桥夜泊》

晴空一鹤排云上，便引诗情到碧霄。　　　　刘禹锡《秋词二首之一》

鸳鸯瓦冷霜华重，翡翠衾寒谁与共。　　　　白居易《长恨歌》

茂陵刘郎秋风客，夜闻马嘶晓无迹。　　　　李贺《金铜仙人辞汉歌》

千里莺啼绿映红，水村山郭酒旗风。　　　　杜牧《江南春绝句》

日暮东风怨啼鸟，落花犹似堕楼人。　　　　杜牧《金谷园》

鱼鸟犹疑畏简书，风云常为护储胥。　　　　李商隐《筹笔驿》

为有云屏无限娇，凤城寒尽怕春宵。　　　　李商隐《为有》

玉珰缄札何由达，万里云罗一雁飞。　　　　李商隐《春雨》

云边雁断胡天月，陇上羊归塞草烟。　　　　温庭筠《苏武庙》

玄宗回马杨妃死，云雨难忘日月新。　　　　郑畋《马嵬坡》

江雨霏霏江草齐，六朝如梦鸟空啼。　　　　韦庄《台城》

人生到处知何似，应似飞鸿踏雪泥。　　　　苏轼《和子由渑池怀旧》

楼船夜雪瓜洲渡，铁马秋风大散关。　　　　陆游《书愤》

花带露寒无戏蝶，草连云暗有藏鸦。　　　　朱弁《春阴》

云暗鼎湖龙去远，月明华表鹤归迟。　　　　虞集《挽文丞相》

九州生气恃风雷，万马齐喑究可哀。　　　　龚自珍《己亥杂诗之二》

牧马久惊侵禹域，蛰龙无术起风雷。　　　　秋瑾《東某君》

中夜鸡鸣风雨集，起然烟卷觉新凉。　　　　鲁迅《秋夜有感》

鹭影不来秋瑟瑟，苇花伴宿露瀼瀼。　　　　鲁迅《莲蓬人》

云开衡岳积阴止，天马凤凰春树里。　　　　毛泽东《送纵宇一郎东行》

闻鸡久听南天雨，立马曾挥北地鞭。　　　　毛泽东《洪都》

云横九派浮黄鹤，浪下三吴起白烟。　　　　　　　毛泽东《登庐山》

细雨梦回鸡塞远，小楼吹彻玉笙寒。　　　　　　　李璟《摊破浣溪沙》

青鸟不传云外信，丁香空结雨中愁。　　　　　　　李璟《摊破浣溪沙》

沙上并禽池上暝，云破月来花弄影。　　　　　　　张先《天仙子》

鸿雁在云鱼在水，惆怅此情难寄。　　　　　　　　晏殊《清平乐》

天边金掌露成霜，云随雁字长。　　　　　　　　　晏几道《阮郎归》

飞云过尽，归鸿无信，何处寄书得。　　　　　　　晏几道《思远人》

梦随风万里，寻郎去处，又还被、莺呼起。　　　　苏轼《水龙吟》

竹杖芒鞋轻胜马，谁怕？一蓑烟雨任平生。　　　　苏轼《定风波》

露坐久，疏萤时度，乌鹊正南飞。　　　　　　　　晁端礼《绿头鸭》

背飞双燕贴云寒，独向小楼东畔倚阑看。　　　　　舒亶《虞美人》

雾浓香鸭，冰凝泪烛，霜天难晓。　　　　　　　　时彦《青门饮》

对宿烟收，春禽静，飞雨时鸣高屋。　　　　　　　周邦彦《大酺》

伫听寒声，云深无雁影。　　　　　　　　　　　　周邦彦《关河令》

楼上阑干横斗柄，露寒人远鸡相应。　　　　　　　周邦彦《蝶恋花》

上马人扶残醉，晓风吹未醒。　　　　　　　　　　周邦彦《绮寮怨》

托微风、彩箫流怨，断肠马上曾闻。　　　　　　　贺铸《绿头鸭》

烟横水际，映带几点归鸿，东风销尽龙沙雪。　　　贺铸《石州引》

云中谁寄锦书来，雁字回时，月满西楼。　　　　　李清照《一剪梅》

纵留得莺花，东风不住，也则眼前愁闷。　　　　　僧挥《金明池》

万里云帆何时到，送孤鸿、目断千山阻。　　　　　叶梦得《贺新郎》

东风静、细柳垂金缕，望凤阙、非烟非雾。　　　　万俟咏《三台》

送数声惊雁，乍离烟水，嘹唳度寒云。　　　　　　鲁逸仲《南浦》

旧日堂前燕，和烟雨，又双飞。　　　　　　　　　韩元吉《六州歌头》

堂深昼永，燕交飞、风帘露井。　　　　　　　　　陆淞《瑞鹤仙》

金钗斗草，青丝勒马，风流云散。　　　　　　　　陈亮《水龙吟》

休说鲈鱼堪脍，尽西风、季鹰归未。　　　　　　　辛弃疾《水龙吟》

明月别枝惊鹊，清风半夜鸣蝉。　　　　　　　　　辛弃疾《西江月》

凤尾龙香拨，自开元霓裳曲罢，几番风月。　　　　辛弃疾《贺新郎》

此地，宜有词仙，拥素云黄鹤，与君游戏。　　　　姜夔《翠楼吟》

燕雁无心，太湖西畔随云去。　　　　　　　　姜夔《点绛唇》

雨余风软碎鸣禽，迟迟日，犹带一分阴。　　　章良能《小重山》

犀帘黛卷，凤枕云孤，应也几番凝伫。　　　　张镃《宴山亭》

废阁先凉，古帘空暮，雁程最嫌风力。　　　　史达祖《秋霁》

春讯飞琼管。风日薄、度墙啼鸟声乱。　　　　卢祖皋《宴清都》

新来雁阔云音，鸾分鉴影，无计重见。　　　　卢祖皋《宴清都》

湿云粘雁影，望征路、愁迷离绪难整。　　　　陆睿《瑞鹤仙》

绣幄鸳鸯柱，红情密，腻云低护秦树。　　　　吴文英《宴清都》

细雨归鸿，孤山无限春寒。　　　　　　　　　吴文英《高阳台》

溪雨急，岸花狂，趁残鸦飞过苍茫。　　　　　吴文英《夜合花》

旧堤分燕尾，桂棹轻鸥，宝勒倚残云。　　　　吴文英《渡江云》

薰风燕乳，暗雨槐黄，午镜澡兰帘幕。　　　　吴文英《澡兰香》

殷勤待写，书中长恨，蓝霞辽海沉过雁。　　　吴文英《莺啼序》

几回忆、故国莼鲈，霜前雁后。　　　　　　　潘希白《大有》

东风渐绿西湖岸，雁已还、人未南归。　　　　周密《高阳台》

绀烟迷雁迹，渐碎鼓零钟，街喧初息。　　　　蒋捷《瑞鹤仙》

壮年听雨客舟中，江阔云低断雁叫西风。　　　蒋捷《虞美人》

月户云窗，石田瑶草，丹井飞龙虎。　　　　　萨都剌《酹江月》

老鹤一声霜衬履，隔断人间尘土。　　　　　　萨都剌《酹江月》

惟有无情双燕子，舞东风。　　　　　　　　　陈子龙《山花子》

燕尽水沉烟，露滴鸳鸯瓦。　　　　　　　　　纳兰性德《生查子》

黄云紫塞三千里，女墙西畔啼乌起。　　　　　纳兰性德《菩萨蛮》

鸿影惊回雪，怅天寒竹翠，色暗罗裙。　　　　蒋春霖《忆旧游》

哀角起重关，霜深楚水寒，背西风、归雁声酸。　蒋春霖《唐多令》

暄禽啼破清愁，东风不到，早无数、繁枝吹淡。　朱孝臧《祝英台近》

鹰击长空，鱼翔浅底，万类霜天竞自由。　　　毛泽东《沁园春》

西风烈，长空雁叫霜晨月。　　　　　　　　　毛泽东《忆秦娥》

天高云淡，望断南飞雁。　　　　　　　　　　毛泽东《清平乐》

一声鸡唱，万怪烟消云落。　　　　　　　　　毛泽东《念奴娇》

## 动物 ＋ 季节

| | |
|---|---|
| 春日载阳，有鸣仓庚。 | 《诗经·豳风·七月》 |
| 春眠不觉晓，处处闻啼鸟。 | 孟浩然《春晓》 |
| 饮马渡秋水，水寒风似刀。 | 王昌龄《塞下曲》 |
| 骥子春犹隔，莺歌暖正繁。 | 杜甫《忆幼子》 |
| 鸿雁几时到，江湖秋水多。 | 杜甫《天末怀李白》 |
| 蛟龙得云雨，雕鹗在秋天。 | 杜甫《奉赠严八阁老》 |
| 戍鼓断人行，秋边一雁声。 | 杜甫《月夜忆舍弟》 |
| 秋虫声不去，暮雀意何如。 | 杜甫《除架》 |
| 野桥齐度马，秋望转悠哉。 | 杜甫《野望因过常少仙》 |
| 短衣防战地，匹马逐秋风。 | 杜甫《送舍弟颖赴齐州三首之三》 |
| 水落鱼龙夜，山空鸟鼠秋。 | 杜甫《秦州杂诗之一》 |
| 霁潭鳣发发，春草鹿呦呦。 | 杜甫《题张氏隐居二首之二》 |
| 星河秋一雁，砧杵夜千家。 | 韩翃《酬程近秋夜即事见赠》 |
| 微雨霭芳原，春鸠鸣何处。 | 韦应物《东郊》 |
| 帝城春欲暮，喧喧车马度。 | 白居易《买花》 |
| 林晚鸟争树，园春蜂护花。 | 许浑《献白尹》 |
| 鸟散千岩曙，蜂来一径春。 | 许浑《题宣州元处士幽居》 |
| 鸟浴春塘暖，猿吟暮岭高。 | 许浑《广陵送剡县薛明府赴任》 |
| 水暖鱼频跃，烟秋雁早鸣。 | 许浑《陪王尚书泛舟莲池》 |
| 雁来秋水阔，鸦尽夕阳沉。 | 许浑《寄契盈上人》 |
| 乡书不可寄，秋雁又南回。 | 韦庄《章台夜思》 |
| 衡阳雁声彻，湘滨春溜回。 | 毛泽东《挽易昌陶》 |
| 白狼河北音书断，丹凤城南秋夜长。 | 沈佺期《独不见》 |
| 龙吟虎啸一时发，万籁百泉相与秋。 | 李颀《听安万善吹觱篥歌》 |
| 漠漠水田飞白鹭，阴阴夏木啭黄鹂。 | 王维《积雨辋川庄作》 |

络纬秋啼金井阑，微霜凄凄簟色寒。　　　　　李白《长相思》

长安城头头白乌，夜飞延秋门上呼。　　　　　杜甫《哀王孙》

绣罗衣裳照暮春，蹙金孔雀银麒麟。　　　　　杜甫《丽人行》

田家望望惜雨干，布谷处处催春种。　　　　　杜甫《洗兵马》

落花游丝白日静，鸣鸠乳燕青春深。　　　　　杜甫《题省中院壁》

宛马总肥春苜蓿，将军只数汉嫖姚。　　　　　杜甫《赠田九判官》

戎马相逢更何日，春风回首仲宣楼。　　杜甫《将赴荆南寄别李剑州》

映阶碧草自春色，隔叶黄鹂空好音。　　　　　杜甫《蜀相》

舍南舍北皆春水，但见群鸥日日来。　　　　　杜甫《客至》

信宿渔人还泛泛，清秋燕子故飞飞。　　　　杜甫《秋兴八首之三》

鱼龙寂寞秋江冷，故国平居有所思。　　　　杜甫《秋兴八首之四》

织女机丝虚夜月，石鲸鳞甲动秋风。　　　　杜甫《秋兴八首之七》

湖南为客动经春，燕子衔泥两度新。　　　　杜甫《燕子来舟中作》

石鱼湖，似洞庭，夏水欲满君山青。　　　　元结《石鱼湖上醉歌》

今夜偏知春气暖，虫声新透绿窗纱。　　　　　刘方平《月夜》

二月黄鹂飞上林，春城紫禁晓阴阴。　　　　钱起《赠阙下裴舍人》

几处早莺争暖树，谁家新燕啄春泥。　　　　白居易《钱塘湖春行》

茂陵刘郎秋风客，夜闻马嘶晓无迹。　　　　李贺《金铜仙人辞汉歌》

鸟下绿芜春苑夕，蝉鸣黄叶汉宫秋。　　　　许浑《咸阳城东楼》

明日鳜鱼何处钓，门前春水似沧浪。　　　许浑《湖州韦长史山居》

征帆夜转鸬鹚穴，骑骑春辞鹳雀楼。　　　　许浑《酬和杜侍御》

银烛秋光冷画屏，轻罗小扇扑流萤。　　　　　杜牧《秋夕》

东风不与周郎便，铜雀春深锁二乔。　　　　　杜牧《赤壁》

庄生晓梦迷蝴蝶，望帝春心托杜鹃。　　　　李商隐《锦瑟》

春蚕到死丝方尽，蜡炬成灰泪始干。　　　　李商隐《无题》

为有云屏无限娇，凤城寒尽怕春宵。　　　　李商隐《为有》

岂有蛟龙愁失水，更无鹰隼与高秋。　　　　李商隐《重有感》

石麟埋没藏春草，铜雀荒凉对暮云。　　　　温庭筠《过陈琳墓》

竹外桃花三两枝，春江水暖鸭先知。　　　苏轼《惠崇春江晚景》

伤心桥下春波绿，曾是惊鸿照影来。　　　　陆游《沈园之二》

楼船夜雪瓜洲渡，铁马秋风大散关。　　　　　　　陆游《书愤》

鹭影不来秋瑟瑟，苇花伴宿露瀼瀼。　　　　　　　鲁迅《莲蓬人》

云开衡岳积阴止，天马凤凰春树里。　　　　　　　毛泽东《送纵宇一郎东行》

莫道昆明池水浅，观鱼胜过富春江。　　　　　　　毛泽东《和柳亚子先生》

久客愁看燕子飞，呢喃语软泄春机。　　　　　　　郁达夫《乱离杂诗之六》

桃花春水渌，水上鸳鸯浴。　　　　　　　　　　　韦庄《菩萨蛮》

城上风光莺语乱，城下烟波春拍岸。　　　　　　　钱惟演《木兰花》

塞下秋来风景异，衡阳雁去无留意。　　　　　　　范仲淹《渔家傲》

当筵秋水慢，玉柱斜飞雁。　　　　　　　　　　　张先《菩萨蛮》

数声鶗鴂，又报芳菲歇。惜春更把残红折。　　　　张先《千秋岁》

渐觉一叶惊秋，残蝉噪晚，素商时序。　　　　　　柳永《竹马子》

留春不住，费尽莺儿语。　　　　　　　　　　　　王安国《清平乐》

去年春恨却来时，落花人独立，微雨燕双飞。　　　晏几道《临江仙》

一棹碧涛春水路，过尽晓莺啼处。　　　　　　　　晏几道《清平乐》

晚春盘马踏青苔，曾傍绿阴深驻。　　　　　　　　晏几道《御街行》

黛蛾长敛，任是春风吹不展。　　　　　　　　　　秦观《减字木兰花》

可堪孤馆闭春寒，杜鹃声里斜阳暮。　　　　　　　秦观《踏莎行》

事与孤鸿去，探春尽是，伤离意绪。　　　　　　　周邦彦《瑞龙吟》

对宿烟收，春禽静，飞雨时鸣高屋。　　　　　　　周邦彦《大酺》

有流莺劝我，重解绣鞍，缓引春酌。　　　　　　　周邦彦《瑞鹤仙》

念荒寒、寄宿无人馆。重门闭、败壁秋虫叹。　　　周邦彦《拜星月慢》

烛映帘栊，蛩催机杼，共苦清秋风露。　　　　　　贺铸《天香》

凤城远，楚梅香嫩，先寄一枝春。　　　　　　　　贺铸《绿头鸭》

琼枝璧月春如昨。怅别后华表，那回双鹤。　　　　张元幹《兰陵王》

邻娃已试春妆了，更蜂腰簇翠，燕股横金。　　　　韩疁《高阳台》

无情燕子，怕春寒、轻失花期。　　　　　　　　　李邴《汉宫春》

数声鶗鴂，可怜又是，春归时节。　　　　　　　　蔡伸《柳梢青》

落尽庭花春去也，银蟾迥，无情圆又缺。　　　　　田为《江神子慢》

双阙中天，凤楼十二春寒浅。　　　　　　　　　　张抡《烛影摇红》

秋晚莼鲈江上，夜深儿女灯前。　　　　　　　　　辛弃疾《木兰花慢》

目断秋霄落雁，醉来时响空弦。　　　　　　　　辛弃疾《木兰花慢》

春渐远，汀洲自绿，更添了、几声啼鴂。　　　　姜夔《琵琶仙》

燕燕飞来，问春何在？唯有池塘自碧。　　　　　姜夔《淡黄柳》

春风只在园西畔，荠菜花繁蝴蝶乱。　　　　　　严仁《木兰花》

无端啼蛄搅夜，恨随团扇，苦近秋莲。　　　　　史达祖《玉蝴蝶》

春讯飞琼管。风日薄、度墙啼鸟声乱。　　　　　卢祖皋《宴清都》

可惜秋宵，乱蛩疏雨里。　　　　　　　　　　　吴文英《齐天乐》

时覯双鸳响，廊叶秋声。　　　　　　　　　　　吴文英《八声甘州》

柳暝河桥，莺晴台苑，短策频惹春香。　　　　　吴文英《夜合花》

料峭春寒中酒，交加晓梦啼莺。　　　　　　　　吴文英《风入松》

燕来晚、飞入西城，似说春事迟暮。　　　　　　吴文英《莺啼序》

一帘鸠外雨，几处闲田，隔水动春锄。　　　　　张炎《渡江云》

瓜洲曾舣，等行人岁岁，日下长秋，城乌夜起。　彭元逊《六丑》

春无主，杜鹃啼处，泪染胭脂雨。　　　　　　　陈子龙《点绛唇》

秋空一碧无今古，醉裼貂裘，略记寻呼处。　　　陈维崧《醉落魄》

唱罢秋坟愁未歇，春丛认取双栖蝶。　　　　　　纳兰性德《蝶恋花》

寂寞鱼龙睡稳，伤心付与秋烟。　　　　　　　　蒋春霖《木兰花慢》

夏日消融，江河横溢，人或为鱼鳖。　　　　　　毛泽东《念奴娇》

## 动物 + 水川江河湖海

木落雁南渡，北风江上寒。　　　　　　　　　孟浩然《早寒有怀》

山暝听猿愁，沧江急夜流。　　　　　　　孟浩然《宿桐庐江寄广陵旧游》

饮马渡秋水，水寒风似刀。　　　　　　　　　王昌龄《塞下曲》

清川带长薄，车马去闲闲。　　　　　　　　　王维《归嵩山作》

牛渚西江夜，青天无片云。　　　　　　　　　李白《夜泊牛渚怀古》

水深波浪阔，无使蛟龙得。　　　　　　　　　杜甫《梦李白二首之一》

鸿雁几时到，江湖秋水多。　　　　　　　　　杜甫《天末怀李白》

| | |
|---|---|
| 水落鱼龙夜，山空鸟鼠秋。 | 杜甫《秦州杂诗之一》 |
| 岭猿同旦暮，江柳共风烟。 | 刘长卿《新年作》 |
| 水月通禅寂，鱼龙听梵声。 | 钱起《送僧归日本》 |
| 星河秋一雁，砧杵夜千家。 | 韩翃《酬程近秋夜即事见赠》 |
| 残萤栖玉露，早雁拂金河。 | 许浑《早秋》 |
| 牵牛织女遥相望，尔独何辜限河梁。 | 曹丕《燕歌行》 |
| 滕王高阁临江渚，佩玉鸣鸾罢歌舞。 | 王勃《滕王阁》 |
| 白狼河北音书断，丹凤城南秋夜长。 | 沈佺期《独不见》 |
| 晴川历历汉阳树，芳草萋萋鹦鹉洲。 | 崔颢《黄鹤楼》 |
| 川为静其波，鸟亦罢其鸣。 | 李颀《听董大弹胡笳兼寄语弄房给事》 |
| 白日登山望烽火，黄昏饮马傍交河。 | 李颀《古从军行》 |
| 野老与人争席罢，海鸥何事更相疑。 | 王维《积雨辋川庄作》 |
| 漠漠水田飞白鹭，阴阴夏木啭黄鹂。 | 王维《积雨辋川庄作》 |
| 谢公宿处今尚在，渌水荡漾清猿啼。 | 李白《梦游天姥吟留别》 |
| 半壁见海日，空中闻天鸡。 | 李白《梦游天姥吟留别》 |
| 凤凰台上凤凰游，凤去台空江自流。 | 李白《登金陵凤凰台》 |
| 三山半落青天外，二水中分白鹭洲。 | 李白《登金陵凤凰台》 |
| 知章骑马似乘船，眼花落井水底眠。 | 杜甫《饮中八仙歌》 |
| 舍南舍北皆春水，但见群鸥日日来。 | 杜甫《客至》 |
| 关塞极天唯鸟道，江湖满地一渔翁。 | 杜甫《秋兴八首之七》 |
| 古庙杉松巢水鹤，岁时伏腊走村翁。 | 杜甫《咏怀古迹之四》 |
| 岁岁金河复玉关，朝朝马策与刀环。 | 柳中庸《征人怨》 |
| 月落乌啼霜满天，江枫渔火对愁眠。 | 张继《枫桥夜泊》 |
| 间关莺语花底滑，幽咽泉流水下滩。 | 白居易《琵琶行》 |
| 千里莺啼绿映红，水村山郭酒旗风。 | 杜牧《江南春绝句》 |
| 岂有蛟龙愁失水，更无鹰隼与高秋。 | 李商隐《重有感》 |
| 数丛沙草群鸥散，万顷江田一鹭飞。 | 温庭筠《利州南渡》 |
| 江雨霏霏江草齐，六朝如梦鸟空啼。 | 韦庄《台城》 |
| 锁衔金兽连环冷，水滴铜龙昼漏长。 | 薛逢《宫词》 |
| 江心似有炬火明，飞焰照山栖乌惊。 | 苏轼《游金山寺》 |

竹外桃花三两枝，春江水暖鸭先知。　　　　　苏轼《惠崇春江晚景》

蒌蒿满地芦芽短，正是河豚欲上时。　　　　　苏轼《惠崇春江晚景》

我居北海君南海，寄雁传书谢不能。　　　　　黄庭坚《寄黄几复》

初怪上都闻战马，岂知穷海看飞龙。　　　　　陈与义《伤春》

夜阑卧听风吹雨，铁马冰河入梦来。　　　陆游《十一月四日风雨大作》

从今别却江南路，化作啼鹃带血归。　　　　　文天祥《金陵驿》

百二关河草不横，十年戎马暗秦京。　　　　　元好问《岐阳之一》

云暗鼎湖龙去远，月明华表鹤归迟。　　　　　虞集《挽文丞相》

早携娇鸟出樊笼，待得银河几时渡。　　　　　吴伟业《圆圆曲》

专征箫鼓向秦川，金牛道上车千乘。　　　　　吴伟业《圆圆曲》

眼中战国成争鹿，海内人才孰卧龙。　　　　　康有为《出都留别诸公》

入山我愿群麋鹿，蹈海君应访斗槎。　　　　　柳亚子《次韵和陈巢南》

荒江鸾凤才难展，伏枥骅骝愿屡违。　　　　　柳亚子《悼亡友亚魂》

青空飘下能言鸟，黑海翻腾愤怒鱼。　　　　　毛泽东《读报有感之四》

空梁王谢迷飞燕，海市楼台咒夕阳。　　　　　郁达夫《乱离杂诗之一》

乱离鱼雁双藏影，道阻河梁再卜居。　　　　　郁达夫《乱离杂诗之二》

西塞山前白鹭飞，桃花流水鳜鱼肥。　　　　　张志和《渔歌子》

桃花春水渌，水上鸳鸯浴。　　　　　　　　　韦庄《菩萨蛮》

谁把钿筝移玉柱，穿帘海燕双飞去。　　　　　冯延巳《蝶恋花》

双鸳池沼水溶溶，南北小桡通。　　　　　　　张先《一丛花》

当筵秋水慢，玉柱斜飞雁。　　　　　　　　　张先《菩萨蛮》

鸿雁在云鱼在水，惆怅此情难寄。　　　　　　晏殊《清平乐》

水茫茫，平沙雁，旋惊散。　　　　　　　　　柳永《迷神引》

极目霁霭霏微，暝鸦零乱，萧索江城暮。　　　柳永《竹马子》

彩舟云淡，星河鹭起，画图难足。　　　　　　王安石《桂枝香》

东归燕从海上去，南来雁向沙头落。　　　　　王安石《千秋岁引》

一棹碧涛春水路，过尽晓莺啼处。　　　　　　晏几道《清平乐》

斜阳外，寒鸦万点，流水绕孤村。　　　　　　秦观《满庭芳》

柔情似水，佳期如梦，忍顾鹊桥归路。　　　　秦观《鹊桥仙》

念柳外青骢别后，水边红袂分时，怆然暗惊。　秦观《八六子》

飞燕又将归信误，小屏风上西江路。 赵令畤《蝶恋花》

蝶去莺飞无处问，隔水高楼，望断双鱼信。 赵令畤《蝶恋花》

年年，如社燕，漂流瀚海，来寄修椽。 周邦彦《满庭芳》

烟横水际，映带几点归鸿，东风销尽龙沙雪。 贺铸《石州引》

雁落平沙，烟笼寒水，古垒鸣笳声断。 蔡伸《苏武慢》

江南旧事休重省，遍天涯寻消问息，断鸿难倩。 李玉《贺新郎》

送数声惊雁，乍离烟水，嘹唳度寒云。 鲁逸仲《南浦》

问燕子来时，绿水桥边路，曾画楼、见过人人否。 袁去华《安公子》

落日楼头，断鸿声里，江南游子。 辛弃疾《水龙吟》

燕雁无心，太湖西畔随云去。 姜夔《点绛唇》

金陵路、莺吟燕舞，算潮水、知人最苦。 姜夔《杏花天》

自胡马窥江去后，废池乔木，犹厌言兵。 姜夔《扬州慢》

黄鹤断矶头，故人曾到否？旧江山浑是新愁。 刘过《唐多令》

玉骢惯识西湖路，骄嘶过、沽酒楼前。 俞国宝《风入松》

云淡星疏楚山晓，听啼乌，立河桥，话未了。 吴文英《夜游宫》

水涵空、阑干高处，送乱鸦、斜日落渔汀。 吴文英《八声甘州》

柳暝河桥，莺晴台苑，短策频惹春香。 吴文英《夜合花》

十年一梦凄凉，似西湖燕去，吴馆巢荒。 吴文英《夜合花》

年事梦中休，花空烟水流。燕辞归、客尚淹留。 吴文英《唐多令》

十载西湖，傍柳系马，趁娇尘软雾。 吴文英《莺啼序》

东风渐绿西湖岸，雁已还、人未南归。 周密《高阳台》

壮年听雨客舟中，江阔云低断雁叫西风。 蒋捷《虞美人》

傍枯林古道，长河饮马，此意悠悠。 张炎《八声甘州》

向寻常野桥流水，待招来、不是旧沙鸥。 张炎《八声甘州》

当年燕子知何处，但苔深韦曲，草暗斜川。 张炎《高阳台》

江南自是离愁苦，况游骢古道，归雁平沙。 王沂孙《高阳台》

并马三河年少客，粗豪，皂栎林中醉射雕。 陈维崧《南乡子》

今古河山无定据，画角声中，牧马频来去。 纳兰性德《蝶恋花》

哀角起重关，霜深楚水寒，背西风、归雁声酸。 蒋春霖《唐多令》

瀚海飘流燕，乍归来、依依难认，旧家庭院。 梁启超《金缕曲》

到处莺歌燕舞，更有潺潺流水，高路入云端。 毛泽东《水调歌头》

## 动物 + 形体

| | |
|---|---|
| 青丝系马尾，黄金络马头。 | 《陌上桑》 |
| 腰中鹿卢剑，可值千万余。 | 《陌上桑》 |
| 鹅鹅鹅，曲项向天歌。 | 骆宾王《咏鹅》 |
| 相望试登高，心随雁飞灭。 | 孟浩然《秋登兰山寄张五》 |
| 叹凤嗟身否，伤麟怨道穷。 | 李隆基《经鲁祭孔子而叹之》 |
| 赌胜马蹄下，由来轻七尺。 | 李颀《古意》 |
| 草枯鹰眼疾，雪尽马蹄轻。 | 王维《观猎》 |
| 美人卷珠帘，深坐颦蛾眉。 | 李白《怨情》 |
| 挥手自兹去，萧萧班马鸣。 | 李白《送友人》 |
| 荡胸生层云，决眦入归鸟。 | 杜甫《望岳》 |
| 感时花溅泪，恨别鸟惊心。 | 杜甫《春望》 |
| 㧐身思狡兔，侧目似愁胡。 | 杜甫《画鹰》 |
| 何当击凡鸟，毛血洒平芜。 | 杜甫《画鹰》 |
| 胡马大宛名，锋棱瘦骨成。 | 杜甫《房兵曹胡马》 |
| 白发悲花落，青云羡鸟飞。 | 岑参《寄左省杜拾遗》 |
| 山光悦鸟性，潭影空人心。 | 常建《题破山寺后禅院》 |
| 鹫翎金仆姑，燕尾绣蝥弧。 | 卢纶《塞下曲之一》 |
| 华颠萎寥落，白眼看鸡虫。 | 鲁迅《哀范君三章之一》 |
| 关山蹇骥足，飞飙拂灵帐。 | 毛泽东《挽易昌陶》 |
| 群燕辞归雁南翔，念君客游思断肠。 | 曹丕《燕歌行》 |
| 玉颜不及寒鸦色，犹带昭阳日影来。 | 王昌龄《长信怨》 |
| 胡雁哀鸣夜夜飞，胡儿眼泪双双落。 | 李颀《古从军行》 |
| 陈侯立身何坦荡，虬须虎眉仍大颡。 | 李颀《送陈章甫》 |
| 东门酤酒饮我曹，心轻万事如鸿毛。 | 李颀《送陈章甫》 |

射杀山中白额虎，肯数邺下黄须儿。 王维《老将行》

西当太白有鸟道，可以横绝峨眉巅。 李白《蜀道难》

朝避猛虎，夕避长蛇，磨牙吮血，杀人如麻。 李白《蜀道难》

试借君王玉马鞭，指挥戎虏坐琼筵。 李白《永王东巡歌之十一》

苦心岂免容蝼蚁，香叶终经宿鸾凤。 杜甫《古柏行》

知章骑马似乘船，眼花落井水底眠。 杜甫《饮中八仙歌》

先帝天马玉花骢，画工如山貌不同。 杜甫《丹青引》

车辚辚，马萧萧，行人弓箭各在腰。 杜甫《兵车行》

长安城头头白乌，夜飞延秋门上呼。 杜甫《哀王孙》

金鞭断折九马死，骨肉不待同驰驱。 杜甫《哀王孙》

豺狼在邑龙在野，王孙善保千金躯。 杜甫《哀王孙》

京师皆骑汗血马，回纥喂肉葡萄宫。 杜甫《洗兵马》

跨马出郊时极目，不堪人事日萧条。 杜甫《野望》

云移雉尾开宫扇，日绕龙鳞识圣颜。 杜甫《秋兴八首之五》

织女机丝虚夜月，石鲸鳞甲动秋风。 杜甫《秋兴八首之七》

行到中庭数花朵，蜻蜓飞上玉搔头。 刘禹锡《春词》

六军不发无奈何，宛转蛾眉马前死。 白居易《长恨歌》

花钿委地无人收，翠翘金雀玉搔头。 白居易《长恨歌》

马嵬坡下泥土中，不见玉颜空死处。 白居易《长恨歌》

其间旦暮闻何物，杜鹃啼血猿哀鸣。 白居易《琵琶行》

乱花渐欲迷人眼，浅草才能没马蹄。 白居易《钱塘湖春行》

禁门宫树月痕过，媚眼惟看宿鹭窠。 张祜《赠内人》

却嫌脂粉污颜色，淡扫蛾眉朝至尊。 张祜《集灵台之二》

身无彩凤双飞翼，心有灵犀一点通。 李商隐《无题》

凤尾香罗薄几重，碧文圆顶夜深缝。 李商隐《无题》

庄生晓梦迷蝴蝶，望帝春心托杜鹃。 李商隐《锦瑟》

等是有家归未得，杜鹃休向耳边啼。 无名氏《杂诗》

八尺龙须方锦褥，已凉天气未寒时。 韩偓《已凉》

霜禽欲下先偷眼，粉蝶如知合断魂。 林逋《山园小梅》

祇园弟子尽鹤骨，心如死灰不复温。 苏轼《王维吴道子画》

第四篇 动物和植物类

泥上偶然留指爪，鸿飞那复计东西。　　　　　　苏轼《和子由渑池怀旧》

万里归船弄长笛，此心吾与白鸥盟。　　　　　　黄庭坚《登快阁》

想得读书头已白，隔溪猿哭瘴溪藤。　　　　　　黄庭坚《寄黄几复》

伤心桥下春波绿，曾是惊鸿照影来。　　　　　　陆游《沈园之二》

若非壮士全师胜，争得蛾眉匹马还。　　　　　　吴伟业《圆圆曲》

蛾眉马上传呼进，云鬟不整惊魂定。　　　　　　吴伟业《圆圆曲》

眼中战国成争鹿，海内人才孰卧龙。　　　　　　康有为《出都留别诸公》

怅目飞红随蝶舞，开心茸碧绕阶生。　　　　　　鲁迅《惜花四律之一》

横眉岂夺蛾眉冶，不料仍违众女心。　　　　　　鲁迅《报载患脑炎戏作》

横眉冷对千夫指，俯首甘为孺子牛。　　　　　　鲁迅《自嘲》

伤心社鼠与城狐，一击能教逆焰枯。　　　　　　柳亚子《吴门记游之八》

列宁竟撇头颅后，叶督该拘大鹫峰。　　　　　　毛泽东《读报有感之二》

却喜长空播玉音，灵犀一点此传心。　　　　　　郁达夫《乱离杂诗之七》

懒起画蛾眉，弄妆梳洗迟。　　　　　　　　　　温庭筠《菩萨蛮》

情怀渐觉成衰晚，鸾镜朱颜惊暗换。　　　　　　钱惟演《木兰花》

斗鸭阑干独倚，碧玉搔头斜坠。　　　　　　　　冯延巳《谒金门》

终日望君君不至，举头闻鹊喜。　　　　　　　　冯延巳《谒金门》

泪眼倚楼频独语，双燕飞来，陌上相逢否。　　　冯延巳《蝶恋花》

凝泪眼、杳杳神京路，断鸿声远长天暮。　　　　柳永《夜半乐》

衾凤冷，枕鸳孤，愁肠待酒舒。　　　　　　　　晏几道《阮郎归》

天边金掌露成霜，云随雁字长。　　　　　　　　晏几道《阮郎归》

托微风、彩箫流怨，断肠马上曾闻。　　　　　　贺铸《绿头鸭》

薄雾浓云愁永昼，瑞脑消金兽。　　　　　　　　李清照《醉花阴》

征鸿过尽，万千心事难寄。　　　　　　　　　　李清照《念奴娇》

雁过也，正伤心，却是旧时相识。　　　　　　　李清照《声声慢》

纵留得莺花，东风不住，也则眼前愁闷。　　　　僧挥《金明池》

万里云帆何时到，送孤鸿、目断千山阻。　　　　叶梦得《贺新郎》

美人不用敛蛾眉，我亦多情无奈酒阑时。　　　　叶梦得《虞美人》

追念人别后，心事万重，难觅孤鸿托。　　　　　刘一止《喜迁莺》

邻娃已试春妆了，更蜂腰簇翠，燕股横金。　　　韩疁《高阳台》

雁足不来，马蹄难驻，门掩一庭芳景。　　　　　徐伸《转调二郎神》

认蛾眉凝笑，脸薄拂燕支。绣户曾窥，恨依依。　　韩元吉《六州歌头》

凤尾龙香拨，自开元霓裳曲罢，几番风月。　　　　辛弃疾《贺新郎》

目断秋霄落雁，醉来时响空弦。　　　　　　　　　辛弃疾《木兰花慢》

断肠片片飞红，都无人管，倩谁唤、啼莺声住。　　辛弃疾《祝英台近》

歌扇轻约飞花，蛾眉正奇绝。　　　　　　　　　　姜夔《琵琶仙》

燕雁无心，太湖西畔随云去。　　　　　　　　　　姜夔《点绛唇》

应难奈故人天际，望彻淮山，相思无雁足。　　　　史达祖《八归》

孤迥，盟鸾心在，跨鹤程高，后期无准。　　　　　陆睿《瑞鹤仙》

东风睡足交枝，正梦枕、瑶钗燕股。　　　　　　　吴文英《宴清都》

况年来、心懒意怯，羞与蛾儿争耍。　　　　　　　蒋捷《女冠子》

漫将身化鹤归来，忘却旧游端的。　　　　　　　　蒋捷《瑞鹤仙》

寂寞鱼龙睡稳，伤心付与秋烟。　　　　　　　　　蒋春霖《木兰花慢》

黛蛾更羞重斗，避面月黄昏。　　　　　　　　　　蒋春霖《忆旧游》

芳意回环，认鸳机锦字，断肠缄怨。　　　　　　　王鹏运《三姝媚》

霜晨月，马蹄声碎，喇叭声咽。　　　　　　　　　毛泽东《忆秦娥》

今日长缨在手，何时缚住苍龙。　　　　　　　　　毛泽东《清平乐》

鲲鹏展翅，九万里，翻动扶摇羊角。　　　　　　　毛泽东《念奴娇》


## 动物＋布帛及其织物


青丝系马尾，黄金络马头。　　　　　　　　　　　　　《陌上桑》

落日照大旗，马鸣风萧萧。　　　　　　　　　　　杜甫《后出塞之二》

短衣防战地，匹马逐秋风。　　　　　杜甫《送舍弟颖赴齐州三首之三》

鹫翎金仆姑，燕尾绣蝥弧。　　　　　　　　　　　卢纶《塞下曲之一》

无人收废帐，归马识残旗。　　　　　　　　　　　张籍《没蕃故人》

关山塞骥足，飞飙拂灵帐。　　　　　　　　　　　毛泽东《挽易昌陶》

月照城头乌半飞，霜凄万木风入衣。　　　　　　　李颀《琴歌》

绛帻鸡人报晓筹，尚衣方进翠云裘。　　王维《和贾至舍人早朝大明宫之作》

霓为衣兮风为马，云之君兮纷纷而来下。　　李白《梦游天姥吟留别》

五花马，千金裘，呼儿将出换美酒，与尔同销万古愁。　　李白《将进酒》

绣罗衣裳照暮春，蹙金孔雀银麒麟。　　杜甫《丽人行》

后来鞍马何逡巡，当轩下马入锦茵。　　杜甫《丽人行》

青袍白马更何有，后汉今周喜再昌。　　杜甫《洗兵马》

同学少年多不贱，五陵衣马自轻肥。　　杜甫《秋兴八首之三》

珠帘绣柱围黄鹄，锦缆牙樯起白鸥。　　杜甫《秋兴八首之六》

织女机丝虚夜月，石鲸鳞甲动秋风。　　杜甫《秋兴八首之七》

今夜偏知春气暖，虫声新透绿窗纱。　　刘方平《月夜》

金绳铁索锁钮壮，古鼎跃水龙腾梭。　　韩愈《石鼓歌》

朱雀桥边野草花，乌衣巷口夕阳斜。　　刘禹锡《乌衣巷》

君臣相顾尽沾衣，东望都门信马归。　　白居易《长恨歌》

鸳鸯瓦冷霜华重，翡翠衾寒谁与共。　　白居易《长恨歌》

座中泣下谁最多，江州司马青衫湿。　　白居易《琵琶行》

千里莺啼绿映红，水村山郭酒旗风。　　杜牧《江南春绝句》

银烛秋光冷画屏，轻罗小扇扑流萤。　　杜牧《秋夕》

春蚕到死丝方尽，蜡炬成灰泪始干。　　李商隐《无题》

金蟾啮锁烧香入，玉虎牵丝汲井回。　　李商隐《无题》

凤尾香罗薄几重，碧文圆顶夜深缝。　　李商隐《无题》

八尺龙须方锦褥，已凉天气未寒时。　　韩偓《已凉》

微风万顷靴文细，断霞半空鱼尾赤。　　苏轼《游金山寺》

世味年来薄似纱，谁令骑马客京华。　　陆游《临安春雨初霁》

衣玄绡衣冠玉冠，明珰垂绲乘六鸾。　　夏完淳《长歌》

素筝浊酒逢君日，白马青丝盗国年。　　柳亚子《为王卓民题扇》

平浪宫前友谊多，崇明对马衣带水。　　毛泽东《送纵宇一郎东行》

双蝶绣罗裙，东池宴，初相见。　　张先《醉垂鞭》

青杏园林煮酒香，佳人初试薄罗裳，柳丝无力燕飞忙。　　晏殊《浣溪沙》

愁极，再三追思，洞房深处，几处饮散歌阑，香暖鸳鸯被。

柳永《浪淘沙慢》

日上花梢，莺穿柳带，犹压香衾卧。　　　　　柳永《定风波》

衾凤冷，枕鸳孤，愁肠待酒舒。　　　　　　　晏几道《阮郎归》

欲尽此情书尺素，浮雁沉鱼，终了无凭据。　　晏几道《蝶恋花》

三年枕上吴中路，遣黄犬，随君去。　　　　　苏轼《青玉案》

竹杖芒鞋轻胜马，谁怕？一蓑烟雨任平生。　　苏轼《定风波》

念柳外青骢别后，水边红袂分时，怆然暗惊。　秦观《八六子》

黄衫飞白马，日日青楼下。　　　　　　　　　陈克《菩萨蛮》

胡马嘶风，汉旗翻雪，彤云又吐，一竿残照。　时彦《青门饮》

乳燕穿庭户，飞絮沾襟袖。　　　　　　　　　李之仪《谢池春》

绣阁里，凤帏深几许，听得理丝簧。　　　　　周邦彦《风流子》

暗柳啼鸦，单衣伫立，小帘朱户。　　　　　　周邦彦《琐窗寒》

有流莺劝我，重解绣鞍，缓引春酌。　　　　　周邦彦《瑞鹤仙》

闲依露井，笑扑流萤，惹破画罗轻扇。　　　　周邦彦《过秦楼》

润逼琴丝，寒侵枕障，虫网吹黏帘竹。　　　　周邦彦《大酺》

厌莺声到枕，花气动帘，醉魂愁梦相半。　　　贺铸《望湘人》

向睡鸭炉边，翔鸳屏里，羞把香罗暗解。　　　贺铸《薄幸》

绣屏掩，枕鸳相就，香气渐暾暾。　　　　　　贺铸《绿头鸭》

云中谁寄锦书来，雁字回时，月满西楼。　　　李清照《一剪梅》

向晚骤、宝马雕鞍，醉襟惹、乱花飞絮。　　　万俟咏《三台》

隔水毡乡，落日牛羊下，区脱纵横。　　　　　张孝祥《六州歌头》

认蛾眉凝笑，脸薄拂燕支。绣户曾窥，恨依依。韩元吉《六州歌头》

闲傍枕，百啭黄鹂语。　　　　　　　　　　　袁去华《安公子》

金钗斗草，青丝勒马，风流云散。　　　　　　陈亮《水龙吟》

蛾儿雪柳黄金缕，笑语盈盈暗香去。　　　　　辛弃疾《青玉案》

凤尾龙香拨，自开元霓裳曲罢，几番风月。　　辛弃疾《贺新郎》

马上单衣寒恻恻，看尽鹅黄嫩绿，都是江南旧相识。姜夔《淡黄柳》

犀帘黛卷，凤枕云孤，应也几番凝伫。　　　　张镃《宴山亭》

恐凤靴挑菜归来，万一灞桥相见。　　　　　　史达祖《东风第一枝》

芳机瑞锦，如何未织鸳鸯。　　　　　　　　　史达祖《夜合花》

锦瑟横床，想泪痕尘影，凤弦常下。　　　　　史达祖《三姝媚》

| | |
|---|---|
| 倦出犀帷，频梦见、王孙骄马。 | 史达祖《三姝媚》 |
| 雨外蛩声早，细织就霜丝多少。 | 吴文英《夜游宫》 |
| 黄蜂频扑秋千索，有当时、纤手香凝。 | 吴文英《风入松》 |
| 池上红衣伴倚阑，栖鸦常带夕阳还。 | 吴文英《鹧鸪天》 |
| 绣幄鸳鸯柱，红情密、腻云低护秦树。 | 吴文英《宴清都》 |
| 东风睡足交枝，正梦枕、瑶钗燕股。 | 吴文英《宴清都》 |
| 暗点检、离痕欢唾，尚染鲛绡，㔶凤迷归，破鸾慵舞。 | 吴文英《莺啼序》 |
| 年年社日停针线，怎忍见、双飞燕。 | 黄公绍《青玉案》 |
| 紫丝罗带鸳鸯结，的的镜盟钗誓。 | 朱嗣发《摸鱼儿》 |
| 照野旌旗，朝天车马，平沙万里天低。 | 周密《高阳台》 |
| 化作娇莺飞归去，犹认纱窗旧绿，正过雨、荆桃如菽。 | 蒋捷《贺新郎》 |
| 风檠背寒壁，放冰蟾、飞到蛛丝帘隙。 | 蒋捷《瑞鹤仙》 |
| 记玉关、踏雪事清游，寒气脆貂裘。 | 张炎《八声甘州》 |
| 鸳鸯密语同倾盖，且莫与、浣纱人说。 | 张炎《疏影》 |
| 花外琵琶，柳边莺燕，玉佩摇金缕。 | 萨都剌《醉江月》 |
| 蝶化彩衣金缕尽，虫衔画粉玉楼空。 | 陈子龙《山花子》 |
| 游丝不系羊车住，倩何人、传语青禽。 | 朱彝尊《高阳台》 |
| 秋空一碧无今古，醉祖貂裘，略记寻呼处。 | 陈维崧《醉落魄》 |
| 水浴凉蟾风入袂，鱼鳞触损金波碎。 | 纳兰性德《天仙子》 |
| 鸿影惊回雪，怅天寒竹翠，色暗罗裙。 | 蒋春霖《忆旧游》 |
| 酒态添华活，任翩翩燕子，偷啄红巾。 | 蒋春霖《忆旧游》 |
| 又日落天寒，平沙列幕边马鸣。 | 文廷式《忆旧游》 |
| 剪鲛绡，传燕语，黯黯碧云暮。 | 文廷式《祝英台近》 |
| 芳意回环，认鸳机锦字，断肠缄怨。 | 王鹏运《三姝媚》 |
| 凤帐笼寒，空夜夜、报君红泪，销黯罗襟。 | 郑文焯《湘春夜月》 |
| 六月天兵征腐恶，万丈长缨要把鲲鹏缚。 | 毛泽东《蝶恋花》 |
| 红旗跃过汀江，直下龙岩上杭。 | 毛泽东《清平乐》 |
| 今日长缨在手，何时缚住苍龙。 | 毛泽东《清平乐》 |

# 动物＋建筑物

| | |
|---|---|
| 结庐在人境，而无车马喧。 | 陶渊明《饮酒之五》 |
| 牙璋辞凤阙，铁骑绕龙城。 | 杨炯《从军行》 |
| 别酒青门路，归轩白马津。 | 张九龄《送韦城李少府》 |
| 征蓬出汉塞，归雁入胡天。 | 王维《使至塞上》 |
| 萧关逢候骑，都护在燕然。 | 王维《使至塞上》 |
| 柴门鸟雀噪，归客千里至。 | 杜甫《羌村之一》 |
| 花隐掖垣暮，啾啾栖鸟过。 | 杜甫《春宿左省》 |
| 戎马关山北，凭轩涕泗流。 | 杜甫《登岳阳楼》 |
| 帝城春欲暮，喧喧车马度。 | 白居易《买花》 |
| 鸟宿池边树，僧敲月下门。 | 贾岛《题李凝幽居》 |
| 鸡声茅店月，人迹板桥霜。 | 温庭筠《商山早行》 |
| 飞凤亭边树，桃花岭上风。 | 毛泽东《看山》 |
| 滕王高阁临江渚，佩玉鸣鸾罢歌舞。 | 王勃《滕王阁》 |
| 卢家少妇郁金堂，海燕双栖玳瑁梁。 | 沈佺期《独不见》 |
| 白狼河北音书断，丹凤城南秋夜长。 | 沈佺期《独不见》 |
| 昔人已乘黄鹤去，此地空余黄鹤楼。 | 崔颢《黄鹤楼》 |
| 东门酤酒饮我曹，心轻万事如鸿毛。 | 李颀《送陈章甫》 |
| 月照城头乌半飞，霜凄万木风入衣。 | 李颀《琴歌》 |
| 月明松下房栊静，日出云中鸡犬喧。 | 王维《桃源行》 |
| 禁里疏钟官舍晚，省中啼鸟吏人稀。 | 王维《赠郭给事》 |
| 手持绿玉杖，朝别黄鹤楼。 | 李白《庐山谣寄卢侍御虚舟》 |
| 借问汉宫谁得似，可怜飞燕倚新妆。 | 李白《清平调之二》 |
| 故人西辞黄鹤楼，烟花三月下扬州。 | 李白《送孟浩然之广陵》 |
| 凤凰台上凤凰游，凤去台空江自流。 | 李白《登金陵凤凰台》 |
| 后来鞍马何逡巡，当轩下马入锦茵。 | 杜甫《丽人行》 |

长安城头头白乌，夜飞延秋门上呼。　　　　杜甫《哀王孙》

京师皆骑汗血马，回纥喂肉葡萄宫。　　　　杜甫《洗兵马》

鹤驾通宵凤辇备，鸡鸣问寝龙楼晓。　　　　杜甫《洗兵马》

舍南舍北皆春水，但见群鸥日日来。　　　　杜甫《客至》

映阶碧草自春色，隔叶黄鹂空好音。　　　　杜甫《蜀相》

云移雉尾开宫扇，日绕龙鳞识圣颜。　　　杜甫《秋兴八首之五》

关塞极天唯鸟道，江湖满地一渔翁。　　　杜甫《秋兴八首之七》

古庙杉松巢水鹤，岁时伏腊走村翁。　　　杜甫《咏怀古迹之四》

二月黄鹂飞上林，春城紫禁晓阴阴。　　　钱起《赠阙下裴舍人》

朱雀桥边野草花，乌衣巷口夕阳斜。　　　　刘禹锡《乌衣巷》

旧时王谢堂前燕，飞入寻常百姓家。　　　　刘禹锡《乌衣巷》

禁门宫树月痕过，媚眼惟看宿鹭窠。　　　　张祜《赠内人》

为有云屏无限娇，凤城寒尽怕春宵。　　　　李商隐《为有》

金蟾啮锁烧香入，玉虎牵丝汲井回。　　　　李商隐《无题》

云边雁断胡天月，陇上羊归塞草烟。　　　　温庭筠《苏武庙》

雁声远过潇湘去，十二楼中月自明。　　　　温庭筠《瑶瑟怨》

含情欲说宫中事，鹦鹉前头不敢言。　　　　朱庆馀《宫中词》

寄声欲问塞南事，只有年年鸿雁飞。　　　　王安石《明妃曲》

伤心桥下春波绿，曾是惊鸿照影来。　　　　陆游《沈园之二》

断墙着雨蜗成字，老屋无僧燕作家。　　　陈师道《春怀示邻里》

香径尘生鸟自啼，屧廊人去苔空绿。　　　　吴伟业《圆圆曲》

坟坛冷落将军岳，梅鹤凄凉处士林。　　　鲁迅《阻郁达夫移家杭州》

奔霆飞熛歼人子，败井残垣剩饿鸠。　　　　鲁迅《题三义塔》

空梁王谢迷飞燕，海市楼台咒夕阳。　　　郁达夫《乱离杂诗之一》

玉阶空伫立，宿鸟归飞急。　　　　　　　　李白《菩萨蛮》

斗鸭阑干独倚，碧玉搔头斜坠。　　　　　　冯延巳《谒金门》

泪眼倚楼频独语，双燕飞来，陌上相逢否。　冯延巳《蝶恋花》

细雨梦回鸡塞远，小楼吹彻玉笙寒。　　　　李璟《摊破浣溪沙》

塞下秋来风景异，衡阳雁去无留意。　　　　范仲淹《渔家傲》

向鸡窗、只与蛮笺象管，拘束教吟课。　　　柳永《定风波》

极目霁霭霏微，暝鸦零乱，萧索江城暮。　　　　　柳永《竹马子》

关山魂梦长，塞雁音书少。　　　　　　　　　　　晏几道《生查子》

燕子楼空，佳人何在，空锁楼中燕。　　　　　　　苏轼《永遇乐》

乳燕飞华屋，悄无人，桐阴转午，晚凉新浴。　　　苏轼《贺新郎》

柔情似水，佳期如梦，忍顾鹊桥归路。　　　　　　秦观《鹊桥仙》

古台芳榭，飞燕蹴红英。　　　　　　　　　　　　秦观《满庭芳》

困倚危楼，过尽飞鸿字字愁。　　　　　　　　　　秦观《减字木兰花》

蝶去莺飞无处问，隔水高楼，望断双鱼信。　　　　赵令畤《蝶恋花》

背飞双燕贴云寒，独向小楼东畔倚阑看。　　　　　舒亶《虞美人》

乳燕穿庭户，飞絮沾襟袖。　　　　　　　　　　　李之仪《谢池春》

月皎惊乌栖不定，更漏将阑，辘轳牵金井。　　　　周邦彦《蝶恋花》

楼上阑干横斗柄，露寒人远鸡相应。　　　　　　　周邦彦《蝶恋花》

人静乌鸢自乐，小桥外、新绿溅溅。　　　　　　　周邦彦《满庭芳》

对宿烟收，春禽静，飞雨时鸣高屋。　　　　　　　周邦彦《大酺》

绣阁里，凤帏深几许，听得理丝簧。　　　　　　　周邦彦《风流子》

凤城远，楚梅香嫩，先寄一枝春。　　　　　　　　贺铸《绿头鸭》

云中谁寄锦书来，雁字回时，月满西楼。　　　　　李清照《一剪梅》

闲阶静、杨花渐少，朱门掩、莺声犹嫩。　　　　　僧挥《金明池》

睡起流莺语。掩苍苔、房栊向晚，乱红无数。　　　叶梦得《贺新郎》

却是有、年年塞雁，归来曾见开时。　　　　　　　李邴《汉宫春》

忆得盈盈拾翠侣，共携赏、凤城寒食。　　　　　　李甲《帝台春》

东风静、细柳垂金缕，望凤阙、非烟非雾。　　　　万俟咏《三台》

雁足不来，马蹄难驻，门掩一庭芳景。　　　　　　徐伸《转调二郎神》

雨初歇，楼外孤鸿声渐远，远山外、行人音信绝。　田为《江神子慢》

塞鸿难问，岸柳何穷，别愁纷絮。　　　　　　　　廖世美《烛影摇红》

双阙中天，凤楼十二春寒浅。　　　　　　　　　　张抡《烛影摇红》

旧日堂前燕，和烟雨，又双飞。　　　　　　　　　韩元吉《六州歌头》

堂深昼永，燕交飞、风帘露井。　　　　　　　　　陆淞《瑞鹤仙》

寂寞凭高念远，向南楼、一声归雁。　　　　　　　陈亮《水龙吟》

惟有两行低雁，知人倚画楼月。　　　　　　　　　范成大《霜天晓角》

年时燕子，料今宵梦到西园。　　　　　辛弃疾《汉宫春》

生怕见花开花落，朝来塞雁先还。　　　辛弃疾《汉宫春》

楼空人去，旧游飞燕能说。　　　　　　辛弃疾《念奴娇》

可堪回首，佛狸祠下，一片神鸦社鼓。　辛弃疾《永遇乐》

马上离愁三万里，望昭阳宫殿孤鸿没。　辛弃疾《贺新郎》

料故园、不卷重帘，误了乍来双燕。　　史达祖《东风第一枝》

恐凤靴挑菜归来，万一灞桥相见。　　　史达祖《东风第一枝》

废阁先凉，古帘空暮，雁程最嫌风力。　　史达祖《秋霁》

故园晚、强留诗酒，新雁远、不致寒暄。　史达祖《玉蝴蝶》

惊粉重、蝶宿西园，喜泥润、燕归南浦。　史达祖《绮罗香》

春讯飞琼管。风日薄、度墙啼鸟声乱。　卢祖皋《宴清都》

山色谁题，楼前有雁斜书。　　　　　　吴文英《高阳台》

人去西楼雁杳。叙别梦，扬州一觉。　　吴文英《夜游宫》

云淡星疏楚山晓，听啼鸟，立河桥，话未了。　吴文英《夜游宫》

古柳重攀，轻鸥聚别，陈迹危亭独倚。　吴文英《齐天乐》

柳暝河桥，莺晴台苑，短策频惹春香。　吴文英《夜合花》

十年一梦凄凉，似西湖燕去，吴馆巢荒。　吴文英《夜合花》

燕来晚、飞入西城，似说春事迟暮。　　吴文英《莺啼序》

对语东邻，犹是曾巢，谢堂双燕。　　　吴文英《三姝媚》

凄断流红千浪，缺月孤楼，总难留燕。　吴文英《瑞鹤仙》

惆怅双鸳不到，幽阶一夜苔生。　　　　吴文英《风入松》

时靸双鸳响，廊叶秋声。　　　　　　　吴文英《八声甘州》

华表月明归夜鹤，叹当时花竹今如此。　吴文英《贺新郎》

吴鸿好为传归信，杨柳阊门屋数间。　　吴文英《鹧鸪天》

乱鸦过，斗转城荒，不见来时试灯处。　刘辰翁《兰陵王》

但箭雁沉边，梁燕无主，杜鹃声里长门暮。　刘辰翁《兰陵王》

梦冷黄金屋，叹秦筝、斜鸿阵里，素弦尘扑。　蒋捷《贺新郎》

鸳楼碎泻东西玉，问芳踪、何时再展，翠钗难卜。　蒋捷《贺新郎》

向寻常野桥流水，待招来、不是旧沙鸥。　张炎《八声甘州》

张绪，归何暮，半零落依依，断桥鸥鹭。　张炎《月下笛》

接叶巢莺，平波卷絮，断桥斜日归船。 　　张炎《高阳台》

瓜洲曾舣，等行人岁岁，日下长秋，城乌夜起。 　　彭元逊《六丑》

月户云窗，石田瑶草，丹井飞龙虎。 　　萨都剌《醉江月》

黄云紫塞三千里，女墙西畔啼乌起。 　　纳兰性德《菩萨蛮》

见龙虎台荒，凤凰楼迥，还感飘零。 　　文廷式《忆旧游》

暝入西园，容易又、林禽声变。 　　王鹏运《三姝媚》

终古巢莺无分，正飞霜金井，抛断缠绵。 　　朱孝臧《声声慢》

除却塞鸿，遮莫城乌，替人惊惯。 　　况周颐《苏武慢》

瀚海飘流燕，乍归来、依依难认，旧家庭院。 　　梁启超《金缕曲》

借问君去何方？雀儿答道：有仙山琼阁。 　　毛泽东《念奴娇》


## ❧ 动物 + 动物 ❧


牙璋辞凤阙，铁骑绕龙城。 　　杨炯《从军行》

叹凤嗟身否，伤麟怨道穷。 　　李隆基《经鲁祭孔子而叹之》

草枯鹰眼疾，雪尽马蹄轻。 　　王维《观猎》

水落鱼龙夜，山空鸟鼠秋。 　　杜甫《秦州杂诗之一》

细雨鱼儿出，微风燕子斜。 　　杜甫《水槛遣心之一》

余亦谢时去，西山鸾鹤群。 　　常建《宿王昌龄隐居》

风枝惊暗鹊，露草泣寒虫。 　　戴叔伦《江乡故人偶集客舍》

鹫翎金仆姑，燕尾绣蝥弧。 　　卢纶《塞下曲之一》

华颠萎寥落，白眼看鸡虫。 　　鲁迅《哀范君三章之一》

师称机械化，勇夺虎罴威。 　　毛泽东《挽戴安澜将军》

群燕辞归雁南翔，念君客游思断肠。 　　曹丕《燕歌行》

白狼河北音书断，丹凤城南秋夜长。 　　沈佺期《独不见》

但使龙城飞将在，不教胡马度阴山。 　　王昌龄《出塞》

龙吟虎啸一时发，万籁百泉相与秋。 　　李颀《听安万善吹觱篥歌》

月明松下房栊静，日出云中鸡犬喧。 　　王维《桃源行》

良人玉勒乘骢马，侍女金盘脍鲤鱼。 　　　　王维《洛阳女儿行》

漠漠水田飞白鹭，阴阴夏木啭黄鹂。 　　　　王维《积雨辋川庄作》

赵瑟初停凤凰柱，蜀琴欲奏鸳鸯弦。 　　　　李白《长相思》

虎鼓瑟兮鸾回车，仙之人兮列如麻。 　　　　李白《梦游天姥吟留别》

朝避猛虎，夕避长蛇，磨牙吮血，杀人如麻。 　李白《蜀道难》

黄鹤之飞尚不得过，猿猱欲度愁攀缘。 　　　李白《蜀道难》

苦心岂免容蝼蚁，香叶终经宿鸾凤。 　　　杜甫《古柏行》

绣罗衣裳照暮春，蹙金孔雀银麒麟。 　　　杜甫《丽人行》

犀箸厌饫久未下，鸾刀缕切空纷纶。 　　　杜甫《丽人行》

斯须九重真龙出，一洗万古凡马空。 　　　杜甫《丹青引》

况复秦兵耐苦战，被驱不异犬与鸡。 　　　杜甫《兵车行》

玉京群帝集北斗，或骑麒麟翳凤凰。 　　　杜甫《寄韩谏议注》

东走无复忆鲈鱼，南飞觉有安巢鸟。 　　　杜甫《洗兵马》

鹤驾通宵凤辇备，鸡鸣问寝龙楼晓。 　　　杜甫《洗兵马》

攀龙附凤势莫当，天下尽化为侯王。 　　　杜甫《洗兵马》

风急天高猿啸哀，渚清沙白鸟飞回。 　　　杜甫《登高》

暂止飞乌将数子，频来语燕定新巢。 　　　杜甫《堂成》

卧龙跃马终黄土，人事音书漫寂寥。 　　　杜甫《阁夜》

两个黄鹂鸣翠柳，一行白鹭上青天。 　　　杜甫《绝句四首之三》

云移雉尾开宫扇，日绕龙鳞识圣颜。 　　　杜甫《秋兴八首之五》

珠帘绣柱围黄鹄，锦缆牙樯起白鸥。 　　　杜甫《秋兴八首之六》

香稻啄余鹦鹉粒，碧梧栖老凤凰枝。 　　　杜甫《秋兴八首之八》

鸾翔凤翥众仙下，珊瑚碧树交枝柯。 　　　韩愈《石鼓歌》

莺啼燕语报新年，马邑龙堆路几千。 　　　皇甫冉《春思》

几处早莺争暖树，谁家新燕啄春泥。 　　　白居易《钱塘湖春行》

行军司马智且勇，十四万众犹虎貔。 　　　李商隐《韩碑》

庄生晓梦迷蝴蝶，望帝春心托杜鹃。 　　　李商隐《锦瑟》

金蟾啮锁烧香入，玉虎牵丝汲井回。 　　　李商隐《无题》

鱼鸟犹疑畏简书，风云常为护储胥。 　　　李商隐《筹笔驿》

于今腐草无萤火，终古垂杨有暮鸦。 　　　李商隐《隋宫》

| | |
|---|---|
| 岂有蛟龙愁失水，更无鹰隼与高秋。 | 李商隐《重有感》 |
| 空闻虎旅传宵柝，无复鸡人报晓筹。 | 李商隐《马嵬》 |
| 此日六军同驻马，当时七夕笑牵牛。 | 李商隐《马嵬》 |
| 身无彩凤双飞翼，心有灵犀一点通。 | 李商隐《无题》 |
| 数丛沙草群鸥散，万顷江田一鹭飞。 | 温庭筠《利州南渡》 |
| 石麟埋没藏春草，铜雀荒凉对暮云。 | 温庭筠《过陈琳墓》 |
| 云边雁断胡天月，陇上羊归塞草烟。 | 温庭筠《苏武庙》 |
| 初怪上都闻战马，岂知穷海看飞龙。 | 陈与义《伤春》 |
| 莫笑农家腊酒浑，丰年留客足鸡豚。 | 陆游《游山西村》 |
| 断墙着雨蜗成字，老屋无僧燕作家。 | 陈师道《春怀示邻里》 |
| 花带露寒无戏蝶，草连云暗有藏鸦。 | 朱弁《春阴》 |
| 云暗鼎湖龙去远，月明华表鹤归迟。 | 虞集《挽文丞相》 |
| 若非壮士全师胜，争得蛾眉匹马还。 | 吴伟业《圆圆曲》 |
| 蛾眉马上传呼进，云鬟不整惊魂定。 | 吴伟业《圆圆曲》 |
| 旧巢共是衔泥燕，飞上枝头变凤凰。 | 吴伟业《圆圆曲》 |
| 牧马久惊侵禹域，蛰龙无术起风雷。 | 秋瑾《柬某君》 |
| 虎跳龙拿归爱国，鸾飘凤泊怨离群。 | 柳亚子《元旦感怀之二》 |
| 龙吟虎啸浑闲事，未挽同胞自主权。 | 柳亚子《除夕杂感之四》 |
| 却愁搏虎屠龙客，偏唱离鸾别鹄词。 | 柳亚子《挽姚自珍女士》 |
| 荒江鸾凤才难展，伏枥骅骝愿屡违。 | 柳亚子《悼亡友亚魂》 |
| 阿侬生小吴趋地，不识糜台与虎丘。 | 柳亚子《吴门记游之一》 |
| 云开衡岳积阴止，天马凤凰春树里。 | 毛泽东《送纵宇一郎东行》 |
| 青空飘下能言鸟，黑海翻腾愤怒鱼。 | 毛泽东《读报有感之四》 |
| 斥鷃每闻欺大鸟，昆鸡长笑老鹰非。 | 毛泽东《吊罗荣桓同志》 |
| 尊前谈笑人依旧，域外鸡虫事可哀。 | 毛泽东《和周世钊同志》 |
| 独有英雄驱虎豹，更无豪杰怕熊罴。 | 毛泽东《冬云》 |
| 闻鸡久听南天雨，立马曾挥北地鞭。 | 毛泽东《洪都》 |
| 乱离鱼雁双藏影，道阻河梁再卜居。 | 郁达夫《乱离杂诗之二》 |
| 凤凰浪迹成凡鸟，精卫临渊是怨禽。 | 郁达夫《乱离杂诗之七》 |
| 西塞山前白鹭飞，桃花流水鳜鱼肥。 | 张志和《渔歌子》 |

翠叶藏莺，朱帘隔燕，炉香静逐游丝转。　　　　　晏殊《踏莎行》

鸿雁在云鱼在水，惆怅此情难寄。　　　　　　　　晏殊《清平乐》

燕鸿过后莺归去，细算浮生千万绪。　　　　　　　晏殊《木兰花》

向鸡窗、只与蛮笺象管，拘束教吟课。　　　　　　柳永《定风波》

东归燕从海上去，南来雁向沙头落。　　　　　　　王安石《千秋岁引》

欲尽此情书尺素，浮雁沉鱼，终了无凭据。　　　　晏几道《蝶恋花》

衾凤冷，枕鸳孤，愁肠待酒舒。　　　　　　　　　晏几道《阮郎归》

露坐久，疏萤时度，乌鹊正南飞。　　　　　　　　晁端礼《绿头鸭》

蝶去莺飞无处问，隔水高楼，望断双鱼信。　　　　赵令畤《蝶恋花》

兔葵燕麦，向残阳欲与人齐。　　　　　　　　　　周邦彦《夜飞鹊》

向睡鸭炉边，翔鸳屏里，羞把香罗暗解。　　　　　贺铸《薄幸》

烟横水际，映带几点归鸿，东风销尽龙沙雪。　　　贺铸《石州引》

争渡，争渡，惊起一滩鸥鹭。　　　　　　　　　　李清照《如梦令》

邻娃已试春妆了，更蜂腰簇翠，燕股横金。　　　　韩疁《高阳台》

乍莺儿百啭断续，燕子飞来飞去。　　　　　　　　万俟咏《三台》

雁足不来，马蹄难驻，门掩一庭芳景。　　　　　　徐伸《转调二郎神》

乍听得、鸦啼莺弄，惹起新愁无限。　　　　　　　吕渭老《薄幸》

休说鲈鱼堪脍，尽西风、季鹰归未。　　　　　　　辛弃疾《水龙吟》

明月别枝惊鹊，清风半夜鸣蝉。　　　　　　　　　辛弃疾《西江月》

凤尾龙香拨，自开元霓裳曲罢，几番风月。　　　　辛弃疾《贺新郎》

想当年，金戈铁马，气吞万里如虎。　　　　　　　辛弃疾《永遇乐》

可堪回首，佛狸祠下，一片神鸦社鼓。　　　　　　辛弃疾《永遇乐》

月冷龙沙，尘清虎落，今年汉酺初赐。　　　　　　姜夔《翠楼吟》

燕雁无心，太湖西畔随云去。　　　　　　　　　　姜夔《点绛唇》

朱户黏鸡，金盘簇燕，空叹时序侵寻。　　　　　　姜夔《一萼红》

犀帘黛卷，凤枕云孤，应也几番凝伫。　　　　　　张镃《宴山亭》

惊粉重、蝶宿西园，喜泥润、燕归南浦。　　　　　史达祖《绮罗香》

柳锁莺魂，花翻蝶梦，自知愁染潘郎。　　　　　　史达祖《夜合花》

新来雁阔云音，鸾分鉴影，无计重见。　　　　　　卢祖皋《宴清都》

孤迥，盟鸾心在，跨鹤程高，后期无准。　　　　　陆睿《瑞鹤仙》

| | |
|---|---|
| 旧堤分燕尾，桂棹轻鸥，宝勒倚残云。 | 吴文英《渡江云》 |
| 暝堤空，轻把斜阳，总还鸥鹭。 | 吴文英《莺啼序》 |
| 几回忆、故国莼鲈，霜前雁后。 | 潘希白《大有》 |
| 但箭雁沉边，梁燕无主，杜鹃声里长门暮。 | 刘辰翁《兰陵王》 |
| 张绪，归何暮，半零落依依，断桥鸥鹭。 | 张炎《月下笛》 |
| 江南自是离愁苦，况游骢古道，归雁平沙。 | 王沂孙《高阳台》 |
| 花外琵琶，柳边莺燕，玉佩摇金缕。 | 萨都剌《酹江月》 |
| 月户云窗，石田瑶草，丹井飞龙虎。 | 萨都剌《酹江月》 |
| 而今剩了，低迷鱼艇，模黏雁字。 | 邓廷桢《水龙吟》 |
| 剪鲛绡，传燕语，黯黯碧云暮。 | 文廷式《祝英台近》 |
| 见龙虎台荒，凤凰楼迥，还感飘零。 | 文廷式《忆旧游》 |
| 鹰击长空，鱼翔浅底，万类霜天竞自由。 | 毛泽东《沁园春》 |
| 六月天兵征腐恶，万丈长缨要把鲲鹏缚。 | 毛泽东《蝶恋花》 |
| 鲲鹏展翅，九万里，翻动扶摇羊角。 | 毛泽东《念奴娇》 |

## 植物 + 天文

| | |
|---|---|
| 火树银花合，星桥铁锁开。 | 苏味道《正月十五夜》 |
| 明月隐高树，长河没晓天。 | 陈子昂《春夜别友人之一》 |
| 天边树若荠，江畔洲如月。 | 孟浩然《秋登兰山寄张五》 |
| 松月生夜凉，风泉满清听。 | 孟浩然《宿业师山房待丁大不至》 |
| 永怀愁不寐，松月夜窗虚。 | 孟浩然《岁暮归南山》 |
| 野旷天低树，江清月近人。 | 孟浩然《宿建德江》 |
| 万壑树参天，千山响杜鹃。 | 王维《送梓州李使君》 |
| 明月松间照，清泉石上流。 | 王维《山居秋暝》 |
| 松风吹解带，山月照弹琴。 | 王维《酬张少府》 |
| 泉声咽危石，日色冷青松。 | 王维《过香积寺》 |
| 长歌吟松风，曲尽河星稀。 | 李白《下终南山过斛斯山人宿置酒》 |

| | |
|---|---|
| 醉月频中圣，迷花不事君。 | 李白《赠孟浩然》 |
| 天寒翠袖薄，日暮倚修竹。 | 杜甫《佳人》 |
| 渭北春天树，江东日暮云。 | 杜甫《春日忆李白》 |
| 松际露微月，清光犹为君。 | 常建《宿王昌龄隐居》 |
| 日出雾露余，青松如膏沐。 | 柳宗元《晨诣超师院读禅经》 |
| 鸟宿池边树，僧敲月下门。 | 贾岛《题李凝幽居》 |
| 风暖鸟声碎，日高花影重。 | 杜荀鹤《春宫怨》 |
| 秋风萧瑟天气凉，草木摇落露为霜。 | 曹丕《燕歌行》 |
| 鹿门月照开烟树，忽到庞公栖隐处。 | 孟浩然《夜归鹿门歌》 |
| 月明松下房栊静，日出云中鸡犬喧。 | 王维《桃源行》 |
| 连峰去天不盈尺，枯松倒挂倚绝壁。 | 李白《蜀道难》 |
| 日色欲尽花含烟，月明欲素愁不眠。 | 李白《长相思》 |
| 大漠穷秋塞草衰，孤城落日斗兵稀。 | 高适《燕歌行》 |
| 鸿飞冥冥日月白，青枫叶赤天雨霜。 | 杜甫《寄韩谏议注》 |
| 三年笛里关山月，万国兵前草木风。 | 杜甫《洗兵马》 |
| 桤林碍日吟风叶，笼竹和烟滴露梢。 | 杜甫《堂成》 |
| 两个黄鹂鸣翠柳，一行白鹭上青天。 | 杜甫《绝句四首之三》 |
| 月落乌啼霜满天，江枫渔火对愁眠。 | 张继《枫桥夜泊》 |
| 秋草独寻人去后，寒林空见日斜时。 | 刘长卿《长沙过贾谊宅》 |
| 朱雀桥边野草花，乌衣巷口夕阳斜。 | 刘禹锡《乌衣巷》 |
| 春江花朝秋月夜，往往取酒还独倾。 | 白居易《琵琶行》 |
| 松排山面千重翠，月点波心一颗珠。 | 白居易《春题湖上》 |
| 日光斜照集灵台，红树花迎晓露开。 | 张祜《集灵台》 |
| 禁门宫树月痕过，媚眼惟看宿鹭窠。 | 张祜《赠内人》 |
| 日暮东风怨啼鸟，落花犹似堕楼人。 | 杜牧《金谷园》 |
| 昨夜星辰昨夜风，画楼西畔桂堂东。 | 李商隐《无题》 |
| 风波不信菱枝弱，月露谁教桂叶香。 | 李商隐《无题》 |
| 云边雁断胡天月，陇上羊归塞草烟。 | 温庭筠《苏武庙》 |
| 春风疑不到天涯，二月山城未见花。 | 欧阳修《戏答元珍》 |
| 为爱名花抵死狂，只愁风日损红芳。 | 陆游《花时遍游诸家园》 |

可怜思妇楼头柳，认作天边粉絮看。 吴伟业《圆圆曲》

错怨狂风飏落花，无边春色来天地。 吴伟业《圆圆曲》

草木不欣胡日月，风云犹壮汉山河。 柳亚子《寄题岳王冢》

云开衡岳积阴止，天马凤凰春树里。 毛泽东《送纵宇一郎东行》

梅花欢喜漫天雪，冻死苍蝇未足奇。 毛泽东《冬云》

青松怒向苍天发，败叶纷随碧水驰。 毛泽东《有所思》

秦楼月，年年柳色，灞陵伤别。 李白《忆秦娥》

迷路，迷路，边草无穷日暮。 韦应物《调笑令》

玉楼明月长相忆，柳丝袅娜春无力。 温庭筠《菩萨蛮》

雨后却斜阳，杏花零落香。 温庭筠《菩萨蛮》

相见处，晚晴天，刺桐花下越台前。 李珣《南乡子》

流水落花春去也，天上人间。 李煜《浪淘沙》

春花秋月何时了，往事知多少。 李煜《虞美人》

无言独上西楼，月如钩。寂寞梧桐深院锁清秋。 李煜《相见欢》

山映斜阳天接水，芳草无情，更在斜阳外。 范仲淹《苏幕遮》

碧纱秋月，梧桐夜雨，几回无寐。 晏殊《撼庭秋》

紫薇朱槿花残，斜阳却照阑干。 晏殊《清平乐》

昨夜西风凋碧树，独上高楼，望尽天涯路。 晏殊《蝶恋花》

为君持酒劝斜阳，且向花间留晚照。 宋祁《木兰花》

月上柳梢头，人约黄昏后。 欧阳修《生查子》

日上花梢，莺穿柳带，犹压香衾卧。 柳永《定风波》

今宵酒醒何处？杨柳岸、晓风残月。 柳永《雨霖铃》

水风轻、蘋花渐老；月露冷、梧叶飘黄。 柳永《玉蝴蝶》

舞低杨柳楼心月，歌尽桃花扇底风。 晏几道《鹧鸪天》

料得年年肠断处，明月夜，短松冈。 苏轼《江城子》

缺月挂疏桐，漏断人初静。 苏轼《卜算子》

西园夜饮鸣笳，有华灯碍月，飞盖妨花。 秦观《望海潮》

隋堤路，渐日晚、密霭生深树。 周邦彦《尉迟杯》

但徘徊班草，欸款醑酒，极望天西。 周邦彦《夜飞鹊》

泪竹痕鲜，佩兰香老，湘天浓暖。 贺铸《望湘人》

辜负枕前云雨，尊前花月。　　　　　　张元幹《石州慢》

宠柳娇花寒食近，种种恼人天气。　　　李清照《念奴娇》

风住尘香花已尽，日晚倦梳头。　　　　李清照《武陵春》

长沟流月去无声，杏花疏影里，吹笛到天明。　陈与义《临江仙》

见梨花初带夜月，海棠半含朝雨。　　　万俟咏《三台》

竹外一枝斜，想佳人、天寒日暮。　　　曹组《蓦山溪》

雁过斜阳，草迷烟渚，如今已是愁无数。　周紫芝《踏莎行》

数峰江上，芳草天涯，参差烟树。　　　廖世美《烛影摇红》

斜阳挂深树，映浓愁浅黛，遥山眉妩。　袁去华《瑞鹤仙》

东厢月，一天风露，杏花如雪。　　　　范成大《忆秦娥》

困人天色，醉人花气，午梦扶头。　　　范成大《眼儿媚》

脉脉花疏天淡，云来去，数枝雪。　　　范成大《霜天晓角》

东风夜放花千树，更吹落，星如雨。　　辛弃疾《青玉案》

斜阳草树，寻常巷陌，人道寄奴曾住。　辛弃疾《永遇乐》

春且住！见说道、天涯芳草无归路。　　辛弃疾《摸鱼儿》

休去倚危栏，斜阳正在、烟柳断肠处。　辛弃疾《摸鱼儿》

想佩环、月夜归来，化作此花幽独。　　姜夔《疏影》

天涯情味，仗酒祓清愁，花销英气。　　姜夔《翠楼吟》

满汀芳草不成归，日暮，更移舟向甚处。　姜夔《杏花天》

月洗高梧，露漙幽草，宝钗楼外秋深。　张镃《满庭芳》

更那堪衰草连天，飞梅弄晚。　　　　　卢祖皋《宴清都》

危亭望极，草色天涯，叹鬓侵半苎。　　吴文英《莺啼序》

晴丝牵绪乱，对沧江斜日，花飞人远。　吴文英《瑞鹤仙》

断烟离绪，关心事，斜阳红隐霜树。　　吴文英《霜叶飞》

殷云度雨疏桐落，明月生凉宝扇闲。　　吴文英《鹧鸪天》

华表月明归夜鹤，叹当时花竹今如此。　吴文英《贺新郎》

少年袅袅天涯恨，长结西湖烟柳。　　　刘辰翁《摸鱼儿》

秋千外、芳草连天，谁遣风沙暗南浦。　刘辰翁《兰陵王》

正满湖碎月摇花，怎生去得。　　　　　周密《曲游春》

恐翠袖正天寒，犹倚梅花那树。　　　　张炎《月下笛》

落日无人松径里，鬼火高低明灭。　　　　　　　　萨都剌《百字令》

鸿影惊回雪，怅天寒竹翠，色暗罗裙。　　　　　　蒋春霖《忆旧游》

怅霜飞榆塞，月冷枫江，万里凄清。　　　　　　　文廷式《忆旧游》

今又重阳，战地黄花分外香。　　　　　　　　　　毛泽东《采桑子》

## ❧ 植物 + 天气 ❧

松月生夜凉，风泉满清听。　　　　　孟浩然《宿业师山房待丁大不至》

荷风送香气，竹露滴清响。　　　　　　孟浩然《夏日南亭怀辛大》

松风吹解带，山月照弹琴。　　　　　　　　　　王维《酬张少府》

山中一夜雨，树杪百重泉。　　　　　　　　　王维《送梓州李使君》

草枯鹰眼疾，雪尽马蹄轻。　　　　　　　　　　　王维《观猎》

草色新雨中，松声晚窗里。　　　　　　　　丘为《寻西山隐者不遇》

红颜弃轩冕，白首卧松云。　　　　　　　　　　李白《赠孟浩然》

竹批双耳峻，风入四蹄轻。　　　　　　　　　杜甫《房兵曹胡马》

渭北春天树，江东日暮云。　　　　　　　　　杜甫《春日忆李白》

泠泠七弦上，静听松风寒。　　　　　　　　　　刘长卿《弹琴》

白云依静渚，芳草闭闲门。　　　　　　　刘长卿《寻南溪常道士》

过雨看松色，随山到水源。　　　　　　　刘长卿《寻南溪常道士》

岭猿同旦暮，江柳共风烟。　　　　　　　　　刘长卿《新年作》

风枝惊暗鹊，露草泣寒虫。　　　　　　戴叔伦《江乡故人偶集客舍》

日出雾露余，青松如膏沐。　　　　　　柳宗元《晨诣超师院读禅经》

雨中黄叶树，灯下白头人。　　　　　　司空曙《喜外弟卢纶见宿》

孤灯寒照雨，深竹暗浮烟。　　　　　　司空曙《云阳馆与韩绅宿别》

飞凤亭边树，桃花岭上风。　　　　　　　　　　毛泽东《看山》

秋风萧瑟天气凉，草木摇落露为霜。　　　　　　　曹丕《燕歌行》

羌笛何须怨杨柳，春风不度玉门关。　　　　　　　王之涣《出塞》

遥看一处攒云树，近入千家散花竹。　　　　　　　王维《桃源行》

| | |
|---|---|
| 月明松下房栊静，日出云中鸡犬喧。 | 王维《桃源行》 |
| 桂魄初生秋露微，轻罗已薄未更衣。 | 王维《秋夜曲》 |
| 鸿飞冥冥日月白，青枫叶赤天雨霜。 | 杜甫《寄韩谏议注》 |
| 杨花雪落覆白蘋，青鸟飞去衔红巾。 | 杜甫《丽人行》 |
| 三年笛里关山月，万国兵前草木风。 | 杜甫《洗兵马》 |
| 桤林碍日吟风叶，笼竹和烟滴露梢。 | 杜甫《堂成》 |
| 玉露凋伤枫树林，巫山巫峡气萧森。 | 杜甫《秋兴八首之一》 |
| 北风卷地白草折，胡天八月即飞雪。 | 岑参《白雪歌送武判官归京》 |
| 忽如一夜春风来，千树万树梨花开。 | 岑参《白雪歌送武判官归京》 |
| 月落乌啼霜满天，江枫渔火对愁眠。 | 张继《枫桥夜泊》 |
| 长乐钟声花外尽，龙池柳色雨中深。 | 钱起《赠阙下裴舍人》 |
| 春城无处不飞花，寒食东风御柳斜。 | 韩翃《寒食》 |
| 日光斜照集灵台，红树花迎晓露开。 | 张祜《集灵台》 |
| 昨夜星辰昨夜风，画楼西畔桂堂东。 | 李商隐《无题》 |
| 斑骓只系垂杨岸，何处西南待好风。 | 李商隐《无题》 |
| 风波不信菱枝弱，月露谁教桂叶香。 | 李商隐《无题》 |
| 石麟埋没藏春草，铜雀荒凉对暮云。 | 温庭筠《过陈琳墓》 |
| 江雨霏霏江草齐，六朝如梦鸟空啼。 | 韦庄《台城》 |
| 近寒食雨草萋萋，著麦苗风柳映堤。 | 无名氏《杂诗》 |
| 残雪压枝犹有橘，冻雷惊笋欲抽芽。 | 欧阳修《戏答元珍》 |
| 花带露寒无戏蝶，草连云暗有藏鸦。 | 朱弁《春阴》 |
| 黄梅时节家家雨，青草池塘处处蛙。 | 赵师秀《约客》 |
| 草合离宫转夕晖，孤云飘泊复何依？ | 文天祥《金陵驿》 |
| 如磐夜气压重楼，剪柳春风道九秋。 | 鲁迅《悼丁君》 |
| 云开衡岳积阴止，天马凤凰春树里。 | 毛泽东《送纵宇一郎东行》 |
| 春风杨柳万千条，六亿神州尽舜尧。 | 毛泽东《送瘟神二首之二》 |
| 夜雨江村草木欣，端居无事又思君。 | 郁达夫《乱离杂诗之三》 |
| 细雨蒲帆游子泪，春风杨柳故园情。 | 郁达夫《乱离杂诗之九》 |
| 草木风声势未安，孤舟惶恐再经滩。 | 郁达夫《乱离杂诗十二》 |
| 梧桐树，三更雨，不道离情正苦。 | 温庭筠《更漏子》 |

六曲阑干偎碧树，杨柳风轻，展尽黄金缕。　　　　　　　冯延巳《蝶恋花》

金风细细，叶叶梧桐坠。　　　　　　　　　　　　　　　晏殊《清平乐》

碧纱秋月，梧桐夜雨，几回无寐。　　　　　　　　　　　晏殊《撼庭秋》

昨夜西风凋碧树，独上高楼，望尽天涯路。　　　　　　　晏殊《蝶恋花》

候馆梅残，溪桥柳细，草薰风暖摇征辔。　　　　　　　　欧阳修《踏莎行》

夜深风竹敲秋韵，万叶千声皆是恨。　　　　　　　　　　欧阳修《木兰花》

水风轻、蘋花渐老；月露冷、梧叶飘黄。　　　　　　　　柳永《玉蝴蝶》

今宵酒醒何处？杨柳岸、晓风残月。　　　　　　　　　　柳永《雨霖铃》

望中酒旆闪闪，一簇烟村，数行霜树。　　　　　　　　　柳永《夜半乐》

不肯画堂朱户，春风自在杨花。　　　　　　　　　　　　王安国《清平乐》

墙头丹杏雨余花，门外绿杨风后絮。　　　　　　　　　　晏几道《蝶恋花》

街南绿树春饶絮，雪满游春路。　　　　　　　　　　　　晏几道《御街行》

树头花艳杂娇云，树底人家朱户。　　　　　　　　　　　晏几道《御街行》

竹杖芒鞋轻胜马，谁怕？一蓑烟雨任平生。　　　　　　　苏轼《定风波》

又却是，风吹竹。　　　　　　　　　　　　　　　　　　苏轼《贺新郎》

东风里，朱门映柳，低按小秦筝。　　　　　　　　　　　秦观《满庭芳》

春风依旧，着意隋堤柳。　　　　　　　　　　　　　　　赵令畤《清平乐》

小雨纤纤风细细，万家杨柳青烟里。　　　　　　　　　　朱服《渔家傲》

晓阴重，霜凋岸草，雾隐城堞。　　　　　　　　　　　　周邦彦《浪淘沙慢》

相将散离会，探风前津鼓，树杪参旗。　　　　　　　　　周邦彦《夜飞鹊》

风老莺雏，雨肥梅子，午阴嘉树清圆。　　　　　　　　　周邦彦《满庭芳》

桐花半亩，静锁一庭愁雨。　　　　　　　　　　　　　　周邦彦《琐窗寒》

桂华流瓦，纤云散，耿耿素娥欲下。　　　　　　　　　　周邦彦《解语花》

官柳低金缕，归骑晚，纤纤池塘飞雨。　　　　　　　　　周邦彦《瑞龙吟》

细风吹柳絮，人南渡。　　　　　　　　　　　　　　　　贺铸《感皇恩》

清露晨流，新桐初引，多少游春意。　　　　　　　　　　李清照《念奴娇》

梧桐更兼细雨，到黄昏、点点滴滴。　　　　　　　　　　李清照《声声慢》

满院东风，海棠铺绣，梨花飘雪。　　　　　　　　　　　蔡伸《柳梢青》

梧桐叶上三更雨，叶叶声声是别离。　　　　　　　　　　周紫芝《鹧鸪天》

见梨花初带夜月，海棠半含朝雨。　　　　　　　　　　　万俟咏《三台》

东风静、细柳垂金缕，望凤阙、非烟非雾。　　　　　万俟咏《三台》

洞庭青草，近中秋、更无一点风色。　　　　　张孝祥《念奴娇》

可惜流年，忧愁风雨，树犹如此。　　　　　辛弃疾《水龙吟》

东风夜放花千树，更吹落，星如雨。　　　　　辛弃疾《青玉案》

却笑东风从此，便熏梅染柳，更没些闲。　　　　　辛弃疾《汉宫春》

千万缕、藏鸦细柳，为玉尊、起舞回雪。　　　　　姜夔《琵琶仙》

双桨纯波，一蓑松雨，暮愁渐满空阔。　　　　　姜夔《庆宫春》

芳莲坠粉，疏桐吹绿，庭院暗雨乍歇。　　　　　姜夔《八归》

月洗高梧，露浸幽草，宝钗楼外秋深。　　　　　张镃《满庭芳》

巧沁兰心，偷粘草甲，东风欲障新暖。　　　　　史达祖《东风第一枝》

晚雨未摧宫树，可怜闲叶，犹抱凉蝉。　　　　　史达祖《玉蝴蝶》

烟光摇缥瓦，望晴檐多风，柳花如洒。　　　　　史达祖《三姝媚》

十载西湖，傍柳系马，趁娇尘软雾。　　　　　吴文英《莺啼序》

听风听雨过清明，愁草瘗花铭。　　　　　吴文英《风入松》

绣幄鸳鸯柱，红情密，腻云低护秦树。　　　　　吴文英《宴清都》

断烟离绪，关心事，斜阳红隐霜树。　　　　　吴文英《霜叶飞》

送客吴皋，正试霜夜冷，枫落长桥。　　　　　吴文英《惜黄花慢》

殷云度雨疏桐落，明月生凉宝扇闲。　　　　　吴文英《鹧鸪天》

旧堤分燕尾，桂棹轻鸥，宝勒倚残云。　　　　　吴文英《渡江云》

垂杨暗吴苑，正旗亭烟冷，河桥风暖。　　　　　吴文英《瑞鹤仙》

想玉树凋土，泪盘如露。　　　　　刘辰翁《兰陵王》

一树桃花飞茜雪，红豆相思暗结。　　　　　周密《清平乐》

衣湿桐阴露冷，采凉花，时赋秋雪。　　　　　周密《玉京秋》

连昌约略无多柳，第一是难听夜雨。　　　　　张炎《月下笛》

看云外山河，还老桂花旧影。　　　　　王沂孙《眉妩》

风烟雨雪阴晴晚，更何须、春风千树。　　　　　彭元逊《疏影》

梨花带雨，柳絮迎风，一番愁债。　　　　　夏完淳《烛影摇红》

满目荒凉谁可语，西风吹老丹枫树。　　　　　纳兰性德《蝶恋花》

记星街掩柳，雨径穿莎，悄叩闲门。　　　　　蒋春霖《忆旧游》

鸿影惊回雪，怅天寒竹翠，色暗罗裙。　　　　　蒋春霖《忆旧游》

教说与东风，垂杨淡碧吹梦痕。 　　　　　　蒋春霖《忆旧游》

正树拥云昏，星垂野阔，暝色浮天。 　　　　蒋春霖《木兰花慢》

怅霜飞榆塞，月冷枫江，万里凄清。 　　　　文廷式《忆旧游》

## 植物 + 季节

云霞出海曙，梅柳渡江春。 　　　　杜审言《和晋陵陆丞早春游望》

兰叶春葳蕤，桂华秋皎洁。 　　　　　　张九龄《感遇之一》

人闲桂花落，夜静春山空。 　　　　　　　王维《鸟鸣涧》

春草年年绿，王孙归不归。 　　　　　　　　王维《送别》

苔深不能扫，落叶秋风早。 　　　　　　　李白《长干行》

国破山河在，城春草木深。 　　　　　　　　杜甫《春望》

谁言寸草心，报得三春晖。 　　　　　　　孟郊《游子吟》

近种篱边菊，秋来未著花。 　　　僧皎然《寻陆鸿渐不遇》

秋风萧瑟天气凉，草木摇落露为霜。 　　　曹丕《燕歌行》

羌笛何须怨杨柳，春风不度玉门关。 　　　王之涣《出塞》

渔舟逐水爱山春，两岸桃花夹古津。 　　　王维《桃源行》

春来遍是桃花水，不辨仙源何处寻。 　　　王维《桃源行》

桂魄初生秋露微，轻罗已薄未更衣。 　　　王维《秋夜曲》

云想衣裳花想容，春风拂槛露华浓。 　　　李白《清平调》

大漠穷秋塞草衰，孤城落日斗兵稀。 　　　高适《燕歌行》

青春复随冠冕入，紫禁正耐烟花绕。 　　　杜甫《洗兵马》

清秋幕府井梧寒，独宿江城蜡炬残。 　　　　杜甫《宿府》

映阶碧草自春色，隔叶黄鹂空好音。 　　　　杜甫《蜀相》

寂寞空庭春欲晚，梨花满地不开门。 　　　刘方平《春怨》

秋草独寻人去后，寒林空见日斜时。 　刘长卿《长沙过贾谊宅》

山色遥连秦树晚，砧声近报汉宫秋。 　韩翃《同题仙游观》

春城无处不飞花，寒食东风御柳斜。 　　　　韩翃《寒食》

| | |
|---|---|
| 从今四海为家日，故垒萧萧芦荻秋。 | 刘禹锡《西塞山怀古》 |
| 云鬓花颜金步摇，芙蓉帐暖度春宵。 | 白居易《长恨歌》 |
| 春风桃李花开日，秋雨梧桐叶落时。 | 白居易《长恨歌》 |
| 西宫南内多秋草，落叶满阶红不扫。 | 白居易《长恨歌》 |
| 玉容寂寞泪阑干，梨花一枝春带雨。 | 白居易《长恨歌》 |
| 浔阳江头夜送客，枫叶荻花秋瑟瑟。 | 白居易《琵琶行》 |
| 春江花朝秋月夜，往往取酒还独倾。 | 白居易《琵琶行》 |
| 几处早莺争暖树，谁家新燕啄春泥。 | 白居易《钱塘湖春行》 |
| 画栏桂树悬秋香，三十六宫土花碧。 | 李贺《金铜仙人辞汉歌》 |
| 春心莫共花争发，一寸相思一寸灰。 | 李商隐《无题》 |
| 多情只有春庭月，犹为离人照落花。 | 张泌《寄人》 |
| 春风疑不到天涯，二月山城未见花。 | 欧阳修《戏答元珍》 |
| 春色满园关不住，一枝红杏出墙来。 | 叶绍翁《游园不值》 |
| 竹外桃花三两枝，春江水暖鸭先知。 | 苏轼《惠崇春江晚景》 |
| 桃李春风一杯酒，江湖夜雨十年灯。 | 黄庭坚《寄黄几复》 |
| 绿章夜奏通明殿，乞借春阴护海棠。 | 陆游《花时遍游诸家园》 |
| 小楼一夜听春雨，深巷明朝卖杏花。 | 陆游《临安春雨初霁》 |
| 屡失南邻春事约，只今容有未开花。 | 陈师道《春怀示邻里》 |
| 错怨狂风飏落花，无边春色来天地。 | 吴伟业《圆圆曲》 |
| 落红不是无情物，化作春泥更护花。 | 龚自珍《己亥杂诗之一》 |
| 鹭影不来秋瑟瑟，苇花伴宿露瀼瀼。 | 鲁迅《莲蓬人》 |
| 如磐夜气压重楼，剪柳春风道九秋。 | 鲁迅《悼丁君》 |
| 扶桑正是秋光好，枫叶如丹照嫩寒。 | 鲁迅《送增田涉君归国》 |
| 一水西陵松柏渡，吴山越浦怒潮秋。 | 柳亚子《吴门记游之十》 |
| 云开衡岳积阴止，天马凤凰春树里。 | 毛泽东《送纵宇一郎东行》 |
| 春风杨柳万千条，六亿神州尽舜尧。 | 毛泽东《送瘟神二首之二》 |
| 雪压冬云白絮飞，万花纷谢一时稀。 | 毛泽东《冬云》 |
| 细雨蒲帆游子泪，春风杨柳故园情。 | 郁达夫《乱离杂诗之九》 |
| 玉楼明月长相忆，柳丝袅娜春无力。 | 温庭筠《菩萨蛮》 |
| 桃花春水渌，水上鸳鸯浴。 | 韦庄《菩萨蛮》 |

撩乱春愁如柳絮，悠悠梦里无寻处。 冯延巳《蝶恋花》

流水落花春去也，天上人间。 李煜《浪淘沙》

春花秋月何时了，往事知多少。 李煜《虞美人》

无言独上西楼，月如钩。寂寞梧桐深院锁清秋。 李煜《相见欢》

朱粉不深匀，闲花淡淡春。 张先《醉垂鞭》

碧纱秋月，梧桐夜雨，几回无寐。 晏殊《撼庭秋》

春风不解禁杨花，濛濛乱扑行人面。 晏殊《踏莎行》

绿杨烟外晓寒轻，红杏枝头春意闹。 宋祁《木兰花》

夜深风竹敲秋韵，万叶千声皆是恨。 欧阳修《木兰花》

重湖叠巘清嘉，有三秋桂子，十里荷花。 柳永《望海潮》

不肯画堂朱户，春风自在杨花。 王安国《清平乐》

红叶黄花秋意晚，千里念行客。 晏几道《思远人》

街南绿树春饶絮，雪满游春路。 晏几道《御街行》

晚春盘马踏青苔，曾傍绿阴深驻。 晏几道《御街行》

柳下桃蹊，乱分春色到人家。 秦观《望海潮》

春风依旧，着意隋堤柳。 赵令畤《清平乐》

吹尽繁红，占春长久，不如垂柳。 晁补之《水龙吟》

那知自是，桃花结子，不因春瘦。 晁补之《水龙吟》

相思休问定何如，情知春去后，管得落花无。 晁冲之《临江仙》

故人早晚上高台，寄我江南春色一枝梅。 舒亶《虞美人》

恋树湿花飞不起，愁无比，和春付与东流水。 朱服《渔家傲》

到清明时候，百紫千红，花正乱，已失春风一半。 李元膺《洞仙歌》

竹槛灯窗，识秋娘庭院。 周邦彦《拜星月慢》

想东园、桃李自春，小唇秀靥今在否。 周邦彦《琐窗寒》

水驿春回，望寄我、江南梅萼。 周邦彦《解连环》

凤城远，楚梅香嫩，先寄一枝春。 贺铸《绿头鸭》

几许伤春春复暮，杨柳清阴，偏碍游丝度。 贺铸《蝶恋花》

清露晨流，新桐初引，多少游春意。 李清照《念奴娇》

染柳烟浓，吹梅笛怨，春意知几许。 李清照《永遇乐》

玉台挂秋月，铅素浅、梅花傅香雪。 田为《江神子慢》

落尽庭花春去也，银蟾迥，无情圆又缺。　　　　　田为《江神子慢》

杏花无处避春愁，也傍野烟发。　　　　　　　　　韩元吉《好事近》

红酥手，黄縢酒。满城春色宫墙柳。　　　　　　　陆游《钗头凤》

惜春长怕花开早，何况落红无数。　　　　　　　　辛弃疾《摸鱼儿》

强携酒，小桥宅，怕梨花落尽成秋色。　　　　　　姜夔《淡黄柳》

柳暗花明春事深，小阑红芍药，已抽簪。　　　　　章良能《小重山》

柳下系船犹未稳，能几日，又中秋。　　　　　　　刘过《唐多令》

春风只在园西畔，荠菜花繁蝴蝶乱。　　　　　　　严仁《木兰花》

月洗高梧，露浥幽草，宝钗楼外秋深。　　　　　　张镃《满庭芳》

无端啼蛄搅夜，恨随团扇，苦近秋莲。　　　　　　史达祖《玉蝴蝶》

柳院灯疏，梅厅雪在，谁与细倾春碧。　　　　　　史达祖《喜迁莺》

江水苍苍，望倦柳愁荷，共感秋色。　　　　　　　史达祖《秋霁》

柳暝河桥，莺晴台苑，短策频惹春香。　　　　　　吴文英《夜合花》

但有江花，共临秋镜照憔悴。　　　　　　　　　　吴文英《齐天乐》

半壶秋水荐黄花，香噀西风雨。　　　　　　　　　吴文英《霜叶飞》

欲共柳花低诉，怕柳花轻薄，不解伤春。　　　　黄孝迈《湘春夜月》

秋已无多，早是败荷衰柳。　　　　　　　　　　　潘希白《大有》

衣湿桐阴露冷，采凉花，时赋秋雪。　　　　　　　周密《玉京秋》

欢极蓬壶蕖浸，花院梨溶，醉连春夕。　　　　　　蒋捷《瑞鹤仙》

东风且伴蔷薇住，到蔷薇、春已堪怜。　　　　　　张炎《高阳台》

折芦花赠远，零落一身秋。　　　　　　　　　　　张炎《八声甘州》

风烟雨雪阴晴晚，更何须、春风千树。　　　　　　彭元逊《疏影》

春透紫髓琼浆，玻璃杯酒，滑泻蔷薇露。　　　　　萨都剌《酹江月》

又是梨花欲谢，绣被春寒今夜。　　　　　　　　纳兰性德《昭君怨》

从此伤春伤别，黄昏只对梨花。　　　　　　　　纳兰性德《清平乐》

春归归不得，两桨松花隔。　　　　　　　　　　纳兰性德《菩萨蛮》

战松林、万翠鸣秋，并作怒涛澎湃。　　　　　　　吕碧城《瑞鹤仙》

独立寒秋，湘江北去，橘子洲头。　　　　　　　　毛泽东《沁园春》

# 植物 + 水川江河湖海

| | |
|---|---|
| 青青河畔草，郁郁园中柳。 | 《青青河畔草》 |
| 云霞出海曙，梅柳渡江春。 | 杜审言《和晋陵陆丞早春游望》 |
| 明月隐高树，长河没晓天。 | 陈子昂《春夜别友人之一》 |
| 天边树若荠，江畔洲如月。 | 孟浩然《秋登兰山寄张五》 |
| 野旷天低树，江清月近人。 | 孟浩然《宿建德江》 |
| 国破山河在，城春草木深。 | 杜甫《春望》 |
| 渭北春天树，江东日暮云。 | 杜甫《春日忆李白》 |
| 澄江平少岸，幽树晚多花。 | 杜甫《水槛遣心之一》 |
| 江山如有待，花柳更无私。 | 杜甫《后游》 |
| 市桥官柳细，江路野梅香。 | 杜甫《西郊》 |
| 三月桃花浪，江流复旧痕。 | 杜甫《春水》 |
| 野寺江天豁，山扉花竹幽。 | 杜甫《游修觉寺》 |
| 草木岁月晚，关河霜雪清。 | 杜甫《送远》 |
| 岭猿同旦暮，江柳共风烟。 | 刘长卿《新年作》 |
| 过雨看松色，随山到水源。 | 刘长卿《寻南溪常道士》 |
| 海门深不见，浦树远含滋。 | 韦应物《赋得暮雨送李曹》 |
| 树色随关迥，河声入海遥。 | 许浑《秋日赴阙题潼关驿楼》 |
| 已遭江映柳，更被雪藏梅。 | 李商隐《江亭散席循柳路吟》 |
| 江流宛转绕芳甸，月照花林皆似霰。 | 张若虚《春江花月夜》 |
| 不知乘月几人归，落月摇情满江树。 | 张若虚《春江花月夜》 |
| 晴川历历汉阳树，芳草萋萋鹦鹉洲。 | 崔颢《黄鹤楼》 |
| 桃花潭水深千尺，不及汪伦送我情。 | 李白《赠汪伦》 |
| 江头宫殿锁千门，细柳新蒲为谁绿。 | 杜甫《哀江头》 |
| 人生有情泪沾臆，江水江花岂终极。 | 杜甫《哀江头》 |
| 河广传闻一苇过，胡危命在破竹中。 | 杜甫《洗兵马》 |

清秋幕府井梧寒，独宿江城蜡炬残。 　　　　　杜甫《宿府》

草木变衰行剑外，兵戈阻绝老江边。 　　　　　杜甫《恨别》

黄牛峡静滩声转，白马江寒树影稀。 　　　杜甫《送韩十四江东觐省》

古庙杉松巢水鹤，岁时伏腊走村翁。 　　　　杜甫《咏怀古迹之四》

颠狂柳絮随风去，轻薄桃花逐水流。 　　　　杜甫《绝句漫兴之五》

正是江南好风景，落花时节又逢君。 　　　　杜甫《江南逢李龟年》

月落乌啼霜满天，江枫渔火对愁眠。 　　　　张继《枫桥夜泊》

浔阳江头夜送客，枫叶荻花秋瑟瑟。 　　　　白居易《琵琶行》

间关莺语花底滑，幽咽泉流水下滩。 　　　　白居易《琵琶行》

春江花朝秋月夜，往往取酒还独倾。 　　　　白居易《琵琶行》

最爱湖东行不足，绿杨阴里白沙堤。 　　　白居易《钱塘湖春行》

青山隐隐水迢迢，秋尽江南草未凋。 　　　杜牧《寄扬州韩绰判官》

繁华事散逐香尘，流水无情草自春。 　　　　杜牧《金谷园》

商女不知亡国恨，隔江犹唱后庭花。 　　　　杜牧《泊秦淮》

数丛沙草群鸥散，万顷江田一鹭飞。 　　　温庭筠《利州南渡》

江雨霏霏江草齐，六朝如梦鸟空啼。 　　　　韦庄《台城》

竹外桃花三两枝，春江水暖鸭先知。 　　　苏轼《惠崇春江晚景》

蒌蒿满地芦芽短，正是河豚欲上时。 　　　苏轼《惠崇春江晚景》

泉眼无声惜细流，树阴照水爱晴柔。 　　　　杨万里《小池》

山重水复疑无路，柳暗花明又一村。 　　　　陆游《游山西村》

山河破碎风飘絮，身世浮沉雨打萍。 　　　　文天祥《过零丁洋》

百二关河草不横，十年戎马暗秦京。 　　　　元好问《岐阳之一》

草木不欣胡日月，风云犹壮汉山河。 　　　柳亚子《寄题岳王冢》

一水西陵松柏渡，吴山越浦怒潮秋。 　　　柳亚子《吴门记游之十》

年年后浪推前浪，江草江花处处鲜。 　　　　毛泽东《洪都》

夜雨江村草木欣，端居无事又思君。 　　　郁达夫《乱离杂诗之三》

西塞山前白鹭飞，桃花流水鳜鱼肥。 　　　　张志和《渔歌子》

杨柳青青江水平，闻郎江上唱歌声。 　　　　刘禹锡《竹枝词》

日出江花红胜火，春来江水绿如蓝。能不忆江南？ 　白居易《忆江南》

过尽千帆皆不是，斜晖脉脉水悠悠，肠断白蘋洲。 　温庭筠《梦江南》

| | |
|---|---|
| 桃花春水渌，水上鸳鸯浴。 | 韦庄《菩萨蛮》 |
| 流水落花春去也，天上人间。 | 李煜《浪淘沙》 |
| 山映斜阳天接水，芳草无情，更在斜阳外。 | 范仲淹《苏幕遮》 |
| 河畔青芜堤上柳，为问新愁，何事年年有。 | 欧阳修《蝶恋花》 |
| 水风轻、蘋花渐老；月露冷、梧叶飘黄。 | 柳永《玉蝴蝶》 |
| 更回首、重城不见，寒江天外，隐隐两三烟树。 | 柳永《采莲令》 |
| 重湖叠巘清嘉，有三秋桂子，十里荷花。 | 柳永《望海潮》 |
| 六朝旧事随流水，但寒烟衰草凝绿。 | 王安石《桂枝香》 |
| 花不语，水空流，年年拚得为花愁。 | 晏几道《鹧鸪天》 |
| 舞困榆钱自落，秋千外、绿水桥平。 | 秦观《满庭芳》 |
| 念柳外青骢别后，水边红袂分时，怆然暗惊。 | 秦观《八六子》 |
| 恋树湿花飞不起，愁无比，和春付与东流水。 | 朱服《渔家傲》 |
| 水盼兰情，总平生稀见。 | 周邦彦《拜星月慢》 |
| 映水曲、翠瓦朱檐，垂杨里、乍见津亭。 | 周邦彦《绮寮怨》 |
| 凭栏久，黄芦苦竹，疑泛九江船。 | 周邦彦《满庭芳》 |
| 花自飘零水自流，一种相思，两处闲愁。 | 李清照《一剪梅》 |
| 潇洒江梅，向竹梢疏处，横两三枝。 | 李邴《汉宫春》 |
| 满院东风，海棠铺绣，梨花飘雪。 | 蔡伸《柳梢青》 |
| 见梨花初带夜月，海棠半含朝雨。 | 万俟咏《三台》 |
| 近绿水、台榭映秋千，斗草聚、双双游女。 | 万俟咏《三台》 |
| 数峰江上，芳草天涯，参差烟树。 | 廖世美《烛影摇红》 |
| 海棠正妖娆处，且留取。 | 袁去华《剑器近》 |
| 长记曾携手处，千树压、西湖寒碧。 | 姜夔《暗香》 |
| 一春长费买花钱，日日醉湖边。 | 俞国宝《风入松》 |
| 江水苍苍，望倦柳愁荷，共感秋色。 | 史达祖《秋霁》 |
| 柳暝河桥，莺晴台苑，短策频惹春香。 | 吴文英《夜合花》 |
| 十载西湖，傍柳系马，趁娇尘软雾。 | 吴文英《莺啼序》 |
| 幽兰旋老，杜若还生，水乡尚寄旅。 | 吴文英《莺啼序》 |
| 半壶秋水荐黄花，香噀西风雨。 | 吴文英《霜叶飞》 |
| 但有江花，共临秋镜照憔悴。 | 吴文英《齐天乐》 |

晴丝牵绪乱，对沧江斜日，花飞人远。　　　　　吴文英《瑞鹤仙》

垂杨暗吴苑，正旗亭烟冷，河桥风暖。　　　　　吴文英《瑞鹤仙》

年事梦中休，花空烟水流。燕辞归、客尚淹留。　吴文英《唐多令》

绣屋秦筝，傍海棠偏爱，夜深开宴。　　　　　　吴文英《三姝媚》

少年袅袅天涯恨，长结西湖烟柳。　　　　　　　刘辰翁《摸鱼儿》

正满湖碎月摇花，怎生去得。　　　　　　　　　周密《曲游春》

当年燕子知何处，但苔深韦曲，草暗斜川。　　　张炎《高阳台》

新烟禁柳，想如今、绿到西湖。　　　　　　　　张炎《渡江云》

自顾影、欲下寒塘，正沙净草枯，水平天远。　　张炎《解连环》

看云外山河，还老桂花旧影。　　　　　　　　　王沂孙《眉妩》

帐庐好在春睡，共飞归湖上，草青无地。　　　　彭元逊《六丑》

前度桃花，依然开满江浔。　　　　　　　　　　朱彝尊《高阳台》

怅霜飞榆塞，月冷枫江，万里凄清。　　　　　　文廷式《忆旧游》

自见海棠初谢，算几番醒醉，立尽花阴。　　　　郑文焯《湘春夜月》

## ❧ 植物 + 形体 ❧

草木有本心，何求美人折。　　　　　　　　　　张九龄《感遇之一》

黄尘足今古，白骨乱蓬蒿。　　　　　　　　　　王昌龄《塞下曲》

草枯鹰眼疾，雪尽马蹄轻。　　　　　　　　　　王维《观猎》

妾发初覆额，折花门前剧。　　　　　　　　　　李白《长干行》

红颜弃轩冕，白首卧松云。　　　　　　　　　　李白《赠孟浩然》

为我一挥手，如听万壑松。　　　　　　　　　　李白《听蜀僧濬弹琴》

摘花不插发，采柏动盈掬。　　　　　　　　　　杜甫《佳人》

竹批双耳峻，风入四蹄轻。　　　　　　　　　　杜甫《房兵曹胡马》

感时花溅泪，恨别鸟惊心。　　　　　　　　　　杜甫《春望》

白发悲花落，青云羡鸟飞。　　　　　　　　　　岑参《寄左省杜拾遗》

谁言寸草心，报得三春晖。　　　　　　　　　　孟郊《游子吟》

雨中黄叶树，灯下白头人。 司空曙《喜外弟卢纶见宿》

寒禽与衰草，处处伴愁颜。 司空曙《贼平后送人北归》

腹中贮书一万卷，不肯低头在草莽。 李颀《送陈章甫》

变调如闻杨柳春，上林繁花照眼新。 李颀《听安万善吹觱篥歌》

昔时飞箭无全目，今日垂杨生左肘。 王维《老将行》

闲窥石镜清我心，谢公行处苍苔没。 李白《庐山谣寄卢侍御虚舟》

云想衣裳花想容，春风拂槛露华浓。 李白《清平调》

先帝天马玉花骢，画工如山貌不同。 杜甫《丹青引》

已经百日窜荆棘，身上无有完肌肤。 杜甫《哀王孙》

花门剺面请雪耻，慎勿出口他人狙。 杜甫《哀王孙》

花近高楼伤客心，万方多难此登临。 杜甫《登楼》

紫陌红尘拂面来，无人不道看花回。 刘禹锡《玄都观桃花》

行到中庭数花朵，蜻蜓飞上玉搔头。 刘禹锡《春词》

云鬓花颜金步摇，芙蓉帐暖度春宵。 白居易《长恨歌》

芙蓉如面柳如眉，对此如何不泪垂。 白居易《长恨歌》

中有一人字太真，雪肤花貌参差是。 白居易《长恨歌》

云髻半偏新睡觉，花冠不整下堂来。 白居易《长恨歌》

玉容寂寞泪阑干，梨花一枝春带雨。 白居易《长恨歌》

乱花渐欲迷人眼，浅草才能没马蹄。 白居易《钱塘湖春行》

松排山面千重翠，月点波心一颗珠。 白居易《春题湖上》

禁门宫树月痕过，媚眼惟看宿鹭窠。 张祜《赠内人》

春心莫共花争发，一寸相思一寸灰。 李商隐《无题》

茅檐长扫净无苔，花木成畦手自栽。 王安石《书湖阴先生壁》

孤臣霜发三千丈，每岁烟花一万重。 陈与义《伤春》

山河破碎风飘絮，身世浮沉雨打萍。 文天祥《过零丁洋》

照花前后镜，花面交相映。 温庭筠《菩萨蛮》

过尽千帆皆不是，斜晖脉脉水悠悠，肠断白蘋洲。 温庭筠《梦江南》

柳暗魏王堤，此时心转迷。 韦庄《菩萨蛮》

绿杨芳草几时休，泪眼愁肠先已断。 钱惟演《木兰花》

泪眼问花花不语，乱红飞过秋千去。 冯延巳《蝶恋花》

春风不解禁杨花，濛濛乱扑行人面。　　　　晏殊《踏莎行》

恁时携素手，乱花飞絮里，缓步香茵。　　　　韩缜《凤箫吟》

日日花前常病酒，不辞镜里朱颜瘦。　　　　欧阳修《蝶恋花》

更回首、重城不见，寒江天外，隐隐两三烟树。　　柳永《采莲令》

舞低杨柳楼心月，歌尽桃花扇底风。　　　　晏几道《鹧鸪天》

记得小蘋初见，两重心字罗衣。　　　　晏几道《临江仙》

落花犹在，香屏空掩，人面知何处。　　　　晏几道《御街行》

料得年年肠断处，明月夜，短松冈。　　　　苏轼《江城子》

多少蓬莱旧事，空回首、烟霭纷纷。　　　　秦观《满庭芳》

最关情、漏声正永，暗断肠、花影偷移。　　晁端礼《绿头鸭》

刘郎鬓如此，况桃花颜色。　　　　晁补之《忆少年》

泪湿阑干花著露，愁到眉峰碧聚。　　　　毛滂《惜分飞》

雪云散尽，放晓晴池院。杨柳于人便青眼。　李元膺《洞仙歌》

正拂面垂杨堪揽结，掩红泪、玉手亲折。　周邦彦《浪淘沙慢》

唤起两眸清炯炯，泪花落枕红绵冷。　　周邦彦《蝶恋花》

回首旧游，山无重数。花底深朱户。　　　　贺铸《感皇恩》

殷勤花下同携手，更尽杯中酒。　　　　叶梦得《虞美人》

风住尘香花已尽，日晚倦梳头。　　　　李清照《武陵春》

纵留得莺花，东风不住，也则眼前愁闷。　僧挥《金明池》

忆旧游、邃馆朱扉，小园香径，尚想桃花人面。　蔡伸《苏武慢》

记年时、偷掷春心，花前隔雾遥相见。　吕渭老《薄幸》

怎忘得、回廊下，携手处、花明月满。　吕渭老《薄幸》

腰肢渐小，心与杨花共远。　　　　吕渭老《薄幸》

如今但有，看花老眼，伤时清泪。　　　　程垓《水龙吟》

斜阳挂深树，映浓愁浅黛，遥山眉妩。　袁去华《瑞鹤仙》

纵收香藏镜，他年重到，人面桃花在否。　袁去华《瑞鹤仙》

待归来，先指花梢教看，欲把心期细问。　陆淞《瑞鹤仙》

困人天色，醉人花气，午梦扶头。　　　　范成大《眼儿媚》

鬓边觑，试把花卜归期，才簪又重数。　辛弃疾《祝英台近》

歌扇轻约飞花，蛾眉正奇绝。　　　　姜夔《琵琶仙》

长记曾携手处，千树压、西湖寒碧。 　　　　姜夔《暗香》

暖风十里丽人天，花压鬓云偏。 　　　　　俞国宝《风入松》

任满身花影，犹自追寻。 　　　　　　　　张镃《满庭芳》

飘然快拂花梢，翠尾分开红影。 　　　　　史达祖《双双燕》

翠眼圈花，冰丝织练，黄道宝光相直。 　　史达祖《喜迁莺》

巧沁兰心，偷粘草甲，东风欲障新暖。 　史达祖《东风第一枝》

载酒买花年少事，浑不似，旧心情。 　　　卢祖皋《江城子》

断烟离绪，关心事，斜阳红隐霜树。 　　　吴文英《霜叶飞》

肠漫回，隔花时见，背面楚腰身。 　　　　吴文英《渡江云》

舞歇歌沉，花未减、红颜先变。 　　　　　吴文英《三姝媚》

危亭望极，草色天涯，叹鬓侵半苎。 　　　吴文英《莺啼序》

念腰瘦，沈郎旧日，曾系兰桡。 　　　　吴文英《惜黄花慢》

箭径酸风射眼，腻水染花腥。 　　　　　吴文英《八声甘州》

一时左计，悔不早荆钗，暮天修竹，头白倚寒翠。 　朱嗣发《摸鱼儿》

常疑即见桃花面，甚近来、翻笑无书。 　　　张炎《渡江云》

汛远槎风，梦深薇露，化作断魂心字。 　　　王沂孙《天香》

屐齿莓苔，酒痕罗袖事何限。 　　　　王沂孙《长亭怨慢》

隔浦红兰堪采，上扁舟、伤心欸乃。 　　夏完淳《烛影摇红》

钟情怕到相思路，盼长堤、草尽红心。 　　朱彝尊《高阳台》

满目荒凉谁可语，西风吹老丹枫树。 　　纳兰性德《蝶恋花》

已凄感，和酒飘上征衣，莓鬓泪千点。 　　朱孝臧《祝英台近》

枉教人回首，少年丝竹，玉容歌管。 　　况周颐《苏武慢》

十二曲阑春寂寂，隔蓬山、何处窥人面？ 　　梁启超《金缕曲》

## 植物 + 布帛及其织物

来日绮窗前，寒梅著花未。 　　　　　　　王维《杂诗》

松风吹解带，山月照弹琴。 　　　　　　王维《酬张少府》

绿竹入幽径，青萝拂行衣。　　　　　李白《下终南山过斛斯山人宿置酒》

红颜弃轩冕，白首卧松云。　　　　　　　　李白《赠孟浩然》

晓看红湿处，花重锦官城。　　　　　　　　杜甫《春夜喜雨》

一路经行处，莓苔见屐痕。　　　　　　刘长卿《寻南溪常道士》

月照城头乌半飞，霜凄万木风入衣。　　　　　李颀《琴歌》

五花马，千金裘，呼儿将出换美酒，与尔同销万古愁。　　李白《将进酒》

吴宫花草埋幽径，晋代衣冠成古丘。　　　　李白《登金陵凤凰台》

云想衣裳花想容，春风拂槛露华浓。　　　　　李白《清平调》

芙蓉旌旗烟雾落，影动倒景摇潇湘。　　　　杜甫《寄韩谏议注》

杨花雪落覆白蘋，青鸟飞去衔红巾。　　　　　杜甫《丽人行》

青春复随冠冕入，紫禁正耐烟花绕。　　　　　杜甫《洗兵马》

机中锦字论长恨，楼上花枝笑独眠。　　　　　皇甫冉《春思》

朱雀桥边野草花，乌衣巷口夕阳斜。　　　　　刘禹锡《乌衣巷》

云鬓花颜金步摇，芙蓉帐暖度春宵。　　　　白居易《长恨歌》

云髻半偏新睡觉，花冠不整下堂来。　　　　白居易《长恨歌》

碧毯线头抽早稻，青罗裙带展新蒲。　　　　白居易《春题湖上》

瑶池阿母绮窗开，黄竹歌声动地哀。　　　　　李商隐《瑶池》

蓬门未识绮罗香，拟托良媒益自伤。　　　　　秦韬玉《贫女》

应怜屐齿印苍苔，小扣柴扉久不开。　　　　叶绍翁《游园不值》

家本姑苏浣花里，圆圆小字娇罗绮。　　　　吴伟业《圆圆曲》

洞庭木落楚天高，眉黛猩红浣战袍。　　　鲁迅《无题（1932年）》

绮罗幕后送飞光，柏栗丛边作道场。　　　　鲁迅《秋夜有感》

斑竹一枝千滴泪，红霞万朵百重衣。　　　　毛泽东《答友人》

山寺月中寻桂子，郡亭枕上看潮头。何日更重游？　白居易《忆江南》

记得绿罗裙，处处怜芳草。　　　　　　　　牛希济《生查子》

庭院深深深几许，杨柳堆烟，帘幕无重数。　　冯延巳《蝶恋花》

碧纱秋月，梧桐夜雨，几回无寐。　　　　　晏殊《撼庭秋》

青杏园林煮酒香，佳人初试薄罗裳，柳丝无力燕飞忙。　晏殊《浣溪沙》

槛菊愁烟兰泣露，罗幕轻寒，燕子双飞去。　　晏殊《蝶恋花》

绿暗红嫣浑可事，绿杨庭院，暖风帘幕，有个人憔悴。　欧阳修《青玉案》

望中酒旆闪闪，一簇烟村，数行霜树。　　　柳永《夜半乐》

败荷零落，衰杨掩映，岸边两两三三，浣纱游女。　　　柳永《夜半乐》

日上花梢，莺穿柳带，犹压香衾卧。　　　柳永《定风波》

都门帐饮无绪，留恋处、兰舟催发。　　　柳永《雨霖铃》

记得小蘋初见，两重心字罗衣。　　　晏几道《临江仙》

竹杖芒鞋轻胜马，谁怕？一蓑烟雨任平生。　　　苏轼《定风波》

石榴半吐红巾蹙，待浮花浪蕊都尽，伴君幽独。　　　苏轼《贺新郎》

念柳外青骢别后，水边红袂分时，怆然暗惊。　　　秦观《八六子》

暗柳啼鸦，单衣伫立，小帘朱户。　　　周邦彦《琐窗寒》

润逼琴丝，寒侵枕障，虫网吹黏帘竹。　　　周邦彦《大酺》

长条故惹行客，似牵衣待话，别情无极。　　　周邦彦《六丑》

相将散离会，探风前津鼓，树杪参旗。　　　周邦彦《夜飞鹊》

锦瑟华年谁与度？月桥花院，琐窗朱户，只有春知处。　　　贺铸《青玉案》

天际小山桃叶步，白蘋花满湔裙处。　　　贺铸《蝶恋花》

厌莺声到枕，花气动帘，醉魂愁梦相半。　　　贺铸《望湘人》

辜负枕前云雨，尊前花月。　　　张元幹《石州慢》

榴花不似舞裙红，无人知此意，歌罢满帘风。　　　陈与义《临江仙》

铺翠冠儿，捻金雪柳，簇带争济楚。　　　李清照《永遇乐》

红藕香残玉簟秋，轻解罗裳，独上兰舟。　　　李清照《一剪梅》

满院东风，海棠铺绣，梨花飘雪。　　　蔡伸《柳梢青》

向晚骤、宝马雕鞍，醉襟惹、乱花飞絮。　　　万俟咏《三台》

故国梅花归梦，愁损绿罗裙。　　　鲁逸仲《南浦》

佳树，翠阴初转午，重帘未卷，乍睡起，寂寞看风絮。　　　袁去华《剑器近》

算好春长在，隔烟催漏金虬咽，罗帏暗淡灯花结。　　　范成大《忆秦娥》

想文君望久，倚竹愁生步罗袜。　　　姜夔《八归》

苔径追忆曾游，念谁伴秋千，彩绳芳柱。　　　张镃《宴山亭》

翠眼圈花，冰丝织练，黄道宝光相直。　　　史达祖《喜迁莺》

深院榴花吐，画帘开、练衣纨扇，午风清暑。　　　刘克庄《贺新郎》

绣幄鸳鸯柱，红情密，腻云低护秦树。　　　吴文英《宴清都》

芳根兼倚，花梢钿合，锦屏人妒。　　　吴文英《宴清都》

翠香零落红衣老，暮愁锁，残柳眉梢。　　　　　吴文英《惜黄花慢》

垂柳不萦裙带住，漫长是，系行舟。　　　　　　吴文英《唐多令》

榴心空叠舞裙红，艾枝应压愁鬟乱。　　　　　　吴文英《踏莎行》

羞红鬓浅恨，晚风未落，片绣点重茵。　　　　　吴文英《渡江云》

为当时曾写榴裙，伤心红绡褪萼。　　　　　　　吴文英《澡兰香》

薰风燕乳，暗雨槐黄，午镜澡兰帘幕。　　　　　吴文英《澡兰香》

衣湿桐阴露冷，采凉花，时赋秋雪。　　　　　　周密《玉京秋》

冰丝写怨更多情，骚人恨，枉赋芳兰幽芷。　　　　周密《花犯》

化作娇莺飞归去，犹认纱窗旧绿，正过雨、荆桃如菽。　蒋捷《贺新郎》

空掩袖，倚寒竹。　　　　　　　　　　　　　　蒋捷《贺新郎》

恐翠袖正天寒，犹倚梅花那树。　　　　　　　　张炎《月下笛》

一襟余恨宫魂断，年年翠阴庭树。　　　　　　　王沂孙《齐天乐》

屐齿莓苔，酒痕罗袖事何限。　　　　　　　　　王沂孙《长亭怨慢》

纵有残花，洒征衣、铅泪都满。　　　　　　　　王沂孙《法曲献仙音》

事阔心违，交淡媒劳，蔓草沾衣多露。　　　　　彭元逊《疏影》

帐庐好在春睡，共飞归湖上，草青无地。　　　　彭元逊《六丑》

花外琵琶，柳边莺燕，玉佩摇金缕。　　　　　　萨都剌《酹江月》

何如薄幸锦衣郎，比翼连枝当日愿。　　　　　　纳兰性德《木兰花》

近来怕说当时事，结遍兰襟。　　　　　　　　　纳兰性德《采桑子》

好在软绡红泪积，漏痕斜罥菱丝碧。　　　　　　纳兰性德《天仙子》

又是梨花欲谢，绣被春寒今夜。　　　　　　　　纳兰性德《昭君怨》

山一程，水一程，身向榆关那畔行，夜深千帐灯。　纳兰性德《长相思》

鸿影惊回雪，怅天寒竹翠，色暗罗裙。　　　　　蒋春霖《忆旧游》

薄命怜花，倚东风罗袖，泪珠偷泫。　　　　　　王鹏运《三姝媚》

已凄感，和酒飘上征衣，莓鬟泪千点。　　　　　朱孝臧《祝英台近》

罗裳自染秋江色，穗帐才遮，珠茵旋积。　　　　郑文焯《六丑》

# 植物 + 建筑物

| | |
|---|---|
| 青青河畔草，郁郁园中柳。 | 《青青河畔草》 |
| 火树银花合，星桥铁锁开。 | 苏味道《正月十五夜》 |
| 永怀愁不寐，松月夜窗虚。 | 孟浩然《岁暮归南山》 |
| 来日绮窗前，寒梅著花未。 | 王维《杂诗》 |
| 草色新雨中，松声晚窗里。 | 丘为《寻西山隐者不遇》 |
| 妾发初覆额，折花门前剧。 | 李白《长干行》 |
| 魂来枫林青，魂返关塞黑。 | 杜甫《梦李白二首之一》 |
| 花隐掖垣暮，啾啾栖鸟过。 | 杜甫《春宿左省》 |
| 晓看红湿处，花重锦官城。 | 杜甫《春夜喜雨》 |
| 茅亭宿花影，药院滋苔纹。 | 常建《宿王昌龄隐居》 |
| 曲径通幽处，禅房花木深。 | 常建《题破山寺后禅院》 |
| 海门深不见，浦树远含滋。 | 韦应物《赋得暮雨送李曹》 |
| 闲门向山路，深柳读书堂。 | 刘眘虚《阙题》 |
| 寥落古行宫，宫花寂寞红。 | 元稹《行宫》 |
| 鸟宿池边树，僧敲月下门。 | 贾岛《题李凝幽居》 |
| 树色随关迥，河声入海遥。 | 许浑《秋日赴阙题潼关驿楼》 |
| 高阁客竟去，小园花乱飞。 | 李商隐《落花》 |
| 槲叶落山路，枳花明驿墙。 | 温庭筠《商山早行》 |
| 飞凤亭边树，桃花岭上风。 | 毛泽东《看山》 |
| 羌笛何须怨杨柳，春风不度玉门关。 | 王之涣《出塞》 |
| 鹿门月照开烟树，忽到庞公栖隐处。 | 孟浩然《夜归鹿门歌》 |
| 月明松下房栊静，日出云中鸡犬喧。 | 王维《桃源行》 |
| 画阁朱楼尽相望，红桃绿柳垂檐向。 | 王维《洛阳女儿行》 |
| 春窗曙灭九微火，九微片片飞花琐。 | 王维《洛阳女儿行》 |
| 吴宫花草埋幽径，晋代衣冠成古丘。 | 李白《登金陵凤凰台》 |

故人西辞黄鹤楼，烟花三月下扬州。　　　　李白《送孟浩然之广陵》

孔明庙前有老柏，柯如青铜根如石。　　　　杜甫《古柏行》

江头宫殿锁千门，细柳新蒲为谁绿。　　　　杜甫《哀江头》

花门剺面请雪耻，慎勿出口他人狙。　　　　杜甫《哀王孙》

青春复随冠冕入，紫禁正耐烟花绕。　　　　杜甫《洗兵马》

花径不曾缘客扫，蓬门今始为君开。　　　　杜甫《客至》

花近高楼伤客心，万方多难此登临。　　　　杜甫《登楼》

丞相祠堂何处寻，锦官城外柏森森。　　　　杜甫《蜀相》

清秋幕府井梧寒，独宿江城蜡炬残。　　　　杜甫《宿府》

花萼夹城通御气，芙蓉小苑入边愁。　　　　杜甫《秋兴八首之六》

古庙杉松巢水鹤，岁时伏腊走村翁。　　　　杜甫《咏怀古迹之四》

机中锦字论长恨，楼上花枝笑独眠。　　　　皇甫冉《春思》

山色遥连秦树晚，砧声近报汉宫秋。　　　　韩翃《同题仙游观》

疏松影落空坛静，细草香生小洞幽。　　　　韩翃《同题仙游观》

玄都观里桃千树，尽是刘郎去后栽。　　　　刘禹锡《玄都观桃花》

百亩庭中半是苔，桃花净尽菜花开。　　　　刘禹锡《再游玄都观》

朱雀桥边野草花，乌衣巷口夕阳斜。　　　　刘禹锡《乌衣巷》

行到中庭数花朵，蜻蜓飞上玉搔头。　　　　刘禹锡《春词》

云鬓半偏新睡觉，花冠不整下堂来。　　　　白居易《长恨歌》

人间四月芳菲尽，山寺桃花始盛开。　　　　白居易《大林寺桃花》

画栏桂树悬秋香，三十六宫土花碧。　　　　李贺《金铜仙人辞汉歌》

日光斜照集灵台，红树花迎晓露开。　　　　张祜《集灵台》

禁门宫树月痕过，媚眼惟看宿鹭窠。　　　　张祜《赠内人》

寂寂花时闭院门，美人相并立琼轩。　　　　朱庆馀《宫中词》

商女不知亡国恨，隔江犹唱后庭花。　　　　杜牧《泊秦淮》

日暮东风怨啼鸟，落花犹似堕楼人。　　　　杜牧《金谷园》

地下若逢陈后主，岂宜重问后庭花。　　　　李商隐《隋宫》

昨夜星辰昨夜风，画楼西畔桂堂东。　　　　李商隐《无题》

迢递高城百尺楼，绿杨枝外尽汀洲。　　　　李商隐《安定城楼》

苏武魂销汉使前，古祠高树两茫然。　　　　温庭筠《苏武庙》

多情只有春庭月，犹为离人照落花。　　　　　　　　　张泌《寄人》

春风疑不到天涯，二月山城未见花。　　　　　　　　欧阳修《戏答元珍》

小楼一夜听春雨，深巷明朝卖杏花。　　　　　　　陆游《临安春雨初霁》

相见初经田窦家，侯门歌舞出如花。　　　　　　　　吴伟业《圆圆曲》

可怜思妇楼头柳，认作天边粉絮看。　　　　　　　　吴伟业《圆圆曲》

剪烛西窗情款款，垂杨南国泪丝丝。　　　　　　柳亚子《悼亡友亚魂》

花落子规啼，绿窗残梦迷。　　　　　　　　　　　温庭筠《菩萨蛮》

劝我早归家，绿窗人似花。　　　　　　　　　　　　韦庄《菩萨蛮》

相见处，晚晴天，刺桐花下越台前。　　　　　　　　李珣《南乡子》

无言独上西楼，月如钩。寂寞梧桐深院锁清秋。　　　李煜《相见欢》

庭轩寂寞近清明，残花中酒，又是去年病。　　　　　张先《青门引》

楼头残梦五更钟，花底离愁三月雨。　　　　　　　　晏殊《木兰花》

昨夜西风凋碧树，独上高楼，望尽天涯路。　　　　　晏殊《蝶恋花》

小径红稀，芳郊绿遍，高台树色阴阴见。　　　　　　晏殊《踏莎行》

把酒祝东风，且共从容，垂杨紫陌洛城东。　　　　欧阳修《浪淘沙》

更回首、重城不见，寒江天外，隐隐两三烟树。　　　柳永《采莲令》

不肯画堂朱户，春风自在杨花。　　　　　　　　　王安国《清平乐》

北楼闲上，疏帘高卷，直见街南树。　　　　　　　晏几道《御街行》

墙头丹杏雨余花，门外绿杨风后絮。　　　　　　　晏几道《木兰花》

舞低杨柳楼心月，歌尽桃花扇底风。　　　　　　　晏几道《鹧鸪天》

乳燕飞华屋，悄无人、桐阴转午，晚凉新浴。　　　　苏轼《贺新郎》

西园夜饮鸣笳，有华灯碍月，飞盖妨花。　　　　　秦观《望海潮》

舞困榆钱自落，秋千外、绿水桥平。　　　　　　　秦观《满庭芳》

青烟幂处，碧海飞金镜，永夜闲阶卧桂影。　　　　晁补之《洞仙歌》

羡金屋去来，旧时巢燕；土花缭绕，前度莓墙。　　周邦彦《风流子》

古屋寒窗底，听几片、井桐飞坠。　　　　　　　　周邦彦《夜游宫》

桐花半亩，静锁一庭愁雨。　　　　　　　　　　　周邦彦《琐窗寒》

章台路，还见褪粉梅梢，试花桃树。　　　　　　　周邦彦《瑞龙吟》

映水曲、翠瓦朱檐，垂杨里、乍见津亭。　　　　　周邦彦《绮寮怨》

为问花何在，夜来风雨，葬楚宫倾国。　　　　　　周邦彦《六丑》

粉墙低，梅花照眼，依然旧风味。　　　　　　　周邦彦《花犯》

叹西园、已是花深无地，东风何事又恶？　　　　周邦彦《瑞鹤仙》

乱花过，隔院芸香，满地狼藉。　　　　　　　　周邦彦《应天长》

闲阶静、杨花渐少，朱门掩、莺声犹嫩。　　　　僧挥《金明池》

忆旧游、邃馆朱扉，小园香径，尚想桃花人面。　蔡伸《苏武慢》

满院东风，海棠铺绣，梨花飘雪。　　　　　　　蔡伸《柳梢青》

欲黄昏，雨打梨花深闭门。　　　　　　　　　　李重元《忆王孙》

清明看、汉宫传蜡炬，散翠烟、飞入槐府。　　　万俟咏《三台》

玉台挂秋月，铅素浅、梅花傅香雪。　　　　　　田为《江神子慢》

落尽庭花春去也，银蟾迥，无情圆又缺。　　　　田为《江神子慢》

桃花落，闲池阁。山盟虽在，锦书难托。莫，莫，莫！　陆游《钗头凤》

闹花深处层楼，画帘半卷东风软。　　　　　　　陈亮《水龙吟》

东厢月，一天风露，杏花如雪。　　　　　　　　范成大《忆秦娥》

芳莲坠粉，疏桐吹绿，庭院暗雨乍歇。　　　　　姜夔《八归》

记曾共西楼雅集，想垂柳还袅万丝金。　　　　　姜夔《一萼红》

空城晓角，吹入垂杨陌。　　　　　　　　　　　姜夔《淡黄柳》

强携酒，小桥宅，怕梨花落尽成秋色。　　　　　姜夔《淡黄柳》

春风只在园西畔，荠菜花繁蝴蝶乱。　　　　　　严仁《木兰花》

月洗高梧，露浄幽草，宝钗楼外秋深。　　　　　张镃《满庭芳》

怎得伊来，花雾绕、小堂深处。　　　　　　　　张镃《宴山亭》

记当日、门掩梨花，剪灯深夜语。　　　　　　　史达祖《绮罗香》

红楼归晚，看足柳昏花暝。　　　　　　　　　　史达祖《双双燕》

烟光摇缥瓦，望晴檐多风，柳花如洒。　　　　　史达祖《三姝媚》

把闲言语，花房夜久，各自思量。　　　　　　　史达祖《夜合花》

晚雨未摧宫树，可怜闲叶，犹抱凉蝉。　　　　　史达祖《玉蝴蝶》

深院榴花吐，画帘开、絺衣纨扇，午风清暑。　　刘克庄《贺新郎》

有情花影阑干，莺声门径，解留我霎时凝伫。　　吴文英《祝英台近》

华表月明归夜鹤，叹当时花竹今如此。　　　　　吴文英《贺新郎》

画船载、清明过却，晴烟冉冉吴宫树。　　　　　吴文英《莺啼序》

幻苍崖云树，名娃金屋，残霸宫城。　　　　　　吴文英《八声甘州》

| | |
|---|---|
| 送客吴皋，正试霜夜冷，枫落长桥。 | 吴文英《惜黄花慢》 |
| 垂杨暗吴苑，正旗亭烟冷，河桥风暖。 | 吴文英《瑞鹤仙》 |
| 吴鸿好为传归信，杨柳阊门屋数间。 | 吴文英《鹧鸪天》 |
| 戏马台前，采花篱下，问岁华、还是重九。 | 潘希白《大有》 |
| 欢极蓬壶蕖浸，花院梨溶，醉连春夕。 | 蒋捷《瑞鹤仙》 |
| 蕙花香也，雪晴池馆如画。 | 蒋捷《女冠子》 |
| 一襟余恨宫魂断，年年翠阴庭树。 | 王沂孙《齐天乐》 |
| 一壶幽绿，爱松阴满地，蕊珠宫府。 | 萨都剌《酹江月》 |
| 折梅花去也，城西炬火，照琼瑶碎。 | 邓廷桢《水龙吟》 |
| 廊荫转疏槐，圆蟾明上阶，倚空尊、凉梦徘徊。 | 朱孝臧《唐多令》 |
| 一霎车尘生树杪，陌上楼头，都向尘中老。 | 王国维《蝶恋花》 |

## 植物 ＋ 植物

| | |
|---|---|
| 青青河畔草，郁郁园中柳。 | 《青青河畔草》 |
| 云霞出海曙，梅柳渡江春。 | 杜审言《和晋陵陆丞早春游望》 |
| 兰叶春葳蕤，桂华秋皎洁。 | 张九龄《感遇之一》 |
| 徒言树桃李，此木岂无阴。 | 张九龄《感遇之七》 |
| 荷风送香气，竹露滴清响。 | 孟浩然《夏日南亭怀辛大》 |
| 行当浮桂棹，未几拂荆扉。 | 王维《送綦毋潜落第还乡》 |
| 竹喧归浣女，莲动下渔舟。 | 王维《山居秋暝》 |
| 草色新雨中，松声晚窗里。 | 丘为《寻西山隐者不遇》 |
| 燕草如碧丝，秦桑低绿枝。 | 李白《春思》 |
| 郎骑竹马来，绕床弄青梅。 | 李白《长干行》 |
| 绿竹入幽径，青萝拂行衣。 | 李白《下终南山过斛斯山人宿置酒》 |
| 江山如有待，花柳更无私。 | 杜甫《后游》 |
| 国破山河在，城春草木深。 | 杜甫《春望》 |
| 苍梧来怨慕，白芷动芳馨。 | 钱起《省试湘灵鼓瑟》 |

| | |
|---|---|
| 秋风萧瑟天气凉，草木摇落露为霜。 | 曹丕《燕歌行》 |
| 晴川历历汉阳树，芳草萋萋鹦鹉洲。 | 崔颢《黄鹤楼》 |
| 枯桑老柏寒飕飀，九雏鸣凤乱啾啾。 | 李颀《听安万善吹觱篥歌》 |
| 变调如闻杨柳春，上林繁花照眼新。 | 李颀《听安万善吹觱篥歌》 |
| 画阁朱楼尽相望，红桃绿柳垂檐向。 | 王维《洛阳女儿行》 |
| 路旁时卖故侯瓜，门前学种先生柳。 | 王维《老将行》 |
| 洞门高阁霭余晖，桃李阴阴柳絮飞。 | 王维《赠郭给事》 |
| 山中习静观朝槿，松下清斋折露葵。 | 王维《积雨辋川庄作》 |
| 二帝巡游俱未回，五陵松柏使人哀。 | 李白《永王东巡歌之五》 |
| 杨花雪落覆白蘋，青鸟飞去衔红巾。 | 杜甫《丽人行》 |
| 江头宫殿锁千门，细柳新蒲为谁绿。 | 杜甫《哀江头》 |
| 河广传闻一苇过，胡危命在破竹中。 | 杜甫《洗兵马》 |
| 三年笛里关山月，万国兵前草木风。 | 杜甫《洗兵马》 |
| 桤林碍日吟风叶，笼竹和烟滴露梢。 | 杜甫《堂成》 |
| 香稻啄余鹦鹉粒，碧梧栖老凤凰枝。 | 杜甫《秋兴八首之八》 |
| 古庙杉松巢水鹤，岁时伏腊走村翁。 | 杜甫《咏怀古迹之四》 |
| 长乐钟声花外尽，龙池柳色雨中深。 | 钱起《赠阙下裴舍人》 |
| 疏松影落空坛静，细草香生小洞幽。 | 韩翃《同题仙游观》 |
| 山红涧碧纷烂漫，时见松枥皆十围。 | 韩愈《山石》 |
| 归来池苑皆依旧，太液芙蓉未央柳。 | 白居易《长恨歌》 |
| 芙蓉如面柳如眉，对此如何不泪垂。 | 白居易《长恨歌》 |
| 浔阳江头夜送客，枫叶荻花秋瑟瑟。 | 白居易《琵琶行》 |
| 住近湓江地低湿，黄芦苦竹绕宅生。 | 白居易《琵琶行》 |
| 乱花渐欲迷人眼，浅草才能没马蹄。 | 白居易《钱塘湖春行》 |
| 草萤有耀终非火，荷露虽团岂是珠。 | 白居易《放言五首之一》 |
| 风波不信菱枝弱，月露谁教桂叶香。 | 李商隐《无题》 |
| 于今腐草无萤火，终古垂杨有暮鸦。 | 李商隐《隋宫》 |
| 近寒食雨草萋萋，著麦苗风柳映堤。 | 无名氏《杂诗》 |
| 竹外桃花三两枝，春江水暖鸭先知。 | 苏轼《惠崇春江晚景》 |
| 山重水复疑无路，柳暗花明又一村。 | 陆游《游山西村》 |

花带露寒无戏蝶，草连云暗有藏鸦。 朱弁《春阴》

绮罗幕后送飞光，柏栗丛边作道场。 鲁迅《秋夜有感》

留得岁寒松柏在，任他世网乱如麻。 柳亚子《次韵和陈巢南》

一水西陵松柏渡，吴山越浦怒潮秋。 柳亚子《吴门记游之十》

草木不欣胡日月，风云犹壮汉山河。 柳亚子《寄题岳王冢》

秋坟一例沉冤狱，可许长松附女萝。 柳亚子《寄题岳王冢》

夜雨江村草木欣，端居无事又思君。 郁达夫《乱离杂诗之三》

细雨蒲帆游子泪，春风杨柳故园情。 郁达夫《乱离杂诗之九》

乱世桃源非乐土，炎荒草泽尽英雄。 郁达夫《乱离杂诗之十》

草木风声势未安，孤舟惶恐再经滩。 郁达夫《乱离杂诗十二》

绿杨芳草几时休，泪眼愁肠先已断。 钱惟演《木兰花》

百草千花寒食路，香车系在谁家树。 冯延巳《蝶恋花》

紫薇朱槿花残，斜阳却照阑干。 晏殊《清平乐》

绿杨芳草长亭路，年少抛人容易去。 晏殊《木兰花》

槛菊愁烟兰泣露，罗幕轻寒，燕子双飞去。 晏殊《蝶恋花》

绿杨烟外晓寒轻，红杏枝头春意闹。 宋祁《木兰花》

候馆梅残，溪桥柳细，草薰风暖摇征辔。 欧阳修《踏莎行》

日上花梢，莺穿柳带，犹压香衾卧。 柳永《定风波》

重湖叠𪩘清嘉，有三秋桂子，十里荷花。 柳永《望海潮》

槛菊萧疏，井梧零乱，惹残烟。 柳永《戚氏》

水风轻、蘋花渐老；月露冷、梧叶飘黄。 柳永《玉蝴蝶》

败荷零落，衰杨掩映，岸边两两三三，浣纱游女。 柳永《夜半乐》

兰佩紫，菊簪黄，殷勤理旧狂。 晏几道《阮郎归》

墙头丹杏雨余花，门外绿杨风后絮。 晏几道《木兰花》

舞低杨柳楼心月，歌尽桃花扇底风。 晏几道《鹧鸪天》

守得莲开结伴游，约开萍叶上兰舟。 晏几道《鹧鸪天》

柳下桃蹊，乱分春色到人家。 秦观《望海潮》

章台路，还见褪粉梅梢，试花桃树。 周邦彦《瑞龙吟》

钗钿堕处遗香泽，乱点桃蹊，轻翻柳陌。 周邦彦《六丑》

凭栏久，黄芦苦竹，疑泛九江船。 周邦彦《满庭芳》

第四篇 动物和植物类

泪竹痕鲜，佩兰香老，湘天浓暖。　　　　　　　贺铸《望湘人》

阑干外、烟柳弄晴，芳草侵阶映红药。　　　　　张元幹《兰陵王》

宠柳娇花寒食近，种种恼人天气。　　　　　　　李清照《念奴娇》

染柳烟浓，吹梅笛怨，春意知几许。　　　　　　李清照《永遇乐》

潇洒江梅，向竹梢疏处，横两三枝。　　　　　　李邴《汉宫春》

满院东风，海棠铺绣，梨花飘雪。　　　　　　　蔡伸《柳梢青》

见梨花初带夜月，海棠半含朝雨。　　　　　　　万俟咏《三台》

芳草王孙知何处，惟有杨花糁径。　　　　　　　李玉《贺新郎》

数峰江上，芳草天涯，参差烟树。　　　　　　　廖世美《烛影摇红》

柳困桃慵，杏青梅小，对人容易。　　　　　　　程垓《水龙吟》

草软莎平，跋马垂杨渡，玉勒争嘶。　　　　　　韩元吉《六州歌头》

春归翠陌，平莎茸嫩，垂杨金浅。　　　　　　　陈亮《水龙吟》

却笑东风从此，便熏梅染柳，更没些闲。　　　　辛弃疾《汉宫春》

宝钗分，桃叶渡，烟柳暗南浦。　　　　　　　　辛弃疾《祝英台近》

斜阳草树，寻常巷陌，人道寄奴曾住。　　　　　辛弃疾《永遇乐》

双桨莼波，一蓑松雨，暮愁渐满空阔。　　　　　姜夔《庆宫春》

芳莲坠粉，疏桐吹绿，庭院暗雨乍歇。　　　　　姜夔《八归》

翠藤共、闲穿径竹，渐笑语、惊起卧沙禽。　　　姜夔《一萼红》

柳暗花明春事深，小阑红芍药，已抽簪。　　　　章良能《小重山》

红杏香中箫鼓，绿杨影里秋千。　　　　　　　　俞国宝《风入松》

竹槛气寒，蕙畹声摇，新绿暗通南浦。　　　　　张镃《宴山亭》

月洗高梧，露浥幽草，宝钗楼外秋深。　　　　　张镃《满庭芳》

做冷欺花，将烟困柳，千里偷催春暮。　　　　　史达祖《绮罗香》

红楼归晚，看足柳昏花暝。　　　　　　　　　　史达祖《双双燕》

巧沁兰心，偷粘草甲，东风欲障新暖。　　　　　史达祖《东风第一枝》

青未了、柳回白眼，红欲断、杏开素面。　　　　史达祖《东风第一枝》

柳院灯疏，梅厅雪在，谁与细倾春碧。　　　　　史达祖《喜迁莺》

江水苍苍，望倦柳愁荷，共感秋色。　　　　　　史达祖《秋霁》

柳锁莺魂，花翻蝶梦，自知愁染潘郎。　　　　　史达祖《夜合花》

更那堪衰草连天，飞梅弄晚。　　　　　　　　　卢祖皋《宴清都》

斗草溪根，沙印小莲步。　　　　　　　　　吴文英《祝英台近》

幽兰旋老，杜若还生，水乡尚寄旅。　　　　吴文英《莺啼序》

兰情蕙盼，惹相思、春根酒畔。　　　　　　吴文英《瑞鹤仙》

修竹凝妆，垂杨驻马，凭阑浅画成图。　　　吴文英《高阳台》

秋已无多，早是败荷衰柳。　　　　　　　　潘希白《大有》

渐新痕悬柳，淡彩穿花，依约破初暝。　　　王沂孙《眉妩》

花外琵琶，柳边莺燕，玉佩摇金缕。　　　　萨都剌《酹江月》

杨柳迷离晓雾中，杏花零落五更钟。　　　　陈子龙《山花子》

梨花带雨，柳絮迎风，一番愁债。　　　　　夏完淳《烛影摇红》

记星街掩柳，雨径穿莎，悄叩闲门。　　　　蒋春霖《忆旧游》

枫老树流丹，芦华吹又残，系扁舟、同倚朱阑。　蒋春霖《唐多令》

怅霜飞榆塞，月冷枫江，万里凄清。　　　　文廷式《忆旧游》

遥想横汾箫鼓，兰菊尚芳馨。　　　　　　　文廷式《忆旧游》

唐宫汉阙荆榛遍，苦恨铜驼贱。　　　　　　柳亚子《虞美人》

我失骄杨君失柳，杨柳轻飏，直上重霄九。　毛泽东《蝶恋花》

# 天文天气季节类

# 天文 + 天气

| | |
|---|---|
| 松月生夜凉，风泉满清听。 | 孟浩然《宿业师山房待丁大不至》 |
| 风鸣两岸叶，月照一孤舟。 | 孟浩然《宿桐庐江寄广陵旧游》 |
| 松风吹解带，山月照弹琴。 | 王维《酬张少府》 |
| 空山新雨后，天气晚来秋。 | 王维《山居秋暝》 |
| 长歌吟松风，曲尽河星稀。 | 李白《下终南山过斛斯山人宿置酒》 |
| 床前明月光，疑是地上霜。 | 李白《夜思》 |
| 落日照大旗，马鸣风萧萧。 | 杜甫《后出塞之二》 |
| 无风云出塞，不夜月临关。 | 杜甫《秦州杂诗之七》 |
| 凉风起天末，君子意如何。 | 杜甫《天末怀李白》 |
| 长簟迎风早，空城澹月华。 | 韩翃《酬程近秋夜即事见赠》 |
| 浩浩风起波，冥冥日沉夕。 | 韦应物《夕次盱眙县》 |
| 高风汉阳渡，初日郢门山。 | 温庭筠《送人东游》 |
| 鸡声茅店月，人迹板桥霜。 | 温庭筠《商山早行》 |
| 春风对青冢，白日落梁州。 | 张乔《书边事》 |
| 风暖鸟声碎，日高花影重。 | 杜荀鹤《春宫怨》 |
| 秋风萧瑟天气凉，草木摇落露为霜。 | 曹丕《燕歌行》 |
| 大漠风尘日色昏，红旗半卷出辕门。 | 王昌龄《从军行之五》 |
| 昨夜风开露井桃，未央前殿月轮高。 | 王昌龄《春宫怨》 |
| 月照城头乌半飞，霜凄万木风入衣。 | 李颀《琴歌》 |
| 翠影红霞映朝日，鸟飞不到吴天长。 | 李白《庐山谣寄卢侍御虚舟》 |
| 南风一扫胡尘静，西入长安到日边。 | 李白《永王东巡歌之十一》 |
| 千里黄云白日曛，北风吹雁雪纷纷。 | 高适《别董大之一》 |

鸿飞冥冥日月白，青枫叶赤天雨霜。 杜甫《寄韩谏议注》

霜皮溜雨四十围，黛色参天二千尺。 杜甫《古柏行》

三年笛里关山月，万国兵前草木风。 杜甫《洗兵马》

桤林碍日吟风叶，笼竹和烟滴露梢。 杜甫《堂成》

海内风尘诸弟隔，天涯涕泪一身遥。 杜甫《野望》

风急天高猿啸哀，渚清沙白鸟飞回。 杜甫《登高》

江间波浪兼天涌，塞上风云接地阴。 杜甫《秋兴八首之一》

织女机丝虚夜月，石鲸鳞甲动秋风。 杜甫《秋兴八首之七》

支离东北风尘际，飘泊西南天地间。 杜甫《咏怀古迹之一》

画图省识春风面，环佩空归月夜魂。 杜甫《咏怀古迹之三》

北风卷地白草折，胡天八月即飞雪。 岑参《白雪歌送武判官归京》

月落乌啼霜满天，江枫渔火对愁眠。 张继《枫桥夜泊》

玉楼天半起笙歌，风送宫嫔笑语和。 顾况《宫词》

回乐峰前沙似雪，受降城外月如霜。 李益《夜上受降城闻笛》

今年欢笑复明年，秋月春风等闲度。 白居易《琵琶行》

日暮东风怨啼鸟，落花犹似堕楼人。 杜牧《金谷园》

腰悬相印作都统，阴风惨澹天王旗。 李商隐《韩碑》

昨夜星辰昨夜风，画楼西畔桂堂东。 李商隐《无题》

风波不信菱枝弱，月露谁教桂叶香。 李商隐《无题》

玄宗回马杨妃死，云雨难忘日月新。 郑畋《马嵬坡》

春风疑不到天涯，二月山城未见花。 欧阳修《戏答元珍》

春风又绿江南岸，明月何时照我还。 王安石《泊船瓜洲》

参横斗转欲三更，苦雨终风也解晴。 苏轼《六月二十日夜渡海》

我欲登天云盘盘，我欲御风无羽翰。 夏完淳《长歌》

泽中何有多红兰，天风日暮徒盘桓。 夏完淳《长歌》

风急弦绝摧心肝，月明星稀斗阑干。 夏完淳《长歌》

草木不欣胡日月，风云犹壮汉山河。 柳亚子《寄题岳王冢》

冷眼向洋看世界，热风吹雨洒江天。 毛泽东《登庐山》

闻鸡久听南天雨，立马曾挥北地鞭。 毛泽东《洪都》

东边日出西边雨，道是无晴却有晴。 刘禹锡《竹枝词》

| 雨后却斜阳，杏花零落香。 | 温庭筠《菩萨蛮》 |
| 春水碧于天，画船听雨眠。 | 韦庄《菩萨蛮》 |
| 小楼昨夜又东风，故国不堪回首月明中。 | 李煜《虞美人》 |
| 昨夜西风凋碧树，独上高楼，望尽天涯路。 | 晏殊《蝶恋花》 |
| 独立小桥风满袖，平林新月人归后。 | 欧阳修《蝶恋花》 |
| 夕阳岛外，秋风原上，目断四天垂。 | 柳永《少年游》 |
| 今宵酒醒何处? 杨柳岸、晓风残月。 | 柳永《雨霖铃》 |
| 伫倚危楼风细细，望极春愁，黯黯生天际。 | 柳永《蝶恋花》 |
| 水风轻、蘋花渐老；月露冷、梧叶飘黄。 | 柳永《玉蝴蝶》 |
| 难忘，文期酒会，几孤风月，屡变星霜。 | 柳永《玉蝴蝶》 |
| 月华收，云淡霜天曙。 | 柳永《采莲令》 |
| 对潇潇暮雨洒江天，一番洗清秋。 | 柳永《八声甘州》 |
| 征帆去棹残阳里，背西风、酒旗斜矗。 | 王安石《桂枝香》 |
| 楚台风，庚楼月，宛如昨。 | 王安石《千秋岁引》 |
| 明月如霜，好风如水，清景无限。 | 苏轼《永遇乐》 |
| 无端天与娉婷，夜月一帘幽梦，春风十里柔情。 | 秦观《八六子》 |
| 湘天风雨破寒初，深沉庭院虚。 | 秦观《阮郎归》 |
| 雾浓香鸭，冰凝泪烛，霜天难晓。 | 时彦《青门饮》 |
| 笑相遇，似觉琼枝玉树相倚，暖日明霞光烂。 | 周邦彦《拜星月慢》 |
| 怒涛寂寞打孤城，风樯遥度天际。 | 周邦彦《西河》 |
| 记画堂风月逢迎，轻颦浅笑娇无奈。 | 贺铸《薄幸》 |
| 枉望断天涯，两厌厌风月。 | 贺铸《石州引》 |
| 数点雨声风约住，朦胧淡月云来去。 | 贺铸《蝶恋花》 |
| 辜负枕前云雨，尊前花月。 | 张元幹《石州慢》 |
| 元宵佳节，融和天气，次第岂无风雨。 | 李清照《永遇乐》 |
| 风住尘香花已尽，日晚倦梳头。 | 李清照《武陵春》 |
| 好个霜天，闲却传杯手。 | 汪藻《点绛唇》 |
| 见梨花初带夜月，海棠半含朝雨。 | 万俟咏《三台》 |
| 驰隙流年，恍如一瞬星霜换。 | 张抡《烛影摇红》 |
| 东厢月，一天风露，杏花如雪。 | 范成大《忆秦娥》 |

明月别枝惊鹊，清风半夜鸣蝉。　　　　　　辛弃疾《西江月》

七八个星天外，两三点雨山前。　　　　　　辛弃疾《西江月》

凤尾龙香拨，自开元霓裳曲罢，几番风月。　　辛弃疾《贺新郎》

东风夜放花千树，更吹落，星如雨。　　　　　辛弃疾《青玉案》

雨余风软碎鸣禽，迟迟日，犹带一分阴。　　　章良能《小重山》

暖风十里丽人天，花压鬓云偏。　　　　　　　俞国宝《风入松》

漏初长、梦魂难禁，人渐老、风月俱寒。　　　史达祖《玉蝴蝶》

春啼细雨，笼愁淡月，恁时庭院。　　　　　　卢祖皋《宴清都》

月又渐低霜又下，更阑，折得梅花独自看。　　潘牥《南乡子》

断烟离绪，关心事，斜阳红隐霜树。　　　　　吴文英《霜叶飞》

昨夜冷中庭，月下相认，睡浓更苦凄风紧。　　吴文英《花犯》

东风紧送斜阳下，弄旧寒、晚酒醒余。　　　　吴文英《高阳台》

还怕两人俱薄命，再缘悭、剩月零风里。　　　纳兰性德《金缕曲》

怅霜飞榆塞，月冷枫江，万里凄清。　　　　　文廷式《忆旧游》

明霞照海，渲异艳，远天外。　　　　　　　　吕碧城《瑞鹤仙》

今朝霜重东门路，照横塘半天残月，凄清如许。　毛泽东《贺新郎》

鹰击长空，鱼翔浅底，万类霜天竞自由。　　　毛泽东《沁园春》

胜似春光，寥廓江天万里霜。　　　　　　　　毛泽东《采桑子》

万木霜天红烂漫，天兵怒气冲霄汉。　　　　　毛泽东《渔家傲》

二十万军重入赣，风烟滚滚来天半。　　　　　毛泽东《渔家傲》

西风烈，长空雁叫霜晨月。　　　　　　　　　毛泽东《忆秦娥》

独有豪情，天际悬明月，风雷磅礴。　　　　　毛泽东《念奴娇》

## 天文 ＋ 季节

春日载阳，有鸣仓庚。　　　　　　　　　　《诗经·豳风·七月》

海日生残夜，江春入旧年。　　　　　　　　王湾《次北固山下》

月出惊山鸟，时鸣春涧中。　　　　　　　　王维《鸟鸣涧》

| | |
|---|---|
| 空山新雨后，天气晚来秋。 | 王维《山居秋暝》 |
| 荒城临古渡，落日满秋山。 | 王维《归嵩山作》 |
| 却下水精帘，玲珑望秋月。 | 李白《玉阶怨》 |
| 登舟望秋月，空忆谢将军。 | 李白《夜泊牛渚怀古》 |
| 渭北春天树，江东日暮云。 | 杜甫《春日忆李白》 |
| 蛟龙得云雨，雕鹗在秋天。 | 杜甫《奉赠严八阁老》 |
| 天上秋期近，人间月影清。 | 杜甫《月》 |
| 秋窗犹曙色，落木更天风。 | 杜甫《客亭》 |
| 今秋天地在，吾亦离殊方。 | 杜甫《双燕》 |
| 长江一帆远，落日五湖春。 | 刘长卿《饯别王十一南游》 |
| 星河秋一雁，砧杵夜千家。 | 韩翃《酬程近秋夜即事见赠》 |
| 天秋月又满，城阙夜千重。 | 戴叔伦《江乡故人偶集客舍》 |
| 怀君属秋夜，散步咏凉天。 | 韦应物《秋夜寄邱员外》 |
| 天地英雄气，千秋尚凛然。 | 刘禹锡《蜀先祖庙》 |
| 雁来秋水阔，鸦尽夕阳沉。 | 许浑《寄契盈上人》 |
| 北斗兼春远，南陵寓使迟。 | 李商隐《凉思》 |
| 春风对青冢，白日落梁州。 | 张乔《书边事》 |
| 秋风萧瑟天气凉，草木摇落露为霜。 | 曹丕《燕歌行》 |
| 闲云潭影日悠悠，物换星移几度秋。 | 王勃《滕王阁》 |
| 撩乱边愁听不尽，高高秋月照长城。 | 王昌龄《从军行之二》 |
| 峨眉山月半轮秋，影入平羌江水流。 | 李白《峨眉山月歌》 |
| 秋毫不犯三吴悦，春日遥看五色光。 | 李白《永王东巡歌之三》 |
| 大漠穷秋塞草衰，孤城落日斗兵稀。 | 高适《燕歌行》 |
| 俄顷风定云墨色，秋天漠漠向昏黑。 | 杜甫《茅屋为秋风所破歌》 |
| 司徒清鉴悬明镜，尚书气与秋天杳。 | 杜甫《洗兵马》 |
| 白日放歌须纵酒，青春作伴好还乡。 | 杜甫《闻官军收河南河北》 |
| 落花游丝白日静，鸣鸠乳燕青春深。 | 杜甫《题省中院壁》 |
| 锦江春色来天地，玉垒浮云变古今。 | 杜甫《登楼》 |
| 织女机丝虚夜月，石鲸鳞甲动秋风。 | 杜甫《秋兴八首之七》 |
| 画图省识春风面，环佩空归月夜魂。 | 杜甫《咏怀古迹之三》 |

秋草独寻人去后，寒林空见日斜时。　　　　　　　刘长卿《长沙过贾谊宅》

汉口夕阳斜渡鸟，洞庭秋水远连天。

　　　　　　　　　　刘长卿《自夏口至鹦鹉洲望岳阳寄元中丞》

月殿影开闻夜漏，水精帘卷近秋河。　　　　　　　　　　顾况《宫词》

三湘愁鬓逢秋色，万里归心对月明。　　　　　　　　　　卢纶《晚次鄂州》

春宵苦短日高起，从此君王不早朝。　　　　　　　　　白居易《长恨歌》

东船西舫悄无言，唯见江心秋月白。　　　　　　　　　白居易《琵琶行》

今年欢笑复明年，秋月春风等闲度。　　　　　　　　　白居易《琵琶行》

春江花朝秋月夜，往往取酒还独倾。　　　　　　　　　白居易《琵琶行》

角声满天秋色里，塞上燕脂凝夜紫。　　　　　　　　　李贺《雁门太守行》

多情只有春庭月，犹为离人照落花。　　　　　　　　　　张泌《寄人》

春风疑不到天涯，二月山城未见花。　　　　　　　　欧阳修《戏答元珍》

春风又绿江南岸，明月何时照我还。　　　　　　　　王安石《泊船瓜洲》

错怨狂风飏落花，无边春色来天地。　　　　　　　　吴伟业《圆圆曲》

曾惊秋肃临天下，敢遣春温上笔端。　　　　　　　　鲁迅《亥年残秋偶作》

故国已无周正朔，阳秋犹记鲁元年。　　　　　　柳亚子《题太平天国战史》

云开衡岳积阴止，天马凤凰春树里。　　　　　　毛泽东《送纵宇一郎东行》

日出江花红胜火，春来江水绿如蓝。能不忆江南？　　白居易《忆江南》

玉楼明月长相忆，柳丝袅娜春无力。　　　　　　　　温庭筠《菩萨蛮》

春山烟欲收，天淡星稀小。　　　　　　　　　　　　牛希济《生查子》

回首绿波春色暮，接天流。　　　　　　　　　　　　李璟《摊破浣溪沙》

无言独上西楼，月如钩。寂寞梧桐深院锁清秋。　　　　李煜《相见欢》

春花秋月何时了，往事知多少。　　　　　　　　　　　李煜《虞美人》

碧云天，黄叶地，秋色连波，波上寒烟翠。　　　　范仲淹《苏幕遮》

塞下秋来风景异，衡阳雁去无留意。　　　　　　　范仲淹《渔家傲》

那堪更被明月，隔墙送过秋千影。　　　　　　　　　　张先《青门引》

夕阳岛外，秋风原上，目断四天垂。　　　　　　　　柳永《少年游》

晚秋天，一霎微雨洒庭轩。　　　　　　　　　　　　　柳永《戚氏》

伫倚危楼风细细，望极春愁，黯黯生天际。　　　　　柳永《蝶恋花》

对潇潇暮雨洒江天，一番洗清秋。　　　　　　　　柳永《八声甘州》

登临送目，正故国晚秋，天气初肃。　　　　　　　王安石《桂枝香》

无端天与娉婷，夜月一帘幽梦，春风十里柔情。　　秦观《八六子》

恼乱横波秋一寸，斜阳只与黄昏近。　　　　　　　赵令畤《蝶恋花》

斜阳冉冉春无极，念月榭携手，露桥闻笛。　　　　周邦彦《兰陵王》

锦瑟华年谁与度？月桥花院，琐窗朱户，只有春知处。　　贺铸《青玉案》

琼枝璧月春如昨。怅别后华表，那回双鹤。　　　　张元幹《兰陵王》

到今来，海角逢春，天涯为客。　　　　　　　　　李甲《帝台春》

料为我厌厌，日高慵起，长托春酲未醒。　　　　　徐伸《转调二郎神》

双阙中天，凤楼十二春寒浅。　　　　　　　　　　张抡《烛影摇红》

记年时，隐映新妆面，临水岸，春将半，云日暖，斜桥转，夹城西。

　　　　　　　　　　　　　　　　　　　　　　　韩元吉《六州歌头》

灯花结，片时春梦，江南天阔。　　　　　　　　　范成大《忆秦娥》

春且住！见说道、天涯芳草无归路。　　　　　　　辛弃疾《摸鱼儿》

欲说还休，却道天凉好个秋。　　　　　　　　　　辛弃疾《丑奴儿》

楚天千里清秋，水随天去秋无际。　　　　　　　　辛弃疾《水龙吟》

况屈指中秋，十分好月，不照人圆。　　　　　　　辛弃疾《木兰花慢》

目断秋霄落雁，醉来时响空弦。　　　　　　　　　辛弃疾《木兰花慢》

候馆迎秋，离宫吊月，别有伤心无数。　　　　　　姜夔《齐天乐》

月洗高梧，露漙幽草，宝钗楼外秋深。　　　　　　张镃《满庭芳》

春啼细雨，笼愁淡月，恁时庭院。　　　　　　　　卢祖皋《宴清都》

波面铜花冷不收，玉人垂钓理纤钩，月明池阁夜来秋。　吴文英《浣溪沙》

落絮无声春堕泪，行云有影月含羞，东风临夜冷于秋。　吴文英《浣溪沙》

昼闲度，因甚天也悭春，轻阴便成雨。　　　　　　吴文英《祝英台近》

乡梦窄，水天宽，小窗愁黛淡秋山。　　　　　　　吴文英《鹧鸪天》

秋千外、芳草连天，谁遣风沙暗南浦。　　　　　　刘辰翁《兰陵王》

红妆春骑，踏月影竿旗穿市。　　　　　　　　　　刘辰翁《宝鼎现》

璧月初晴，黛云远淡，春事谁主。　　　　　　　　刘辰翁《永遇乐》

朱钿宝玦，天上飞琼，比人间春别。　　　　　　　周密《瑶华》

荏苒一枝春，恨东风、人似天远。　　　　　　　王沂孙《法曲献仙音》

病翼惊秋，枯形阅世，消得斜阳几度？　　　　　　王沂孙《齐天乐》

瓜洲曾舣，等行人岁岁，日下长秋，城乌夜起。　　　彭元逊《六丑》

白发渔樵江渚上，惯看秋月春风。　　　　　　　　　杨慎《临江仙》

辜负天工，九重自有春如海。　　　　　　　　　夏完淳《烛影摇红》

旋拂轻容写洛神，须知浅笑是深颦，十分天与可怜春。　纳兰性德《浣溪沙》

凤髻抛残秋草生，高梧湿月冷无声，当时七夕有深盟。　纳兰性德《浣溪沙》

古钗封寄玉关秋，天咫尺，人南北，不信鸳鸯头不白。　纳兰性德《天仙子》

漫想歌翻璧月，临春夜满。　　　　　　　　　　王鹏运《三姝媚》

故山不是无春，荒波哀角，却来凭、天涯阑槛。　　朱孝臧《祝英台近》

胜似春光，寥廓江天万里霜。　　　　　　　　　毛泽东《采桑子》

不见前年秋月朗，订了三家条约。　　　　　　　毛泽东《念奴娇》

## ❦ 天文 + 水川江河湖海 ❦

海内存知己，天涯若比邻。　　　　王勃《送杜少府之任蜀州》

明月隐高树，长河没晓天。　　　　陈子昂《春夜别友人之一》

海日生残夜，江春入旧年。　　　　王湾《次北固山下》

海上生明月，天涯共此时。　　　　张九龄《望月怀远》

白日依山尽，黄河入海流。　　　　王之涣《登鹳雀楼》

天边树若荠，江畔洲如月。　　　　孟浩然《秋登兰山寄张五》

野旷天低树，江清月近人。　　　　孟浩然《宿建德江》

太乙近天都，连山到海隅。　　　　王维《终南山》

大漠孤烟直，长河落日圆。　　　　王维《使至塞上》

江流天地外，山色有无中。　　　　王维《汉江临眺》

却下水精帘，玲珑望秋月。　　　　李白《玉阶怨》

明月出天山，苍茫云海间。　　　　李白《关山月》

长歌吟松风，曲尽河星稀。　　李白《下终南山过斛斯山人宿置酒》

月下飞天镜，云生结海楼。　　　　李白《渡荆门送别》

牛渚西江夜，青天无片云。　　　　李白《夜泊牛渚怀古》

星垂平野阔，月涌大江流。　　　　　　　　　　　　　杜甫《旅夜书怀》

渭北春天树，江东日暮云。　　　　　　　　　　　　　杜甫《春日忆李白》

茫茫江汉上，日暮欲何之。　　　　　　　　　刘长卿《送李中丞归汉阳别业》

长江一帆远，落日五湖春。　　　　　　　　　　刘长卿《饯别王十一南游》

浮天沧海远，去世法舟轻。　　　　　　　　　　　　钱起《送僧归日本》

水月通禅寂，鱼龙听梵声。　　　　　　　　　　　　钱起《送僧归日本》

星河秋一雁，砧杵夜千家。　　　　　　　　韩翃《酬程近秋夜即事见赠》

别来沧海事，语罢暮天钟。　　　　　　　　　李益《喜见外弟又言别》

沧江好烟月，门系钓鱼船。　　　　　　　　　　　　　杜牧《旅宿》

江上几人在，天涯孤棹还。　　　　　　　　　　　　温庭筠《送人东游》

无限河山泪，谁言天地宽。　　　　　　　　　　　　夏完淳《别云间》

惆怅中何寄，江天水一泓。　　　　　　　　　　　　毛泽东《挽易昌陶》

日暮乡关何处是，烟波江上使人愁。　　　　　　　　　崔颢《黄鹤楼》

长河浪头连天黑，津吏停舟渡不得。　　　　　　　　李颀《送陈章甫》

登高壮观天地间，大江茫茫去不还。　　　李白《庐山谣寄卢侍御虚舟》

半壁见海日，空中闻天鸡。　　　　　　　　李白《梦游天姥吟留别》

君不见黄河之水天上来，奔流到海不复回。　　　　　李白《将进酒》

孤帆远影碧空尽，惟见长江天际流。　　　　　　李白《送孟浩然之广陵》

三山半落青天外，二水中分白鹭洲。　　　　　　李白《登金陵凤凰台》

天门中断楚江开，碧水东流直北回。　　　　　　　李白《望天门山》

峨眉山月半轮秋，影入平羌江水流。　　　　　　　李白《峨眉山月歌》

三月三日天气新，长安水边多丽人。　　　　　　　　杜甫《丽人行》

锦江春色来天地，玉垒浮云变古今。　　　　　　　　　杜甫《登楼》

海内风尘诸弟隔，天涯涕泪一身遥。　　　　　　　　　杜甫《野望》

江间波浪兼天涌，塞上风云接地阴。　　　　　　杜甫《秋兴八首之一》

关塞极天唯鸟道，江湖满地一渔翁。　　　　　　杜甫《秋兴八首之七》

月落乌啼霜满天，江枫渔火对愁眠。　　　　　　　张继《枫桥夜泊》

寂寂江山摇落处，怜君何事到天涯。　　　　　刘长卿《长沙过贾谊宅》

周纲凌迟四海沸，宣王愤起挥天戈。　　　　　　　　韩愈《石鼓歌》

烟销日出不见人，欸乃一声山水绿。　　　　　　　柳宗元《渔翁》

第五篇　天文天气季节类

淮水东边旧时月，夜深还过女墙来。　　　　　　　刘禹锡《石头城》

醉不成欢惨将别，别时茫茫江浸月。　　　　　　　白居易《琵琶行》

东船西舫悄无言，唯见江心秋月白。　　　　　　　白居易《琵琶行》

去来江口守空船，绕船月明江水寒。　　　　　　　白居易《琵琶行》

春江花朝秋月夜，往往取酒还独倾。　　　　　　　白居易《琵琶行》

一道残阳铺水中，半江瑟瑟半江红。　　　　　　　白居易《暮江吟》

空将汉月出宫门，忆君清泪如铅水。　　　　　　　李贺《金铜仙人辞汉歌》

潮落夜江斜月里，两三星火是瓜洲。　　　　　　　张祜《题金陵渡》

烟笼寒水月笼沙，夜泊秦淮近酒家。　　　　　　　杜牧《泊秦淮》

天街夜色凉如水，卧看牵牛织女星。　　　　　　　杜牧《秋夕》

沧海月明珠有泪，蓝田日暖玉生烟。　　　　　　　李商隐《锦瑟》

嫦娥应悔偷灵药，碧海青天夜夜心。　　　　　　　李商隐《嫦娥》

永忆江湖归白发，欲回天地入扁舟。　　　　　　　李商隐《安定城楼》

冰簟银床梦不成，碧天如水夜云轻。　　　　　　　温庭筠《瑶瑟怨》

疏影横斜水清浅，暗香浮动月黄昏。　　　　　　　林逋《山园小梅》

春风又绿江南岸，明月何时照我还。　　　　　　　王安石《泊船瓜洲》

云散月明谁点缀，天容海色本澄清。　　　　　　　苏轼《六月二十日夜渡海》

落木千山天远大，澄江一道月分明。　　　　　　　黄庭坚《登快阁》

我欲陟山泥洹洹，我欲涉江忧天寒。　　　　　　　夏完淳《长歌》

湘灵妆成照湘水，皎如皓月窥彤云。　　　　　　　鲁迅《湘灵歌》

吟罢低眉无写处，月光如水照缁衣。　　　　　　　鲁迅《惯于》

伤心怕看秦淮月，剩水残山总可怜。　　　　　　　柳亚子《题太平天国战史》

洞庭湘水涨连天，艟艨巨舰直东指。　　　　　　　毛泽东《送纵宇一郎东行》

冷眼向洋看世界，热风吹雨洒江天。　　　　　　　毛泽东《登庐山》

青松怒向苍天发，败叶纷随碧水驰。　　　　　　　毛泽东《有所思》

空梁王谢迷飞燕，海市楼台咒夕阳。　　　　　　　郁达夫《乱离杂诗之一》

日出江花红胜火，春来江水绿如蓝。能不忆江南？　白居易《忆江南》

流水落花春去也，天上人间。　　　　　　　　　　李煜《浪淘沙》

山映斜阳天接水，芳草无情，更在斜阳外。　　　　范仲淹《苏幕遮》

水风轻、蘋花渐老；月露冷、梧叶飘黄。　　　　　柳永《玉蝴蝶》

凄然，望江关，飞云黯淡夕阳间。 柳永《戚氏》

更回首、重城不见，寒江天外，隐隐两三烟树。 柳永《采莲令》

冻云黯淡天气，扁舟一叶，乘兴离江渚。 柳永《夜半乐》

来时浦口云随棹，采罢江边月满楼。 晏几道《鹧鸪天》

曲阑干外天如水，昨夜还曾倚。 晏几道《虞美人》

画屏天畔，梦回依约，十洲云水。 晏几道《留春令》

明月如霜，好风如水，清景无限。 苏轼《永遇乐》

无奈归心，暗随流水到天涯。 秦观《望海潮》

斜阳外，寒鸦万点，流水绕孤村。 秦观《满庭芳》

安稳锦屏今夜梦，月明好渡江湖。 晁冲之《临江仙》

芙蓉落尽天涵水，日暮沧波起。 舒亶《虞美人》

夜深月过女墙来，伤心东望淮水。 周邦彦《西河》

新月娟娟，夜寒江静山衔斗。 汪藻《点绛唇》

天阔云高，溪横水远，晚日寒生轻晕。 僧挥《金明池》

微云淡月，对江天、分付他谁。 李邴《汉宫春》

到今来，海角逢春，天涯为客。 李甲《帝台春》

江南旧事休重省，遍天涯寻消问息，断鸿难倩。 李玉《贺新郎》

数峰江上，芳草天涯，参差烟树。 廖世美《烛影摇红》

尽吸西江，细斟北斗，万象为宾客。 张孝祥《念奴娇》

隔水毡乡，落日牛羊下，区脱纵横。 张孝祥《六州歌头》

灯花结，片时春梦，江南天阔。 范成大《忆秦娥》

楚天千里清秋，水随天去秋无际。 辛弃疾《水龙吟》

落日楼头，断鸿声里，江南游子。 辛弃疾《水龙吟》

晴丝牵绪乱，对沧江斜日，花飞人远。 吴文英《瑞鹤仙》

水涵空、阑干高处，送乱鸦、斜日落渔汀。 吴文英《八声甘州》

乡梦窄，水天宽，小窗愁黛淡秋山。 吴文英《鹧鸪天》

自顾影、欲下寒塘，正沙净草枯，水平天远。 张炎《解连环》

山空天入海，倚楼望极，风急暮潮初。 张炎《渡江云》

孤峤蟠烟，层涛蜕月，骊宫夜采铅水。 王沂孙《天香》

一缕萦帘翠影，依稀海天云气。 王沂孙《天香》

相思一夜窗前梦，奈个人、水隔天遮。　　　　　王沂孙《高阳台》

白发渔樵江渚上，惯看秋月春风。　　　　　　　杨慎《临江仙》

辜负天工，九重自有春如海。　　　　　　　　　夏完淳《烛影摇红》

芦边，夜潮骤起，晕波心、月影荡江圆。　　　　蒋春霖《木兰花慢》

一片石头城上月，浑怕照，旧江山。　　　　　　蒋春霖《唐多令》

怅霜飞榆塞，月冷枫江，万里凄清。　　　　　　文廷式《忆旧游》

明霞照海，渲异艳，远天外。　　　　　　　　　吕碧城《瑞鹤仙》

从头越，苍山如海，残阳如血。　　　　　　　　毛泽东《忆秦娥》

胜似春光，寥廓江天万里霜。　　　　　　　　　毛泽东《采桑子》

万里长江横渡，极目楚天舒。　　　　　　　　　毛泽东《水调歌头》

## 天文 + 形体

周公吐哺，天下归心。　　　　　　　　　　　　曹操《短歌行之一》

容华耀朝日，谁不希令颜。　　　　　　　　　　曹植《美女篇》

头上倭堕髻，耳中明月珠。　　　　　　　　　　《陌上桑》

鹅鹅鹅，曲项向天歌。　　　　　　　　　　　　骆宾王《咏鹅》

月既不解饮，影徒随我身。　　　　　　　　　　李白《月下独酌》

举头望明月，低头思故乡。　　　　　　　　　　李白《夜思》

落月满屋梁，犹疑照颜色。　　　　　　　　　　杜甫《梦李白二首之一》

峥嵘赤云西，日脚下平地。　　　　　　　　　　杜甫《羌村之一》

乡心新岁切，天畔独潸然。　　　　　　　　　　刘长卿《新年作》

玉颜不及寒鸦色，犹带昭阳日影来。　　　　　　王昌龄《长信怨》

蜀道之难难于上青天，侧身西望长咨嗟。　　　　李白《蜀道难》

忆君迢迢隔青天，昔时横波目，今作流泪泉。　　李白《长相思》

峨眉山月半轮秋，影入平羌江水流。　　　　　　李白《峨眉山月歌》

男儿本自重横行，天子非常赐颜色。　　　　　　高适《燕歌行》

先帝天马玉花骢，画工如山貌不同。　　　　　　杜甫《丹青引》

三顾频烦天下计，两朝开济老臣心。　　　　　　杜甫《蜀相》

海内风尘诸弟隔，天涯涕泪一身遥。　　　　　　杜甫《野望》

家住层城邻汉苑，心随明月到胡天。　　　　　　皇甫冉《春思》

阳和不散穷途恨，霄汉常悬捧日心。　　　　　钱起《赠阙下裴舍人》

三湘愁鬓逢秋色，万里归心对月明。　　　　　　卢纶《晚次鄂州》

回看天际下中流，岩上无心云相逐。　　　　　　柳宗元《渔翁》

行宫见月伤心色，夜雨闻铃肠断声。　　　　　白居易《长恨歌》

但教心似金钿坚，天上人间会相见。　　　　　白居易《长恨歌》

禁门宫树月痕过，媚眼惟看宿鹭窠。　　　　　　张祜《赠内人》

蜡烛有心还惜别，替人垂泪到天明。　　　　　杜牧《赠别之二》

当仁自古有不让，言讫屡颔天子颐。　　　　　李商隐《韩碑》

晓镜但愁云鬓改，夜吟应觉月光寒。　　　　　李商隐《无题》

嫦娥应悔偷灵药，碧海青天夜夜心。　　　　　李商隐《嫦娥》

永忆江湖归白发，欲回天地入扁舟。　　　　李商隐《安定城楼》

八尺龙须方锦褥，已凉天气未寒时。　　　　　　韩偓《已凉》

野蔓有情萦战骨，残阳何意照空城。　　　　　元好问《岐阳之一》

风急弦绝摧心肝，月明星稀斗阑干。　　　　　　夏完淳《长歌》

红颜流落非吾恋，逆贼天亡自荒宴。　　　　　吴伟业《圆圆曲》

薰天意气连宫掖，明眸皓齿无人惜。　　　　　吴伟业《圆圆曲》

洞庭木落楚天高，眉黛猩红涴战袍。　　　　鲁迅《无题（1932年）》

吟罢低眉无写处，月光如水照缁衣。　　　　　　鲁迅《惯于》

伤心怕看秦淮月，剩水残山总可怜。　　　柳亚子《题太平天国战史》

天涯握手尽文人，结客年来四座倾。　　　柳亚子《元旦感怀之二》

天涯到处便相亲，如此胸怀有几人。　　　柳亚子《吴门记游之二》

管却自家身与心，胸中日月常新美。　　　毛泽东《送纵宇一郎东行》

天连五岭银锄落，地动三河铁臂摇。　　　毛泽东《送瘟神二首之二》

鬓雪飞来成废料，彩云长在有新天。　　　　　毛泽东《洪都》

天意似将颁大任，微躯何厌忍饥寒。　　　郁达夫《乱离杂诗十二》

垆边人似月，皓腕凝双雪。　　　　　　　　　　韦庄《菩萨蛮》

残月脸边明，别泪临清晓。　　　　　　　　　牛希济《生查子》

回首绿波春色暮，接天流。 李璟《摊破浣溪沙》

小楼昨夜又东风，故国不堪回首月明中。 李煜《虞美人》

明月楼高休独倚。酒入愁肠，化作相思泪。 范仲淹《苏幕遮》

天不老，情难绝，心似双丝网，中有千千结。 张先《千秋岁》

画阁魂消，高楼目断，斜阳只送平波远。 晏殊《踏莎行》

夕阳岛外，秋风原上，目断四天垂。 柳永《少年游》

更回首、重城不见，寒江天外，隐隐两三烟树。 柳永《采莲令》

凝泪眼、杳杳神京路，断鸿声远长天暮。 柳永《夜半乐》

烟敛寒林簇，画屏展，天际遥山小，黛眉浅。 柳永《迷神引》

陇首云飞，江边日晚，烟波满目凭阑久。 柳永《曲玉管》

登临送目，正故国晚秋，天气初肃。 王安石《桂枝香》

天边金掌露成霜，云随雁字长。 晏几道《阮郎归》

天涯倦客，山中归路，望断故园心眼。 苏轼《永遇乐》

绣帘开，一点明月窥人，人未寝，欹枕钗横鬓乱。 苏轼《洞仙歌》

起来携素手，庭户无声，时见疏星渡河汉。 苏轼《洞仙歌》

料得年年肠断处，明月夜，短松冈。 苏轼《江城子》

无奈归心，暗随流水到天涯。 秦观《望海潮》

斜阳冉冉春无极，念月榭携手，露桥闻笛。 周邦彦《兰陵王》

夜深月过女墙来，伤心东望淮水。 周邦彦《西河》

好个霜天，闲却传杯手。 汪藻《点绛唇》

风住尘香花已尽，日晚倦梳头。 李清照《武陵春》

断肠何必更残阳，极目伤平楚。 廖世美《烛影摇红》

怎忘得、回廊下，携手处、花明月满。 吕渭老《薄幸》

抬望眼、仰天长啸，壮怀激烈。 岳飞《满江红》

斜阳挂深树，映浓愁浅黛，遥山眉妩。 袁去华《瑞鹤仙》

此生谁料，心在天山，身老沧洲。 陆游《诉衷情》

困人天色，醉人花气，午梦扶头。 范成大《眼儿媚》

休去倚危栏，斜阳正在、烟柳断肠处。 辛弃疾《摸鱼儿》

天下英雄谁敌手？曹刘。生子当如孙仲谋！ 辛弃疾《南乡子》

候馆迎秋，离宫吊月，别有伤心无数。 姜夔《齐天乐》

人何在，一帘淡月，仿佛照颜色。　　　　　　　　姜夔《霓裳中序第一》

暖风十里丽人天，花压鬓云偏。　　　　　　　　　　俞国宝《风入松》

浅画镜中眉，深拜楼中月。　　　　　　　　　　　　刘克庄《生查子》

危亭望极，草色天涯，叹鬓侵半苎。　　　　　　　　吴文英《莺啼序》

断烟离绪，关心事，斜阳红隐霜树。　　　　　　　　吴文英《霜叶飞》

强整帽檐欹侧，曾经向天涯搔首。　　　　　　　　　潘希白《大有》

一时左计，悔不早荆钗，暮天修竹，头白倚寒翠。　　朱嗣发《摸鱼儿》

笑绿鬟邻女，倚窗犹唱，夕阳西下。　　　　　　　　蒋捷《女冠子》

病翼惊秋，枯形阅世，消得斜阳几度？　　　　　　　王沂孙《齐天乐》

石头城上，望天低吴楚，眼空无物。　　　　　　　　萨都剌《百字令》

蔽日旌旗，连云樯橹，白骨纷如雪。　　　　　　　　萨都剌《百字令》

伤心千古，秦淮一片明月。　　　　　　　　　　　　萨都剌《百字令》

是非成败转头空，青山依旧在，几度夕阳红。　　　　杨慎《临江仙》

白发渔樵江渚上，惯看秋月春风。　　　　　　　　　杨慎《临江仙》

渐欹斜、无力低飘，正目送、碧罗天暮。　　　　　　朱彝尊《长亭怨慢》

软风吹过窗纱，心期便隔天涯。　　　　　　　　　　纳兰性德《清平乐》

黛蛾更羞重斗，避面月黄昏。　　　　　　　　　　　蒋春霖《忆旧游》

一勾残月向西流，对此不抛眼泪也无由。　　　　　　毛泽东《虞美人》

霜晨月，马蹄声碎，喇叭声咽。　　　　　　　　　　毛泽东《忆秦娥》

从头越，苍山如海，残阳如血。　　　　　　　　　　毛泽东《忆秦娥》

惊回首，离天三尺三。　　　　　　　　　　　　　　毛泽东《十六字令》

万里长江横渡，极目楚天舒。　　　　　　　　　　　毛泽东《水调歌头》

背负青天朝下看，都是人间城郭。　　　　　　　　　毛泽东《念奴娇》

弹指三十八年，人间变了，似天渊翻覆。　　　　　　毛泽东《念奴娇》

人世难逢开口笑，上疆场彼此弯弓月。　　　　　　　毛泽东《贺新郎》

## ❧ 天文＋布帛及其织物 ❧

| | |
|---|---|
| 高卧南斋时，开帷月初吐。 | 王昌龄《同从弟南斋玩月忆山阴崔少府》 |
| 松风吹解带，山月照弹琴。 | 王维《酬张少府》 |
| 长安一片月，万户捣衣声。 | 李白《子夜吴歌》 |
| 却下水精帘，玲珑望秋月。 | 李白《玉阶怨》 |
| 天寒翠袖薄，日暮倚修竹。 | 杜甫《佳人》 |
| 天阙象纬逼，云卧衣裳冷。 | 杜甫《游龙门奉先寺》 |
| 落日照大旗，马鸣风萧萧。 | 杜甫《后出塞之二》 |
| 麻鞋见天子，衣袖露两肘。 | 杜甫《述怀一首》 |
| 春日垂霜鬓，天隅把绣衣。 | 杜甫《送何侍御归朝》 |
| 将军犹汗马，天子尚戎衣。 | 杜甫《伤秋》 |
| 相送泪沾衣，天涯独未归。 | 岑参《送四镇薛侍御东归》 |
| 幽映每白日，清辉照衣裳。 | 刘眘虚《阙题》 |
| 大漠风尘日色昏，红旗半卷出辕门。 | 王昌龄《从军行之五》 |
| 平阳歌舞新承宠，帘外春寒赐锦袍。 | 王昌龄《春宫怨》 |
| 月照城头乌半飞，霜凄万木风入衣。 | 李颀《琴歌》 |
| 试拂铁衣如雪色，聊持宝剑动星文。 | 王维《老将行》 |
| 九天阊阖开宫殿，万国衣冠拜冕旒。 | 王维《和贾至舍人早朝大明宫之作》 |
| 孤灯不明思欲绝，卷帷望月空长叹。 | 李白《长相思》 |
| 雷鼓嘈嘈喧武昌，云旗猎猎过寻阳。 | 李白《永王东巡歌之三》 |
| 牵衣顿足拦道哭，哭声直上干云霄。 | 杜甫《兵车行》 |
| 锦江春色来天地，玉垒浮云变古今。 | 杜甫《登楼》 |
| 玉几由来天北极，朱衣只在殿中间。 | |
| 杜甫《至日遣兴奉寄北省旧阁老两院故人二首之二》 | |
| 织女机丝虚夜月，石鲸鳞甲动秋风。 | 杜甫《秋兴八首之七》 |
| 三峡楼台淹日月，五溪衣服共云山。 | 杜甫《咏怀古迹之一》 |

花迎剑佩星初落，柳拂旌旗露未干。 岑参《和贾至舍人早朝大明宫之作》

纱窗日落渐黄昏，金屋无人见泪痕。 刘方平《春怨》

渔阳鼙鼓动地来，惊破霓裳羽衣曲。 白居易《长恨歌》

闻道汉家天子使，九华帐里梦魂惊。 白居易《长恨歌》

可怜身上衣正单，心忧炭贱愿天寒。 白居易《卖炭翁》

白马朱衣两宫相，可怜天气出城来。 白居易《与皇甫庶子同游城东》

路旁花日添衣色，云里天风散佩声。 白居易《和柳公权登齐云楼》

布衣终作云霄客，绿水青山时一过。 鱼玄机《愁思》

玉玺不缘归日角，锦帆应是到天涯。 李商隐《隋宫》

朝元阁迥羽衣新，首按昭阳第一人。 李商隐《华清宫》

荆王枕上原无梦，莫枉阳台一片云。 李商隐《代元城吴令暗为答》

八尺龙须方锦褥，已凉天气未寒时。 韩偓《已凉》

吟罢低眉无写处，月光如水照缁衣。 鲁迅《惯于》

六代绮罗成旧梦，石头城上月如钩。 鲁迅《无题（1931年）》

洞庭木落楚天高，眉黛猩红涴战袍。 鲁迅《无题（1932年）》

满地月明思故国，穷途裘敝感黄金。 郁达夫《乱离杂诗之七》

天不老，情难绝，心似双丝网，中有千千结。 张先《千秋岁》

梯横画阁黄昏后，又还是、斜月帘栊。 张先《一丛花》

独立小桥风满袖，平林新月人归后。 欧阳修《蝶恋花》

日上花梢，莺穿柳带，犹压香衾卧。 柳永《定风波》

征帆去棹残阳里，背西风、酒旗斜矗。 王安石《桂枝香》

绿杯红袖趁重阳，人情似故乡。 晏几道《阮郎归》

绣帘开，一点明月窥人，人未寝，攲枕钗横鬓乱。 苏轼《洞仙歌》

作个归期天已许，春衫犹是，小蛮针线，曾湿西湖雨。 苏轼《青玉案》

无端天与娉婷，夜月一帘幽梦，春风十里柔情。 秦观《八六子》

安稳锦屏今夜梦，月明好渡江湖。 晁冲之《临江仙》

新绿小池塘，风帘动，碎影舞斜阳。 周邦彦《风流子》

锦瑟华年谁与度？月桥花院，琐窗朱户，只有春知处。 贺铸《青玉案》

天际小山桃叶步，白蘋花满湔裙处。 贺铸《蝶恋花》

辜负枕前云雨，尊前花月。 张元幹《石州慢》

佳节又重阳，玉枕纱厨，半夜凉初透。　　　　　　李清照《醉花阴》

云中谁寄锦书来，雁字回时，月满西楼。　　　　　李清照《一剪梅》

任宝奁尘满，日上帘钩。　　　　　李清照《凤凰台上忆吹箫》

恨无人与说相思，近日带围宽尽。　　　　　　　　陆淞《瑞鹤仙》

重省，残灯朱幌，淡月纱窗，那时风景。　　　　　陆淞《瑞鹤仙》

酣酣日脚紫烟浮，妍暖破轻裘。　　　　　　　　　范成大《眼儿媚》

征衫，便好去朝天，玉殿正思贤。　　　　　　　　辛弃疾《木兰花慢》

闻道绮陌东头，行人曾见，帘底纤纤月。　　　　　辛弃疾《念奴娇》

凤尾龙香拨，自开元霓裳曲罢，几番风月。　　　　辛弃疾《贺新郎》

池上红衣伴倚阑，栖鸦常带夕阳还。　　　　　　　吴文英《鹧鸪天》

强整帽檐欹侧，曾经向天涯搔首。　　　　　　　　潘希白《大有》

红妆春骑，踏月影竿旗穿市。　　　　　　　　　　刘辰翁《宝鼎现》

便当日亲见霓裳，天上人间梦里。　　　　　　　　刘辰翁《宝鼎现》

照野旌旗，朝天车马，平沙万里天低。　　　　　　周密《高阳台》

恐翠袖正天寒，犹倚梅花那树。　　　　　　　　　张炎《月下笛》

一缕萦帘翠影，依稀海天云气。　　　　　　　　　王沂孙《天香》

天涯梦短，想忘了绮疏雕槛。　　　　　　　　　　王沂孙《长亭怨慢》

尽乌纱便随风去，要天知道，华发如此星星，歌罢涕零。

　　　　　　　　　　　　　　　　　　　　　　　姚云文《紫萸香慢》

蔽日旌旗，连云樯橹，白骨纷如雪。　　　　　　　萨都剌《百字令》

湔裙归晚坐思量，轻烟笼翠黛，月茫茫。　　　　　纳兰性德《遐方怨》

软风吹过窗纱，心期便隔天涯。　　　　　　　　　纳兰性德《清平乐》

鸿影惊回雪，怅天寒竹翠，色暗罗裙。　　　　　　蒋春霖《忆旧游》

天远无消息，问谁裁尺帛，寄与青冥？　　　　　　文廷式《忆旧游》

又日落天寒，平沙列幕边马鸣。　　　　　　　　　文廷式《忆旧游》

夜长天色总难明，寂寞披衣起坐数寒星。　　　　　毛泽东《虞美人》

汽笛一声肠已断，从此天涯孤旅。凭割断愁丝恨缕。　毛泽东《贺新郎》

六月天兵征腐恶，万丈长缨要把鲲鹏缚。　　　　　毛泽东《蝶恋花》

## 天文 + 建筑物

日出东南隅，照我秦氏楼。　　　　　　　　　　　　　　《陌上桑》

可怜闺里月，长在汉家营。　　　　　　　　　　　沈佺期《杂诗》

永怀愁不寐，松月夜窗虚。　　　　　　　　　孟浩然《岁暮归南山》

征蓬出汉塞，归雁入胡天。　　　　　　　　　　王维《使至塞上》

月下飞天镜，云生结海楼。　　　　　　　　　　李白《渡荆门送别》

落月满屋梁，犹疑照颜色。　　　　　　　　杜甫《梦李白二首之一》

无风云出塞，不夜月临关。　　　　　　　　杜甫《秦州杂诗之七》

塔势如涌出，孤高耸天宫。　　　　岑参《与高适薛据登慈恩寺浮图》

清晨入古寺，初日照高林。　　　　　　　常建《题破山寺后禅院》

长簟迎风早，空城澹月华。　　　　　　韩翃《酬程近秋夜即事见赠》

天秋月又满，城阙夜千重。　　　　　　戴叔伦《江乡故人偶集客舍》

鸟宿池边树，僧敲月下门。　　　　　　　　贾岛《题李凝幽居》

沧江好烟月，门系钓鱼船。　　　　　　　　　　　杜牧《旅宿》

渚云低暗度，关月冷相随。　　　　　　　　　　　崔涂《孤雁》

鸡声茅店月，人迹板桥霜。　　　　　　　　　温庭筠《商山早行》

孤灯闻楚角，残月下章台。　　　　　　　　　韦庄《章台夜思》

鹿门月照开烟树，忽到庞公栖隐处。　　　　孟浩然《夜归鹿门歌》

日暮乡关何处是，烟波江上使人愁。　　　　　　崔颢《黄鹤楼》

沙场烽火侵胡月，海畔云山拥蓟城。　　　　　　祖咏《望蓟门》

撩乱边愁听不尽，高高秋月照长城。　　　　王昌龄《从军行之二》

大漠风尘日色昏，红旗半卷出辕门。　　　　王昌龄《从军行之五》

昨夜风开露井桃，未央前殿月轮高。　　　　　王昌龄《春宫怨》

秦时明月汉时关，万里长征人未还。　　　　　　王昌龄《出塞》

月照城头乌半飞，霜凄万木风入衣。　　　　　　李颀《琴歌》

月明松下房栊静，日出云中鸡犬喧。　　　　　王维《桃源行》

晨摇玉佩趋金殿，夕奉天书拜琐闱。　　　王维《赠郭给事》

青冥浩荡不见底，日月照耀金银台。　　　李白《梦游天姥吟留别》

若非群玉山头见，会向瑶台月下逢。　　　李白《清平调》

大漠穷秋塞草衰，孤城落日斗兵稀。　　　高适《燕歌行》

三年笛里关山月，万国兵前草木风。　　　杜甫《洗兵马》

永夜角声悲自语，中庭月色好谁看。　　　杜甫《宿府》

可怜后主还祠庙，日暮聊为梁甫吟。　　　杜甫《登楼》

江间波浪兼天涌，塞上风云接地阴。　　　杜甫《秋兴八首之一》

夔府孤城落日斜，每依北斗望京华。　　　杜甫《秋兴八首之二》

关塞极天唯鸟道，江湖满地一渔翁。　　　杜甫《秋兴八首之七》

三峡楼台淹日月，五溪衣服共云山。　　　杜甫《咏怀古迹之一》

纱窗日落渐黄昏，金屋无人见泪痕。　　　刘方平《春怨》

家住层城邻汉苑，心随明月到胡天。　　　皇甫冉《春思》

日暮汉宫传蜡烛，轻烟散入五侯家。　　　韩翃《寒食》

玉楼天半起笙歌，风送宫嫔笑语和。　　　顾况《宫词》

月殿影开闻夜漏，水精帘卷近秋河。　　　顾况《宫词》

闻道欲来相问讯，西楼望月几回圆。　　　韦应物《寄李儋元锡》

回乐峰前沙似雪，受降城外月如霜。　　　李益《夜上受降城闻笛》

淮水东边旧时月，夜深还过女墙来。　　　刘禹锡《石头城》

空将汉月出宫门，忆君清泪如铅水。　　　李贺《金铜仙人辞汉歌》

黑云压城城欲摧，甲光向日金鳞开。　　　李贺《雁门太守行》

禁门宫树月痕过，媚眼惟看宿鹭窠。　　　张祜《赠内人》

日光斜照集灵台，红树花迎晓露开。　　　张祜《集灵台》

日暮东风怨啼鸟，落花犹似堕楼人。　　　杜牧《金谷园》

二十四桥明月夜，玉人何处教吹箫。　　　杜牧《寄扬州韩绰判官》

仙掌月明孤影过，长门灯暗数声来。　　　杜牧《早雁》

来是空言去绝踪，月斜楼上五更钟。　　　李商隐《无题》

云边雁断胡天月，陇上羊归塞草烟。　　　温庭筠《苏武庙》

雁声远过潇湘去，十二楼中月自明。　　　温庭筠《瑶瑟怨》

多情只有春庭月，犹为离人照落花。　　　张泌《寄人》

春风疑不到天涯，二月山城未见花。　　　　　　　　　欧阳修《戏答元珍》

从今若许闲乘月，拄杖无时夜叩门。　　　　　　　　　陆游《游山西村》

州桥南北是天街，父老年年等驾回。　　　　　　　　　范成大《州桥》

云暗鼎湖龙去远，月明华表鹤归迟。　　　　　　　　　虞集《挽文丞相》

卢龙雄塞倚天开，十载三逢敌骑来。　　　　　　　　　陈子龙《辽事杂诗之一》

碛里角声摇日月，回中烽色动楼台。　　　　　　　　　陈子龙《辽事杂诗之一》

薰天意气连宫掖，明眸皓齿无人惜。　　　　　　　　　吴伟业《圆圆曲》

斜谷云深起画楼，散关月落开妆镜。　　　　　　　　　吴伟业《圆圆曲》

六代绮罗成旧梦，石头城上月如钩。　　　　　　　　　鲁迅《无题（1931年）》

箫声咽，秦娥梦断秦楼月。　　　　　　　　　　　　　李白《忆秦娥》

秦楼月，年年柳色，灞陵伤别。　　　　　　　　　　　李白《忆秦娥》

思悠悠，恨悠悠，恨到归时方始休，月明人倚楼。　　　白居易《长相思》

山寺月中寻桂子，郡亭枕上看潮头。何日更重游？　　　白居易《忆江南》

玉楼明月长相忆，柳丝袅娜春无力。　　　　　　　　　温庭筠《菩萨蛮》

残月出门时，美人和泪辞。　　　　　　　　　　　　　韦庄《菩萨蛮》

烟月不知人事改，夜阑还照深宫。　　　　　　　　　　鹿虔扆《临江仙》

无言独上西楼，月如钩。寂寞梧桐深院锁清秋。　　　　李煜《相见欢》

小楼昨夜又东风，故国不堪回首月明中。　　　　　　　李煜《虞美人》

明月楼高休独倚。酒入愁肠，化作相思泪。　　　　　　范仲淹《苏幕遮》

四面边声连角起，千嶂里，长烟落日孤城闭。　　　　　范仲淹《渔家傲》

夜过也，东窗未白凝残月。　　　　　　　　　　　　　张先《千秋岁》

梯横画阁黄昏后，又还是、斜月帘栊。　　　　　　　　张先《一丛花》

那堪更被明月，隔墙送过秋千影。　　　　　　　　　　张先《青门引》

玉钩阑下香阶畔，醉后不知斜日晚。　　　　　　　　　晏殊《木兰花》

昨夜西风凋碧树，独上高楼，望尽天涯路。　　　　　　晏殊《蝶恋花》

独立小桥风满袖，平林新月人归后。　　　　　　　　　欧阳修《蝶恋花》

伫倚危楼风细细，望极春愁，黯黯生天际。　　　　　　柳永《蝶恋花》

想佳人、妆楼颙望，误几回、天际识归舟。　　　　　　柳永《八声甘州》

楚台风，庾楼月，宛如昨。　　　　　　　　　　　　　王安石《千秋岁引》

来时浦口云随棹，采罢江边月满楼。　　　　　　　　　晏几道《鹧鸪天》

舞低杨柳楼心月，歌尽桃花扇底风。　　　　　　晏几道《鹧鸪天》

不消红蜡，闲云归后，月在庭花旧阑角。　　　　晏几道《六幺令》

不知天上宫阙，今夕是何年。　　　　　　　　　　苏轼《水调歌头》

天涯倦客，山中归路，望断故园心眼。　　　　　　苏轼《永遇乐》

西园夜饮鸣笳，有华灯碍月，飞盖妨花。　　　　　秦观《望海潮》

雾失楼台，月迷津渡，桃源望断无寻处。　　　　　秦观《踏莎行》

山抹微云，天黏衰草，画角声断谯门。　　　　　　秦观《满庭芳》

凭阑久，疏烟淡日，寂寞下芜城。　　　　　　　　秦观《满庭芳》

湘天风雨破寒初，深沉庭院虚。　　　　　　　　　秦观《阮郎归》

绿芜墙绕青苔院，中庭日淡芭蕉卷。　　　　　　　陈克《菩萨蛮》

天不老，人未偶，且将此恨，分付庭前柳。　　　　李之仪《谢池春》

遥知新妆了，开朱户，应自待月西厢。　　　　　　周邦彦《风流子》

斜阳冉冉春无极，念月榭携手，露桥闻笛。　　　　周邦彦《兰陵王》

河桥送人处，凉夜何其？斜月远堕余辉。　　　　　周邦彦《夜飞鹊》

阴阴淡月笼沙，还宿河桥深处。　　　　　　　　　周邦彦《尉迟杯》

夜深月过女墙来，伤心东望淮水。　　　　　　　　周邦彦《西河》

翠尊未竭，凭断云留取西楼残月。　　　　　　　　周邦彦《浪淘沙慢》

正是夜堂无月，沉沉暗寒食。　　　　　　　　　　周邦彦《应天长》

记画堂风月逢迎，轻颦浅笑娇无奈。　　　　　　　贺铸《薄幸》

回廊影，疏钟淡月，几许销魂。　　　　　　　　　贺铸《绿头鸭》

天遥地远，万水千山，知他故宫何处。　　　　　　赵佶《燕山亭》

天涯旧恨，试看几许消魂，长亭门外山重叠。　　　张元幹《石州慢》

常记溪亭日暮，沉醉不知归路。　　　　　　　　　李清照《如梦令》

云中谁寄锦书来，雁字回时，月满西楼。　　　　　李清照《一剪梅》

恣登临、残雪楼台，迟日园林。　　　　　　　　　韩疁《高阳台》

玉台挂秋月，铅素浅、梅花傅香雪。　　　　　　　田为《江神子慢》

月满西楼凭阑久，依旧归期未定。　　　　　　　　李玉《贺新郎》

怎忘得、回廊下，携手处、花明月满。　　　　　　吕渭老《薄幸》

待从头收拾旧山河，朝天阙。　　　　　　　　　　岳飞《满江红》

双阙中天，凤楼十二春寒浅。　　　　　　　　　　张抡《烛影摇红》

东厢月，一天风露，杏花如雪。　　　　　　　　范成大《忆秦娥》

惟有两行低雁，知人倚画楼月。　　　　　　　　范成大《霜天晓角》

征衫，便好去朝天，玉殿正思贤。　　　　　　　辛弃疾《木兰花慢》

候馆迎秋，离宫吊月，别有伤心无数。　　　　　姜夔《齐天乐》

第四桥边，拟共天随住。　　　　　　　　　　　姜夔《点绛唇》

日暮，望高城不见，只见乱山无数。　　　　　　姜夔《长亭怨慢》

浅画镜中眉，深拜楼中月。　　　　　　　　　　刘克庄《生查子》

春啼细雨，笼愁淡月，恁时庭院。　　　　　　　卢祖皋《宴清都》

昨夜冷中庭，月下相认，睡浓更苦凄风紧。　　　吴文英《花犯》

危亭望极，草色天涯，叹鬓侵半苎。　　　　　　吴文英《莺啼序》

望天不尽，背城渐杳，离亭黯黯，恨水迢迢。　　吴文英《惜黄花慢》

都道晚凉天气好，有明月，怕登楼。　　　　　　吴文英《唐多令》

悲欢离合总无情，一任阶前点滴到天明。　　　　蒋捷《虞美人》

接叶巢莺，平波卷絮，断桥斜日归船。　　　　　张炎《高阳台》

山空天入海，倚楼望极，风急暮潮初。　　　　　张炎《渡江云》

石头城上，望天低吴楚，眼空无物。　　　　　　萨都剌《百字令》

此恨何时已，滴空阶、寒更雨歇，葬花天气。　　纳兰性德《金缕曲》

一桥飞架南北，天堑变通途。　　　　　　　　　毛泽东《水调歌头》

背负青天朝下看，都是人间城郭。　　　　　　　毛泽东《念奴娇》


## 天文＋天文


日月之行，若出其中。　　　　　　　　曹操《步出夏门行·观沧海》

月明星稀，乌鹊南飞。　　　　　　　　曹操《短歌行之一》

明月隐高树，长河没晓天。　　　　　　陈子昂《春夜别友人之一》

海上生明月，天涯共此时。　　　　　　张九龄《望月怀远》

天边树若荠，江畔洲如月。　　　　　　孟浩然《秋登兰山寄张五》

野旷天低树，江清月近人。　　　　　　孟浩然《宿建德江》

明月出天山，苍茫云海间。　　　　　　　　　　李白《关山月》

月下飞天镜，云生结海楼。　　　　　　　　　　李白《渡荆门送别》

中天悬明月，令严夜寂寥。　　　　　　　　　　杜甫《后出塞之二》

天寒翠袖薄，日暮倚修竹。　　　　　　　　　　杜甫《佳人》

星临万户动，月傍九霄多。　　　　　　　　　　杜甫《春宿左省》

星垂平野阔，月涌大江流。　　　　　　　　　　杜甫《旅夜书怀》

渭北春天树，江东日暮云。　　　　　　　　　　杜甫《春日忆李白》

山河扶绣户，日月近雕梁。　　　　　　　杜甫《冬日洛城北谒玄元皇帝庙》

血战乾坤赤，氛迷日月黄。　　　　　　　　　　杜甫《送灵州李判官》

日月笼中鸟，乾坤水上萍。　　　　杜甫《衡州送李大夫七丈勉赴广州》

漂荡云天阔，沉埋日月奔。　　　　　　　　杜甫《赠比部萧郎中十兄》

天秋月又满，城阙夜千重。　　　　　　　戴叔伦《江乡故人偶集客舍》

高风汉阳渡，初日郢门山。　　　　　　　　　　温庭筠《送人东游》

晓月过残垒，繁星宿故关。　　　　　　　　司空曙《贼平后送人北归》

明月皎皎照我床，星汉西流夜未央。　　　　　　曹丕《燕歌行》

闲云潭影日悠悠，物换星移几度秋。　　　　　　王勃《滕王阁》

玉颜不及寒鸦色，犹带昭阳日影来。　　　　　　王昌龄《长信怨》

月明松下房栊静，日出云中鸡犬喧。　　　　　　王维《桃源行》

半壁见海日，空中闻天鸡。　　　　　　　　李白《梦游天姥吟留别》

青冥浩荡不见底，日月照耀金银台。　　　　李白《梦游天姥吟留别》

日色欲尽花含烟，月明欲素愁不眠。　　　　　　李白《长相思》

翠影红霞映朝日，鸟飞不到吴天长。　　　李白《庐山谣寄卢侍御虚舟》

俱怀逸兴壮思飞，欲上青天览明月。　　李白《宣州谢朓楼饯别校书叔云》

鸿飞冥冥日月白，青枫叶赤天雨霜。　　　　　　杜甫《寄韩谏议注》

高江急峡雷霆斗，古木苍藤日月昏。　　　　　　杜甫《白帝》

岁暮阴阳催短景，天涯霜雪霁寒宵。　　　　　　杜甫《阁夜》

夔府孤城落日斜，每依北斗望京华。　　　　　　杜甫《秋兴八首之二》

三峡楼台淹日月，五溪衣服共云山。　　　　　　杜甫《咏怀古迹之一》

月落乌啼霜满天，江枫渔火对愁眠。　　　　　　张继《枫桥夜泊》

更深月色半人家，北斗阑干南斗斜。　　　　　　刘方平《月夜》

汉口夕阳斜渡鸟，洞庭秋水远连天。

刘长卿《自夏口至鹦鹉洲望岳阳寄元中丞》

| 家住层城邻汉苑，心随明月到胡天。 | 皇甫冉《春思》 |
|---|---|
| 阳和不散穷途恨，霄汉常悬捧日心。 | 钱起《赠阙下裴舍人》 |
| 纤云四卷天无河，清风吹空月舒波。 | 韩愈《八月十五夜赠张功曹》 |
| 夜投佛寺上高阁，星月掩映云瞳朦。 | 韩愈《谒衡岳庙遂宿岳寺题门楼》 |
| 昭阳殿里恩爱绝，蓬莱宫中日月长。 | 白居易《长恨歌》 |
| 衰兰送客咸阳道，天若有情天亦老。 | 李贺《金铜仙人辞汉歌》 |
| 潮落夜江斜月里，两三星火是瓜洲。 | 张祜《题金陵渡》 |
| 天街夜色凉如水，卧看牵牛织女星。 | 杜牧《秋夕》 |
| 玉玺不缘归日角，锦帆应是到天涯。 | 李商隐《隋宫》 |
| 沧海月明珠有泪，蓝田日暖玉生烟。 | 李商隐《锦瑟》 |
| 云边雁断胡天月，陇上羊归塞草烟。 | 温庭筠《苏武庙》 |
| 玄宗回马杨妃死，云雨难忘日月新。 | 郑畋《马嵬坡》 |
| 终是圣明天子事，景阳宫井又何人。 | 郑畋《马嵬坡》 |
| 是时江月初生魄，二更月落天深黑。 | 苏轼《游金山寺》 |
| 云散月明谁点缀，天容海色本澄清。 | 苏轼《六月二十日夜渡海》 |
| 落木千山天远大，澄江一道月分明。 | 黄庭坚《登快阁》 |
| 接天莲叶无穷碧，映日荷花别样红。 | 杨万里《晓出净慈寺送林子方》 |
| 碛里角声摇日月，回中烽色动楼台。 | 陈子龙《辽事杂诗之一》 |
| 泽中何有多红兰，天风日暮徒盘桓。 | 夏完淳《长歌》 |
| 风急弦绝摧心肝，月明星稀斗阑干。 | 夏完淳《长歌》 |
| 浩荡离愁白日斜，吟鞭东指即天涯。 | 龚自珍《己亥杂诗之一》 |
| 竦听荒鸡偏阒寂，起看星斗正阑干。 | 鲁迅《亥年残秋偶作》 |
| 草木不欣胡日月，风云犹壮汉山河。 | 柳亚子《寄题岳王冢》 |
| 管却自家身与心，胸中日月常新美。 | 毛泽东《送纵宇一郎东行》 |
| 为有牺牲多壮志，敢教日月换新天。 | 毛泽东《到韶山》 |
| 春山烟欲收，天淡星稀小。 | 牛希济《生查子》 |
| 金锁已沉埋，壮气蒿莱。晚凉天净月华开。 | 李煜《浪淘沙》 |
| 山映斜阳天接水，芳草无情，更在斜阳外。 | 范仲淹《苏幕遮》 |

一曲新词酒一杯，去年天气旧亭台，夕阳西下几时回。　　晏殊《浣溪沙》

夕阳岛外，秋风原上，目断四天垂。　　柳永《少年游》

长天净，绛河清浅，皓月婵娟。思绵绵。　　柳永《戚氏》

月华收，云淡霜天曙。　　柳永《采莲令》

难忘，文期酒会，几孤风月，屡变星霜。　　柳永《玉蝴蝶》

明月几时有，把酒问青天。　　苏轼《水调歌头》

无端天与娉婷，夜月一帘幽梦，春风十里柔情。　　秦观《八六子》

芙蓉落尽天涵水，日暮沧波起。　　舒亶《虞美人》

星斗横幽馆，夜无眠灯花空老。　　时彦《青门饮》

斜阳冉冉春无极，念月榭携手，露桥闻笛。　　周邦彦《兰陵王》

枉望断天涯，两厌厌风月。　　贺铸《石州引》

天阔云高，溪横水远，晚日寒生轻晕。　　僧挥《金明池》

新月娟娟，夜寒江静山衔斗。　　汪藻《点绛唇》

微云淡月，对江天、分付他谁。　　李邴《汉宫春》

长沟流月去无声，杏花疏影里，吹笛到天明。　　陈与义《临江仙》

竹外一枝斜，想佳人、天寒日暮。　　曹组《蓦山溪》

东厢月，一天风露，杏花如雪。　　范成大《忆秦娥》

七八个星天外，两三点雨山前。　　辛弃疾《西江月》

月波疑滴，望玉壶天近，了无尘隔。　　史达祖《喜迁莺》

渺空烟四远，是何年、青天坠长星。　　吴文英《八声甘州》

都道晚凉天气好，有明月，怕登楼。　　吴文英《唐多令》

寂寂景阳宫外月，照残红。　　陈子龙《山花子》

辛苦最怜天上月，一昔如环，昔昔都成玦。　　纳兰性德《蝶恋花》

正树拥云昏，星垂野阔，暝色浮天。　　蒋春霖《木兰花慢》

又日落天寒，平沙列幕边马鸣。　　文廷式《忆旧游》

可奈送了斜阳，新月又当门。　　郑文焯《湘春夜月》

夜长天色总难明，寂寞披衣起坐数寒星。　　毛泽东《虞美人》

今朝霜重东门路，照横塘半天残月，凄清如许。　　毛泽东《贺新郎》

人生易老天难老，岁岁重阳。　　毛泽东《采桑子》

万木霜天红烂漫，天兵怒气冲霄汉。　　毛泽东《渔家傲》

可上九天揽月，可下五洋捉鳖，谈笑凯歌还。　　　　　　毛泽东《水调歌头》

独有豪情，天际悬明月，风雷磅礴。　　　　　　　　　　毛泽东《念奴娇》


## 天气 + 季节


秋风萧瑟，洪波涌起。　　　　　　　　　　曹操《步出夏门行·观沧海》

饮马渡秋水，水寒风似刀。　　　　　　　　　　　　王昌龄《塞下曲》

空山新雨后，天气晚来秋。　　　　　　　　　　　　王维《山居秋暝》

苔深不能扫，落叶秋风早。　　　　　　　　　　　　　李白《长干行》

秋风吹不尽，总是玉关情。　　　　　　　　　　　　李白《子夜吴歌》

不觉碧山暮，秋云暗几重。　　　　　　　　　　李白《听蜀僧濬弹琴》

好雨知时节，当春乃发生。　　　　　　　　　　　　杜甫《春夜喜雨》

道由白云尽，春与青溪长。　　　　　　　　　　　　刘眘虚《阙题》

野火烧不尽，春风吹又生。　　　　　　　　　　　　　白居易《草》

春风对青冢，白日落梁州。　　　　　　　　　　　　张乔《书边事》

秋风度河上，大野入苍穹。　　　　　　　　　　　毛泽东《喜闻捷报》

秋风萧瑟天气凉，草木摇落露为霜。　　　　　　　　曹丕《燕歌行》

闲云潭影日悠悠，物换星移几度秋。　　　　　　　　王勃《滕王阁》

不知细叶谁裁出，二月春风似剪刀。　　　　　　　　贺知章《咏柳》

羌笛何须怨杨柳，春风不度玉门关。　　　　　　　　王之涣《出塞》

烽火城西百尺楼，黄昏独坐海风秋。　　　　　王昌龄《从军行之一》

桂魄初生秋露微，轻罗已薄未更衣。　　　　　　　　王维《秋夜曲》

络纬秋啼金井阑，微霜凄凄簟色寒。　　　　　　　　李白《长相思》

云想衣裳花想容，春风拂槛露华浓。　　　　　　　　李白《清平调》

解释春风无限恨，沉香亭北倚阑干。　　　　　　　李白《清平调之三》

谁家玉笛暗飞声，散入春风满洛城。　　　　　李白《春夜洛城闻笛》

田家望望惜雨干，布谷处处催春种。　　　　　　　　杜甫《洗兵马》

瞿塘峡口曲江头，万里风烟接素秋。　　　　　　杜甫《秋兴八首之六》

织女机丝虚夜月，石鲸鳞甲动秋风。　　　杜甫《秋兴八首之七》

画图省识春风面，环佩空归月夜魂。　　　　杜甫《咏怀古迹之三》

三春白雪归青冢，万里黄河绕黑山。　　　　柳中庸《征人怨》

春城无处不飞花，寒食东风御柳斜。　　　　韩翃《寒食》

春潮带雨晚来急，野渡无人舟自横。　　　　韦应物《滁州西涧》

春风桃李花开日，秋雨梧桐叶落时。　　　　白居易《长恨歌》

玉容寂寞泪阑干，梨花一枝春带雨。　　　　白居易《长恨歌》

今年欢笑复明年，秋月春风等闲度。　　　　白居易《琵琶行》

茂陵刘郎秋风客，夜闻马嘶晓无迹。　　　李贺《金铜仙人辞汉歌》

金河秋半虏弦开，云外惊飞四散哀。　　　　杜牧《早雁》

须知胡骑纷纷在，岂逐春风一一回。　　　　杜牧《早雁》

东风不与周郎便，铜雀春深锁二乔。　　　　杜牧《赤壁》

春风十里扬州路，卷上珠帘总不如。　　　　杜牧《赠别》

春风举国裁宫锦，半作障泥半作帆。　　　　李商隐《隋宫》

一春梦雨常飘瓦，尽日灵风不满旗。　　　李商隐《重过圣女祠》

君问归期未有期，巴山夜雨涨秋池。　　　李商隐《夜雨寄北》

休问梁园旧宾客，茂陵秋雨病相如。　　　李商隐《寄令狐郎中》

九秋风露越窑开，夺得千峰翠色来。　　　　陆龟蒙《秘色越器》

春风疑不到天涯，二月山城未见花。　　　　欧阳修《戏答元珍》

明妃初出汉宫时，泪湿春风鬓脚垂。　　　　王安石《明妃曲》

春风又绿江南岸，明月何时照我还。　　　　王安石《泊船瓜洲》

楼船夜雪瓜洲渡，铁马秋风大散关。　　　　陆游《书愤》

小楼一夜听春雨，深巷明朝卖杏花。　　　陆游《临安春雨初霁》

桃李春风一杯酒，江湖夜雨十年灯。　　　　黄庭坚《寄黄几复》

错怨狂风飏落花，无边春色来天地。　　　　吴伟业《圆圆曲》

奈何无赖春风至，深院荼蘼已满枝。　　　　鲁迅《惜花四律之三》

春风容易送韶年，一棹烟波夜驶船。　　　鲁迅《别诸弟（辛丑）》

如磐夜气压重楼，剪柳春风道九秋。　　　　鲁迅《悼丁君》

春风杨柳万千条，六亿神州尽舜尧。　　毛泽东《送瘟神二首之二》

细雨蒲帆游子泪，春风杨柳故园情。　　　郁达夫《乱离杂诗之九》

春水碧于天，画船听雨眠。 韦庄《菩萨蛮》

雨横风狂三月暮，门掩黄昏，无计留春住。 冯延巳《蝶恋花》

风乍起，吹皱一池春水。 冯延巳《谒金门》

林花谢了春红，太匆匆。无奈朝来寒雨晚来风。 李煜《相见欢》

帘外雨潺潺，春意阑珊。罗衾不耐五更寒。 李煜《浪淘沙》

往事只堪哀，对景难排；秋风庭院藓侵阶。 李煜《浪淘沙》

碧云天，黄叶地，秋色连波，波上寒烟翠。 范仲淹《苏幕遮》

长于春梦几多时，散似秋云无觅处。 晏殊《木兰花》

春风不解禁杨花，濛濛乱扑行人面。 晏殊《踏莎行》

绿杨烟外晓寒轻，红杏枝头春意闹。 宋祁《木兰花》

夜深风竹敲秋韵，万叶千声皆是恨。 欧阳修《木兰花》

夕阳岛外，秋风原上，目断四天垂。 柳永《少年游》

晚秋天，一霎微雨洒庭轩。 柳永《戚氏》

望处雨收云断，凭阑悄悄，目送秋光。 柳永《玉蝴蝶》

对潇潇暮雨洒江天，一番洗清秋。 柳永《八声甘州》

伫倚危楼风细细，望极春愁，黯黯生天际。 柳永《蝶恋花》

不肯画堂朱户，春风自在杨花。 王安国《清平乐》

明朝万一西风动，争奈朱颜不耐秋。 晏几道《鹧鸪天》

去年春恨却来时，落花人独立，微雨燕双飞。 晏几道《临江仙》

朝云信断知何处，应作襄王春梦去。 晏几道《蝶恋花》

街南绿树春饶絮，雪满游春路。 晏几道《御街行》

料峭春风吹酒醒，微冷，山头斜照却相迎。 苏轼《定风波》

无端天与娉婷，夜月一帘幽梦，春风十里柔情。 秦观《八六子》

晓色云开，春随人意，骤雨才过还晴。 秦观《满庭芳》

黛蛾长敛，任是春风吹不展。 秦观《减字木兰花》

尽日沉烟香一缕，宿酒醒迟，恼破春情绪。 赵令畤《蝶恋花》

春风依旧，着意隋堤柳。 赵令畤《清平乐》

醉里秋波，梦中朝雨，都是醒时烦恼。 时彦《青门饮》

斜阳冉冉春无极，念月榭携手，露桥闻笛。 周邦彦《兰陵王》

对宿烟收，春禽静，飞雨时鸣高屋。 周邦彦《大酺》

画图中、旧识春风面。谁知道、自到瑶台畔。　　　　　周邦彦《拜星月慢》

恨春去不与人期，弄夜色，空余满地梨花雪。　　　　　周邦彦《浪淘沙慢》

条风布暖，霏雾弄晴，池台遍满春色。　　　　　　　　周邦彦《应天长》

薄雨收寒，斜照弄晴，春意空阔。　　　　　　　　　　贺铸《石州引》

烛映帘栊，蛩催机杼，共苦清秋风露。　　　　　　　　贺铸《天香》

寒水依痕，春意渐回，沙际烟阔。　　　　　　　　　　张元幹《石州慢》

清露晨流，新桐初引，多少游春意。　　　　　　　　　李清照《念奴娇》

染柳烟浓，吹梅笛怨，春意知几许。　　　　　　　　　李清照《永遇乐》

霭霭春空，画楼森耸凌云渚。　　　　　　　　　　　　廖世美《烛影摇红》

记年时、偷掷春心，花前隔雾遥相见。　　　　　　　　吕渭老《薄幸》

洞庭青草，近中秋、更无一点风色。　　　　　　　　　张孝祥《念奴娇》

杏花无处避春愁，也傍野烟发。　　　　　　　　　　　韩元吉《好事近》

寒入罗衣春尚浅，过一番风雨。　　　　　　　　　　　袁去华《安公子》

晚晴风歇，一夜春威折。　　　　　　　　　　　　　　范成大《霜天晓角》

旧恨春江流不尽，新恨云山千叠。　　　　　　　　　　辛弃疾《念奴娇》

更能消几番风雨，匆匆春又归去。　　　　　　　　　　辛弃疾《摸鱼儿》

枕簟溪堂冷欲秋，断云依水晚来收。　　　　　　　　　辛弃疾《鹧鸪天》

过春风十里，尽荠麦青青。　　　　　　　　　　　　　姜夔《扬州慢》

何逊而今渐老，都忘却、春风词笔。　　　　　　　　　姜夔《暗香》

莫似春风，不管盈盈，早与安排金屋。　　　　　　　　姜夔《疏影》

又将愁眼与春风，待去，倚兰桡更少驻。　　　　　　　姜夔《杏花天》

春风只在园西畔，荠菜花繁蝴蝶乱。　　　　　　　　　严仁《木兰花》

月洗高梧，露溥幽草，宝钗楼外秋深。　　　　　　　　张镃《满庭芳》

做冷欺花，将烟困柳，千里偷催春暮。　　　　　　　　史达祖《绮罗香》

柳院灯疏，梅厅雪在，谁与细倾春碧。　　　　　　　　史达祖《喜迁莺》

念前事，怯流光，早春窥、酥雨池塘。　　　　　　　　史达祖《夜合花》

春啼细雨，笼愁淡月，恁时庭院。　　　　　　　　　　卢祖皋《宴清都》

人间万感幽单，华清惯浴，春盎风露。　　　　　　　　吴文英《宴清都》

昼闲度，因甚天也悭春，轻阴便成雨。　　　　　　　　吴文英《祝英台近》

细雨归鸿，孤山无限春寒。　　　　　　　　　　　　　吴文英《高阳台》

| 伤春不在高楼上，在灯前欹枕，雨外熏炉。 | 吴文英《高阳台》 |
| 君且醉，君不见长门青草春风泪。 | 朱嗣发《摸鱼儿》 |
| 璧月初晴，黛云远淡，春事谁主。 | 刘辰翁《永遇乐》 |
| 禁苑东风外，飏暖丝晴絮，春思如织。 | 周密《曲游春》 |
| 春风飞到，宝钗楼上，一片笙箫，琉璃光射。 | 蒋捷《女冠子》 |
| 东风且伴蔷薇住，到蔷薇、春已堪怜。 | 张炎《高阳台》 |
| 一帘鸠外雨，几处闲田，隔水动春锄。 | 张炎《渡江云》 |
| 残雪庭阴，轻寒帘影，霏霏玉管春葭。 | 王沂孙《高阳台》 |
| 荏苒一枝春，恨东风、人似天远。 | 王沂孙《法曲献仙音》 |
| 风烟雨雪阴晴晚，更何须、春风千树。 | 彭元逊《疏影》 |
| 白发渔樵江渚上，惯看秋月春风。 | 杨慎《临江仙》 |
| 桥影流虹，湖光映雪，翠帘不卷春深。 | 朱彝尊《高阳台》 |
| 一年一度秋风劲，不似春光。 | 毛泽东《采桑子》 |
| 胜似春光，寥廓江天万里霜。 | 毛泽东《采桑子》 |
| 风雨送春归，飞雪迎春到。 | 毛泽东《卜算子》 |

## 天气 + 水川江河湖海

| 云霞出海曙，梅柳渡江春。 | 杜审言《和晋陵陆丞早春游望》 |
| 木落雁南渡，北风江上寒。 | 孟浩然《早寒有怀》 |
| 我家襄水曲，遥隔楚云端。 | 孟浩然《早寒有怀》 |
| 饮马渡秋水，水寒风似刀。 | 王昌龄《塞下曲》 |
| 行到水穷处，坐看云起时。 | 王维《终南别业》 |
| 长歌吟松风，曲尽河星稀。 | 李白《下终南山过斛斯山人宿置酒》 |
| 明月出天山，苍茫云海间。 | 李白《关山月》 |
| 客心洗流水，馀响入霜钟。 | 李白《听蜀僧濬弹琴》 |
| 月下飞天镜，云生结海楼。 | 李白《渡荆门送别》 |
| 牛渚西江夜，青天无片云。 | 李白《夜泊牛渚怀古》 |

江湖多风波，舟楫恐失坠。　　　　　　杜甫《梦李白二首之二》

渭北春天树，江东日暮云。　　　　　　杜甫《春日忆李白》

野径云俱黑，江船火独明。　　　　　　杜甫《春夜喜雨》

野寺来人少，云峰隔水深。　　　刘长卿《秋日登吴公台上寺远眺》

过雨看松色，随山到水源。　　　　　刘长卿《寻南溪常道士》

岭猿同旦暮，江柳共风烟。　　　　　　刘长卿《新年作》

流水传潇浦，悲风过洞庭。　　　　　　钱起《省试湘灵鼓瑟》

楚江微雨里，建业暮钟时。　　　　韦应物《赋得暮雨送李曹》

浮云一别后，流水十年间。　　　　韦应物《淮上喜会梁州故人》

醉和金甲舞，雷鼓动山川。　　　　　　卢纶《塞下曲之四》

孤舟蓑笠翁，独钓寒江雪。　　　　　　柳宗元《江雪》

残萤栖玉露，早雁拂金河。　　　　　　许浑《早秋》

秋风度河上，大野入苍穹。　　　　　　毛泽东《喜闻捷报》

黄河远上白云间，一片孤城万仞山。　　王之涣《出塞》

沙场烽火侵胡月，海畔云山拥蓟城。　　祖咏《望蓟门》

烽火城西百尺楼，黄昏独坐海风秋。　　王昌龄《从军行之一》

青海长云暗雪山，孤城遥望玉门关。　　王昌龄《从军行之四》

寒雨连江夜入吴，平明送客楚山孤。　　王昌龄《芙蓉楼送辛渐》

朝闻游子唱离歌，昨夜微霜初渡河。　　李颀《送魏万之京》

云青青兮欲雨，水澹澹兮生烟。　　　　李白《梦游天姥吟留别》

欲渡黄河冰塞川，将登太行雪满山。　　李白《行路难》

长风破浪会有时，直挂云帆济沧海。　　李白《行路难》

朝辞白帝彩云间，千里江陵一日还。　　李白《下江陵》

山川萧条极边土，胡骑凭陵杂风雨。　　高适《燕歌行》

锦城丝管日纷纷，半入江风半入云。　　杜甫《赠花卿》

锦江春色来天地，玉垒浮云变古今。　　杜甫《登楼》

西山白雪三城戍，南浦清江万里桥。　　杜甫《野望》

海内风尘诸弟隔，天涯涕泪一身遥。　　杜甫《野望》

颠狂柳絮随风去，轻薄桃花逐水流。　　杜甫《绝句漫兴之五》

江间波浪兼天涌，塞上风云接地阴。　　杜甫《秋兴八首之一》

瞿塘峡口曲江头，万里风烟接素秋。　　　　杜甫《秋兴八首之六》

江山故宅空文藻，云雨荒台岂梦思。　　　　杜甫《咏怀古迹之二》

瀚海阑干百丈冰，愁云惨淡万里凝。　　　　岑参《白雪歌送武判官归京》

月落乌啼霜满天，江枫渔火对愁眠。　　　　张继《枫桥夜泊》

三春白雪归青冢，万里黄河绕黑山。　　　　柳中庸《征人怨》

孤山寺北贾亭西，水面初平云脚低。　　　　白居易《钱塘湖春行》

半卷红旗临易水，霜重鼓寒声不起。　　　　李贺《雁门太守行》

千里莺啼绿映红，水村山郭酒旗风。　　　　杜牧《江南春绝句》

云母屏风烛影深，长河渐落晓星沉。　　　　李商隐《嫦娥》

冰簟银床梦不成，碧天如水夜云轻。　　　　温庭筠《瑶瑟怨》

江雨霏霏江草齐，六朝如梦鸟空啼。　　　　韦庄《台城》

春风又绿江南岸，明月何时照我还。　　　　王安石《泊船瓜洲》

水光潋滟晴方好，山色空濛雨亦奇。　　　　苏轼《饮湖上初晴后雨》

桃李春风一杯酒，江湖夜雨十年灯。　　　　黄庭坚《寄黄几复》

夜阑卧听风吹雨，铁马冰河入梦来。　　　陆游《十一月四日风雨大作》

山河破碎风飘絮，身世浮沉雨打萍。　　　　文天祥《过零丁洋》

传来消息满江乡，乌桕红经十度霜。　　　　吴伟业《圆圆曲》

江山代有才人出，各领风骚数百年。　　　　赵翼《论诗》

明眸越女罢晨妆，荇水荷风是旧乡。　　　　鲁迅《赠人之一》

唱尽新词欢不见，早云如火扑晴江。　　　　鲁迅《赠人之一》

湘灵妆成照湘水，皎如皓月窥彤云。　　　　鲁迅《湘灵歌》

尘海苍茫沉百感，金风萧瑟走千官。　　　鲁迅《亥年残秋偶作》

草木不欣胡日月，风云犹壮汉山河。　　　柳亚子《寄题岳王冢》

金沙水拍云崖暖，大渡桥横铁索寒。　　　　毛泽东《长征》

冷眼向洋看世界，热风吹雨洒江天。　　　　毛泽东《登庐山》

夜雨江村草木欣，端居无事又思君。　　　郁达夫《乱离杂诗之三》

春水碧于天，画船听雨眠。　　　　韦庄《菩萨蛮》

风乍起，吹皱一池春水。　　　　冯延巳《谒金门》

水风轻、蘋花渐老；月露冷、梧叶飘黄。　　　　柳永《玉蝴蝶》

对潇潇暮雨洒江天，一番洗清秋。　　　　柳永《八声甘州》

渐霜风凄紧，关河冷落，残照当楼。　　　　　　柳永《八声甘州》

明月如霜，好风如水，清景无限。　　　　　　　　苏轼《永遇乐》

冰肌玉骨，自清凉无汗，水殿风来暗香满。　　　　苏轼《洞仙歌》

家童鼻息已雷鸣，敲门都不应，倚杖听江声。　　　苏轼《临江仙》

夜阑风静縠纹平，小舟从此逝，江海寄余生。　　　苏轼《临江仙》

似楚江暝宿，风灯零乱，少年羁旅。　　　　　　　周邦彦《琐窗寒》

烟横水际，映带几点归鸿，东风销尽龙沙雪。　　　贺铸《石州引》

记小江风月佳时，屡约非烟游伴。　　　　　　　　贺铸《望湘人》

三十六陂人未到，水佩风裳无数。　　　　　　　　姜夔《念奴娇》

江国，正寂寂，叹寄与路遥，夜雪初积。　　　　　姜夔《暗香》

秋江带雨，寒沙萦水，人瞰画阁愁独。　　　　　　史达祖《八归》

惟有旧时山共水，依然，暮雨朝云去不还。　　　　潘牥《南乡子》

明朝事与孤烟冷，做满湖风雨愁人。　　　　　　　吴文英《渡江云》

半壶秋水荐黄花，香嗫西风雨。　　　　　　　　　吴文英《霜叶飞》

箭径酸风射眼，腻水染花腥。　　　　　　　　　　吴文英《八声甘州》

隔江人在雨声中，晚风菰叶生秋怨。　　　　　　　吴文英《踏莎行》

垂杨暗吴苑，正旗亭烟冷，河桥风暖。　　　　　　吴文英《瑞鹤仙》

十载西湖，傍柳系马，趁娇尘软雾。　　　　　　　吴文英《莺啼序》

殷勤待写，书中长恨，蓝霞辽海沉过雁。　　　　　吴文英《莺啼序》

对西风、鬓摇烟碧，参差前事流水。　　　　　　　朱嗣发《摸鱼儿》

酒醒应对燕山雪，正冰河月冻，晓陇云飞。　　　　周密《高阳台》

东风渐绿西湖岸，雁已还、人未南归。　　　　　　周密《高阳台》

江南江北，曾未见、漫拟梨云梅雪。　　　　　　　周密《瑶华》

壮年听雨客舟中，江阔云低断雁叫西风。　　　　　蒋捷《虞美人》

山空天入海，倚楼望极，风急暮潮初。　　　　　　张炎《渡江云》

一帘鸠外雨，几处闲田，隔水动春锄。　　　　　　张炎《渡江云》

盘心清露如铅水，又一夜、西风吹折。　　　　　　张炎《疏影》

白发渔樵江渚上，惯看秋月春风。　　　　　　　　杨慎《临江仙》

桥影流虹，湖光映雪，翠帘不卷春深。　　　　　　朱彝尊《高阳台》

燕尽水沉烟，露滴鸳鸯瓦。　　　　　　　　　　　纳兰性德《生查子》

哀角起重关，霜深楚水寒，背西风、归雁声酸。　　　　　蒋春霖《唐多令》

怅霜飞榆塞，月冷枫江，万里凄清。　　　　　　　　　　文廷式《忆旧游》

更洒黄昏雨，水环风佩，数断红消息。　　　　　　　　　郑文焯《六丑》

明霞照海，渲异艳，远天外。　　　　　　　　　　　　　吕碧城《瑞鹤仙》

此行何去，赣江风雪迷漫处。　　　　　　　　　　毛泽东《减字木兰花》

胜似春光，寥廓江天万里霜。　　　　　　　　　　　　毛泽东《采桑子》

烟雨莽苍苍，龟蛇锁大江。　　　　　　　　　　　　毛泽东《菩萨蛮》

更立西江石壁，截断巫山云雨，高峡出平湖。　　　毛泽东《水调歌头》

四海翻腾云水怒，五洲震荡风雷激。　　　　　　　　毛泽东《满江红》


## ◈◈ 天气 + 形体 ◈◈


童颜若可驻，何惜醉流霞。　　　　　　　　　　孟浩然《宴梅道士山房》

草枯鹰眼疾，雪尽马蹄轻。　　　　　　　　　　　　　王维《观猎》

客心洗流水，馀响入霜钟。　　　　　　　　　　　李白《听蜀僧濬弹琴》

香雾云鬟湿，清辉玉臂寒。　　　　　　　　　　　　　杜甫《月夜》

竹批双耳峻，风入四蹄轻。　　　　　　　　　　　杜甫《房兵曹胡马》

神欢体自轻，意欲凌风翔。　　　　　　韦应物《郡斋雨中与诸文士燕集》

武帝祠前云欲散，仙人掌上雨初晴。　　　　　　　　崔颢《行经华阴》

君不见，高堂明镜悲白发，朝如青丝暮成雪。　　　　李白《将进酒》

云想衣裳花想容，春风拂槛露华浓。　　　　　　　　　李白《清平调》

一枝红艳露凝香，云雨巫山枉断肠。　　　　　　　　李白《清平调之二》

忆昔霓旌下南苑，苑中万物生颜色。　　　　　　　　　杜甫《哀江头》

当流赤足踏涧石，水声激激风吹衣。　　　　　　　　　韩愈《山石》

行宫见月伤心色，夜雨闻铃肠断声。　　　　　　　　白居易《长恨歌》

中有一人字太真，雪肤花貌参差是。　　　　　　　　白居易《长恨歌》

玉容寂寞泪阑干，梨花一枝春带雨。　　　　　　　　白居易《长恨歌》

魏官牵车指千里，东关酸风射眸子。　　　　　　　李贺《金铜仙人辞汉歌》

腰悬相印作都统，阴风惨澹天王旗。 李商隐《韩碑》

霜禽欲下先偷眼，粉蝶如知合断魂。 林逋《山园小梅》

明妃初出汉宫时，泪湿春风鬓脚垂。 王安石《明妃曲》

当其下手风雨快，笔所未到气已吞。 苏轼《王维吴道子画》

微风万顷靴文细，断霞半空鱼尾赤。 苏轼《游金山寺》

孤臣霜发三千丈，每岁烟花一万重。 陈与义《伤春》

绝域东风竟何事，只应催我鬓边华。 朱弁《春阴》

山河破碎风飘絮，身世浮沉雨打萍。 文天祥《过零丁洋》

风急弦绝摧心肝，月明星稀斗阑干。 夏完淳《长歌》

明眸越女罢晨妆，荇水荷风是旧乡。 鲁迅《赠人之一》

秦女端容理玉筝，梁尘踊跃夜风轻。 鲁迅《赠人之二》

更喜岷山千里雪，三军过后尽开颜。 毛泽东《长征》

牢骚太盛防肠断，风物长宜放眼量。 毛泽东《和柳亚子先生》

红雨随心翻作浪，青山着意化为桥。 毛泽东《送瘟神二首之二》

冷眼向洋看世界，热风吹雨洒江天。 毛泽东《登庐山》

恶煞腐心兴鼓吹，凶神张口吐烟霞。 毛泽东《读报有感之一》

一从大地起风雷，便有精生白骨堆。 毛泽东《和郭沫若同志》

鬓雪飞来成废料，彩云长在有新天。 毛泽东《洪都》

小山重叠金明灭，鬓云欲度香腮雪。 温庭筠《菩萨蛮》

垆边人似月，皓腕凝双雪。 韦庄《菩萨蛮》

满眼游丝兼落絮，红杏开时，一霎清明雨。 冯延巳《蝶恋花》

小楼昨夜又东风，故国不堪回首月明中。 李煜《虞美人》

羌管悠悠霜满地，人不寐，将军白发征夫泪。 范仲淹《渔家傲》

池塘水绿风微暖，记得玉真初见面。 晏殊《木兰花》

春风不解禁杨花，濛濛乱扑行人面。 晏殊《踏莎行》

清晨帘幕卷轻霜，呵手试梅妆。 欧阳修《诉衷情》

夕阳岛外，秋风原上，目断四天垂。 柳永《少年游》

异乡风物，忍萧索，当愁眼。 柳永《迷神引》

望处雨收云断，凭阑悄悄，目送秋光。 柳永《玉蝴蝶》

明朝万一西风动，争奈朱颜不耐秋。 晏几道《鹧鸪天》

天边金掌露成霜，云随雁字长。　　　　　　　　晏几道《阮郎归》

纵使相逢应不识，尘满面，鬓如霜。　　　　　　苏轼《江城子》

冰肌玉骨，自清凉无汗，水殿风来暗香满。　　　苏轼《洞仙歌》

但屈指西风几时来，又不道流年暗中偷换。　　　苏轼《洞仙歌》

回首向来萧瑟处，归去，也无风雨也无晴。　　　苏轼《定风波》

泪湿阑干花著露，愁到眉峰碧聚。　　　　　　　毛滂《惜分飞》

雪云散尽，放晓晴池院。杨柳于人便青眼。　　　李元膺《洞仙歌》

断肠院落，一帘风絮。　　　　　　　　　　　　周邦彦《瑞龙吟》

执手霜风吹鬓影，去意徘徊，别语愁难听。　　　周邦彦《蝶恋花》

纵妙手、能解连环，似风散雨收，雾轻云薄。　　周邦彦《解连环》

画图中、旧识春风面。谁知道、自到瑶台畔。　　周邦彦《拜星月慢》

桥上酸风射眸子，立多时，看黄昏，灯火市。　　周邦彦《夜游宫》

斜阳冉冉春无极，念月榭携手，露桥闻笛。　　　周邦彦《兰陵王》

托微风、彩箫流怨，断肠马上曾闻。　　　　　　贺铸《绿头鸭》

情切，画楼深闭，想见东风，暗消肌雪。　　　　张元幹《石州慢》

纵留得莺花，东风不住，也则眼前愁闷。　　　　僧挥《金明池》

如今憔悴，风鬟雾鬓，怕见夜间出去。　　　　　李清照《永遇乐》

好个霜天，闲却传杯手。　　　　　　　　　　　汪藻《点绛唇》

丁香露泣残枝，算未比、愁肠寸结。　　　　　　蔡伸《柳梢青》

尽迟留、凭仗西风，吹干泪眼。　　　　　　　　蔡伸《苏武慢》

怒发冲冠，凭栏处、潇潇雨歇。　　　　　　　　岳飞《满江红》

应念岭表经年，孤光自照，肝胆皆冰雪。　　　　张孝祥《念奴娇》

独立东风弹泪眼，寄烟波东去。　　　　　　　　袁去华《安公子》

脸霞红印枕，睡觉来、冠儿还是不整。　　　　　陆淞《瑞鹤仙》

凤尾龙香拨，自开元霓裳曲罢，几番风月。　　　辛弃疾《贺新郎》

何处望神州，满眼风光北固楼。　　　　　　　　辛弃疾《南乡子》

又将愁眼与春风，待去，倚兰桡更少驻。　　　　姜夔《杏花天》

翠叶吹凉，玉容销酒，更洒菰蒲雨。　　　　　　姜夔《念奴娇》

暖风十里丽人天，花压鬓云偏。　　　　　　　　俞国宝《风入松》

巧沁兰心，偷粘草甲，东风欲障新暖。　　　　　史达祖《东风第一枝》

| | |
|---|---|
| 须信风流未老，凭持尊酒，慰此凄凉心目。 | 史达祖《八归》 |
| 还又岁晚，瘦骨临风，夜闻秋声，吹动岑寂。 | 史达祖《秋霁》 |
| 风丝一寸愁肠，曾在歌边惹恨，烛底萦香。 | 史达祖《夜合花》 |
| 羞红鬓浅恨，晚风未落，片绣点重茵。 | 吴文英《渡江云》 |
| 箭径酸风射眼，腻水染花腥。 | 吴文英《八声甘州》 |
| 断烟离绪，关心事，斜阳红隐霜树。 | 吴文英《霜叶飞》 |
| 自怜两鬓清霜，一年寒食，又身在云山深处。 | 吴文英《祝英台近》 |
| 素骨凝冰，柔葱蘸雪，犹忆分瓜深意。 | 吴文英《齐天乐》 |
| 休回首，但细雨断桥，憔悴人归后。 | 刘辰翁《摸鱼儿》 |
| 缃帙流离，风鬟三五，能赋词最苦。 | 刘辰翁《永遇乐》 |
| 玉骨西风，恨最恨、闲却新凉时节。 | 周密《玉京秋》 |
| 而今听雨僧庐下，鬓已星星也。 | 蒋捷《虞美人》 |
| 恋恋青衫，犹染枯香，还叹鬓丝飘雪。 | 张炎《疏影》 |
| 汛远槎风，梦深薇露，化作断魂心字。 | 王沂孙《天香》 |
| 痴心指望回风坠，扇底相逢，钗头微缀。 | 彭元逊《六丑》 |
| 蔽日旌旗，连云樯橹，白骨纷如雪。 | 萨都剌《百字令》 |
| 白发渔樵江渚上，惯看秋月春风。 | 杨慎《临江仙》 |
| 满眼韶华，东风惯是吹红去。 | 陈子龙《点绛唇》 |
| 风鬟雨鬓，偏是来无准。 | 纳兰性德《清平乐》 |
| 软风吹过窗纱，心期便隔天涯。 | 纳兰性德《清平乐》 |
| 满目荒凉谁可语，西风吹老丹枫树。 | 纳兰性德《蝶恋花》 |
| 头上高山，风卷红旗过大关。 | 毛泽东《减字木兰花》 |
| 霜晨月，马蹄声碎，喇叭声咽。 | 毛泽东《忆秦娥》 |
| 一篇读罢头飞雪，但记得斑斑点点，几行陈迹。 | 毛泽东《贺新郎》 |

## 天气 + 布帛及其织物

| | |
|---|---|
| 罗衣何飘飘，轻裾随风还。 | 曹植《美女篇》 |

| | |
|---|---|
| 雪暗凋旗画，风多杂鼓声。 | 杨炯《从军行》 |
| 灭烛怜光满，披衣觉露滋。 | 张九龄《望月怀远》 |
| 松风吹解带，山月照弹琴。 | 王维《酬张少府》 |
| 玉阶生白露，夜久侵罗袜。 | 李白《玉阶怨》 |
| 春风不相识，何事入罗帏。 | 李白《春思》 |
| 红颜弃轩冕，白首卧松云。 | 李白《赠孟浩然》 |
| 落日照大旗，马鸣风萧萧。 | 杜甫《后出塞之二》 |
| 素练风霜起，苍鹰画作殊。 | 杜甫《画鹰》 |
| 客从东方来，衣上灞陵雨。 | 韦应物《长安遇冯著》 |
| 大漠风尘日色昏，红旗半卷出辕门。 | 王昌龄《从军行之五》 |
| 月照城头乌半飞，霜凄万木风入衣。 | 李颀《琴歌》 |
| 试拂铁衣如雪色，聊持宝剑动星文。 | 王维《老将行》 |
| 桂魄初生秋露微，轻罗已薄未更衣。 | 王维《秋夜曲》 |
| 绛帻鸡人报晓筹，尚方衣进翠云裘。 | 王维《和贾至舍人早朝大明宫之作》 |
| 霓为衣兮风为马，云之君兮纷纷而来下。 | 李白《梦游天姥吟留别》 |
| 云想衣裳花想容，春风拂槛露华浓。 | 李白《清平调》 |
| 雷鼓嘈嘈喧武昌，云旗猎猎过寻阳。 | 李白《永王东巡歌之三》 |
| 芙蓉旌旗烟雾落，影动倒景摇潇湘。 | 杜甫《寄韩谏议注》 |
| 杨花雪落覆白蘋，青鸟飞去衔红巾。 | 杜甫《丽人行》 |
| 牵衣顿足拦道哭，哭声直上干云霄。 | 杜甫《兵车行》 |
| 忆昔霓旌下南苑，苑中万物生颜色。 | 杜甫《哀江头》 |
| 锦城丝管日纷纷，半入江风半入云。 | 杜甫《赠花卿》 |
| 织女机丝虚夜月，石鲸鳞甲动秋风。 | 杜甫《秋兴八首之七》 |
| 三峡楼台淹日月，五溪衣服共云山。 | 杜甫《咏怀古迹之一》 |
| 纷纷暮雪下辕门，风掣红旗冻不翻。 | 岑参《白雪歌送武判官归京》 |
| 当流赤足踏涧石，水声激激风吹衣。 | 韩愈《山石》 |
| 云鬓花颜金步摇，芙蓉帐暖度春宵。 | 白居易《长恨歌》 |
| 渔阳鼙鼓动地来，惊破霓裳羽衣曲。 | 白居易《长恨歌》 |
| 鸳鸯瓦冷霜华重，翡翠衾寒谁与共。 | 白居易《长恨歌》 |
| 云髻半偏新睡觉，花冠不整下堂来。 | 白居易《长恨歌》 |

风吹仙袂飘飘举，犹似霓裳羽衣舞。　　　　　白居易《长恨歌》

半卷红旗临易水，霜重鼓寒声不起。　　　　　李贺《雁门太守行》

千里莺啼绿映红，水村山郭酒旗风。　　　　　杜牧《江南春绝句》

腰悬相印作都统，阴风惨澹天王旗。　　　　　李商隐《韩碑》

春风举国裁宫锦，半作障泥半作帆。　　　　　李商隐《隋宫》

一春梦雨常飘瓦，尽日灵风不满旗。　　　　　李商隐《重过圣女祠》

云髻罢梳还对镜，罗衣欲换更添香。　　　　　薛逢《宫词》

碧阑干外绣帘垂，猩色屏风画折枝。　　　　　韩偓《已凉》

箫鼓追随春社近，衣冠简朴古风存。　　　　　陆游《游山西村》

素衣莫起风尘叹，犹及清明可到家。　　　　　陆游《临安春雨初霁》

徒把金戈挽落晖，南冠无奈北风吹。　　　　　虞集《挽文丞相》

芰裳荇带处仙乡，风定犹闻碧玉香。　　　　　鲁迅《莲蓬人》

扫除腻粉呈风骨，褪却红衣学淡妆。　　　　　鲁迅《莲蓬人》

斑竹一枝千滴泪，红霞万朵百重衣。　　　　　毛泽东《答友人》

一阵风雷惊世界，满街红绿走旌旗。　　　　　毛泽东《有所思》

青箬笠，绿蓑衣，斜风细雨不须归。　　　　　张志和《渔歌子》

眉翠薄，鬓云残，夜长衾枕寒。　　　　　　　温庭筠《更漏子》

帘外雨潺潺，春意阑珊。罗衾不耐五更寒。　　李煜《浪淘沙》

昨日乱山昏，来时衣上云。　　　　　　　　　张先《醉垂鞭》

槛菊愁烟兰泣露，罗幕轻寒，燕子双飞去。　　晏殊《蝶恋花》

绣帏人念远，暗垂珠露，泣送征轮。　　　　　韩缜《凤箫吟》

独立小桥风满袖，平林新月人归后。　　　　　欧阳修《蝶恋花》

清晨帘幕卷轻霜，呵手试梅妆。　　　　　　　欧阳修《诉衷情》

望中酒旆闪闪，一簇烟村，数行霜树。　　　　柳永《夜半乐》

征帆去棹残阳里，背西风、酒旗斜矗。　　　　王安石《桂枝香》

满地残红宫锦污，昨夜南园风雨。　　　　　　王安国《清平乐》

此后锦书休寄，画楼云雨无凭。　　　　　　　晏几道《清平乐》

无端天与娉婷，夜月一帘幽梦，春风十里柔情。秦观《八六子》

胡马嘶风，汉旗翻雪，彤云又吐，一竿残照。　时彦《青门饮》

侵晨浅约宫黄，障风映袖，盈盈笑语。　　　　周邦彦《瑞龙吟》

断肠院落，一帘风絮。 　　　　　周邦彦《瑞龙吟》

新绿小池塘，风帘动，碎影舞斜阳。 　　周邦彦《风流子》

铜盘烛泪已流尽，霏霏凉露沾衣。 　　　周邦彦《夜飞鹊》

相将散离会，探风前津鼓，树杪参旗。 　周邦彦《夜飞鹊》

墙头青玉旆，洗铅霜都尽，嫩梢相触。 　周邦彦《大酺》

闲依露井，笑扑流萤，惹破画罗轻扇。 　周邦彦《过秦楼》

更可惜、雪中高树，香篝熏素被。 　　　周邦彦《花犯》

烛映帘栊，蛩催机杼，共苦清秋风露。 　贺铸《天香》

厌莺声到枕，花气动帘，醉魂愁梦相半。 贺铸《望湘人》

绣屏掩，枕鸳相就，香气渐暾暾。 　　　贺铸《绿头鸭》

辜负枕前云雨，尊前花月。 　　　　　张元幹《石州慢》

莫道不销魂，帘卷西风，人比黄花瘦。 　李清照《醉花阴》

铺翠冠儿，捻金雪柳，簇带争济楚。 　　李清照《永遇乐》

榴花不似舞裙红，无人知此意，歌罢满帘风。 陈与义《临江仙》

满院东风，海棠铺绣，梨花飘雪。 　　　蔡伸《柳梢青》

怒发冲冠，凭栏处、潇潇雨歇。 　　　　岳飞《满江红》

闻道中原遗老，常南望、翠葆霓旌。 　　张孝祥《六州歌头》

寒入罗衣春尚浅，过一番风雨。 　　　　袁去华《安公子》

脸霞红印枕，睡觉来、冠儿还是不整。 　陆淞《瑞鹤仙》

堂深昼永，燕交飞、风帘露井。 　　　　陆淞《瑞鹤仙》

重省，残灯朱幌，淡月纱窗，那时风景。 陆淞《瑞鹤仙》

闹花深处层楼，画帘半卷东风软。 　　　陈亮《水龙吟》

凤尾龙香拨，自开元霓裳曲罢，几番风月。 辛弃疾《贺新郎》

易水萧萧西风冷，满座衣冠似雪，正壮士、悲歌未彻。 辛弃疾《贺新郎》

划地东风欺客梦，一枕云屏寒怯。 　　　辛弃疾《念奴娇》

三十六陂人未到，水佩风裳无数。 　　　姜夔《念奴娇》

只恐舞衣寒易落，愁入西风南浦。 　　　姜夔《念奴娇》

无绪，空望极霓旌，锦书难据。 　　　　张镃《宴山亭》

犀帘黛卷，凤枕云孤，应也几番凝伫。 　张镃《宴山亭》

深院榴花吐，画帘开、练衣纨扇，午风清暑。 刘克庄《贺新郎》

| | |
|---|---|
| 绣幄鸳鸯柱，红情密，腻云低护秦树。 | 吴文英《宴清都》 |
| 东风睡足交枝，正梦枕、瑶钗燕股。 | 吴文英《宴清都》 |
| 薰风燕乳，暗雨槐黄，午镜澡兰帘幕。 | 吴文英《澡兰香》 |
| 雨外蛩声早，细织就霜丝多少。 | 吴文英《夜游宫》 |
| 伤春不在高楼上，在灯前敲枕，雨外熏炉。 | 吴文英《高阳台》 |
| 便当日亲见霓裳，天上人间梦里。 | 刘辰翁《宝鼎现》 |
| 缃帙流离，风鬟三五，能赋词最苦。 | 刘辰翁《永遇乐》 |
| 宝带金章，尊前茸帽风欹。 | 周密《高阳台》 |
| 衣湿桐阴露冷，采凉花，时赋秋雪。 | 周密《玉京秋》 |
| 风檠背寒壁，放冰蟾、飞到蛛丝帘隙。 | 蒋捷《瑞鹤仙》 |
| 少年听雨歌楼上，红烛昏罗帐。 | 蒋捷《虞美人》 |
| 一帘鸠外雨，几处闲田，隔水动春锄。 | 张炎《渡江云》 |
| 记玉关、踏雪事清游，寒气脆貂裘。 | 张炎《八声甘州》 |
| 料因循误了，残毡拥雪，故人心眼。 | 张炎《解连环》 |
| 恋恋青衫，犹染枯香，还叹鬓丝飘雪。 | 张炎《疏影》 |
| 残雪庭阴，轻寒帘影，霏霏玉管春葭。 | 王沂孙《高阳台》 |
| 一缕萦帘翠影，依稀海天云气。 | 王沂孙《天香》 |
| 事阔心违，交淡媒劳，蔓草沾衣多露。 | 彭元逊《疏影》 |
| 蔽日旌旗，连云樯橹，白骨纷如雪。 | 萨都剌《百字令》 |
| 桥影流虹，湖光映雪，翠帘不卷春深。 | 朱彝尊《高阳台》 |
| 水浴凉蟾风入袂，鱼鳞触损金波碎。 | 纳兰性德《天仙子》 |
| 东风不解愁，偷展湘裙衩。 | 纳兰性德《生查子》 |
| 软风吹过窗纱，心期便隔天涯。 | 纳兰性德《清平乐》 |
| 鸿影惊回雪，怅天寒竹翠，色暗罗裙。 | 蒋春霖《忆旧游》 |
| 剪鲛绡，传燕语，黯黯碧云暮。 | 文廷式《祝英台近》 |
| 薄命怜花，倚东风罗袖，泪珠偷泫。 | 王鹏运《三姝媚》 |
| 登临感清快，对层云曳缟，乱峰横黛。 | 吕碧城《瑞鹤仙》 |
| 瘴风宽蕙带，又瘦影扶筇，楚香闲采。 | 吕碧城《瑞鹤仙》 |
| 搴裳步隘，正雨过、湍奔石濑。 | 吕碧城《瑞鹤仙》 |
| 山下，山下，风展红旗如画。 | 毛泽东《如梦令》 |

| | |
|---|---|
| 头上高山，风卷红旗过大关。 | 毛泽东《减字木兰花》 |
| 六盘山上高峰，红旗漫卷西风。 | 毛泽东《清平乐》 |
| 壁上红旗飘落照，西风漫卷孤城。 | 毛泽东《临江仙》 |
| 风雷动，旌旗奋，是人寰。 | 毛泽东《水调歌头》 |

## 天气 + 建筑物

| | |
|---|---|
| 城阙辅三秦，风烟望五津。 | 王勃《送杜少府之任蜀州》 |
| 倚杖柴门外，临风听暮蝉。 | 王维《辋川闲居赠裴秀才迪》 |
| 风劲角弓鸣，将军猎渭城。 | 王维《观猎》 |
| 长风几万里，吹度玉门关。 | 李白《关山月》 |
| 秋风吹不尽，总是玉关情。 | 李白《子夜吴歌》 |
| 无风云出塞，不夜月临关。 | 杜甫《秦州杂诗之七》 |
| 海上风雨至，逍遥池阁凉。 | 韦应物《郡斋雨中与诸文士燕集》 |
| 黄叶仍风雨，青楼自管弦。 | 李商隐《风雨》 |
| 鸡声茅店月，人迹板桥霜。 | 温庭筠《商山早行》 |
| 飞凤亭边树，桃花岭上风。 | 毛泽东《看山》 |
| 画栋朝飞南浦云，珠帘暮卷西山雨。 | 王勃《滕王阁》 |
| 羌笛何须怨杨柳，春风不度玉门关。 | 王之涣《出塞》 |
| 武帝祠前云欲散，仙人掌上雨初晴。 | 崔颢《行经华阴》 |
| 烽火城西百尺楼，黄昏独坐海风秋。 | 王昌龄《从军行之一》 |
| 大漠风尘日色昏，红旗半卷出辕门。 | 王昌龄《从军行之五》 |
| 昨夜风开露井桃，未央前殿月轮高。 | 王昌龄《春宫怨》 |
| 月照城头乌半飞，霜凄万木风入衣。 | 李颀《琴歌》 |
| 今为羌笛出塞声，使我三军泪如雨。 | 李颀《古意》 |
| 野营万里无城郭，雨雪纷纷连大漠。 | 李颀《古从军行》 |
| 渭城朝雨浥轻尘，客舍青青柳色新。 | 王维《渭城曲》 |
| 解释春风无限恨，沉香亭北倚阑干。 | 李白《清平调之三》 |

谁家玉笛暗飞声，散入春风满洛城。　　　　李白《春夜洛城闻笛》

是日牵来赤墀下，迥立阊阖生长风。　　　　杜甫《丹青引》

锦城丝管日纷纷，半入江风半入云。　　　　杜甫《赠花卿》

风尘荏苒音书断，关塞萧条行路难。　　　　杜甫《宿府》

江间波浪兼天涌，塞上风云接地阴。　　　　杜甫《秋兴八首之一》

江山故宅空文藻，云雨荒台岂梦思。　　　　杜甫《咏怀古迹之二》

纷纷暮雪下辕门，风掣红旗冻不翻。　　　　岑参《白雪歌送武判官归京》

仙台初见五城楼，风物凄凄宿雨收。　　　　韩翃《同题仙游观》

春城无处不飞花，寒食东风御柳斜。　　　　韩翃《寒食》

玉楼天半起笙歌，风送宫嫔笑语和。　　　　顾况《宫词》

回乐峰前沙似雪，受降城外月如霜。　　　　李益《夜上受降城闻笛》

升堂坐阶新雨足，芭蕉叶大栀子肥。　　　　韩愈《山石》

骊宫高处入青云，仙乐风飘处处闻。　　　　白居易《长恨歌》

黄埃散漫风萧索，云栈萦纡登剑阁。　　　　白居易《长恨歌》

行宫见月伤心色，夜雨闻铃肠断声。　　　　白居易《长恨歌》

魏官牵车指千里，东关酸风射眸子。　　　　李贺《金铜仙人辞汉歌》

日暮东风怨啼鸟，落花犹似堕楼人。　　　　杜牧《金谷园》

南朝四百八十寺，多少楼台烟雨中。　　　　杜牧《江南春绝句》

红楼隔雨相望冷，珠箔飘灯独自归。　　　　李商隐《春雨》

休问梁园旧宾客，茂陵秋雨病相如。　　　　李商隐《寄令狐郎中》

昨夜星辰昨夜风，画楼西畔桂堂东。　　　　李商隐《无题》

紫泉宫殿锁烟霞，欲取芜城作帝家。　　　　李商隐《隋宫》

九秋风露越窑开，夺得千峰翠色来。　　　　陆龟蒙《秘色越器》

春风疑不到天涯，二月山城未见花。　　　　欧阳修《戏答元珍》

明妃初出汉宫时，泪湿春风鬓脚垂。　　　　王安石《明妃曲》

断墙着雨蜗成字，老屋无僧燕作家。　　　　陈师道《春怀示邻里》

关河迢递绕黄沙，惨惨阴风塞柳斜。　　　　朱弁《春阴》

此身合是诗人未，细雨骑驴入剑门。　　　　陆游《剑门道中遇微雨》

小楼一夜听春雨，深巷明朝卖杏花。　　　　陆游《临安春雨初霁》

楼船夜雪瓜洲渡，铁马秋风大散关。　　　　陆游《书愤》

奈何无赖春风至，深院荼蘼已满枝。 　　　鲁迅《惜花四律之三》

如磐夜气压重楼，剪柳春风道九秋。 　　　鲁迅《悼丁君》

细雨蒲帆游子泪，春风杨柳故园情。 　　郁达夫《乱离杂诗之九》

音尘绝，西风残照，汉家陵阙。 　　　　　李白《忆秦娥》

南园满地堆轻絮，愁闻一霎清明雨。 　　　温庭筠《菩萨蛮》

翠华一去寂无踪，玉楼歌吹，声断已随风。 　鹿虔扆《临江仙》

雨横风狂三月暮，门掩黄昏，无计留春住。 　冯延巳《蝶恋花》

细雨梦回鸡塞远，小楼吹彻玉笙寒。 　　　李璟《摊破浣溪沙》

小楼昨夜又东风，故国不堪回首月明中。 　　李煜《虞美人》

往事只堪哀，对景难排；秋风庭院藓侵阶。 　李煜《浪淘沙》

城上风光莺语乱，城下烟波春拍岸。 　　　钱惟演《木兰花》

塞下秋来风景异，衡阳雁去无留意。 　　　范仲淹《渔家傲》

楼头残梦五更钟，花底离愁三月雨。 　　　晏殊《木兰花》

昨夜西风凋碧树，独上高楼，望尽天涯路。 　晏殊《蝶恋花》

东城渐觉风光好，縠皱波纹迎客棹。 　　　宋祁《木兰花》

把酒祝东风，且共从容，垂杨紫陌洛城东。 　欧阳修《浪淘沙》

候馆梅残，溪桥柳细，草薰风暖摇征辔。 　　欧阳修《踏莎行》

独立小桥风满袖，平林新月人归后。 　　　欧阳修《蝶恋花》

伫倚危楼风细细，望极春愁，黯黯生天际。 　柳永《蝶恋花》

渐霜风凄紧，关河冷落，残照当楼。 　　　柳永《八声甘州》

寒蝉凄切，对长亭晚，骤雨初歇。 　　　　柳永《雨霖铃》

晚秋天，一霎微雨洒庭轩。 　　　　　　　柳永《戚氏》

楚台风，庾楼月，宛如昨。 　　　　　　王安石《千秋岁引》

不肯画堂朱户，春风自在杨花。 　　　　　王安国《清平乐》

墙头丹杏雨余花，门外绿杨风后絮。 　　　晏几道《木兰花》

舞低杨柳楼心月，歌尽桃花扇底风。 　　　晏几道《鹧鸪天》

我欲乘风归去，又恐琼楼玉宇，高处不胜寒。 苏轼《水调歌头》

冰肌玉骨，自清凉无汗，水殿风来暗香满。 　苏轼《洞仙歌》

东风里，朱门映柳，低按小秦筝。 　　　　秦观《满庭芳》

湘天风雨破寒初，深沉庭院虚。 　　　　　秦观《阮郎归》

断肠院落，一帘风絮。 周邦彦《瑞龙吟》

为问花何在，夜来风雨，葬楚宫倾国。 周邦彦《六丑》

画图中、旧识春风面。谁知道、自到瑶台畔。 周邦彦《拜星月慢》

晓阴重，霜凋岸草，雾隐城堞。 周邦彦《浪淘沙慢》

怒涛寂寞打孤城，风樯遥度天际。 周邦彦《西河》

叹西园、已是花深无地，东风何事又恶？ 周邦彦《瑞鹤仙》

条风布暖，霏雾弄晴，池台遍满春色。 周邦彦《应天长》

桥上酸风射眸子，立多时，看黄昏，灯火市。 周邦彦《夜游宫》

记画堂风月逢迎，轻颦浅笑娇无奈。 贺铸《薄幸》

情切，画楼深闭，想见东风，暗消肌雪。 张元幹《石州慢》

萧条庭院，又斜风细雨，重门须闭。 李清照《念奴娇》

如今风雨西楼夜，不听清歌也泪垂。 周紫芝《鹧鸪天》

东风静、细柳垂金缕，望凤阙、非烟非雾。 万俟咏《三台》

风悲画角，听单于三弄落谯门。 鲁逸仲《南浦》

夜来风雨匆匆，故园定是花无几。 程垓《水龙吟》

堂深昼永，燕交飞、风帘露井。 陆淞《瑞鹤仙》

闹花深处层楼，画帘半卷东风软。 陈亮《水龙吟》

东厢月，一天风露，杏花如雪。 范成大《忆秦娥》

何处望神州，满眼风光北固楼。 辛弃疾《南乡子》

舞榭歌台，风流总被，雨打风吹去。 辛弃疾《永遇乐》

怕上层楼，十日九风雨。 辛弃疾《祝英台近》

莫似春风，不管盈盈，早与安排金屋。 姜夔《疏影》

废阁先凉，古帘空暮，雁程最嫌风力。 史达祖《秋霁》

一笛当楼，谢娘悬泪立风前。 史达祖《玉蝴蝶》

绿暗长亭，归梦趁风絮。 吴文英《祝英台近》

送客吴皋，正试霜夜冷，枫落长桥。 吴文英《惜黄花慢》

南楼不恨吹横笛，恨晓风千里关山。 吴文英《高阳台》

紫曲门荒，沿败井、风摇青蔓。 吴文英《三姝媚》

垂杨暗吴苑，正旗亭烟冷，河桥风暖。 吴文英《瑞鹤仙》

谁知道、断烟禁夜，满城似愁风雨。 刘辰翁《永遇乐》

禁苑东风外，飏暖丝晴絮，春思如织。　　　　周密《曲游春》

山空天入海，倚楼望极，风急暮潮初。　　　　张炎《渡江云》

寂寞避暑离宫，东风辇路，芳草年年发。　　　萨都剌《百字令》

桥影流虹，湖光映雪，翠帘不卷春深。　　　　朱彝尊《高阳台》

怅霜飞榆塞，月冷枫江，万里凄清。　　　　　文廷式《忆旧游》

壁上红旗飘落照，西风漫卷孤城。　　　　　　毛泽东《临江仙》


## 天气＋天气


风雨如晦，鸡鸣不已。　　　　　　　　　　　郑风《风雨》

露重飞难进，风多响易沉。　　　　　　骆宾王《在狱咏蝉》

城阙辅三秦，风烟望五津。　　　王勃《送杜少府之任蜀州》

雪暗凋旗画，风多杂鼓声。　　　　　　　　杨炯《从军行》

荷风送香气，竹露滴清响。　　　孟浩然《夏日南亭怀辛大》

夜来风雨声，花落知多少。　　　　　　　孟浩然《春晓》

素练风霜起，苍鹰画作殊。　　　　　　　　杜甫《画鹰》

细雨鱼儿出，微风燕子斜。　　　　　杜甫《水槛遣心之一》

岭猿同旦暮，江柳共风烟。　　　　　　　刘长卿《新年作》

风枝惊暗鹊，露草泣寒虫。　　戴叔伦《江乡故人偶集客舍》

海上风雨至，逍遥池阁凉。　　　韦应物《郡斋雨中与诸文士燕集》

欲持一瓢酒，远慰风雨夕。　　　韦应物《寄全椒山中道士》

黄叶仍风雨，青楼自管弦。　　　　　　　李商隐《风雨》

灞原风雨定，晚见雁行频。　　　　　　　马戴《灞上秋居》

清瑟怨遥夜，绕弦风雨哀。　　　　　　　韦庄《章台夜思》

风雨飘摇日，余怀范爱农。　　　　　鲁迅《哀范君三章之一》

朝雾弥琼宇，征马嘶北风。　　　　　　毛泽东《张冠道中》

秋风萧瑟天气凉，草木摇落露为霜。　　　曹丕《燕歌行》

昨夜风开露井桃，未央前殿月轮高。　　　王昌龄《春宫怨》

月照城头乌半飞，霜凄万木风入衣。 　　　　　李颀《琴歌》

黄云万里动风色，白波九道流雪山。 　　　　李白《庐山谣寄卢侍御虚舟》

长风破浪会有时，直挂云帆济沧海。 　　　　　李白《行路难》

惟觉时之枕席，失向来之烟霞。 　　　　　李白《梦游天姥吟留别》

云想衣裳花想容，春风拂槛露华浓。 　　　　　李白《清平调》

山川萧条极边土，胡骑凭陵杂风雨。 　　　　　高适《燕歌行》

千里黄云白日曛，北风吹雁雪纷纷。 　　　　　高适《别董大之一》

桤林碍日吟风叶，笼竹和烟滴露梢。 　　　　　杜甫《堂成》

锦城丝管日纷纷，半入江风半入云。 　　　　　杜甫《赠花卿》

江间波浪兼天涌，塞上风云接地阴。 　　　　　杜甫《秋兴八首之一》

瞿塘峡口曲江头，万里风烟接素秋。 　　　　　杜甫《秋兴八首之六》

春风桃李花开日，秋雨梧桐叶落时。 　　　　　白居易《长恨歌》

紫泉宫殿锁烟霞，欲取芜城作帝家。 　　　　　李商隐《隋宫》

飒飒东风细雨来，芙蓉塘外有轻雷。 　　　　　李商隐《无题》

鱼鸟犹疑畏简书，风云常为护储胥。 　　　　　李商隐《筹笔驿》

一春梦雨常飘瓦，尽日灵风不满旗。 　　　　　李商隐《重过圣女祠》

九秋风露越窑开，夺得千峰翠色来。 　　　　　陆龟蒙《秘色越器》

近寒食雨草萋萋，著麦苗风柳映堤。 　　　　　无名氏《杂诗》

当其下手风雨快，笔所未到气已吞。 　　　　　苏轼《王维吴道子画》

参横斗转欲三更，苦雨终风也解晴。 　　　　苏轼《六月二十日夜渡海》

桃李春风一杯酒，江湖夜雨十年灯。 　　　　　黄庭坚《寄黄几复》

风翻蛛网开三面，雷动蜂窠趁两衙。 　　　　　陈师道《春怀示邻里》

楼船夜雪瓜洲渡，铁马秋风大散关。 　　　　　陆游《书愤》

夜阑卧听风吹雨，铁马冰河入梦来。 　　　　陆游《十一月四日风雨大作》

山河破碎风飘絮，身世浮沉雨打萍。 　　　　　文天祥《过零丁洋》

九州生气恃风雷，万马齐喑究可哀。 　　　　　龚自珍《己亥杂诗之二》

抚剑长号归去也，千山风雨啸青锋。 　　　　　康有为《出都留别诸公》

牧马久惊侵禹域，蛰龙无术起风雷。 　　　　　秋瑾《柬某君》

灵台无计逃神矢，风雨如磐暗故园。 　　　　　鲁迅《自题小像》

壮游未许到天平，风雨终朝阻客行。 　　　　　柳亚子《吴门记游十三》

草木不欣胡日月，风云犹壮汉山河。 柳亚子《寄题岳王冢》

风起绿洲吹浪去，雨从青野上山来。 毛泽东《和周世钊同志》

冷眼向洋看世界，热风吹雨洒江天。 毛泽东《登庐山》

九嶷山上白云飞，帝子乘风下翠微。 毛泽东《答友人》

一从大地起风雷，便有精生白骨堆。 毛泽东《和郭沫若同志》

恶煞腐心兴鼓吹，凶神张口吐烟霞。 毛泽东《读报有感之一》

一阵风雷惊世界，满街红绿走旌旗。 毛泽东《有所思》

细雨蒲帆游子泪，春风杨柳故园情。 郁达夫《乱离杂诗之九》

青箬笠，绿蓑衣，斜风细雨不须归。 张志和《渔歌子》

雨横风狂三月暮，门掩黄昏，无计留春住。 冯延巳《蝶恋花》

林花谢了春红，太匆匆。无奈朝来寒雨晚来风。 李煜《相见欢》

城上风光莺语乱，城下烟波春拍岸。 钱惟演《木兰花》

乍暖还轻冷，风雨晚来方定。 张先《青门引》

风露渐变，悄悄至更阑。 柳永《戚氏》

水风轻、蘋花渐老；月露冷、梧叶飘黄。 柳永《玉蝴蝶》

难忘，文期酒会，几孤风月，屡变星霜。 柳永《玉蝴蝶》

渐霜风凄紧，关河冷落，残照当楼。 柳永《八声甘州》

对雌霓挂雨，雄风拂槛，微收烦暑。 柳永《竹马子》

满地残红宫锦污，昨夜南园风雨。 王安国《清平乐》

墙头丹杏雨余花，门外绿杨风后絮。 晏几道《木兰花》

明月如霜，好风如水，清景无限。 苏轼《永遇乐》

回首向来萧瑟处，归去，也无风雨也无晴。 苏轼《定风波》

湘天风雨破寒初，深沉庭院虚。 秦观《阮郎归》

金风玉露一相逢，便胜却人间无数。 秦观《鹊桥仙》

玉露初零，金风未凛，一年无似此佳时。 晁端礼《绿头鸭》

问春何苦匆匆，带风伴雨如驰骤。 晁补之《水龙吟》

小雨纤纤风细细，万家杨柳青烟里。 朱服《渔家傲》

胡马嘶风，汉旗翻雪，彤云又吐，一竿残照。 时彦《青门饮》

为问花何在，夜来风雨，葬楚宫倾国。 周邦彦《六丑》

风老莺雏，雨肥梅子，午阴嘉树清圆。 周邦彦《满庭芳》

梅风地溽，虹雨苔滋，一架舞红都变。 　　　　　周邦彦《过秦楼》

风消绛蜡，露浥红莲，灯市光相射。 　　　　　　周邦彦《解语花》

执手霜风吹鬓影，去意徘徊，别语愁难听。 　　　周邦彦《蝶恋花》

纵妙手、能解连环，似风散雨收，雾轻云薄。 　　周邦彦《解连环》

眷恋雨润云温，苦惊风吹散。 　　　　　　　　周邦彦《拜星月慢》

条风布暖，霏雾弄晴，池台遍满春色。 　　　　　周邦彦《应天长》

烟横水际，映带几点归鸿，东风销尽龙沙雪。 　　贺铸《石州引》

数点雨声风约住，朦胧淡月云来去。 　　　　　　贺铸《蝶恋花》

烛映帘栊，蛩催机杼，共苦清秋风露。 　　　　　贺铸《天香》

记小江风月佳时，屡约非烟游伴。 　　　　　　　贺铸《望湘人》

易得凋零，更多少无情风雨。 　　　　　　　　　赵佶《燕山亭》

情切，画楼深闭，想见东风，暗消肌雪。 　　　　张元幹《石州慢》

落花已作风前舞，又送黄昏雨。 　　　　　　　　叶梦得《虞美人》

萧条庭院，又斜风细雨，重门须闭。 　　　　　　李清照《念奴娇》

元宵佳节，融和天气，次第岂无风雨。 　　　　　李清照《永遇乐》

满院东风，海棠铺绣，梨花飘雪。 　　　　　　　蔡伸《柳梢青》

如今风雨西楼夜，不听清歌也泪垂。 　　　　　　周紫芝《鹧鸪天》

东风静、细柳垂金缕，望凤阙、非烟非雾。 　　　万俟咏《三台》

夜来风雨匆匆，故园定是花无几。 　　　　　　　程垓《水龙吟》

征尘暗，霜风劲，悄边声，黯销凝。 　　　　　　张孝祥《六州歌头》

郊原初过雨，见败叶零乱，风定犹舞。 　　　　　袁去华《瑞鹤仙》

夜来雨，赖倩得东风吹住。 　　　　　　　　　　袁去华《剑器近》

寒入罗衣春尚浅，过一番风雨。 　　　　　　　　袁去华《安公子》

堂深昼永，燕交飞、风帘露井。 　　　　　　　　陆淞《瑞鹤仙》

已是黄昏独自愁，更著风和雨。 　　　　　　　　陆游《卜算子》

# 季节＋水川江河湖海

| | |
|---|---|
| 云霞出海曙，梅柳渡江春。 | 杜审言《和晋陵陆丞早春游望》 |
| 海日生残夜，江春入旧年。 | 王湾《次北固山下》 |
| 江南有丹橘，经冬犹绿林。 | 张九龄《感遇之七》 |
| 饮马渡秋水，水寒风似刀。 | 王昌龄《塞下曲》 |
| 江淮度寒食，京洛缝春衣。 | 王维《送綦毋潜落第还乡》 |
| 寒山转苍翠，秋水日潺湲。 | 王维《辋川闲居赠裴秀才迪》 |
| 若非巾柴车，应是钓秋水。 | 丘为《寻西山隐者不遇》 |
| 却下水精帘，玲珑望秋月。 | 李白《玉阶怨》 |
| 鸿雁几时到，江湖秋水多。 | 杜甫《天末怀李白》 |
| 水落鱼龙夜，山空鸟鼠秋。 | 杜甫《秦州杂诗之一》 |
| 牛女漫愁思，秋期犹渡河。 | 杜甫《一百五日夜对月》 |
| 天水秋云薄，从西万里风。 | 杜甫《雨晴》 |
| 国破山河在，城春草木深。 | 杜甫《春望》 |
| 渭北春天树，江东日暮云。 | 杜甫《春日忆李白》 |
| 长江一帆远，落日五湖春。 | 刘长卿《饯别王十一南游》 |
| 星河秋一雁，砧杵夜千家。 | 韩翃《酬程近秋夜即事见赠》 |
| 秋风度河上，大野入苍穹。 | 毛泽东《喜闻捷报》 |
| 白狼河北音书断，丹凤城南秋夜长。 | 沈佺期《独不见》 |
| 烽火城西百尺楼，黄昏独坐海风秋。 | 王昌龄《从军行之一》 |
| 渔舟逐水爱山春，两岸桃花夹古津。 | 王维《桃源行》 |
| 春来遍是桃花水，不辨仙源何处寻。 | 王维《桃源行》 |
| 漠漠水田飞白鹭，阴阴夏木啭黄鹂。 | 王维《积雨辋川庄作》 |
| 峨眉山月半轮秋，影入平羌江水流。 | 李白《峨眉山月歌》 |
| 美人娟娟隔秋水，濯足洞庭望八荒。 | 杜甫《寄韩谏议注》 |
| 美人胡为隔秋水，焉得置之贡玉堂。 | 杜甫《寄韩谏议注》 |

|  |  |
|---|---|
| 少陵野老吞声哭，春日潜行曲江曲。 | 杜甫《哀江头》 |
| 舍南舍北皆春水，但见群鸥日日来。 | 杜甫《客至》 |
| 清秋幕府井梧寒，独宿江城蜡炬残。 | 杜甫《宿府》 |
| 肠断江春欲尽头，杖藜徐步立芳洲。 | 杜甫《绝句漫兴之五》 |
| 鱼龙寂寞秋江冷，故国平居有所思。 | 杜甫《秋兴八首之四》 |
| 瞿塘峡口曲江头，万里风烟接素秋。 | 杜甫《秋兴八首之六》 |
| 月殿影开闻夜漏，水精帘卷近秋河。 | 顾况《宫词》 |
| 三春白雪归青冢，万里黄河绕黑山。 | 柳中庸《征人怨》 |
| 石鱼湖，似洞庭，夏水欲满君山青。 | 元结《石鱼湖上醉歌》 |
| 从今四海为家日，故垒萧萧芦荻秋。 | 刘禹锡《西塞山怀古》 |
| 春寒赐浴华清池，温泉水滑洗凝脂。 | 白居易《长恨歌》 |
| 浔阳江头夜送客，枫叶荻花秋瑟瑟。 | 白居易《琵琶行》 |
| 东船西舫悄无言，唯见江心秋月白。 | 白居易《琵琶行》 |
| 春江花朝秋月夜，往往取酒还独倾。 | 白居易《琵琶行》 |
| 繁华事散逐香尘，流水无情草自春。 | 杜牧《金谷园》 |
| 青山隐隐水迢迢，秋尽江南草未凋。 | 杜牧《寄扬州韩绰判官》 |
| 金河秋半虏弦开，云外惊飞四散哀。 | 杜牧《早雁》 |
| 岂有蛟龙愁失水，更无鹰隼与高秋。 | 李商隐《重有感》 |
| 茂陵不见封侯印，空向秋波哭逝川。 | 温庭筠《苏武庙》 |
| 可怜无定河边骨，犹是春闺梦里人。 | 陈陶《陇西行》 |
| 春风又绿江南岸，明月何时照我还。 | 王安石《泊船瓜洲》 |
| 竹外桃花三两枝，春江水暖鸭先知。 | 苏轼《惠崇春江晚景》 |
| 桃李春风一杯酒，江湖夜雨十年灯。 | 黄庭坚《寄黄几复》 |
| 画船箫鼓满春湖，十里湖光一镜铺。 | 柳亚子《吴门记游之六》 |
| 一水西陵松柏渡，吴山越浦怒潮秋。 | 柳亚子《吴门记游之十》 |
| 莫道昆明池水浅，观鱼胜过富春江。 | 毛泽东《和柳亚子先生》 |
| 春江浩荡暂徘徊，又踏层峰望眼开。 | 毛泽东《和周世钊同志》 |
| 两川明镜蒸春梦，一棹烟波识老渔。 | 郁达夫《乱离杂诗之四》 |
| 日出江花红胜火，春来江水绿如蓝。能不忆江南？ | 白居易《忆江南》 |
| 春水碧于天，画船听雨眠。 | 韦庄《菩萨蛮》 |

桃花春水渌，水上鸳鸯浴。 韦庄《菩萨蛮》

风乍起，吹皱一池春水。 冯延巳《谒金门》

当筵秋水慢，玉柱斜飞雁。 张先《菩萨蛮》

离愁渐远渐无穷，迢迢不断如春水。 欧阳修《踏莎行》

一望关河萧索，千里清秋，忍凝眸。 柳永《曲玉管》

对潇潇暮雨洒江天，一番洗清秋。 柳永《八声甘州》

一棹碧涛春水路，过尽晓莺啼处。 晏几道《清平乐》

春色三分，二分尘土，一分流水。 苏轼《水龙吟》

辋川图上看春暮，常记高人右丞句。 苏轼《青玉案》

作个归期天已许，春衫犹是，小蛮针线，曾湿西湖雨。 苏轼《青玉案》

故人早晚上高台，寄我江南春色一枝梅。 舒亶《虞美人》

恋树湿花飞不起，愁无比，和春付与东流水。 朱服《渔家傲》

水驿春回，望寄我、江南梅萼。 周邦彦《解连环》

寒水依痕，春意渐回，沙际烟阔。 张元幹《石州慢》

到今来，海角逢春，天涯为客。 李甲《帝台春》

灯花结，片时春梦，江南天阔。 范成大《忆秦娥》

春慵恰似春塘水，一片縠纹愁。 范成大《眼儿媚》

旧恨春江流不尽，新恨云山千叠。 辛弃疾《念奴娇》

楚天千里清秋，水随天去秋无际。 辛弃疾《水龙吟》

枕簟溪堂冷欲秋，断云依水晚来收。 辛弃疾《鹧鸪天》

秋晚莼鲈江上，夜深儿女灯前。 辛弃疾《木兰花慢》

一春长费买花钱，日日醉湖边。 俞国宝《风入松》

画船载取春归去，余情付、湖水湖烟。 俞国宝《风入松》

沉沉江上望极，还被春潮晚急，难寻官渡。 史达祖《绮罗香》

江水苍苍，望倦柳愁荷，共感秋色。 史达祖《秋霁》

秋江带雨，寒沙萦水，人瞰画阁愁独。 史达祖《八归》

半壶秋水荐黄花，香噀西风雨。 吴文英《霜叶飞》

但有江花，共临秋镜照憔悴。 吴文英《齐天乐》

隔江人在雨声中，晚风菰叶生秋怨。 吴文英《踏莎行》

乡梦窄，水天宽，小窗愁黛淡秋山。 吴文英《鹧鸪天》

柳暝河桥，莺晴台苑，短策频惹春香。 吴文英《夜合花》

情如水，小楼熏被，春梦笙歌里。 吴文英《点绛唇》

长波妒盼，遥山羞黛，渔灯分影春江宿，记当时、短楫桃根渡。

吴文英《莺啼序》

湖山经醉惯，渍春衫，啼痕酒痕无限。 吴文英《三姝媚》

春去，尚来否，正江令恨别，庾信愁赋。 刘辰翁《兰陵王》

看画船尽入西泠，闲却半湖春色。 周密《曲游春》

楚江湄，湘娥乍见，无言洒清泪，淡然春意。 周密《花犯》

一帘鸠外雨，几处闲田，隔水动春锄。 张炎《渡江云》

帐庐好在春睡，共飞归湖上，草青无地。 彭元逊《六丑》

白发渔樵江渚上，惯看秋月春风。 杨慎《临江仙》

辜负天工，九重自有春如海。 夏完淳《烛影摇红》

桥影流虹，湖光映雪，翠帘不卷春深。 朱彝尊《高阳台》

独立寒秋，湘江北去，橘子洲头。 毛泽东《沁园春》

胜似春光，寥廓江天万里霜。 毛泽东《采桑子》

夏日消融，江河横溢，人或为鱼鳖。 毛泽东《念奴娇》

## 季节 + 形体

千秋万岁名，寂寞身后事。 杜甫《梦李白二首之二》

古台摇落后，秋入望乡心。 刘长卿《秋日登吴公台上寺远眺》

昨别今已春，鬓丝生几缕。 韦应物《长安遇冯著》

谁言寸草心，报得三春晖。 孟郊《游子吟》

芳心向春尽，所得是沾衣。 李商隐《落花》

披发佯狂态，卧薪尝胆秋。 柳亚子《答朱梁任》

变调如闻杨柳春，上林繁花照眼新。 李颀《听安万善吹觱篥歌》

云想衣裳花想容，春风拂槛露华浓。 李白《清平调》

峨眉山月半轮秋，影入平羌江水流。 李白《峨眉山月歌》

长安城头头白乌，夜飞延秋门上呼。　　　　　　杜甫《哀王孙》

肠断江春欲尽头，杖藜徐步立芳洲。　　　　　　杜甫《绝句漫兴之五》

画图省识春风面，环佩空归月夜魂。　　　　　　杜甫《咏怀古迹之三》

三湘愁鬓逢秋色，万里归心对月明。　　　　　　卢纶《晚次鄂州》

新妆宜面下朱楼，深锁春光一院愁。　　　　　　刘禹锡《春词》

云鬓花颜金步摇，芙蓉帐暖度春宵。　　　　　　白居易《长恨歌》

玉容寂寞泪阑干，梨花一枝春带雨。　　　　　　白居易《长恨歌》

庄生晓梦迷蝴蝶，望帝春心托杜鹃。　　　　　　李商隐《锦瑟》

春心莫共花争发，一寸相思一寸灰。　　　　　　李商隐《无题》

可怜无定河边骨，犹是春闺梦里人。　　　　　　陈陶《陇西行》

明妃初出汉宫时，泪湿春风鬓脚垂。　　　　　　王安石《明妃曲》

伤心桥下春波绿，曾是惊鸿照影来。　　　　　　陆游《沈园之二》

惯于长夜过春时，挈妇将雏鬓有丝。　　　　　　鲁迅《惯于》

春江浩荡暂徘徊，又踏层峰望眼开。　　　　　　毛泽东《和周世钊同志》

回首绿波春色暮，接天流。　　　　　　李璟《摊破浣溪沙》

别来春半，触目愁肠断。　　　　　　李煜《清平乐》

弹到断肠时，春山眉黛低。　　　　　　张先《菩萨蛮》

满目山河空念远，落花风雨更伤春，不如怜取眼前人。　　　　　　晏殊《浣溪沙》

春风不解禁杨花，濛濛乱扑行人面。　　　　　　晏殊《踏莎行》

一望关河萧索，千里清秋，忍凝眸。　　　　　　柳永《曲玉管》

夕阳岛外，秋风原上，目断四天垂。　　　　　　柳永《少年游》

望处雨收云断，凭阑悄悄，目送秋光。　　　　　　柳永《玉蝴蝶》

登临送目，正故国晚秋，天气初肃。　　　　　　王安石《桂枝香》

明朝万一西风动，争奈朱颜不耐秋。　　　　　　晏几道《鹧鸪天》

春恨十常八九，忍轻辜，芳醪经口。　　　　　　晁补之《水龙吟》

斜阳冉冉春无极，念月榭携手，露桥闻笛。　　　　　　周邦彦《兰陵王》

想东园、桃李自春，小唇秀靥今在否。　　　　　　周邦彦《琐窗寒》

愿春暂留，春归如过翼，一去无迹。　　　　　　周邦彦《六丑》

画图中、旧识春风面。谁知道、自到瑶台畔。　　　　　　周邦彦《拜星月慢》

被惜余薰，带惊剩眼，几许伤春晚。　　　　　　贺铸《望湘人》

邻娃已试春妆了，更蜂腰簪翠，燕股横金。　　　　　　　　韩疁《高阳台》

漫试著春衫，还思纤手，熏彻金猊烬冷。　　　　　　　徐伸《转调二郎神》

记年时、偷掷春心，花前隔雾遥相见。　　　　　　　　　吕渭老《薄幸》

记年时，隐映新妆面，临水岸，春将半，云日暖，斜桥转，夹城西。

韩元吉《六州歌头》

共携手处，香如雾，红随步，怨春迟。人自老，春长好，梦佳期。

韩元吉《六州歌头》

胡未灭，鬓先秋，泪空流。　　　　　　　　　　　　　　陆游《诉衷情》

红酥手，黄滕酒。满城春色宫墙柳。　　　　　　　　　　陆游《钗头凤》

春已归来，看美人头上，袅袅春幡。　　　　　　　　辛弃疾《汉宫春》

况屈指中秋，十分好月，不照人圆。　　　　　　　辛弃疾《木兰花慢》

目断秋霄落雁，醉来时响空弦。　　　　　　　　　辛弃疾《木兰花慢》

候馆迎秋，离宫吊月，别有伤心无数。　　　　　　　姜夔《齐天乐》

春未绿，鬓先丝，人间别久不成悲。　　　　　　　　姜夔《鹧鸪天》

又将愁眼与春风，待去，倚兰桡更少驻。　　　　　　姜夔《杏花天》

还又岁晚，瘦骨临风，夜闻秋声，吹动岑寂。　　　　史达祖《秋霁》

波面铜花冷不收，玉人垂钓理纤钩，月明池阁夜来秋。吴文英《浣溪沙》

黄蜂频扑秋千索，有当时、纤手香凝。　　　　　　吴文英《风入松》

何处合成愁，离人心上秋，纵芭蕉、不雨也飕飕。　吴文英《唐多令》

还始觉留情缘眼，宽带因春。　　　　　　　　　　吴文英《渡江云》

今日江城春已半，一身犹在，乱山深处，寂寞溪桥畔。黄公绍《青玉案》

淮山春晚，问谁识、芳心高洁？　　　　　　　　　　周密《瑶华》

折芦花赠远，零落一身秋。　　　　　　　　　　　张炎《八声甘州》

犹有遗簪，不展秋心，能卷几多炎热。　　　　　　　张炎《疏影》

病翼惊秋，枯形阅世，消得斜阳几度？　　　　　　王沂孙《齐天乐》

过眼年华，动人幽意，相逢几番春换。　　　　王沂孙《法曲献仙音》

愔愔雨、春心如腻，欲待化、丰乐楼前帐饮，青门都废。　彭元逊《六丑》

白发渔樵江渚上，惯看秋月春风。　　　　　　　　　杨慎《临江仙》

孤负春心，独自闲行独自吟。　　　　　　　　　纳兰性德《采桑子》

古钗封寄玉关秋，天咫尺，人南北，不信鸳鸯头不白。纳兰性德《天仙子》

凤髻抛残秋草生，高梧湿月冷无声，当时七夕有深盟。　　纳兰性德《浣溪沙》

寂寞鱼龙睡稳，伤心付与秋烟。　　蒋春霖《木兰花慢》

送春归，费粉娥心眼，低徊香土。　　况周颐《西子妆》

十二曲阑春寂寂，隔蓬山、何处窥人面？　　梁启超《金缕曲》


## 季节 + 布帛及其织物


林卧愁春尽，搴帷览物华。　　孟浩然《宴梅道士山房》

江淮度寒食，京洛缝春衣。　　王维《送綦毋潜落第还乡》

若非巾柴车，应是钓秋水。　　丘为《寻西山隐者不遇》

却下水精帘，玲珑望秋月。　　李白《玉阶怨》

春风不相识，何事入罗帏。　　李白《春思》

芳心向春尽，所得是沾衣。　　李商隐《落花》

平阳歌舞新承宠，帘外春寒赐锦袍。　　王昌龄《春宫怨》

云想衣裳花想容，春风拂槛露华浓。　　李白《清平调》

绣罗衣裳照暮春，蹙金孔雀银麒麟。　　杜甫《丽人行》

青春复随冠冕入，紫禁正耐烟花绕。　　杜甫《洗兵马》

织女机丝虚夜月，石鲸鳞甲动秋风。　　杜甫《秋兴八首之七》

今夜偏知春气暖，虫声新透绿窗纱。　　刘方平《月夜》

月殿影开闻夜漏，水精帘卷近秋河。　　顾况《宫词》

云鬓花颜金步摇，芙蓉帐暖度春宵。　　白居易《长恨歌》

银烛秋光冷画屏，轻罗小扇扑流萤。　　杜牧《秋夕》

春风十里扬州路，卷上珠帘总不如。　　杜牧《赠别》

春蚕到死丝方尽，蜡炬成灰泪始干。　　李商隐《无题》

怅卧新春白祫衣，白门寥落意多违。　　李商隐《春雨》

春风举国裁宫锦，半作障泥半作帆。　　李商隐《隋宫》

一春梦雨常飘瓦，尽日灵风不满旗。　　李商隐《重过圣女祠》

箫鼓追随春社近，衣冠简朴古风存。　　陆游《游山西村》

解衣推食寻常事，各有千秋志愿赊。 柳亚子《怀人（朱少屏）》

金锁重门荒苑静，绮窗愁对秋空。 鹿虔扆《临江仙》

手卷珠帘上玉钩，依前春恨锁重楼。 李璟《摊破浣溪沙》

帘外雨潺潺，春意阑珊。罗衾不耐五更寒。 李煜《浪淘沙》

笙歌散尽游人去，始觉春空，垂下帘栊，双燕归来细雨中。

欧阳修《采桑子》

不见去年人，泪满春衫袖。 欧阳修《生查子》

作个归期天已许，春衫犹是，小蛮针线，曾湿西湖雨。 苏轼《青玉案》

无端天与娉婷，夜月一帘幽梦，春风十里柔情。 秦观《八六子》

有流莺劝我，重解绣鞍，缓引春酌。 周邦彦《瑞鹤仙》

锦瑟华年谁与度？月桥花院，琐窗朱户，只有春知处。 贺铸《青玉案》

被惜余薰，带惊剩眼，几许伤春春晚。 贺铸《望湘人》

烛映帘栊，蛩催机杼，共苦清秋风露。 贺铸《天香》

红藕香残玉簟秋，轻解罗裳，独上兰舟。 李清照《一剪梅》

楼上几日春寒，帘垂四面，玉阑干慵倚。 李清照《念奴娇》

一点残红欲尽时，乍凉秋气满屏帏。 周紫芝《鹧鸪天》

漫试著春衫，还思纤手，熏彻金猊烬冷。 徐伸《转调二郎神》

渐玉枕，腾腾春醒。 李玉《贺新郎》

帘外残红春已透，镇无聊、殢酒厌厌病。 李玉《贺新郎》

寒入罗衣春尚浅，过一番风雨。 袁去华《安公子》

春如旧，人空瘦，泪痕红浥鲛绡透。 陆游《钗头凤》

枕簟溪堂冷欲秋，断云依水晚来收。 辛弃疾《鹧鸪天》

春已归来，看美人头上，袅袅春幡。 辛弃疾《汉宫春》

过春社了，度帘幕中间，去年尘冷。 史达祖《双双燕》

寒炉重暖，便放慢、春衫针线。 史达祖《东风第一枝》

还始觉留情缘眼，宽带因春。 吴文英《渡江云》

情如水，小楼熏被，春梦笙歌里。 吴文英《点绛唇》

倚银屏、春宽梦窄，断红湿、歌纨金缕。 吴文英《莺啼序》

伤春不在高楼上，在灯前敧枕，雨外熏炉。 吴文英《高阳台》

湖山经醉惯，渍春衫，啼痕酒痕无限。 吴文英《三姝媚》

春衫著破谁针线，点点行行泪痕满。　　　　　　黄公绍《青玉案》

红妆春骑，踏月影竿旗穿市。　　　　　　　　　刘辰翁《宝鼎现》

深杯欲共歌声滑，翻湿春衫半袖。　　　　　　　刘辰翁《摸鱼儿》

禁苑东风外，飏暖丝晴絮，春思如织。　　　　　周密《曲游春》

衣湿桐阴露冷，采凉花，时赋秋雪。　　　　　　周密《玉京秋》

一帘鸠外雨，几处闲田，隔水动春锄。　　　　　张炎《渡江云》

最堪爱，一曲银钩小，宝帘挂秋冷。　　　　　　王沂孙《眉妩》

残雪庭阴，轻寒帘影，霏霏玉管春葭。　　　　　王沂孙《高阳台》

帐庐好在春睡，共飞归湖上，草青无地。　　　　彭元逊《六丑》

愔愔雨、春心如腻，欲待化、丰乐楼前帐饮，青门都废。　彭元逊《六丑》

桥影流虹，湖光映雪，翠帘不卷春深。　　　　　朱彝尊《高阳台》

秋空一碧无今古，醉袒貂裘，略记寻呼处。　　　陈维崧《醉落魄》

又是梨花欲谢，绣被春寒今夜。　　　　　　　　纳兰性德《昭君怨》

烂锦年华，谁信春残恁早。　　　　　　　　　　王鹏运《玉漏迟》

罗裳自染秋江色，穗帐才遮，珠茵旋积。　　　　郑文焯《六丑》


## ⚬∾ 季节＋建筑物 ∾⚬


胡姬年十五，春日独当垆。　　　　　　　　　　　　　《羽林郎》

送客南昌尉，离亭西候春。　　　　　　张九龄《送韦城李少府》

荒城临古渡，落日满秋山。　　　　　　　　　王维《归嵩山作》

秋风吹不尽，总是玉关情。　　　　　　　　　李白《子夜吴歌》

国破山河在，城春草木深。　　　　　　　　　　　杜甫《春望》

秋色从西来，苍然满关中。　　　　　岑参《与高适薛据登慈恩寺浮图》

古台摇落后，秋入望乡心。　　　　刘长卿《秋日登吴公台上寺远眺》

天秋月又满，城阙夜千重。　　　　　戴叔伦《江乡故人偶集客舍》

帝城春欲暮，喧喧车马度。　　　　　　　　　　　白居易《买花》

调角断清秋，征人倚戍楼。　　　　　　　　　　张乔《书边事》

白狼河北音书断，丹凤城南秋夜长。　　　　　沈佺期《独不见》

羌笛何须怨杨柳，春风不度玉门关。　　　　　王之涣《出塞》

闺中少妇不知愁，春日凝妆上翠楼。　　　　　王昌龄《闺怨》

烽火城西百尺楼，黄昏独坐海风秋。　　　　　王昌龄《从军行之一》

撩乱边愁听不尽，高高秋月照长城。　　　　　王昌龄《从军行之二》

解释春风无限恨，沉香亭北倚阑干。　　　　　李白《清平调之三》

谁家玉笛暗飞声，散入春风满洛城。　　　　　李白《春夜洛城闻笛》

大漠穷秋塞草衰，孤城落日斗兵稀。　　　　　高适《燕歌行》

美人胡为隔秋水，焉得置之贡玉堂。　　　　　杜甫《寄韩谏议注》

长安城头头白乌，夜飞延秋门上呼。　　　　　杜甫《哀王孙》

青春复随冠冕入，紫禁正耐烟花绕。　　　　　杜甫《洗兵马》

万里悲秋常作客，百年多病独登台。　　　　　杜甫《登高》

清秋幕府井梧寒，独宿江城蜡炬残。　　　　　杜甫《宿府》

窗含西岭千秋雪，门泊东吴万里船。　　　　　杜甫《绝句四首之三》

山色遥连秦树晚，砧声近报汉宫秋。　　　　　韩翃《同题仙游观》

月殿影开闻夜漏，水精帘卷近秋河。　　　　　顾况《宫词》

新妆宜面下朱楼，深锁春光一院愁。　　　　　刘禹锡《春词》

金屋妆成娇侍夜，玉楼宴罢醉和春。　　　　　白居易《长恨歌》

西宫南内多秋草，落叶满阶红不扫。　　　　　白居易《长恨歌》

角声满天秋色里，塞上燕脂凝夜紫。　　　　　李贺《雁门太守行》

画栏桂树悬秋香，三十六宫土花碧。　　　　　李贺《金铜仙人辞汉歌》

怅卧新春白袷衣，白门寥落意多违。　　　　　李商隐《春雨》

为有云屏无限娇，凤城寒尽怕春宵。　　　　　李商隐《为有》

休问梁园旧宾客，茂陵秋雨病相如。　　　　　李商隐《寄令狐郎中》

可怜无定河边骨，犹是春闺梦里人。　　　　　陈陶《陇西行》

多情只有春庭月，犹为离人照落花。　　　　　张泌《寄人》

春风疑不到天涯，二月山城未见花。　　　　　欧阳修《戏答元珍》

明妃初出汉宫时，泪湿春风鬓脚垂。　　　　　王安石《明妃曲》

楼船夜雪瓜洲渡，铁马秋风大散关。　　　　　陆游《书愤》

绿章夜奏通明殿，乞借春阴护海棠。　　　　　陆游《花时遍游诸家园》

小楼一夜听春雨，深巷明朝卖杏花。　　　　　　陆游《临安春雨初霁》

伤心桥下春波绿，曾是惊鸿照影来。　　　　　　陆游《沈园之二》

春色满园关不住，一枝红杏出墙来。　　　　　　叶绍翁《游园不值》

鼓完瑶瑟人不闻，太平成象盈秋门。　　　　　　鲁迅《湘灵歌》

躲进小楼成一统，管他冬夏与春秋。　　　　　　鲁迅《自嘲》

奈何无赖春风至，深院荼䕷已满枝。　　　　　　鲁迅《惜花四律之三》

如磐夜气压重楼，剪柳春风道九秋。　　　　　　鲁迅《悼丁君》

伏匿穷庐又一春，蹉跎岁月值黄金。　　　　　　柳亚子《元旦感怀之一》

玉楼明月长相忆，柳丝袅娜春无力。　　　　　　温庭筠《菩萨蛮》

玉炉香，红蜡泪，偏照画堂秋思。　　　　　　　温庭筠《更漏子》

金锁重门荒苑静，绮窗愁对秋空。　　　　　　　鹿虔扆《临江仙》

雨横风狂三月暮，门掩黄昏，无计留春住。　　　冯延巳《蝶恋花》

手卷珠帘上玉钩，依前春恨锁重楼。　　　　　　李璟《摊破浣溪沙》

无言独上西楼，月如钩。寂寞梧桐深院锁清秋。　李煜《相见欢》

往事只堪哀，对景难排；秋风庭院藓侵阶。　　　李煜《浪淘沙》

城上风光莺语乱，城下烟波春拍岸。　　　　　　钱惟演《木兰花》

塞下秋来风景异，衡阳雁去无留意。　　　　　　范仲淹《渔家傲》

一望关河萧索，千里清秋，忍凝眸。　　　　　　柳永《曲玉管》

伫倚危楼风细细，望极春愁，黯黯生天际。　　　柳永《蝶恋花》

晚秋天，一霎微雨洒庭轩。　　　　　　　　　　柳永《戚氏》

别馆寒砧，孤城画角，一派秋声入寥廓。　　　　王安石《千秋岁引》

不肯画堂朱户，春风自在杨花。　　　　　　　　王安国《清平乐》

秋千院落重帘暮，彩笔闲来题绣户。　　　　　　晏几道《木兰花》

醉别西楼醒不记，春梦秋云，聚散真容易。　　　晏几道《蝶恋花》

绿阴春尽，飞絮绕香阁。　　　　　　　　　　　晏几道《六幺令》

可堪孤馆闭春寒，杜鹃声里斜阳暮。　　　　　　秦观《踏莎行》

舞困榆钱自落，秋千外、绿水桥平。　　　　　　秦观《满庭芳》

更携取胡床上南楼，看玉做人间，素秋千顷。　　晁补之《洞仙歌》

故人早晚上高台，寄我江南春色一枝梅。　　　　舒亶《虞美人》

几处簸钱声，绿窗春睡轻。　　　　　　　　　　陈克《菩萨蛮》

竹槛灯窗，识秋娘庭院。　　　　　　　　　　　周邦彦《拜星月慢》

画图中、旧识春风面。谁知道、自到瑶台畔。　　周邦彦《拜星月慢》

念荒寒、寄宿无人馆。重门闭、败壁秋虫叹。　　周邦彦《拜星月慢》

秋阴时晴渐向暝，变一庭凄冷。　　　　　　　　周邦彦《关河令》

斜阳冉冉春无极，念月榭携手，露桥闻笛。　　　周邦彦《兰陵王》

想东园、桃李自春，小唇秀靥今在否。　　　　　周邦彦《琐窗寒》

对宿烟收，春禽静，飞雨时鸣高屋。　　　　　　周邦彦《大酺》

水驿春回，望寄我、江南梅萼。　　　　　　　　周邦彦《解连环》

条风布暖，霏雾弄晴，池台遍满春色。　　　　　周邦彦《应天长》

锦瑟华年谁与度？月桥花院，琐窗朱户，只有春知处。　贺铸《青玉案》

凤城远，楚梅香嫩，先寄一枝春。　　　　　　　贺铸《绿头鸭》

愁苦。问院落凄凉，几番春暮。　　　　　　　　赵佶《燕山亭》

琼枝璧月春如昨。怅别后华表，那回双鹤。　　　张元幹《兰陵王》

楼上几日春寒，帘垂四面，玉阑干慵倚。　　　　李清照《念奴娇》

内苑春、不禁过青门，御沟涨、潜通南浦。　　　万俟咏《三台》

近绿水、台榭映秋千，斗草聚、双双游女。　　　万俟咏《三台》

玉台挂秋月，铅素浅、梅花傅香雪。　　　　　　田为《江神子慢》

落尽庭花春去也，银蟾迥，无情圆又缺。　　　　田为《江神子慢》

霭霭春空，画楼森耸凌云渚。　　　　　　　　　廖世美《烛影摇红》

青楼春晚，昼寂寂、梳匀又懒。　　　　　　　　吕渭老《薄幸》

双阙中天，凤楼十二春寒浅。　　　　　　　　　张抡《烛影摇红》

悄庭户，试细听莺啼燕语，分明共人愁绪，怕春去。　袁去华《剑器近》

红酥手，黄縢酒。满城春色宫墙柳。　　　　　　陆游《钗头凤》

枕簟溪堂冷欲秋，断云依水晚来收。　　　　　　辛弃疾《鹧鸪天》

候馆迎秋，离宫吊月，别有伤心无数。　　　　　姜夔《齐天乐》

强携酒，小桥宅，怕梨花落尽成秋色。　　　　　姜夔《淡黄柳》

莫似春风，不管盈盈，早与安排金屋。　　　　　姜夔《疏影》

春风只在园西畔，荠菜花繁蝴蝶乱。　　　　　　严仁《木兰花》

月洗高梧，露浄幽草，宝钗楼外秋深。　　　　　张镃《满庭芳》

秋江带雨，寒沙萦水，人瞰画阁愁独。　　　　　史达祖《八归》

柳院灯疏，梅厅雪在，谁与细倾春碧。　　　　　　　史达祖《喜迁莺》

春啼细雨，笼愁淡月，恁时庭院。　　　　　　　　卢祖皋《宴清都》

凭谁为歌长恨，暗殿锁、秋灯夜语。　　　　　　　吴文英《宴清都》

连呼酒，上琴台去，秋与云平。　　　　　　　　　吴文英《八声甘州》

柳暝河桥，莺晴台苑，短策频惹春香。　　　　　　吴文英《夜合花》

情如水，小楼熏被，春梦笙歌里。　　　　　　　　吴文英《点绛唇》

燕来晚、飞入西城，似说春事迟暮。　　　　　　　吴文英《莺啼序》

邀头小簇行春队，步苍苔、寻幽别墅，问梅开未。　吴文英《贺新郎》

君且醉，君不见长门青草春风泪。　　　　　　　　朱嗣发《摸鱼儿》

禁苑东风外，飏暖丝晴絮，春思如织。　　　　　　周密《曲游春》

欢极蓬壶蕖浸，花院梨溶，醉连春夕。　　　　　　蒋捷《瑞鹤仙》

春风飞到，宝钗楼上，一片笙箫，琉璃光射。　　　蒋捷《女冠子》

欲寻前迹，空惆怅成秋苑。　　　　　　　　　　　王沂孙《长亭怨慢》

瓜洲曾舣，等行人岁岁，日下长秋，城乌夜起。　　彭元逊《六丑》

帐庐好在春睡，共飞归湖上，草青无地。　　　　　彭元逊《六丑》

愔愔雨、春心如腻，欲待化、丰乐楼前帐饮，青门都废。　彭元逊《六丑》

问秋香浓未，待携客，出西城。　　　　　　　　　姚云文《紫萸香慢》

桥影流虹，湖光映雪，翠帘不卷春深。　　　　　　朱彝尊《高阳台》

深禁好春谁惜，薄暮瑶阶伫立。　　　　　　　　　纳兰性德《昭君怨》

杨柳乍如丝，故园春尽时。　　　　　　　　　　　纳兰性德《菩萨蛮》

缒银瓶，牵玉井，秋思黯梧苑。　　　　　　　　　吕碧城《祝英台近》


## 季节＋季节

兰叶春葳蕤，桂华秋皎洁。　　　　　　　　　　　张九龄《感遇之一》

秋风楚竹冷，夜雪巩梅春。　　　　　　　　　　　杜甫《送孟十二仓曹赴东京选》

春宅弃汝去，秋帆催客归。　　　　　　　　　　　杜甫《登舟将适汉阳》

春秋褒贬例，名器重双全。　　　　　　　　　　　杜甫《哭韦大夫之晋》

春种一粒粟，秋成万颗子。　　　　　　　李绅《悯农二首之一》

幕府三年远，春秋一字褒。　　　　　　　李商隐《献寄旧府开封公》

岭外音书绝，经冬复立春。　　　　　　　李频《渡汉江》

秋毫不犯三吴悦，春日遥看五色光。　　　李白《永王东巡歌之三》

锦江春色逐人来，巫峡清秋万壑哀。　　　杜甫《诸将五首之五》

自古逢秋悲寂寥，我言秋日胜春朝。　　　刘禹锡《秋词二首之一》

春风桃李花开日，秋雨梧桐叶落时。　　　白居易《长恨歌》

今年欢笑复明年，秋月春风等闲度。　　　白居易《琵琶行》

春江花朝秋月夜，往往取酒还独倾。　　　白居易《琵琶行》

躲进小楼成一统，管他冬夏与春秋。　　　鲁迅《自嘲》

如磐夜气压重楼，剪柳春风道九秋。　　　鲁迅《悼丁君》

曾惊秋肃临天下，敢遣春温上笔端。　　　鲁迅《亥年残秋偶作》

春花秋月何时了，往事知多少。　　　　　李煜《虞美人》

长于春梦几多时，散似秋云无觅处。　　　晏殊《木兰花》

春花秋草，只是催人老。　　　　　　　　晏殊《清平乐》

回头满眼凄凉事，秋月春风岂得知。　　　晏几道《鹧鸪天》

秋月春风，醉枕香衾一岁同。　　　　　　晏几道《采桑子》

醉别西楼醒不记，春梦秋云，聚散真容易。　晏几道《蝶恋花》

一春犹有数行书，秋来书更疏。　　　　　晏几道《阮郎归》

春已无情秋又老，谁管闲愁，千里青青草。　辛弃疾《蝶恋花》

物化苍茫，神游仿佛，春与猿吟秋鹤飞。　辛弃疾《沁园春》

灯火雨中船，客思绵绵，离亭春草又秋烟。　吴文英《浪淘沙》

落絮无声春堕泪，行云有影月含羞，东风临夜冷于秋。　吴文英《浣溪沙》

佳兴秋英春草，好音夜鹤朝禽。　　　　　周密《风入松》

白发渔樵江渚上，惯看秋月春风。　　　　杨慎《临江仙》

唱罢秋坟愁未歇，春丛认取双栖蝶。　　　纳兰性德《蝶恋花》

一年一度秋风劲，不似春光。　　　　　　毛泽东《采桑子》

# 第六篇

# 各种词组合集

# 天文类

## 天地

| | |
|---|---|
| 飘飘何所似，天地一沙鸥。 | 杜甫《旅夜书怀》 |
| 天地英雄气，千秋尚凛然。 | 刘禹锡《蜀先主庙》 |
| 无限河山泪，谁言天地宽。 | 夏完淳《别云间》 |
| 念天地之悠悠，独怆然而涕下。 | 陈子昂《登幽州台歌》 |
| 登高壮观天地间，大江茫茫去不还。 | 李白《庐山谣寄卢侍御虚舟》 |
| 天长地远魂飞苦，梦魂不到关山难。 | 李白《长相思》 |
| 诗卷长留天地间，钓竿欲拂珊瑚树。 | |
| | 杜甫《送孔巢父谢病归游江东兼呈李白》 |
| 观者如山色沮丧，天地为之久低昂。 | 杜甫《观公孙大娘弟子舞剑器行》 |
| 锦江春色来天地，玉垒浮云变古今。 | 杜甫《登楼》 |
| 江间波浪兼天涌，塞上风云接地阴。 | 杜甫《秋兴八首之一》 |
| 关塞极天唯鸟道，江湖满地一渔翁。 | 杜甫《秋兴八首之七》 |
| 支离东北风尘际，飘泊西南天地间。 | 杜甫《咏怀古迹之一》 |
| 天旋地转回龙驭，到此踌躇不能去。 | 白居易《长恨歌》 |
| 排空驭气奔如电，升天入地求之遍。 | 白居易《长恨歌》 |
| 在天愿作比翼鸟，在地愿为连理枝。 | 白居易《长恨歌》 |
| 天长地久有时尽，此恨绵绵无绝期。 | 白居易《长恨歌》 |
| 永忆江湖归白发，欲回天地入扁舟。 | 李商隐《安定城楼》 |
| 时来天地皆同力，运去英雄不自由。 | 罗隐《筹笔驿》 |
| 卷地风来忽吹散，望湖楼下水如天。 | 苏轼《六月二十七日望湖楼醉书》 |
| 错怨狂风飏落花，无边春色来天地。 | 吴伟业《圆圆曲》 |

虎踞龙盘今胜昔，天翻地覆慨而慷。　　　　　毛泽东《人民解放军占领南京》

坐地日行八万里，巡天遥看一千河。　　　　　　毛泽东《送瘟神二首之一》

天连五岭银锄落，地动三河铁臂摇。　　　　　　毛泽东《送瘟神二首之二》

洞庭波涌连天雪，长岛人歌动地诗。　　　　　　　　毛泽东《答友人》

高天滚滚寒流急，大地微微暖气吹。　　　　　　　　　毛泽东《冬云》

闻鸡久听南天雨，立马曾挥北地鞭。　　　　　　　　　毛泽东《洪都》

碧云天，黄叶地，秋色连波，波上寒烟翠。　　　　　范仲淹《苏幕遮》

真珠帘卷玉楼空，天淡银河垂地。　　　　　　　　　范仲淹《御街行》

天涯地角有穷时，只有相思无尽处。　　　　　　　　　晏殊《木兰花》

无穷无尽是离愁，天涯地角寻思遍。　　　　　　　　　晏殊《踏莎行》

情切，望中地远天阔。　　　　　　　　　　　　　周邦彦《浪淘沙慢》

天遥地远，万水千山，知他故宫何处。　　　　　　　赵佶《燕山亭》

多少事，从来急；天地转，光阴迫。　　　　　　　　毛泽东《满江红》

炮火连天，弹痕遍地，吓倒蓬间雀。　　　　　　　　毛泽东《念奴娇》

不须放屁，试看天地翻覆。　　　　　　　　　　　　毛泽东《念奴娇》

## 天涯

海内存知己，天涯若比邻。　　　　　　　　　王勃《送杜少府之任蜀州》

海上生明月，天涯共此时。　　　　　　　　　　张九龄《望月怀远》

欲祭疑君在，天涯哭此时。　　　　　　　　　　张籍《没蕃故人》

天涯占梦数，疑误有新知。　　　　　　　　　　李商隐《凉思》

江上几人在，天涯孤棹还。　　　　　　　　　温庭筠《送人东游》

海内风尘诸弟隔，天涯涕泪一身遥。　　　　　　　杜甫《野望》

岁暮阴阳催短景，天涯霜雪霁寒宵。　　　　　　　杜甫《阁夜》

寂寂江山摇落处，怜君何事到天涯。　　　　　刘长卿《长沙过贾谊宅》

同是天涯沦落人，相逢何必曾相识。　　　　　　白居易《琵琶行》

玉玺不缘归日角，锦帆应是到天涯。　　　　　　李商隐《隋宫》

春风疑不到天涯，二月山城未见花。　　　　　欧阳修《戏答元珍》

何必桑干方是远，中流以北即天涯。　　　　　杨万里《初入淮河之一》

浩荡离愁白日斜，吟鞭东指即天涯。　　　　　龚自珍《己亥杂诗之一》

| 天涯握手尽文人，结客年来四座倾。 | 柳亚子《元旦感怀之二》 |
| 天涯朋好感同群，环佩曾教谒小君。 | 柳亚子《挽周湘云女士》 |
| 天涯到处便相亲，如此胸怀有几人。 | 柳亚子《吴门记游之二》 |
| 昨夜西风凋碧树，独上高楼，望尽天涯路。 | 晏殊《蝶恋花》 |
| 天涯地角有穷时，只有相思无尽处。 | 晏殊《木兰花》 |
| 无穷无尽是离愁，天涯地角寻思遍。 | 晏殊《踏莎行》 |
| 嗟因循，久作天涯客。 | 柳永《浪淘沙慢》 |
| 小怜初上琵琶，晓来思绕天涯。 | 王安国《清平乐》 |
| 天涯倦客，山中归路，望断故园心眼。 | 苏轼《永遇乐》 |
| 无奈归心，暗随流水到天涯。 | 秦观《望海潮》 |
| 天涯旧恨，独自凄凉人不问。 | 秦观《减字木兰花》 |
| 惊动天涯倦宦，骎骎岁华行暮。 | 贺铸《天香》 |
| 枉望断天涯，两厌厌风月。 | 贺铸《石州引》 |
| 天涯旧恨，试看几许消魂，长亭门外山重叠。 | 张元幹《石州慢》 |
| 高咏楚词酬午日，天涯节序匆匆。 | 陈与义《临江仙》 |
| 到今来，海角逢春，天涯为客。 | 李甲《帝台春》 |
| 江南旧事休重省，遍天涯寻消问息，断鸿难倩。 | 李玉《贺新郎》 |
| 数峰江上，芳草天涯，参差烟树。 | 廖世美《烛影摇红》 |
| 春且住！见说道、天涯芳草无归路。 | 辛弃疾《摸鱼儿》 |
| 天涯情味，仗酒祓清愁，花销英气。 | 姜夔《翠楼吟》 |
| 应自栖香正稳，便忘了天涯芳信。 | 史达祖《双双燕》 |
| 危亭望极，草色天涯，叹鬓侵半苎。 | 吴文英《莺啼序》 |
| 强整帽檐欹侧，曾经向天涯搔首。 | 潘希白《大有》 |
| 少年袅袅天涯恨，长结西湖烟柳。 | 刘辰翁《摸鱼儿》 |
| 天涯倦旅，此时心事良苦。 | 张炎《月下笛》 |
| 天涯梦短，想忘了绮疏雕槛。 | 王沂孙《长亭怨慢》 |
| 如今处处生芳草，纵凭高、不见天涯。 | 王沂孙《高阳台》 |
| 软风吹过窗纱，心期便隔天涯。 | 纳兰性德《清平乐》 |
| 倚楼极目天涯，天涯尽处，算只有、濛濛飞絮。 | 文廷式《祝英台近》 |
| 前度凭阑人换尽，问何事，恋天涯。 | 朱孝臧《唐多令》 |

故山不是无春，荒波哀角，却来凭、天涯阑槛。　　　　朱孝臧《祝英台近》

风际断时，迢递天涯，但闻更点。　　　　　　　　　　况周颐《苏武慢》

汽笛一声肠已断，从此天涯孤旅。凭割断愁丝恨缕。　　毛泽东《贺新郎》

五帝三皇神圣事，骗了无涯过客，有多少风流人物。　　毛泽东《贺新郎》

## 🐦 天下

周公吐哺，天下归心。　　　　　　　　　　　　　　曹操《短歌行之一》

日落西山暮，方知天下空。　　　　　　　　　　　　　王绩《咏怀》

垂衣天下治，端拱车书同。　　　　　　　　　　　　李世民《重幸武功》

艳色天下重，西施宁久微。　　　　　　　　　　　　　王维《西施咏》

安石在东山，无心济天下。　　　　　　　　　　　　李白《赠常侍御》

吾爱孟夫子，风流天下闻。　　　　　　　　　　　　李白《赠孟浩然》

天下兵常斗，江东客未还。　　　　　　　　　　　　　杜甫《有叹》

惟天有设险，剑门天下壮。　　　　　　　　　　　　　杜甫《剑门》

越女天下白，鉴湖五月凉。　　　　　　　　　　　　　杜甫《壮游》

金陵昔时何壮哉，席卷英豪天下来。　　　　　　李白《金陵歌送别范宣》

扶风豪士天下奇，意气相倾山可移。　　　　　　　李白《扶风豪士歌》

少年上人号怀素，草书天下称独步。　　　　　　　　李白《草书歌行》

莫愁前路无知己，天下谁人不识君。　　　　　　　　高适《别董大之一》

三顾频烦天下计，两朝开济老臣心。　　　　　　　　　杜甫《蜀相》

朝廷衮职虽多预，天下军储不自供。　　　　　　杜甫《诸将五首之三》

西蜀地形天下险，安危须仗出群材。　　　　　　杜甫《诸将五首之五》

天下何曾有山水，人间不解重骅骝。　　　　　杜甫《存殁口号二首之二》

攀龙附凤势莫当，天下尽化为侯王。　　　　　　　　杜甫《洗兵马》

安得广厦千万间，大庇天下寒士俱欢颜，风雨不动安如山！

　　　　　　　　　　　　　　　　　　杜甫《茅屋为秋风所破歌》

天明独去无道路，出入高下穷烟霏。　　　　　　　　　韩愈《山石》

回看天际下中流，岩上无心云相逐。　　　　　　　　柳宗元《渔翁》

遂令天下父母心，不重生男重生女。　　　　　　　　白居易《长恨歌》

休夸此地分天下，只得徐妃半面妆。　　　　　　　　李商隐《南朝》

| 红妆万户镜中春，碧树一声天下晓。 | 温庭筠《鸡鸣埭曲》 |
| 卷地风来忽吹散，望湖楼下水如天。 | 苏轼《六月二十七日望湖楼醉书》 |
| 曾惊秋肃临天下，敢遣春温上笔端。 | 鲁迅《亥年残秋偶作》 |
| 天下英雄谁敌手？曹刘。生子当如孙仲谋！ | 辛弃疾《南乡子》 |
| 一唱雄鸡天下白，万方乐奏有于阗，诗人兴会更无前。 | 毛泽东《浣溪沙》 |

## 🐉 日月

| 日月之行，若出其中。 | 曹操《步出夏门行·观沧海》 |
| 羽化骑日月，云行翼鸳鸾。 | 李白《登敬亭山南望怀古赠窦主簿》 |
| 名飞日月上，义与风云翔。 | 李白《自溧水道哭王炎三首之一》 |
| 短褐风霜入，还丹日月迟。 | 杜甫《冬日有怀李白》 |
| 血战乾坤赤，氛迷日月黄。 | 杜甫《送灵州李判官》 |
| 日月低秦树，乾坤绕汉宫。 | 杜甫《投赠哥舒开府二十韵》 |
| 漂荡云天阔，沉埋日月奔。 | 杜甫《赠比部萧郎中十兄》 |
| 日月还相斗，星辰屡合围。 | 杜甫《伤春五首之三》 |
| 海晏鲸鲵尽，天旋日月来。 | 钱起《观法驾自凤翔回》 |
| 白光纳日月，紫气排斗牛。 | 白居易《李都尉古剑》 |
| 青冥浩荡不见底，日月照耀金银台。 | 李白《梦游天姥吟留别》 |
| 少帝长安开紫极，双悬日月照乾坤。 | 李白《上皇西巡南京歌十首之十》 |
| 何当脱屣谢时去，壶中别有日月天。 | 李白《下途归石门旧居》 |
| 鸿飞冥冥日月白，青枫叶赤天雨霜。 | 杜甫《寄韩谏议注》 |
| 三峡楼台淹日月，五溪衣服共云山。 | 杜甫《咏怀古迹之一》 |
| 天涯静处无征战，兵气销为日月光。 | 常建《塞下曲四首之一》 |
| 昭阳殿里恩爱绝，蓬莱宫中日月长。 | 白居易《长恨歌》 |
| 玄宗回马杨妃死，云雨难忘日月新。 | 郑畋《马嵬坡》 |
| 碛里角声摇日月，回中烽色动楼台。 | 陈子龙《辽事杂诗之一》 |
| 草木不欣胡日月，风云犹壮汉山河。 | 柳亚子《寄题岳王冢》 |
| 管却自家身与心，胸中日月常新美。 | 毛泽东《送纵宇一郎东行》 |
| 为有牺牲多壮志，敢教日月换新天。 | 毛泽东《到韶山》 |

## 白日

| | |
|---|---|
| 白日依山尽，黄河入海流。 | 王之涣《登鹳雀楼》 |
| 白日耀紫微，三公运权衡。 | 李白《古风之三十四》 |
| 草满巴西绿，城空白日长。 | 杜甫《城上》 |
| 公主歌黄鹄，君王指白日。 | 杜甫《留花门》 |
| 羲和鞭白日，少昊行清秋。 | 杜甫《同诸公登慈恩寺塔》 |
| 四角碍白日，七层摩苍穹。 | 岑参《与高适薛据登慈恩寺浮图》 |
| 幽映每白日，清辉照衣裳。 | 刘眘虚《阙题》 |
| 春风对青冢，白日落梁州。 | 张乔《书边事》 |
| 夏浅清阴满，村深白日长。 | 陆游《东窗遣兴三首之三》 |
| 醉卧不知白日暮，有时空望孤云高。 | 李颀《送陈章甫》 |
| 忽然更作渔阳掺，黄云萧条白日暗。 | 李颀《听安万善吹觱篥歌》 |
| 白日登山望烽火，黄昏饮马傍交河。 | 李颀《古从军行》 |
| 千里黄云白日曛，北风吹雁雪纷纷。 | 高适《别董大之一》 |
| 呜呼七歌兮悄终曲，仰视皇天白日速。 | |
| | 杜甫《乾元中寓居同谷县作歌七首之七》 |
| 渭水逶迤白日净，陇山萧瑟秋云高。 | 杜甫《近闻》 |
| 思家步月清宵立，忆弟看云白日眠。 | 杜甫《恨别》 |
| 白日放歌须纵酒，青春作伴好还乡。 | 杜甫《闻官军收河南河北》 |
| 重门勘锁青春晚，深殿垂帘白日长。 | 杜牧《经古行宫》 |
| 江风吹浪动云根，重碇危樯白日昏。 | 李商隐《赠刘司户（蕡）》 |
| 牡丹枝上青春老，燕子声中白日长。 | 陆游《春晚村居》 |
| 浩荡离愁白日斜，吟鞭东指即天涯。 | 龚自珍《己亥杂诗之一》 |

## 红日

| | |
|---|---|
| 千山红日媚，万壑白云浮。 | 陈元光《半径寻真》 |
| 四面生白云，中峰倚红日。 | 李白《望黄鹤山》 |
| 树叶霜红日，髭须雪白时。 | 白居易《答梦得秋日书怀见寄》 |
| 黑天三伏里，红日五更头。 | 张祜《和岳州徐员外云梦新亭二十韵》 |
| 碧云秋水静，红日暮霞韬。 | 张祜《陪楚州韦舍人北阁门游宴》 |

蓬莱正殿压金鳌，红日初生碧海涛。 　　　　　　王建《宫词一百首之一》

春态浅，来双燕，红日渐长一线。 　　　　　　　和凝《喜迁莺》

晓花擎露炉啼妆，红日永，风和百花香。 　　　　和凝《小重山》

绣帐已阑离别梦，玉炉空袅寂寥香。闺中红日奈何长。 　　冯延巳《浣溪沙》

红日已高三丈透，金炉次第添香兽，红锦地衣随步皱。 　　李煜《浣溪沙》

两竿红日上花梢，春睡厌厌难觉。 　　　　　　　柳永《西江月》

红日永，绮筵开。暗随仙驭来。 　　　　　　　　晏殊《更漏子》

金盏酒，玉炉香。任他红日长。 　　　　　　　　晏殊《更漏子》

一把藕丝牵不断，红日晚，回头欲去心撩乱。 　　　晏殊《渔家傲》

惊鸿过后生离恨，红日长时添酒困。 　　　　　　欧阳修《玉楼春》

玉钩帘下香阶畔，醉后不知红日晚。 　　　　　　欧阳修《玉楼春》

画船红日晚风清，柳色溪光晴照暖。 　　　　　　欧阳修《玉楼春》

过尽韶华不可添，小楼红日下层檐。 　　　　　　欧阳修《定风波》

天气养花红日暖，深深院，真珠帘额初飞燕。 　　　欧阳修《渔家傲》

红日迟迟，虚廊转影，槐阴迤逦西斜。 　　　　　司马光《锦堂春》

红日又平西，画帘遮燕泥。 　　　　　　　　　　晏几道《菩萨蛮》

露桃宫里随歌管，一曲霓裳红日晚。 　　　　　　晏几道《玉楼春》

酒边红日初长，陌上飞花正满。凄凉数声弦管。 　　晏几道《扑蝴蝶》

午醉未醒红日晚，黄昏帘幕无人卷。 　　　　　　苏轼《蝶恋花》

红日晚，仙山路隔空云海。 　　　　　　　　　　李之仪《千秋岁》

楼外红日平西，长亭路、芳草萋萋。 　　　　　　蔡伸《春光好》

烂烂明霞红日暮。艳艳轻云，皓月光初吐。 　　　张孝祥《蝶恋花》

红日渐低秋渐晚。听客劝，金荷莫诉真珠满。 　　　陈亮《渔家傲》


## 🐭 赤日

青山横苍林，赤日团平陆。 　　　　　　　　　　王维《冬日游览》

赤日石林气，青天江海流。 　　　　　　　　　　杜甫《题玄武禅师屋壁》

清风竟不至，赤日方煎铄。 　　　　　　　　　　刘长卿《太行苦热行》

争得羿复生，射此赤日落。 　　　　　　　　　　苏舜钦《依韵和胜之暑饮》

今岁九夏旱，赤日万里灼。 　　　　　　　　　　曾巩《追租》

当轩蔽赤日，对卧醒百虑。　　　　　　　曾巩《桐树》

夷羿射赤日，霍然落天衢。　　　　　　刘敞《游环溪之一》

茫然怨云汉，赤日方徘徊。　　　　　　　刘敞《小雨》

赤日吴波动，苍烟楚树昏。　　　　范成大《赏心亭再题》

南天三旬苦雾开，赤日照耀从西来。　　　　杜甫《晚晴》

赤日旱天长看雨，玄阴腊月亦闻雷。　　白居易《题平泉薛家雪堆庄》

门前便是红尘地，林外无非赤日天。　　白居易《池上逐凉二首之二》

赤日黄埃满世间，松声入耳即心闲。　　李群玉《文殊院避暑》

晴光猎草雄风度，晓气浮江赤日来。

　　　　　　宋祁《梦野亭在景陵集仙王君为郡日所创》

高蝉感耳何妨静，赤日焦心不废凉。　　　王安石《清风阁》

西山翛翛映赤日，田背坼如龟兆出。　　王安石《元丰行示德逢》

青天赤日水如汤，车马飞尘百尺长。　　　王安国《得雨》

青泥赤日午相烘，走访船窗柳影中。　　苏轼《小饮公瑾舟中》

清风掠地秋先到，赤日行天午不知。　　陆游《东湖新竹》

黄埃赤日长安道，倦客无浆马无草。　　　贺铸《小梅花》

赤日黄埃，梦不到、清溪翠麓。　　　　刘克庄《满江红》

赤日中天腾照耀，多少爝沉燐灭。　　　夏言《大江东去》

赤日金鳞霄汉转，坐见岳摇氛灭。　　龚鼎孳《念奴娇》

赤日当头热不支，长空降火地流脂。人天鸡犬尽如痴。　顾随《浣溪沙》

## 落日

渡头余落日，墟里上孤烟。　　王维《辋川闲居赠裴秀才迪》

荒城临古渡，落日满秋山。　　　　王维《归嵩山作》

大漠孤烟直，长河落日圆。　　　　王维《使至塞上》

落日鸟边下，秋原人外闲。　　王维《登裴秀才迪小台》

荒城临古渡，落日满秋山。　　　　王维《归嵩山作》

新妆可怜色，落日卷罗帷。　　　　王维《晚春归思》

浮云游子意，落日故人情。　　　　李白《送友人》

天长落日远，水净寒波流。　　　　李白《登新平楼》

秋水明落日，流光灭远山。　　　　　　　　李白《杜陵绝句》

出门看落日，驱马向秋天。　　　　　　　　高适《河西送李十七》

落日知分手，春风莫断肠。　　　　　　　　高适《广陵别郑处士》

落日照大旗，马鸣风萧萧。　　　　　　　　杜甫《后出塞之二》

禹庙空山里，秋风落日斜。　　　　　　　　　杜甫《禹庙》

空村惟见鸟，落日未逢人。　　　　　　　　　杜甫《东屯北崦》

落日平台上，春风啜茗时。　　　　　　杜甫《重过何氏五首之三》

眼穿当落日，心死著寒灰。　　　　　杜甫《喜达行在所三首之一》

落日邀双鸟，晴天养片云。　　　　杜甫《秦州杂诗二十首之十六》

落日心犹壮，秋风病欲苏。　　　　　　　　　　杜甫《江汉》

落日思轻骑，高天忆射雕。　　　　　　杜甫《寄董卿嘉荣十韵》

远峰带雨色，落日摇川光。　　　　　　　　　岑参《林卧》

长江一帆远，落日五湖春。　　　　　　刘长卿《饯别王十一南游》

遥知汉使萧关外，愁见孤城落日边。　　　　　王维《送韦评事》

大漠穷秋塞草衰，孤城落日斗兵稀。　　　　　　高适《燕歌行》

夔府孤城落日斜，每依北斗望京华。　　　　　杜甫《秋兴八首之二》

纱窗日落渐黄昏，金屋无人见泪痕。　　　　　　刘方平《春怨》

神仙有分岂关情，八马虚随落日行。　　李商隐《华岳下题西王母庙》

深秋帘幕千家雨，落日楼台一笛风。　　　杜牧《题宣州开元寺水阁》

两竿落日溪桥上，半缕轻烟柳影中。　　杜牧《齐安郡中偶题二首之一》

羁愁畏晚寻归楫，山僧苦留看落日。　　　　　苏轼《游金山寺》

四面边声连角起，千嶂里，长烟落日孤城闭。　范仲淹《渔家傲》

落日熔金，暮云合璧，人在何处。　　　　　李清照《永遇乐》

隔水毡乡，落日牛羊下，区脱纵横。　　　　张孝祥《六州歌头》

彩笺无数，去却寒暄，到了浑无定据，断肠落日千山暮。　袁去华《剑器近》

落日楼头，断鸿声里，江南游子。　　　　　辛弃疾《水龙吟》

落日解鞍芳草岸，花无人戴，酒无人劝，醉也无人管。　黄公绍《青玉案》

落日无人松径里，鬼火高低明灭。　　　　　萨都剌《百字令》

落日万山寒，萧萧猎马还。　　　　　　纳兰性德《菩萨蛮》

又日落天寒，平沙列幕边马鸣。　　　　　　文廷式《忆旧游》

## 日暮

移舟泊烟渚，日暮客愁新。　　　　孟浩然《宿建德江》

山中相送罢，日暮掩柴扉。　　　　王维《送别》

疾风吹片帆，日暮千里隔。　　　　李白《江行寄远》

天寒翠袖薄，日暮倚修竹。　　　　杜甫《佳人》

渭北春天树，江东日暮云。　　　　杜甫《春日忆李白》

衰疾江边卧，亲朋日暮回。　　　　杜甫《云山》

方春独荷锄，日暮还灌畦。　　　　杜甫《无家别》

秋风万里动，日暮黄云高。　　　　岑参《巩北秋兴寄崔明允》

茫茫江汉上，日暮欲何之。　　　　刘长卿《送李中丞归汉阳别业》

日暮天地冷，雨霁山河清。　　　　白居易《客路感秋寄明准上人》

横门有谁听，日暮槐花里。　　　　白居易《早蝉》

酒阑横剑歌，日暮望山河。　　　　许浑《送前缑氏韦明府南游》

日暮乡关何处是，烟波江上使人愁。　　崔颢《黄鹤楼》

关城榆叶早疏黄，日暮云沙古战场。　　王昌龄《从军行七首之三》

山长不见秋城色，日暮蒹葭空水云。　　王昌龄《巴陵送李十二》

醉卧不知白日暮，有时空望孤云高。　　李颀《送陈章甫》

云帆望远不相见，日暮长江空自流。　　李白《送别》

可怜后主还祠庙，日暮聊为梁甫吟。　　杜甫《登楼》

一老犹鸣日暮钟，诸僧尚乞斋时饭。　　杜甫《大觉高僧兰若》

日暮汉宫传蜡烛，轻烟散入五侯家。　　韩翃《寒食》

日暮风吹红满地，无人解惜为谁开。　　白居易《下邽庄南桃花》

夜深明月卷帘愁，日暮青山望乡泣。　　白居易《长安早春旅怀》

九衢尘土递追攀，马迹轩车日暮间。　　许浑《将赴京留赠僧院》

日暮酒醒人已远，满天风雨下西楼。　　许浑《谢亭送别》

日暮灞陵原上猎，李将军是故将军。　　李商隐《旧将军》

泽中何有多红兰，天风日暮徒盘桓。　　夏完淳《长歌》

坐客飞觞红日暮，一曲哀弦向谁诉。　　吴伟业《圆圆曲》

迷路，迷路，边草无穷日暮。　　　　韦应物《调笑令》

芙蓉落尽天涵水，日暮沧波起。　　舒亶《虞美人》

274

| | |
|---|---|
| 常记溪亭日暮，沉醉不知归路。 | 李清照《如梦令》 |
| 竹外一枝斜，想佳人、天寒日暮。 | 曹组《蓦山溪》 |
| 日暮，青盖亭亭，情人不见，争忍凌波去。 | 姜夔《念奴娇》 |
| 日暮，望高城不见，只见乱山无数。 | 姜夔《长亭怨慢》 |
| 满汀芳草不成归，日暮，更移舟向甚处。 | 姜夔《杏花天》 |

### 🌥 明月

| | |
|---|---|
| 月明星稀，乌鹊南飞。 | 曹操《短歌行之一》 |
| 头上倭堕髻，耳中明月珠。 | 《陌上桑》 |
| 暗尘随马去，明月逐人来。 | 苏味道《正月十五夜》 |
| 明月隐高树，长河没晓天。 | 陈子昂《春夜别友人之一》 |
| 海上生明月，天涯共此时。 | 张九龄《望月怀远》 |
| 深林人不知，明月来相照。 | 王维《竹里馆》 |
| 明月出天山，苍茫云海间。 | 李白《关山月》 |
| 举杯邀明月，对影成三人。 | 李白《月下独酌》 |
| 床前明月光，疑是地上霜。 | 李白《夜思》 |
| 举头望明月，低头思故乡。 | 李白《夜思》 |
| 中天悬明月，令严夜寂寥。 | 杜甫《后出塞之二》 |
| 广泽生明月，苍山夹乱流。 | 马戴《楚江怀古》 |
| 佳令随人至，明月傍云生。 | 毛泽东《喜闻捷报》 |
| 明月皎皎照我床，星汉西流夜未央。 | 曹丕《燕歌行》 |
| 谁为含愁独不见，更教明月照流黄。 | 沈佺期《独不见》 |
| 秦时明月汉时关，万里长征人未还。 | 王昌龄《出塞》 |
| 月明松下房栊静，日出云中鸡犬喧。 | 王维《桃源行》 |
| 我寄愁心与明月，随君直到夜郎西。 | 李白《闻王昌龄左迁龙标遥有此寄》 |
| 日色欲尽花含烟，月明欲素愁不眠。 | 李白《长相思》 |
| 家住层城邻汉苑，心随明月到胡天。 | 皇甫冉《春思》 |
| 江上月明胡雁过，淮南木落楚山多。 | 刘长卿《江州重别薛六柳八二员外》 |
| 三湘愁鬓逢秋色，万里归心对月明。 | 卢纶《晚次鄂州》 |
| 俱怀逸兴壮思飞，欲上青天览明月。 | 李白《宣州谢朓楼饯别校书叔云》 |

一年明月今宵多，人生由命非由他，有酒不饮奈明何。

韩愈《八月十五夜赠张功曹》

去来江口守空船，绕船月明江水寒。　　　　　白居易《琵琶行》

共看明月应垂泪，一夜乡心五处同。

白居易《自河南经乱，关内阻饥，兄弟离散……兼示符离及下邽弟妹》

二十四桥明月夜，玉人何处教吹箫。　　　　杜牧《寄扬州韩绰判官》

仙掌月明孤影过，长门灯暗数声来。　　　　　　杜牧《早雁》

沧海月明珠有泪，蓝田日暖玉生烟。　　　　　李商隐《锦瑟》

云暗鼎湖龙去远，月明华表鹤归迟。　　　　　虞集《挽文丞相》

风急弦绝摧心肝，月明星稀斗阑干。　　　　　夏完淳《长歌》

满地月明思故国，穷途裘敝感黄金。　　　　郁达夫《乱离杂诗之七》

思悠悠，恨悠悠，恨到归时方始休，月明人倚楼。　　白居易《长相思》

玉楼明月长相忆，柳丝袅娜春无力。　　　　　温庭筠《菩萨蛮》

小楼昨夜又东风，故国不堪回首月明中。　　　　李煜《虞美人》

明月楼高休独倚。酒入愁肠，化作相思泪。　　　范仲淹《苏幕遮》

那堪更被明月，隔墙送过秋千影。　　　　　　张先《青门引》

明月不谙离恨苦，斜光到晓穿朱户。　　　　　晏殊《蝶恋花》

琵琶弦上说相思，当时明月在，曾照彩云归。　晏几道《临江仙》

初将明月比佳期，长向月圆时候望人归。　　　晏几道《虞美人》

明月几时有，把酒问青天。　　　　　　　　苏轼《水调歌头》

明月如霜，好风如水，清景无限。　　　　　　苏轼《永遇乐》

绣帘开，一点明月窥人，人未寝，敧枕钗横鬓乱。　苏轼《洞仙歌》

料得年年肠断处，明月夜，短松冈。　　　　　苏轼《江城子》

安稳锦屏今夜梦，月明好渡江湖。　　　　　晁冲之《临江仙》

赖明月、曾知旧游处，好伴云来，还将梦去。　　　贺铸《天香》

宝扇重寻明月影，暗尘侵、上有乘鸾女。　　叶梦得《贺新郎》

明月别枝惊鹊，清风半夜鸣蝉。　　　　　　辛弃疾《西江月》

谁共我，醉明月。　　　　　　　　　　　辛弃疾《贺新郎》

波面铜花冷不收，玉人垂钓理纤钩，月明池阁夜来秋。　吴文英《浣溪沙》

殷云度雨疏桐落，明月生凉宝扇闲。　　　　吴文英《鹧鸪天》

华表月明归夜鹤，叹当时花竹今如此。     吴文英《贺新郎》

都道晚凉天气好，有明月，怕登楼。     吴文英《唐多令》

记少年一梦扬州，二十四桥明月。      周密《瑶华》

而今灯漫挂，不是暗尘明月，那时元夜。    蒋捷《女冠子》

喜净看、匹练飞光，倒泻半湖明月。      张炎《疏影》

已消黯，况凄凉、近来离思，应忘却、明月夜深归辇。

          王沂孙《法曲献仙音》

伤心千古，秦淮一片明月。       萨都剌《百字令》

明月多情应笑我，笑我如今。     纳兰性德《采桑子》

料南枝明月，应减红香一半。      况周颐《苏武慢》

独有豪情，天际悬明月，风雷磅礴。     毛泽东《念奴娇》

## 🌙 秋月

却下水精帘，玲珑望秋月。       李白《玉阶怨》

登舟望秋月，空忆谢将军。     李白《夜泊牛渚怀古》

秋月仍圆夜，江村独老身。     杜甫《十七夜对月》

两章对秋月，一字偕华星。    杜甫《同元使君春陵行》

天秋月又满，城阙夜千重。    戴叔伦《江乡故人偶集客舍》

一感平生言，松枝树秋月。      韦应物《感镜》

撩乱边愁听不尽，高高秋月照长城。    王昌龄《从军行之二》

湖光秋月两相和，潭面无风镜未磨。     刘禹锡《望洞庭》

东船西舫悄无言，唯见江心秋月白。     白居易《琵琶行》

今年欢笑复明年，秋月春风等闲度。     白居易《琵琶行》

春江花朝秋月夜，往往取酒还独倾。     白居易《琵琶行》

春花秋月何时了，往事知多少。      李煜《虞美人》

碧纱秋月，梧桐夜雨，几回无寐。      晏殊《撼庭秋》

回头满眼凄凉事，秋月春风岂得知。     晏几道《鹧鸪天》

碧天秋月无端，别来长照关山。     晏几道《清平乐》

玉琴尘暗薰炉歇，望尽床头秋月。     晁补之《调笑令》

逸气凌云，佳丽地，独占春花秋月。     蔡伸《念奴娇》

玉台挂秋月，铅素浅、梅花傅香雪。　　　　　田为《江神子慢》

写向孤桐谁解听，空江秋月明。　　　　　　　陆游《长相思》

玉斝满斟长寿酒，冰轮探借中秋月。　　　　　刘克庄《满江红》

细縠春波，微痕秋月，曾认片帆来去。　　　　吴文英《喜迁莺》

白发渔樵江渚上，惯看秋月春风。　　　　　　杨慎《临江仙》

### 烟月

渔烟月下浅，花屿水中春。　　　　　钱起《送严士良侍奉詹事南游》

相思不想访，烟月剡溪深。　　　　　许浑《和毕员外雪中见寄》

何当烟月下，一夜听龙吟。　　　　　张祜《题李渎山居玉潭》

坛场新汉将，烟月古隋城。　　　　　杜牧《送王十至褒中因寄尚书》

沧江好烟月，门系钓鱼船。　　　　　杜牧《旅宿》

洛川迷曲沼，烟月两心倾。　　　李商隐《送千牛李将军赴阙五十韵》

楚樯经雨泊，烟月隔潮生。　　　　　马戴《送皇甫协律淮南从事》

大卤旌旗出洛滨，此中烟月已尘埃。　　　　罗隐《雒城作》

莫怪相逢倍惆怅，九江烟月似潇湘。　　　　韦庄《九江逢卢员外》

想得当时好烟月，管弦吹杀后庭花。　　　　韦庄《令狐亭》

烟月不知人事改，夜阑还照深宫。　　　　　鹿虔扆《临江仙》

雁过秋空夜未央，隔窗烟月锁莲塘。　　　　李珣《定风波》

天际识归舟，泛五湖烟月，西子同游。　　　秦观《望海潮》

川原澄映，烟月冥濛，去舟如叶。　　　　　周邦彦《华胥引》

笑倚柳条同挽结，满眼河桥烟月。　　　　　陈克《清平乐》

云涛晚，霓旌散，海鸥轻。却钓松江烟月醉还醒。　朱敦儒《相见欢》

楼角吹花烟月堕，的皪韶妍，又向梅心破。　　程垓《蝶恋花》

吹到楚楼烟月上，不记人间何处。　　　　　杨炎正《贺新郎》

自月湖不见，江山零落；骊塘去后，烟月凄凉。　严羽《沁园春》

夜渐分、西窗愁对，烟月笼纱。　　　　　　陈允平《渡江云》

属玉双飞烟月夕，点波一奁秋碧。　　　　　周密《清平乐》

几度消凝，满湖烟月，一汀鸥鹭。　　　　　张炎《水龙吟》

## 🌙 夜月

| | |
|---|---|
| 无风云出塞，不夜月临关。 | 杜甫《秦州杂诗二十首之七》 |
| 几时杯重把，昨夜月同行。 | 杜甫《奉济驿重送严公四韵》 |
| 片云天共远，永夜月同孤。 | 杜甫《江汉》 |
| 今朝云细薄，昨夜月清圆。 | 杜甫《舟中》 |
| 晓云随去阵，夜月逐行营。 | 岑参《送郭仆射节制剑南》 |
| 夜月边城影，秋风陇水声。 | 戴叔伦《送崔融》 |
| 气若朝霜动，形随夜月盈。 | 卢纶《清如玉壶冰》 |
| 织女机丝虚夜月，石鲸鳞甲动秋风。 | 杜甫《秋兴八首之七》 |
| 画图省识春风面，环佩空归月夜魂。 | 杜甫《咏怀古迹之三》 |
| 二十五弦弹夜月，不胜清怨却飞来。 | 钱起《归雁》 |
| 半夜月明珠露坠，多少意，红腮点点相思泪。 | 晏殊《渔家傲》 |
| 两袖晓风花陌，一帘夜月兰堂。 | 晏几道《风入松》 |
| 一般奇绝，云淡天高秋夜月。 | 苏轼《减字木兰花》 |
| 无端天与娉婷，夜月一帘幽梦，春风十里柔情。 | 秦观《八六子》 |
| 十里闲情凭蝶梦，一春幽怨付鲲弦，小楼今夜月重圆。 | 晁端礼《浣溪沙》 |
| 堪爱处，最好是、一川夜月光流渚。 | 晁补之《摸鱼儿》 |
| 暖风吹雪，洗尽碧阶今夜月。 | 毛滂《减字木兰花》 |
| 十二阑干今夜月，谁伴吹箫。 | 贺铸《浪淘沙》 |
| 千古严陵濑，清夜月荒凉。 | 刘一止《水调歌头》 |
| 销魂处，今夜月圆人缺。 | 蔡伸《满江红》 |
| 见梨花初带夜月，海棠半含朝雨。 | 万俟咏《三台》 |
| 一自酒情诗兴懒，舞裙歌扇阑珊，好天良夜月团团。 | 辛弃疾《临江仙》 |
| 想佩环、月夜归来，化作此花幽独。 | 姜夔《疏影》 |
| 指芳期，夜月花阴梦老。 | 史达祖《探芳信》 |
| 摇荡秋魂，夜月归环佩。 | 吴文英《梦芙蓉》 |
| 昨夜月明香暗度，相思忽到梅花树。 | 吴文英《蝶恋花》 |

## 🌙 山月

| | |
|---|---|
| 鹊飞山月曙，蝉噪野风秋。 | 上官仪《入朝洛堤步行》 |

| | |
|---|---|
| 瑟瑟松风急，苍苍山月团。 | 卢照邻《早度分水岭》 |
| 别后冷山月，清猿无断时。 | 王昌龄《送张四》 |
| 暮从碧山下，山月随人归。 | 李白《下终南山过斛斯山人宿置酒》 |
| 松风吹解带，山月照弹琴。 | 王维《酬张少府》 |
| 峨眉山月苦，蝉鬓野云愁。 | 岑参《骊姬墓下作》 |
| 汉垒关山月，胡笳塞北天。 | 柳中庸《秋怨》 |
| 坐看今夜关山月，思杀边城游侠儿。 | 孟浩然《凉州词之二》 |
| 叠鼓遥翻瀚海波，鸣笳乱动天山月。 | 王维《燕支行》 |
| 更吹羌笛关山月，无那金闺万里愁。 | 王昌龄《从军行之一》 |
| 峨眉山月还送君，风吹西到长安陌。 | 李白《峨眉山月歌送蜀僧晏入中京》 |
| 峨眉山月半轮秋，影入平羌江水流。 | 李白《峨眉山月歌》 |
| 三年笛里关山月，万国兵前草木风。 | 杜甫《洗兵马》 |
| 山月不知心里事，水风空落眼前花。摇曳碧云斜。 | 温庭筠《忆江南》 |
| 曲岸小桥山月过，烟深锁，豆蔻花垂千万朵。 | 李珣《南乡子》 |
| 坐久水空碧，山月影沉西。 | 黄庭坚《撼庭竹》 |
| 睡处林风瑟瑟，觉来山月团团。 | 朱熹《西江月》 |
| 秋水观中山月夜，停云堂下菊花秋。 | 辛弃疾《瑞鹧鸪》 |
| 不妨横管小楼中，夜阑吹断千山月。 | 辛弃疾《踏莎行》 |
| 山月随人，翠蕤分破秋山影。 | 史达祖《点绛唇》 |
| 渭城柳，争攀折；关山月，空圆缺。 | 刘克庄《满江红》 |
| 客馆夜惊尘土梦，宫车晓碾关山月。 | 王清惠《满江红》 |

## 残月

| | |
|---|---|
| 飞霜遥渡海，残月迥临边。 | 杜审言《和李大夫嗣真奉使存抚河东》 |
| 宿云鹏际落，残月蚌中开。 | 宋之问《早发始兴江口至虚氏村作》 |
| 卷帘残月影，高枕远江声。 | 杜甫《客夜》 |
| 水禽渡残月，飞雨洒高城。 | 刘禹锡《早夏郡中书事》 |
| 繁星收玉版，残月耀冰池。 | 元稹《酬段丞与诸棋流会宿弊居见赠二十四韵》 |
| 孤灯闻楚角，残月下章台。 | 韦庄《章台夜思》 |
| 肠断关山不解说，依依残月下帘钩。 | 王昌龄《青楼怨》 |

湍上急流声若箭，城头残月势如弓。 高适《金城北楼》

残月出门时，美人和泪辞。 韦庄《菩萨蛮》

残月脸边明，别泪临清晓。 牛希济《生查子》

夜过也，东窗未白凝残月。 张先《千秋岁》

今宵酒醒何处？杨柳岸、晓风残月。 柳永《雨霖铃》

彤霞衬遥天，掩映断续，半空残月。 柳永《轮台子》

有时魂梦断，半窗残月，透帘穿户。 柳永《女冠子》

天外一钩残月，带三星。 秦观《南歌子》

一枕清风，半帘残月，是闷人滋味。 晁端礼《醉蓬莱》

唤起玉儿娇睡觉，半山残月南枝晓。 毛滂《蝶恋花》

翠尊未竭，凭断云留取西楼残月。 周邦彦《浪淘沙慢》

病起萧萧两鬓华，卧看残月上窗纱。 李清照《摊破浣溪沙》

迤逦烟村，马嘶人起，残月尚穿林薄。 刘一止《喜迁莺》

故人何在，长歌应伴残月。 辛弃疾《念奴娇》

新秋知是昨宵来，爱残月，纤纤西坠。 张镃《鹊桥仙》

天低绛阙，云浮碧海，残月尚朦胧。 卢祖皋《太常引》

杯残月堕，但耿银河漫天碧。 吴文英《六幺令》

残月有情圆晓梦，落花无语诉春愁，宝笙偷按小梁州。 陈允平《浣溪沙》

空樽夜泣，青山不语，残月当门。 黄孝迈《湘春夜月》

正凭高送目，西风断雁，残月平沙。 张炎《八声甘州》

日衔山，山带雪，笛弄晚风残月。 王沂孙《更漏子》

一勾残月向西流，对此不抛眼泪也无由。 毛泽东《虞美人》

今朝霜重东门路，照横塘半天残月，凄清如许。 毛泽东《贺新郎》

### 斜月

斜月吊空壁，旅人难独眠。 孟郊《李少府厅吊李元宾遗字》

残灯影闪墙，斜月光穿牖。 白居易《梦与李七庾三十三同访元九》

斜月入低廊，凉风满高树。 白居易《闲夕》

曲琼垂翡翠，斜月到罘罳。 温庭筠《咏寒宵》

虚窗度流萤，斜月啼幽蛩。 李群玉《秋怨》

断虹全岭雨，斜月半溪烟。　　　　　　　　　张乔《思宜春寄友人》

斜月沉沉藏海雾，碣石潇湘无限路。　　　　张若虚《春江花月夜》

斜月照房新睡觉，西峰半夜鹤来声。　　　　王建《村居即事》

灯暗酒醒颠倒枕，五更斜月入空船。　　　　元稹《宿石矶》

对酒看山俱惜去，不知斜月下栏干。　　　　朱庆馀《刘补阙西亭晚宴》

潮落夜江斜月里，两三星火是瓜洲。　　　　张祜《题金陵渡》

来是空言去绝踪，月斜楼上五更钟。　　　　李商隐《无题》

画扇红弦相掩映，独看斜月下帘衣。　　　　陆龟蒙《寄远》

斜月朦胧，雨过残花落地红。　　　　　　　冯延巳《采桑子》

金井堕高梧，玉殿笼斜月。　　　　　　　　孙光宪《生查子》

梯横画阁黄昏后，又还是、斜月帘栊。　　　张先《一丛花》

窗间斜月两眉愁，帘外落花双泪堕。　　　　晏殊《玉楼春》

斜月半窗还少睡，画屏闲展吴山翠。　　　　晏几道《蝶恋花》

背照画帘残烛影，斜月光中人静。　　　　　晏几道《清平乐》

暗随苹末晓风来，直待柳梢斜月去。　　　　晏几道《玉楼春》

满街斜月，垂鞭自唱阳关彻。　　　　　　　晏几道《醉落魄》

洞房人静，斜月照徘徊。　　　　　　　　　秦观《满庭芳》

此夜醉眠无梦，任西楼斜月。　　　　　　　晁补之《好事近》

过云闲窈窕，斜月静婵娟。　　　　　　　　毛滂《临江仙》

河桥送人处，凉夜何其？斜月远堕余辉。　　周邦彦《夜飞鹊》

斜月下，北风前。万杵千砧捣欲穿。　　　　贺铸《捣练子》

无人说。照人只有，西楼斜月。　　　　　　周紫芝《忆秦娥》

念蝴蝶梦回，子规声里，半窗斜月，一枕馀香。　蔡伸《风流子》

窗前夜阑醉后，斜月当楼。　　　　　　　　陈允平《汉宫春》

此际愁更别，雁落影，西窗斜月。　　　　　蒋捷《秋夜雨》

## 淡月

湖平帆尽落，天淡月初圆。　　　　　　　　贯休《鄱阳道中作》

堤外红尘蜡炬归，楼前淡月连江白。　　　　温庭筠《湘东宴曲》

云护雁霜笼淡月，雨连莺晓落残梅。　　　　韩偓《半醉》

数点雨声风约住，朦胧淡月云来去。　　　　　　李煜《蝶恋花》

淡月坠，将晓还阴。　　　　　　　　　　　　张先《恨春迟》

梧桐昨夜西风急，淡月胧明。　　　　　　　　晏殊《采桑子》

楼台向晓，淡月低云天气好。　　　　　　　　欧阳修《减字木兰花》

慢留得，尊前淡月西风。　　　　　　　　　　晏几道《满庭芳》

素云凝淡月婵娟。门外鸭头春水、木兰船。　　晏几道《虞美人》

惆怅孤帆连夜发，送行淡月微云。　　　　　　苏轼《临江仙》

碧天露洗春容净，淡月晓收残晕。　　　　　　黄庭坚《桃源忆故人》

阴阴淡月笼沙，还宿河桥深处。　　　　　　　周邦彦《尉迟杯》

数点雨声风约住，朦胧淡月云来去。　　　　　贺铸《蝶恋花》

回廊影，疏钟淡月，几许销魂。　　　　　　　贺铸《绿头鸭》

微云淡月，对江天、分付他谁。　　　　　　　李郱《汉宫春》

好在半胧淡月，到如今、无处不销魂。　　　　鲁逸仲《南浦》

重省，残灯朱幌，淡月纱窗，那时风景。　　　陆淞《瑞鹤仙》

正销魂又是，疏烟淡月，子规声断。　　　　　陈亮《水龙吟》

人何在，一帘淡月，仿佛照颜色。　　　　　　姜夔《霓裳中序第一》

春啼细雨，笼愁淡月，恁时庭院。　　　　　　卢祖皋《宴清都》

楚箫咽，谁倚西楼淡月。　　　　　　　　　　周密《玉京秋》

有白鸥、淡月微波，寄语逍遥容与。　　　　　彭元逊《疏影》


## 🌙 皓月

西禁青春满，南端皓月微。　　　沈佺期《和中书侍郎杨再思春夜宿值》

春泉鸣大壑，皓月吐层岑。　　　宋之问《夜饮东亭》

良宵宜清谈，皓月未能寝。　　　李白《友人会宿》

皓月升林表，公堂满清辉。　　　韦应物《答长宁令杨辙》

皓月流春城，华露积芳草。　　　韦应物《月夜》

凉夜清秋半，空庭皓月圆。　　　权德舆《酬裴端公八月十五日夜对月见怀》

以兹皓月圆，不厌良夜深。　　　权德舆《新月与儿女夜坐听琴举酒》

皓月方离海，坚冰正满池。　　　李商隐《赋得月照冰池》

灌水寒椿远，层波皓月同。　　　马戴《送春坊董正字浙右归觐》

报君一事君应羡，五宿澄波皓月中。　　　　　白居易《泛太湖书事寄微之》

皓月满帘听玉漏，紫泥盈手发天书。

　　　　　　　　　　　　姚合《和令狐六员外直夜即事寄上相公》

玉堂美人边塞情，碧窗皓月愁中听。　　　　　　　　李贺《龙夜吟》

银台直北金銮外，暑雨初晴皓月中。　　　　　韩偓《雨后月中玉堂闲坐》

夜来皓月才当午，重帘悄悄无人语。　　　　　　　温庭筠《菩萨蛮》

皓月初圆，暮云飘散，分明夜色如晴昼。　　　　　柳永《倾杯乐》

长天净，绛河清浅，皓月婵娟。思绵绵。　　　　　　柳永《戚氏》

皓月十分光正满。清光畔，年年常愿琼筵看。　　　欧阳修《渔家傲》

疑是八仙乘皓月，羽衣摇曳上云车。　　　　　　　　韩琦《望江南》

但有寒灯孤枕，皓月空床。　　　　　　　　　　　　苏轼《雨中花慢》

念多情，但有当时皓月，向人依旧。　　　　　　　　秦观《水龙吟》

云间皓月，光照银淮来万折。　　　　　　　　　　米芾《减字木兰花》

今宵里，三更皓月，愁断九回肠。　　　　　　　　周邦彦《满庭芳》

东窗皓月今宵满。浅酌芳樽，暂倩嫦娥伴。　　　　　赵鼎《河传》

良宵永，南窗皓月，依旧照娉婷。　　　　　　　　　蔡伸《满庭芳》

烂烂明霞红日暮。艳艳轻云，皓月光初吐。　　　　张孝祥《蝶恋花》

淮南皓月冷千山，冥冥归去无人管。　　　　　　　　姜夔《踏莎行》

## 🌸 风月

风月但牵魂梦苦，岁华偏感别离愁，恨和相忆两难酬。　孙光宪《浣溪沙》

故宫池馆更楼台，约风月，今宵何处？　　　　　　张先《山亭宴慢》

隔帘风雨闭门时，此情风月知。　　　　　　　　　　张先《醉桃源》

楼台红树杪，风月依前好。　　　　　　　　　　　　张先《卜算子》

小桃枝，红蓓发，今夜昔时风月。　　　　　　　　　张先《更漏子》

玉露金风月正圆，台榭早凉天。　　　　　　　　　　晏殊《长生乐》

隔帘风雨闭门时，此情风月知。　　　　　　　　　欧阳修《阮郎归》

难忘，文期酒会，几孤风月，屡变星霜。　　　　　　柳永《玉蝴蝶》

幸有五湖烟浪，一船风月，会须归去老渔樵。　　　　柳永《凤归云》

倚天楼殿，升平风月，彩仗春移。　　　　　　　　晏几道《采桑子》

| | |
|---|---|
| 风月有情时，总是相思处。 | 晏几道《生查子》 |
| 云鬟倾倒，醉倚栏杆风月好。 | 苏轼《减字木兰花》 |
| 不胜风月两恹恹，年来一样伤春瘦。 | 贺铸《踏莎行》 |
| 记画堂风月逢迎，轻颦浅笑娇无奈。 | 贺铸《薄幸》 |
| 数点雨声风约住，朦胧淡月云来去。 | 贺铸《蝶恋花》 |
| 枉望断天涯，两厌厌风月。 | 贺铸《石州引》 |
| 记小江风月佳时，屡约非烟游伴。 | 贺铸《望湘人》 |
| 宴上林风月，紫阙烟霞。 | 刘一止《望海潮》 |
| 念当时风月，如今怀抱，有盈襟泪。 | 蔡伸《水龙吟》 |
| 自是休文，多情多感，不干风月。 | 蔡伸《柳梢青》 |
| 一江风月黯离魂。平波催短棹，小立送黄昏。 | 周紫芝《临江仙》 |
| 凤尾龙香拨，自开元霓裳曲罢，几番风月。 | 辛弃疾《贺新郎》 |
| 剩水残山无态度，被疏梅，料理成风月。 | 辛弃疾《贺新郎》 |
| 但得平生湖海，除了醉吟风月，此外百无功。 | 辛弃疾《水调歌头》 |
| 漏初长、梦魂难禁，人渐老、风月俱寒。 | 史达祖《玉蝴蝶》 |

## 天气类

### 云霞

| | |
|---|---|
| 云霞出海曙，梅柳渡江春。 | 杜审言《和晋陵陆丞早春游望》 |
| 谁怜在荒外，孤赏足云霞。 | 宋之问《过蛮洞》 |
| 回瞻旧乡国，淼漫连云霞。 | 王维《渡河到清河作》 |
| 苍颜耐风雪，奇态灿云霞。 | 李白《秀华亭》 |
| 鸟雀荒村暮，云霞过客情。 | 杜甫《滕王亭子》 |
| 泉壑带茅茨，云霞生薜帷。 | 钱起《谷口书斋寄杨补阙》 |
| 了然云霞气，照见天地心。 | 常建《张山人弹琴》 |
| 云霞未改色，山川犹夕晖。 | 韦应物《赠别河南李功曹》 |
| 云霞开藻井，天地出雕梁。 | 张祜《观山海图二首之一》 |

波光泛金翠，楼影动云霞。　　　　　　　苏辙《初春游李太尉宅东池》

心期归海岳，野馆属云霞。　　　　　　　施闰章《晚集程山尊颖园》

日月低燕树，云霞绕汉宫。　　　　　　　　　　　　　连横《北望》

千岩杂树云霞色，百道流泉风雨声。　　　　　薛曜《九城寻山水》

襟前林壑敛暝色，袖上云霞收夕霏。　　李白《酬殷明佐见赠五云裘歌》

烟水淡图山点翠，云霞丽景日抛球。　　　　　　薛据《泛太湖》

旗穿晓日云霞杂，山倚秋空剑戟明。

　　　　　　　　　　　　韩愈《奉和裴相公东征途经女几山下作》

云霞自入淮王梦，风月谁含炀帝情。　　　　罗隐《献淮南崔相公》

碧合晚云霞上起，红争朝日雪边流。　　王安石《酴醾金沙二花合发》

白马潮来惊日月，天鸡声起乱云霞。　　　屈大均《赠水师某总戎》

棋局从谁翻黑白，文章空自绚云霞。　　　　　龚鼎孳《望江南》

高楼乞巧。彩花飞起，云霞缭绕。　　　　　　　　尤侗《河传》

## 红霞

红霞白日俨不动，七龙五凤纷相迎。　　　　　　李顾《王母歌》

翠影红霞映朝日，鸟飞不到吴天长。　　李白《庐山谣寄卢侍御虚舟》

红霞紫气昼氲氲，绛节青幢迎少君。　　皇甫冉《少室山韦炼师升仙歌》

红霞似绮河如带，白露团珠菊散金。　　卢纶《九日奉陪侍郎登白楼》

多在蓬莱少在家，越绯衫上有红霞。　　　　　王建《赠人二首之二》

种桃处处惟开花，川原近远蒸红霞。　　　　　　韩愈《桃源图》

华林霜叶红霞晚，伊水晴光碧玉秋。

　　　　　　　　　　刘禹锡《自左冯归洛下酬乐天兼呈裴令公》

唱尽新词欢不见，红霞映树鹧鸪鸣。　　　刘禹锡《踏歌词四首之一》

寥落山榴深映叶，红霞浅带碧霄云。　　　　　　元稹《石榴花》

明星烂烂东方睡，红霞稍出东南涯，陆郎去矣乘斑骓。

　　　　　　　　　　　　　　　　李贺《杂曲歌辞夜坐吟》

红霞一抹广陵春，定子当筵睡脸新。　　　　　　杜牧《隋苑》

津桥春水浸红霞，烟柳风丝拂岸斜。　　　　　雍陶《天津桥望春》

星斗半沉苍翠色，红霞远照海涛分。　　　　　马戴《宿王屋天坛》

千重碧树笼春苑，万缕红霞衬碧天。　　　　　　　韦庄《中渡晚眺》

迢迢绿树江天晓，霭霭红霞晚日晴。　　　　　苏轼《题金山寺回文体》

稽天烈焰穷朝昏，千丈红霞炫江水。　　　　刘一止《闻杭州乱二首之一》

芳树阴阴鸟语哗，绿云晴雪映红霞。　　　元好问《游天坛杂诗五首之一》

一国春风帝子家，绿云晴雪间红霞。　　　元好问《台山杂咏五首之三》

更饮一杯红霞酒，回首，半钩新月贴清虚。　　　　　李珣《定风波》

云液无声白似银，红霞一抹百花新。　　　　　　　米芾《鹧鸪天》

小楼独上暮钟时，红霞楼外飞。　　　　　　　　　晁补之《阮郎归》

津桥春水浸红霞，上阳花，落谁家。　　　　　　元好问《江城子》


### ❧ 朝霞

芳屏画春草，仙杼织朝霞。　　　　　　　　　　　王勃《林塘怀友》

青松霭朝霞，缥缈山丁村。　　　　　　　李白《上清宝鼎诗二首之二》

忽疑行暮雨，何事入朝霞。　　　　　　　　　　　杜甫《花底》

高岸朝霞合，惊湍激箭奔。　　　　　　　刘禹锡《武陵书怀五十韵》

掩映飞轩乘落照，参差步障引朝霞。　　　　　　骆宾王《畴昔篇》

大瓜玄枣冷如冰，海上摘来朝霞凝。　　　韦应物《马明生遇神女歌》

山近峨眉飞暮雨，江连濯锦起朝霞。　　　　武元衡《送温况游蜀》

朝霞映日同归处，暝柳摇风欲别秋。李嘉祐《游徐城河忽见清淮，因寄赵八》

谁遣虞卿裁道帔，轻绡一匹染朝霞。　　　李贺《南国十三首之十二》

暗想玉容何所似，一枝春雪冻梅花，满身香雾簇朝霞。　　韦庄《浣溪沙》

脸傅朝霞衣剪翠，重重占断秋江水。　　　　　　　晏殊《渔家傲》

剪裁用尽春工意，浅蘸朝霞千万蕊。　　　　　　　柳永《木兰花》

宿雨收尘，朝霞破暝，风光暗许花期定。　　　　晏几道《踏莎行》

画屏斜倚窗纱，睡痕犹带朝霞。　　　　　　　　　李之仪《清平乐》

天将曙。黯淡残月窥窗，朝霞映树。　　　　　　陈维崧《瑞龙吟》

卷上帘钩，一簇朝霞拥画楼。　　　　　　　　　吴翌凤《采桑子》

杏雨梨云纷满树，更频婆，新染朝霞醉。　　　　林则徐《金缕曲》

映水赤阑斜，且泊轻槎。万荷风定敛朝霞。　　　张景祁《浪淘沙》

散点朝霞，轻笼细雨，略逗斜阳。　　　　　　　李慈铭《一萼红》

太液朝霞和梦远。更微波，隔断鸳鸯语。　　　　　　　文廷式《金缕曲》

眉黛可怜虚夜月，脸红从此断朝霞。伤心一语抵天涯。　况周颐《浣溪沙》

浴海朝霞明万木，当窗斜日照千帆。此际几人闲。　　　梁启超《忆江南》

阶前夜雨净无痕，林表朝霞红映翠。　　　　　　　　　沈尹默《木兰花》

出海朝霞，苏堤春晓，叠嶂层波染渐红。　　　　　　　沈雁冰《沁园春》

## 晚霞

圣藻垂寒露，仙杯落晚霞。　　　　　　　　　　　　沈佺期《幸白鹿观应制》

绿水藏春日，青轩秘晚霞。　　　　　　　　　　　　李白《宴陶家亭子》

雨歇晚霞明，风调夜景清。　　　刘禹锡《秋晚新晴夜月如练有怀乐天》

滩光月影上，山色晚霞西。　　　　　　　王夫之《湄水月泛同艼岩》

月出黄河白，微茫带晚霞。　　　　　　　　　　屈大均《舟泊宿迁作》

龙衔宝盖承朝日，凤吐流苏带晚霞。　　　　　　卢照邻《长安古意》

画戟朱楼映晚霞，高梧寒柳度飞鸦。　　　　　　钱起《访李卿不遇》

楼中饮兴因明月，江上诗情为晚霞。　　　　刘禹锡《送薪州李郎中赴任》

开缄日映晚霞色，满幅风生秋水纹。

　　　　　　　　　　　白居易《庚顺之以紫霞绮远赠以诗答之》

远水晚霞频极目，高楼明月独伤神。

　　　　　　　　　　　施闰章《次闺秀黄皆令扇头韵二首之一》

春露浥朝花，秋波浸晚霞。　　　　　　　　　　温庭筠《菩萨蛮》

浓柳翠，晚霞微，江鸥接翼飞。　　　　　　　　顾敻《更漏子》

岸远沙平，日斜归路晚霞明。　　　　　　　　　欧阳炯《南乡子》

凤凰山下雨初晴。水风轻，晚霞明。　　　　　　苏轼《江城子》

晚霞散绮，泛远净、一叶鸣榔。　　　　　　　　万俟咏《芰荷香》

恰似晚霞零乱，衬一钩新月。　　　　　　　　　向子諲《好事近》

映秋灯，菱花一剪，晚霞明丽。　　　　　　　　樊增祥《金缕曲》

晚霞靓。唱庭花，隔帘犹听。　　　　　　　　　况周颐《埽花游》

何处有神山，依旧人间。我来手拂晚霞看。　　　刘大白《浪淘沙》

共西溪佳丽访，晚霞秋树。　　　　　　　　　　吴湖帆《三登乐》

晚霞天际明鱼尾，涛撼苔矶声震耳。　　　　　　黄公渚《青玉案》

一片晚霞铺锦褥，几处淡烟萦古木。　　　　　　　　宛敏灏《天仙子》

### 🌿 落霞

落霞明楚岸，夕露湿吴台。　　　　　　　　储光羲《临江亭五韵之五》

落霞沉绿绮，残月坏金枢。

　　　　　　杜甫《大历三年春白帝城放船出瞿塘峡……凡四十韵》

落霞澄晚照，孤屿隔微烟。　　　　　　　　　　姚合《秋晚江次》

天开云现琉璃碧，日落霞明翡翠红。　　　　　　李世民《题龟峰山》

晚日金陵岸草平。落霞明，水无情。　　　　　　欧阳炯《江城子》

银涛无际卷蓬瀛。落霞明，暮云平。　　　　　　　苏轼《江城子》

落霞隐隐日平西，料想是、分携处。　　　　　　周邦彦《一落索》

寒衣未寄早飞霜。落霞光，暮天长。　　　　　　　杨慎《江城子》

春欲去，去天涯。片片残红似落霞。　　　　　　屈大均《捣练子》

一点峭帆风顺，遥指落霞南浦。　　　　　　　　朱彝尊《喜迁莺》

远水浮光，落霞成绮，明到荻芦江岸。　　　　　吴翌凤《法曲献佳音》

鞭影匆匆指落霞，轻衾凉簟定谁家，不辞小立倚汀沙。　周之琦《浣溪沙》

澄波如练，落霞远趁孤鹜。　　　　　　　　　　顾太清《百字令》

晒网趁斜阳，射金波、落霞影里。　　　　　　　顾太清《蓦山溪》

落霞千点，来觅玉阶秋梦。　　　　　　　　　　黄人《丑奴儿慢》

已看到，落霞千里，残灯倦客枯棋。　　　　　　沈曾植《汉宫春》

指落霞，一朵峰青，阵云漫掩。　　　　　　　　夏孙桐《解连环》

纱窗外，藓阶经雨，落霞初霁。　　　　　　　　吴湖帆《翠楼吟》

落霞明镜里，华月彩云边。　　　　　　　　　　溥儒《拂霓裳》

曾泛后湖舟，忆落霞玄武，惊逐鸥游。　　　　　顾毓琇《望海潮》

一簇绯桃映落霞，飞绵淡淡柳斜斜。　　　　　　张珍怀《定风波》

草色遥争春水阔，笛声晚送落霞飞。牛背牧童归。　吴玉如《忆江南》

### 🌿 东风

昨夜东风吹血腥，东来橐驼满旧都。　　　　　　杜甫《哀王孙》

春城无处不飞花，寒食东风御柳斜。　　　　　　韩翃《寒食》

东风不与周郎便，铜雀春深锁二乔。 　　　　杜牧《赤壁》

日暮东风怨啼鸟，落花犹似堕楼人。 　　　　杜牧《金谷园》

飒飒东风细雨来，芙蓉塘外有轻雷。 　　　李商隐《无题》

相见时难别亦难，东风无力百花残。 　　　李商隐《无题》

绝域东风竟何事，只应催我鬓边华。 　　　　朱弁《春阴》

千磨万击还坚劲，任尔东西南北风。 　　　　郑燮《竹石》

小楼昨夜又东风，故国不堪回首月明中。 　　　李煜《虞美人》

沉恨细思，不如桃杏，犹解嫁东风。 　　　　张先《一丛花》

把酒祝东风，且共从容，垂杨紫陌洛城东。 　欧阳修《浪淘沙》

不枉东风吹客泪，相思难表，梦魂无据，惟有归来是。 　欧阳修《青玉案》

东风又作无情计，艳粉娇红吹满地。 　　　晏几道《木兰花》

梅英疏淡，冰澌溶泄，东风暗换年华。 　　　秦观《望海潮》

叹西园、已是花深无地，东风何事又恶？ 　周邦彦《瑞鹤仙》

笑捻粉香归洞户，更垂帘幕护窗纱，东风寒似夜来些。 　贺铸《浣溪沙》

烟横水际，映带几点归鸿，东风销尽龙沙雪。 　贺铸《石州引》

情切，画楼深闭，想见东风，暗消肌雪。 　张元幹《石州慢》

东风妒花恶，吹落梢头嫩萼。 　　　　张元幹《兰陵王》

纵留得莺花，东风不住，也则眼前愁闷。 　僧挥《金明池》

勾引东风，也知芳思难禁。 　　　　　韩疁《高阳台》

满院东风，海棠铺绣，梨花飘雪。 　　　蔡伸《柳梢青》

东风静、细柳垂金缕，望凤阙、非烟非雾。 　万俟咏《三台》

东风着意，先上小桃枝。 　　　　　韩元吉《六州歌头》

夜来雨，赖情得东风吹住。 　　　　袁去华《剑器近》

独立东风弹泪眼，寄烟波东去。 　　　袁去华《安公子》

东风恶，欢情薄。一怀愁绪，几年离索。错，错，错！ 　陆游《钗头凤》

闹花深处层楼，画帘半卷东风软。 　　　陈亮《水龙吟》

划地东风欺客梦，一枕云屏寒怯。 　　辛弃疾《念奴娇》

却笑东风从此，便熏梅染柳，更没些闲。 　辛弃疾《汉宫春》

东风夜放花千树，更吹落，星如雨。 　　辛弃疾《青玉案》

巧沁兰心，偷粘草甲，东风欲障新暖。 　史达祖《东风第一枝》

| 踪迹，漫记忆，老了杜郎，忍听东风笛。 | 史达祖《喜迁莺》 |
| 可惜东风，将恨与、闲花俱谢。 | 史达祖《三姝媚》 |
| 东风睡足交枝，正梦枕、瑶钗燕股。 | 吴文英《宴清都》 |
| 落絮无声春堕泪，行云有影月含羞，东风临夜冷于秋。 | 吴文英《浣溪沙》 |
| 残日东风，不放岁华去。 | 吴文英《祝英台近》 |
| 东风紧送斜阳下，弄旧寒、晚酒醒余。 | 吴文英《高阳台》 |
| 战舰东风悭借便，梦断神州故里。 | 吴文英《贺新郎》 |
| 东风似旧，问前度桃花，刘郎能记，花复认郎否。 | 刘辰翁《摸鱼儿》 |
| 东风渐绿西湖岸，雁已还、人未南归。 | 周密《高阳台》 |
| 禁苑东风外，飏暖丝晴絮，春思如织。 | 周密《曲游春》 |
| 空独倚东风，芳思谁寄。 | 周密《花犯》 |
| 东风且伴蔷薇住，到蔷薇、春已堪怜。 | 张炎《高阳台》 |
| 更消他、几度东风，几度飞花。 | 王沂孙《高阳台》 |
| 荏苒一枝春，恨东风、人似天远。 | 王沂孙《法曲献仙音》 |
| 似东风老大，那复有当时风气。 | 彭元逊《六丑》 |
| 寂寞避暑离宫，东风辇路，芳草年年发。 | 萨都剌《百字令》 |
| 荼蘼花落，东风吹散红雨。 | 萨都剌《酹江月》 |
| 满眼韶华，东风惯是吹红去。 | 陈子龙《点绛唇》 |
| 惟有无情双燕子，舞东风。 | 陈子龙《山花子》 |
| 东风不解愁，偷展湘裙衩。 | 纳兰性德《生查子》 |
| 教说与东风，垂杨淡碧吹梦痕。 | 蒋春霖《忆旧游》 |
| 薄命怜花，倚东风罗袖，泪珠偷泫。 | 王鹏运《三姝媚》 |
| 怕后约、误东风一信，香桃瘦损，还忆而今。 | 郑文焯《湘春夜月》 |
| 终不向、一镜东风媚晚，鬓边狼藉。 | 郑文焯《六丑》 |
| 暄禽啼破清愁，东风不到，早无数、繁枝吹淡。 | 朱孝臧《祝英台近》 |

### 西风

| 遥夜泛清瑟，西风生翠萝。 | 许浑《早秋》 |
| 斑骓只系垂杨岸，何处西南待好风。 | 李商隐《无题》 |
| 千磨万击还坚劲，任尔东西南北风。 | 郑燮《竹石》 |

| | |
|---|---|
| 音尘绝，西风残照，汉家陵阙。 | 李白《忆秦娥》 |
| 菡萏香销翠叶残，西风愁起绿波间。 | 李璟《摊破浣溪沙》 |
| 昨夜西风凋碧树，独上高楼，望尽天涯路。 | 晏殊《蝶恋花》 |
| 征帆去棹残阳里，背西风、酒旗斜矗。 | 王安石《桂枝香》 |
| 明朝万一西风动，争奈朱颜不耐秋。 | 晏几道《鹧鸪天》 |
| 但屈指西风几时来，又不道流年暗中偷换。 | 苏轼《洞仙歌》 |
| 秾艳一枝细看取，芳意千重似束，又恐被西风惊绿。 | 苏轼《贺新郎》 |
| 莫道不销魂，帘卷西风，人比黄花瘦。 | 李清照《醉花阴》 |
| 尽迟留、凭仗西风，吹干泪眼。 | 蔡伸《苏武慢》 |
| 易水萧萧西风冷，满座衣冠似雪，正壮士、悲歌未彻。 | 辛弃疾《贺新郎》 |
| 休说鲈鱼堪脍，尽西风、季鹰归未。 | 辛弃疾《水龙吟》 |
| 无情水都不管，共西风、只管送归船。 | 辛弃疾《木兰花慢》 |
| 长恨相从未款，而今何事，又对西风离别。 | 姜夔《八归》 |
| 只恐舞衣寒易落，愁入西风南浦。 | 姜夔《念奴娇》 |
| 半壶秋水荐黄花，香嗫西风雨。 | 吴文英《霜叶飞》 |
| 江燕话归成晓别，水花红减似春休，西风梧井叶先愁。 | 吴文英《浣溪沙》 |
| 对西风、鬓摇烟碧，参差前事流水。 | 朱嗣发《摸鱼儿》 |
| 玉骨西风，恨最恨、闲却新凉时节。 | 周密《玉京秋》 |
| 壮年听雨客舟中，江阔云低断雁叫西风。 | 蒋捷《虞美人》 |
| 谁念西风独自凉，萧萧黄叶闭疏窗，沉思往事立残阳。 | 纳兰性德《浣溪沙》 |
| 满目荒凉谁可语，西风吹老丹枫树。 | 纳兰性德《蝶恋花》 |
| 哀角起重关，霜深楚水寒，背西风、归雁声酸。 | 蒋春霖《唐多令》 |
| 薄晚西风吹雨到，明朝又是伤流潦。 | 王国维《蝶恋花》 |
| 西风烈，长空雁叫霜晨月。 | 毛泽东《忆秦娥》 |
| 六盘山上高峰，红旗漫卷西风。 | 毛泽东《清平乐》 |
| 壁上红旗飘落照，西风漫卷孤城。 | 毛泽东《临江仙》 |
| 正西风落叶下长安，飞鸣镝。 | 毛泽东《满江红》 |

## 北风

| | |
|---|---|
| 北风嘶代马，南浦宿阳禽。 | 张说《岳州九日宴道观西阁》 |

独攀南国树，遥寄北风时。　　　　　　张九龄《和王司马折梅寄京邑昆弟》

剑留南斗近，书寄北风遥。　　　　　　　　　　祖咏《江南旅情》

木落雁南渡，北风江上寒。　　　　　　　　　孟浩然《早寒有怀》

南国昼多雾，北风天正寒。　　　　　　　　　　　杜甫《山馆》

北风黄叶下，南浦白头吟。　　　　　杜甫《凭孟仓曹将书觅土娄旧庄》

春生南国瘴，气待北风苏。　　　　　　　　　　　杜甫《北风》

萧萧北风劲，抚事煎百虑。　　　　　　　　　　杜甫《羌村之二》

弓抱关西月，旗翻渭北风。　岑参《奉送李太保兼御史大夫充渭北节度使》

朝雾弥琼宇，征马嘶北风。　　　　　　　　毛泽东《张冠道中》

三晋云山皆北向，二陵风雨自东来。　　崔曙《九日登望仙台呈刘明府容》

汉家兵马乘北风，鼓行而西破犬戎。　　　李白《送族弟绾从军安西》

解释春风无限恨，沉香亭北倚阑干。　　　　　李白《清平调之三》

千里黄云白日曛，北风吹雁雪纷纷。　　　　　　高适《别董大之一》

支离东北风尘际，飘泊西南天地间。　　　　　杜甫《咏怀古迹之一》

北风卷地白草折，胡天八月即飞雪。　　　岑参《白雪歌送武判官归京》

凉秋八月萧关道，北风吹断天山草。　　岑参《胡笳歌送颜真卿使赴河陇》

行人杳杳看西月，归马萧萧看北风。　　　刘长卿《送李录事兄归襄邓》

徒把金戈挽落晖，南冠无奈北风吹。　　　　　　虞集《挽文丞相》

千磨万击还坚劲，任尔东西南北风。　　　　　　　郑燮《竹石》

愁一箭风快，半篙波暖，回头迢递便数驿，望人在天北。周邦彦《兰陵王》

濯足夜滩急，晞发北风凉。　　　　　　　　张孝祥《水调歌头》

何处望神州，满眼风光北固楼。　　　　　　　辛弃疾《南乡子》

北国风光，千里冰封，万里雪飘。　　　　　　毛泽东《沁园春》


## 🌺 风雨

风雨如晦，鸡鸣不已。　　　　　　　　　　　　郑风《风雨》

夜来风雨声，花落知多少。　　　　　　　　　孟浩然《春晓》

海上风雨至，逍遥池阁凉。　　韦应物《郡斋雨中与诸文士燕集》

欲持一瓢酒，远慰风雨夕。　　韦应物《寄全椒山中道士》

黄叶仍风雨，青楼自管弦。　　　　　　　　　李商隐《风雨》

灞原风雨定，晚见雁行频。 马戴《灞上秋居》

清瑟怨遥夜，绕弦风雨哀。 韦庄《章台夜思》

风雨飘摇日，余怀范爱农。 鲁迅《哀范君三章之一》

三晋云山皆北向，二陵风雨自东来。 崔曙《九日登望仙台呈刘明府容》

山川萧条极边土，胡骑凭陵杂风雨。 高适《燕歌行》

安得广厦千万间，大庇天下寒士俱欢颜，风雨不动安如山！

杜甫《茅屋为秋风所破歌》

仙台初见五城楼，风物凄凄宿雨收。 韩翃《同题仙游观》

当其下手风雨快，笔所未到气已吞。 苏轼《王维吴道子画》

满川风雨独凭栏，绾结湘娥十二鬟。 黄庭坚《雨中登岳阳楼望君山之二》

夜阑卧听风吹雨，铁马冰河入梦来。 陆游《十一月四日风雨大作》

抚剑长号归去也，千山风雨啸青锋。 康有为《出都留别诸公》

灵台无计逃神矢，风雨如磐暗故园。 鲁迅《自题小像》

中夜鸡鸣风雨集，起然烟卷觉新凉。 鲁迅《秋夜有感》

壮游未许到天平，风雨终朝阻客行。 柳亚子《吴门记游十三》

钟山风雨起苍黄，百万雄师过大江。 毛泽东《人民解放军占领南京》

乍暖还轻冷，风雨晚来方定。 张先《青门引》

满目山河空念远，落花风雨更伤春，不如怜取眼前人。 晏殊《浣溪沙》

满地残红宫锦污，昨夜南园风雨。 王安国《清平乐》

回首向来萧瑟处，归去，也无风雨也无晴。 苏轼《定风波》

湘天风雨破寒初，深沉庭院虚。 秦观《阮郎归》

问春何苦匆匆，带风伴雨如驰骤。 晁补之《水龙吟》

为问花何在，夜来风雨，葬楚宫倾国。 周邦彦《六丑》

风老莺雏，雨肥梅子，午阴嘉树清圆。 周邦彦《满庭芳》

梅风地溽，虹雨苔滋，一架舞红都变。 周邦彦《过秦楼》

纵妙手、能解连环，似风散雨收，雾轻云薄。 周邦彦《解连环》

若问闲愁都几许？一川烟草，满城风絮，梅子黄时雨。 贺铸《青玉案》

数点雨声风约住，朦胧淡月云来去。 贺铸《蝶恋花》

易得凋零，更多少无情风雨。 赵佶《燕山亭》

落花已作风前舞，又送黄昏雨。 叶梦得《虞美人》

| | |
|---|---|
| 萧条庭院，又斜风细雨，重门须闭。 | 李清照《念奴娇》 |
| 元宵佳节，融和天气，次第岂无风雨。 | 李清照《永遇乐》 |
| 夜来风雨匆匆，故园定是花无几。 | 程垓《水龙吟》 |
| 寒入罗衣春尚浅，过一番风雨。 | 袁去华《安公子》 |
| 已是黄昏独自愁，更著风和雨。 | 陆游《卜算子》 |
| 无端风雨，未肯收尽余寒。 | 辛弃疾《汉宫春》 |
| 可惜流年，忧愁风雨，树犹如此。 | 辛弃疾《水龙吟》 |
| 更能消几番风雨，匆匆春又归去。 | 辛弃疾《摸鱼儿》 |

## 风云

| | |
|---|---|
| 岐路分襟易，风云促膝难。 | 骆宾王《秋日送侯四得弹字》 |
| 风云一荡薄，日月屡参差。 | 张说《同贺八送兖公赴荆州》 |
| 无风云出塞，不夜月临关。 | 杜甫《秦州杂诗二十首之七》 |
| 故国风云气，高堂战伐尘。 | 杜甫《中夜》 |
| 社稷经纶地，风云际会期。 | 杜甫《夔府书怀四十韵》 |
| 出没风云合，苍黄豺虎争。 | 李益《夜发军中》 |
| 海岱乘时出，风云得气生。 | 张祜《投太原李司空》 |
| 海近风云恶，城高鼓角雄。 | 陆游《会稽》 |
| 征起适遇风云会，扶颠始知筹策良。 | 杜甫《洗兵马》 |
| 江间波浪兼天涌，塞上风云接地阴。 | 杜甫《秋兴八首之一》 |
| 枥上骅骝思鼓角，门前老将识风云。 | 耿湋《上将行》 |
| 风云聚散期难定，鱼鸟飞沉势不同。 | |

白居易《辱牛仆射一札寄诗篇遇物寄怀情》

| | |
|---|---|
| 风云有路皆烧尾，波浪无程尽曝腮。 | 许浑《晚登龙门驿楼》 |
| 鱼鸟犹疑畏简书，风云常为护储胥。 | 李商隐《筹笔驿》 |
| 海上风云摇皓影，空中露气湿流光。 | 方干《月》 |
| 纵妙手、能解连环，似风散雨收，雾轻云薄。 | 周邦彦《解连环》 |
| 数点雨声风约住，朦胧淡月云来去。 | 贺铸《蝶恋花》 |
| 当年堕地，而今试看，风云奔走。 | 辛弃疾《水龙吟》 |
| 看乘空、鱼龙惨淡，风云开合。 | 辛弃疾《贺新郎》 |

龙虎散，风云灭；千古恨，凭谁说。　　　　　王清惠《满江红》

健笔风云蛟龙起，人物山川形势。　　　　　　刘辰翁《金缕曲》

风云奔走十年兵，惨淡入经营。　　　　　　　元好问《木兰花慢》

### 风霜

行役风霜久，乡园梦想孤。　　　　　　骆宾王《久戍边城有怀京邑》

雁塔风霜古，龙池岁月深。　　　　　　　　沈佺期《游少林寺》

岁月青松老，风霜苦竹疏。　　　　孟浩然《寻白鹤岩张子容隐居》

吐言贵珠玉，落笔回风霜。　　　　　　　　　李白《赠刘都使》

风霜驱瘴疠，忠信涉波涛。　　　高适《送柴司户充刘卿判官之岭外》

素练风霜起，苍鹰画作殊。　　　　　　　　　杜甫《画鹰》

短褐风霜入，还丹日月迟。　　　　　　　　杜甫《冬日有怀李白》

丹桂风霜急，青梧日夜凋。　　　　　　　杜甫《有感五首之四》

未效风霜劲，空惭雨露私。　　　　　　　　严武《酬别杜二》

战士风霜老，将军雨露新。　　　　　　　　杜荀鹤《塞上》

青松阅世风霜古，翠竹题诗岁月赊。　　　　　张继《游灵岩》

黄鹤翅垂同燕雀，青松心在任风霜。　　刘长卿《罪所上御史惟则》

风霜何事偏伤物，天地无情亦爱人。　　刘长卿《狱中闻收东京有赦》

辞阙天威和雨露，出关春色避风霜。　　　杨巨源《送裴中丞出使》

风霜一夜添羁思，罗绮谁家待早寒。　　　司空图《洛中三首之二》

渐霜风凄紧，关河冷落，残照当楼。　　　　　柳永《八声甘州》

又岂料、正好三春桃李，一夜风霜。　　　　　苏轼《雨中花慢》

须添罗幕护风霜，要留与、疏梅相见。　　　朱敦儒《鹊桥仙》

执手霜风吹鬓影，去意徘徊，别语愁难听。　周邦彦《蝶恋花》

征尘暗，霜风劲，悄边声，黯销凝。　　　张孝祥《六州歌头》

算金门听漏，玉墀班早，赢得风霜满面。　　吴文英《瑞鹤仙》

岁寒时节千林表，独耐风霜。　　　　　　　陈允平《采桑子》

渔艇迷烟，樵柯失径，欸收点风霜厉。　　　文天祥《沁园春》

## 🌿 风露

| | |
|---|---|
| 木落园林旷，庭虚风露寒。 | 上官仪《故北平公挽歌》 |
| 露重飞难进，风多响易沉。 | 骆宾王《在狱咏蝉》 |
| 荷风送香气，竹露滴清响。 | 孟浩然《夏日南亭怀辛大》 |
| 隔浦云林近，满川风露清。 | 戴叔伦《宿城南盛本道怀皇甫冉》 |
| 风枝惊暗鹊，露草泣寒虫。 | 戴叔伦《江乡故人偶集客舍》 |
| 星辰让光彩，风露发晶英。 | 刘禹锡《八月十五日夜玩月》 |
| 风露飒已冷，天色亦黄昏。 | 白居易《秋槿》 |
| 风露晓凄凄，月下西墙西。 | 元稹《晓将别》 |
| 旷朗半秋晓，萧瑟好风露。 | 杜牧《题池州弄水亭》 |
| 秋风萧瑟天气凉，草木摇落露为霜。 | 曹丕《燕歌行》 |
| 昨夜风开露井桃，未央前殿月轮高。 | 王昌龄《春宫怨》 |
| 云想衣裳花想容，春风拂槛露华浓。 | 李白《清平调》 |
| 桤林碍日吟风叶，笼竹和烟滴露梢。 | 杜甫《堂成》 |
| 新词宛转递相传，振袖倾鬟风露前。 | 刘禹锡《踏歌词四首之三》 |
| 从来海上仙桃树，肯逐人间风露秋。 | 刘禹锡《奉和裴令公夜宴》 |
| 津桥残月晓沉沉，风露凄清禁署深。 | 白居易《早入皇城赠王留守仆射》 |
| 镜里山川同炯炯，楼前风露共娟娟。 | 卢仝《月诗》 |
| 风露凄凄秋景繁，可怜荣落在朝昏。 | 李商隐《槿花》 |
| 风波不信菱枝弱，月露谁教桂叶香。 | 李商隐《无题》 |
| 秋入池塘风露微，晓开笼槛看初飞。 | 崔涂《放鹧鸪》 |
| 九秋风露越窑开，夺得千峰翠色来。 | 陆龟蒙《秘色越器》 |
| 绮罗能借月中春，风露细、天清似水。 | 张先《鹊桥仙》 |
| 阆苑瑶台风露秋，整鬟凝思捧觥筹，欲归临别强迟留。 | 晏殊《浣溪沙》 |
| 星霜摧绿鬓，风露损朱颜。 | 晏殊《拂霓裳》 |
| 孤馆度日如年。风露渐变，悄悄至更阑。 | 柳永《戚氏》 |
| 水风轻、蘋花渐老；月露冷、梧叶飘黄。 | 柳永《玉蝴蝶》 |
| 对酒卷帘邀明月，风露透窗纱。 | 苏轼《少年游》 |
| 金风玉露一相逢，便胜却人间无数。 | 秦观《鹊桥仙》 |
| 玉露初零，金风未凛，一年无似此佳时。 | 晁端礼《绿头鸭》 |

采菱人散夜蟾孤，冷落西溪风露。　　　　　　　　　晁端礼《西江月》

风消绛蜡，露浥红莲，灯市光相射。　　　　　　　　周邦彦《解语花》

向露冷风清，无人处、耿耿寒漏咽。　　　　　　　　周邦彦《浪淘沙慢》

烛映帘栊，蛩催机杼，共苦清秋风露。　　　　　　　　　　贺铸《天香》

花阴如坐木兰船，风露正娟娟。　　　　　　　　　　张元幹《朝中措》

遐想绿云鬟，青冥风露冷，独乘鸾。　　　　　　　　　　蔡伸《小重山》

星河风露经年别，月照离亭花似雪。　　　　　　　　　　蔡伸《玉楼春》

满院蛩吟风露下，人窈窕，月婵娟。　　　　　　　　　　蔡伸《江城子》

堂深昼永，燕交飞、风帘露井。　　　　　　　　　　　陆淞《瑞鹤仙》

东厢月，一天风露，杏花如雪。　　　　　　　　　　范成大《忆秦娥》

酿成千顷稻花香，夜夜费、一天风露。　　　　　　　　辛弃疾《鹊桥仙》

帘卷峨眉烟雨，袖挟西川风露，满眼绿阴稠。　　　　魏了翁《水调歌头》

风露洗玉宇，星斗灿银潢。　　　　　　　　　　　刘克庄《水调歌头》

十二阑干含笑凭。风露生寒，人在莲花顶。　　　　　　吴文英《蝶恋花》

人间万感幽单，华清惯浴，春盎风露。　　　　　　　　吴文英《宴清都》

风露高寒，飞下紫霞箫。　　　　　　　　　　　周密《江城梅花引》

盘心清露如铅水，又一夜、西风吹折。　　　　　　　　　张炎《疏影》

汛远槎风，梦深薇露，化作断魂心字。　　　　　　　　王沂孙《天香》

素蟾散彩，九秋风露发清妍。常娥尽有情缘。　　　　元好问《婆罗门引》

## 风雪

苍颜耐风雪，奇态灿云霞。　　　　　　　　　　　　李白《秀华亭》

旷荡阻云海，萧条带风雪。　　　　高适《蓟门不遇王之涣郭密之因以留赠》

老妻寄异县，十口隔风雪。　　　　　　杜甫《自京赴奉先县咏怀五百字》

柴门闻犬吠，风雪夜归人。　　　　　　　刘长卿《逢雪宿芙蓉山主人》

骊山风雪夜，长杨羽猎时。　　　　　　　　　　　韦应物《逢杨开府》

商山风雪壮，游子衣裳单。　　　　　　　　　　　　孟郊《商州客舍》

今作江汉别，风雪一徘徊。　　　　　　　刘禹锡《答表臣赠别二首之一》

关河千里别，风雪一身行。　　　　　　白居易《自江陵之徐州路上寄兄弟》

故里干戈地，行人风雪途。　　　　　　　　　　　　白居易《送幼史》

青天漫漫碧水重，知向何山风雪中。       王建《别鹤曲》

玉垒山前风雪夜，锦官城外别离魂。      薛涛《送卢员外》

门外东风雪洒裾，山头回首望三吴，不应弹铗为无鱼。   苏轼《浣溪沙》

风雪惊初霁，水乡增暮寒。       周邦彦《红林檎近》

风雪打黄昏，别殿无人早闭门。      朱敦儒《南乡子》

春色欲来时，先散满天风雪。       朱熹《好事近》

长安路远，何事风雪敝貂裘。      辛弃疾《水调歌头》

笑杀灞桥翁，骑驴风雪中。       刘克庄《菩萨蛮》

残梅瘦，飞趁风雪。        吴文英《六丑》

羞人问，怕说相思，正满院杨花，落尽东风雪。   陈允平《浪淘沙慢》

还知否，能消几日，风雪灞桥深。      张炎《满庭芳》

叹敝却貂裘，驱车万里，风雪关河。     张炎《木兰花慢》

满头风雪昔同游，同载明月舟。      张炎《风入松》


## 🎐 风雷

仁心及草木，号令起风雷。      张九龄《和崔尚书喜雨》

落笔生绮绣，操刀振风雷。      李白《赠从孙义兴宰铭》

风雷缠地脉，冰雪耀天衢。

    杜甫《大历三年春白帝城放船出瞿塘峡……凡四十韵》

风雷飒万里，霈泽施蓬蒿。       杜甫《大雨》

瀑泉飞雪雨，惊兽走风雷。      戴叔伦《经巴东岭》

浩荡深谋喷江海，纵横逸气走风雷。   李白《述德兼陈情上哥舒大夫》

江盘峡束春湍豪，风雷战斗鱼龙逃。     韩愈《贞女峡》

名重三司平水土，威雄八阵役风雷。

    刘禹锡《江陵严司空见示与成都武相公唱和，因命同作》

已应蜕骨风雷后，岂效衔珠草莽间。    李绅《灵蛇见少林寺》

云开星月浮山殿，雨过风雷绕石坛。   许浑《重游飞泉观题故梁道士宿龙池》

石成文字兵须定，珠出风雷瘴自消。   吴伟业《送顾茝来典试东粤》

登岱啸歌搴日月，向人怀抱走风雷。   施闰章《豫章刘小石见示登岱诸作》

九州生气恃风雷，万马齐喑究可哀。    龚自珍《己亥杂诗之二》

牧马久惊侵禹域，蛰龙无术起风雷。　　　　　　　　秋瑾《東某君》

一从大地起风雷，便有精生白骨堆。　　　　　　　毛泽东《和郭沫若同志》

一阵风雷惊世界，满街红绿走旌旗。　　　　　　　　毛泽东《有所思》

待燃犀下看，凭栏却怕，风雷怒，鱼龙惨。　　　　　辛弃疾《水龙吟》

风雷开万象，散天影，入虚坛。　　　　　　　　　　张炎《木兰花慢》

还记否，又恐似，龙潭垂钓风雷怒。　　　　　　　　元好问《摸鱼儿》

混沌乍起，风雷暗坼，横插天柱。　　　　　　　　　吕碧城《破阵乐》

风雷动，旌旗奋，是人寰。　　　　　　　　　　　　毛泽东《水调歌头》

独有豪情，天际悬明月，风雷磅礴。　　　　　　　　毛泽东《念奴娇》

四海翻腾云水怒，五洲震荡风雷激。　　　　　　　　毛泽东《满江红》

## 风波

举帆风波渺，倚棹江山来。　　　　　　　　　　　高适《送崔录事赴宣城》

江湖多风波，舟楫恐失坠。　　　　　　　　　　　杜甫《梦李白二首之二》

浩浩风起波，冥冥日沉夕。　　　　　　　　　　　韦应物《夕次盱眙县》

风波朝夕远，音信往来迟。　　　　　　　　　　　韦应物《送李二赴楚州》

萍蓬风波急，桑榆日月侵。　　　　　　　　　　　韩愈《孟生诗》

风波千里别，书信二年稀。　　　　　　元稹《酬友封话旧叙怀十二韵》

风波高若天，滟澦低于马。　　　　　　　　　　　元稹《表夏十首之九》

风波一摇荡，天地几翻覆。　　　　　　　　　　　司空图《秋思》

横江欲渡风波恶，一水牵愁万里长。　　　　　　　李白《横江词六首之二》

楼船一举风波静，江汉翻为雁鹜池。　　　　　李白《永王东巡歌十一首之一》

今日龙钟人共老，愧君犹遣慎风波。　　刘长卿《江州重别薛六柳八二员外》

风波不信菱枝弱，月露谁教桂叶香。　　　　　　　李商隐《无题》

欲逐风波千万里，未知何路到龙津。　　　　　　　李商隐《春日寄怀》

鸥翻汉浦风波急，雁下郎溪雾雨深。罗隐《重过随州故兵部李侍郎恩知因抒长句》

何似举家游旷远，风波浩荡足行吟。　　　　　鲁迅《阻郁达夫移家杭州》

年年牛女恨风波，算此事，人间天上。　　　　　　黄庭坚《鹊桥仙》

云汉虽高，风波无际，何似归来醉乡里。　　　　　毛滂《感皇恩》

风波平步，看红旆惊飞，跳鱼直上，蹙踏浪花舞。　辛弃疾《摸鱼儿》

江头未是风波恶，别有人间行路难。 　　　　　辛弃疾《鹧鸪天》

修女剪辑，就风波，天生予懒奈予何。 　　　　辛弃疾《鹧鸪天》

欲趁桃花流水去，又却怕、有风波。 　　　　　张炎《唐多令》

闲来点检平生事，天南地北，几多尘土，何限风波。 元好问《摊破南乡子》


## 🌊 风烟

城阙辅三秦，风烟望五津。 　　　　　　　王勃《送杜少府之任蜀州》

日晚菱歌唱，风烟满夕阳。 　　　　　　　卢照邻《七月泛舟二首之一》

日月天门近，风烟夜路长。 　　　　　　　刘希夷《饯李秀才赴举》

向晚登临处，风烟万里愁。 　　　　　　　崔颢《题潼关楼》

峡险风烟僻，天寒橘柚垂。 　　　　　　　杜甫《从驿次草堂复至东屯》

风烟巫峡远，台榭楚宫虚。 　　　　　　　杜甫《赠李八秘书别三十韵》

江山欲霜雪，吴楚接风烟。 　　　　　　　皇甫冉《送田济之扬州赴选》

岭猿同旦暮，江柳共风烟。 　　　　　　　刘长卿《新年作》

云树褒中路，风烟汉上城。 　　　　刘禹锡《送令狐相公自仆射出镇南梁》

只开新户牖，不改旧风烟。 　白居易《奉和李大夫题新诗二首各六韵忘筌亭》

小幌风烟入，高窗雾雨通。 　　　　　　　李商隐《寓目》

桤林碍日吟风叶，笼竹和烟滴露梢。 　　　　　　杜甫《堂成》

瞿塘峡口曲江头，万里风烟接素秋。 　　　　杜甫《秋兴八首之六》

伏波故道风烟在，翁仲遗墟草树平。 　　柳宗元《衡阳与梦得分路赠别》

荒原秋殿柏萧萧，何代风烟占寂寥。 　　　　　韦庄《尹喜宅》

追往事，惜流年，恨风烟。 　　　　　　　晁端礼《诉衷情》

若问闲愁都几许？一川烟草，满城风絮，梅子黄时雨。 贺铸《青玉案》

一声清唱落琼卮，千顷西风烟浪、晚云迟。 　　叶梦得《虞美人》

岁晚念行役，江阔渺风烟。 　　　　　　　周紫芝《水调歌头》

别岸风烟，孤舟灯火，今夕知何处。 　　　张孝祥《念奴娇》

绿野风烟，平泉草木，东山歌酒。 　　　　辛弃疾《水龙吟》

衣带水，隔风烟。 　　　　　　　　　　　陈亮《最高楼》

检校露桃风叶，问讯渚莎江草，点检旧风烟。 　魏了翁《水调歌头》

风烟雨雪阴晴晚，更何须、春风千树。 　　　彭元逊《疏影》

## 🌸 风色

远海动风色，吹愁落天涯。 　　　　　　　　李白《早秋赠裴十七仲堪》

黄云万里动风色，白波九道流雪山。 　　　李白《庐山谣寄卢侍御虚舟》

青门日暖尘光动，紫陌花晴风色来。 　　　　　　　　杨巨源《春日》

万条江柳早秋枝，嫋地翻风色未衰。 　　　　　　　　薛涛《送姚员外》

雨轻风色暴，梅子青时节。 　　　　　　　　　　　　张先《千秋岁》

雨势断来风色定，秋水静，仙郎彩女临鸾镜。 　　　欧阳修《渔家傲》

歌罢酒阑时，潇洒座中风色。 　　　　　　　　　　黄庭坚《好事近》

昨夜一江风色好，平明秋浦帆飞。 　　　　　　　　晁补之《临江仙》

歌板未终风色便，梦为蝴蝶留芳甸。 　　　　　　　周邦彦《蝶恋花》

笑倚危樯，朝来风色好。 　　　　　　　　　　　　贺铸《清商怨》

一樽别酒为君倾。留不住，风色太无情。 　　　　　蔡伸《小重山》

杨子津头风色暮，孤舟渺渺江南去。 　　　　　　　毛开《渔家傲》

洞庭青草，近中秋、更无一点风色。 　　　　　　张孝祥《念奴娇》

共跨龙媒衔凤诏。风色好，宫花御柳迎人笑。 　　石孝友《渔家傲》

一点暗红犹在，正不禁风色。 　　　　　　　　　辛弃疾《好事近》

风色恶，海天暮。 　　　　　　　　　　　　　　刘克庄《贺新郎》

试问琵琶，胡沙外，怎生风色。 　　　　　　　　文天祥《满江红》

今日好风色，可以放吾舟。 　　　　　　　　　元好问《水调歌头》

连日湖亭风色好，今朝赏遍东城。 　　　　　　　元好问《临江仙》

菊就雨前都烂漫，柳从霜罢便萧条，夜来风色似今朝。 　元好问《浣溪沙》


## 🌸 风情

岂是风情少，其如尘事多。 　　　　　　　　　　白居易《题笼鹤》

眼前名利同春梦，醉里风情敌少年。

　　　　　　　　刘禹锡《春日书怀，寄东洛白二十二杨八二庶子》

珍重新诗远相寄，风情不似四登坛。

　　　　　　　　刘禹锡《令狐相公自太原屡示新诗因以酬寄》

一篇长恨有风情，十首秦吟近正声。

　　　　　　　白居易《编集拙诗成一十五卷因题卷末戏赠元九李二十》

欲送残春招酒伴，客中谁最有风情。 　　白居易《湖上招客送春泛舟》

数树新开翠影齐，倚风情态被春迷。 　　杜牧《柳绝句》

水国君王又姓萧，风情由是冠南朝。 　　陆龟蒙《自遣诗三十首之二十二》

众芳摇落独暄妍，占尽风情向小园。 　　林逋《山园小梅》

风情遗恨几时销，不见卢郎年少。 　　张先《西江月》

便纵有千种风情，更与何人说？ 　　柳永《雨霖铃》

佳景留心惯。况少年彼此，风情非浅。 　　柳永《洞仙歌》

念两处风情，万重烟水。 　　柳永《卜算子慢》

懊恼风情，春著花枝百态生。 　　苏轼《减字木兰花》

一面风情深有韵，半笺娇恨寄幽怀，月移花影约重来。 　　李清照《浣溪沙》

风情谁道不因春。春到一分，花瘦一分。 　　吴文英《一剪梅》

说与东风情事，怕东风、似人眉皱。 　　刘辰翁《水龙吟》

一树风情谁解说，只有盈盈夜月。 　　刘敏中《清平乐》

风情减，停歌罢笑，愁对酒杯宽。 　　杨慎《满庭芳》

风情最恶，更不奈凉蟾影薄。 　　顾太清《凄凉犯》

预拟良辰有胜游，风情争肯为春羞，便无佳伴也登楼。 　　黄侃《浣溪沙》

风情雨意共留连，净试碧罗天。 　　魏新河《风入松》


## 风流

吾爱孟夫子，风流天下闻。 　　李白《赠孟浩然》

清景南楼夜，风流在武昌。 　　李白《陪宋中丞武昌夜饮怀古》

四明有狂客，风流贺季真。 　　李白《对酒忆贺监二首之一》

见说风流极，来当婀娜时。 　　李商隐《赠柳》

石城夸窈窕，花县更风流。 　　李商隐《石城》

谩说陶潜篱下醉，何曾得见此风流。 　　王昌龄《九日登高》

若教月下乘舟去，何啻风流到剡溪。 　　李白《东鲁门泛舟二首之二》

摇落深知宋玉悲，风流儒雅亦吾师。 　　杜甫《咏怀古迹五首之二》

英雄割据虽已矣，文采风流今尚存。 　　杜甫《丹青引赠曹将军霸》

年少多情杜牧之，风流仍作杜秋诗。 　　张祜《读池州杜员外杜秋娘诗》

大抵南朝皆旷达，可怜东晋最风流。 　　杜牧《润州二首之一》

卜肆至今多寂寞，酒炉从古擅风流。 李商隐《送崔珏往西川》

青袍白简风流极，碧沼红莲倾倒开。 李商隐《偶成转韵七十二句赠四同舍》

隋帝旧祠虽寂寞，楚妃清唱亦风流。 罗隐《旅舍书怀寄所知二首之二》

谁爱风流高格调，共怜时世俭梳妆。 秦韬玉《贫女》

风流心上物，本为风流出。 温庭筠《菩萨蛮》

春日游，杏花吹满头。陌上谁家年少，足风流。 韦庄《思帝乡》

晚出闲庭看海棠，风流学得内家妆，小钗横戴一枝芳。 李珣《浣溪沙》

一片风流伤心地，魂销目断西子。 孙光宪《思越人》

西湖杨柳风流绝，满缕青春看赠别。 张先《木兰花》

风流妙舞，樱桃清唱，依约驻行云。 晏殊《少年游》

劝君满满酌金瓯，纵使花时常病酒，也是风流。 欧阳修《浪淘沙》

三吴嘉会古风流，渭南往岁忆来游。 柳永《瑞鹧鸪》

风流才子占词场，真是白衣卿相。 柳永《西江月》

平生自负，风流才调。 柳永《传花枝》

无奈被些名利缚！无奈被他情担阁！可惜风流总闲却！ 王安石《千秋岁引》

雕梁燕去，裁诗寄远，庭院旧风流。 晏几道《少年游》

绿蕙红兰芳信歇，金蕊正风流。 晏几道《武陵春》

大江东去，浪淘尽、千古风流人物。 苏轼《念奴娇》

生前富贵草头露，身后风流陌上花。 苏轼《清平调》

## 风物

风物动归思，烟林生远愁。 张九龄《高斋闲望言怀》

异县殊风物，羁怀多所思。 孟浩然《人日登南阳驿门亭子怀汉川诸友》

江敛洲渚出，天虚风物清。 杜甫《独坐》

送子清秋暮，风物长年悲。 杜甫《送殿中杨监赴蜀见相公》

轮台风物异，地是古单于。 岑参《轮台即事》

大隐心自远，高风物自疏。 钱起《过王舍人宅》

门庭怆已变，风物澹无辉。 刘禹锡《哭王仆射相公》

风物清远目，功名怀寸阴。 刘禹锡《和武中丞秋日寄怀简诸僚故》

江城无宿雪，风物易为春。 郑谷《梓潼岁暮》

仙台初见五城楼，风物凄凄宿雨收。 韩翃《同题仙游观》

沙鹤惊鸣野雨收，大河风物飒然秋。 卢纶《将赴京留献令公》

四望交亲兵乱后，一川风物笛声中。 司空图《重阳山居》

牢骚太盛防肠断，风物长宜放眼量。 毛泽东《和柳亚子先生》

梅落新春入后庭，眼前风物可无情。 冯延巳《抛球乐》

三百寺应游未遍，重算，湖山风物岂无情。 张先《定风波》

参差烟树灞陵桥，风物尽前朝。 柳永《少年游》

一梦江湖费五年，归来风物故依然，相逢一醉是前缘。 苏轼《浣溪沙》

可爱一天风物，遍倚阑干十二，宇宙若萍浮。 米芾《水调歌头》

风物宛然长在眼，只人非。 贺铸《摊破浣溪沙》

记得西楼凝醉眼，昔年风物似如今，只无人与共登临。 贺铸《浣溪沙》

野色分桥，健步断、溪山风物。 刘一止《梦横塘》

恨此中，风物本吾家，今为客。 辛弃疾《满江红》

醉魂时绕，莺花世界风物。 魏了翁《念奴娇》

庐山依旧，凄凉处、无限江南风物。 文天祥《念奴娇》


## ❧ 云雨

巫山云雨峡，湘水洞庭波。 张说《荆州亭入朝》

汉水波浪远，巫山云雨飞。 李白《江上寄巴东故人》

蛟龙得云雨，雕鹗在秋天。 杜甫《奉赠严八阁老》

不知云雨散，虚费短长吟。 杜甫《渝州候严六侍御不到先下峡》

雷霆空霹雳，云雨竟虚无。 杜甫《热三首之一》

云雨连三峡，风尘接百蛮。 岑参《初至犍为作》

江山追宋玉，云雨忆荆王。 钱起《送衡阳归客》

鸿养青冥翮，蛟潜云雨心。 白居易《春送卢秀才下第游太原谒严尚书》

残云归太华，疏雨过中条。 许浑《秋日赴阙题潼关驿楼》

画栋朝飞南浦云，珠帘暮卷西山雨。 王勃《滕王阁》

武帝祠前云欲散，仙人掌上雨初晴。 崔颢《行经华阴》

津头云雨暗湘山，迁客离忧楚地颜。 王昌龄《送薛大赴安陆》

青山一道同云雨，明月何曾是两乡。 王昌龄《送柴侍御》

三晋云山皆北向，二陵风雨自东来。　　　　崔曙《九日登望仙台呈刘明府容》

一枝红艳露凝香，云雨巫山枉断肠。　　　　李白《清平调三首之二》

江山故宅空文藻，云雨荒台岂梦思。　　　　杜甫《咏怀古迹五首之二》

别馆觉来云雨梦，后门归去蕙兰丛。　　　　李商隐《少年》

玄宗回马杨妃死，云雨难忘日月新。　　　　郑畋《马嵬坡》

黑云翻墨未遮山，白雨跳珠乱入船。　　苏轼《六月二十七日望湖楼醉书》

青鸟不传云外信，丁香空结雨中愁。　　　　李璟《摊破浣溪沙》

岂知聚散难期，翻成雨恨云愁，阻追游。　　柳永《曲玉管》

㳄云尤雨，有万般千种，相怜相惜。　　　　柳永《浪淘沙慢》

望处雨收云断，凭阑悄悄，目送秋光。　　　柳永《玉蝴蝶》

此后锦书休寄，画楼云雨无凭。　　　　　　晏几道《清平乐》

云雨暗巫山，流人殊未还。　　　　　　　　黄庭坚《菩萨蛮》

晓色云开，春随人意，骤雨才过还晴。　　　秦观《满庭芳》

去年紫陌青门，今宵雨魄云魂。　　　　　　赵令畤《清平乐》

断雨残云无意绪，寂寞朝朝暮暮。　　　　　毛滂《惜分飞》

梦断阳台云雨，世间不要春风。　　　　　　陈师道《清平乐》

纵妙手、能解连环，似风散雨收，雾轻云薄。　周邦彦《解连环》

眷恋雨润云温，苦惊风吹散。　　　　　　　周邦彦《拜星月慢》

数点雨声风约住，朦胧淡月云来去。　　　　贺铸《蝶恋花》

不向巫山十二峰，朝暮为云雨。　　　　　　蔡伸《卜算子》

阳台路迥，云雨梦，便无准。　　　　　　　陆淞《瑞鹤仙》

惟有旧时山共水，依然，暮雨朝云去不还。　潘牥《南乡子》

寄残云剩雨蓬莱，也应梦见。　　　　　　　吴文英《瑞鹤仙》

殷云度雨疏桐落，明月生凉宝扇闲。　　　　吴文英《鹧鸪天》

安花著叶，奈雨覆云翻，情宽分窄，石上玉簪脆。　朱嗣发《摸鱼儿》

更立西江石壁，截断巫山云雨，高峡出平湖。　毛泽东《水调歌头》


❧　**雨露**

若令逢雨露，长隐南山幽。　　　　　　　　李峤《豹》

自当逢雨露，行矣慎风波。　　　　　　　　高适《送郑侍御谪闽中》

| | |
|---|---|
| 雨露之所濡，甘苦齐结实。 | 杜甫《北征》 |
| 红取风霜实，青看雨露柯。 | 杜甫《江头五韵之二——栀子》 |
| 开辟乾坤正，荣枯雨露偏。 | |
| | 杜甫《寄岳州贾司马六丈巴州严八使君两阁老五十韵》 |
| 未效风霜劲，空惭雨露私。 | 严武《酬别杜二》 |
| 经过乘雨露，潇洒出鸳鸿。 | 钱起《送王谏议任东都居守》 |
| 莫畏炎方久，年年雨露新。 | 司空曙《送郑明府贬岭南》 |
| 已传尧雨露，更说汉威仪。 | 皇甫曾《送汤中丞和蕃》 |
| 汉代衣冠盛，尧年雨露多。 | 武元衡《送冯谏议赴河北宣慰》 |
| 亭亭霄汉近，霭霭雨露多。 | 元稹《和东川李相公慈竹十二韵》 |
| 战士风霜老，将军雨露新。 | 杜荀鹤《塞上》 |
| 草木尽能酬雨露，荣枯安敢问乾坤。 | 王维《重酬苑郎中》 |
| 圣代即今多雨露，暂时分手莫踌躇。 | 高适《送李少府贬峡中王少府贬长沙》 |
| 到阙不沾新雨露，还家空带旧风尘。 | 卢纶《与从弟瑾同下第后出关言别》 |
| 辞阙天威和雨露，出关春色避风霜。 | 杨巨源《送裴中丞出使》 |
| 春欢雨露同沾泽，冬叹风霜独满衣。 | 白居易《送韦侍御量移金州司马》 |
| 龙虎旌旗雨露飘，玉楼歌断碧山遥。 | 张祜《连昌宫》 |
| 四海已归新雨露，六朝空认旧江山。 | 罗邺《登凌歊台》 |
| 岩谷漫劳思雨露，彩云终是逐鹓鸾。 | 罗隐《下第作》 |
| 偏承雨露润毛衣，黑白分明众所知。 | 韩偓《鹊》 |
| 薤露歌成天亦泣，沪西门外雨纷纷。 | 柳亚子《挽周湘云女士》 |
| 曾记得、春风雨露，玉楼金阙。 | 王清惠《满江红》 |
| 雨露天低生爽气，一片吴山越水。 | 周密《清平乐》 |

## 🌀 霜雪

| | |
|---|---|
| 雁门霜雪苦，龙城冠盖稀。 | 王绩《在边三首之一》 |
| 何时畏斤斧，几度经霜雪。 | 王绩《古意六首之四》 |
| 若不犯霜雪，虚掷玉京春。 | 骆宾王《咏怀古意上裴侍郎》 |
| 锷上芙蓉动，匣中霜雪明。 | 李峤《剑》 |
| 霜雪交河尽，旌旗入塞飞。 | 刘希夷《入塞》 |

| | |
|---|---|
| 岁逢霜雪苦，林属蕙兰萎。 | 张九龄《南还以诗代书赠京师旧僚》 |
| 太华生长松，亭亭凌霜雪。 | 李白《赠韦侍郎黄裳二首之一》 |
| 玉匣闭霜雪，经燕复历秦。 | 李白《赠友人三首之二》 |
| 已经霜雪下，乃验松柏坚。 | 薛据《初去郡斋书怀》 |
| 不独避霜雪，其如俦侣稀。 | 杜甫《归燕》 |
| 草木岁月晚，关河霜雪清。 | 杜甫《送远》 |
| 江湖漂短褐，霜雪满飞蓬。 | 杜甫《奉寄河南韦尹丈人》 |
| 大哉霜雪干，岁久为枯林。 | 杜甫《遣兴五首之一》 |
| 江山欲霜雪，吴楚接风烟。 | 皇甫冉《送田济之扬州赴选》 |
| 三山有琼树，霜雪色逾新。 | 韦应物《寄令狐侍郎》 |
| 我有所爱鹤，毛羽霜雪妍。 | 元稹《和乐天感鹤》 |
| 鸿多霜雪重，山广道途难。 | 马戴《送杜秀才东游》 |
| 长弓挽满月，剑华霜雪明。 | 顾况《从军行三首之一》 |
| 岁暮阴阳催短景，天涯霜雪霁寒宵。 | 杜甫《阁夜》 |
| 回乐峰前沙似雪，受降城外月如霜。 | 李益《夜上受降城闻笛》 |
| 云树绕堤沙，怒涛卷霜雪，天堑无涯。 | 柳永《望海潮》 |
| 东君也不爱惜，雪压霜欺。 | 李邴《汉宫春》 |
| 闻道千章松桂，剩有四时柯叶，霜雪岁寒余。 | 辛弃疾《水调歌头》 |
| 瘴雨蛮烟魂梦远，宁识溪桥霜雪。 | 赵师侠《醉江月》 |

### 🍂 冰雪

| | |
|---|---|
| 籍籍峰壑里，哀哀冰雪行。 | 陈子昂《感遇诗三十八首之二十九》 |
| 照日龙虎姿，攒空冰雪状。 | 李颀《望鸣皋山白云寄洛阳卢主簿》 |
| 惨戚冰雪里，悲号绝中肠。 | 李白《北上行》 |
| 奈何冰雪操，尚与莱蒿群。 | 高适《酬马八效古见赠》 |
| 冰雪莺难至，春寒花较迟。 | 杜甫《人日二首之一》 |
| 谁知冰雪颜，已杂风尘色。 | 卢纶《送吉中孚校书归楚州旧山》 |
| 燕本冰雪骨，越淡莲花风。 | 孟郊《送淡公之一》 |
| 逢人尽冰雪，遇景即神仙。 | |

刘禹锡《奉和中书崔舍人八月十五日夜玩月二十韵》

| 朝朝冰雪行，夜夜豺狼宿。 | 元稹《竹部》 |
| 欲渡黄河冰塞川，将登太行雪满山。 | 李白《行路难》 |
| 马毛带雪汗气蒸，五花连钱旋作冰，幕中草檄砚水凝。 | |
| | 岑参《走马川行奉送封大夫出师西征》 |
| 三山处子下人间，绰约不妆冰雪颜。 | 韦应物《宝观主白鸲鹆歌》 |
| 洛阳佳丽本神仙，冰雪颜容桃李年。 | 武元衡《代佳人赠张郎中》 |
| 今年春浅腊侵年，冰雪破春妍。 | 苏轼《一丛花》 |
| 应念岭表经年，孤光自照，肝胆皆冰雪。 | 张孝祥《念奴娇》 |
| 百花头上开，冰雪寒中见。 | 辛弃疾《生查子》 |
| 唤起一天明月，照我满怀冰雪，浩荡百川流。 | 辛弃疾《水调歌头》 |
| 池面冰胶，墙腰雪老，云意还又沉沉。 | 姜夔《一萼红》 |
| 素骨凝冰，柔葱蘸雪，犹忆分瓜深意。 | 吴文英《齐天乐》 |
| 酒醒应对燕山雪，正冰河月冻，晓陇云飞。 | 周密《高阳台》 |
| 若似月轮终皎洁，不辞冰雪为卿热。 | 纳兰性德《蝶恋花》 |
| 北国风光，千里冰封，万里雪飘。 | 毛泽东《沁园春》 |

### 🌸 烟花

| 烟花飞御道，罗绮照昆明。 | 陈子昂《于长史山池三日曲水宴》 |
| 烟花宜落日，丝管醉春风。 | 李白《宫中行乐词之三》 |
| 烟花山际重，舟楫浪前轻。 | 杜甫《泛江送客》 |
| 关塞三千里，烟花一万重。 | 杜甫《伤春五首之一》 |
| 尊酒平生意，烟花异国春。 | 钱起《江陵晦日陪诸官泛舟》 |
| 野岸烟花好，东园自插篱。 | 张祜《江南杂题之五》 |
| 故人西辞黄鹤楼，烟花三月下扬州。 | 李白《送孟浩然之广陵》 |
| 万国烟花随玉辇，西来添作锦江春。 | 李白《上皇西巡南京歌十首之九》 |
| 青春复随冠冕入，紫禁正耐烟花绕。 | 杜甫《洗兵马》 |
| 连春诗会烟花满，半夜酒醒兰蕙香。 | 卢纶《题贾山人园林》 |
| 树色深含台榭情，莺声巧作烟花主。 | 温庭筠《醉歌》 |
| 恩如海岳何时报，恨似烟花触处生。 | 罗隐《龙泉东下却寄孙员外》 |
| 一生风月供惆怅，到处烟花恨别离。 | 韦庄《古离别》 |

烟花已入鸬鹚港，画舸犹沿鹦鹉洲。 　　　　　　　鱼玄机《江行之二》

孤臣霜发三千丈，每岁烟花一万重。 　　　　　　　陈与义《伤春》

云雨朝还暮，烟花春复秋。 　　　　　　　　　　　李珣《巫山一段云》

玉箫吹遍烟花路，小谢经年去。 　　　　　　　　　晏几道《虞美人》

绕郭烟花连茂苑，满船丝竹载凉州。一标争胜锦缠头。 　　贺铸《浣溪沙》

杏花无处避春愁，也傍野烟发。 　　　　　　　　　韩元吉《好事近》

紫禁烟花一万重，鳌山宫阙倚晴空。 　　　　　　　向子諲《鹧鸪天》

隔烟催漏金虬咽，罗帏暗淡灯花结。 　　　　　　　范成大《忆秦娥》

神仙路远蓬莱岛。紫云深、参差禁树，有烟花绕。 　　刘过《贺新郎》

做冷欺花，将烟困柳，千里偷催春暮。 　　　　　　史达祖《绮罗香》

烟光摇缥瓦，望晴檐多风，柳花如洒。 　　　　　　史达祖《三姝媚》

年事梦中休，花空烟水流。燕辞归、客尚淹留。 　　　吴文英《唐多令》

想罢歌停舞，烟花露柳，都付栖莺。 　　　　　　　周密《木兰花慢》

几番烟雾，只有花难护。 　　　　　　　　　　　　陈子龙《点绛唇》


## 烟雾

望极关山远，秋深烟雾多。 　　　　　　　　　　　杨炯《送郑州周司空》

巴国山川尽，荆门烟雾开。 　　　　　　　　　　　陈子昂《度荆门望楚》

问以经济策，茫如坠烟雾。 　　　　　　　　　　　李白《嘲鲁儒》

凄凄去亲爱，泛泛入烟雾。 　　　　　　　　韦应物《初发扬子寄元大校书》

世路山河险，君门烟雾深。 　　　　　　　　　　　刘禹锡《九日登高》

北山烟雾始茫茫，南津霜月正苍苍。 　　　王勃《寒夜怀友杂体二首之一》

山河眺望云天外，台榭参差烟雾中。 　　　崔湜《奉和春日幸望春宫》

远看骊岫出云霄，预想汤池起烟雾。 　　　李隆基《初入秦川路逢寒食》

堂上不合生枫树，怪底江山起烟雾。 　　　杜甫《奉先刘少府新画山水障歌》

主家阴洞细烟雾，留客夏簟清琅玕。 　　　杜甫《郑驸马宅宴洞中》

巢父掉头不肯住，东将入海随烟雾。

　　　　　　　　　杜甫《送孔巢父谢病归游江东兼呈李白》

芙蓉旌旗烟雾落，影动倒景摇潇湘。 　　　杜甫《寄韩谏议注》

芳草岸，和烟雾。谁在绿杨深处住。 　　　冯延巳《应天长》

鸦啼影乱天将暮，海月纤痕映烟雾。 李煜《青玉案》

览景想前欢，指神京、非雾非烟深处。 柳永《竹马子》

半天烟雾尚连空，唤取扁舟归去、与君同。 叶梦得《虞美人》

东风静、细柳垂金缕，望凤阙、非烟非雾。 万俟咏《三台》

几番烟雾，只有花难护。 陈子龙《点绛唇》

池上轻阴莺暗度，啼破淡黄烟雾。 陈子龙《惜分飞》

螺髻锁娉婷，烟雾青青。看他潮长又潮平。 龚自珍《浪淘沙》

霓裳金带，半拖烟雾朦胧，瑶池初下应如是。 顾太清《玉交枝》

百尺珊瑚冷，烟雾鱼竿。 蒋春霖《甘州》

雕轮宝马城西路，转烛空烟雾。 郑文焯《虞美人》

书生满眼神州泪，凄断海东烟雾。 朱孝臧《摸鱼儿》

小栏人影凄迷，和烟和雾，更化作、一庭幽怨。 吕碧城《祝英台近》


### 🌫 烟水

望君烟水阔，挥手泪沾巾。 刘长卿《饯别王十一南游》

烟销日出不见人，欸乃一声山水绿。 柳宗元《渔翁》

烟笼寒水月笼沙，夜泊秦淮近酒家。 杜牧《泊秦淮》

谁解乘舟寻范蠡，五湖烟水独忘机。 温庭筠《利州南渡》

对面不言情脉脉，烟水隔，无人说似长相忆。 晏殊《渔家傲》

别来迅景如梭，旧游似梦，烟水程何限。 柳永《戚氏》

遣情伤，故人何在，烟水茫茫。 柳永《玉蝴蝶》

六朝旧事随流水，但寒烟衰草凝绿。 王安石《桂枝香》

梦入江南烟水路，行尽江南，不与离人遇。 晏几道《蝶恋花》

日日露荷凋绿扇，粉塘烟水澄如练。 晏几道《蝶恋花》

漠漠轻寒上小楼，晓阴无赖似穷秋，淡烟流水画屏幽。 秦观《浣溪沙》

烟水茫茫，千里斜阳暮。 秦观《点绛唇》

恨满西风，有千里云山，万重烟水。 晁端礼《金盏子》

烟横水际，映带几点归鸿，东风销尽龙沙雪。 贺铸《石州引》

寒水依痕，春意渐回，沙际烟阔。 张元幹《石州慢》

雁落平沙，烟笼寒水，古垒鸣笳声断。 蔡伸《苏武慢》

送数声惊雁，乍离烟水，嘹唳度寒云。　　　　　　鲁逸仲《南浦》

画船载取春归去，余情付、湖水湖烟。　　　　　　俞国宝《风入松》

年事梦中休，花空烟水流。燕辞归、客尚淹留。　　吴文英《唐多令》

对西风、鬓摇烟碧，参差前事流水。　　　　　　　朱嗣发《摸鱼儿》

爇尽水沉烟，露滴鸳鸯瓦。　　　　　　　　　　　纳兰性德《生查子》

披氅重来，不分明处，可怜烟水。　　　　　　　　邓廷桢《水龙吟》

## 烟波

云海南溟远，烟波北渚微。　　　　　　　　贾至《送夏侯参军赴广州》

应怜失行雁，霜霰寄烟波。　　卢纶《赴池州拜觐舅氏留上考功郎中舅》

烟波千里隔，消息一朝通。　　　　　　　　　　　贾岛《寄江上人》

日暮乡关何处是，烟波江上使人愁。　　　　　　　崔颢《黄鹤楼》

严滩一点舟中月，万里烟波也梦君。　岑参《送李明府赴陆州便拜觐太夫人》

独恨长洲数千里，且随鱼鸟泛烟波。　刘禹锡《和乐天耳顺吟兼寄敦诗》

烟波半露新沙地，鸟雀群飞欲雪天。　　　　　　　白居易《岁晚旅望》

烟波澹荡摇空碧，楼殿参差倚夕阳。　白居易《西湖晚归回望孤山寺赠诸客》

人间还有大江海，万里烟波天上无。　元稹《和乐天招钱蔚章看山绝句》

因依客路烟波上，迢递乡心夜梦中。　　　　　　　元稹《旅舍感怀》

尘土莫寻行止处，烟波长在梦魂间。　　　　　　　韩偓《睡起》

春风容易送韶年，一棹烟波夜驶船。　　　　　鲁迅《别诸弟（辛丑）》

终期舸载夷光去，鬓影烟波共一庐。　　　　　郁达夫《乱离杂诗之二》

两川明镜蒸春梦，一棹烟波识老渔。　　　　　郁达夫《乱离杂诗之四》

城上风光莺语乱，城下烟波春拍岸。　　　　　　　钱惟演《木兰花》

碧云天，黄叶地，秋色连波，波上寒烟翠。　　　　范仲淹《苏幕遮》

西湖南北烟波阔，风里丝簧声韵咽。　　　　　　　欧阳修《玉楼春》

陇首云飞，江边日晚，烟波满目凭阑久。　　　　　柳永《曲玉管》

念去去、千里烟波，暮霭沉沉楚天阔。　　　　　　柳永《雨霖铃》

烟波渺，暮云稀少，一点凉蟾小。　　　　　　　　晏几道《点绛唇》

衰柳残荷，长山远水，扁舟荡漾烟波里。　　　　　晁端礼《踏莎行》

怅望采莲人，烟波万重吴岫。　　　　　　　　　　晁补之《离亭宴》

漫烟波千顷，千峰倒影，空翠成堆。 叶梦得《八声甘州》

花满碧溪归棹远，回首烟波。 韩元吉《浪淘沙》

偷弹清泪寄烟波，见江头故人，为言憔悴如许。 袁去华《剑器近》

独立东风弹泪眼，寄烟波东去。 袁去华《安公子》

寄语烟波旧侣，闻道莼鲈正美，休裂芰荷衣。 辛弃疾《水调歌头》

罗袜尘生凌波去，汤沐烟波万顷。 辛弃疾《贺新郎》

层楼望，春山叠；家何在，烟波隔。 辛弃疾《满江红》

有底风光留不住，烟波万顷春江橹。 辛弃疾《蝶恋花》

烟波桃叶西陵路，十年断魂潮尾。 吴文英《齐天乐》

定莫负、归舟同载，烟波千顷。 张炎《长亭怨慢》


## 🪷 烟雨

楚国橙橘暗，吴门烟雨愁。 王昌龄《送李擢游江东》

袅袅秋风动，凄凄烟雨繁。 王维《和陈监四郎秋雨中思从弟据》

春朝烟雨散，犹带浮云阴。 储光羲《杂咏五首·幽人居》

桂水饶枫杉，荆南足烟雨。 皇甫冉《题画帐二首·山水》

独见鱼龙气，长令烟雨寒。 刘长卿《龙门人韵阙口》

秋馆烟雨合，重城钟漏深。 钱起《夜雨寄寇校书》

孤灯寒照雨，深竹暗浮烟。 司空曙《云阳馆与韩绅宿别》

积雨空林烟火迟，蒸藜炊黍饷东菑。 王维《积雨辋川庄作》

燕子不归春事晚，一汀烟雨杏花寒。 戴叔伦《苏溪亭》

马埒蓬蒿藏狡兔，凤楼烟雨啸愁鸱。 刘禹锡《题家公主旧宅》

南朝四百八十寺，多少楼台烟雨中。 杜牧《江南春绝句》

中夜鸡鸣风雨集，起然烟卷觉新凉。 鲁迅《秋夜有感》

烟雨微微，一片笙歌醉里归。 欧阳修《采桑子》

烟雨依前时候，霜丛如旧芳菲。 晏几道《临江仙》

试上超然台上看，半壕春水一城花，烟雨暗千家。 苏轼《望江南》

长记平山堂上，欹枕江南烟雨，杳杳没孤鸿。 苏轼《水调歌头》

竹杖芒鞋轻胜马，谁怕？一蓑烟雨任平生。 苏轼《定风波》

揽晴风絮，弄寒烟雨，春去更无寻处。 贺铸《金凤钩》

若问闲愁都几许？一川烟草，满城风絮，梅子黄时雨。　　　贺铸《青玉案》

江南梦断横江渚。浪黏天、葡萄涨绿，半空烟雨。　　　叶梦得《贺新郎》

旧日堂前燕，和烟雨，又双飞。　　　韩元吉《六州歌头》

一竿风月，一蓑烟雨，家在钓台西住。　　　陆游《鹊桥仙》

烟雨偏宜晴更好，约略西施未嫁。　　　辛弃疾《贺新郎》

烟雨外，几鱼鸟。　　　辛弃疾《贺新郎》

新堤路，问偃湖何日，烟雨蒙蒙。　　　辛弃疾《沁园春》

谁知道、断烟禁夜，满城似愁风雨。　　　刘辰翁《永遇乐》

一片晕红才著雨，几丝柔柳乍和烟，倩魂销尽夕阳前。　纳兰性德《浣溪沙》

烟雨莽苍苍，龟蛇锁大江。　　　毛泽东《菩萨蛮》

## 烟树

鸟过烟树宿，萤傍水轩飞。　　　孟浩然《闲园怀苏子》

关河征旆远，烟树夕阳微。　　　韦应物《送开封卢少府》

烟树灞陵岸，风尘长乐坡。　　　白居易《劝酒十四首之六》

山暝水云碧，月凉烟树清。　　　张祜《晚次荆溪馆呈崔明府》

鹿门月照开烟树，忽到庞公栖隐处。　　　孟浩然《夜归鹿门歌》

青萝袅袅挂烟树，白鹇处处聚沙堤。　　　李白《和卢侍御通塘曲》

云帆森森巴陵渡，烟树苍苍故郢城。　　　武元衡《鄂渚送友》

惆怅无因逢范蠡，参差烟树五湖东。　　　杜牧《题宣州开元寺水阁》

去鸟岂知烟树远，惊鱼应觉露荷翻。　　　方干《阳亭言事献漳州于使君》

千重烟树万重波，因便何妨吊汨罗。　　　韦庄《湘中作》

云淡水平烟树簇，寸心千里目。　　　韦庄《谒金门》

露和啼血染花红，恨过千家烟树抄。　　　欧阳修《玉楼春》

参差烟树灞陵桥，风物尽前朝。　　　柳永《少年游》

更回首、重城不见，寒江天外，隐隐两三烟树。　　　柳永《采莲令》

望中酒旆闪闪，一簇烟村，数行霜树。　　　柳永《夜半乐》

道去程今夜，遥指前村烟树。　　　柳永《安公子》

断肠簇簇云山，重重烟树，回首望、孤城何处。　　　苏轼《祝英台近》

过雨归云留不住，何处，远村烟树半微茫。　　　叶梦得《定风波》

| | |
|---|---|
| 落日在烟树，云水两空濛。 | 周紫芝《水调歌头》 |
| 数峰江上，芳草天涯，参差烟树。 | 廖世美《烛影摇红》 |
| 想见芳洲初系缆，斜阳，烟树参差认武昌。 | 陆游《南乡子》 |
| 雪艳冰魂，浮玉溪头烟树村。 | 辛弃疾《丑奴儿》 |
| 燕客飘零，烟树冷、青骢曾系。 | 吴文英《三姝媚》 |
| 断烟离绪，关心事，斜阳红隐霜树。 | 吴文英《霜叶飞》 |
| 画船载、清明过却，晴烟冉冉吴宫树。 | 吴文英《莺啼序》 |
| 风烟雨雪阴晴晚，更何须、春风千树。 | 彭元逊《疏影》 |

### 烟柳

| | |
|---|---|
| 带雪梅初暖，含烟柳尚青。 | 孟浩然《陪姚使君题惠上人房》 |
| 岭猿同旦暮，江柳共风烟。 | 刘长卿《新年作》 |
| 青门弄烟柳，紫阁舞云松。 | 李商隐《乐游原》 |
| 最是一年春好处，绝胜烟柳满皇都。 | 韩愈《早春呈水部张十八员外》 |
| 星稀月落竟不来，烟柳胧胧鹊飞去。 | 白居易《期不至》 |
| 两竿落日溪桥上，半缕轻烟柳影中。 | 杜牧《齐安郡中偶题二首之一》 |
| 津桥春水浸红霞，烟柳风丝拂岸斜。 | 雍陶《天津桥望春》 |
| 雨花烟柳傍江村，流落天涯就一尊。 | 韦庄《江南送李明府入关》 |
| 更被夕阳江岸上，断肠烟柳一丝丝。 | 韦庄《江外思乡》 |
| 无情最是台城柳，依旧烟笼十里堤。 | 韦庄《台城》 |
| 烟柳重，春雾薄，灯背水窗高阁。 | 韦庄《更漏子》 |
| 月淡风和画阁深，露桃烟柳影相侵，敛眉凝绪夜沉沉。 | 孙光宪《浣溪沙》 |
| 庭院深深深几许，杨柳堆烟，帘幕无重数。 | 冯延巳《蝶恋花》 |
| 犹有东城烟柳，青荫长依旧。 | 张先《桃源忆故人》 |
| 小雨纤纤风细细，万家杨柳青烟里。 | 朱服《渔家傲》 |
| 柳阴直，烟里丝丝弄碧。 | 周邦彦《兰陵王》 |
| 阑干外、烟柳弄晴，芳草侵阶映红药。 | 张元幹《兰陵王》 |
| 染柳烟浓，吹梅笛怨，春意知几许。 | 李清照《永遇乐》 |
| 一溪烟柳万丝垂，无因系得兰舟住。 | 周紫芝《踏莎行》 |
| 东风静、细柳垂金缕，望凤阙、非烟非雾。 | 万俟咏《三台》 |

休去倚危栏，斜阳正在、烟柳断肠处。　　　　　辛弃疾《摸鱼儿》

宝钗分，桃叶渡，烟柳暗南浦。　　　　　　　　辛弃疾《祝英台近》

做冷欺花，将烟困柳，千里偷催春暮。　　　　　史达祖《绮罗香》

烟光摇缥瓦，望晴檐多风，柳花如洒。　　　　　史达祖《三姝媚》

少年袅袅天涯恨，长结西湖烟柳。　　　　　　　刘辰翁《摸鱼儿》

柳陌，新烟凝碧。映帘底宫眉，堤上游勒。　　　周密《曲游春》

新烟禁柳，想如今、绿到西湖。　　　　　　　　张炎《渡江云》

一片晕红才著雨，几丝柔柳乍和烟，倩魂销尽夕阳前。　纳兰性德《浣溪沙》

# 季节类

## 春山

日出洞庭水，春山挂断霞。　　　　　　　　　　张说《巴丘春作》

人闲桂花落，夜静春山空。　　　　　　　　　　王维《鸟鸣涧》

竹深喧暮鸟，花缺露春山。　　　　　　　　　　岑参《丘中春卧寄王子》

云梦春山遍，潇湘过客稀。　　　　　　　皇甫冉《归阳羡兼送刘八长卿》

春山无伴独相求，伐木丁丁山更幽。　　　杜甫《题张氏隐居二首之一》

春山古寺绕沧波，石磴盘空鸟道过。　　　　　　司空曙《题凌云寺》

一径入寻谷口村，春山犬吠武陵源。　　　　　　刘长卿《过郑山人所居》

龙归晓洞云犹湿，麝过春山草自香。　　　　　　许浑《题崔处士山居》

春山烟欲收，天淡星稀小。　　　　　　　　　　牛希济《生查子》

弹到断肠时，春山眉黛低。　　　　　　　　　　张先《菩萨蛮》

满目山河空念远，落花风雨更伤春，不如怜取眼前人。　晏殊《浣溪沙》

平芜尽处是春山，行人更在春山外。　　　　　　欧阳修《踏莎行》

渔舟容易入春山，仙家日月闲。　　　　　　　　司马光《阮郎归》

记取西湖西畔，正春山好处，空翠烟霏。　　　　苏轼《八声甘州》

料峭春风吹酒醒，微冷，山头斜照却相迎。　　　苏轼《定风波》

绿窗残梦闻鸲鹆，曲屏映枕春山叠。　　　　　　贺铸《菩萨蛮》

| | |
|---|---|
| 层楼望，春山叠；家何在，烟波隔。 | 辛弃疾《满江红》 |
| 长波妒盼，遥山羞黛，渔灯分影春江宿，记当时、短楫桃根渡。 | |
| | 吴文英《莺啼序》 |
| 湖山经醉惯，渍春衫，啼痕酒痕无限。 | 吴文英《三姝媚》 |
| 细雨归鸿，孤山无限春寒。 | 吴文英《高阳台》 |
| 今日江城春已半，一身犹在，乱山深处，寂寞溪桥畔。 | 黄公绍《青玉案》 |
| 淮山春晚，问谁识、芳心高洁？ | 周密《瑶华》 |
| 故山不是无春，荒波哀角，却来凭、天涯阑槛。 | 朱孝臧《祝英台近》 |
| 十二曲阑春寂寂，隔蓬山、何处窥人面？ | 梁启超《金缕曲》 |

## 🌿 春水

| | |
|---|---|
| 渔舟逐水爱山春，两岸桃花夹古津。 | 王维《桃源行》 |
| 春来遍是桃花水，不辨仙源何处寻。 | 王维《桃源行》 |
| 舍南舍北皆春水，但见群鸥日日来。 | 杜甫《客至》 |
| 春寒赐浴华清池，温泉水滑洗凝脂。 | 白居易《长恨歌》 |
| 湖上春来似画图，乱峰围绕水平铺。 | 白居易《春题湖上》 |
| 繁华事散逐香尘，流水无情草自春。 | 杜牧《金谷园》 |
| 竹外桃花三两枝，春江水暖鸭先知。 | 苏轼《惠崇春江晚景》 |
| 莫道昆明池水浅，观鱼胜过富春江。 | 毛泽东《和柳亚子先生》 |
| 日出江花红胜火，春来江水绿如蓝。能不忆江南？ | 白居易《忆江南》 |
| 春水碧于天，画船听雨眠。 | 韦庄《菩萨蛮》 |
| 桃花春水渌，水上鸳鸯浴。 | 韦庄《菩萨蛮》 |
| 风乍起，吹皱一池春水。 | 冯延巳《谒金门》 |
| 离愁渐远渐无穷，迢迢不断如春水。 | 欧阳修《踏莎行》 |
| 堤上游人逐画船，拍堤春水四垂天，绿杨楼外出秋千。 | 欧阳修《浣溪沙》 |
| 一棹碧涛春水路，过尽晓莺啼处。 | 晏几道《清平乐》 |
| 织成云外雁行斜，染作江南春水浅。 | 晏几道《玉楼春》 |
| 素云凝淡月婵娟。门外鸭头春水、木兰船。 | 晏几道《虞美人》 |
| 春色三分，二分尘土，一分流水。 | 苏轼《水龙吟》 |
| 恋树湿花飞不起，愁无比，和春付与东流水。 | 朱服《渔家傲》 |

水驿春回，望寄我、江南梅萼。 周邦彦《解连环》

寒水依痕，春意渐回，沙际烟阔。 张元幹《石州慢》

记年时，隐映新妆面，临水岸，春将半，云日暖，斜桥转，夹城西。

韩元吉《六州歌头》

鹧鸪不知春水暖，犹傍垂杨春岸。 辛弃疾《清平乐》

江燕话归成晓别，水花红减似春休，西风梧井叶先愁。 吴文英《浣溪沙》

情如水，小楼熏被，春梦笙歌里。 吴文英《点绛唇》

一帘鸠外雨，几处闲田，隔水动春锄。 张炎《渡江云》

## 春江

春江愁送君，蕙草生氤氲。 王昌龄《送别》

春江不可渡，二月已风涛。 杜甫《渡江》

春江千里草，暮雨一声猿。 刘禹锡《武陵书怀五十韵》

春江潮水连海平，海上明月共潮生。 张若虚《春江花月夜》

滟滟随波千万里，何处春江无月明。 张若虚《春江花月夜》

荆吴相接水为乡，君去春江正淼茫。 孟浩然《送杜十四之江南》

肠断江春欲尽头，杖藜徐步立芳洲。 杜甫《绝句漫兴九首之五》

春江花朝秋月夜，往往取酒还独倾。 白居易《琵琶行》

唯有春江看未厌，萦沙绕石渌潺潺。 白居易《春江》

江迟暖陌花拦马，睡重春江雨打船。 罗邺《山阳贻友人》

竹外桃花三两枝，春江水暖鸭先知。 苏轼《惠崇春江晚景》

桃李春风一杯酒，江湖夜雨十年灯。 黄庭坚《寄黄几复》

莫道昆明池水浅，观鱼胜过富春江。 毛泽东《和柳亚子先生》

春江浩荡暂徘徊，又踏层峰望眼开。 毛泽东《和周世钊同志》

楼倚春江百尺高，烟中还未见归桡。几时期信似江潮。 张先《浣溪沙》

小舟横截春江，卧看翠壁红楼起。 苏轼《水龙吟》

便做春江都是泪，流不尽，许多愁。 秦观《江城子》

钓笠披云青嶂绕，绿蓑细雨春江渺。 张元幹《渔家傲》

旧恨春江流不尽，新恨云山千叠。 辛弃疾《念奴娇》

沉沉江上望极，还被春潮晚急，难寻官渡。 史达祖《绮罗香》

江燕话归成晓别，水花红减似春休，西风梧井叶先愁。　　吴文英《浣溪沙》

长波妒盼，遥山羞黛，渔灯分影春江宿，记当时、短楫桃根渡。

　　　　　　　　　　　　　　　　　　　　　　　　吴文英《莺啼序》

今日江城春已半，一身犹在，乱山深处，寂寞溪桥畔。　黄公绍《青玉案》

春去，尚来否，正江令恨别，庾信愁赋。　　　　　　　刘辰翁《兰陵王》

楚江湄，湘娥乍见，无言洒清泪，淡然春意。　　　　　　周密《花犯》

还是春江梦晓，怕等闲愁见，雁影西东。　　　　　　周密《八声甘州》

白发渔樵江渚上，惯看秋月春风。　　　　　　　　　　杨慎《临江仙》

胜似春光，寥廓江天万里霜。　　　　　　　　　　　毛泽东《采桑子》


## 🌸 春风

春风不相识，何事入罗帏。　　　　　　　　　　　　　　李白《春思》

野火烧不尽，春风吹又生。　　　　　　　　　　　　白居易《草》

春风对青冢，白日落梁州。　　　　　　　　　　　　张乔《书边事》

不知细叶谁裁出，二月春风似剪刀。　　　　　　　　贺知章《咏柳》

羌笛何须怨杨柳，春风不度玉门关。　　　　　　　　王之涣《出塞》

云想衣裳花想容，春风拂槛露华浓。　　　　　　　　李白《清平调》

解释春风无限恨，沉香亭北倚阑干。　　　　　　　李白《清平调之三》

谁家玉笛暗飞声，散入春风满洛城。　　　　　　李白《春夜洛城闻笛》

此曲有意无人传，愿随春风寄燕然。　　　　　　　　李白《长相思》

深山大泽龙蛇远，春寒野阴风景暮。　杜甫《送孔巢父谢病归游江东兼呈李白》

画图省识春风面，环佩空归月夜魂。　　　　　　　杜甫《咏怀古迹之三》

春城无处不飞花，寒食东风御柳斜。　　　　　　　　韩翃《寒食》

春风桃李花开日，秋雨梧桐叶落时。　　　　　　　白居易《长恨歌》

今年欢笑复明年，秋月春风等闲度。　　　　　　　白居易《琵琶行》

东风不与周郎便，铜雀春深锁二乔。　　　　　　　　杜牧《赤壁》

春风十里扬州路，卷上珠帘总不如。　　　　　　　　杜牧《赠别》

须知胡骑纷纷在，岂逐春风一一回。　　　　　　　　杜牧《早雁》

春风举国裁宫锦，半作障泥半作帆。　　　　　　　李商隐《隋宫》

一春梦雨常飘瓦，尽日灵风不满旗。　　　　　　李商隐《重过圣女祠》

| | |
|---|---|
| 春风疑不到天涯，二月山城未见花。 | 欧阳修《戏答元珍》 |
| 春风又绿江南岸，明月何时照我还。 | 王安石《泊船瓜洲》 |
| 明妃初出汉宫时，泪湿春风鬓脚垂。 | 王安石《明妃曲》 |
| 桃李春风一杯酒，江湖夜雨十年灯。 | 黄庭坚《寄黄几复》 |
| 箫鼓追随春社近，衣冠简朴古风存。 | 陆游《游山西村》 |
| 错怨狂风飏落花，无边春色来天地。 | 吴伟业《圆圆曲》 |
| 奈何无赖春风至，深院荼蘼已满枝。 | 鲁迅《惜花四律之三》 |
| 春风容易送韶年，一棹烟波夜驶船。 | 鲁迅《别诸弟（辛丑）》 |
| 如磐夜气压重楼，剪柳春风道九秋。 | 鲁迅《悼丁君》 |
| 春风杨柳万千条，六亿神州尽舜尧。 | 毛泽东《送瘟神二首之二》 |
| 细雨蒲帆游子泪，春风杨柳故园情。 | 郁达夫《乱离杂诗之九》 |
| 雨横风狂三月暮，门掩黄昏，无计留春住。 | 冯延巳《蝶恋花》 |
| 城上风光莺语乱，城下烟波春拍岸。 | 钱惟演《木兰花》 |
| 满目山河空念远，落花风雨更伤春，不如怜取眼前人。 | 晏殊《浣溪沙》 |
| 春风不解禁杨花，濛濛乱扑行人面。 | 晏殊《踏莎行》 |
| 伫倚危楼风细细，望极春愁，黯黯生天际。 | 柳永《蝶恋花》 |
| 料峭春风吹酒醒，微冷，山头斜照却相迎。 | 苏轼《定风波》 |
| 无端天与娉婷，夜月一帘幽梦，春风十里柔情。 | 秦观《八六子》 |
| 黛蛾长敛，任是春风吹不展。 | 秦观《减字木兰花》 |
| 春风依旧，着意隋堤柳。 | 赵令畤《清平乐》 |
| 问春何苦匆匆，带风伴雨如驰骤。 | 晁补之《水龙吟》 |
| 世上功名，老来风味，春归时候。 | 晁补之《水龙吟》 |
| 到清明时候，百紫千红，花正乱，已失春风一半。 | 李元膺《洞仙歌》 |
| 画图中、旧识春风面。谁知道、自到瑶台畔。 | 周邦彦《拜星月慢》 |
| 更能消几番风雨，匆匆春又归去。 | 辛弃疾《摸鱼儿》 |
| 晚晴风歇，一夜春威折。 | 范成大《霜天晓角》 |
| 更能消几番风雨，匆匆春又归去。 | 辛弃疾《摸鱼儿》 |
| 过春风十里，尽荠麦青青。 | 姜夔《扬州慢》 |
| 何逊而今渐老，都忘却、春风词笔。 | 姜夔《暗香》 |
| 莫似春风，不管盈盈，早与安排金屋。 | 姜夔《疏影》 |

又将愁眼与春风，待去，倚兰桡更少驻。　　　　姜夔《杏花天》

春风只在园西畔，荠菜花繁蝴蝶乱。　　　　　严仁《木兰花》

春讯飞琼管。风日薄、度墙啼鸟声乱。　　　　卢祖皋《宴清都》

人间万感幽单，华清惯浴，春盎风露。　　　　吴文英《宴清都》

落絮无声春堕泪，行云有影月含羞，东风临夜冷于秋。　　吴文英《浣溪沙》

江燕话归成晓别，水花红减似春休，西风梧井叶先愁。　　吴文英《浣溪沙》

君且醉，君不见长门青草春风泪。　　　　　朱嗣发《摸鱼儿》

禁苑东风外，飏暖丝晴絮，春思如织。　　　　周密《曲游春》

春风飞到，宝钗楼上，一片笙箫，琉璃光射。　　蒋捷《女冠子》

东风且伴蔷薇住，到蔷薇、春已堪怜。　　　　张炎《高阳台》

荏苒一枝春，恨东风、人似天远。　　　王沂孙《法曲献仙音》

风烟雨雪阴晴晚，更何须、春风千树。　　　　彭元逊《疏影》

白发渔樵江渚上，惯看秋月春风。　　　　　杨慎《临江仙》

一年一度秋风劲，不似春光。　　　　　　毛泽东《采桑子》

风雨送春归，飞雪迎春到。　　　　　　　毛泽东《卜算子》


## 🌸 春雨

好雨知时节，当春乃发生。　　　　　　　杜甫《春夜喜雨》

夜雨剪春韭，新炊间黄粱。　　　　　　杜甫《赠卫八处士》

云里帝城双凤阙，雨中春树万人家。

　　　　王维《奉和圣制从蓬莱向兴庆阁道中留春雨中春望之作应制》

田家望望惜雨干，布谷处处催春种。　　　　　杜甫《洗兵马》

春潮带雨晚来急，野渡无人舟自横。　　　韦应物《滁州西涧》

玉容寂寞泪阑干，梨花一枝春带雨。　　　　白居易《长恨歌》

春风桃李花开日，秋雨梧桐叶落时。　　　　白居易《长恨歌》

一春梦雨常飘瓦，尽日灵风不满旗。　　　李商隐《重过圣女祠》

小楼一夜听春雨，深巷明朝卖杏花。　　　陆游《临安春雨初霁》

春水碧于天，画船听雨眠。　　　　　　　韦庄《菩萨蛮》

雨横风狂三月暮，门掩黄昏，无计留春住。　　冯延巳《蝶恋花》

帘外雨潺潺，春意阑珊。罗衾不耐五更寒。　　李煜《浪淘沙》

去年春恨却来时，落花人独立，微雨燕双飞。 　　　　晏几道《临江仙》

作个归期天已许，春衫犹是，小蛮针线，曾湿西湖雨。 　苏轼《青玉案》

晓色云开，春随人意，骤雨才过还晴。 　　　　　　　秦观《满庭芳》

问春何苦匆匆，带风伴雨如驰骤。 　　　　　　　　　晁补之《水龙吟》

对宿烟收，春禽静，飞雨时鸣高屋。 　　　　　　　　周邦彦《大酺》

念前事，怯流光，早春窥、酥雨池塘。 　　　　　　　史达祖《夜合花》

春啼细雨，笼愁淡月，恁时庭院。 　　　　　　　　　卢祖皋《宴清都》

昼闲度，因甚天也悭春，轻阴便成雨。 　　　　　　　吴文英《祝英台近》

细雨归鸿，孤山无限春寒。 　　　　　　　　　　　　吴文英《高阳台》

伤春不在高楼上，在灯前敧枕，雨外熏炉。 　　　　　吴文英《高阳台》

一帘鸠外雨，几处闲田，隔水动春锄。 　　　　　　　张炎《渡江云》

风烟雨雪阴晴晚，更何须、春风千树。 　　　　　　　彭元逊《疏影》

惜惜雨、春心如腻，欲待化、丰乐楼前帐饮，青门都废。 彭元逊《六丑》

春无主，杜鹃啼处，泪染胭脂雨。 　　　　　　　　　陈子龙《点绛唇》

风雨送春归，飞雪迎春到。 　　　　　　　　　　　　毛泽东《卜算子》

## 春花

云想衣裳花想容，春风拂槛露华浓。 　　　　　　　李白《清平调》

寂寞空庭春欲晚，梨花满地不开门。 　　　　　　　刘方平《春怨》

春风桃李花开日，秋雨梧桐叶落时。 　　　　　　　白居易《长恨歌》

春江花朝秋月夜，往往取酒还独倾。 　　　　　　　白居易《琵琶行》

春心莫共花争发，一寸相思一寸灰。 　　　　　　　李商隐《无题》

多情只有春庭月，犹为离人照落花。 　　　　　　　张泌《寄人》

竹外桃花三两枝，春江水暖鸭先知。 　　　　　　　苏轼《惠崇春江晚景》

小楼一夜听春雨，深巷明朝卖杏花。 　　　　　　　陆游《临安春雨初霁》

屡失南邻春事约，只今容有未开花。 　　　　　　　陈师道《春怀示邻里》

错怨狂风飏落花，无边春色来天地。 　　　　　　　吴伟业《圆圆曲》

桃花春水渌，水上鸳鸯浴。 　　　　　　　　　　　韦庄《菩萨蛮》

朱粉不深匀，闲花淡淡春。 　　　　　　　　　　　张先《醉垂鞭》

那知自是，桃花结子，不因春瘦。 　　　　　　　　晁补之《水龙吟》

相思休问定何如，情知春去后，管得落花无。     晁冲之《临江仙》

恨春去不与人期，弄夜色，空余满地梨花雪。     周邦彦《浪淘沙慢》

无情燕子，怕春寒、轻失花期。     李邴《汉宫春》

落尽庭花春去也，银蟾迥，无情圆又缺。     田为《江神子慢》

惜春长怕花开早，何况落红无数。     辛弃疾《摸鱼儿》

灯花结，片时春梦，江南天阔。     范成大《忆秦娥》

柳暗花明春事深，小阑红芍药，已抽簪。     章良能《小重山》

春风只在园西畔，荠菜花繁蝴蝶乱。     严仁《木兰花》

一春长费买花钱，日日醉湖边。     俞国宝《风入松》

做冷欺花，将烟困柳，千里偷催春暮。     史达祖《绮罗香》

江燕话归成晓别，水花红减似春休，西风梧井叶先愁。     吴文英《浣溪沙》

欲共柳花低诉，怕柳花轻薄，不解伤春。     黄孝迈《湘春夜月》

欢极蓬壶蕖浸，花院梨溶，醉连春夕。     蒋捷《瑞鹤仙》

想伴侣、犹宿芦花，也曾念春前，去程应转。     张炎《解连环》

几回殢娇半醉，剪春灯、夜寒花碎。     王沂孙《天香》

春归归不得，两桨松花隔。     纳兰性德《菩萨蛮》

从此伤春伤别，黄昏只对梨花。     纳兰性德《清平乐》

又是梨花欲谢，绣被春寒今夜。     纳兰性德《昭君怨》


## ❧ 春色

晓光随马度，春色伴人归。     刘希夷《入塞》

野凉疏雨歇，春色遍萋萋。     李白《晓晴》

沅湘春色还，风暖烟草绿。     李白《春滞沅湘有怀山中》

笛中闻折柳，春色未曾看。     李白《塞下曲六首之一》

天地朝光满，江山春色明。     储光羲《游茅山五首之二》

沉沉春色静，惨惨暮寒多。     杜甫《暮寒》

寄语洛城风日道，明年春色倍还人。     杜审言《春日京中有怀》

秋毫不犯三吴悦，春日遥看五色光。     李白《永王东巡歌之三》

锦江春色来天地，玉垒浮云变古今。     杜甫《登楼》

剑南春色还无赖，触忤愁人到酒边。     杜甫《送路六侍御入朝》

| | |
|---|---|
| 天涯春色催迟暮，别泪遥添锦水波。 | 杜甫《奉寄高常侍》 |
| 锦江春色逐人来，巫峡清秋万壑哀。 | 杜甫《诸将五首之五》 |
| 鸡鸣紫陌曙光寒，莺啭皇州春色阑。 | 岑参《和贾至舍人早朝大明宫之作》 |
| 春色满园关不住，一枝红杏出墙来。 | 叶绍翁《游园不值》 |
| 回首绿波春色暮，接天流。 | 李璟《摊破浣溪沙》 |
| 春色三分，二分尘土，一分流水。 | 苏轼《水龙吟》 |
| 柳下桃蹊，乱分春色到人家。 | 秦观《望海潮》 |
| 故人早晚上高台，寄我江南春色一枝梅。 | 舒亶《虞美人》 |
| 条风布暖，霏雾弄晴，池台遍满春色。 | 周邦彦《应天长》 |
| 红酥手，黄縢酒。满城春色宫墙柳。 | 陆游《钗头凤》 |
| 自怜诗酒瘦，难应接许多春色。 | 史达祖《喜迁莺》 |
| 看画船尽入西泠，闲却半湖春色。 | 周密《曲游春》 |
| 春色已看浓似酒，归期安得信如潮，离魂入夜倩谁招？ | 纳兰性德《浣溪沙》 |
| 横空出世，莽昆仑，阅尽人间春色。 | 毛泽东《念奴娇》 |

## 春日

| | |
|---|---|
| 春日载阳，有鸣仓庚。 | 《诗经·豳风·七月》 |
| 胡姬年十五，春日独当垆。 | 《羽林郎》 |
| 绿水藏春日，青轩秘晚霞。 | 李白《宴陶家亭子》 |
| 故园花自发，春日鸟还飞。 | 杜甫《忆弟二首》 |
| 别筵花欲暮，春日鬓俱苍。 | 杜甫《送韦郎司直归成都》 |
| 渭北春天树，江东日暮云。 | 杜甫《春日忆李白》 |
| 长江一帆远，落日五湖春。 | 刘长卿《饯别王十一南游》 |
| 春风对青冢，白日落梁州。 | 张乔《书边事》 |
| 闺中少妇不知愁，春日凝妆上翠楼。 | 王昌龄《闺怨》 |
| 秋毫不犯三吴悦，春日遥看五色光。 | 李白《永王东巡歌之三》 |
| 少陵野老吞声哭，春日潜行曲江曲。 | 杜甫《哀江头》 |
| 舍南舍北皆春水，但见群鸥日日来。 | 杜甫《客至》 |
| 春日莺啼修竹里，仙家犬吠白云间。 | 杜甫《滕王亭子》 |
| 白日放歌须纵酒，青春作伴好还乡。 | 杜甫《闻官军收河南河北》 |

东风不为吹愁去，春日偏能惹恨长。　　　　　　　　　贾至《春思二首之一》

一春梦雨常飘瓦，尽日灵风不满旗。　　　　　　　　李商隐《重过圣女祠》

日出江花红胜火，春来江水绿如蓝。能不忆江南？　　白居易《忆江南》

几日行云何处去，忘却归来，不道春将暮。　　　　　　冯延巳《蝶恋花》

尽日沉烟香一缕，宿酒醒迟，恼破春情绪。　　　　　　赵令畤《蝶恋花》

楼上几日春寒，帘垂四面，玉阑干慵倚。　　　　　　　李清照《念奴娇》

怨春不语。算只有殷勤，画檐蛛网，尽日惹飞絮。　　　辛弃疾《摸鱼儿》

一春长费买花钱，日日醉湖边。　　　　　　　　　　　俞国宝《风入松》

春讯飞琼管。风日薄、度墙啼鸟声乱。　　　　　　　　卢祖皋《宴清都》

今日江城春已半，一身犹在，乱山深处，寂寞溪桥畔。　黄公绍《青玉案》

## 三春

二月兰心紫，三春柳色青。　　　　　　　　　　　　　王绩《山园》

三春莺度曲，八月雁成行。　　　　　　　　　　　　　张柬之《出塞》

万里烟尘客，三春桃李时。　　　　　　　卢照邻《山行寄刘李二参军》

二月虹初见，三春蚁正浮。　　　　　　　　　　　　　李峤《萍》

极浦三春草，高楼万里心。　　　　贾至《岳阳楼宴王员外贬长沙》

谁言寸草心，报得三春晖。　　　　　　　　　　　　　孟郊《游子吟》

柳占三春色，莺偷百鸟声。　　　　　　　温庭筠《太子西池二首之二》

三春边地风光少，五月泸中瘴疠多。　　骆宾王《从军中行路难二首之一》

桃花零落三春月，桂枝摧折九秋风。　　　　　　　　　刘希夷《死马赋》

秋毫不犯三吴悦，春日遥看五色光。　　　　　　李白《永王东巡歌之三》

三春白雪归青冢，万里黄河绕黑山。　　　　　　　　　柳中庸《征人怨》

莫羡三春桃与李，桂花成实向秋荣。

　　　　　　　刘禹锡《答乐天所寄咏怀且释其枯树之叹》

竹外桃花三两枝，春江水暖鸭先知。　　　　　　　苏轼《惠崇春江晚景》

雨横风狂三月暮，门掩黄昏，无计留春住。　　　　　冯延巳《蝶恋花》

一年春事都来几？早过了、三之二。　　　　　　　欧阳修《青玉案》

桃李三春虽可羡，莺来蝶去芳心乱。　　　　　　　欧阳修《渔家傲》

春色三分，二分尘土，一分流水。　　　　　　　　　苏轼《水龙吟》

又岂料、正好三春桃李，一夜风霜。 苏轼《雨中花慢》

即看花树三春满，旧数松风六月凉。 元好问《鹧鸪天》

千载渔灯，五侯蜡烛，赢得三春梦短。 陈维崧《喜迁莺》

三春误向风尘走，空负长条柳。 曹贞吉《虞美人》

多事东风，无端缀就三春景。 张琦《烛影摇红》

昨夜雨晴知骤暖，等闲负了三春约。 顾太清《满江红》

算三春虽过，九秋正好；菊容未老，梅信先藏。 俞樾《沁园春》

## 秋山

别路琴声断，秋山猿鸟吟。 卢照邻《送梓州高参军还京》

夕涨流波急，秋山落日寒。 骆宾王《秋日送侯四得弹字》

寒山转苍翠，秋水日潺湲。 王维《辋川闲居赠裴秀才迪》

空山新雨后，天气晚来秋。 王维《山居秋暝》

荒城临古渡，落日满秋山。 王维《归嵩山作》

秋山一何净，苍翠临寒城。 王维《赠房卢氏琯》

秋山绿萝月，今夕为谁明。 李白《秋夜独坐怀故山》

秋山宜落日，秀水出寒烟。 李白《同吴王送杜秀芝赴举入京》

地迥云偏白，天秋山更青。 高适《送蔡少府赴登州推事》

鱼龙回夜水，星月动秋山。 杜甫《草阁》

苍茫秋山晦，萧瑟寒松悲。 岑参《宿华阴东郭客舍忆阎防》

秋山日摇落，秋水急波澜。 刘长卿《龙门八咏·阙口》

古驿秋山下，平芜暮雨中。 韩翃《送田仓曹汴州觐省》

何因不归去，淮上有秋山。 韦应物《淮上喜会梁州故人》

明日巴陵道，秋山又几重。 李益《喜见外弟又言别》

峨眉山月半轮秋，影入平羌江水流。 李白《峨眉山月歌》

吹笛秋山风月清，谁家巧作断肠声。 杜甫《吹笛》

秋山入帘翠滴滴，野艇倚槛云依依。 张志和《渔父》

山色遥连秦树晚，砧声近报汉宫秋。 韩翃《同题仙游观》

一水西陵松柏渡，吴山越浦怒潮秋。 柳亚子《吴门记游之十》

西山外，晚来还卷，一帘秋霁。 姜夔《翠楼吟》

山月随人，翠蘋分破秋山影。　　　　　　　　　　史达祖《点绛唇》

乡梦窄，水天宽，小窗愁黛淡秋山。　　　　　　　吴文英《鹧鸪天》

一往情深深几许，深山夕照深秋雨。　　　　　　　纳兰性德《蝶恋花》


## 秋水

饮马渡秋水，水寒风似刀。　　　　　　　　　　　王昌龄《塞下曲》

寒山转苍翠，秋水日潺湲。　　　　　王维《辋川闲居赠裴秀才迪》

若非巾柴车，应是钓秋水。　　　　　　丘为《寻西山隐者不遇》

却下水精帘，玲珑望秋月。　　　　　　　　　　　李白《玉阶怨》

秋水明落日，流光灭远山。　　　　　　　　　　　李白《杜陵绝句》

鸿雁几时到，江湖秋水多。　　　　　　　　　　　杜甫《天末怀李白》

水落鱼龙夜，山空鸟鼠秋。　　　　　　　　杜甫《秦州杂诗之一》

暮云秋水阔，寒雨夜猿啼。　　　　　　　武元衡《送严绅游兰溪》

峨眉山月半轮秋，影入平羌江水流。　　　　　　　李白《峨眉山月歌》

美人娟娟隔秋水，濯足洞庭望八荒。　　　　　　　杜甫《寄韩谏议注》

美人胡为隔秋水，焉得置之贡玉堂。　　　　　　　杜甫《寄韩谏议注》

露下天高秋水清，空山独夜旅魂惊。　　　　　　　　杜甫《夜》

今日相逢落叶前，洞庭秋水远连天。　　贾至《洞庭送李十二赴零陵》

汉口夕阳斜渡鸟，洞庭秋水远连天。

　　　　　　　刘长卿《自夏口至鹦鹉洲望岳阳寄元中丞》

青山隐隐水迢迢，秋尽江南草未凋。　　　杜牧《寄扬州韩绰判官》

一水西陵松柏渡，吴山越浦怒潮秋。　　　柳亚子《吴门记游之十》

当筵秋水慢，玉柱斜飞雁。　　　　　　　　　　　张先《菩萨蛮》

秋水无情天共遥，愁送木兰桡。　　　　　　　　　晏几道《武陵春》

江南一雁横秋水，叹咫尺、断行千里。　　　　　　黄庭坚《留春令》

漠漠轻寒上小楼，晓阴无赖似穷秋，淡烟流水画屏幽。　秦观《浣溪沙》

枕簟溪堂冷欲秋，断云依水晚来收。　　　　　　　辛弃疾《鹧鸪天》

江水苍苍，望倦柳愁荷，共感秋色。　　　　　　　史达祖《秋霁》

半壶秋水荐黄花，香嗅西风雨。　　　　　　　　　吴文英《霜叶飞》

乡梦窄，水天宽，小窗愁黛淡秋山。　　　　　　　吴文英《鹧鸪天》

## 秋江

| | |
|---|---|
| 莫作巫峡声，肠断秋江客。 | 王维《闻裴秀才迪吟诗因戏赠》 |
| 摇落秋江暮，怜君巴峡深。 | 刘长卿《寄万州崔使君》 |
| 空洲夕烟敛，望月秋江里。 | 刘长卿《江中对月》 |
| 万里思君处，秋江夜雨中。 | 韩翃《送赵评事赴洪州使幕》 |
| 轻阴迎晓日，霞霁秋江明。 | 刘禹锡《秋江早发》 |
| 鹤鸣楚山静，露白秋江晓。 | 柳宗元《与崔策登西山》 |
| 凉风满红树，晓月下秋江。 | 杜牧《秋晚早发新定》 |
| 莫道秋江离别难，舟船明日是长安。 | 王昌龄《重别李评事》 |
| 清秋幕府井梧寒，独宿江城蜡炬残。 | 杜甫《宿府》 |
| 鱼龙寂寞秋江冷，故国平居有所思。 | 杜甫《秋兴八首之四》 |
| 瞿塘峡口曲江头，万里风烟接素秋。 | 杜甫《秋兴八首之六》 |
| 东船西舫悄无言，唯见江心秋月白。 | 白居易《琵琶行》 |
| 春江花朝秋月夜，往往取酒还独倾。 | 白居易《琵琶行》 |
| 吴宫四面秋江水，江清露白芙蓉死。 | 张籍《吴宫怨》 |
| 粉泪暗和清露滴，罗衣染尽秋江色。 | 晏殊《渔家傲》 |
| 秋江上，看惊弦雁避，骇浪船回。 | 辛弃疾《沁园春》 |
| 江水苍苍，望倦柳愁荷，共感秋色。 | 史达祖《秋霁》 |
| 秋江带雨，寒沙萦水，人瞰画阁愁独。 | 史达祖《八归》 |
| 隔江人在雨声中，晚风菰叶生秋怨。 | 吴文英《踏莎行》 |
| 白发渔樵江渚上，惯看秋月春风。 | 杨慎《临江仙》 |
| 罗裳自染秋江色，穗帐才遮，珠茵旋积。 | 郑文焯《六丑》 |
| 独立寒秋，湘江北去，橘子洲头。 | 毛泽东《沁园春》 |

## 秋风

| | |
|---|---|
| 秋风萧瑟，洪波涌起。 | 曹操《步出夏门行·观沧海》 |
| 饮马渡秋水，水寒风似刀。 | 王昌龄《塞下曲》 |
| 秋风吹不尽，总是玉关情。 | 李白《子夜吴歌》 |
| 苔深不能扫，落叶秋风早。 | 李白《长干行》 |
| 秋风度河上，大野入苍穹。 | 毛泽东《喜闻捷报》 |

烽火城西百尺楼，黄昏独坐海风秋。 王昌龄《从军行之一》

长风万里送秋雁，对此可以酣高楼。 李白《宣州谢朓楼饯别校书叔云》

瞿塘峡口曲江头，万里风烟接素秋。 杜甫《秋兴八首之六》

织女机丝虚夜月，石鲸鳞甲动秋风。 杜甫《秋兴八首之七》

我来正逢秋雨节，阴气晦昧无清风。 韩愈《谒衡岳庙遂宿岳寺题门楼》

春风桃李花开日，秋雨梧桐叶落时。 白居易《长恨歌》

茂陵刘郎秋风客，夜闻马嘶晓无迹。 李贺《金铜仙人辞汉歌》

九秋风露越窑开，夺得千峰翠色来。 陆龟蒙《秘色越器》

楼船夜雪瓜洲渡，铁马秋风大散关。 陆游《书愤》

如磐夜气压重楼，剪柳春风道九秋。 鲁迅《悼丁君》

剑南歌接秋风吟，一例氤氲入诗囊。 毛泽东《纪念鲁迅八十寿辰之二》

往事只堪哀，对景难排；秋风庭院藓侵阶。 李煜《浪淘沙》

塞下秋来风景异，衡阳雁去无留意。 范仲淹《渔家傲》

夜深风竹敲秋韵，万叶千声皆是恨。 欧阳修《木兰花》

夕阳岛外，秋风原上，目断四天垂。 柳永《少年游》

烛映帘栊，蛩催机杼，共苦清秋风露。 贺铸《天香》

洞庭青草，近中秋、更无一点风色。 张孝祥《念奴娇》

还又岁晚，瘦骨临风，夜闻秋声，吹动岑寂。 史达祖《秋霁》

半壶秋水荐黄花，香噀西风雨。 吴文英《霜叶飞》

落絮无声春堕泪，行云有影月含羞，东风临夜冷于秋。 吴文英《浣溪沙》

隔江人在雨声中，晚风菰叶生秋怨。 吴文英《踏莎行》

白发渔樵江渚上，惯看秋月春风。 杨慎《临江仙》

秋色冷并刀，一派酸风卷怒涛。 陈维崧《南乡子》

结多少、悲秋俦侣，特地年年，北风吹度。 朱彝尊《长亭怨慢》

人生若只如初见，何事秋风悲画扇。 纳兰性德《木兰花》

一年一度秋风劲，不似春光。 毛泽东《采桑子》

萧瑟秋风今又是，换了人间。 毛泽东《浪淘沙》

## 🌊 秋雨

海气如秋雨，边烽似夏云。 沈佺期《塞北二首之一》

近海云偏出，兼秋雨更多。　　　　　　　　　　祖咏《泗上冯使君南楼作》

空山新雨后，天气晚来秋。　　　　　　　　　　　　王维《山居秋暝》

暖风花绕树，秋雨草沿城。　　　　　　　　　　　李白《送袁明府任长沙》

凉风新过雁，秋雨欲生鱼。　　　　　　　　　　　　　杜甫《得家书》

秋雨漫湘水，阴风过岭梅。　　　　　　　　　杜甫《秋日荆南述怀三十韵》

吴掾留舸楚郡心，洞庭秋雨海门阴。　　　　　　王昌龄《送姚司法归吴》

萧条已入寒空静，飒沓仍随秋雨飞。　　　　　　李颀《宿莹公禅房闻梵》

我来正逢秋雨节，阴气晦昧无清风。　　　　韩愈《谒衡岳庙遂宿岳寺题门楼》

春风桃李花开日，秋雨梧桐叶落时。　　　　　　　　白居易《长恨歌》

君问归期未有期，巴山夜雨涨秋池。　　　　　　　李商隐《夜雨寄北》

休问梁园旧宾客，茂陵秋雨病相如。　　　　　　李商隐《寄令狐郎中》

广陵别后春涛隔，溢浦书来秋雨翻。　　　　　　　李商隐《哭刘蕡》

灯花前、几转寒更；桐叶上、数声秋雨。　　　　　欧阳修《锦香囊》

晚秋天，一霎微雨洒庭轩。　　　　　　　　　　　　　柳永《戚氏》

对潇潇暮雨洒江天，一番洗清秋。　　　　　　　　　柳永《八声甘州》

今夜残灯斜照处，荧荧。秋雨晴时泪不晴。　　　　　苏轼《南乡子》

多景楼前，垂虹亭下，一枕眠秋雨。　　　　　　　　刘过《念奴娇》

记年时、旧宿凄凉，暮烟秋雨野桥寒。　　　　　　吴文英《霜花腴》

半壶秋水荐黄花，香喷西风雨。　　　　　　　　　吴文英《霜叶飞》

隔江人在雨声中，晚风菰叶生秋怨。　　　　　　　吴文英《踏莎行》

何处合成愁，离人心上秋，纵芭蕉、不雨也飕飕。　吴文英《唐多令》

一帘秋雨翦灯看，无限羁愁分付、玉箫寒。　　　　　张炎《虞美人》

一室秋灯，一庭秋雨，更一声秋雁。　　　　　　　王沂孙《醉蓬莱》

一往情深深几许，深山夕照深秋雨。　　　　　　纳兰性德《蝶恋花》

## 秋草

五原秋草绿，胡马一何骄。　　　　　　　　　　　　李白《塞上曲》

浮云连阵没，秋草遍山长。　　　　　　　　　杜甫《秦州杂诗二十首之五》

寂寞骊山道，清秋草木黄。　　　　　　　　　　　　　杜甫《斗鸡》

秋草连秦塞，孤帆落汉阳。　　　　　　　　　皇甫冉《送处州裴使君赴京》

伤心独归路，秋草更萋萋。 钱起《山下别杜少府》

落日见秋草，暮年逢故人。 李端《送友入关》

瘦马恋秋草，征人思故乡。 刘长卿《代边将有怀》

大漠穷秋塞草衰，孤城落日斗兵稀。 高适《燕歌行》

秋草独寻人去后，寒林空见日斜时。 刘长卿《长沙过贾谊宅》

秋草不堪频送远，白云何处更相期。 李益《送贾校书东归寄振上人》

可怜万国关山道，年年战骨多秋草。 张籍《关山月》

西宫南内多秋草，落叶满阶红不扫。 白居易《长恨歌》

阖闾城碧铺秋草，乌鹊桥红带夕阳。 白居易《登间门闲望》

一声山鸟曙云外，万点水萤秋草中。 许浑《自楞枷寺晨起泛舟道中有怀》

回廊远砌生秋草，梦魂千里青门道。 冯延巳《菩萨蛮》

春花秋草，只是催人老。 晏殊《清平乐》

年年陌上生秋草，日日楼中到夕阳。 晏几道《鹧鸪天》

金风玉露初凉夜，秋草窗前。 晏几道《采桑子》

塞垣秋草，又报平安好。 辛弃疾《千秋岁》

北去，雁南征。满庭秋草生。 卢祖皋《更漏子》


## 🍂 秋色

凤阙澄秋色，龙闱引夕凉。 李治《九月九日》

低河耿秋色，落月抱寒光。 骆宾王《秋日送尹大赴京》

金刀动秋色，铁骑想风尘。 骆宾王《咏怀古意上裴侍郎》

汉月澄秋色，梁园映雪辉。 李峤《兔》

秋色明海县，寒烟生里闾。 王昌龄《客广陵》

人烟寒橘柚，秋色老梧桐。 李白《秋登宣城谢朓北楼》

鸣磬夕阳尽，卷帘秋色来。 韩翃《题僧房》

山色遥连秦树晚，砧声近报汉宫秋。 韩翃《同题仙游观》

三湘愁鬓逢秋色，万里归心对月明。 卢纶《晚次鄂州》

九秋风露越窑开，夺得千峰翠色来。 陆龟蒙《秘色越器》

一帆秋色共云遥，眼力不知人远、上江桥。 张先《虞美人》

木落霜洲，雁横烟渚，分明画出秋色。 柳永《倾杯》

楚天秋色太多情，云卷烟收风定。 　　　　　　　米芾《西江月》

自送吴山秋色尽，星星却入双蓬鬓。 　　　　　　毛滂《蝶恋花》

梧桐落，又还秋色，又还寂寞。 　　　　　　　　李清照《忆秦娥》

宿雨乍开银汉，洗出玉蟾秋色，人在广寒游。 　　张元幹《水调歌头》

放船纵棹，趁吴江风露，平分秋色。 　　　　　　朱敦儒《念奴娇》

万壑千岩秋色里，不耐恼人风味。 　　　　　　　向子諲《清平乐》

极目五湖云浪，泛满空秋色。 　　　　　　　　　蔡伸《好事近》

无穷秋色蔽晴空，遥见夕阳江上、卷飞蓬。 　　　吕渭老《南歌子》

洞庭青草，近中秋、更无一点风色。 　　　　　　张孝祥《念奴娇》

江水苍苍，望倦柳愁荷，共感秋色。 　　　　　　史达祖《秋霁》

## 秋日

梦泽三秋日，苍梧一片云。 　　　　　　　宋之问《在荆州重赴岭南》

天高秋日迥，嘹唳闻归鸿。 　　　　　　　　王维《奉寄韦太守陟》

秋日新沾影，寒江旧落声。 　　　　　　　　　杜甫《雨四首之一》

况是悲秋日，临风制不禁。 　　　　　　　　　　雍陶《长安客感》

未得青云志，春同秋日情。 　　　　　　　　杜荀鹤《春日闲居即事》

鸿声断续暮天远，柳影萧疏秋日寒。 　　　　李颀《送李大贬南阳》

暮云空碛时驱马，秋日平原好射雕。 　　　　　　　王维《出塞》

城隅渌水明秋日，海上青山隔暮云。 　　　　　李白《别中都明府兄》

从今四海为家日，故垒萧萧芦荻秋。 　　　　刘禹锡《西塞山怀古》

自古逢秋悲寂寥，我言秋日胜春朝。 　　　　刘禹锡《秋词二首之一》

春风桃李花开日，秋雨梧桐叶落时。 　　　　　　白居易《长恨歌》

洛水暮烟横莽苍，邙山秋日露崔嵬。 　　　　　　张祜《洛阳感寓》

如何肯到清秋日，已带斜阳又带蝉。 　　　　　　李商隐《杨柳枝》

院门昼锁回廊静，秋日当阶柿叶阴。 　　　　　　李商隐《华师》

西风秋日短，小雨菊花寒。 　　　　　　　　　吕渭老《满路花》

愁人更堪秋日，长似岁难度。 　　　　　　　　刘辰翁《莺啼序》

沧海尘生秋日暮。玉砌雕阑，木叶鸣疏雨。 　　　　虞集《蝶恋花》

爽气怡人秋日清，银床落叶嫩凉生，闲邀女伴试瓜灯。 　顾太清《浣溪沙》

镜里鬓星星，秋日那堪又别情。 顾随《南乡子》

感深情，秋日借寒泉，宝瑟结清游。 饶宗颐《八声甘州》

## 🌸 秋夜

漫漫秋夜长，烈烈北风凉。 曹丕《杂诗二首之一》

相逢秋月满，更值夜萤飞。 王绩《秋夜喜遇王处士》

水落鱼龙夜，山空鸟鼠秋。 杜甫《秦州杂诗之一》

骤雨清秋夜，金波耿玉绳。 杜甫《江边星月二首之一》

近海江弥阔，迎秋夜更长。 白居易《夜泊旅望》

孤梦家山远，独眠秋夜长。 杜牧《寄兄弟》

脸如水面瑞莲芳，眉似天边秋夜月。 王勃《观音大士神歌赞》

白狼河北音书断，丹凤城南秋夜长。 沈佺期《独不见》

巫山秋夜萤火飞，帘疏巧入坐人衣。 杜甫《见萤火》

泊船秋夜经春草，伏枕青枫限玉除。 杜甫《寄岑嘉州》

月殿影开闻夜漏，水精帘卷近秋河。 顾况《宫词》

君问归期未有期，巴山夜雨涨秋池。 李商隐《夜雨寄北》

帝子枕前秋夜，霜幄冷，月华明，正三更。 孙光宪《定西番》

夜深风竹敲秋韵，万叶千声皆是恨。 欧阳修《木兰花》

一般奇绝，云淡天高秋夜月。 苏轼《减字木兰花》

留恋，留恋，秋夜辞巢双燕。 贺铸《忆仙姿》

最好中秋秋夜月，常时易雨多阴。 朱敦儒《临江仙》

秋夜永，更秉烛，且衔杯。 李纲《水调歌头》

玉露初零秋夜永，幽香直入小窗纱。此时风月独输他。 蔡伸《浣溪沙》

春昼五湖烟浪，秋夜一天云月，此外尽悠悠。 朱熹《水调歌头》

清秋夜寂，圆蟾素影流空碧。 张抡《醉落魄》

少年才把笙歌盏，夏日非长秋夜短。 辛弃疾《玉楼春》

波面铜花冷不收，玉人垂钓理纤钩，月明池阁夜来秋。 吴文英《浣溪沙》

## 🌸 清秋

愁因薄暮起，兴是清秋发。 孟浩然《秋登兰山寄张五》

试发清秋兴，因为吴会吟。 李白《送曲十少府》

朗然清秋月，独出映吴台。 李白《赠从孙义兴宰铭》

高松来好月，空谷宜清秋。 李白《寻高凤石门山中元丹丘》

骤雨清秋夜，金波耿玉绳。 杜甫《江边星月二首之一》

不见姮娥影，清秋守月轮。 李商隐《房君珊瑚散》

清秋幕府井梧寒，独宿江城蜡炬残。 杜甫《宿府》

信宿渔人还泛泛，清秋燕子故飞飞。 杜甫《秋兴八首之三》

锦江春色逐人来，巫峡清秋万壑哀。 杜甫《诸将五首之五》

莫度清秋吟蟋蟀，早闻黄阁画麒麟。 杜甫《季夏送乡弟韶陪黄门从叔朝谒》

雪飞玉立尽清秋，不惜奇毛恣远游。

杜甫《见王监兵马使说近山有白黑二鹰……请余赋诗》

杜牧司勋字牧之，清秋一首杜秋诗。 李商隐《赠司勋杜十三员外》

乐游原上清秋节，咸阳古道音尘绝。 李白《忆秦娥》

无言独上西楼，月如钩。寂寞梧桐深院锁清秋。 李煜《相见欢》

一望关河萧索，千里清秋，忍凝眸。 柳永《曲玉管》

对潇潇暮雨洒江天，一番洗清秋。 柳永《八声甘州》

团扇初随碧簟收，画檐归燕尚迟留。屧朱眉翠洗清秋。 晏几道《浣溪沙》

一声长笛咽清秋，碧云生暮愁。 米芾《阮郎归》

玉枕生凉，金缸传晓，败叶飞破清秋。 晁补之《满庭芳》

烛映帘栊，蛩催机杼，共苦清秋风露。 贺铸《天香》

碧瓦新霜侵晓梦，黄花已过清秋。 叶梦得《临江仙》

乌鹊桥边河汉流，洗车微雨湿清秋。 周紫芝《鹧鸪天》

木落霜清秋色霁，菊苞渐吐金英碎。 李纲《渔家傲》

楚天千里清秋，水随天去秋无际。 辛弃疾《水龙吟》

## 九秋

九秋凉气肃，千里月华开。 骆宾王《望月有所思》

他乡千里月，岐路九秋风。 李峤《送光禄刘主簿之洛》

九秋良会少，千里故人稀。 王勃《九日怀封元寂》

九秋惊雁序，万里狎渔翁。 杜甫《天池》

| 湘山千岭树，桂水九秋波。 | 戴叔伦《泊湘口》 |
| 一宵三梦柳，孤泊九秋江。 | 贾岛《寄柳舍人宗元》 |
| 桃花零落三春月，桂枝摧折九秋风。 | 刘希夷《死马赋》 |

吊影分为千里雁，辞根散作九秋蓬。

白居易《自河南经乱，关内阻饥，兄弟离散……兼示符离及下邽弟妹》

| 沟水分流西复东，九秋霜月五更风。 | 李商隐《代应二首之一》 |
| 六辔未收千里马，一囊空负九秋萤。 | 陆龟蒙《寄怀华阳道士》 |
| 九秋风露越窑开，夺得千峰翠色来。 | 陆龟蒙《秘色越器》 |
| 如磐夜气压重楼，剪柳春风道九秋。 | 鲁迅《悼丁君》 |
| 彩舫红妆，重泛九秋清镜。 | 晁补之《万年欢》 |
| 独占九秋风露里，芳心不与群英比。 | 赵师侠《蝶恋花》 |
| 斟酌姮娥，九秋宫殿冷。 | 史达祖《齐天乐》 |
| 梅魄兰魂，香染九秋尊。 | 岳珂《醉落魄》 |
| 素蟾散彩，九秋风露发清妍。常娥尽有情缘。 | 元好问《婆罗门引》 |
| 征鸿嘹唳，听相呼，暮霭九秋边。 | 董士锡《南浦》 |
| 身未老，正九秋愁展霜翎。 | 吴梅《玉簟凉》 |
| 初三弓样眉儿嫩，九秋风露珠盈寸。 | 吴湖帆《菩萨蛮》 |
| 九秋江上潮汐，千丈接银河。 | 夏承焘《水调歌头》 |
| 冰壶休浣九秋心，天寒珍重姮娥寡。 | 吕惠如《踏莎行》 |

## 年节类

### 少年

| 少年见罗敷，脱帽著绡头。 | 《陌上桑》 |
| 节使三河募年少，诏书五道出将军。 | 王维《老将行》 |
| 宗之潇洒美少年，举觞白眼望青天，皎如玉树临风前。 | 杜甫《饮中八仙歌》 |
| 同学少年多不贱，五陵衣马自轻肥。 | 杜甫《秋兴八首之三》 |
| 五陵年少争缠头，一曲红绡不知数。 | 白居易《琵琶行》 |

夜深忽梦少年事，梦啼妆泪红阑干。　　　　　　　　　白居易《琵琶行》

贾生年少虚垂涕，王粲春来更远游。　　　　　　　　　李商隐《安定城楼》

劝君莫惜金缕衣，劝君惜取少年时。　　　　　　　　　杜秋娘《金缕衣》

白皙通侯最少年，拣取花枝屡回顾。　　　　　　　　　吴伟业《圆圆曲》

年少峥嵘屈贾才，山川奇气曾钟此。　　　　　　毛泽东《送纵宇一郎东行》

今日岂知明日事，老年反读少年书。　　　　　　　郁达夫《乱离杂诗之四》

绿杨芳草长亭路，年少抛人容易去。　　　　　　　　　晏殊《木兰花》

帝里风光好，当年少日，暮宴朝欢。　　　　　　　　　柳永《戚氏》

和我，免使年少光阴虚过。　　　　　　　　　　　　　柳永《定风波》

似楚江暝宿，风灯零乱，少年羁旅。　　　　　　　　周邦彦《琐窗寒》

寻思旧京洛，正年少疏狂，歌笑迷著。障泥油壁催梳掠。　张元幹《兰陵王》

莫等闲、白了少年头，空悲切。　　　　　　　　　　　岳飞《满江红》

少年不识愁滋味，爱上层楼。　　　　　　　　　　　辛弃疾《丑奴儿》

年少万兜鍪，坐断东南战未休。　　　　　　　　　　辛弃疾《南乡子》

沉思年少浪迹，笛里关山，柳下坊陌。　　　　　姜夔《霓裳中序第一》

旧游无处不堪寻，无寻处，惟有少年心。　　　　　　章良能《小重山》

欲买桂花同载酒，终不似，少年游。　　　　　　　　　刘过《唐多令》

露蛩悲、青灯冷屋，翻书愁上鬓毛白，年少俊游浑断得。　史达祖《秋霁》

早已有游人观渡，老大逢场慵作戏，任陌头、年少争旗鼓。

　　　　　　　　　　　　　　　　　　　　　　　　刘克庄《贺新郎》

少年自负凌云笔。到而今、春华落尽，满怀萧瑟。　　刘克庄《贺新郎》

载酒买花年少事，浑不似，旧心情。　　　　　　　　卢祖皋《江城子》

银瓶露井，彩箑云窗，往事少年依约。　　　　　　　吴文英《澡兰香》

少年袅袅天涯恨，长结西湖烟柳。　　　　　　　　　刘辰翁《摸鱼儿》

记少年一梦扬州，二十四桥明月。　　　　　　　　　　周密《瑶华》

少年听雨歌楼上，红烛昏罗帐。　　　　　　　　　　蒋捷《虞美人》

并马三河年少客，粗豪，皂栎林中醉射雕。　　　　陈维崧《南乡子》

还似少年歌舞地，听落叶，忆长安。　　　　　　　蒋春霖《唐多令》

枉教人回首，少年丝竹，玉容歌管。　　　　　　　况周颐《苏武慢》

恰同学少年，风华正茂；书生意气，挥斥方遒。　　毛泽东《沁园春》

## ❧ 当年

| | |
|---|---|
| 勇略今何在，当年亦壮哉。 | 杜甫《上白帝城二首之二》 |
| 最好当年二三月，上阳宫树千花发。 | 顾况《洛阳行送洛阳韦七明府》 |
| 远忆故人沧海别，当年好跃五花骢。 | 韩翃《送王光辅归青州兼寄储侍郎》 |
| 屈子当年赋楚骚，手中握有杀人刀。 | 毛泽东《屈原》 |
| 记得当年草上飞，红军队里每相违。 | 毛泽东《吊罗荣桓同志》 |
| 誓记钗环当日语，香余绣被隔年薰。 | 郁达夫《乱离杂诗之三》 |
| 彩袖殷勤捧玉钟，当年拚却醉颜红。 | 晏几道《鹧鸪天》 |
| 遥想公瑾当年，小乔初嫁了，雄姿英发。 | 苏轼《念奴娇》 |
| 辜负当年林下意，对床夜雨听萧瑟。 | 苏轼《满江红》 |
| 当年酒狂自负，谓东君、以春相付。 | 贺铸《天香》 |
| 追想当年事，殆天数，非人力；洙泗上，弦歌地，亦膻腥。 | |
| | 张孝祥《六州歌头》 |
| 当年万里觅封侯，匹马戍梁州。 | 陆游《诉衷情》 |
| 想当年，金戈铁马，气吞万里如虎。 | 辛弃疾《永遇乐》 |
| 旧情拘未定，犹自学、当年游历。 | 史达祖《喜迁莺》 |
| 把似而今醒到了，料当年、醉死差无苦。 | 刘克庄《贺新郎》 |
| 春梦人间须断，但怪得当年，梦缘能短。 | 吴文英《三姝媚》 |
| 当年燕子知何处，但苔深韦曲，草暗斜川。 | 张炎《高阳台》 |
| 犹记得、当年深隐，门掩两三株。 | 张炎《渡江云》 |
| 回首当年汉舞，怕飞去漫袊，留仙裙折。 | 张炎《疏影》 |
| 回首当年，绮楼画阁生光彩。 | 夏完淳《烛影摇红》 |
| 指点江山，激扬文字，粪土当年万户侯。 | 毛泽东《沁园春》 |
| 当年鏖战急，弹洞前村壁。 | 毛泽东《菩萨蛮》 |

## ❧ 今年

| | |
|---|---|
| 已似长沙傅，从今又几年。 | 刘长卿《新年作》 |
| 三年羁旅客，今日又南冠。 | 夏完淳《别云间》 |
| 且如今年冬，未休关西卒。 | 杜甫《兵车行》 |
| 去年花里逢君别，今日花开又一年。 | 韦应物《寄李儋元锡》 |

一年明月今宵多，人生由命非由他，有酒不饮奈明何。

韩愈《八月十五夜赠张功曹》

今年欢笑复明年，秋月春风等闲度。 白居易《琵琶行》

新闻岁岁寻常出，独有今年出得殊。 毛泽东《读报有感之四》

到得洪都又一年，祖生击楫至今传。 毛泽东《洪都》

今日岂知明日事，老年反读少年书。 郁达夫《乱离杂诗之四》

今年元夜时，月与灯依旧。 欧阳修《生查子》

今年重对芳丛处，追往事、又成空。 欧阳修《少年游》

碧楼帘影不遮愁，还似去年今日意。 晏几道《木兰花》

不知天上宫阙，今夕是何年。 苏轼《水调歌头》

今年春浅腊侵年，冰雪破春妍。 苏轼《一丛花》

莫叹春光易老，算今年春老，还有明年。 晁补之《八声甘州》

寄语东阳沽酒市，拚一醉，而今乐事他年泪。 朱服《渔家傲》

今年对花最匆匆，相逢似有恨，依依愁悴。 周邦彦《花犯》

今年海角天涯，萧萧两鬓生华。 李清照《清平乐》

牡丹昨夜方开遍，毕竟是、今年春晚。 辛弃疾《杏花天》

月冷龙沙，尘清虎落，今年汉酺初赐。 姜夔《翠楼吟》

年年折赠行人远，今年恨、依然纤手。 吴文英《花心动》

谁道飘零不可怜，旧游时节好花天，断肠人去自今年。 纳兰性德《浣溪沙》

## 去年

去年花里逢君别，今日花开又一年。 韦应物《寄李儋元锡》

我从去年辞帝京，谪居卧病浔阳城。 白居易《琵琶行》

回日楼台非甲帐，去时冠剑是丁年。 温庭筠《苏武庙》

庭轩寂寞近清明，残花中酒，又是去年病。 张先《青门引》

一曲新词酒一杯，去年天气旧亭台，夕阳西下几时回。 晏殊《浣溪沙》

忆得去年今日，黄花已满东篱。 晏殊《破阵子》

芙蓉花发去年枝，双燕欲归飞。 晏殊《少年游》

聚散苦匆匆，此恨无穷；今年花胜去年红。 欧阳修《浪淘沙》

去年元夜时，花市灯如昼。 欧阳修《生查子》

不见去年人，泪满春衫袖。 欧阳修《生查子》

狎兴生疏，酒徒萧索，不似去年时。 柳永《少年游》

此去经年，应是良辰好景虚设。 柳永《雨霖铃》

去年春恨却来时，落花人独立，微雨燕双飞。 晏几道《临江仙》

去年花下客，今似蝶分飞。 晏几道《临江仙》

碧楼帘影不遮愁，还似去年今日意。 晏几道《木兰花》

万里来逢芳意歇，愁绝，满盘空忆去年时。 黄庭坚《定风波》

去年紫陌青门，今宵雨魄云魂。 赵令畤《清平乐》

长亭路，年去岁来，应折柔条过千尺。 周邦彦《兰陵王》

去年胜赏曾孤倚，冰盘同燕喜。 周邦彦《花犯》

去年倦寻路程，江陵旧事，何曾再问杨琼。 周邦彦《绮寮怨》

酒杯深浅去年同，试浇桥下水，今夕到湘中。 陈与义《临江仙》

去年元夜奉宸游，曾侍瑶池宴。 张抡《烛影摇红》

去年燕子来，绣户深深处。 辛弃疾《生查子》

过春社了，度帘幕中间，去年尘冷。 史达祖《双双燕》

## 🌀 年年

春草年年绿，王孙归不归。 王维《送别》

年年越溪女，相忆采芙蓉。 杜荀鹤《春宫怨》

唯余岩下多情水，犹解年年傍驿流。 罗隐《筹笔驿》

苦恨年年压金线，为他人作嫁衣裳。 秦韬玉《贫女》

寄声欲问塞南事，只有年年鸿雁飞。 王安石《明妃曲》

州桥南北是天街，父老年年等驾回。 范成大《州桥》

陵园白露年年满，城郭青磷夜夜哀。 陈子龙《辽事杂诗之一》

万里神州一镜收，年年长啸看吴钩。 柳亚子《题钱亚仑小影》

年年后浪推前浪，江草江花处处鲜。 毛泽东《洪都》

秦楼月，年年柳色，灞陵伤别。 李白《忆秦娥》

年年今夜，月华如练，长是人千里。 范仲淹《御街行》

河畔青芜堤上柳，为问新愁，何事年年有。 欧阳修《蝶恋花》

花不语，水空流，年年拚得为花愁。 晏几道《鹧鸪天》

料得年年肠断处，明月夜，短松冈。 　　　　　　苏轼《江城子》

忆昔西池池上饮，年年多少欢娱。 　　　　　　　晁冲之《临江仙》

年年，如社燕，漂流瀚海，来寄修椽。 　　　　　周邦彦《满庭芳》

朱颜那有年年好，逞艳游、赢取如今。 　　　　　韩嫖《高阳台》

朱颜空自改，向年年、芳意长新。 　　　　　　　韩缜《凤箫吟》

却是有、年年塞雁，归来曾见开时。 　　　　　　李邴《汉宫春》

念桥边红药，年年知为谁生。 　　　　　　　　　姜夔《扬州慢》

年年跃马长安市，客舍似家家似寄。 　　　　　　刘克庄《木兰花》

常恨世人新意少，爱说南朝狂客，把破帽、年年拈出。 　刘克庄《贺新郎》

年年社日停针线，怎忍见、双飞燕。 　　　　　　黄公绍《青玉案》

一襟余恨宫魂断，年年翠阴庭树。 　　　　　　　王沂孙《齐天乐》

寂寞避暑离宫，东风辇路，芳草年年发。 　　　　萨都剌《百字令》

结多少、悲秋俦侣，特地年年，北风吹度。 　　　朱彝尊《长亭怨慢》

## 年华

献赋十年犹未遇，羞将白发对华簪。 　　　　　　钱起《赠阙下裴舍人》

锦瑟无端五十弦，一弦一柱思华年。 　　　　　　李商隐《锦瑟》

夜闻归雁生乡思，病入新年感物华。 　　　　　　欧阳修《戏答元珍》

却折垂杨送归客，心随东棹忆华年。 　　　　　　鲁迅《送增田涉君归国》

回肠荡气感精灵，中贾年华气不平。 　　　　　　柳亚子《集定公句之三》

三十一年还旧国，落花时节读华章。 　　　　　　毛泽东《和柳亚子先生》

莫叹韶华容易逝，卅年仍到赫曦台。 　　　　　　毛泽东《和周世钊同志》

翠凝仙艳非凡有，窈窕年华方十九。 　　　　　　孙光宪《应天长》

年华容易即凋零，春色只宜长恨少。 　　　　　　欧阳修《玉楼春》

年华梦促，音信断、声远飞鸿南北。 　　　　　　柳永《倾杯乐》

玉阶秋感，年华暗去，掩深宫、团扇无绪。 　　　晏几道《解佩令》

梅英疏淡，冰澌溶泄，东风暗换年华。 　　　　　秦观《望海潮》

叹年华一瞬，人今千里，梦沉书远。 　　　　　　周邦彦《过秦楼》

锦瑟华年谁与度？月桥花院，琐窗朱户，只有春知处。 　贺铸《青玉案》

频听银签，重燃绛蜡，年华衮衮惊心。 　　　　　韩嫖《高阳台》

| | |
|---|---|
| 楼上黄昏，片帆千里归程，年华将晚。 | 蔡伸《苏武慢》 |
| 年华空自感飘零，拥春醒，对谁醒。 | 卢祖皋《江城子》 |
| 溶溶涧渌冰泮，醉梦里，年华暗换。 | 卢祖皋《宴清都》 |
| 望不尽冉冉斜阳，抚乔木年华将晚。 | 王沂孙《长亭怨慢》 |
| 怎得银笺，殷勤与说年华。 | 王沂孙《高阳台》 |
| 过眼年华，动人幽意，相逢几番春换。 | 王沂孙《法曲献仙音》 |
| 烂锦年华，谁信春残恁早。 | 王鹏运《玉漏迟》 |

## 山水类

### 碧山

| | |
|---|---|
| 暮从碧山下，山月随人归。 | 李白《下终南山过斛斯山人宿置酒》 |
| 不觉碧山暮，秋云暗几重。 | 李白《听蜀僧濬弹琴》 |
| 月随碧山转，水合青天流。 | 李白《月夜江行寄崔九员外宗之》 |
| 鸟爱碧山远，鱼游沧海深。 | 李白《留别王司马嵩》 |
| 谁言碧山曲，不废青松直。 | 孟郊《寓言》 |
| 千岩烽火连沧海，两岸旌旗绕碧山。 | 李白《永王东巡歌十一首之六》 |
| 荒城虚照碧山月，古木尽入苍梧云。 | 李白《梁园吟》 |
| 万里浮云卷碧山，青天中道流孤月。 | 李白《答王十二寒夜独酌有怀》 |
| 蜀江水碧蜀山青，圣主朝朝暮暮情。 | 白居易《长恨歌》 |
| 龙虎旌旗雨露飘，玉楼歌断碧山遥。 | 张祜《连昌宫》 |
| 碧山初暝啸秋月，红树生寒啼晓霜。 | 许浑《和常秀才寄简归州郑使君借猿》 |
| 碧山终日思无尽，芳草何年恨即休。 | 杜牧《登池州九峰楼寄张祜》 |
| 芳径春归花半开，碧山波暖雁初回。 | 罗邺《春夕寄友人时有与歌者南北》 |
| 钱塘江尽到桐庐，水碧山青画不如。 | 韦庄《桐庐县作》 |
| 沧海附船浮浪久，碧山寻塔上云遥。 | 张乔《赠头陀僧》 |
| 紫塞别当秋露白，碧山飞入暮霞红。 | 徐夤《鸿》 |
| 平林漠漠烟如织，寒山一带伤心碧。 | 李白《菩萨蛮》 |

碧山归路小桥横，谁见暗香今夜、月胧明。　　　　毛滂《南歌子》

断虹低系碧山腰。古往今来离别地，烟水迢迢。　　　陈亮《浪淘沙》

故园信息，爱渠入眼南山碧。　　　　　　　　　　　史达祖《秋霁》

看万山红遍，层林尽染；漫江碧透，百舸争流。　　　毛泽东《沁园春》

七百里驱十五日，赣水苍茫闽山碧。　　　　　　　　毛泽东《渔家傲》

## ❧ 青山

客路青山下，行舟绿水前。　　　　　　　　　　　　王湾《次北固山下》

绿树村边合，青山郭外斜。　　　　　　　　　　　　孟浩然《过故人庄》

青山横北郭，白水绕东城。　　　　　　　　　　　　李白《送友人》

远送从此别，青山空复情。　　　　　　　　　杜甫《奉济驿重送严公四韵》

荷笠带斜阳，青山独归远。　　　　　　　　　　　　刘长卿《送灵澈》

飞鸟没何处，青山空向人。　　　　　　　　　　刘长卿《饯别王十一南游》

杨柳散和风，青山澹吾虑。　　　　　　　　　　　　韦应物《东郊》

他乡生白发，旧国见青山。　　　　　　　　　　司空曙《贼平后送人北归》

青山朝别暮还见，嘶马出门思旧乡。　　　　　　　　李颀《送陈章甫》

当时只记入山深，青溪几度到云林。　　　　　　　　王维《桃源行》

三山半落青天外，二水中分白鹭洲。　　　　　　　　李白《登金陵凤凰台》

两岸青山相对出，孤帆一片日边来。　　　　　　　　李白《望天门山》

石鱼湖，似洞庭，夏水欲满君山青。　　　　　　　　元结《石鱼湖上醉歌》

蜀江水碧蜀山青，圣主朝朝暮暮情。　　　　　　　　白居易《长恨歌》

青山隐隐水迢迢，秋尽江南草未凋。　　　　　　　　杜牧《寄扬州韩绰判官》

一水护田将绿绕，两山排闼送青来。　　　　　　　　王安石《书湖阴先生壁》

试登绝顶望乡国，江南江北青山多。　　　　　　　　苏轼《游金山寺》

杳杳天低鹘没处，青山一发是中原。　　　　　　　　苏轼《澄迈驿通潮阁》

可惜不当湖水面，银山堆里看青山。　　　黄庭坚《雨中登岳阳楼望君山之二》

咬定青山不放松，立根原在破岩中。　　　　　　　　郑燮《竹石》

我自笑君太痴绝，青山便买又何如。　　　　　　　　柳亚子《吴门记游之六》

风起绿洲吹浪去，雨从青野上山来。　　　　　　　　毛泽东《和周世钊同志》

绿水青山枉自多，华佗无奈小虫何。　　　　　　　　毛泽东《送瘟神二首之一》

红雨随心翻作浪，青山着意化为桥。　　　　　毛泽东《送瘟神二首之二》

青山遮不住，毕竟东流去。　　　　　　　　　辛弃疾《菩萨蛮》

梦中未比丹青见，暗里忽惊山鸟啼。　　　　　姜夔《鹧鸪天》

青山隐隐，败叶萧萧，天际暝鸦零乱。　　　　蔡伸《苏武慢》

问苍波无语，华发奈山青。　　　　　　　　　吴文英《八声甘州》

空樽夜泣，青山不语，残月当门。　　　　　　黄孝迈《湘春夜月》

指点六朝形胜地，唯有青山如壁。　　　　　　萨都剌《百字令》

是非成败转头空，青山依旧在，几度夕阳红。　杨慎《临江仙》

蓬山咫尺，更为谁、青鸟殷勤。　　　　　　　郑文焯《湘春夜月》

踏遍青山人未老，风景这边独好。　　　　　　毛泽东《清平乐》

山，刺破青天锷未残。　　　　　　　　　　　毛泽东《十六字令》


### 🐭 苍山

陇阪长无极，苍山望不穷。　　　　　　　　　卢照邻《入秦川界》

瑟瑟松风急，苍苍山月团。　　　　　　　　　卢照邻《早度分水岭》

寒山转苍翠，秋水日潺湲。　　　　　　　　　王维《辋川闲居赠裴秀才迪》

高城眺落日，极浦映苍山。　　　　　　　　　王维《登河北城楼作》

明月出天山，苍茫云海间。　　　　　　　　　李白《关山月》

苍山起暮雨，极浦浮长烟。　　　　储光羲《朝邑蔡主簿朝不会二首之二》

吹角向月窟，苍山旌旆愁。　杜甫《送韦十六评事充同谷郡防御判官》

苍山何郁盘，飞阁凌上清。　　　　　　韦应物《酬郑户曹骊山感怀》

楚国苍山古，幽州白日寒。　　　　　刘长卿《穆陵关北逢人归渔阳》

苍山隐暮雪，白鸟没寒流。　　　　　　　刘长卿《题魏万成江亭》

广泽生明月，苍山夹乱流。　　　　　　　　　马戴《楚江怀古》

苍茫古木连穷巷，寥落寒山对虚牖。　　　　　王维《老将行》

异兽如飞星宿落，应弦不碍苍山高。　　　　杜甫《久雨期王将军不至》

今来萧瑟万井空，唯见苍山起烟雾。　　　　　韦应物《温泉行》

钟山风雨起苍黄，百万雄师过大江。　　毛泽东《人民解放军占领南京》

流水苍山带郭，寻尘迹，宛然如昨。　　　　　贺铸《念彩云》

卧看明河月满空，斗挂苍山顶。　　　　　　　张元幹《卜算子》

疏林烟霭，夕阳宫阙，数点苍山小。　　　　　梁清标《青玉案》

看茫茫南徐，苍苍北固，如此山川。　　　　　蒋春霖《木兰花慢》

碧月仍圆，苍山不改，旧时烟翠。　　　　　　陈澧《水龙吟》

七百里驱十五日，赣水苍茫闽山碧。　　　　　毛泽东《渔家傲》

从头越，苍山如海，残阳如血。　　　　　　　毛泽东《忆秦娥》

## ☁ 云山

云山相出没，天地互浮沉。　　　　　　　　　张说《入海二首之一》

宫殿清门隔，云山紫逻深。　　　　　　　　　杜甫《送贾阁老出汝州》

楚云山隐隐，淮雨草青青。　　　　　　　　　皇甫冉《送卢郎中使君赴京》

云山千里合，雾雨四时阴。　　　　　　　　　武元衡《送严侍御》

沙场烽火侵胡月，海畔云山拥蓟城。　　　　　祖咏《望蓟门》

三晋云山皆北向，二陵风雨自东来。　　　　　崔曙《九日登望仙台呈刘明府容》

清淮奉使千余里，敢告云山从此始。　　　　　李颀《琴歌》

峡里谁知有人事，世中遥望空云山。　　　　　王维《桃源行》

当时只记入山深，青溪几度到云林。　　　　　王维《桃源行》

草树云山如锦绣，秦川得及此间无。　　　　　李白《上皇西巡南京歌十首之二》

三峡楼台淹日月，五溪衣服共云山。　　　　　杜甫《咏怀古迹之一》

渺渺云山去几重，依依独听广陵钟。　　　　　刘长卿《瓜洲驿重送梁郎中赴吉州》

九嶷山上白云飞，帝子乘风下翠微。　　　　　毛泽东《答友人》

小山重叠金明灭，鬓云欲度香腮雪。　　　　　温庭筠《菩萨蛮》

昨日乱山昏，来时衣上云。　　　　　　　　　张先《醉垂鞭》

但远山长，云山乱，晓山青。　　　　　　　　苏轼《行香子》

渐月华收练，晨霜耿耿；云山摘锦，朝露漙漙。　苏轼《沁园春》

一阵落花风，云山千万重。　　　　　　　　　李之仪《菩萨蛮》

恨满西风，有千里云山，万重烟水。　　　　　晁端礼《金盏子》

云山沁绿残眉浅，垂杨睡起腰肢软。　　　　　毛滂《菩萨蛮》

世事浮云山万变，只有沧江横月。　　　　　　韩元吉《念奴娇》

甚云山自许，平生意气；衣冠人笑，抵死尘埃。　辛弃疾《沁园春》

旧恨春江流不尽，新恨云山千叠。　　　　　　辛弃疾《念奴娇》

后夜短篷霜月晓，梦魂依约云山绕。 　　　　　　刘过《蝶恋花》

惟有旧时山共水，依然，暮雨朝云去不还。 　　潘牥《南乡子》

自怜两鬓清霜，一年寒食，又身在云山深处。 　吴文英《祝英台近》

更立西江石壁，截断巫山云雨，高峡出平湖。 　毛泽东《水调歌头》

云淡星疏楚山晓，听啼鸟，立河桥，话未了。 　吴文英《夜游宫》

酒酣应对燕山雪，正冰河月冻，晓陇云飞。 　　周密《高阳台》

看云外山河，还老桂花旧影。 　　　　　　　王沂孙《眉妩》

白云山头云欲立，白云山下呼声急。 　　　　　毛泽东《渔家傲》


## 关山

戎马关山北，凭轩涕泗流。 　　　　　　　　杜甫《登岳阳楼》

更吹羌笛关山月，无那金闺万里愁。 　　　王昌龄《从军行之一》

琵琶起舞换新声，总是关山旧别情。 　　　王昌龄《从军行之二》

河山北枕秦关险，驿路西连汉畤平。 　　　　崔颢《行经华阴》

天长地远魂飞苦，梦魂不到关山难。 　　　　李白《长相思》

身当恩遇常轻敌，力尽关山未解围。 　　　　高适《燕歌行》

直北关山金鼓振，征西车马羽书驰。 　　　杜甫《秋兴八首之四》

三年笛里关山月，万国兵前草木风。 　　　　杜甫《洗兵马》

一斛明珠万斛愁，关山漂泊腰肢细。 　　　　吴伟业《圆圆曲》

关山魂梦长，塞雁音书少。 　　　　　　　晏几道《生查子》

意欲梦佳期，梦里关山路不知。 　　　　　晏几道《南乡子》

碧天秋月无端，别来长照关山。 　　　　　晏几道《清平乐》

更谁来凭曲阑干，惟有雁边斜月、照关山。 　晏几道《虞美人》

一双新泪眼，千里旧关山。 　　　　　　　朱敦儒《临江仙》

情脉脉，泪珊珊。梅花音信隔关山。 　　　　张孝祥《鹧鸪天》

今宵醉里归，明月关山笛。 　　　　　　　辛弃疾《生查子》

沉思年少浪迹，笛里关山，柳下坊陌。 　　姜夔《霓裳中序第一》

南楼不恨吹横笛，恨晓风千里关山。 　　　　吴文英《高阳台》

客馆夜惊尘土梦，宫车晓碾关山月。 　　　　王清惠《满江红》

山一程，水一程，身向榆关那畔行，夜深千帐灯。 纳兰性德《长相思》

头上高山，风卷红旗过大关。 毛泽东《减字木兰花》

雨后复斜阳，关山阵阵苍。 毛泽东《菩萨蛮》

装点此关山，今朝更好看。 毛泽东《菩萨蛮》

## 空山

古木鸣寒鸟，空山啼夜猿。 魏徵《述怀》

独此他乡梦，空山明月秋。 骆宾王《宿山庄》

猿啸空山近，鸿飞极浦斜。 刘方平《秋夜思》

空山不见人，但闻人语响。 王维《鹿柴》

飞鸟没何处，青山空向人。 刘长卿《饯别王十一南游》

落叶满空山，何处寻行迹。 韦应物《寄全椒山中道士》

空山松子落，幽人应未眠。 韦应物《秋夜寄邱员外》

人闲桂花落，夜静春山空。 王维《鸟鸣涧》

空山新雨后，天气晚来秋。 王维《山居秋暝》

曙月孤莺啭，空山五柳春。 王维《过沈居士山居哭之》

水落鱼龙夜，山空鸟鼠秋。 杜甫《秦州杂诗之一》

未缺空山静，高悬列宿稀。 杜甫《月圆》

山光悦鸟性，潭影空人心。 常建《题破山寺后禅院》

空山百鸟散还合，万里浮云阴且晴。 李颀《听董大弹胡笳兼寄语弄房给事》

峡里谁知有人事，世中遥望空云山。 王维《桃源行》

严陵不从万乘游，归卧空山钓碧流。 李白《酬崔侍御》

又闻子规啼夜月，愁空山。 李白《蜀道难》

露下天高秋水清，空山独夜旅魂惊。 杜甫《夜》

翠华想像空山里，玉殿虚无野寺中。 杜甫《咏怀古迹之四》

山围故国周遭在，潮打空城寂寞回。 刘禹锡《石头城》

水光潋滟晴方好，山色空濛雨亦奇。 苏轼《饮湖上初晴后雨》

却解啼教春小住，风雨，空山招得海棠魂。 辛弃疾《定风波》

待空山自荐，寒泉秋菊；中流却送，桂棹兰旗。 辛弃疾《沁园春》

断浦沉云，空山挂雨，中有诗愁千顷。 史达祖《齐天乐》

山空天入海，倚楼望极，风急暮潮初。 张炎《渡江云》

摇落事，向空山、休问杜鹃。 朱孝臧《声声慢》

## 山川

| | |
|---|---|
| 坐历山川险，吁嗟陵谷迁。 | 骆宾王《叙记员半千》 |
| 途路盈千里，山川亘百重。 | 杨炯《途中》 |
| 星月开天阵，山川列地营。 | 陈子昂《和陆府赠将军重出塞》 |
| 穷阴连晦朔，积雪满山川。 | 孟浩然《赴京途中遇雪》 |
| 山川迷向背，氛雾失旌旗。 | 皇甫冉《雨雪》 |
| 故人江海别，几度隔山川。 | 司空曙《云阳馆与韩绅宿别》 |
| 醉和金甲舞，雷鼓动山川。 | 卢纶《塞下曲之四》 |
| 谁谓波澜才一水，已觉山川是两乡。 | 王勃《秋江送别二首之二》 |
| 欲渡黄河冰塞川，将登太行雪满山。 | 李白《行路难》 |
| 山川萧条极边土，胡骑凭陵杂风雨。 | 高适《燕歌行》 |
| 云外山川归梦远，天涯岐路客愁长。 | 许浑《秋夜与友人宿》 |
| 万里山川分晓梦，四邻歌管送春愁。 | 许浑《赠河东虞押衙二首之二》 |
| 年少峥嵘屈贾才，山川奇气曾钟此。 | 毛泽东《送纵宇一郎东行》 |
| 梦断故国山川，隔重重烟水。 | 陆游《双头莲》 |
| 不尽山川，无情烟浪，辜负秦楼约。 | 张孝祥《念奴娇》 |
| 聚散匆匆不偶然，三年历遍楚山川。 | 辛弃疾《鹧鸪天》 |
| 未了清游兴，又飘然独去，何处山川！ | 张炎《忆旧游》 |
| 记白月依弦，青天堕酒，衮衮山川。 | 张炎《木兰花慢》 |
| 洗却平生尘土，慵游万里山川。 | 张炎《风入松》 |
| 健笔风云蛟龙起，人物山川形势。犹有封、狼居胥意。 | 刘辰翁《金缕曲》 |
| 满槛山川漾落晖。昔人非，惟有年年秋雁飞。 | 汪元量《忆王孙》 |
| 看茫茫南徐，苍苍北固，如此山川。 | 蒋春霖《木兰花慢》 |

## 碧水

| | |
|---|---|
| 拔青松直上，铺碧水平流。 | 白居易《履道新居二十韵》 |
| 故巢迷碧水，旧侣越丹霄。 | 许浑《鹭鹚》 |
| 碧水鲈鱼思，青山鹏鸟悲。 | 许浑《途经李翰林墓》 |

天门中断楚江开，碧水东流直北回。　　　　　　李白《望天门山》

影遭碧水潜勾引，风炉红花却倒吹。　　　杜甫《风雨看舟前落花戏为新句》

春江万里巴陵戌，落日看沉碧水西。　　　　　　李益《送人归岳阳》

蜀江水碧蜀山青，圣主朝朝暮暮情。　　　　　　白居易《长恨歌》

青山夜入孤帆远，碧水秋澄一槛空。　　　　　　张祜《题李戡山居》

冰簟银床梦不成，碧天如水夜云轻。　　　　　　温庭筠《瑶瑟怨》

青松怒向苍天发，败叶纷随碧水驰。　　　　　　毛泽东《有所思》

春水碧于天，画船听雨眠。　　　　　　　　　　韦庄《菩萨蛮》

一棹碧涛春水路，过尽晓莺啼处。　　　　　　　晏几道《清平乐》

碧水惊秋，黄云凝暮，败叶零乱空阶。　　　　　秦观《满庭芳》

满眼青山芳草外，半篙碧水斜阳里。　　　　　　晁补之《满江红》

坠红无信息，漫暗水、涓涓溜碧。　　　　　姜夔《霓裳中序第一》

对西风、鬓摇烟碧，参差前事流水。　　　　　　朱嗣发《摸鱼儿》

爱孤山踪迹，千树横斜，临碧水，十里湖光冷照。　顾太清《洞仙歌》

碧云院宇，碧纱窗户，碧水更清柔。　　　　　　顾太清《太常引》

远横罗带，碧水迢迢环舍外。　　　　　　　　姚倚云《减字木兰花》

碧水浮鸥，江上送人，波共天阔。　　　　　　　汪东《石州引》

碧水朱桥记昔游，而令换尽旧沙鸥。江南风景渐成秋。　沈祖棻《浣溪沙》

七百里驱十五日，赣水苍茫闽山碧。　　　　　　毛泽东《渔家傲》

## 绿水

白毛浮绿水，红掌拨清波。　　　　　　　　　　骆宾王《咏鹅》

客路青山下，行舟绿水前。　　　　　　　　　王湾《次北固山下》

青山满蜀道，绿水向荆州。　　　　　　　　　　李邕《度巴峡》

绿水饭香稻，青荷包紫鳞。　　　　　　　　　　李颀《渔父歌》

绿水藏春日，青轩秘晚霞。　　　　　　　　　　李白《宴陶家亭子》

天河挂绿水，秀出九芙蓉。　　　　　　　李白《望九华赠青阳韦仲堪》

鸭头新绿水，雁齿小红桥。　　　　　　　　　　白居易《新春江次》

参差碧岫耸莲花，潺湲绿水莹金沙。

　　　　　　　　上官婉儿《游长宁公主流杯池二十五首之十一》

楼台晚映青山郭，罗绮晴骄绿水洲。　　　　　　　孟浩然《登安阳城楼》

谢公宿处今尚在，渌水荡漾清猿啼。　　　　　　　李白《梦游天姥吟留别》

美人如花隔云端，上有青冥之长天，下有绿水之波澜。　李白《长相思》

乱点碎红山杏发，平铺新绿水蘋生。　　　　　　　白居易《南湖早春》

烟销日出不见人，欸乃一声山水绿。　　　　　　　柳宗元《渔翁》

千里莺啼绿映红，水村山郭酒旗风。　　　　　　　杜牧《江南春绝句》

何处画桡寻绿水，几家鸣笛咽红楼。　　　　　　　杜荀鹤《题开元寺门阁》

一水护田将绿绕，两山排闼送青来。　　　　　　　王安石《书湖阴先生壁》

绿水青山枉自多，华佗无奈小虫何。　　　　　　　毛泽东《送瘟神二首之一》

绿水波平花烂漫。照影红妆，步转垂杨岸。　　　　张先《蝶恋花》

池塘水绿风微暖，记得玉真初见面。　　　　　　　晏殊《木兰花》

六朝旧事随流水，但寒烟衰草凝绿。　　　　　　　王安石《桂枝香》

云随绿水歌声转，雪绕红绡舞袖垂。　　　　　　　晏几道《鹧鸪天》

花褪残红青杏小。燕子飞时，绿水人家绕。　　　　苏轼《蝶恋花》

舞困榆钱自落，秋千外、绿水桥平。　　　　　　　秦观《满庭芳》

绿水满池塘，点水蜻蜓避燕忙。　　　　　　　　　李之仪《南乡子》

更深绿水照红妆，便是采莲船上。　　　　　　　　周紫芝《西江月》

近绿水、台榭映秋千，斗草聚、双双游女。　　　　万俟咏《三台》

问燕子来时，绿水桥边路，曾画楼、见过人人否。　袁去华《安公子》

因甚春深，片红不到，绿水人家。　　　　　　　　张炎《柳梢青》


## 🌊 江水

惆怅中何寄，江天水一泓。　　　　　　　　　　　毛泽东《挽易昌陶》

天门中断楚江开，碧水东流直北回。　　　　　　　李白《望天门山》

自从献宝朝河宗，无复射蛟江水中。　　　杜甫《韦讽录事宅观曹将军画马图》

人生有情泪沾臆，江水江花岂终极。　　　　　　　杜甫《哀江头》

杨柳青青江水平，闻郎江上唱歌声。　　　　　　　刘禹锡《竹枝词》

蜀江水碧蜀山青，圣主朝朝暮暮情。　　　　　　　白居易《长恨歌》

去来江口守空船，绕船月明江水寒。　　　　　　　白居易《琵琶行》

一道残阳铺水中，半江瑟瑟半江红。　　　　　　　白居易《暮江吟》

| 我家江水初发源，宦游直送江入海。 | 苏轼《游金山寺》 |
| 我谢江神岂得已，有田不归如江水。 | 苏轼《游金山寺》 |
| 日出江花红胜火，春来江水绿如蓝。能不忆江南？ | 白居易《忆江南》 |
| 脸傅朝霞衣剪翠，重重占断秋江水。 | 晏殊《渔家傲》 |
| 强将离恨倚江楼，江水不能流恨去。 | 欧阳修《玉楼春》 |
| 惟有长江水，无语东流。 | 柳永《八声甘州》 |
| 梦入江南烟水路，行尽江南，不与离人遇。 | 晏几道《蝶恋花》 |
| 日日思君不见君，共饮长江水。 | 李之仪《卜算子》 |
| 水驿春回，望寄我、江南梅萼。 | 周邦彦《解连环》 |
| 郁孤台下清江水，中间多少行人泪。 | 辛弃疾《菩萨蛮》 |
| 江水苍苍，望倦柳愁荷，共感秋色。 | 史达祖《秋霁》 |
| 秋江带雨，寒沙萦水，人瞰画阁愁独。 | 史达祖《八归》 |
| 江燕话归成晓别，水花红减似春休，西风梧井叶先愁。 | 吴文英《浣溪沙》 |
| 他家万条千缕，解遮亭障驿，不隔江水。 | 彭元逊《六丑》 |
| 滚滚长江东逝水，浪花淘尽英雄。 | 杨慎《临江仙》 |
| 欹角枕，掩红窗。梦到江南伊家，博山沉水香。 | 纳兰性德《遐方怨》 |

## ❧ 流水

| 流水如有意，暮禽相与还。 | 王维《归嵩山作》 |
| 客心洗流水，馀响入霜钟。 | 李白《听蜀僧濬弹琴》 |
| 流水传潇浦，悲风过洞庭。 | 钱起《省试湘灵鼓瑟》 |
| 浮云一别后，流水十年间。 | 韦应物《淮上喜会梁州故人》 |
| 时有落花至，远随流水香。 | 刘眘虚《阙题》 |
| 蕃情似此水，长愿向南流。 | 张乔《书边事》 |
| 世间行乐亦如此，古来万事东流水。 | 李白《梦游天姥吟留别》 |
| 请君试问东流水，别意与之谁短长。 | 李白《金陵酒肆留别》 |
| 抽刀断水水更流，举杯消愁愁更愁。 | 李白《宣州谢朓楼饯别校书叔云》 |
| 天门中断楚江开，碧水东流直北回。 | 李白《望天门山》 |
| 峨眉山月半轮秋，影入平羌江水流。 | 李白《峨眉山月歌》 |
| 颠狂柳絮随风去，轻薄桃花逐水流。 | 杜甫《绝句漫兴之五》 |

| | |
|---|---|
| 当流赤足踏涧石，水声激激风吹衣。 | 韩愈《山石》 |
| 繁华事散逐香尘，流水无情草自春。 | 杜牧《金谷园》 |
| 唯余岩下多情水，犹解年年傍驿流。 | 罗隐《筹笔驿》 |
| 西塞山前白鹭飞，桃花流水鳜鱼肥。 | 张志和《渔歌子》 |
| 汴水流，泗水流，流到瓜洲古渡头，吴山点点愁。 | 白居易《长相思》 |
| 流水落花春去也，天上人间。 | 李煜《浪淘沙》 |
| 问君能有几多愁，恰似一江春水向东流。 | 李煜《虞美人》 |
| 惟有长江水，无语东流。 | 柳永《八声甘州》 |
| 六朝旧事随流水，但寒烟衰草凝绿。 | 王安石《桂枝香》 |
| 花不语，水空流，年年拚得为花愁。 | 晏几道《鹧鸪天》 |
| 楼下分流水声中，有当日、凭高泪。 | 晏几道《留春令》 |
| 春色三分，二分尘土，一分流水。 | 苏轼《水龙吟》 |
| 无奈归心，暗随流水到天涯。 | 秦观《望海潮》 |
| 怎奈向、欢娱渐随流水，素弦声断，翠绡香减。 | 秦观《八六子》 |
| 斜阳外，寒鸦万点，流水绕孤村。 | 秦观《满庭芳》 |
| 漠漠轻寒上小楼，晓阴无赖似穷秋，淡烟流水画屏幽。 | 秦观《浣溪沙》 |
| 恋树湿花飞不起，愁无比，和春付与东流水。 | 朱服《渔家傲》 |
| 惟有楼前流水，应念我、终日凝眸。 | 李清照《凤凰台上忆吹箫》 |
| 花自飘零水自流，一种相思，两处闲愁。 | 李清照《一剪梅》 |
| 催促年光，旧来流水知何处。 | 廖世美《烛影摇红》 |
| 到而今、惟有溪边流水，见人如故。 | 袁去华《瑞鹤仙》 |
| 肥水东流无尽期，当初不合种相思。 | 姜夔《鹧鸪天》 |
| 华堂烛暗送客，眼波回盼处，芳艳流水。 | 吴文英《齐天乐》 |
| 对西风、鬓摇烟碧，参差前事流水。 | 朱嗣发《摸鱼儿》 |
| 向寻常野桥流水，待招来、不是旧沙鸥。 | 张炎《八声甘州》 |
| 水远，怎知流水外，却是乱山尤远。 | 王沂孙《长亭怨慢》 |
| 曾记否，到中流击水，浪遏飞舟。 | 毛泽东《沁园春》 |
| 到处莺歌燕舞，更有潺潺流水，高路入云端。 | 毛泽东《水调歌头》 |

## 🌸 江南

江南有丹橘，经冬犹绿林。　　　　　　　　　　张九龄《感遇之七》

江南瘴疠地，逐客无消息。　　　　　　　　杜甫《梦李白二首之一》

惆怅南朝事，长江独自今。　　　　　刘长卿《秋日登吴公台上寺远眺》

还作江南会，翻疑梦里逢。　　　　　　戴叔伦《江乡故人偶集客舍》

是岁江南旱，衢州人食人。　　　　　　　　　　白居易《轻肥》

正是江南好风景，落花时节又逢君。　　　　　杜甫《江南逢李龟年》

江上月明胡雁过，淮南木落楚山多。　刘长卿《江州重别薛六柳八二员外》

青山隐隐水迢迢，秋尽江南草未凋。　　　　杜牧《寄扬州韩绰判官》

春风又绿江南岸，明月何时照我还。　　　　　王安石《泊船瓜洲》

试登绝顶望乡国，江南江北青山多。　　　　　　苏轼《游金山寺》

未到江南先一笑，岳阳楼上对君山。　黄庭坚《雨中登岳阳楼望君山之一》

从今别却江南路，化作啼鹃带血归。　　　　　文天祥《金陵驿》

江南好，风景旧曾谙。　　　　　　　　　　白居易《忆江南》

日出江花红胜火，春来江水绿如蓝。能不忆江南？　　白居易《忆江南》

江南忆，最忆是杭州。　　　　　　　　　　白居易《忆江南》

人人尽说江南好，游人只合江南老。　　　　　韦庄《菩萨蛮》

闲梦江南梅熟日，夜船吹笛雨萧萧，人语驿边桥。　皇甫松《梦江南》

一叶扁舟轻帆卷，暂泊楚江南岸。　　　　　　　柳永《迷神引》

梦入江南烟水路，行尽江南，不与离人遇。　　晏几道《蝶恋花》

别浦高楼曾漫倚，对江南千里。　　　　　　　晏几道《留春令》

故人早晚上高台，寄我江南春色一枝梅。　　　　舒亶《虞美人》

憔悴江南倦客，不堪听、急管繁弦。　　　　　周邦彦《满庭芳》

水驿春回，望寄我、江南梅萼。　　　　　　　周邦彦《解连环》

江南梦断横江渚。浪黏天、葡萄涨绿，半空烟雨。　叶梦得《贺新郎》

江南旧事休重省，遍天涯寻消问息，断鸿难倩。　　李玉《贺新郎》

灯花结，片时春梦，江南天阔。　　　　　　　范成大《忆秦娥》

落日楼头，断鸿声里，江南游子。　　　　　　辛弃疾《水龙吟》

马上单衣寒恻恻，看尽鹅黄嫩绿，都是江南旧相识。　姜夔《淡黄柳》

昭君不惯胡沙远，但暗忆、江南江北。　　　　　姜夔《疏影》

莫唱江南古调，怨抑难招，楚江沉魄。　　　　吴文英《澡兰香》

伤心千里江南，怨曲重招，断魂在否？　　　　吴文英《莺啼序》

江南无路，鄘州今夜，此苦又谁知否。　　　　刘辰翁《永遇乐》

投老残年，江南谁念方回。　　　　　　　　　　周密《高阳台》

江南江北，曾未见、漫拟梨云梅雪。　　　　　　周密《瑶华》

江南自是离愁苦，况游骢古道，归雁平沙。　　王沂孙《高阳台》

一江南北，消磨多少豪杰。　　　　　　　　　萨都剌《百字令》

回汀枉渚，也只恋，江南住。　　　　　　朱彝尊《长亭怨慢》

敧角枕，掩红窗。梦到江南伊家，博山沉水香。　纳兰性德《遐方怨》

## 🐭 江东

忽忆鲤鱼鲙，扁舟往江东。　　　　　王昌龄《赵十四兄见访》

渭北春天树，江东日暮云。　　　　　　　杜甫《春日忆李白》

暂忆江东鲙，兼怀雪下船。　　　　　　　杜甫《夜二首之一》

唯残乐天在，头白向江东。　　　　　　白居易《商山路有感》

至今思项羽，不肯过江东。　　　　　　　李清照《绝句》

伐鼓撞钟惊海上，新妆袨服照江东。　　　杜审言《大酺》

天门中断楚江开，碧水东流直北回。　　　李白《望天门山》

陇西鹦鹉到江东，养得经年嘴渐红。　　　白居易《鹦鹉》

凉雾清蝉柳陌空，故人遥指浙江东。　　许浑《送张厚浙东谒丁常侍》

江东子弟多才俊，卷土重来未可知。　　　杜牧《题乌江亭》

潜将满眼思家泪，洒寄长江东北流。　　薛逢《九日雨中言怀》

大江日夜向东流，聚义群雄又远游。　　鲁迅《无题（1931年）》

问君能有几多愁，恰似一江春水向东流。　　李煜《虞美人》

惟有长江水，无语东流。　　　　　　　柳永《八声甘州》

大江东去，浪淘尽、千古风流人物。　　苏轼《念奴娇》

欲寄相思千点泪，流不到，楚江东。　　苏轼《江城子》

江水西头隔烟树，望不见，江东路。　　黄庭坚《望江东》

黯黯青山红日暮，浩浩大江东注。　　晁补之《迷神引》

堪嗟。清江东注，画舸西流，指长安日下。　周邦彦《渡江云》

方舸载酒下江东，箫鼓喧天浪拍空，万山紫翠映云重。　　张孝祥《浣溪沙》

不肯过江东，玉帐匆匆，至今草木忆英雄。　　辛弃疾《浪淘沙令》

行尽春山春事空，别愁离恨满江东。　　严仁《鹧鸪天》

滚滚长江东逝水，浪花淘尽英雄。　　杨慎《临江仙》

## 江天

野旷天低树，江清月近人。　　孟浩然《宿建德江》

江流天地外，山色有无中。　　王维《汉江临眺》

牛渚西江夜，青天无片云。　　李白《夜泊牛渚怀古》

野寺江天豁，山扉花竹幽。　　杜甫《游修觉寺》

藩篱无限景，恣意买江天。　　杜甫《春日江村五首之二》

江天清更愁，风柳入江楼。　　司空曙《题江陵临沙驿楼》

江上几人在，天涯孤棹还。　　温庭筠《送人东游》

江天一色无纤尘，皎皎空中孤月轮。　　张若虚《春江花月夜》

登高壮观天地间，大江茫茫去不还。　　李白《庐山谣寄卢侍御虚舟》

天门中断楚江开，碧水东流直北回。　　李白《望天门山》

锦江春色来天地，玉垒浮云变古今。　　杜甫《登楼》

江天漠漠鸟双去，风雨时时龙一吟。　　杜甫《滟滪》

江间波浪兼天涌，塞上风云接地阴。　　杜甫《秋兴八首之一》

关塞极天唯鸟道，江湖满地一渔翁。　　杜甫《秋兴八首之七》

江天渺渺鸿初去，漳水悠悠草欲生。　　刘长卿《送卢侍御赴河北》

月落乌啼霜满天，江枫渔火对愁眠。　　张继《枫桥夜泊》

水接西江天外声，小斋松影拂云平。　　杜牧《题元处士高亭》

落木千山天远大，澄江一道月分明。　　黄庭坚《登快阁》

冷眼向洋看世界，热风吹雨洒江天。　　毛泽东《登庐山》

冻云黯淡天气，扁舟一叶，乘兴离江渚。　　柳永《夜半乐》

对潇潇暮雨洒江天，一番洗清秋。　　柳永《八声甘州》

一阵东风来卷地，吹回，落照江天一半开。　　苏轼《南乡子》

江天雨霁，正露荷擎翠，风槐摇绿。　　张元幹《念奴娇》

更流传，丽藻借江天，留春色。　　朱熹《满江红》

| 微云淡月，对江天、分付他谁。 | 李邴《汉宫春》 |
| 江天云薄，江头雪似杨花落。 | 周紫芝《醉落魄》 |
| 江南旧事休重省，遍天涯寻消问息，断鸿难倩。 | 李玉《贺新郎》 |
| 蹙踏扬州开帝里，渡江天马龙为匹。 | 张孝祥《满江红》 |
| 临风横玉管，声散江天满。 | 辛弃疾《菩萨蛮》 |
| 胜似春光，寥廓江天万里霜。 | 毛泽东《采桑子》 |
| 万里长江横渡，极目楚天舒。 | 毛泽东《水调歌头》 |

### 江山

| 山随平野尽，江入大荒流。 | 李白《渡荆门送别》 |
| 江山如有待，花柳更无私。 | 杜甫《后游》 |
| 西山白雪三城戍，南浦清江万里桥。 | 杜甫《野望》 |
| 江山故宅空文藻，云雨荒台岂梦思。 | 杜甫《咏怀古迹之二》 |
| 千家山郭静朝晖，日日江楼坐翠微。 | 杜甫《秋兴八首之三》 |
| 寂寂江山摇落处，怜君何事到天涯。 | 刘长卿《长沙过贾谊宅》 |
| 江山如此不归山，江神见怪惊我顽。 | 苏轼《游金山寺》 |
| 落木千山天远大，澄江一道月分明。 | 黄庭坚《登快阁》 |
| 江山代有才人出，各领风骚数百年。 | 赵翼《论诗》 |
| 钟山风雨起苍黄，百万雄师过大江。 | 毛泽东《人民解放军占领南京》 |
| 一山飞峙大江边，跃上葱茏四百旋。 | 毛泽东《登庐山》 |
| 独自莫凭栏！无限江山；别时容易见时难。 | 李煜《浪淘沙》 |
| 江山如画，一时多少豪杰。 | 苏轼《念奴娇》 |
| 山围故国，绕清江、髻鬟对起。 | 周邦彦《西河》 |
| 新月娟娟，夜寒江静山衔斗。 | 汪藻《点绛唇》 |
| 旧恨春江流不尽，新恨云山千叠。 | 辛弃疾《念奴娇》 |
| 千古江山，英雄无觅，孙仲谋处。 | 辛弃疾《永遇乐》 |
| 黄鹤断矶头，故人曾到否？旧江山浑是新愁。 | 刘过《唐多令》 |
| 有情不收，江山身是寄，浩荡何世。 | 彭元逊《六丑》 |
| 我辈登临，残山送暝，远江延醉。 | 邓廷桢《水龙吟》 |
| 一片石头城上月，浑怕照，旧江山。 | 蒋春霖《唐多令》 |

指点江山，激扬文字，粪土当年万户侯。　　　　毛泽东《沁园春》

山，倒海翻江卷巨澜。　　　　　　　　　　　　毛泽东《十六字令》

江山如此多娇，引无数英雄竞折腰。　　　　　　毛泽东《沁园春》

更立西江石壁，截断巫山云雨，高峡出平湖。　　毛泽东《水调歌头》

江山如画，古代曾云海绿。　　　　　　　　　　毛泽东《念奴娇》

## ✿ 河山

河山鉴魏阙，桑梓忆秦川。　　　　　　　　　　杜审言《春日怀旧》

白日依山尽，黄河入海流。　　　　　　　　　　王之涣《登鹳雀楼》

无限河山泪，谁言天地宽。　　　　　　　　　　夏完淳《别云间》

黄河远上白云间，一片孤城万仞山。　　　　　　王之涣《出塞》

河山北枕秦关险，驿路西连汉畤平。　　　　　　崔颢《行经华阴》

白日登山望烽火，黄昏饮马傍交河。　　　　　　李颀《古从军行》

欲渡黄河冰塞川，将登太行雪满山。　　　　　　李白《行路难》

万木长承新雨露，千门空对旧河山。　　　　　　刘长卿《上阳宫望幸》

三春白雪归青冢，万里黄河绕黑山。　　　　　　柳中庸《征人怨》

不据山河据平地，长戈利矛日可麾。　　　　　　李商隐《韩碑》

千里山河轻孺子，两朝冠剑恨谯周。　　　　　　罗隐《筹笔驿》

汉室河山鼎势分，勤王谁肯顾元勋。　　　　　　崔涂《赤壁怀古》

山河破碎风飘絮，身世浮沉雨打萍。　　　　　　文天祥《过零丁洋》

山河风景元无异，城郭人民半已非。　　　　　　文天祥《金陵驿》

草木不欣胡日月，风云犹壮汉山河。　　　　　　柳亚子《寄题岳王冢》

河山两戒重光日，约取金门海上盟。　　　　　　郁达夫《乱离杂诗之九》

满目山河空念远，落花风雨更伤春，不如怜取眼前人。　晏殊《浣溪沙》

待从头收拾旧山河，朝天阙。　　　　　　　　　岳飞《满江红》

中原佳气郁葱葱，河山壮宫阙。　　　　　　　　朱熹《好事近》

画图恰似归家梦，千里河山寸许长。　　　　　　辛弃疾《鹧鸪天》

看云外山河，还老桂花旧影。　　　　　　　　　王沂孙《眉妩》

今古河山无定据，画角声中，牧马频来去。　　　纳兰性德《蝶恋花》

万国河山平似掌，九天花鸟纷如绣。　　　　　　陈维崧《满江红》

铜柱烟消，玉关雪霁，河山明秀。　　　　　　　　　　陈维崧《庄椿岁》

怪枕中、日月一何长，河山小。　　　　　　　　　　　梁清标《满江红》

烽火连江，河山满眼，那处登临。　　　　　　　　　　蒋春霖《一萼红》

游侠地，河山影事还记。　　　　　　　　　　　　　　王鹏运《燕台怀古》

多少新亭闲涕泪，问河山，风景谁无恙。　　　　　　　朱孝臧《金缕曲》

莽荡河山，英雄怀抱，俯掣长鲸仰射雕。　　　　　　　许宝蘅《沁园春》

河山半壁误英雄，赢得雕虫余技擅江东。　　　　　　　柳亚子《虞美人》


## 都市类


### 长安

回顾长安道，关山起夕霏。　　　　卢照邻《还赴蜀中贻示京邑游好》

戎衣何日定，歌舞入长安。　　　　骆宾王《在军登城楼》

观阙长安近，江山蜀路赊。　　　　王勃《始平晚息》

置酒长安道，同心与我违。　　　　王维《送綦毋潜落第还乡》

长安一片月，万户捣衣声。　　　　李白《子夜吴歌》

遥怜小儿女，未解忆长安。　　　　杜甫《月夜》

秋风生渭水，落叶满长安。　　　　贾岛《忆江上吴处士》

长安城连东掖垣，凤凰池对青琐门。　李颀《听董大弹胡笳兼寄语弄房给事》

长相思，在长安。　　　　　　　　李白《长相思》

昔随刘氏定长安，帷幄未改神惨伤。　杜甫《寄韩谏议注》

三月三日天气新，长安水边多丽人。　杜甫《丽人行》

长安城头头白乌，夜飞延秋门上呼。　杜甫《哀王孙》

天开地裂长安陌，寒尽春生洛阳殿。

　　　杜甫《湖城东遇孟云卿复归刘颢宅宿宴饮散因为醉歌》

先帝贵妃今寂寞，荔枝还复入长安。　杜甫《解闷十二首之九》

长安柳枝春欲来，洛阳梨花在前开。　岑参《送魏四落第还乡》

长安清明好时节，只宜相送不宜别。　王建《长安别》

回头下望人寰处，不见长安见尘雾。　　　　　　白居易《长恨歌》

相约恩深相见难，一朝蚁贼满长安。　　　　　　吴伟业《圆圆曲》

莫见长安行乐处，空令岁月易蹉跎。　　　　　　李颀《送魏万之京》

总为浮云能蔽日，长安不见使人愁。　　　　　　李白《登金陵凤凰台》

南风一扫胡尘静，西入长安到日边。　　　　　　李白《永王东巡歌之十一》

李白一斗诗百篇，长安市上酒家眠。　　　　　　杜甫《饮中八仙歌》

闻道长安似弈棋，百年世事不胜悲。　　　　　　杜甫《秋兴八首之四》

长安回望绣成堆，山顶千门次第开。　　　　　　杜牧《过华清宫绝句之一》

买花载酒长安市，又争似家山见桃李。　　　　　欧阳修《青玉案》

长安古道马迟迟，高柳乱蝉嘶。　　　　　　　　柳永《少年游》

浮生只合尊前老，雪满长安道。　　　　　　　　舒亶《虞美人》

今宵谁念泣孤臣，回首长安远。　　　　　　　　张抡《烛影摇红》

西北望长安，可怜无数山。　　　　　　　　　　辛弃疾《菩萨蛮》

长安故人问我，道愁肠殢酒只依然。　　　　　　辛弃疾《木兰花慢》

年年跃马长安市，客舍似家家似寄。　　　　　　刘克庄《木兰花》

又客长安，叹断襟零袂，涴尘谁浣。　　　　　　吴文英《三姝媚》

说与萧娘未知道，向长安，对秋灯，几人老。　　吴文英《夜游宫》

韶华正好，应自喜、初乱长安蜂蝶。　　　　　　周密《瑶华》

还似少年歌舞地，听落叶，忆长安。　　　　　　蒋春霖《唐多令》

正西风落叶下长安，飞鸣镝。　　　　　　　　　毛泽东《满江红》


## 洛阳

风云洛阳道，花月茂陵田。　　　　　　　　　　卢照邻《哭明堂裴主簿》

长安重游侠，洛阳富才雄。　　　　　　　　　　卢照邻《结客少年场行》

日霁崤陵雨，尘起洛阳风。　　　　　　　　　　骆宾王《秋日饯陆道士陈文林》

桂林风景异，秋似洛阳春。　　　　　　　　　　宋之问《始安秋日》

悠悠洛阳道，此会在何年。　　　　　　　　　　陈子昂《春夜别友人之一》

乡书何处达，归雁洛阳边。　　　　　　　　　　王湾《次北固山下》

秋风不相待，先至洛阳城。　　　　　　　　　　张说《蜀道后期》

更怜湘水赋，还是洛阳才。　　　　　　　　　　张九龄《酬王六霁后书怀见示》

| | |
|---|---|
| 俯视洛阳川，茫茫走胡兵。 | 李白《古风之十九》 |
| 洛阳昔陷没，胡马犯潼关。 | 杜甫《洛阳》 |
| 归棹洛阳人，残钟广陵树。 | 韦应物《初发扬子寄元大校书》 |
| 洛阳新月动秋砧，瀚海沙场天半阴。 | 刘方平《寄严八判官》 |
| 洛阳亲友如相问，一片冰心在玉壶。 | 王昌龄《芙蓉楼送辛渐》 |
| 郑国游人未及家，洛阳行子空叹息。 | 李颀《送陈章甫》 |
| 洛阳女儿对门居，才可颜容十五余。 | 王维《洛阳女儿行》 |
| 洛阳三月飞胡沙，洛阳城中人怨嗟。 | 李白《扶风豪士歌》 |
| 秦人半作燕地囚，胡马翻衔洛阳草。 | 李白《猛虎行》 |
| 即从巴峡穿巫峡，便下襄阳向洛阳。 | 杜甫《闻官军收河南河北》 |
| 洛阳宫殿化为烽，休道秦关百二重。 | 杜甫《诸将五首之三》 |
| 九度附书向洛阳，十年骨肉无消息。 | 杜甫《天边行》 |
| 冬至至后日初长，远在剑南思洛阳。 | 杜甫《至后》 |
| 柳絮飞时别洛阳，梅花发后到三湘。 | 贾至《巴陵夜别王八员外》 |
| 洛阳举目今谁在，颍水无情应自流。 | 刘长卿《时平后送范伦归安州》 |
| 曾是洛阳花下客，野芳虽晚不须嗟。 | 欧阳修《戏答元珍》 |
| 洛阳愁绝，杨柳花飘雪。 | 温庭筠《清平乐》 |
| 洛阳城里春光好，洛阳才子他乡老。 | 韦庄《菩萨蛮》 |
| 洛阳正值芳菲节，秾艳清香相间发。 | 欧阳修《玉楼春》 |
| 芍药樱桃两斗新，名园高会送芳辰，洛阳初夏广陵春。 | 苏轼《浣溪沙》 |
| 明年载酒洛阳春，还念淮山楼上、倚阑人。 | 贺铸《虞美人》 |
| 洛阳城里又东风，未必桃花得似、旧时红。 | 陈与义《虞美人》 |
| 江头三月清明，柳风轻。巴峡谁知还是、洛阳城。 | 辛弃疾《乌夜啼》 |
| 洛阳画图旧见。向天香深处，犹认娇面。 | 卢祖皋《锦园春》 |

### ❦ 扬州

| | |
|---|---|
| 轻桡上桂水，大艑下扬州。 | 戴叔伦《送柳道时余北还》 |
| 长波东接海，万里至扬州。 | 武元衡《古意》 |
| 鸬鹚山头宿雨晴，扬州郭里暮潮生。 | 李颀《送刘昱》 |
| 九江枫树几回青，一片扬州五湖白。 | 王维《同崔博答贤弟》 |

故人西辞黄鹤楼，烟花三月下扬州。　　　　　　李白《送孟浩然之广陵》

濯锦清江万里流，云帆龙舸下扬州。　　　　李白《上皇西巡南京歌十首之六》

东阁官梅动诗兴，还如何逊在扬州。

　　　　　　　　　　　　杜甫《和裴迪登蜀州东亭送客逢早梅相忆见寄》

乡关若有东流信，遣送扬州近驿桥。　　　　　　　李益《逢归信偶寄》

扬州从事夜相寻，无限新诗月下吟。　刘禹锡《酬淮南廖参谋秋夕见过之作》

嘹唳塞鸿经楚泽，浅深红树见扬州。　　　　　　　　李绅《宿扬州》

天下三分明月夜，二分无赖是扬州。　　　　　　　　徐凝《忆扬州》

十年一觉扬州梦，赢得青楼薄幸名。　　　　　　　　杜牧《遣怀》

春风十里扬州路，卷上珠帘总不如。　　　　　　　　杜牧《赠别》

暂别扬州十度春，不知光景属何人。　　　　　　　　徐铉《柳枝词》

扬州曾是追游地，酒台花径仍存。　　　　　　　　　柳永《临江仙》

游人都上十三楼，不羡竹西歌吹、古扬州。　　　　　苏轼《南歌子》

笑拈红梅辫翠翘，扬州十里最妖饶。　　　　　　　　苏轼《鹧鸪天》

试问江南诸伴侣，谁似我，醉扬州。　　　　　　　　苏轼《江城子》

花陌千条，珠帘十里，梦中还是扬州。　　　　　　　李之仪《满庭芳》

玉觞潋滟谁相送，一觉扬州梦。　　　　　　　　　　晁端礼《虞美人》

见扬州独有，天下无双，号为琼树。　　　　　　　　秦观《醉蓬莱》

东南自古繁华地，歌吹扬州。　　　　　　　　　　　贺铸《采桑子》

豪纵，豪纵。一觉扬州春梦。　　　　　　　　　　　贺铸《忆仙姿》

红尘十里扬州过，更上迷楼一借山。　　　　　　　　贺铸《思越人》

人间花老，天涯春去，扬州别是风光。　　　　　　　晁补之《望海潮》

酤席笙歌，透帘灯火，风景似扬州。　　　　　　　　周邦彦《少年游》

中原乱，簪缨散，几时收？试倩悲风吹泪，过扬州。　朱敦儒《相见欢》

天意若教花似雪，客情宁恨鬓如秋。趁他何逊在扬州。　周紫芝《浣溪沙》

蹵踏扬州开帝里，渡江天马龙为匹。　　　　　　　　张孝祥《满江红》

今老矣，搔白首，过扬州。　　　　　　　　　　　　辛弃疾《水调歌头》

屈指人间得意，问谁是、骑鹤扬州。　　　　　　　　辛弃疾《满庭芳》

眉黛敛，眼波流。十年薄幸说扬州。　　　　　　　　辛弃疾《鹧鸪天》

四十三年，望中犹记，烽火扬州路。　　　　　　　　辛弃疾《永遇乐》

| 十里扬州，三生杜牧，前事休说。 | 姜夔《琵琶仙》 |
| 恨春易去，甚春却向扬州住。 | 姜夔《侧犯》 |
| 旧游帘幕记扬州。一灯人著梦，双燕月当楼。 | 史达祖《临江仙》 |
| 湘水离魂菰叶怨，扬州无梦铜华阙。 | 吴文英《满江红》 |
| 人去西楼雁杳。叙别梦，扬州一觉。 | 吴文英《夜游宫》 |
| 海底月沉天上兔，辽东人化扬州鹤。 | 刘辰翁《满江红》 |
| 记少年一梦扬州，二十四桥明月。 | 周密《瑶华》 |

# 音乐乐器歌舞类

## 歌舞

| 戎衣何日定，歌舞入长安。 | 骆宾王《在军登城楼》 |
| 我歌月徘徊，我舞影零乱。 | 李白《月下独酌》 |
| 滕王高阁临江渚，佩玉鸣鸾罢歌舞。 | 王勃《滕王阁》 |
| 平阳歌舞新承宠，帘外春寒赐锦袍。 | 王昌龄《春宫怨》 |
| 辽东小妇年十五，惯弹琵琶解歌舞。 | 李颀《古意》 |
| 战士军前半死生，美人帐下犹歌舞。 | 高适《燕歌行》 |
| 回首可怜歌舞地，秦中自古帝王州。 | 杜甫《秋兴八首之六》 |
| 缓歌慢舞凝丝竹，尽日君王看不足。 | 白居易《长恨歌》 |
| 朱门沉沉按歌舞，厩马肥死弓断弦。 | 陆游《关山月》 |
| 相见初经田窦家，侯门歌舞出如花。 | 吴伟业《圆圆曲》 |
| 换羽移宫万里愁，珠歌翠舞古梁州。 | 吴伟业《圆圆曲》 |
| 今日画堂歌舞地，明日天涯。 | 张先《浪淘沙》 |
| 重头歌韵响琤琮，入破舞腰红乱旋。 | 晏殊《木兰花》 |
| 舞低杨柳楼心月，歌尽桃花扇底风。 | 晏几道《鹧鸪天》 |
| 青鸾歌舞，铢衣摇曳，壶中天地。 | 苏轼《水龙吟》 |
| 前度刘郎重到，访邻寻里，同时歌舞。 | 周邦彦《瑞龙吟》 |
| 冶叶倡条俱相识，仍惯见珠歌翠舞。 | 周邦彦《尉迟杯》 |

榴花不似舞裙红，无人知此意，歌罢满帘风。 　　　　陈与义《临江仙》

总是倾城来一处，谁妒。谁携歌舞到园亭。 　　　　辛弃疾《定风波》

紫陌长安，看花年少，无限歌舞。 　　　　　　　　辛弃疾《永遇乐》

舞榭歌台，风流总被，雨打风吹去。 　　　　　　　辛弃疾《永遇乐》

舞歇歌沉，花未减、红颜先变。 　　　　　　　　　吴文英《三姝媚》

望不尽、楼台歌舞，习习香尘莲步底。 　　　　　　刘辰翁《宝鼎现》

歌舞尊前，繁华梦里，暗换青青发。 　　　　　　　萨都剌《百字令》

朝弹瑶瑟夜银筝，歌舞人潇洒。 　　　　　　　　　夏完淳《烛影摇红》

还似少年歌舞地，听落叶，忆长安。 　　　　　　　蒋春霖《唐多令》

到处莺歌燕舞，更有潺潺流水，高路入云端。 　　　毛泽东《水调歌头》

## 钟鼓

钟鼓严更曙，山河野望通。 　　　　　　　　　　　李隆基《早度蒲津关》

炎凉递时节，钟鼓交昏晓。 　　　　　　　　　　　白居易《西掖早秋直夜书意》

钟鼓馔玉何足贵，但愿长醉不复醒。 　　　　　　　李白《将进酒》

复有楼台衔暮景，不劳钟鼓报新晴。 　　　　　　　杜甫《院中晚晴怀西郭茅舍》

迟迟钟鼓初长夜，耿耿星河欲曙天。 　　　　　　　白居易《长恨歌》

丝纶阁下文书静，钟鼓楼中刻漏长。 　　　　　　　白居易《紫薇花》

南山雪色彻皇州，钟鼓声交晓气浮。 　　　　　　　姚合《和卢给事酬裴员外》

关河风雨迷旧梦，钟鼓朝昏老此身。 　　　　　　　罗邺《长安春夕旅怀》

星斗稀，钟鼓歇，帘外晓莺残月。 　　　　　　　　温庭筠《更漏子》

钟鼓寒，楼阁暝，月照古铜金井。 　　　　　　　　韦庄《更漏子》

归时烟里钟鼓，正是黄昏，暗销魂。 　　　　　　　韦庄《河传》

梦断禁城钟鼓，泪滴枕檀无数。 　　　　　　　　　牛希济《谒金门》

寒夜纵长，孤衾易暖，钟鼓渐清圆。 　　　　　　　苏轼《一丛花》

不知钟鼓报天明，梦里栩然蝴蝶、一身轻。 　　　　苏轼《南歌子》

烟络横林，山沉远照，迤逦黄昏钟鼓。 　　　　　　贺铸《天香》

凉叶辞风，流云卷雨，寥寥夜色沉钟鼓。 　　　　　贺铸《踏莎行》

归来翠被和衣拥，醉解寒生钟鼓动。 　　　　　　　贺铸《梦相亲》

黯凝伫，掩重关、遍城钟鼓。 　　　　　　　　　　周邦彦《扫地游》

山城钟鼓愁难听，不解襄王梦里寻。　　　　　　　　赵令畤《鹧鸪天》

任燕来莺去，香凝翠暖，歌酒清时钟鼓。　　　　　　张炎《大圣乐》

## 钟磬

南邻击钟磬，北里吹笙竽。　　　　　　　　　　　　左思《咏史诗八首之四》

万籁此俱寂，惟闻钟磬音。　　　　　　　　　　　　常建《题破山寺后禅院》

古寺杉松出，残阳钟磬连。　　　　　　　　　　　　姚合《送僧栖真归杭州天竺寺》

炉烟上乔木，钟磬下危楼。　　　　　　　　　　　　贾岛《题岸上人郡内闲居》

渐闻钟磬音，飞鸟皆下翔。　　　　　　　　　　　　苏轼《游灵隐高峰塔》

钟磬秋山静，炉香沉水寒。　　　　　　　　　　　　黄庭坚《丁巳宿宝石寺》

霜晴响钟磬，日落归樵渔。　　　　　　　　　　　　李纲《觉度寺》

鱼龙随水上，钟磬隔林闻。　　　　　　　　　　　　萨都剌《访石城白岩上人》

蜃市林峦上，潮音钟磬间。　　　　　　　　　　　　施闰章《登孤屿江心寺》

楼台含雨暗，钟磬吐风微。　　　　　　　　　　　　屈大均《汉口访彻上人兰若》

珠帘夕殿闻钟磬，白日秋天忆鼓鼙。　　　　　　　　李昂《赋戚夫人楚舞歌》

有时自发钟磬响，落日更见渔樵人。　　　　　　　　杜甫《崔氏东山草堂》

花落黄昏悄悄时，不闻歌吹闻钟磬。　　　　　　　　白居易《新乐府两朱阁》

昨夜回舟更惆怅，至今钟磬满南邻。　　　　　　　　许浑《哭杨攀处士》

半夜四山钟磬尽，水精宫殿月玲珑。　　　　　　　　张祜《东山寺》

清词孤韵有歌响，击触钟磬鸣环珂。　　　　　　　　李商隐《安平公诗》

楼台冷簇云萝外，钟磬晴敲水石间。　　　　　　　　林逋《山谷寺》

轩窗势耸云林合，钟磬声高鸟道盘。　　　　曾巩《灵岩寺兼简重元长老二刘居士》

楼台势出尘埃外，钟磬声来缥缈间。　　　　　　　　曾巩《大乘寺》

空岩静发钟磬响，古木倒挂藤萝昏。　　　　　　　　黄庭坚《万州下岩二首之一》

六时钟磬林光碧，万里帆樯海气青。　　　　　　　　丘逢甲《游西岩作之二》

不知清庙钟磬，零落有谁编。　　　　　　　　　　　辛弃疾《水调歌头》

## 琵琶

葡萄美酒夜光杯，欲饮琵琶马上催。　　　　　　　　王翰《凉州曲》

琵琶起舞换新声，总是关山旧别情。　　　　　　　　王昌龄《从军行之二》

辽东小妇年十五，惯弹琵琶解歌舞。　　　　　　　李颀《古意》

行人刁斗风沙暗，公主琵琶幽怨多。　　　　　　李颀《古从军行》

千载琵琶作胡语，分明怨恨曲中论。　　　　　杜甫《咏怀古迹之三》

中军置酒饮归客，胡琴琵琶与羌笛。　　　岑参《白雪歌送武判官归京》

忽闻水上琵琶声，主人忘归客不发。　　　　　　白居易《琵琶行》

寻声暗问弹者谁，琵琶声停欲语迟。　　　　　　白居易《琵琶行》

千呼万唤始出来，犹抱琵琶半遮面。　　　　　　白居易《琵琶行》

十三学得琵琶成，名属教坊第一部。　　　　　　白居易《琵琶行》

我闻琵琶已叹息，又闻此语重唧唧。　　　　　　白居易《琵琶行》

今夜闻君琵琶语，如听仙乐耳暂明。　　　　　　白居易《琵琶行》

莫辞更坐弹一曲，为君翻作琵琶行。　　　　　　白居易《琵琶行》

赤县无人存正朔，青衫有泪哭琵琶。　　　　柳亚子《次韵和陈巢南》

琵琶金翠羽，弦上黄莺语。　　　　　　　　　　韦庄《菩萨蛮》

小怜初上琵琶，晓来思绕天涯。　　　　　　　王安国《清平乐》

琵琶弦上语无凭，豆蔻梢头春有信。　　　　　晏几道《玉楼春》

琵琶弦上说相思，当时明月在，曾照彩云归。　晏几道《临江仙》

娟娟缺月西南落，相思拨断琵琶索。　　　　　　苏轼《菩萨蛮》

停杯且听琵琶语，细捻轻拢，醉脸春融，斜照江天一抹红。　苏轼《采桑子》

马上琵琶关塞黑，更长门、翠辇辞金阙。　　　辛弃疾《贺新郎》

送客重寻西去路，问水面琵琶谁拨。　　　　　　姜夔《八归》

花外琵琶，柳边莺燕，玉佩摇金缕。　　　　　萨都剌《酹江月》

痴魂，正无赖，又琵琶弦上，迸起烟尘。　　　蒋春霖《忆旧游》

## 管弦

飐影过伊洛，流声入管弦。　　　　　　　　虞世南《飞来双白鹤》

花添罗绮色，莺乱管弦声。　　　　　　储光羲《献高使君大酺作》

处处逢珠翠，家家听管弦。　　　　　　　顾况《上元夜忆长安》

夜静管弦绝，月明宫殿秋。　　　　　　　　戴叔伦《长门怨》

从来别离地，能使管弦愁。　　　　　刘禹锡《松江送处州奚使君》

水国多台榭，吴风尚管弦。　　白居易《和梦得夏至忆苏州呈卢宾客》

管弦心戚戚，罗绮鬓星星。 许浑《南亭与首宫宴集》

可怜明月夜，长是管弦愁。 张祜《公子行》

黄叶仍风雨，青楼自管弦。 李商隐《风雨》

玳筵急管曲复终，乐极哀来月东出。 杜甫《观公孙大娘弟子舞剑器行》

楚思淼茫云水冷，商声清脆管弦秋。

白居易《卢侍御与崔评事为予于黄鹤楼置宴罢同望》

主人下马客在船，举酒欲饮无管弦。 白居易《琵琶行》

松桂影中旌旆色，芰荷风里管弦声。 韦庄《汉州》

龙华喋血不眠夜，犹制小诗赋管弦。 毛泽东《纪念鲁迅八十寿辰之一》

玉颜憔悴三年，谁复商量管弦。 王建《调笑令》

杨柳阴中驻彩旌，芰荷香里劝金觥，小词流入管弦声。 晏殊《浣溪沙》

管弦清，旋翻红袖学飞琼。 晏殊《拂霓裳》

憔悴江南倦客，不堪听、急管繁弦。 周邦彦《满庭芳》

凝碧旧池头，一听管弦凄切。 韩元吉《好事近》

蓦地管弦催，一团红雪飞。 辛弃疾《菩萨蛮》

但将痛饮酬风月，莫放离歌入管弦。 辛弃疾《鹧鸪天》

戏马台前秋雁飞，管弦歌舞更旌旗。 辛弃疾《鹧鸪天》

风月亭危致爽，管弦声脆休催。 辛弃疾《西江月》

一春几度画桥边，东风听管弦。 史达祖《阮郎归》

别院管弦声，不分明。 纳兰性德《昭君怨》


## 🌊 丝竹

霜戟列丹陛，丝竹韵长廊。 李世民《元日》

花前下鞍马，草上携丝竹。 白居易《送吕漳州》

众籁凝丝竹，繁英耀绮罗。 许浑《郁林寺》

洛阳陌上人回首，丝竹飘飘入青天。 韦应物《金谷园歌》

遥羡光阴不虚掷，肯令丝竹暂生尘。

刘禹锡《河南白尹有喜崔宾客归洛兼见怀长句因而继和》

缓歌慢舞凝丝竹，尽日君王看不足。 白居易《长恨歌》

浔阳地僻无音乐，终岁不闻丝竹声。 白居易《琵琶行》

今愁古恨入丝竹，一曲凉州无限情。　　　　　　白居易《题灵岩寺》

好似酒阑丝竹罢，倚风含笑向楼台。　　　　　　秦韬玉《牡丹》

喧天丝竹韵融融，歌唱画堂中。　　　　　　　　晏殊《诉衷情令》

无限事，许多情，四弦丝竹苦丁宁。　　　　　　苏轼《鹧鸪天》

绕郭烟花连茂苑，满船丝竹载凉州。一标争胜锦缠头。　　贺铸《锦缠头》

一曲凤箫同去，倦人间丝竹。　　　　　　　　　吕渭老《好事近》

丝竹陶写耳，急羽且飞觞。　　　　　　　　　　辛弃疾《水调歌头》

试问东山风月，更著中年丝竹，留得谢公不。　　辛弃疾《水调歌头》

都无丝竹衔杯乐，却有龙蛇落笔忙。　　　　　　辛弃疾《鹧鸪天》

丝竹纷纷，杨花飞鸟衔巾。　　　　　　　　　　辛弃疾《新荷叶》

绣阁留寒，罗衣怯润，慵理凤楼丝竹。　　　　　陈允平《大酺》

绿意阴阴，丝竹静深院。　　　　　　　　　　　周密《祝英台近》

丝竹凋年，湖山费泪，销与西风词酒。　　　　　郑文焯《齐天乐》

枉教人回首，少年丝竹，玉容歌管。　　　　　　况周颐《苏武慢》

燕蹴莺飞，莺呼客醉，何减当筵丝竹。　　　　　夏孙桐《大酺》

## 宫商

伶伦凤律乱宫商，盘木天鸡乱时节。　　　　　　元稹《有鸟二十章之十五》

玉指冰弦，未动宫商意已传。　　　　　　　　　苏轼《减字木兰花》

瑶琴横膝上，一曲泛宫商。　　　　　　　　　　张孝祥《临江仙》

雨窗短梦难凭，是几番宫商，几番吟啸。　　　　周密《玉漏迟》

宫商偷换。和五夜寒螀，一天哀雁。　　　　　　尤侗《齐天乐》

十载黄齑酸到骨，嚼出宫商角徵。　　　　　　　蒋士铨《贺新凉》

宫商细与评量，怕管急弦繁意渺茫。　　　　　　宋翔凤《沁园春》

衍波笺，斟酌宫商，付与双鬟低度。　　　　　　顾太清《瑶华》

和是箫声，一样宫商两样声。　　　　　　　　　俞樾《采桑子》

有松岚合并，幽涧鸣泉，风动处、依约宫商迭和。　况周颐《洞仙歌》

天风海水宫商变，谩惆怅、曲终人远。　　　　　陈匪石《绛都春》

宫商换，星蟾斜。倚钗鸾瘦笛，蕃马哀琶。　　　徐树铮《寿楼春》

扣著朱弦，自捻春葱，数曲宫商相继。　　　　　汪东《击梧桐》

| | |
|---|---|
| 叶子旋风，细字重重，遍宫商、几许缠绵语。 | 袁克文《好女儿》 |
| 涕泪家常，宫商国破，英气都付消沉。 | 吴湖帆《一萼红》 |
| 哀乐感中年，欢泪宫商五色鲜。 | 吴湖帆《南乡子》 |
| 流派评量参正变，宫商含咀见精勤。 | 姚鹓雏《望江南》 |
| 定自神来腕底，收清景、韵入宫商。 | 龙榆生《满庭芳》 |
| 倾苦茗，接清尘。宫商剖析味津津。 | 龙榆生《鹧鸪天》 |
| 词笺待写离情，宫商细酌新声。 | 沈祖棻《清平乐》 |

# ❧ 与人有关的词组类 ❧

## ❧ 佳人

| | |
|---|---|
| 佳人慕高义，求贤良独难。 | 曹植《美女篇》 |
| 天马来东道，佳人倾北方。 | 王绩《过汉故城》 |
| 可怜瑶台树，灼灼佳人姿。 | 陈子昂《感遇诗三十八首之三十》 |
| 绝代有佳人，幽居在空谷。 | 杜甫《佳人》 |
| 佳令随人至，明月傍云生。 | 毛泽东《喜闻捷报》 |
| 热来寻扇子，冷去对佳人。 | 毛泽东《看山》 |
| 昔有佳人公孙氏，一舞剑器动四方。 | 杜甫《观公孙大娘弟子舞剑器行》 |
| 细马时鸣金騕袅，佳人屡出董娇饶。 | 杜甫《春日戏题恼郝使君兄》 |
| 佳人拾翠春相问，仙侣同舟晚更移。 | 杜甫《秋兴八首之八》 |
| 朱弦已为佳人绝，青眼聊因美酒横。 | 黄庭坚《登快阁》 |
| 想佳人花下，对明月春风，恨应同。 | 李珣《河传》 |
| 佳人舞点金钗溜，酒恶时拈花蕊嗅，别殿遥闻箫鼓奏。 | 李煜《浣溪沙》 |
| 青杏园林煮酒香，佳人初试薄罗裳，柳丝无力燕飞忙。 | 晏殊《浣溪沙》 |
| 红粉佳人翻丽唱。惊起鸳鸯，两两飞相向。 | 欧阳修《蝶恋花》 |
| 负佳人、几许盟言，便忍把、从前欢会，陡顿翻成忧戚。 | 柳永《浪淘沙慢》 |
| 想佳人、妆楼颙望，误几回、天际识归舟。 | 柳永《八声甘州》 |
| 佳人无消息，断云远。 | 柳永《迷神引》 |

燕子楼空，佳人何在，空锁楼中燕。　　　　　　　　苏轼《永遇乐》

佳人千点泪，洒向长河水。　　　　　　　　　　　　苏轼《菩萨蛮》

欲向佳人诉离恨，泪珠先已凝双睫。　　　　　　　　苏轼《满江红》

念佳人、音尘别后，对此应解相思。　　　　　　　　晁端礼《绿头鸭》

水晶帘不下，云母屏开，冷浸佳人淡脂粉。　　　　　晁补之《洞仙歌》

望碧云空暮，佳人何处，梦魂俱远。　　　　　　　　蔡伸《苏武慢》

竹外一枝斜，想佳人、天寒日暮。　　　　　　　　　曹组《蓦山溪》


## 美人

草木有本心，何求美人折。　　　　　　　　　　　　张九龄《感遇之一》

美人清江畔，是夜越吟苦。　　　　　王昌龄《同从弟南斋玩月忆山阴崔少府》

美人卷珠帘，深坐颦蛾眉。　　　　　　　　　　　　李白《怨情》

夫婿轻薄儿，新人美如玉。　　　　　　　　　　　　杜甫《佳人》

美人如花隔云端，上有青冥之长天，下有绿水之波澜。　李白《长相思》

战士军前半死生，美人帐下犹歌舞。　　　　　　　　高适《燕歌行》

美人娟娟隔秋水，濯足洞庭望八荒。　　　　　　　　杜甫《寄韩谏议注》

美人胡为隔秋水，焉得置之贡玉堂。　　　　　　　　杜甫《寄韩谏议注》

寂寂花时闭院门，美人相并立琼轩。　　　　　　　　朱庆馀《宫中词》

芳草盈箧怀所欢，美人何在青云端。　　　　　　　　夏完淳《长歌》

团扇，团扇，美人病来遮面。　　　　　　　　　　　王建《调笑令》

残月出门时，美人和泪辞。　　　　　　　　　　　　韦庄《菩萨蛮》

牡丹含露真珠颗，美人折向庭前过。　　　　　　　　张先《菩萨蛮》

美人纤手摘芳枝，插在钗头和风颤。　　　　　　　　柳永《木兰花》

美人微笑转星眸。月华羞，捧金瓯。　　　　　　　　苏轼《江城子》

美人不用敛蛾眉，我亦多情无奈酒阑时。　　　　　　叶梦得《虞美人》

鸠雨催成新绿，燕泥收尽残红，春光还与美人同。　　陆游《临江仙》

罗袜生尘洛浦东，美人春梦琐窗空，眉山蹙恨几千重。　张孝祥《浣溪沙》

几时秋水美人来，长恐扁舟乘兴懒。　　　　　　　　辛弃疾《玉楼春》

春已归来，看美人头上，袅袅春幡。　　　　　　　　辛弃疾《汉宫春》

远道荒寒，婉娩流年，望望美人迟暮。　　　　　　　彭元逊《疏影》

## 🌥 故人

| | |
|---|---|
| 青鸟新兆去，白马故人来。 | 骆宾王《乐大夫挽词五首之四》 |
| 感此怀故人，中宵劳梦想。 | 孟浩然《夏日南亭怀辛大》 |
| 不才明主弃，多病故人疏。 | 孟浩然《岁暮归南山》 |
| 故人具鸡黍，邀我至田家。 | 孟浩然《过故人庄》 |
| 欲寻芳草去，惜与故人违。 | 孟浩然《留别王维》 |
| 浮云游子意，落日故人情。 | 李白《送友人》 |
| 故人入我梦，明我长相忆。 | 杜甫《梦李白二首之一》 |
| 故人江海别，几度隔山川。 | 司空曙《云阳馆与韩绅宿别》 |
| 芳草已云暮，故人殊未来。 | 韦庄《章台夜思》 |
| 劝君更尽一杯酒，西出阳关无故人。 | 王维《渭城曲》 |
| 故人西辞黄鹤楼，烟花三月下扬州。 | 李白《送孟浩然之广陵》 |
| 新人如花虽可宠，故人似玉由来重。 | 李白《怨情》 |
| 厚禄故人书断绝，恒饥稚子色凄凉。 | 杜甫《狂夫》 |
| 殊方又喜故人来，重镇还须济世才。 | 杜甫《奉待严大夫》 |
| 汶上相逢年颇多，飞腾无那故人何。 | 杜甫《奉寄高常侍》 |
| 故人从军在右辅，为我度量掘臼科。 | 韩愈《石鼓歌》 |
| 遣情伤，故人何在，烟水茫茫。 | 柳永《玉蝴蝶》 |
| 故人早晚上高台，寄我江南春色一枝梅。 | 舒亶《虞美人》 |
| 洒空阶，夜阑未休，故人剪烛西窗语。 | 周邦彦《琐窗寒》 |
| 尊前故人如在，想念我，最关情。 | 周邦彦《绮寮怨》 |
| 伤心故人去后，冷落新诗。 | 李邴《汉宫春》 |
| 偷弹清泪寄烟波，见江头故人，为言憔悴如许。 | 袁去华《剑器近》 |
| 将军百战身名裂，向河梁、回头万里，故人长绝。 | 辛弃疾《贺新郎》 |
| 长安故人问我，道愁肠殢酒只依然。 | 辛弃疾《木兰花慢》 |
| 想见西出阳关，故人初别。 | 姜夔《琵琶仙》 |
| 黄鹤断矶头，故人曾到否？旧江山浑是新愁。 | 刘过《唐多令》 |
| 应难奈故人天际，望彻淮山，相思无雁足。 | 史达祖《八归》 |
| 故人楼上，凭谁指与，芳草斜阳。 | 吴文英《夜合花》 |
| 料因循误了，残毡拥雪，故人心眼。 | 张炎《解连环》 |

万里孤云，清游渐远，故人何处。　　　　　张炎《月下笛》

等闲变却故人心，却道故人心易变。　　　纳兰性德《木兰花》

## 🐾 行人

行人刁斗风沙暗，公主琵琶幽怨多。　　　　李颀《古从军行》

车辚辚，马萧萧，行人弓箭各在腰。　　　　杜甫《兵车行》

道旁过者问行人，行人但云点行频。　　　　杜甫《兵车行》

峨嵋山下少人行，旌旗无光日色薄。　　　　白居易《长恨歌》

金陵津渡小山楼，一宿行人自可愁。　　　　张祜《题金陵渡》

清明时节雨纷纷，路上行人欲断魂。　　　　杜牧《清明》

归鸿飞，行人去，碧山边。　　　　　　　　冯延巳《酒泉子》

垂杨只解惹春风，何曾系得行人住。　　　　晏殊《踏莎行》

居人匹马映林嘶，行人去棹依波转。　　　　晏殊《踏莎行》

春风不解禁杨花，濛濛乱扑行人面。　　　　晏殊《踏莎行》

平芜尽处是春山，行人更在春山外。　　　　欧阳修《踏莎行》

远道迢递，行人凄楚，倦听陇水潺湲。　　　柳永《戚氏》

废沼夜来秋水满，茂林深处晚莺啼。行人肠断草凄迷。　　苏轼《浣溪沙》

兰苑未空，行人渐老，重来是事堪嗟。　　　秦观《望海潮》

行人归意速，最先念、流潦妨车毂。　　　　周邦彦《大酺》

等行人醉拥重衾，载将离恨归去。　　　　　周邦彦《尉迟杯》

雨初歇，楼外孤鸿声渐远，远山外、行人音信绝。　田为《江神子慢》

使行人到此，忠愤气填膺，有泪如倾。　　　张孝祥《六州歌头》

郁孤台下清江水，中间多少行人泪。　　　　辛弃疾《菩萨蛮》

几许凄凉须痛饮，行人自向江头醒。　　　　辛弃疾《蝶恋花》

古道行人来去，香满红树，风雨残花。　　　辛弃疾《好事近》

未有人行，才半启回廊朱户。　　　　　　　张镃《宴山亭》

瓜洲曾舣，等行人岁岁，日下长秋，城乌夜起。　彭元逊《六丑》

独倚阑干人窈窕，闲中数尽行人小。　　　　王国维《蝶恋花》

## 无人

| | |
|---|---|
| 无人信高洁，谁为表予心。 | 骆宾王《在狱咏蝉》 |
| 古木无人径，深山何处钟。 | 王维《过香积寺》 |
| 低头独长叹，此叹无人喻。 | 白居易《买花》 |
| 此曲有意无人传，愿随春风寄燕然。 | 李白《长相思》 |
| 君不见，青海头，古来白骨无人收。 | 杜甫《兵车行》 |
| 旁人错比扬雄宅，懒慢无心作解嘲。 | 杜甫《堂成》 |
| 纱窗日落渐黄昏，金屋无人见泪痕。 | 刘方平《春怨》 |
| 春潮带雨晚来急，野渡无人舟自横。 | 韦应物《滁州西涧》 |
| 少陵无人谪仙死，才薄将奈石鼓何。 | 韩愈《石鼓歌》 |
| 继周八代争战罢，无人收拾理则那。 | 韩愈《石鼓歌》 |
| 紫陌红尘拂面来，无人不道看花回。 | 刘禹锡《玄都观桃花》 |
| 花钿委地无人收，翠翘金雀玉搔头。 | 白居易《长恨歌》 |
| 峨嵋山下少人行，旌旗无光日色薄。 | 白居易《长恨歌》 |
| 七月七日长生殿，夜半无人私语时。 | 白居易《长恨歌》 |
| 一骑红尘妃子笑，无人知是荔枝来。 | 杜牧《过华清宫绝句之一》 |
| 赤县无人存正朔，青衫有泪哭琵琶。 | 柳亚子《次韵和陈巢南》 |
| 永丰柳，无人尽日花飞雪。 | 张先《千秋岁》 |
| 似花还似非花，也无人惜、从教坠。 | 苏轼《水龙吟》 |
| 曲港跳鱼，圆荷泻露，寂寞无人见。 | 苏轼《永遇乐》 |
| 惊起却回头，有恨无人省。 | 苏轼《卜算子》 |
| 乳燕飞华屋，悄无人、桐阴转午，晚凉新浴。 | 苏轼《贺新郎》 |
| 邮亭无人处，听檐声不断，困眠初熟。 | 周邦彦《大酺》 |
| 念荒寒、寄宿无人馆。重门闭、败壁秋虫叹。 | 周邦彦《拜星月慢》 |
| 向露冷风清，无人处、耿耿寒漏咽。 | 周邦彦《浪淘沙慢》 |
| 流浪征骖北道，客樯南浦，幽恨无人晤语。 | 贺铸《天香》 |
| 吹尽残花无人见，惟有垂杨自舞，渐暖霭、初回轻暑。 | 叶梦得《贺新郎》 |
| 榴花不似舞裙红，无人知此意，歌罢满帘风。 | 陈与义《临江仙》 |
| 恨无人与说相思，近日带围宽尽。 | 陆淞《瑞鹤仙》 |
| 晚霁波声带雨，悄无人舟横野渡。 | 廖世美《烛影摇红》 |

把吴钩看了，栏干拍遍，无人会，登临意。　　　辛弃疾《水龙吟》

断肠片片飞红，都无人管，倩谁唤、啼莺声住。　　辛弃疾《祝英台近》

淮南皓月冷千山，冥冥归去无人管。　　　　　　　姜夔《踏莎行》

第一是早早归来，怕红萼无人为主。　　　　　　　姜夔《长亭怨慢》

宫粉雕痕，仙云堕影，无人野水荒湾。　　　　　　吴文英《高阳台》

落日解鞍芳草岸，花无人戴，酒无人劝，醉也无人管。黄公绍《青玉案》

彩扇红牙今都在，恨无人、解听开元曲。　　　　　蒋捷《贺新郎》

落日无人松径里，鬼火高低明灭。　　　　　　　　萨都剌《百字令》

残雪凝辉冷画屏，落梅横笛已三更，更无人处月胧明。纳兰性德《浣溪沙》

飘零恨、独在江国，怕旧题锦段重重泪，无人赠得。郑文焯《六丑》

## 人生

对酒当歌，人生几何。　　　　　　　　　　　　　曹操《短歌行之一》

人生有新故，贵贱不相逾。　　　　　　　　　　　《羽林郎》

同是长干人，生小不相识。　　　　　　　　　　　崔颢《长干行二首之二》

人生烛上花，光灭巧妍尽。　　　　　　　　　　　李白《上清宝鼎诗二首之二》

人生不相见，动如参与商。　　　　　　　　　　　杜甫《赠卫八处士》

人生无家别，何以为烝黎。　　　　　　　　　　　杜甫《无家别》

人生无贤愚，飘飘若埃尘。　　　　　　　　　　　杜甫《寄薛三郎中据》

人生在世不称意，明朝散发弄扁舟。　　　　　　　李白《宣州谢朓楼饯别校书叔云》

人生得意须尽欢，莫使金樽空对月。　　　　　　　李白《将进酒》

战士军前半死生，美人帐下犹歌舞。　　　　　　　高适《燕歌行》

人生有情泪沾臆，江水江花岂终极。　　　　　　　杜甫《哀江头》

人生如此自可乐，岂必局促为人靰。　　　　　　　韩愈《山石》

一年明月今宵多，人生由命非由他，有酒不饮奈明何。

　　　　　　　　　　　　　　　　　　　　　　　韩愈《八月十五夜赠张功曹》

人生何处不离群，世路干戈惜暂分。　　　李商隐《杜工部蜀中离席》

君不见咫尺长门闭阿娇，人生失意无南北。　　　　王安石《明妃曲》

人生到处知何似，应似飞鸿踏雪泥。　　　苏轼《和子由渑池怀旧》

人生自古谁无死，留取丹心照汗青。　　　　　　　文天祥《过零丁洋》

惊睡觉，笑呵呵，长笑人生能几何。　　　　　　　韦庄《天仙子》

胭脂泪，相留醉，几时重？自是人生长恨水长东。　　李煜《相见欢》

当歌对酒莫沉吟，人生有限情无限。　　　　　　　晏殊《踏莎行》

人生自是有情痴，此恨不关风与月。　　　　　　　欧阳修《玉楼春》

世事一场大梦，人生几度秋凉。　　　　　　　　　苏轼《西江月》

谁道人生无再少，门前流水尚能西。休将白发唱黄鸡。　苏轼《浣溪沙》

肘后俄生柳。叹人生，不如意事，十常八九。　　　辛弃疾《贺新郎》

人生流落，顾孺子，共夜语。　　　　　　　　　　刘辰翁《兰陵王》

人生易老天难老，岁岁重阳。　　　　　　　　　　毛泽东《采桑子》

## 人间

孤云将野鹤，岂向人间住。　　　　　　　　　　　刘长卿《送上人》

世味秋荼苦，人间直道穷。　　　　　　　　　　　鲁迅《哀范君三章之一》

将军得名三十载，人间又见真乘黄。　　杜甫《韦讽录事宅观曹将军画马图》

此曲只应天上有，人间能得几回闻。　　　　　　　杜甫《赠花卿》

何用别寻方外去，人间亦自有丹丘。　　　　　　　韩翃《同题仙游观》

但教心似金钿坚，天上人间会相见。　　　　　　　白居易《长恨歌》

人间四月芳菲尽，山寺桃花始盛开。　　　　　　　白居易《大林寺桃花》

鼎湖当日弃人间，破敌收京下玉关。　　　　　　　吴伟业《圆圆曲》

粉骨碎身全不惜，要留清白在人间。　　　　　　　于谦《石灰吟》

书生投笔寻常事，不为人间万户侯。　　　　　　　柳亚子《题钱亚仑小影》

天若有情天亦老，人间正道是沧桑。　　　毛泽东《人民解放军占领南京》

流水落花春去也，天上人间。　　　　　　　　　　李煜《浪淘沙》

劝君莫作独醒人，烂醉花间应有数。　　　　　　　晏殊《木兰花》

起舞弄清影，何似在人间。　　　　　　　　　　　苏轼《水调歌头》

人生如梦，一尊还酹江月。　　　　　　　　　　　苏轼《念奴娇》

金风玉露一相逢，便胜却人间无数。　　　　　　　秦观《鹊桥仙》

算春长不老，人愁春老，愁只是，人间有。　　　　晁补之《水龙吟》

更携取胡床上南楼，看玉做人间，素秋千顷。　　　晁补之《洞仙歌》

春未绿，鬓先丝，人间别久不成悲。　　　　　　　姜夔《鹧鸪天》

| 人间万感幽单，华清惯浴，春盎风露。 | 吴文英《宴清都》 |
| 春梦人间须断，但怪得当年，梦缘能短。 | 吴文英《三姝媚》 |
| 送春去，春去人间无路。 | 刘辰翁《兰陵王》 |
| 便当日亲见霓裳，天上人间梦里。 | 刘辰翁《宝鼎现》 |
| 朱钿宝玦，天上飞琼，比人间春别。 | 周密《瑶华》 |
| 怕人间换谱伊凉，素娥未识。 | 蒋捷《瑞鹤仙》 |
| 老鹤一声霜衬履，隔断人间尘土。 | 萨都剌《酹江月》 |
| 人间多少闲狐兔，月黑沙黄，此际偏思汝。 | 陈维崧《醉落魄》 |
| 我是人间惆怅客，知君何事泪纵横，断肠声里忆平生。 | 纳兰性德《浣溪沙》 |
| 信得羽衣传钿合，悔教罗袜送倾城，人间空唱雨淋铃。 | 纳兰性德《浣溪沙》 |
| 人生若只如初见，何事秋风悲画扇。 | 纳兰性德《木兰花》 |
| 三载悠悠魂梦杳，是梦久应醒矣，料也觉、人间无味。 | 纳兰性德《金缕曲》 |
| 过眼滔滔云共雾，算人间知己吾和汝。 | 毛泽东《贺新郎》 |
| 洒向人间都是怨，一枕黄粱再现。 | 毛泽东《清平乐》 |
| 横空出世，莽昆仑，阅尽人间春色。 | 毛泽东《念奴娇》 |
| 萧瑟秋风今又是，换了人间。 | 毛泽东《浪淘沙》 |
| 忽报人间曾伏虎，泪飞顿作倾盆雨。 | 毛泽东《蝶恋花》 |
| 弹指三十八年，人间变了，似天渊翻覆。 | 毛泽东《念奴娇》 |
| 背负青天朝下看，都是人间城郭。 | 毛泽东《念奴娇》 |

## 英雄

| 去矣英雄事，荒哉割据心。 | 杜甫《峡口二首之二》 |
| 君王自神武，驾驭必英雄。 | 杜甫《投赠哥舒开府二十韵》 |
| 君王无所惜，驾驭英雄材。 | 杜甫《昔游》 |
| 天地英雄气，千秋尚凛然。 | 刘禹锡《蜀先主庙》 |
| 英雄割据虽已矣，文采风流今尚存。 | 杜甫《丹青引赠曹将军霸》 |
| 英雄割据非天意，霸主并吞在物情。 | 杜甫《夔州歌十绝句之二》 |
| 出师未捷身先死，长使英雄泪满襟。 | 杜甫《蜀相》 |
| 功名只向马上取，真是英雄一丈夫。 | 岑参《送李副使赴碛西官军》 |
| 颠倒英雄古来有，封侯却属屠沽儿。 | 戴叔伦《行路难》 |

时来天地皆同力，运去英雄不自由。 罗隐《筹笔驿》

妻子岂应关大计，英雄无奈是多情。 吴伟业《圆圆曲》

喜看稻菽千重浪，遍地英雄下夕烟。 毛泽东《到韶山》

托洛茨基到远东，不和不战逞英雄。 毛泽东《读报有感之二》

独有英雄驱虎豹，更无豪杰怕熊罴。 毛泽东《冬云》

乱世桃源非乐土，炎荒草泽尽英雄。 郁达夫《乱离杂诗之十》

遥想公瑾当年，小乔初嫁了，雄姿英发。 苏轼《念奴娇》

天下英雄谁敌手？曹刘。生子当如孙仲谋！ 辛弃疾《南乡子》

倩何人唤取，红巾翠袖，揾英雄泪？ 辛弃疾《水龙吟》

千古江山，英雄无觅，孙仲谋处。 辛弃疾《永遇乐》

乔木生云气，访中兴、英雄陈迹，暗追前事。 吴文英《贺新郎》

滚滚长江东逝水，浪花淘尽英雄。 杨慎《临江仙》

河山半壁误英雄，赢得雕虫馀技擅江东。 柳亚子《虞美人》

江山如此多娇，引无数英雄竞折腰。 毛泽东《沁园春》


## 相思

愿君多采撷，此物最相思。 王维《相思》

谁见汀洲上，相思愁白蘋。 刘长卿《饯别王十一南游》

汀洲无浪复无烟，楚客相思益渺然。

刘长卿《自夏口至鹦鹉洲望岳阳寄元中丞》

春心莫共花争发，一寸相思一寸灰。 李商隐《无题》

直道相思了无益，未妨惆怅是清狂。 李商隐《无题》

欲往从之道路难，相思双泪流轻纨。 夏完淳《长歌》

细雨轻寒二月时，不缘红豆始相思。 鲁迅《惜花四律之三》

扶桑剑气相思梦，欧陆潮流惜别情。 柳亚子《元旦感怀之二》

犹记高楼诀别词，叮咛别后少相思。 郁达夫《乱离杂诗之八》

千里驰驱自觉痴，苦无灵药慰相思。 郁达夫《乱离杂诗十一》

明月楼高休独倚。酒入愁肠，化作相思泪。 范仲淹《苏幕遮》

天涯地角有穷时，只有相思无尽处。 晏殊《木兰花》

不枉东风吹客泪，相思难表，梦魂无据，惟有归来是。 欧阳修《青玉案》

| | |
|---|---|
| 琵琶弦上说相思，当时明月在，曾照彩云归。 | 晏几道《临江仙》 |
| 两鬓可怜青，只为相思老。 | 晏几道《生查子》 |
| 念佳人音尘别后，对此应解相思。 | 晁端礼《绿头鸭》 |
| 相思休问定何如，情知春去后，管得落花无。 | 晁冲之《临江仙》 |
| 只愿君心似我心，定不负相思意。 | 李之仪《卜算子》 |
| 恐断红、尚有相思字，何由见得。 | 周邦彦《六丑》 |
| 怎奈向、一缕相思，隔溪山不断。 | 周邦彦《拜星月慢》 |
| 不解寄、一字相思，幸有归来双燕。 | 贺铸《望湘人》 |
| 相思除是，向醉里，暂忘却。 | 张元幹《兰陵王》 |
| 花自飘零水自流，一种相思，两处闲愁。 | 李清照《一剪梅》 |
| 惆怅相思迟暮，记当日、朱阑共语。 | 廖世美《烛影摇红》 |
| 为问暗香闲艳，也相思万点付啼痕。 | 鲁逸仲《南浦》 |
| 恨无人与说相思，近日带围宽尽。 | 陆淞《瑞鹤仙》 |
| 肥水东流无尽期，当初不合种相思。 | 姜夔《鹧鸪天》 |
| 夜长争得薄情知，春初早被相思染。 | 姜夔《踏莎行》 |
| 意长翻恨游丝短，尽日相思罗带缓。 | 严仁《木兰花》 |
| 讳道相思，偷理绡裙，自惊腰衩。 | 史达祖《三姝媚》 |
| 应难奈故人天际，望彻淮山，相思无雁足。 | 史达祖《八归》 |
| 对菱花与说相思，看谁瘦损。 | 陆睿《瑞鹤仙》 |
| 漫相思，弹入哀筝柱。 | 吴文英《莺啼序》 |
| 兰情蕙盼，惹相思、春根酒畔。 | 吴文英《瑞鹤仙》 |
| 最关情、折尽梅花，难寄相思。 | 周密《高阳台》 |
| 一树桃花飞茜雪，红豆相思暗结。 | 周密《清平乐》 |
| 写不成书，只寄得、相思一点。 | 张炎《解连环》 |
| 相思一夜窗前梦，奈个人、水隔天遮。 | 王沂孙《高阳台》 |
| 梦里相思，故国王孙路。 | 陈子龙《点绛唇》 |
| 钟情怕到相思路，盼长堤、草尽红心。 | 朱彝尊《高阳台》 |
| 写不了相思，又蘸凉波飞去。 | 朱彝尊《长亭怨慢》 |
| 那得相思，付与青蘋，自随蓬转。 | 王鹏运《三姝媚》 |

# 由疑问词"何"构成的词组类

## 何人

| | |
|---|---|
| 草木有本心，何求美人折。 | 张九龄《感遇之一》 |
| 何日平胡虏，良人罢远征。 | 李白《子夜吴歌》 |
| 借问何为者，人称是内臣。 | 白居易《轻肥》 |
| 落叶人何在，寒云路几层。 | 李商隐《北青萝》 |
| 主人何为言少钱，径须沽取对君酌。 | 李白《将进酒》 |
| 少陵无人谪仙死，才薄将奈石鼓何。 | 韩愈《石鼓歌》 |
| 同是天涯沦落人，相逢何必曾相识。 | 白居易《琵琶行》 |
| 元和天子神武姿，彼何人哉轩与羲。 | 李商隐《韩碑》 |
| 芳草盈箧怀所欢，美人何在青云端。 | 夏完淳《长歌》 |
| 日暮乡关何处是，烟波江上使人愁。 | 崔颢《黄鹤楼》 |
| 此夜曲中闻折柳，何人不起故园情。 | 李白《春夜洛城闻笛》 |
| 何用别寻方外去，人间亦自有丹丘。 | 韩翃《同题仙游观》 |
| 二十四桥明月夜，玉人何处教吹箫。 | 杜牧《寄扬州韩绰判官》 |
| 终是圣明天子事，景阳宫井又何人。 | 郑畋《马嵬坡》 |
| 人生到处知何似，应似飞鸿踏雪泥。 | 苏轼《和子由渑池怀旧》 |
| 穷海何人存汉腊，中原满目尽胡尘。 | 柳亚子《元旦感怀之一》 |
| 便纵有千种风情，更与何人说？ | 柳永《雨霖铃》 |
| 谴情伤，故人何在，烟水茫茫。 | 柳永《玉蝴蝶》 |
| 起舞弄清影，何似在人间。 | 苏轼《水调歌头》 |
| 燕子楼空，佳人何在，空锁楼中燕。 | 苏轼《永遇乐》 |
| 天便教人，霎时厮见何妨。 | 周邦彦《风流子》 |
| 河桥送人处，凉夜何其？斜月远堕余辉。 | 周邦彦《夜飞鹊》 |
| 有何人念我无聊，梦魂凝想鸳侣。 | 周邦彦《尉迟杯》 |
| 燕子不知何世，向寻常巷陌人家相对，如说兴亡斜阳里。 | 周邦彦《西河》 |

约何时再，正春浓酒困，人闲昼永无聊赖。　　　　　贺铸《薄幸》

凭寄离恨重重，这双燕，何曾会人言语。　　　　　　赵佶《燕山亭》

落日熔金，暮云合璧，人在何处。　　　　　　　　　李清照《永遇乐》

望碧云空暮，佳人何处，梦魂俱远。　　　　　　　　蔡伸《苏武慢》

念永昼春闲，人倦如何度。　　　　　　　　　　　　袁去华《安公子》

清愁不断，问何人会解连环。　　　　　　　　　　　辛弃疾《汉宫春》

倩何人唤取，红巾翠袖，揾英雄泪？　　　　　　　　辛弃疾《水龙吟》

人何在，一帘淡月，仿佛照颜色。　　　　　　　　姜夔《霓裳中序第一》

何处合成愁，离人心上秋，纵芭蕉、不雨也飕飕。　　吴文英《唐多令》

万里孤云，清游渐远，故人何处。　　　　　　　　　张炎《月下笛》

太液池犹在，凄凉处、何人重赋清景。　　　　　　　王沂孙《眉妩》

何人念、流落无几，点点抟作雪绵松润，为君裹泪。　彭元逊《六丑》

游丝不系羊车住，倩何人、传语青禽。　　　　　　　朱彝尊《高阳台》

我是人间惆怅客，知君何事泪纵横，断肠声里忆平生。纳兰性德《浣溪沙》

人生若只如初见，何事秋风悲画扇。　　　　　　　纳兰性德《木兰花》

十二曲阑春寂寂，隔蓬山、何处窥人面？　　　　　梁启超《金缕曲》

黄鹤知何去，剩有游人处。　　　　　　　　　　　毛泽东《菩萨蛮》

横扫千军如卷席，有人泣，为营步步嗟何及。　　　毛泽东《渔家傲》

### 🐭 何日

戎衣何日定，歌舞入长安。　　　　　　　　　　骆宾王《在军登城楼》

我行殊未已，何日复归来。　　　　　　　　　　宋之问《题大庾岭北驿》

秋雁逢春返，流人何日归。　　　　　　　　　　　　张说《岭南送使》

长安如梦里，何日是归期。　　　　　　　　　李白《送陆判官往琵琶峡》

万重关塞断，何日是归年。　　　　　　　　　李白《奔亡道中五首之一》

和日清中原，相期廓天步。　　　　　　　　　李白《赠溧阳宋少府陟》

何日平胡虏，良人罢远征。　　　　　　　　　　　李白《子夜吴歌》

何日通燕塞，相看老蜀门。　　　　　　　　　　杜甫《送裴五赴东川》

茫茫江汉上，日暮欲何之。　　　　　　　　刘长卿《送李中丞归汉阳别业》

马首归何日，莺啼又一春。　　　　　　　　刘长卿《送郑司直归上都》

相逢在何日，此别不胜情。　　　温庭筠《春日寄岳州从事李员外二首之二》

日暮乡关何处是，烟波江上使人愁。　　　　　　　　　崔颢《黄鹤楼》

闻道故林相识多，罢官昨日今如何。　　　　　　　　　李颀《送陈章甫》

万户伤心生野烟，百僚何日再朝天。王维《菩提寺禁裴迪来相看……诵示裴迪》

我愁远谪夜郎去，何日金鸡放赦回。　　　　　　李白《流夜郎赠辛判官》

戎马相逢更何日，春风回首仲宣楼。　　　　杜甫《将赴荆南寄别李剑州》

要路何日罢长戟，战自青羌连百蛮。　　　　　　杜甫《秋风二首之一》

何日片帆离锦浦，棹声齐唱发中流。　　　　　　　　　薛涛《乡思》

洛城洛城何日归，故人故人今转稀。　　　　　　　刘禹锡《醉答乐天》

海内财力此时竭，舟中歌笑何日休。　　　　　　　白居易《隋堤柳》

八骏日行三万里，穆王何事不重来。　　　　　　　李商隐《瑶池》

泽中何有多红兰，天风日暮徒盘桓。　　　　　　　夏完淳《长歌》

山寺月中寻桂子，郡亭枕上看潮头。何日更重游？　白居易《忆江南》

几日行云何处去，忘却归来，不道春将暮。　　　冯延巳《蝶恋花》

持节云中，何日遣冯唐。　　　　　　　　　　　　苏轼《江城子》

南北渝盟久未和，斯民涂炭死亡多，不知何日戢干戈。　洪皓《浣溪沙》

却笑将军三羽箭，何日去，定天山。　　　　　　辛弃疾《江城子》

后会丁宁何日是？须记，春风十日放灯时。　　　辛弃疾《定风波》

新堤路，问偃湖何日，烟雨蒙蒙。　　　　　　　辛弃疾《沁园春》

青钱换酒日无何，红烛呼卢宵不寐。　　　　　　刘克庄《木兰花》

何如薄幸锦衣郎，比翼连枝当日愿。　　　　　纳兰性德《木兰花》

今日向何方，直指武夷山下。　　　　　　　　　毛泽东《如梦令》

今日长缨在手，何时缚住苍龙。　　　　　　　　毛泽东《清平乐》


## 何时

明明如月，何时可掇。　　　　　　　　　　　曹操《短歌行之一》

何时倚虚幌，双照泪痕干。　　　　　　　　　　　杜甫《月夜》

何时一尊酒，重与细论文。　　　　　　　　　杜甫《春日忆李白》

别君去兮何时还，且放白鹿青崖间，须行即骑访名山。

　　　　　　　　　　　　　　　　　　　　李白《梦游天姥吟留别》

问君西游何时还，畏途巉岩不可攀。 李白《蜀道难》

呜呼！何时眼前突兀见此屋，吾庐独破受冻死亦足！

杜甫《茅屋为秋风所破歌》

为问元戎窦车骑，何时返旆勒燕然。 皇甫冉《春思》

春风又绿江南岸，明月何时照我还。 王安石《泊船瓜洲》

春花秋月何时了，往事知多少。 李煜《虞美人》

知何时，却拥秦云态。 柳永《浪淘沙慢》

长恨此身非我有，何时忘却营营。 苏轼《临江仙》

此去何时见也，襟袖上、空惹啼痕。 秦观《满庭芳》

此水几时休，此恨何时已。 李之仪《卜算子》

约何时再，正春浓酒困，人闲昼永无聊赖。 贺铸《薄幸》

万里云帆何时到，送孤鸿、目断千山阻。 叶梦得《贺新郎》

靖康耻，犹未雪，臣子恨，何时灭！ 岳飞《满江红》

鸳楼碎泻东西玉，问芳踪、何时再展，翠钗难卜。 蒋捷《贺新郎》

此恨何时已，滴空阶、寒更雨歇，葬花天气。 纳兰性德《金缕曲》

今日长缨在手，何时缚住苍龙。 毛泽东《清平乐》

铜铁炉中翻火焰，为问何时猜得，不过几千寒热。 毛泽东《贺新郎》

## 何事

春风不相识，何事入罗帏。 李白《春思》

丈夫何事足萦怀，要将宇宙看稊米。 毛泽东《送纵宇一郎东行》

野老与人争席罢，海鸥何事更相疑。 王维《积雨辋川庄作》

寂寂江山摇落处，怜君何事到天涯。 刘长卿《长沙过贾谊宅》

八骏日行三万里，穆王何事不重来。 李商隐《瑶池》

绝域东风竟何事，只应催我鬓边华。 朱弁《春阴》

何事脊令偏傲我，时随帆顶过长天。 鲁迅《别诸弟（辛丑）》

河畔青芜堤上柳，为问新愁，何事年年有。 欧阳修《蝶恋花》

叹年来踪迹，何事苦淹留。 柳永《八声甘州》

不应有恨，何事长向别时圆。 苏轼《水调歌头》

叹西园、已是花深无地，东风何事又恶？ 周邦彦《瑞鹤仙》

| 长恨相从未款，而今何事，又对西风离别。 | 姜夔《八归》 |
| 南去北来何事，荡湘云楚水，目极伤心。 | 姜夔《一萼红》 |
| 我是人间惆怅客，知君何事泪纵横，断肠声里忆平生。 | 纳兰性德《浣溪沙》 |
| 问君何事轻离别，一年能几团圆月。 | 纳兰性德《菩萨蛮》 |
| 人生若只如初见，何事秋风悲画扇。 | 纳兰性德《木兰花》 |
| 前度凭阑人换尽，问何事，恋天涯。 | 朱孝臧《唐多令》 |

## 何处

| 乡书何处达，归雁洛阳边。 | 王湾《次北固山下》 |
| 古木无人径，深山何处钟。 | 王维《过香积寺》 |
| 飞鸟没何处，青山空向人。 | 刘长卿《饯别王十一南游》 |
| 今朝此为别，何处还相遇。 | 韦应物《初发扬子寄元大校书》 |
| 落叶满空山，何处寻行迹。 | 韦应物《寄全椒山中道士》 |
| 微雨霭芳原，春鸠鸣何处。 | 韦应物《东郊》 |
| 儿童相见不相识，笑问客从何处来。 | 贺知章《回乡偶书》 |
| 日暮乡关何处是，烟波江上使人愁。 | 崔颢《黄鹤楼》 |
| 春来遍是桃花水，不辨仙源何处寻。 | 王维《桃源行》 |
| 丞相祠堂何处寻，锦官城外柏森森。 | 杜甫《蜀相》 |
| 不知何处吹芦管，一夜征人尽望乡。 | 李益《夜上受降城闻笛》 |
| 种桃道士归何处，前度刘郎今又来。 | 刘禹锡《再游玄都观》 |
| 二十四桥明月夜，玉人何处教吹箫。 | 杜牧《寄扬州韩绰判官》 |
| 借问酒家何处有，牧童遥指杏花村。 | 杜牧《清明》 |
| 斑骓只系垂杨岸，何处西南待好风。 | 李商隐《无题》 |
| 横塘双桨去如飞，何处豪家强载归。 | 吴伟业《圆圆曲》 |
| 若问杭州何处好，此中听得野莺啼。 | 毛泽东《五云山》 |
| 陶令不知何处去，桃花源里可耕田。 | 毛泽东《登庐山》 |
| 何处是归程，长亭连短亭。 | 李白《菩萨蛮》 |
| 几日行云何处去，忘却归来，不道春将暮。 | 冯延巳《蝶恋花》 |
| 嘶骑渐遥，征尘不断，何处认郎踪？ | 张先《一丛花》 |
| 欲寄彩笺兼尺素，山长水阔知何处。 | 晏殊《蝶恋花》 |

人面不知何处，绿波依旧东流。　　　　　　　　　　晏殊《清平乐》

渐行渐远渐无书，水阔鱼沉何处问。　　　　　　　欧阳修《木兰花》

归云一去无踪迹，何处是前期。　　　　　　　　　　柳永《少年游》

今宵酒醒何处？杨柳岸、晓风残月。　　　　　　　　柳永《雨霖铃》

海阔山遥，未知何处是潇湘。　　　　　　　　　　　柳永《玉蝴蝶》

朝云信断知何处，应作襄王春梦去。　　　　　　　晏几道《蝶恋花》

落花犹在，香屏空掩，人面知何处。　　　　　　　晏几道《御街行》

飞云过尽，归鸿无信，何处寄书得。　　　　　　　晏几道《思远人》

花底深、朱户何处？半黄梅子，向晚一帘疏雨。　　　贺铸《感皇恩》

天遥地远，万水千山，知他故宫何处。　　　　　　　赵佶《燕山亭》

落日熔金，暮云合璧，人在何处。　　　　　　　　李清照《永遇乐》

望碧云空暮，佳人何处，梦魂俱远。　　　　　　　　蔡伸《苏武慢》

芳草王孙知何处，惟有杨花糁径。　　　　　　　　　李玉《贺新郎》

催促年光，旧来流水知何处。　　　　　　　　　廖世美《烛影摇红》

关河梦断何处，尘暗旧貂裘。　　　　　　　　　　　陆游《诉衷情》

何处望神州，满眼风光北固楼。　　　　　　　　　辛弃疾《南乡子》

是他春带愁来，春归何处，却不解带将愁去。　　　辛弃疾《祝英台近》

怕天教何处，参差双燕，还染残朱剩粉。　　　　　　陆睿《瑞鹤仙》

何处合成愁，离人心上秋，纵芭蕉、不雨也飕飕。　　吴文英《唐多令》

怎知他、春归何处，相逢且尽尊酒。　　　　　　　刘辰翁《摸鱼儿》

当年燕子知何处，但苔深韦曲，草暗斜川。　　　　　张炎《高阳台》

愁余，荒洲古溆，断梗疏萍，更漂流何处。　　　　　张炎《渡江云》

万里孤云，清游渐远，故人何处。　　　　　　　　　张炎《月下笛》

月浅灯深，梦里云归何处寻。　　　　　　　　　纳兰性德《采桑子》

十二曲阑春寂寂，隔蓬山、何处窥人面？　　　　　梁启超《金缕曲》

## 如何

千里共如何，微风吹兰杜。　　　王昌龄《同从弟南斋玩月忆山阴崔少府》

岱宗夫如何，齐鲁青未了。　　　　　　　　　　　　杜甫《望岳》

明朝有封事，数问夜如何。　　　　　　　　　　　杜甫《春宿左省》

闻道故林相识多，罢官昨日今如何。 李颀《送陈章甫》

惜君只欲苦死留，富贵何如草头露。 杜甫《送孔巢父谢病归游江东兼呈李白》

南寻禹穴见李白，道甫问讯今何如。 杜甫《送孔巢父谢病归游江东兼呈李白》

芙蓉如面柳如眉，对此如何不泪垂。 白居易《长恨歌》

借问路旁名利客，何如此处学长生。 崔颢《行经华阴》

嗟君此别意何如，驻马衔杯问谪居。 高适《送李少府贬峡中王少府贬长沙》

管乐有才真不忝，关张无命欲何如。 李商隐《筹笔驿》

如何四纪为天子，不及卢家有莫愁。 李商隐《马嵬》

我自笑君太痴绝，青山便买又何如。 柳亚子《吴门记游之六》

忍死倘然迟廿载，东南义旅问何如。 柳亚子《吴门记游之八》

托洛茨基返故居，不战不和欲何如。 毛泽东《读报有感之四》

望断天南尺素书，巴城消息近何如。 郁达夫《乱离杂诗之二》

试问夜如何？夜已三更，金波淡、玉绳低转。 苏轼《洞仙歌》

相思休问定何如，情知春去后，管得落花无。 晁冲之《临江仙》

酒已都醒，如何消夜永。 周邦彦《关河令》

明朝且做莫思量，如何过得今宵去。 周紫芝《踏莎行》

动是愁端如何向，但怪得、新来多病。 徐伸《转调二郎神》

念永昼春闲，人倦如何度。 袁去华《安公子》

芳机瑞锦，如何未织鸳鸯。 史达祖《夜合花》

书纵远，如何梦也都无。 张炎《渡江云》

何如薄幸锦衣郎，比翼连枝当日愿。 纳兰性德《木兰花》

尾长翼短如何，算愁里听歌，也伤怀抱。 王鹏运《玉漏迟》

## 动物类

### 凤凰

凤凰起丹穴，独向梧桐枝。 陈子昂《鸳鸯篇》

尝闻秦帝女，传得凤凰声。 李白《凤台曲》

台倾鸠鹊观，宫没凤凰楼。　　　　　　　　　李白《月夜金陵怀古》

鹦鹉杯中浮竹叶，凤凰琴里落梅花。　　　骆宾王《代女道士王灵妃赠道士李荣》

鸳鸯池上两两飞，凤凰楼下双双度。　　　　　　王勃《临高台》

凤凰台上几声笛，鹦鹉洲边一苇舟。　　　陈元光《候夜行师七唱之五》

长安城连东掖垣，凤凰池对青琐门。　　　李颀《听董大弹胡笳兼寄语弄房给事》

赵瑟初停凤凰柱，蜀琴欲奏鸳鸯弦。　　　　　　李白《长相思》

凤凰台上凤凰游，凤去台空江自流。　　　　　李白《登金陵凤凰台》

玉京群帝集北斗，或骑麒麟翳凤凰。　　　　　杜甫《寄韩谏议注》

干戈兵革斗未止，凤凰麒麟安在哉。　　　　　杜甫《又观打鱼》

香稻啄余鹦鹉粒，碧梧栖老凤凰枝。　　　　　杜甫《秋兴八首之八》

独有凤凰池上客，阳春一曲和皆难。　　　岑参《和贾至舍人早朝大明宫之作》

跛鳖难随骐骥足，伤禽莫趁凤凰飞。　　　　白居易《履道西门二首之二》

郎君下笔惊鹦鹉，侍女吹笙弄凤凰。　　　　　李商隐《留赠畏之》

旧巢共是衔泥燕，飞上枝头变凤凰。　　　　　吴伟业《圆圆曲》

云开衡岳积阴止，天马凤凰春树里。　　　毛泽东《送纵宇一郎东行》

凤凰浪迹成凡鸟，精卫临渊是怨禽。　　　郁达夫《乱离杂诗之七》

凤凰相对盘金缕，牡丹一夜经微雨。　　　　　温庭筠《菩萨蛮》

凤凰山下雨初晴。水风清，晚霞明。　　　　　苏轼《江城子》

凤凰城阙知何处，寥落星河一雁飞。　　　　　贺铸《思越人》

凤凰山下榴花发，一杯香露融春雪。　　　　　韩元吉《醉落魄》

人间无凤凰，空费穿云笛。　　　　　　　　辛弃疾《生查子》

侵天且拟凤凰巢，扫地从他鸲鹆舞。　　　　辛弃疾《玉楼春》

见龙虎台荒，凤凰楼迥，还感飘零。　　　　　文廷式《忆旧游》


## 🌸 鸳鸯

去来双鸿鹄，栖息两鸳鸯。　　　　　　　王绩《古意六首之五》

翡翠白玉帐，鸳鸯白玉堂。　　　　　　　　王绩《过汉故城》

合昏尚知时，鸳鸯不独宿。　　　　　　　　杜甫《佳人》

泥融飞燕子，沙暖睡鸳鸯。　　　　　　　杜甫《绝句二首之一》

梧桐相待老，鸳鸯会双死。　　　　　　　　孟郊《列女操》

鸳鸯池上两两飞，凤凰楼下双双度。　　　　　　　　王勃《临高台》

赵瑟初停凤凰柱，蜀琴欲奏鸳鸯弦。　　　　　　　　李白《长相思》

鸳鸯荡漾双双翅，杨柳交加万万条。　　　　　　白居易《正月三日闲行》

鸳鸯瓦冷霜华重，翡翠衾寒谁与共。　　　　　　　白居易《长恨歌》

雄如宝剑冲牛斗，丽似鸳鸯养羽毛。　　　　　　　杜牧《寄沈褒秀才》

乌鸦失栖长不定，鸳鸯何事自相将。　李商隐《赴职梓潼留别畏之员外同年》

鸳鸯可羡头俱白，飞去飞来烟雨秋。　　　　　　　李商隐《代赠》

君不见馆娃初起鸳鸯宿，越女如花看不足。　　　　吴伟业《圆圆曲》

桃花春水渌，水上鸳鸯浴。　　　　　　　　　　　韦庄《菩萨蛮》

乘彩舫，过莲塘，棹歌惊起睡鸳鸯。　　　　　　　李珣《南乡子》

闲引鸳鸯香径里，手挼红杏蕊。　　　　　　　　　冯延巳《谒金门》

愁极，再三追思，洞房深处，几处饮散歌阑，香暖鸳鸯被。

　　　　　　　　　　　　　　　　　　　　　　　柳永《浪淘沙慢》

恨伊不似余香，惹鸳鸯结。　　　　　　　　　　　田为《江神子慢》

闹红一舸，记来时、尝与鸳鸯为侣。　　　　　　　姜夔《念奴娇》

绿丝低拂鸳鸯浦，想桃叶、当时唤渡。　　　　　　姜夔《杏花天》

芳机瑞锦，如何未织鸳鸯。　　　　　　　　　　　史达祖《夜合花》

绣幄鸳鸯柱，红情密，腻云低护秦树。　　　　　　吴文英《宴清都》

紫丝罗带鸳鸯结，的的镜盟钗誓。　　　　　　　　朱嗣发《摸鱼儿》

鸳鸯密语同倾盖，且莫与、浣纱人说。　　　　　　张炎《疏影》

古钗封寄玉关秋，天咫尺，人南北，不信鸳鸯头不白。纳兰性德《天仙子》

爇尽水沉烟，露滴鸳鸯瓦。　　　　　　　　　　　纳兰性德《生查子》


### 🐭 翡翠①

翡翠白玉帐，鸳鸯白玉堂。　　　　　　　　　　　王绩《过汉故城》

翡翠巢南海，雄雌珠树林。　　　陈子昂《感遇诗三十八首之二十三》

翡翠香烟合，琉璃宝地平。　　　　　　　　　　　王维《游感化寺》

玉楼巢翡翠，金殿锁鸳鸯。　　　　　　　　　李白《宫中行乐词之二》

---

① 本义是翠鸟，后引申为一种玉石。

竹高鸣翡翠，沙僻舞鹍鸡。 　　　　　　　　　杜甫《绝句六首之一》

莺喧翡翠幕，柳覆郁金堂。 　　　　　　　　　　　　贾至《长门怨》

绣幕珊瑚钩，春开翡翠楼。 　　　　　　　　　韩翃《汉宫曲二首之二》

鸳鸯绿浦上，翡翠锦屏中。 　　　　　　　　　　　　李益《长干行》

口动樱桃破，鬟低翡翠垂。 　　　　　　　　白居易《杨柳枝二十韵》

茱萸插鬓花宜寿，翡翠横钗舞作愁。 　　　　　　王昌龄《九日登高》

江上小堂巢翡翠，花边高冢卧麒麟。 　　　　　　杜甫《曲江二首之一》

越裳翡翠无消息，南海明珠久寂寥。 　　　　　　杜甫《诸将五首之四》

或看翡翠兰苕上，未掣鲸鱼碧海中。 　　　　　　杜甫《戏为六绝句之四》

鸳鸯瓦冷霜华重，翡翠衾寒谁与共。 　　　　　　　白居易《长恨歌》

猿来近岭狝猴散，鱼下深潭翡翠闲。 　　　　许浑《泛溪夜回寄道玄上人》

桑生陇上螟蛉挂，竹在沙头翡翠沉。 　　　　　　张祜《题李山人园林》

珠树重行怜翡翠，玉楼双舞羡鹍鸡。 　　　　　　李商隐《饮席戏赠同舍》

蜡照半笼金翡翠，麝熏微度绣芙蓉。 　　　　　　李商隐《无题四首之一》

懒拂鸳鸯枕，休缝翡翠裙。 　　　　　　　　　　温庭筠《南歌子》

画罗金翡翠，香烛销成泪。 　　　　　　　　　　温庭筠《菩萨蛮》

画堂人静，翡翠帘前月。 　　　　　　　　　　　欧阳修《千秋岁》

蜡烛半笼金翡翠，更阑，绣被焚香独自眠。 　　　　苏轼《南乡子》

卷帘凝望，淡烟疏柳，翡翠穿花去。 　　　　　　　毛滂《青玉案》

## 🐦 鹦鹉

麝香眠石竹，鹦鹉啄金桃。 　　　　　　　　　　　杜甫《山寺》

鹦鹉含愁思，聪明忆别离。 　　　　　　　　　　　杜甫《鹦鹉》

鹦鹉杯中浮竹叶，凤凰琴里落梅花。 　　骆宾王《代女道士王灵妃赠道士李荣》

凤凰台上几声笛，鹦鹉洲边一苇舟。 　　　　陈元光《候夜行师七唱之五》

晴川历历汉阳树，芳草萋萋鹦鹉洲。 　　　　　　　崔颢《黄鹤楼》

鹦鹉洲横汉阳渡，水引寒烟没江树。 　　　　李白《赠汉阳辅录事二首之二》

香稻啄余鹦鹉粒，碧梧栖老凤凰枝。 　　　　　　杜甫《秋兴八首之八》

养来鹦鹉觜初红，宜在朱楼绣户中。 　　　　　　刘禹锡《和乐天鹦鹉》

含情欲说宫中事，鹦鹉前头不敢言。 　　　　　　　朱庆馀《宫中词》

| 陇西鹦鹉到江东，养得经年嘴渐红。 | 白居易《鹦鹉》 |
| 郎君下笔惊鹦鹉，侍女吹笙弄凤凰。 | 李商隐《留赠畏之》 |
| 画梁新燕一双双，玉笼鹦鹉愁孤睡。 | 欧阳修《踏莎行》 |
| 空洲对鹦鹉，苇花萧瑟。 | 苏轼《满江红》 |
| 何日迎门，小槛朱笼报鹦鹉。 | 周邦彦《荔枝香》 |
| 但闻歌竹枝，不见题鹦鹉。 | 贺铸《变竹枝词》 |
| 鹦鹉无言理翠襟，杏花零落昼阴阴，画桥流水半篙深。 | 贺铸《浣溪沙》 |
| 鹦鹉惊人促下帘，碧纱如雾隔香奁，雪儿窥镜晚蛾纤。 | 贺铸《浣溪沙》 |
| 懒将幽恨寄瑶琴，却倩金笼鹦鹉、递芳音。 | 向子諲《虞美人》 |
| 香檀缓，杯传鹦鹉，新月正娟娟。 | 张元幹《满庭芳》 |
| 鹦鹉杯深君莫诉，他时相遇知何处。 | 陆游《蝶恋花》 |
| 兰灯初上，夜香初炷，犹自听鹦鹉。 | 史达祖《青玉案》 |
| 醉跨蹇驴，踏翻芳草，满满斟鹦鹉。 | 白玉蟾《酹江月》 |
| 鹦鹉沙晴，葡萄水暖，一缕燕香清袅。 | 文天祥《齐天乐》 |
| 试结取、鸳鸯锦带；好移傍、鹦鹉珠帘。 | 张炎《玉蝴蝶》 |

## 杜鹃

| 万壑树参天，千山响杜鹃。 | 王维《送梓州李使君》 |
| 杜鹃暮春至，哀哀叫其间。 | 杜甫《杜鹃》 |
| 渚蘋行客荐，山木杜鹃愁。 | 刘长卿《经漂母墓》 |
| 杜鹃声似哭，湘竹斑如血。 | 白居易《江上送客》 |
| 蜀国曾闻子规鸟，宣城还见杜鹃花。 | 李白《宣城见杜鹃花》 |
| 杜鹃花开春已阑，归向陵阳钓鱼晚。 | 李白《泾溪亭东寄郑少府谔》 |
| 其间旦暮闻何物，杜鹃啼血猿哀鸣。 | 白居易《琵琶行》 |
| 溢城但听山魈语，巴峡唯闻杜鹃哭。 | 白居易《霓裳羽衣歌》 |
| 风凄暝色愁杨柳，月吊宵声哭杜鹃。 | |
| | 白居易《十年三月三十日别微之于沣水上……话张本也》 |
| 石矶江水夜潺湲，半夜江风引杜鹃。 | 元稹《宿石矶》 |
| 庄生晓梦迷蝴蝶，望帝春心托杜鹃。 | 李商隐《锦瑟》 |
| 今日逢君越溪上，杜鹃花发鹧鸪啼。 | 韦庄《江山逢故人》 |

蝴蝶梦中家万里，杜鹃枝上月三更。　　　　　　崔涂《春夕》

何处杜鹃啼不歇，艳红开尽如血。　　　　　　温庭筠《河渎神》

梦觉云屏依旧空，杜鹃声咽隔帘栊。　　　　　　韦庄《天仙子》

曲槛日初斜，杜鹃啼落花。　　　　　　　　　　李珣《菩萨蛮》

花满驿亭香露细，杜鹃声断玉蟾低，含情无语倚楼西。　张泌《浣溪沙》

十里楼台倚翠微，百花深处杜鹃啼。　　　　　晏几道《鹧鸪天》

杏园憔悴杜鹃啼，无奈春归。　　　　　　　　　秦观《画堂春》

可堪孤馆闭春寒，杜鹃声里斜阳暮。　　　　　　秦观《踏莎行》

新笋已成堂下竹，落花都上燕巢泥，忍听林表杜鹃啼。周邦彦《浣溪沙》

杜鹃只解怨残春，也不管，人烦恼。　　　　　周紫芝《忆王孙》

百紫千红过了春，杜鹃声苦不堪闻。　　　　　辛弃疾《定风波》

绿树听鹈鴂，更那堪、鹧鸪声住，杜鹃声切。　辛弃疾《贺新郎》

但箭雁沉边，梁燕无主，杜鹃声里长门暮。　　刘辰翁《兰陵王》

春无主，杜鹃啼处，泪染胭脂雨。　　　　　　陈子龙《点绛唇》

摇落事，向空山、休问杜鹃。　　　　　　　　朱孝臧《声声慢》

## 麒麟[1]

渥洼汗血种，天上麒麟儿。

　　　　　　　杜甫《和江陵宋大少府暮春雨后同诸公及舍弟宴书斋》

应图求骏马，惊代得麒麟。　　　　　　杜甫《上韦左相二十韵》

今代麒麟阁，何人第一功？　　　　　杜甫《投赠哥舒开府二十韵》

几年遭鹏鸟，独泣向麒麟。　　　　　杜甫《寄李十二白二十韵》

花罗封蛱蝶，瑞锦送麒麟。　　　杜甫《奉和严中丞西城晚眺十韵》

鸳鹭叨云阁，麒麟滞玉除。　　　　杜甫《赠李八秘书别三十韵》

受命麒麟殿，参谋骠骑营。　　　　　　　钱起《送郑书记》

霓旌照耀麒麟车，羽盖淋漓孔雀扇。　　　　李颀《王母歌》

麒麟锦带佩吴钩，飒沓青骊跃紫骝。　　　　王维《燕支行》

文章献纳麒麟殿，歌舞淹留玳瑁筵。　　李白《流夜郎赠辛判官》

---

[1]　一种想象中的瑞兽。

绣罗衣裳照暮春，蹙金孔雀银麒麟。 杜甫《丽人行》

干戈兵革斗未止，凤凰麒麟安在哉。 杜甫《又观打鱼》

江上小堂巢翡翠，花边高冢卧麒麟。 杜甫《曲江二首之一》

麒麟不动炉烟上，孔雀徐开扇影还。

杜甫《至日遣兴奉寄北省旧阁老两院故人二首之二》

莫度清秋吟蟋蟀，早闻黄阁画麒麟。 杜甫《季夏送乡弟韶陪黄门从叔朝谒》

曲阑伏槛金麒麟，沙苑芳郊连翠茵。 温庭筠《阳春曲》

蜡烛花中月满窗，楚梅初试寿阳妆，麒麟为脯玉为浆。 毛滂《浣溪沙》

目送飞鸿去，何用画麒麟。 张元幹《水调歌头》

何须更，慕封侯定远，图像麒麟。 陆游《沁园春》

上天与降麒麟种，明月还生蚌蛤胎。 石孝友《鹧鸪天》

头上貂蝉贵客，花外麒麟高冢，人世竟谁雄。 辛弃疾《水调歌头》

人间传寿酒，天上送麒麟。 刘辰翁《临江仙》

任是麒麟阁上，争如鹦鹉杯中。 元好问《朝中措》


### 蛱蝶

蛱蝶怜红药，蜻蜓爱碧浔。

陈子昂《南山家园林木交映盛夏五月幽然清凉独坐思远率成十韵》

花罗封蛱蝶，瑞锦送麒麟。 杜甫《奉和严中丞西城晚眺十韵》

蜻蜓怜晓露，蛱蝶恋秋花。 元稹《景申秋八首之七》

燕飞惊蛱蝶，鱼跃动鸳鸯。 许浑《陪少师李相国崔宾客宴居守狄仆射池亭》

浦冷鸳鸯去，园空蛱蝶寻。 李商隐《独居有怀》

穿花蛱蝶深深见，点水蜻蜓款款飞。 杜甫《曲江二首之二》

俱飞蛱蝶元相逐，并蒂芙蓉本自双。 杜甫《进艇》

春天衣著为君舞，蛱蝶飞来黄鹂语。 杜甫《白丝行》

莫讶韩凭为蛱蝶，等闲飞上别枝花。 李商隐《青陵台》

百岁梦生悲蛱蝶，一朝香死泣芙蕖。 罗隐《闲居早秋》

香送蛱蝶投红烛，舞拂兼葭倚翠帷。 张蠙《南康夜宴东溪留别郡守陆郎中》

青虫也学庄周梦，化作南园蛱蝶飞。 徐夤《初夏戏题》

魂梦只能随蛱蝶，烟波无计学鸳鸯。 刘兼《江楼望乡寄内子》

豆蔻枝头双蛱蝶，芙蓉花下两鸳鸯，壁间闻得睡茸香。　　张孝祥《浣溪沙》

争缥缈，斗风流，蜂儿蛱蝶共嬉游。　　向子諲《鹧鸪天》

夜来纵有鸳鸯梦，春去空余蛱蝶图。　　石孝友《鹧鸪天》

曲径穿花寻蛱蝶，虚阑傍日教鹦鹉。　　岳珂《满江红》

纨扇轻裁蛱蝶罗，杏黄衫子晚晴多，卷帘双燕引新雏。　　李雯《浣溪沙》

一阶芳草茸茸绿，乱飞蛱蝶无人扑。　　尤侗《菩萨蛮》

勤嘱付，低飞蛱蝶，莫惹香泥污。　　王夫之《点绛唇》

几曲朱阑新霁后，蛱蝶飞飞频见。　　梁清标《贺新郎》

芙蓉弄色调金粉，蛱蝶寻双认绣裙。　　毛奇龄《鹧鸪天》

蛱蝶情多元凤子，鸳鸯恩重是花神，恁得不相亲。　　屈大均《梦江南》

向东风影里，空劳蛱蝶；碧纱窗外，遮没阑干。　　顾太清《沁园春》

## 植物类

### 桃花

金灶初开火，仙桃正发花。　　孟浩然《宴梅道士山房》

飞凤亭边树，桃花岭上风。　　毛泽东《看山》

渔舟逐水爱山春，两岸桃花夹古津。　　王维《桃源行》

春来遍是桃花水，不辨仙源何处寻。　　王维《桃源行》

春风桃李花开日，秋雨梧桐叶落时。　　白居易《长恨歌》

桃花潭水深千尺，不及汪伦送我情。　　李白《赠汪伦》

颠狂柳絮随风去，轻薄桃花逐水流。　　杜甫《绝句漫兴之五》

百亩庭中半是苔，桃花净尽菜花开。　　刘禹锡《再游玄都观》

人间四月芳菲尽，山寺桃花始盛开。　　白居易《大林寺桃花》

竹外桃花三两枝，春江水暖鸭先知。　　苏轼《惠崇春江晚景》

陶令不知何处去，桃花源里可耕田。　　毛泽东《登庐山》

西塞山前白鹭飞，桃花流水鳜鱼肥。　　张志和《渔歌子》

桃花春水渌，水上鸳鸯浴。　　韦庄《菩萨蛮》

买花载酒长安市，又争似家山见桃李。 欧阳修《青玉案》

舞低杨柳楼心月，歌尽桃花扇底风。 晏几道《鹧鸪天》

那知自是，桃花结子，不因春瘦。 晁补之《水龙吟》

刘郎鬓如此，况桃花颜色。 晁补之《忆少年》

章台路，还见褪粉梅梢，试花桃树。 周邦彦《瑞龙吟》

天际小山桃叶步，白蘋花满湔裙处。 贺铸《蝶恋花》

忆旧游、邃馆朱扉，小园香径，尚想桃花人面。 蔡伸《苏武慢》

桃花落，闲池阁。山盟虽在，锦书难托。莫，莫，莫！ 陆游《钗头凤》

东风似旧，问前度桃花，刘郎能记，花复认郎否。 刘辰翁《摸鱼儿》

一树桃花飞茜雪，红豆相思暗结。 周密《清平乐》

常疑即见桃花面，甚近来、翻笑无书。 张炎《渡江云》

前度桃花，依然开满江浔。 朱彝尊《高阳台》

花骨冷宜香，小立樱桃下。 纳兰性德《生查子》

### 菊花

待到重阳日，还来就菊花。 孟浩然《过故人庄》

晚来高兴尽，摇荡菊花期。 杜甫《九日曲江》

即今蓬鬓改，但愧菊花开。 杜甫《九日五首之二》

霜菊花萎日，风梧叶碎时。 白居易《寄王秘书》

近种篱边菊，秋来未著花。 僧皎然《寻陆鸿渐不遇》

且欲近寻彭泽宰，陶然共醉菊花杯。 崔曙《九日登望仙台呈刘明府》

竹叶于人既无分，菊花从此不须开。 杜甫《九日五首之一》

石出倒听枫叶下，橹摇背指菊花开。 杜甫《送李八秘书赴杜相公幕》

篱菊花稀砌桐落，树阴离离日色薄。 白居易《秋晚》

菊花残，梨叶堕，可惜良辰虚过。 晏殊《更漏子》

更待高秋天气爽，菊花香里开新酿。 欧阳修《渔家傲》

璧月琼枝空夜夜，菊花人貌自年年。不知来岁与谁看。 苏轼《浣溪沙》

尘世难逢开口笑，年少，菊花须插满头归。 苏轼《定风波》

晚菊花前敛翠蛾，授花传酒缓声歌，柳枝团扇别离多。 苏轼《浣溪沙》

无闲事，即芳期。菊花须插满头归。 黄庭坚《鹧鸪天》

| 隋宫烟外草萋萋，菊花时，动旌旗。 | 晁补之《江城子》 |
| 可怜此会意无穷，夜阑人总睡，独绕菊花丛。 | 晁补之《临江仙》 |
| 九日菊花迟，茱萸却早，嫩蕊浓香自妍好。 | 李纲《感皇恩》 |
| 共笑陶彭泽，空对菊花开。 | 李纲《水调歌头》 |
| 一别音尘两杳然，不堪虚度菊花天。 | 石孝友《鹧鸪天》 |
| 菊花何必待开时，十分浮玉蚁，一拍贯珠词。 | 李弥逊《临江仙》 |
| 菊花轻泛玉杯空，醉后不知星斗、乱西东。 | 张元幹《虞美人》 |
| 西风秋日短，小雨菊花寒。 | 吕渭老《促拍满路花》 |
| 想萸囊酒盏，暂时冷落菊花丛。 | 高观国《八归》 |
| 佳人偏爱菊花天，玉钗金附蝉。 | 李处全《阮郎归》 |
| 秋水观中山月夜，停云堂下菊花秋。 | 辛弃疾《瑞鹧鸪》 |
| 年年金蕊艳西风，人与菊花同。 | 辛弃疾《朝中措》 |
| 菊花细雨，萧萧红蓼汀渚。 | 陈亮《垂丝钓》 |
| 悄静菊花天，洗尽梧桐雨。 | 陈亮《卜算子》 |
| 菊花时节酒樽空，可怜双雪鬓，禁得几秋风。 | 刘克庄《临江仙》 |
| 山远翠眉长，高处凄凉，菊花清瘦杜秋娘。 | 吴文英《浪淘沙令》 |
| 菊花不为重阳早，自爱古人诗句恼。 | 刘辰翁《玉楼春》 |

## 桂花

| 人闲桂花落，夜静春山空。 | 王维《鸟鸣涧》 |
| 明发又愁起，桂花溪水清。 | 温庭筠《送人游淮海》 |
| 莫羡三春桃与李，桂花成实向秋荣。 | |
| | 刘禹锡《答乐天所寄咏怀且使其酷暑之谈》 |
| 遥知天上桂花孤，试问嫦娥更要无。 | 白居易《东城桂三首之三》 |
| 桂花香处同高第，柿叶翻时独悼亡。 | 李商隐《赴职梓潼留别畏之员外同年》 |
| 兔寒蟾冷桂花白，此夜姮娥应断肠。 | 李商隐《月夕》 |
| 若道团圆似明月，此中须放桂花开。 | 李商隐《代董秀才却扇》 |
| 画栏桂树悬秋香，三十六宫土花碧。 | 李贺《金铜仙人辞汉歌》 |
| 解缆西征未有期，槐花又逼桂花时。 | 韦庄《宿泊孟津寄三堂友人》 |
| 茸金细弱，秋风嫩、桂花初著。 | 周邦彦《醉落魄》 |

暮云千里，桂花初绽寒玉。 张元幹《念奴娇》

羡夜来把手，桂花堪折。 辛弃疾《满江红》

粉汗余香，伤秋中酒，月落桂花影里。 吴文英《夜行船》

谁向瑶台品凤箫，碧虚浮动桂花秋。 陈允平《鹧鸪天》

欲买桂花同载酒，终不似，少年游。 刘过《唐多令》

看云外山河，还老桂花旧影。 王沂孙《眉妩》

流光易换西风，两度桂花时节。 朱彝尊《石州慢》

桂花浓露好谁看，今夜清辉还似忆长安。 顾贞观《南柯子》

人静露溥溥，别意阑珊，桂花庭院卷帘看。 黄景仁《浪淘沙》

问讯吴刚何所有，吴刚捧出桂花酒。 毛泽东《蝶恋花》

## 梨花

柳色黄金嫩，梨花白雪香。 李白《宫中行乐词之二》

墙上梨花白，尊中桂酒清。 高适《赠别褚山人》

梨花千树雪，杨叶万条烟。 岑参《送杨子》

徒教柳叶长，漫使梨花开。 岑参《虢州南池候严中丞不至》

长安柳枝春欲来，洛阳梨花在前开。 岑参《送魏四落第还乡》

玉容寂寞泪阑干，梨花一枝春带雨。 白居易《长恨歌》

寂寞空庭春欲晚，梨花满地不开门。 刘方平《春怨》

高枝百舌犹欺鸟，带叶梨花独送春。 杜牧《残春独来南亭因寄张祜》

砌下梨花一堆雪，明年谁此凭阑干。 杜牧《初冬夜饮》

惊飞远映碧山去，一树梨花落晚风。 杜牧《鹭鸶》

寂寞游人寒食后，夜来风雨送梨花。 温庭筠《鄠杜郊居》

满宫明月梨花白，故人万里关山隔。 温庭筠《菩萨蛮》

红窗寂寂无人语，暗淡梨花雨。 孙光宪《虞美人》

梅花瘦雪梨花雨，心眼未芳菲。 张先《武陵春》

燕子来时新社，梨花落后清明。 晏殊《破阵子》

梨花最晚又凋零，何事归期无定准。 欧阳修《玉楼春》

高情已逐晓云空，不与梨花同梦。 苏轼《西江月》

闲寻旧踪迹，又酒趁哀弦，灯照离席，梨花榆火催寒食。 周邦彦《兰陵王》

恨春去不与人期，弄夜色，空余满地梨花雪。　　　周邦彦《浪淘沙慢》

满院东风，海棠铺绣，梨花飘雪。　　　　　　　　蔡伸《柳梢青》

欲黄昏，雨打梨花深闭门。　　　　　　　　　　　李重元《忆王孙》

见梨花初带夜月，海棠半含朝雨。　　　　　　　　万俟咏《三台》

强携酒，小桥宅，怕梨花落尽成秋色。　　　　　　姜夔《淡黄柳》

记当日、门掩梨花，剪灯深夜语。　　　　　　　　史达祖《绮罗香》

欢极蓬壶蕖浸，花院梨溶，醉连春夕。　　　　　　蒋捷《瑞鹤仙》

梨花带雨，柳絮迎风，一番愁债。　　　　　　　　夏完淳《烛影摇红》

又是梨花欲谢，绣被春寒今夜。　　　　　　　　　纳兰性德《昭君怨》

从此伤春伤别，黄昏只对梨花。　　　　　　　　　纳兰性德《清平乐》


## 杏花

红乾杏花死，绿冻杨枝折。　　　　　　　　　　　白居易《春雪》

绿池荷叶嫩，红砌杏花娇。　　　　　　　　　　　李商隐《清夜怨》

舞衫萱草绿，春鬓杏花红。　　　　　　　　　　　温庭筠《禁火日》

杏花结子春深后，谁解多情又独来。　　　　　　　白居易《重寻杏园》

云阙朝回尘骑合，杏花春尽曲江闲。　　　　　元稹《题李十一修行里居壁》

借问酒家何处有，牧童遥指杏花村。　　　　　　　杜牧《清明》

粥香饧白杏花天，省对流莺坐绮筵。　　　　　　　李商隐《柳下暗记》

碧草含情杏花喜，上林莺啭游丝起。　　　　　　　温庭筠《汉皇迎春词》

小楼一夜听春雨，深巷明朝卖杏花。　　　　　　　陆游《临安春雨初霁》

雨后却斜阳，杏花零落香。　　　　　　　　　　　温庭筠《菩萨蛮》

孤春芳草远，斜日杏花飞。　　　　　　　　　　　寇准《江南春》

风吹梅蕊闹，雨细杏花香。　　　　　　　　　　　晏几道《临江仙》

墙头丹杏雨余花，门外绿杨风后絮。　　　　　　　晏几道《木兰花》

庭榭清风明月媚，须记，归时莫待杏花飞。　　　　黄庭坚《定风波》

杏花时候，庭下双梅瘦。　　　　　　　　　　　　毛滂《清平乐》

鹦鹉无言理翠襟，杏花零落昼阴阴，画桥流水半篙深。　　贺铸《浣溪沙》

娇莺声袅杏花梢，暗澹绿窗春晓。　　　　　　　　朱敦儒《西江月》

浓香吹尽有谁知，暖风迟日也，别到杏花肥。　　　李清照《临江仙》

| | |
|---|---|
| 红杏枝头花几许，啼痕止恨清明雨。 | 赵令畤《蝶恋花》 |
| 长沟流月去无声，杏花疏影里，吹笛到天明。 | 陈与义《临江仙》 |
| 杏花无处避春愁，也傍野烟发。 | 韩元吉《好事近》 |
| 东厢月，一天风露，杏花如雪。 | 范成大《忆秦娥》 |
| 杨柳迷离晓雾中，杏花零落五更钟。 | 陈子龙《山花子》 |
| 索性不还家，落残红杏花。 | 纳兰性德《菩萨蛮》 |

## 梅花

| | |
|---|---|
| 梅花欢喜漫天雪，冻死苍蝇未足奇。 | 毛泽东《冬云》 |
| 梅花吹入谁家笛，行云半夜凝空碧。 | 冯延巳《菩萨蛮》 |
| 冰散漪澜生碧沼，寒在梅花先老。 | 冯延巳《清平乐》 |
| 破腊梅花香早露。银涛无际，玉山万里，寒罩江南树。 | 李煜《青玉案》 |
| 梅花漏泄春消息，柳丝长，草芽碧。 | 晏殊《滴滴金》 |
| 江南未雪梅花白，忆梅人是江南客。 | 晏几道《菩萨蛮》 |
| 梅花未足凭芳信，弦语岂堪传素恨。 | 晏几道《玉楼春》 |
| 真态生香谁画得，玉如纤手嗅梅花。 | 苏轼《木兰花》 |
| 梅花破萼便回春，似有黄鹂鸣翠柳。 | 黄庭坚《玉楼春》 |
| 为问清香绝韵，何如解语梅花。 | 李之仪《清平乐》 |
| 窗外月华霜重，听彻梅花弄。 | 秦观《桃园忆故人》 |
| 驿寄梅花，鱼传尺素，砌成此恨无重数。 | 秦观《踏莎行》 |
| 章台路，还见褪粉梅梢，试花桃树。 | 周邦彦《瑞龙吟》 |
| 粉墙低，梅花照眼，依然旧风味。 | 周邦彦《花犯》 |
| 楼角初销一缕霞，淡黄杨柳暗栖鸦，玉人和月摘梅花。 | 贺铸《浣溪沙》 |
| 深折梅花曾寄远，问谁为、倚楼凄怨。 | 贺铸《舞迎春》 |
| 掩清尊、多谢梅花，伴我微吟。 | 韩疁《高阳台》 |
| 玉台挂秋月，铅素浅、梅花傅香雪。 | 田为《江神子慢》 |
| 故国梅花归梦，愁损绿罗裙。 | 鲁逸仲《南浦》 |
| 月又渐低霜又下，更阑，折得梅花独自看。 | 潘访《南乡子》 |
| 最关情、折尽梅花，难寄相思。 | 周密《高阳台》 |
| 恐翠袖正天寒，犹倚梅花那树。 | 张炎《月下笛》 |

## 🌸 落花

| 时有落花至，远随流水香。 | 刘昚虚《阙题》 |
|---|---|
| 寥落古行宫，宫花寂寞红。 | 元稹《行宫》 |
| 槲叶落山路，枳花明驿墙。 | 温庭筠《商山早行》 |
| 知章骑马似乘船，眼花落井水底眠。 | 杜甫《饮中八仙歌》 |
| 春风桃李花开日，秋雨梧桐叶落时。 | 白居易《长恨歌》 |
| 杨花落尽子规啼，闻道龙标过五溪。 | 李白《闻王昌龄左迁龙标遥有此寄》 |
| 花迎剑佩星初落，柳拂旌旗露未干。 | 岑参《和贾至舍人早朝大明宫之作》 |
| 正是江南好风景，落花时节又逢君。 | 杜甫《江南逢李龟年》 |
| 日暮东风怨啼鸟，落花犹似堕楼人。 | 杜牧《金谷园》 |
| 多情只有春庭月，犹为离人照落花。 | 张泌《寄人》 |
| 篱落疏疏一径深，树头花落未成阴。 | 杨万里《宿新市徐公店》 |
| 落红不是无情物，化作春泥更护花。 | 龚自珍《己亥杂诗之一》 |
| 三十一年还旧国，落花时节读华章。 | 毛泽东《和柳亚子先生》 |
| 花落子规啼，绿窗残梦迷。 | 温庭筠《菩萨蛮》 |
| 风里落花谁是主，思悠悠。 | 李璟《摊破浣溪沙》 |
| 流水落花春去也，天上人间。 | 李煜《浪淘沙》 |
| 满目山河空念远，落花风雨更伤春，不如怜取眼前人。 | 晏殊《浣溪沙》 |
| 无可奈何花落去，似曾相识燕归来，小园香径独徘徊。 | 晏殊《浣溪沙》 |
| 此时金盏直须深，看尽落花能几醉。 | 晏几道《木兰花》 |
| 落花犹在，香屏空掩，人面知何处。 | 晏几道《御街行》 |
| 去年春恨却来时，落花人独立，微雨燕双飞。 | 晏几道《临江仙》 |
| 相思休问定何如，情知春去后，管得落花无。 | 晁冲之《临江仙》 |
| 唤起两眸清炯炯，泪花落枕红绵冷。 | 周邦彦《蝶恋花》 |
| 落花已作风前舞，又送黄昏雨。 | 叶梦得《虞美人》 |
| 落尽庭花春去也，银蟾迥，无情圆又缺。 | 田为《江神子慢》 |
| 生怕见花开花落，朝来塞雁先还。 | 辛弃疾《汉宫春》 |
| 惜春长怕花开早，何况落红无数。 | 辛弃疾《摸鱼儿》 |
| 东风夜放花千树，更吹落，星如雨。 | 辛弃疾《青玉案》 |
| 强携酒，小桥宅，怕梨花落尽成秋色。 | 姜夔《淡黄柳》 |

消几番、花落花开，老了玉关豪杰。 周密《瑶华》

折芦花赠远，零落一身秋。 张炎《八声甘州》

## 松柏

松柏本孤直，难为桃李颜。 李白《古风之十二》

松柏虽寒苦，羞逐桃李春。 李白《颍阳别元丹丘之淮阳》

已经霜雪下，乃验松柏坚。 薛据《初去郡斋书怀》

松柏有清阴，薜萝亦自妍。 储光羲《至嵩阳观观即天皇故宅》

二帝巡游俱未回，五陵松柏使人哀。 李白《永王东巡歌之五》

君不见金粟堆前松柏里，龙媒去尽鸟呼风。

杜甫《韦讽录事宅观曹将军画马图》

武侯祠堂不可忘，中有松柏参天长。 杜甫《夔州歌十绝句之九》

鸳鸿得路争先翥，松柏凌寒独后凋。 武元衡《送张六谏议归朝》

森然魄动下马拜，松柏一迳趋灵宫。 韩愈《谒衡岳庙遂宿岳寺题门楼》

洛阳旧宅生草莱，杜陵萧萧松柏哀。 刘禹锡《秦娘歌》

北邙松柏锁愁烟，燕子楼中思悄然。 关盼盼《燕子楼三首之二》

虎狼遇猎难藏迹，松柏因风易举头。 杜荀鹤《山中对雪有作》

留得岁寒松柏在，任他世网乱如麻。 柳亚子《次韵和陈巢南》

一水西陵松柏渡，吴山越浦怒潮秋。 柳亚子《吴门记游之十》

顾我已无当世望，似君须向古人求，岁寒松柏肯惊秋。 苏轼《浣溪沙》

西陵松柏久萧条，何处孤坟苏小。 宋琬《西江月》

松柏山香，蒹葭水碧，秋色无边清净。 端木埰《齐天乐》

郁郁此松柏，认取岁寒姿。 俞樾《水调歌头》

是楚泽椒兰，齐丘松柏，秦国蒹葭。 文廷式《木兰花慢》

丞相祠还松柏古，锦官城锁芙蓉媚。 易顺鼎《满江红》

风裁争峻，指松柏、相期岁寒。 吕碧城《庆春宫》

沧桑幻世休重问，松柏凌霜有后期。 张珍怀《鹧鸪天》

## 梧桐

凤凰起丹穴，独向梧桐枝。 陈子昂《鸳鸯篇》

人烟寒橘柚，秋色老梧桐。　　　　　　　　　　李白《登宣城谢朓北楼》

金井梧桐秋叶黄，珠帘不卷夜来霜。　　　　　王昌龄《长信秋词五首之一》

雨滋苔藓侵阶绿，秋飐梧桐覆井黄。　　　岑参《秋夕读书幽兴献兵部李侍郎》

合欢叶堕梧桐秋，鸳鸯背飞水分流。　　　　　　　　李建《赠离曲》

花落梧桐凤别凰，想登秦岭更凄凉。　　　　　　　　薛涛《别李郎中》

梧桐树，三更雨，不道离情正苦。　　　　　　　　温庭筠《更漏子》

梧桐落，蓼花秋。烟初冷，雨才收。　　　　　　　冯延巳《芳草渡》

无言独上西楼，月如钩。寂寞梧桐深院锁清秋。　　　李煜《相见欢》

金风细细，叶叶梧桐坠。　　　　　　　　　　　　晏殊《清平乐》

斜日更穿帘幕，微凉渐入梧桐。　　　　　　　　　晏殊《破阵子》

碧纱秋月，梧桐夜雨，几回无寐。　　　　　　　　晏殊《撼庭秋》

高楼目尽欲黄昏，梧桐叶上萧萧雨。　　　　　　　晏殊《踏莎行》

窗在梧桐叶底，更黄昏雨细。　　　　　　　　　欧阳修《一落索》

卧听疏雨梧桐，雨余淡月朦胧。　　　　　　　　晏几道《清平乐》

饶君拨尽相思调，待听梧桐叶落声。　　　　　　　苏轼《鹧鸪天》

梧桐更兼细雨，到黄昏、点点滴滴。　　　　　　李清照《声声慢》

梧桐叶上三更雨，叶叶声声是别离。　　　　　　周紫芝《鹧鸪天》

月来杨柳绿阴中，秋在梧桐疏影外。　　　　　　周紫芝《木兰花》

嘶骑不来银烛暗，枉教人、立尽梧桐影。　　　　　李玉《贺新郎》

远水生光，遥山耸翠，霁烟深锁梧桐。　　　　辛弃疾《金菊对芙蓉》

悄静菊花天，洗尽梧桐雨。　　　　　　　　　　　陈亮《卜算子》


## 杨柳

寒辞杨柳陌，春满凤凰城。　　　　　　　　卢照邻《首春贻京邑文士》

杨柳散和风，青山澹吾虑。　　　　　　　　　　　韦应物《东郊》

羌笛何须怨杨柳，春风不度玉门关。　　　　　　　王之涣《出塞》

忽见陌头杨柳色，悔教夫婿觅封侯。　　　　　　　王昌龄《闺怨》

变调如闻杨柳春，上林繁花照眼新。　　　　李颀《听安万善吹觱篥歌》

故园杨柳今摇落，何得愁中曲尽生。　　　　　　　　杜甫《吹笛》

芙蓉帐小云屏暗，杨柳风多水殿凉。　　　　　　　刘长卿《昭阳曲》

| | |
|---|---|
| 曾睹夭桃想玉姿，带风杨柳认蛾眉。 | 鱼玄机《代人悼亡》 |
| 春风杨柳万千条，六亿神州尽舜尧。 | 毛泽东《送瘟神二首之二》 |
| 细雨蒲帆游子泪，春风杨柳故园情。 | 郁达夫《乱离杂诗之九》 |
| 杨柳青青江水平，闻郎江上唱歌声。 | 刘禹锡《竹枝词》 |
| 庭院深深深几许，杨柳堆烟，帘幕无重数。 | 冯延巳《蝶恋花》 |
| 六曲阑干偎碧树，杨柳风轻，展尽黄金缕。 | 冯延巳《蝶恋花》 |
| 今宵酒醒何处？杨柳岸、晓风残月。 | 柳永《雨霖铃》 |
| 舞低杨柳楼心月，歌尽桃花扇底风。 | 晏几道《鹧鸪天》 |
| 渡头杨柳青青，枝枝叶叶离情。 | 晏几道《清平乐》 |
| 小雨纤纤风细细，万家杨柳青烟里。 | 朱服《渔家傲》 |
| 雪云散尽，放晓晴池院。杨柳于人便青眼。 | 李元膺《洞仙歌》 |
| 楼角初销一缕霞，淡黄杨柳暗栖鸦，玉人和月摘梅花。 | 贺铸《浣溪沙》 |
| 几许伤春春复暮，杨柳清阴，偏碍游丝度。 | 贺铸《蝶恋花》 |
| 吴鸿好为传归信，杨柳闾门屋数间。 | 吴文英《鹧鸪天》 |
| 杨柳迷离晓雾中，杏花零落五更钟。 | 陈子龙《山花子》 |
| 杨柳乍如丝，故园春尽时。 | 纳兰性德《菩萨蛮》 |
| 我失骄杨君失柳，杨柳轻飏，直上重霄九。 | 毛泽东《蝶恋花》 |

## 桃李

| | |
|---|---|
| 万里烟尘客，三春桃李时。 | 卢照邻《山行寄刘李二参军》 |
| 情催桃李艳，心寄管弦飞。 | 张若虚《代答闺梦还》 |
| 徒言树桃李，此木岂无阴。 | 张九龄《感遇之七》 |
| 桃李皆开尽，芳菲渐觉阑。 | 李颀《西亭即事》 |
| 扶摇应借力，桃李愿成阴。 | 李白《赠崔侍郎》 |
| 桃李君不言，攀花愿成蹊。 | 李白《赠范金卿二首之一》 |
| 自惜桃李年，误身游侠子。 | 韦应物《拟古诗十二首之二》 |
| 洞门高阁霭余晖，桃李阴阴柳絮飞。 | 王维《赠郭给事》 |
| 春风桃李花开日，秋雨梧桐叶落时。 | 白居易《长恨歌》 |
| 桃李香销金谷在，绮罗魂断玉楼空。 | 许浑《金谷怀古》 |
| 桃李盛时虽寂寞，雪霜多后始青葱。 | 李商隐《题小松》 |

桃李春风一杯酒，江湖夜雨十年灯。　　　　　黄庭坚《寄黄几复》

买花载酒长安市，又争似家山见桃李。　　　　欧阳修《青玉案》

桃李三春虽可羡，莺来蝶去芳心乱。　　　　　欧阳修《渔家傲》

百舌无言桃李尽，柘林深处鹁鸪鸣。春色属芜菁。　苏轼《望江南》

又岂料、正好三春桃李，一夜风霜。　　　　　苏轼《雨中花慢》

休恨春迟，桃李梢头次第知。　　　　　　　　黄庭坚《减字木兰花》

桃李不禁风，回首落英无限。　　　　　　　　秦观《如梦令》

梅梢琼绽，东君次第开桃李。　　　　　　　　晁补之《引驾行》

想东园、桃李自春，小唇秀靥今在否。　　　　周邦彦《琐窗寒》

桃李香苞秋不展，深心黯黯谁能见。　　　　　周邦彦《蝶恋花》

桃李风前多妩媚，杨柳更温柔。　　　　　　　辛弃疾《武陵春》

## 牡丹

绝代只西子，众芳惟牡丹。　　　　　　　　　白居易《牡丹》

共道牡丹时，相随买花去。　　　　白居易《秦中吟十首之十·买花》

长安豪贵惜春残，争玩街西紫牡丹。　　　卢纶《裴给事宅白牡丹》

秦陇州缘鹦鹉贵，王侯家为牡丹贫。　　　　　王建《闲说》

一样金盘五千面，红酥点出牡丹花。　　　王建《宫词一百首之四十九》

世间娶容非娶妇，中庭牡丹胜松树。　　　　　王建《斜路行》

其奈明年好春日，无人唤看牡丹花。　　　刘禹锡《送浑大夫赴丰州》

唯有牡丹真国色，花开时节动京城。　　　　　刘禹锡《赏牡丹》

惆怅阶前红牡丹，晚来唯有两枝残。　　　白居易《惜牡丹花二首之一》

花房腻似红莲朵，艳色鲜如紫牡丹。　　白居易《画木莲花图寄元郎中》

自守空楼敛恨眉，形同春后牡丹枝。　　　　　关盼盼《和白公诗》

夜合带烟笼晓日，牡丹经雨泣残阳。　　　　　元稹《莺莺诗》

莺涩余声絮堕风，牡丹花尽叶成丛。　　元稹《赠李十二牡丹花片因以饯行》

窗间桃蕊宿妆在，雨后牡丹春睡浓。　　温庭筠《春暮宴罢寄宋寿先辈》

牡丹花谢莺声歇，绿杨满院中庭月。　　　　　温庭筠《菩萨蛮》

指点牡丹初绽朵，日高犹自凭朱阑，含颦不语恨春残。　韦庄《浣溪沙》

牡丹开就应难比，繁富犹疑过海棠。　　　　　李之仪《鹧鸪天》

| 牡丹比得谁颜色，似宫中、太真第一。 | 辛弃疾《杏花天》 |
| 恨牡丹，笑我倚东风，形如雪。 | 辛弃疾《满江红》 |
| 小立妖娆何所似，风前，柳絮飞时见牡丹。 | 张镃《南乡子》 |
| 紫燕黄鹂院落，牡丹红药时光。 | 卢祖皋《木兰花慢》 |
| 芳草绿铺砌，正酝酿、牡丹时候。 | 元好问《蓦山溪》 |

## 芙蓉

| 杜若幽庭草，芙蓉曲沼花。 | 杜审言《和韦承庆过义阳公主山池五首之三》 |
| 素手把芙蓉，虚步蹑太清。 | 李白《古风之十九》 |
| 屏开金孔雀，褥隐绣芙蓉。 | 杜甫《李监宅》 |
| 年年越溪女，相忆采芙蓉。 | 杜荀鹤《春宫怨》 |
| 芙蓉不及美人妆，水殿风来珠翠香。 | 王昌龄《西宫秋怨》 |
| 荷叶罗裙一色裁，芙蓉向脸两边开。 | 王昌龄《采莲曲二首之二》 |
| 遥见仙人彩云里，手把芙蓉朝玉京。 | 李白《庐山谣寄卢侍御虚舟》 |
| 芙蓉旌旗烟雾落，影动倒景摇潇湘。 | 杜甫《寄韩谏议注》 |
| 龙武新军深驻辇，芙蓉别殿谩焚香。 | 杜甫《曲江对雨》 |
| 俱飞蛱蝶元相逐，并蒂芙蓉本自双。 | 杜甫《进艇》 |
| 花萼夹城通御气，芙蓉小苑入边愁。 | 杜甫《秋兴八首之六》 |
| 芙蓉帐小云屏暗，杨柳风多水殿凉。 | 刘长卿《昭阳曲》 |
| 鸂鶒观前明月度，芙蓉阙下绛河流。 | 钱起《长信怨》 |
| 云鬓花颜金步摇，芙蓉帐暖度春宵。 | 白居易《长恨歌》 |
| 归来池苑皆依旧，太液芙蓉未央柳。 | 白居易《长恨歌》 |
| 芙蓉如面柳如眉，对此如何不泪垂。 | 白居易《长恨歌》 |
| 惊风乱飐芙蓉水，密雨斜侵薜荔墙。 | |
| | 柳宗元《登柳州城楼寄漳汀封连四州刺史》 |
| 蜡照半笼金翡翠，麝熏微度绣芙蓉。 | 李商隐《无题》 |
| 飒飒东风细雨来，芙蓉塘外有轻雷。 | 李商隐《无题》 |
| 我欲因之梦寥廓，芙蓉国里尽朝晖。 | 毛泽东《答友人》 |
| 朱槿犹开，红莲尚拆，芙蓉含蕊。 | 晏殊《连理枝》 |
| 霜华满树，兰凋蕙惨，秋艳入芙蓉。 | 晏殊《少年游》 |

娇面胜芙蓉，脸边天与红。　　　　　　　　　　晏几道《菩萨蛮》

芙蓉落尽天涵水，日暮沧波起。　　　　　　　　舒亶《虞美人》

豆蔻枝头双蛱蝶，芙蓉花下两鸳鸯。壁间闻得睡茸香。　张孝祥《浣溪沙》

芙蓉只解添愁思，况东篱，凄凉黄菊。　　　　　　陈亮《桂枝香》

# 数字类

### 十年

浮云一别后，流水十年间。　　　　　　韦应物《淮上喜会梁州故人》

十年离乱后，长大一相逢。　　　　　　李益《喜见外弟又言别》

故国三千里，深宫二十年。　　　　　　张祜《何满子》

九月寒砧催木叶，十年征戍忆辽阳。　　沈佺期《独不见》

少年十五二十时，步行夺得胡马骑。　　王维《老将行》

五十年间似反掌，风尘澒洞昏王室。　　杜甫《观公孙大娘弟子舞剑器行》

已忍伶俜十年事，强移栖息一枝安。　　杜甫《宿府》

献赋十年犹未遇，羞将白发对华簪。　　钱起《赠阙下裴舍人》

巴山楚水凄凉地，二十三年弃置身。　　刘禹锡《酬乐天扬州初逢席上见赠》

十年一觉扬州梦，赢得青楼薄幸名。　　杜牧《遣怀》

锦瑟无端五十弦，一弦一柱思华年。　　李商隐《锦瑟》

桃李春风一杯酒，江湖夜雨十年灯。　　黄庭坚《寄黄几复》

梦断香消四十年，沈园柳老不吹绵。　　陆游《沈园之一》

和戎诏下十五年，将军不战空临边。　　陆游《关山月》

百二关河草不横，十年戎马暗秦京。　　元好问《岐阳之一》

三十一年还旧国，落花时节读华章。　　毛泽东《和柳亚子先生》

别梦依稀咒逝川，故园三十二年前。　　毛泽东《到韶山》

十年生死两茫茫，不思量，自难忘。　　苏轼《江城子》

豆蔻梢头旧恨，十年梦、屈指堪惊。　　秦观《满庭芳》

二十余年如一梦，此身虽在堪惊。　　陈与义《临江仙》

四十三年，望中犹记，烽火扬州路。　　　　　　　　　　辛弃疾《永遇乐》

芦叶满汀洲，寒沙带浅流。二十年重过南楼。　　　　　　刘过《唐多令》

暗数十年湖上路，能几度，着娉婷。　　　　　　　　　　卢祖皋《江城子》

十年一梦凄凉，似西湖燕去，吴馆巢荒。　　　　　　　　吴文英《夜合花》

烟波桃叶西陵路，十年断魂潮尾。　　　　　　　　　　　吴文英《齐天乐》

三十八年过去，弹指一挥间。　　　　　　　　　　　　　毛泽东《水调歌头》

弹指三十八年，人间变了，似天渊翻覆。　　　　　　　　毛泽东《念奴娇》


## 🌿 百年

百年长扰扰，万事悉悠悠。　　　　　　　　　　　　　　王绩《赠程处士》

欢娱百年促，羁病一生侵。　　　　　　　　　　　　　　骆宾王《夏日夜忆张二》

悲凉千里道，凄断百年身。　　　　　　　　　　　　　　王勃《别薛华》

旅泊成千里，栖遑共百年。　　　　　　　　　　　　　　王勃《重别薛华》

百年双白鬓，一别九秋萤。　　　　　　　　　　杜甫《戏题寄上汉中王三首之一》

乾坤万里眼，时序百年心。　　　　　　　　　　　杜甫《春日江村五首之一》

长为万里客，有愧百年身。　　　　　　　　　　　　　　杜甫《中夜》

百年飘若水，万绪尽归空。　　　　　　　　　　司空曙《赠送郑钱二郎中》

百年慵里过，万事醉中休。　　　　　　　　　　　　　　白居易《闲坐》

百年地辟柴门迥，五月江深草木寒。　　杜甫《严公仲夏枉驾草堂兼携酒馔》

万里悲秋常作客，百年多病独登台。　　　　　　　　　　杜甫《登高》

闻道长安似弈棋，百年世事不胜悲。　　　　　　　　　　杜甫《秋兴八首之四》

闲坐悲君亦自悲，百年多是几多时。　　　　　　　　　　元稹《遣悲怀之三》

百二关河草不横，十年戎马暗秦京。　　　　　　　　　　元好问《岐阳之一》

江山代有才人出，各领风骚数百年。　　　　　　　　　　赵翼《论诗》

名世于今五百年，诸公碌碌皆余子。　　　　　　毛泽东《送纵宇一郎东行》

百年强半，来日苦无多。　　　　　　　　　　　　　　　苏轼《满庭芳》

千古兴亡，百年悲笑，一时登览。　　　　　　　　　　　辛弃疾《水龙吟》

鸿雁初飞江上，蟋蟀还来床下，时序百年心。　　　　　　辛弃疾《水调歌头》

五百年前非一日，可堪只到今年。　　　　　　　　　　　陈亮《临江仙》

万里乾坤，百年身世，唯有此情苦。　　　　　　　　　　姜夔《玲珑四犯》

长夜难明赤县天，百年魔怪舞翩跹，人民五亿不团圆。　　毛泽东《浣溪沙》

### 千秋

| | |
|---|---|
| 铸得千秋镜，光生百炼金。 | 李隆基《千秋节赐群臣镜》 |
| 一破夫差国，千秋竟不还。 | 李白《西施》 |
| 千秋万岁名，寂寞身后事。 | 杜甫《梦李白二首之二》 |
| 昔贤怀一饭，兹事已千秋。 | 刘长卿《经漂母墓》 |
| 星河秋一雁，砧杵夜千家。 | 韩翃《酬程近秋夜即事见赠》 |
| 天秋月又满，城阙夜千重。 | 戴叔伦《江乡故人偶集客舍》 |
| 天地英雄气，千秋尚凛然。 | 刘禹锡《蜀先主庙》 |
| 自此更谁登彼岸，西看佛树几千秋。 | 玄奘《题尼莲河七言》 |
| 九州四海常无事，万岁千秋乐未央。 | 卢照邻《登封大酺歌四首之一》 |
| 江上巍巍万岁楼，不知经历几千秋。 | 王昌龄《万岁楼》 |
| 汉朝陵墓对南山，胡虏千秋尚入关。 | 杜甫《诸将五首之一》 |
| 窗含西岭千秋雪，门泊东吴万里船。 | 杜甫《绝句四首之三》 |
| 怅望千秋一洒泪，萧条异代不同时。 | 杜甫《咏怀古迹之二》 |

吊影分为千里雁，辞根散作九秋蓬。

　　　白居易《自河南经乱，关内阻饥，兄弟离散……兼示符离及下邽弟妹》

| | |
|---|---|
| 解衣推食寻常事，各有千秋志愿赊。 | 柳亚子《怀人（朱少屏）》 |
| 暗付金钗清夜半，千秋愿，年年此会长相见。 | 欧阳修《渔家傲》 |
| 红叶黄花秋意晚，千里念行客。 | 晏几道《思远人》 |
| 更携取胡床上南楼，看玉做人间，素秋千顷。 | 晁补之《洞仙歌》 |
| 楚天千里清秋，水随天去秋无际。 | 辛弃疾《水龙吟》 |
| 南山寿石，东周宝鼎，千秋巩固。 | 吴文英《宴清都》 |
| 应记。千秋化鹤，旧华表，认得山川犹是。 | 吴文英《绛都春》 |
| 千秋功罪，谁人曾与评说。 | 毛泽东《念奴娇》 |

### 千年

| | |
|---|---|
| 马系千年树，旌悬九月霜。 | 卢照邻《陇头水》 |
| 翱翔一万里，来去几千年。 | 李峤《鹤》 |

鹤舞千年树，虹飞百尺桥。 陈子昂《春日登金华观》

故国三千里，深宫二十年。 张祜《何满子》

莺啼燕语报新年，马邑龙堆路几千。 皇甫冉《春思》

空山古寺千年石，草色寒堤百尺桥。 韩翃《兖州送李明府使苏州》

犹疑蜀魄千年恨，化作冤禽万啭声。 武元衡《春晓闻莺》

鹏上承尘才一日，鹤归华表已千年。 许浑《经故丁补阙郊居》

未知王母千年熟，且共刘郎一笑同。 温庭筠《反生桃花发因题》

可羡瑶池碧桃树，碧桃红颊一千年。 李商隐《石榴》

蜀魄千年尚怨谁，声声啼血向花枝。 罗邺《闻子规》

偶成汉室千年业，只读圮桥一卷书。 崔涂《读留侯传》

彩线轻缠红玉臂，小符斜挂绿云鬟。佳人相见一千年。 苏轼《浣溪沙》

灵台静养千年寿，丹灶全无一点尘。 米芾《鹧鸪天》

长亭路，年去岁来，应折柔条过千尺。 周邦彦《兰陵王》

矫矫千年鹤，茫茫万里风。 陈与义《南歌子》

楼上黄昏，片帆千里归程，年华将晚。 蔡伸《苏武慢》

蟠桃一熟九千年，仙家春色无边。 张孝祥《画堂春》

千年往事已沉沉，闲管兴亡则甚。 辛弃疾《西江月》

懒去蓬莱三岛，且看江南风月，一住数千年。 白玉蟾《水调歌头》

三千年事残鸦外，无言倦凭秋树。 吴文英《齐天乐》

欲种蟠根天上李，三千年看青青子。 刘辰翁《蝶恋花》

往事越千年，魏武挥鞭，东临碣石有遗篇。 毛泽东《浪淘沙》


## 🐉 千里

老骥伏枥，志在千里。 曹操《步出夏门行·龟虽寿》

欲穷千里目，更上一层楼。 王之涣《登鹳雀楼》

千里共如何，微风吹兰杜。 王昌龄《同从弟南斋玩月忆山阴崔少府》

回看射雕处，千里暮云平。 王维《观猎》

柴门鸟雀噪，归客千里至。 杜甫《羌村之一》

故国三千里，深宫二十年。 张祜《何满子》

清淮奉使千余里，敢告云山从此始。 李颀《琴歌》

一身转战三千里，一剑曾当百万师。　　　　　　王维《老将行》

朝辞白帝彩云间，千里江陵一日还。　　　　　　李白《下江陵》

千里黄云白日曛，北风吹雁雪纷纷。　　　　　　高适《别董大之一》

岭树重遮千里目，江流曲似九回肠。

　　　　　　柳宗元《登柳州城楼寄漳汀封连四州刺史》

吊影分为千里雁，辞根散作九秋蓬。

　　　　白居易《自河南经乱，关内阻饥，兄弟离散……兼示符离及下邽弟妹》

魏官牵车指千里，东关酸风射眸子。　　　　　　李贺《金铜仙人辞汉歌》

千里莺啼绿映红，水村山郭酒旗风。　　　　　　杜牧《江南春绝句》

更喜岷山千里雪，三军过后尽开颜。　　　　　　毛泽东《长征》

千里波涛滚滚来，雪花飞上钓鱼台。　　　　　　毛泽东《观潮》

坐地日行八万里，巡天遥看一千河。　　　　　　毛泽东《送瘟神二首之一》

千里驰驱自觉痴，苦无灵药慰相思。　　　　　　郁达夫《乱离杂诗十一》

年年今夜，月华如练，长是人千里。　　　　　　范仲淹《御街行》

一望关河萧索，千里清秋，忍凝眸。　　　　　　柳永《曲玉管》

念去去、千里烟波，暮霭沉沉楚天阔。　　　　　柳永《雨霖铃》

千里澄江似练，翠峰如簇。　　　　　　　　　　王安石《桂枝香》

别浦高楼曾漫倚，对江南千里。　　　　　　　　晏几道《留春令》

红叶黄花秋意晚，千里念行客。　　　　　　　　晏几道《思远人》

但愿人长久，千里共婵娟。　　　　　　　　　　苏轼《水调歌头》

千里孤坟，无处话凄凉。　　　　　　　　　　　苏轼《江城子》

烂银盘、来从海底，皓色千里澄辉。　　　　　　晁端礼《绿头鸭》

叹年华一瞬，人今千里，梦沉书远。　　　　　　周邦彦《过秦楼》

叶下斜阳照水，卷轻浪、沉沉千里。　　　　　　周邦彦《夜游宫》

楼上黄昏，片帆千里归程，年华将晚。　　　　　蔡伸《苏武慢》

三十功名尘与土，八千里路云和月。　　　　　　岳飞《满江红》

楚天千里清秋，水随天去秋无际。　　　　　　　辛弃疾《水龙吟》

玉梯凝望久，但芳草萋萋千里。　　　　　　　　姜夔《翠楼吟》

做冷欺花，将烟困柳，千里偷催春暮。　　　　　史达祖《绮罗香》

伤心千里江南，怨曲重招，断魂在否？　　　　　吴文英《莺啼序》

南楼不恨吹横笛，恨晓风千里关山。　　　　　吴文英《高阳台》

但忆临官道，暂来不住，便出门千里。　　　　彭元逊《六丑》

黄云紫塞三千里，女墙西畔啼乌起。　　　　　纳兰性德《菩萨蛮》

灯蓴半成灰，短书千里回，报岩扄、晚桂都开。　朱孝臧《唐多令》

北国风光，千里冰封，万里雪飘。　　　　　　毛泽东《沁园春》

千里来寻故地，旧貌变新颜。　　　　　　　　毛泽东《水调歌头》

参天万木，千百里，飞上南天奇岳。　　　　　毛泽东《念奴娇》


## ❧ 万里

仍怜故乡水，万里送行舟。　　　　　　　　　李白《渡荆门送别》

骁腾有如此，万里可横行。　　　　　　　　　杜甫《房兵曹胡马》

惟怜一灯影，万里眼中明。　　　　　　　　　钱起《送僧归日本》

迢递三巴路，羁危万里身。　　　　　　　　　崔涂《除夜有怀》

万里寒光生积雪，三边曙色动危旌。　　　　　祖咏《望蓟门》

更吹羌笛关山月，无那金闺万里愁。　　　　　王昌龄《从军行之一》

秦时明月汉时关，万里长征人未还。　　　　　王昌龄《出塞》

空山百鸟散还合，万里浮云阴且晴。　　李颀《听董大弹胡笳兼寄语弄房给事》

野营万里无城郭，雨雪纷纷连大漠。　　　　　李颀《古从军行》

一身转战三千里，一剑曾当百万师。　　　　　王维《老将行》

长风万里送秋雁，对此可以酣高楼。　　李白《宣州谢朓楼饯别校书叔云》

窗含西岭千秋雪，门泊东吴万里船。　　　　　杜甫《绝句四首之三》

西山白雪三城戍，南浦清江万里桥。　　　　　杜甫《野望》

万里悲秋常作客，百年多病独登台。　　　　　杜甫《登高》

瞿塘峡口曲江头，万里风烟接素秋。　　　　　杜甫《秋兴八首之六》

瀚海阑干百丈冰，愁云惨淡万里凝。　　　岑参《白雪歌送武判官归京》

蒐于岐阳骋雄俊，万里禽兽皆遮罗。　　　　　韩愈《石鼓歌》

三春白雪归青冢，万里黄河绕黑山。　　　　　柳中庸《征人怨》

三湘愁鬓逢秋色，万里归心对月明。　　　　　卢纶《晚次鄂州》

玉珰缄札何由达，万里云罗一雁飞。　　　　　李商隐《春雨》

赦书一日行万里，罪从大辟皆除死。　　　韩愈《八月十五夜赠张功曹》

| | |
|---|---|
| 八骏日行三万里，穆王何事不重来。 | 李商隐《瑶池》 |
| 家人万里传消息，好在毡城莫相忆。 | 王安石《明妃曲》 |
| 万里归船弄长笛，此心吾与白鸥盟。 | 黄庭坚《登快阁》 |
| 三万里河东入海，五千仞岳上摩天。 | 陆游《秋夜将晓出篱门迎凉有感》 |
| 换羽移宫万里愁，珠歌翠舞古梁州。 | 吴伟业《圆圆曲》 |
| 万里神州一镜收，年年长啸看吴钩。 | 柳亚子《题钱亚仑小影》 |
| 无端散出一天愁，幸被东风吹万里。 | 毛泽东《送纵宇一郎东行》 |
| 坐地日行八万里，巡天遥看一千河。 | 毛泽东《送瘟神二首之一》 |
| 艾萧太盛椒兰少，一跃冲向万里涛。 | 毛泽东《屈原》 |
| 金猴奋起千钧棒，玉宇澄清万里埃。 | 毛泽东《和郭沫若同志》 |
| 浊酒一杯家万里，燕然未勒归无计。 | 范仲淹《渔家傲》 |
| 梦随风万里，寻郎去处，又还被、莺呼起。 | 苏轼《水龙吟》 |
| 万里云帆何时到，送孤鸿、目断千山阻。 | 叶梦得《贺新郎》 |
| 当年万里觅封侯，匹马戍梁州。 | 陆游《诉衷情》 |
| 将军百战身名裂，向河梁、回头万里，故人长绝。 | 辛弃疾《贺新郎》 |
| 马上离愁三万里，望昭阳宫殿孤鸿没。 | 辛弃疾《贺新郎》 |
| 想当年，金戈铁马，气吞万里如虎。 | 辛弃疾《永遇乐》 |
| 照野旌旗，朝天车马，平沙万里天低。 | 周密《高阳台》 |
| 楚江空晚，怅离群万里，恍然惊散。 | 张炎《解连环》 |
| 万里孤云，清游渐远，故人何处。 | 张炎《月下笛》 |
| 算夔巫万里，金焦两点，谁说与、苍茫意。 | 邓廷桢《水龙吟》 |
| 怅霜飞榆塞，月冷枫江，万里凄清。 | 文廷式《忆旧游》 |
| 胜似春光，寥廓江天万里霜。 | 毛泽东《采桑子》 |
| 北国风光，千里冰封，万里雪飘。 | 毛泽东《沁园春》 |
| 万里长江横渡，极目楚天舒。 | 毛泽东《水调歌头》 |
| 寂寞嫦娥舒广袖，万里长空，且为忠魂舞。 | 毛泽东《蝶恋花》 |
| 鲲鹏展翅，九万里，翻动扶摇羊角。 | 毛泽东《念奴娇》 |

# 叠字类

青青子衿，悠悠我心。 《诗经·郑风·子衿》

青青河畔草，郁郁园中柳。 《青青河畔草》

寂寂竟何待，朝朝空自归。 孟浩然《留别王维》

湛湛长江去，冥冥细雨来。 杜甫《梅雨》

榉柳枝枝弱，枇杷树树香。 杜甫《田舍》

衣冠空穰穰，关辅久昏昏。 杜甫《建都十二韵》

檐影微微落，津流脉脉斜。 杜甫《遣意二首》

野日荒荒白，春流泯泯清。 杜甫《漫成二首》

寂寂春将晚，欣欣物自私。 杜甫《江亭》

汀烟轻冉冉，竹日静晖晖。 杜甫《寒食》

村鼓时时急，渔舟个个轻。 杜甫《屏迹三首之一》

稍稍烟集渚，微微风动襟。

杜甫《送严侍郎到绵州同登杜使君江楼（得心字）》

花远重重树，云轻处处山。 杜甫《涪江泛舟送韦班归京（得山字）》

霏霏云气重，闪闪浪花翻。 杜甫《望兜率寺》

淅淅风生砌，团团日隐墙。 杜甫《薄游》

风吹花片片，春动水茫茫。 杜甫《城上》

肃肃花絮晚，菲菲红素轻。 杜甫《春远》

沉沉春色尽，惨惨暮寒多。 杜甫《暮寒》

入空才漠漠，洒迥已纷纷。 杜甫《喜雨》

汩汩避群盗，悠悠经十年。 杜甫《自阆州领妻子却赴蜀山行三首之一》

云溪花淡淡，春郭水泠泠。 杜甫《行次盐亭县聊题四韵》

寂寂夏先晚，泠泠风有余。 杜甫《寄李十四员外布十二韵》

雨洗娟娟净，风吹细细香。 杜甫《严郑公宅同咏竹（得香字）》

蔼蔼花蕊乱，飞飞蜂蝶多。 杜甫《绝句六首之二》

| | |
|---|---|
| 地晴丝冉冉，江白草纤纤。 | 杜甫《绝句六首之五》 |
| 微微向日薄，脉脉去人遥。 | 杜甫《又雪》 |
| 眇眇春风见，萧萧夜色凄。 | 杜甫《子规》 |
| 匣琴虚夜夜，手板自朝朝。 | 杜甫《西阁三度期大昌严明府同宿不到》 |
| 砧响家家发，樵声个个同。 | 杜甫《秋野五首之四》 |
| 急急能鸣雁，轻轻不下鸥。 | 杜甫《白帝城楼》 |
| 漠漠虚无里，连连睥睨侵。 | 杜甫《白帝楼》 |
| 郁郁星辰剑，苍苍云雨池。 | 杜甫《偶题》 |
| 鸂鶒双双舞，猕猿垒垒悬。 | 杜甫《秋日夔府咏怀奉寄郑监李宾客一百韵》 |
| 兵戈尘漠漠，江汉月娟娟。 | 杜甫《秋日夔府咏怀奉寄郑监李宾客一百韵》 |
| 缚柴门窄窄，通竹溜涓涓。 | 杜甫《秋日夔府咏怀奉寄郑监李宾客一百韵》 |
| 众香深黯黯，几地肃芊芊。 | 杜甫《秋日夔府咏怀奉寄郑监李宾客一百韵》 |
| 翳翳月沉雾，辉辉星近楼。 | 杜甫《不寐》 |
| 咄咄宁书字，冥冥欲避矰。 | 杜甫《寄刘峡州伯华使君四十韵》 |
| 处处喧飞檄，家家急竞锥。 | 杜甫《夔府书怀四十韵》 |
| 时时开暗室，故故满青天。 | 杜甫《月三首之三》 |
| 朔风鸣淅淅，寒雨下霏霏。 | 杜甫《雨四首之三》 |
| 采花香泛泛，坐客醉纷纷。 | 杜甫《九日五首之三》 |
| 家家养乌鬼，顿顿食黄鱼。 | 杜甫《戏作俳谐体遣闷二首之一》 |
| 雾潭鳣发发，春草鹿呦呦。 | 杜甫《题张氏隐居二首之二》 |
| 萧萧千里足，个个五花文。 | 杜甫《题柏大兄弟山居屋壁二首》 |
| 处处逢正月，迢迢滞远方。 | 杜甫《元日示宗武》 |
| 暗暗春籍满，轻轻花絮飞。 | |

杜甫《宴胡侍御中堂（李尚书之芳郑秘监审同集归字韵）》

| | |
|---|---|
| 嶷嶷瑚琏器，阴阴桃李蹊。 | 杜甫《水宿遣兴奉呈群公》 |
| 历历竟谁种，悠悠何处圆。 | 杜甫《江边星月二首之二》 |
| 城乌啼眇眇，野鹭宿娟娟。 | 杜甫《舟月对驿近寺》 |
| 饥籍家家米，愁征处处杯。 | 杜甫《秋日荆南述怀三十韵》 |
| 垂旒资穆穆，祝网但恢恢。 | 杜甫《秋日荆南述怀三十韵》 |
| 悠悠回赤壁，浩浩略苍梧。 | 杜甫《过南岳入洞庭湖》 |

人人伤白首，处处接金杯。 　　　　　　　　杜甫《登白马潭》

纳纳乾坤大，行行郡国遥。 　　　　　　　　杜甫《野望》

漠漠旧京远，迟迟归路赊。 　　　　　　杜甫《入乔口（长沙北界）》

执热沉沉在，凌寒往往须。 　　　　杜甫《北风（新康江口信宿方行）》

未解依依袂，还斟泛泛瓢。 　　　　　杜甫《奉赠卢五丈参谋（琚）》

郁郁冬炎瘴，濛濛雨滞淫。 杜甫《风疾舟中伏枕书怀三十六韵奉呈湖南亲友》

乌几重重缚，鹑衣寸寸针。 杜甫《风疾舟中伏枕书怀三十六韵奉呈湖南亲友》

披颜争倩倩，逸足竞骎骎。 杜甫《风疾舟中伏枕书怀三十六韵奉呈湖南亲友》

转蓬忧悄悄，行药病涔涔。 杜甫《风疾舟中伏枕书怀三十六韵奉呈湖南亲友》

纷纷乘白马，攘攘著黄巾。 　　　　　　　　杜甫《遣忧》

盈盈当雪杏，艳艳待春梅。 　　　　　　　　杜甫《早花》

枝枝总到地，叶叶自开春。 　　　　　　　　杜甫《柳边》

萋萋露草碧，片片晚旗红。 　　　　杜甫《陪郑公秋晚北池临眺》

江市戎戎暗，山云淰淰寒。 　　　　　　　　杜甫《放船》

苒苒谷中寺，娟娟林表峰。 　　杜甫《惠义寺送王少尹赴成都（得峰字）》

漠漠帆来重，冥冥鸟去迟。 　　　　韦应物《赋得暮雨送李曹》

秋花紫蒙蒙，秋蝶黄茸茸。 　　　　　　　白居易《秋蝶》

日暮舟悄悄，烟生水沉沉。 　　　　白居易《舟中李山人访宿》

晴川历历汉阳树，芳草萋萋鹦鹉洲。 　　　　崔颢《黄鹤楼》

胡雁哀鸣夜夜飞，胡儿眼泪双双落。 　　　　李颀《古从军行》

漠漠水田飞白鹭，阴阴夏木啭黄鹂。 　　王维《积雨辋川庄作》

风含翠筱娟娟静，雨裛红蕖冉冉香。 　　　　　　杜甫《狂夫》

华轩蔼蔼他年到，绵竹亭亭出县高。 　杜甫《从韦二明府续处觅绵竹》

小院回廊春寂寂，浴凫飞鹭晚悠悠。 　杜甫《涪城县香积寺官阁》

青青竹笋迎船出，日日江鱼入馔来。

　　　　　　　杜甫《送王十五判官扶侍还黔中（得开字）》

杳杳东山携汉妓，泠泠修竹待王归。 　杜甫《戏作寄上汉中王二首》

无边落木萧萧下，不尽长江滚滚来。 　　　　　　杜甫《登高》

江天漠漠鸟双去，风雨时时龙一吟。 　　　　　　杜甫《滟滪》

晴浴狎鸥分处处，雨随神女下朝朝。 　　杜甫《夔州歌十绝句之六》

411

信宿渔人还泛泛，清秋燕子故飞飞。　　　　　　杜甫《秋兴八首之三》

年年至日常为客，忽忽穷愁泥杀人。　　　　　　杜甫《冬至》

却绕井阑添个个，偶经花蕊弄辉辉。　　　　　　杜甫《见萤火》

碧窗宿雾濛濛湿，朱栱浮云细细轻。

　　　　　杜甫《江陵节度阳城郡王新楼成王请严侍御判官赋七字句同作》

可怜处处巢君室，何异飘飘托此身。　　　　　　杜甫《燕子来舟中作》

娟娟戏蝶过闲幔，片片轻鸥下急湍。　　　　　　杜甫《小寒食舟中作》

寂寂系舟双下泪，悠悠伏枕左书空。　　　　　　杜甫《清明二首之二》

双峰寂寂对春台，万竹青青照客杯。　　　　　　杜甫《又送》

世事茫茫难自料，春愁黯黯独成眠。　　　　　韦应物《寄李儋元锡》

迟迟钟鼓初长夜，耿耿星河欲曙天。　　　　　　白居易《长恨歌》

大弦嘈嘈如急雨，小弦切切如私语。　　　　　　白居易《琵琶行》

须知胡骑纷纷在，岂逐春风一一回。　　　　　　杜牧《早雁》

寻寻觅觅，冷冷清清，凄凄惨惨戚戚。　　　　　李清照《声声慢》

## ❧ 联绵词类 ❧

❧ **联绵词仅在一联的出句或对句一侧，用黑体表示：**

寒山转苍翠，秋水日**潺湲**。　　　　　　　王维《辋川闲居赠裴秀才迪》

徒令白日暮，高驾空**踟蹰**。　　　　　　　李白《相和歌辞·陌上桑》

八月**蝴蝶**黄，双飞西园草。　　　　　　　李白《长干行》

岁寒仍顾遇，日暮且**踟蹰**。　　　　　　　杜甫《赠韦左丞丈》

今代**麒麟**阁，何人第一功。　　　　　　　杜甫《投赠哥舒开府二十韵》

吴楚东南坼，**乾坤**日夜浮。　　　　　　　杜甫《登岳阳楼》

**惆怅**南朝事，长江独自今。　　　　　刘长卿《秋日登吴公台上寺远眺》

**凄凉**蜀故伎，来舞魏宫前。　　　　　　　刘禹锡《蜀先主庙》

年年战骨埋荒外，空见**蒲桃**入汉家。　　　　　李颀《古从军行》

拟金伐鼓下榆关，**旌旗逶迤**碣石间。　　　　　高适《燕歌行》

干戈兵革斗未止，**凤凰麒麟**安在哉。 杜甫《又观打鱼》

花萼夹城通御气，**芙蓉**小苑入边愁。 杜甫《秋兴八首之六》

浅草遥迎**鸊鹈**马，春风乱飐辟邪旗。 刘禹锡《寄唐州杨八归厚》

六军不发无奈何，**宛转**蛾眉马前死。 白居易《长恨歌》

天旋地转回龙驭，到此**踟蹰**不能去。 白居易《长恨歌》

中有一人字太真，雪肤花貌**参差**是。 白居易《长恨歌》

天外**凤凰**谁得髓，无人解合续弦胶。 杜牧《读韩杜集》

昔日双鸦照浅眉，如今**婀娜**绿云垂。 苏轼《杂诗》

## 🐚 联绵词在一联的上下两侧，几乎全部表现为相同位置的对仗形式，用黑体表示：

陇俗轻**鹦鹉**，原情类**鹡鸰**。

杜甫《秦州见敕目薛三璩受司议郎毕四曜除监察与……凡三十韵》

**散漫**愁巴峡，**徘徊**恋楚君。 刘方平《巫山神女》

传看**辘轳**剑，醉脱**骅骝**裘。 韩翃《赠张建》

调高时**慷慨**，曲变或**凄清**。 刘孝孙《咏笛》

途穷任**憔悴**，道在肯**彷徨**。

白居易《渭村退居，寄礼部崔侍郎、翰林钱舍人诗一百韵》

井阑排**菡萏**，檐瓦斗**鸳鸯**。

白居易《渭村退居，寄礼部崔侍郎、翰林钱舍人诗一百韵》

裙翻绣**鸂鶒**，梳陷钿**麒麟**。 白居易《题周浩大夫新亭子二十二韵》

赋力凌**鹦鹉**，词锋敌**辘轳**。 白居易《东南行一百韵寄通州元九侍御……窦七校书》

残芳悲**鶗鴃**，暮节感**茱萸**。 白居易《东南行一百韵寄通州元九侍御……窦七校书》

书床鸣**蟋蟀**，琴匣网**蜘蛛**。 白居易《东南行一百韵寄通州元九侍御……窦七校书》

深于红**踯躅**，大校白**槟榔**。 白居易《题郡中荔枝诗十八韵兼寄万州杨八使君》

**菡萏**泥连萼，**玫瑰**刺绕枝。 白居易《草词毕遇芍药初开……偶成十六韵》

手中稀**琥珀**，舌上冷**醍醐**。 白居易《早饮湖州酒寄崔使君》

松胶黏**琥珀**，筼粉扑**琅玕**。 白居易《题洛中第宅》

小面**琵琶**婢，苍头**觱篥**奴。 白居易《宿杜曲花下》

**惆怅**回头听，**踟蹰**立马看。 白居易《魏堤有怀》

傍看应**寂寞**，自觉甚**逍遥**。　　　　　　　　　　　白居易《自题》

甲明银**玓瓅**，柱触玉**玲珑**。　　　　　　　　　　　　白居易《筝》

雇人栽**菡萏**，买石造**潺湲**。　白居易《西街渠中种莲垒石颇有幽致偶题小楼》

**醍醐**惭气味，**琥珀**让晶光。　　　　　白居易《答皇甫十郎中秋深酒熟见忆》

**蝼蚁**谋深穴，**鹪鹩**占小枝。　　　　　　　　　白居易《自题小草亭》

遥怜峰**窈窕**，不隔竹**朦胧**。　　　　　　　　　　白居易《窗中列远岫》

仙去**逍遥**境，诗留**窈窕**章。　　　　　　　　白居易《昭德皇后挽歌词》

**鸳鸯**交颈舞，**翡翠**合欢笼。　　　　　　　　　元稹《会真诗三十韵》

遥天初**缥缈**，低树渐**葱茏**。　　　　　　　　　元稹《会真诗三十韵》

洞房闲**窈窕**，庭院独**葱茏**。　　　　　　　　　　　元稹《春六十韵》

绕行香**烂熳**，折赠意**缠绵**。　　　　　　　姚合《和李补阙曲江看莲花》

**婵娟**涵宿露，**烂熳**抵春风。　　　　　　　姚合《和王郎中召看牡丹》

转喉空**婀娜**，垂手自**娉婷**。

　　　　　　杜牧《分司东都寓居履道叫承川尹刘侍郎大夫恩知上四十韵》

赋妙排**鹦鹉**，诗能继**鹡鸰**。

　　　　　　杜牧《分司东都寓居履道叫承川尹刘侍郎大夫恩知上四十韵》

**参差**连曲陌，**迢递**送斜晖。　　　　　　　　　　　李商隐《落花》

**娉婷**小苑中，**婀娜**曲池东。　　　　　　　　　　　李商隐《垂柳》

**徙倚**三层阁，**摩挲**七宝刀。　　　　　　　　　　　李商隐《春游》

影占**徘徊**处，光含**的皪**时。　　　　　　　李商隐《赋得月照冰池》

**淅沥**篱下叶，**凄清**阶上琴。　　　　　长孙佐辅《杭州秋日别故友》

**迢递**三巴路，**羁危**万里身。　　　　　　　　　　崔涂《除夜有怀》

茱萸插**鬓**花宜寿，**翡翠**横钗舞作愁。　　　　　王昌龄《九日登高》

汉兵奋迅如**霹雳**，虏骑崩腾畏**蒺藜**。　　　　　　王维《老将行》

**苍茫**古木连穷巷，**寥落**寒山对虚牖。　　　　　　王维《老将行》

赵瑟初停**凤凰**柱，蜀琴欲奏**鸳鸯**弦。　　　　　　李白《长相思》

文章献纳**麒麟**殿，歌舞淹留**玳瑁**筵。　　　李白《流夜郎赠辛判官》

山川**萧条**极边土，胡骑**凭陵**杂风雨。　　　　　　高适《燕歌行》

边庭**飘飖**那可度，绝域**苍茫**更何有。　　　　　　高适《燕歌行》

池边转觉虚无尽，台上偏宜**酩酊**归。　　高适《同陈留崔司户早春宴蓬池》

江上小堂巢**翡翠**，花边高冢卧**麒麟**。 杜甫《曲江二首之一》

莫度清秋吟**蟋蟀**，早闻黄阁画**麒麟**。 杜甫《季夏送乡弟韶陪黄门从叔朝谒》

宛马总肥春**苜蓿**，将军只数汉**嫖姚**。 杜甫《赠田九判官梁丘》

俱飞**蛱蝶**元相逐，并蒂**芙蓉**本自双。 杜甫《进艇》

风尘**荏苒**音书断，关塞萧条行路难。 杜甫《宿府》

**支离**东北风尘际，**漂泊**西南天地间。 杜甫《咏怀古迹五首之一》

香稻啄余**鹦鹉**粒，碧梧栖老凤凰枝。 杜甫《秋兴八首之八》

生涯已逐**沧浪**去，冤气初逢**涣汗**收。

刘长卿《初闻贬谪，续喜量移，登干越亭赠郑校书》

**鸧鸹**观前明月度，芙蓉阙下绛河流。 钱起《长信怨》

近臣**零落**今犹在，仙驾**飘飖**不可期。 韦应物《燕李录事》

几日**淋漓**侵暮角，数宵**滂沛**彻晨钟。 徐夤《喜雨上主人尚书》

佳句丽偷红**菡萏**，吟窗冷落白**蟾蜍**。 徐夤《赠表弟黄校书辂》

锦砌渐看翻**芍药**，锁窗还咏隔**蟾蜍**。 吴融《禁直偶书》

烟霞**明媚**栖心地，苔藓**萦纡**出世踪。 齐己《寄庐岳僧》

**慷慨**莫夸心似铁，**留连**不觉泪成珠。 刘兼《送从弟舍人入蜀》

新柳绕门青**翡翠**，修篁浮径碧**琅玕**。 欧阳詹《题华十二判官汝州宅内亭》

惊风乱飐芙蓉水，密雨斜侵薜荔墙。

柳宗元《登柳州城楼寄漳汀封连四州刺史》

晚叶尚开红**踯躅**，秋芳初结白**芙蓉**。 白居易《题元八溪居》

薄暮何人吹**觱篥**，新晴几处缚**秋千**。 白居易《病中多雨逢寒食》

水轩平写**琉璃**镜，草岸斜铺**翡翠**茵。 白居易《答尉迟少监水阁重宴》

**蟋蟀**声寒初过雨，**茱萸**色浅未经霜。 白居易《九日寄微之》

举眼风光长**寂寞**，满朝官职独**蹉跎**。 白居易《醉赠刘二十八使君》

坐久欲醒还**酩酊**，夜深初散又**踟蹰**。 白居易《夜宴醉后留献裴侍中》

**跛鳖**难随**骐骥**足，伤禽莫趁凤凰飞。 白居易《履道西门二首之二》

曾共中丞情**缱绻**，暂留协律语**踟蹰**。

白居易《醉送李协律赴湖南辟命因寄沈八中丞》

**鸳鸯**瓦冷霜华重，**翡翠**衾寒谁与共。 白居易《长恨歌》

为感君王**辗转**思，遂教方士**殷勤**觅。 白居易《长恨歌》

| | |
|---|---|
| 楼阁**玲珑**五云起，其中**绰约**多仙子。 | 白居易《长恨歌》 |
| 揽衣推枕起**徘徊**，珠箔银屏**迤逦**开。 | 白居易《长恨歌》 |
| 玉池露冷芙蓉浅，琼树风高薜荔疏。 | 许浑《再游姑苏玉兰观》 |
| 袖拂碧溪寒**缭绕**，冠敧红树晚**徘徊**。 | 许浑《客至》 |
| 猿来近岭**猕猴**散，鱼下深潭**翡翠**闲。 | 许浑《泛溪夜回寄道玄上人》 |
| 银鞍**骢**裹嘶宛马，绣鞯**璁珑**走钿车。 | 杜牧《街西长句》 |
| 庄生晓梦迷**蝴蝶**，望帝春心托**杜鹃**。 | 李商隐《锦瑟》 |
| 蜡照半笼金**翡翠**，麝熏微度绣**芙蓉**。 | 李商隐《无题》 |
| 曾是**寂寥**金烬暗，断无**消息**石榴红。 | 李商隐《无题》 |
| 珠树重行怜**翡翠**，玉楼双舞羡**鹍鸡**。 | 李商隐《饮席戏赠同舍》 |
| 杨家绣作**鸳鸯**幔，张氏金为**翡翠**钩。 | 温庭筠《池塘七夕》 |
| 低槛晚晴笼**翡翠**，小池波暖浴**鸳鸯**。 | 韩偓《御制春游长句》 |

## 酒 ＋ 酒器[①]类

| | |
|---|---|
| 酒伴来相命，开尊共解酲。 | 孟浩然《春中喜王九相寻》 |
| 当轩对尊酒，四面芙蓉开。 | 王维《临湖亭》 |
| 花间一壶酒，独酌无相亲。 | 李白《月下独酌》 |
| 穷愁千万端，美酒三百杯。 | 李白《月下独酌四首之四》 |
| 白玉一杯酒，绿杨三月时。 | 李白《赠钱征君少阳》 |
| 殷勤一杯酒，珍重岁寒姿。 | 李白《送友生游峡中》 |
| 墙上梨花白，尊中桂酒清。 | 高适《赠别褚山人》 |
| 如何一尊酒，翻作满堂悲。 | 高适《宋中别周梁李三子》 |
| 长日容杯酒，深江净绮罗。 | 杜甫《泛江》 |
| 何时一尊酒，重与细论文。 | 杜甫《春日忆李白》 |
| 俯饮一杯酒，仰聆金玉章。 | 韦应物《郡斋雨中与诸文士燕集》 |

① 酒器有杯、壶、尊（樽）、卮、斗、罍、瓢等。

| | |
|---|---|
| 欲持一瓢酒，远慰风雨夕。 | 韦应物《寄全椒山中道士》 |
| 红叶晚萧萧，长亭酒一瓢。 | 许浑《秋日赴阙题潼关驿楼》 |
| 何当重相见，尊酒慰离颜。 | 温庭筠《送人东游》 |
| 望灵荐杯酒，惨淡看铭旌。 | 毛泽东《挽易昌陶》 |
| 葡萄美酒夜光杯，欲饮琵琶马上催。 | 王翰《凉州曲》 |
| 劝君更尽一杯酒，西出阳关无故人。 | 王维《渭城曲》 |
| 金樽清酒斗十千，玉盘珍羞直万钱。 | 李白《行路难》 |
| 岑夫子，丹丘生，将进酒，杯莫停。 | 李白《将进酒》 |
| 陈王昔时宴平乐，斗酒十千恣欢谑。 | 李白《将进酒》 |
| 千杯绿酒何辞醉，一面红妆恼杀人。 | 李白《赠段七娘》 |
| 美酒尊中置千斛，载妓随波任去留。 | 李白《江上吟》 |
| 昔在长安醉花柳，五侯七贵同杯酒。 | 李白《流夜郎赠辛判官》 |
| 李白一斗诗百篇，长安市上酒家眠。 | 杜甫《饮中八仙歌》 |
| 盘飧市远无兼味，樽酒家贫只旧醅。 | 杜甫《客至》 |
| 艰难苦恨繁霜鬓，潦倒新停浊酒杯。 | 杜甫《登高》 |
| 山为樽，水为沼，酒徒历历坐洲岛。 | 元结《石鱼湖上醉歌》 |
| 今日听君歌一曲，暂凭杯酒长精神。 | 刘禹锡《酬乐天扬州初逢席上见赠》 |
| 语余时举一杯酒，坐久方闻四处砧。 | 刘禹锡《酬淮南廖参谋秋夕见过之作》 |
| 桃李春风一杯酒，江湖夜雨十年灯。 | 黄庭坚《寄黄几复》 |
| 慰我素心香袭袖，撩人蓝尾酒盈卮。 | 鲁迅《惜花四律之三》 |
| 岁暮何堪再惆怅，且持卮酒食河豚。 | 鲁迅《无题（1932 年）》 |
| 一曲新词酒一杯，去年天气旧亭台，夕阳西下几时回。 | 晏殊《浣溪沙》 |
| 殷勤花下同携手，更尽杯中酒。 | 叶梦得《虞美人》 |
| 三杯两盏淡酒，怎敌他、晚来风急。 | 李清照《声声慢》 |
| 酒杯深浅去年同，试浇桥下水，今夕到湘中。 | 陈与义《临江仙》 |
| 两地离愁，一尊芳酒凄凉，危阑倚遍。 | 蔡伸《苏武慢》 |
| 须信风流未老，凭持尊酒，慰此凄凉心目。 | 史达祖《八归》 |
| 词韵窄，酒杯长，剪蜡花，壶箭催忙。 | 吴文英《夜合花》 |
| 重来万感，依前唤酒银罂。 | 吴文英《夜合花》 |
| 怎知他、春归何处，相逢且尽尊酒。 | 刘辰翁《摸鱼儿》 |

向尊前又忆，漉酒插花人，只座上、已无老兵。　　　姚云文《紫萸香慢》

春透紫髓琼浆，玻璃杯酒，滑泻蔷薇露。　　　萨都剌《醉江月》

一壶浊酒喜相逢，古今多少事，都付笑谈中。　　　杨慎《临江仙》

好天良夜酒盈尊，心自醉，愁难睡，西南月落城乌起。　纳兰性德《天仙子》

## 诗句 + 人名类

季布无二诺，侯嬴重一言。　　　　　　　　　　　　　魏征《述怀》

此地别燕丹①，壮士发冲冠。　　　　　　　　　　　骆宾王《于易水送人》

羊公②碑尚在，读罢泪沾襟。　　　　　　　　　　孟浩然《与诸子登山》

艳色天下重，西施宁久微。　　　　　　　　　　　　　王维《西施咏》

我本楚狂人，凤歌笑孔丘。　　　　　　　李白《庐山谣寄卢侍御虚舟》

吾爱孟夫子，风流天下闻。　　　　　　　　　　　　李白《赠孟浩然》

借问大将谁？恐是霍嫖姚③。　　　　　　　　　　　杜甫《后出塞之二》

清新庾开府④，俊逸鲍参军⑤。　　　　　　　　　　杜甫《春日忆李白》

不见李生⑥久，佯狂真可哀。　　　　　杜甫《不见（近无李白消息）》

对棋陪谢傅⑦，把剑觅徐君⑧。　　　　　　　　　杜甫《别房太尉墓》

已似长沙傅⑨，从今又几年。　　　　　　　　　　　刘长卿《新年作》

李杜⑩文章在，光焰万丈长。　　　　　　　　　　　　韩愈《调张籍》

---

① 燕丹乃燕太子丹。

② 羊公乃羊祜。

③ 霍嫖姚乃霍去病。

④ 庾开府为庾信。

⑤ 鲍参军为鲍照。

⑥ 李生乃李白。

⑦ 谢傅乃谢安。

⑧ 徐君，名不详，乃喜好季札剑者也。

⑨ 长沙傅即贾谊。

⑩ 李杜为李白、杜甫。

滕王<sup>①</sup>高阁临江渚，佩玉鸣鸾罢歌舞。　　　　王勃《滕王阁》

鹿门月照开烟树，忽到庞公<sup>②</sup>栖隐处。　　　　孟浩然《夜归鹿门歌》

陈侯立身何坦荡，虬须虎眉仍大颡。　　　　　李颀《送陈章甫》

卫青不败由天幸，李广无功缘数奇。　　　　　王维《老将行》

闲窥石镜清我心，谢公<sup>③</sup>行处苍苔没。　　　李白《庐山谣寄卢侍御虚舟》

谢公<sup>④</sup>宿处今尚在，渌水荡漾清猿啼。　　　李白《梦游天姥吟留别》

蓬莱文章建安骨，中间小谢<sup>⑤</sup>又清发。　　　李白《宣州谢朓楼饯别校书叔云》

桃花潭水深千尺，不及汪伦送我情。　　　　　李白《赠汪伦》

国初已来画鞍马，神妙独数江都王<sup>⑥</sup>。　　杜甫《韦讽录事宅观曹将军画马图》

借问苦心爱者谁，后有韦讽<sup>⑦</sup>前支遁<sup>⑧</sup>。　杜甫《韦讽录事宅观曹将军画马图》

将军魏武<sup>⑨</sup>之子孙，于今为庶为清门。　　　杜甫《丹青引》

学书初学卫夫人，但恨无过王右军。　　　　　杜甫《丹青引》

褒公<sup>⑩</sup>鄂公<sup>⑪</sup>毛发动，英姿飒爽来酣战。　杜甫《丹青引》

弟子韩干早入室，亦能画马穷殊相。　　　　　杜甫《丹青引》

似闻昨者赤松子<sup>⑫</sup>，恐是汉代韩张良。　　　杜甫《寄韩谏议注》

孔明<sup>⑬</sup>庙前有老柏，柯如青铜根如石。　　　杜甫《古柏行》

忆昨路绕锦亭东，先主<sup>⑭</sup>武侯<sup>⑮</sup>同閟宫。　　杜甫《古柏行》

---

① 滕王即唐高祖之子李元婴。

② 庞公乃庞德公。

③ 谢公即谢灵运。

④ 谢公即谢灵运。

⑤ 小谢指谢朓。

⑥ 江都王为唐太宗之侄李绪。

⑦ 韦讽为阆州录事。

⑧ 支遁为道人。

⑨ 魏武指曹操。

⑩ 褒公指段志元。

⑪ 鄂公指尉迟敬德。

⑫ 传闻赤松子为张良师傅。

⑬ 孔明即诸葛亮。

⑭ 先主指刘备。

⑮ 武侯指诸葛亮。

成王<sup>①</sup>功大心转小，**郭相**<sup>②</sup>谋深古来少。　　　　杜甫《洗兵马》

司徒<sup>③</sup>清鉴悬明镜，**尚书**<sup>④</sup>气与秋天杳。　　　　杜甫《洗兵马》

关中既留**萧丞相**<sup>⑤</sup>，幕下复用**张子房**<sup>⑥</sup>。　　　　杜甫《洗兵马》

湘西不得归**关羽**，河内犹宜借**寇恂**。　　　　杜甫《奉寄章十侍御》

**丞相**<sup>⑦</sup>祠堂何处寻，锦官城外柏森森。　　　　杜甫《蜀相》

可怜**后主**<sup>⑧</sup>还祠庙，日暮聊为梁甫吟。　　　　杜甫《登楼》

**卧龙**<sup>⑨</sup>**跃马**<sup>⑩</sup>终黄土，人事音书漫寂寥。　　　　杜甫《阁夜》

**庾信**平生最萧瑟，暮年诗赋动江关。　　　　杜甫《咏怀古迹五首之一》

摇落深知**宋玉**悲，风流儒雅亦吾师。　　　　杜甫《咏怀古迹五首之二》

群山万壑赴荆门，生长**明妃**<sup>⑪</sup>尚有村。　　　　杜甫《咏怀古迹五首之三》

**蜀主**<sup>⑫</sup>窥吴幸三峡，崩年亦在永安宫。　　　　杜甫《咏怀古迹五首之四》

**武侯**<sup>⑬</sup>祠屋常邻近，一体君臣祭祀同。　　　　杜甫《咏怀古迹五首之四》

**诸葛**<sup>⑭</sup>大名垂宇宙，宗臣遗像肃清高。　　　　杜甫《咏怀古迹五首之五》

伯仲之间见**伊吕**<sup>⑮</sup>，指挥若定失**萧曹**<sup>⑯</sup>。　　　　杜甫《咏怀古迹五首之五》

**匡衡**抗疏功名薄，**刘向**传经心事违。　　　　杜甫《秋兴八首之三》

昆明池水汉时功，**武帝**<sup>⑰</sup>旌旗在眼中。　　　　杜甫《秋兴八首之七》

---

① 成王即后来的唐代宗李豫，时任天下兵马元帅。

② 郭相为中书令郭子仪。

③ 司徒指检校司徒李光弼。

④ 尚书指兵部尚书王思礼。

⑤ 萧丞相为萧何，此处借指丞相房琯。

⑥ 张子房即张良，此处借指丞相张镐。

⑦ 丞相指诸葛亮。

⑧ 后主即刘禅。

⑨ 卧龙指诸葛亮。

⑩ 跃马指公孙述。

⑪ 明妃指王昭君。

⑫ 蜀主指刘备。

⑬ 武侯指诸葛亮。

⑭ 诸葛乃诸葛亮。

⑮ 伊吕为伊尹、吕望。

⑯ 萧曹为萧何、曹参。

⑰ 武帝为汉武帝刘彻。

韩公①本意筑三城，拟绝天骄②拔汉旌。　　　　　杜甫《诸将五首之二》

独使至尊③忧社稷，诸君何以答升平。　　　　　　杜甫《诸将五首之二》

沧海未全归禹贡，蓟门何处尽尧封。　　　　　　　杜甫《诸将五首之三》

稍喜临边王相国④，肯销金甲事春农。　　　　　　杜甫《诸将五首之三》

正忆往时严仆射⑤，共迎中使⑥望乡台。　　　　　杜甫《诸将五首之五》

岐王⑦宅里寻常见，崔九⑧堂前几度闻。　　　　　杜甫《江南逢李龟年》

贾谊上书忧汉室，长沙谪去古今怜。刘长卿《自夏口至鹦鹉洲望岳阳寄元中丞》

方今太平日无事，柄任儒术崇丘轲⑨。　　　　　　　　韩愈《石鼓歌》

王濬楼船下益州，金陵王气黯然收。　　　　　　刘禹锡《西塞山怀古》

中有一人字太真⑩，雪肤花貌参差是。　　　　　　白居易《长恨歌》

座中泣下谁最多，江州司马⑪青衫湿。　　　　　　白居易《琵琶行》

昨夜上皇⑫新授箓，太真⑬含笑入帘来。　　　　　　张祜《集灵台》

东风不与周郎⑭便，铜雀春深锁二乔⑮。　　　　　　杜牧《赤壁》

元和天子⑯神武姿，彼何人哉轩与羲。　　　　　　李商隐《韩碑》

帝⑰得圣相相曰度⑱，贼斫不死神扶持。　　　　　　李商隐《韩碑》

---

① 韩公为韩国公张仁愿。

② 天骄为突厥。

③ 至尊为日后的唐代宗李豫，时任天下兵马元帅。

④ 王相国为同平章事王缙，乃王维之弟。

⑤ 严仆射为严武。

⑥ 中使为朝廷派来宣诏的内监。

⑦ 岐王为唐玄宗弟李范。

⑧ 崔九为崔湜弟崔涤。

⑨ 丘指孔丘，轲指孟轲。

⑩ 太真指杨玉环。

⑪ 江州司马指白居易。

⑫ 上皇为李隆基。

⑬ 太真为杨玉环。

⑭ 周郎乃周瑜。

⑮ 二乔为乔玄长女大乔和次女小乔。

⑯ 唐宪宗李纯年号元和，是为元和天子。

⑰ 帝为元和天子唐宪宗李纯。

⑱ 度为宰相裴度。

庄生<sup>①</sup>晓梦迷蝴蝶，**望帝**<sup>②</sup>春心托杜鹃。　　　　　李商隐《无题》

**刘郎**<sup>③</sup>已恨蓬山远，更隔蓬山一万重。　　　　　李商隐《无题》

**贾氏**<sup>④</sup>窥帘**韩掾**<sup>⑤</sup>少，**宓妃**<sup>⑥</sup>留枕**魏王**<sup>⑦</sup>才。　　　　李商隐《无题》

**管乐**<sup>⑧</sup>有才终不忝，**关张**<sup>⑨</sup>无命欲何如。　　　　李商隐《筹笔驿》

**窦融**表已来关右，**陶侃**军宜次石头。　　　　　李商隐《重有感》

地下若逢**陈后主**，岂宜重问后庭花。　　　　　李商隐《隋宫》

**贾生**<sup>⑩</sup>年少虚垂涕，**王粲**春来更远游。　　　　李商隐《安定城楼》

**陶公**<sup>⑪</sup>战舰空滩雨，**贾傅**<sup>⑫</sup>承尘破庙风。　　　　李商隐《潭州》

兰亭宴罢**方回**<sup>⑬</sup>去，雪夜诗成**道韫**<sup>⑭</sup>归。

　　　　　　　　　　　　李商隐《令狐八见招送裴十四归华州》

只有**安仁**<sup>⑮</sup>能作诔，何曾**宋玉**解招魂。　　　　李商隐《哭刘蕡》

长筹未必输**孙皓**<sup>⑯</sup>，香枣何劳问**石崇**<sup>⑰</sup>。　　　　李商隐《药转》

美酒成都堪送老，当垆仍是**卓文君**。　　　　李商隐《杜工部蜀中离席》

万里忆归**元亮**<sup>⑱</sup>井，三年从事**亚夫**<sup>⑲</sup>营。　　　　李商隐《二月二日》

---

① 庄生乃庄周。

② 望帝乃蜀王杜宇之号。

③ 刘郎指汉武帝刘彻。

④ 贾氏指贾充之女。

⑤ 韩掾乃韩寿。

⑥ 宓妃本为洛水之神，借指魏文帝曹丕之甄后。

⑦ 魏王指曹植。

⑧ 管乐指管仲、乐毅。

⑨ 关张指关羽、张飞。

⑩ 贾生即贾谊。

⑪ 陶公即陶侃。

⑫ 贾傅即贾谊。

⑬ 郗愔，字方回。

⑭ 道韫即谢道韫，乃谢安侄女。

⑮ 潘岳，字安仁，西晋文学家。

⑯ 孙皓为东吴末代皇帝。

⑰ 石崇为西晋巨富。

⑱ 陶潜，字元亮。

⑲ 亚夫为周亚夫，建细柳营，借指柳中郢的军幕。

**嵇氏幼男**<sup>①</sup> 犹可悯，**左家娇女**<sup>②</sup> 岂能忘。

李商隐《王十二兄与畏之员外相访见招小饮时予以悼亡日近不去因寄》

不逢**萧史**<sup>③</sup> 休回首，莫见**洪崖**<sup>④</sup> 又拍肩。　　　　李商隐《碧城三首之二》

欲舞定随**曹植**马，有情应湿**谢庄**<sup>⑤</sup> 衣。　　　　李商隐《对雪二首之一》

已随**江令**<sup>⑥</sup> 夸琼树，又入**卢家**<sup>⑦</sup> 妒玉堂。　　　　李商隐《对雪二首之二》

**宓妃**<sup>⑧</sup> 腰细才胜露，**赵后**<sup>⑨</sup> 身轻欲倚风。　　　　　　李商隐《蜂》

锦帏初卷**卫夫人**，绣被犹堆**越鄂君**。<sup>⑩</sup>　　　　　　李商隐《牡丹》

**石家**<sup>⑪</sup> 蜡烛何曾剪，**荀令**<sup>⑫</sup> 香炉可待熏。　　　　　李商隐《牡丹》

**谢郎**<sup>⑬</sup> 衣袖初翻雪，**荀令**<sup>⑭</sup> 熏炉更换香。

李商隐《酬崔八早梅有赠兼示之作》

**梁家**宅里**秦宫**入，**赵后**楼中**赤凤**来。<sup>⑮</sup>　　　　李商隐《可叹》

**宓妃**<sup>⑯</sup> 愁坐芝田馆，用尽**陈王**八斗才。　　　　李商隐《可叹》

**羊权**<sup>⑰</sup> 须得金条脱，**温峤**<sup>⑱</sup> 终虚玉镜台。　　　　李商隐《中元作》

---

① 嵇氏幼男指嵇康八岁幼子，嵇康在被杀前托付给山涛。

② 左家娇女为左思之女。

③ 萧史善吹箫，以箫声吸引秦王之女弄玉，与之成婚并相偕飞升。

④ 洪崖为道人，借指道侣。

⑤ 谢庄为谢灵运之侄，南朝宋之文学家。

⑥ 江总，南朝人，官至尚书令，世称江令。

⑦ 卢家为女子莫愁的夫家。

⑧ 宓妃借指魏文帝曹丕之甄后。

⑨ 赵后为汉成帝之后赵飞燕。

⑩ 春秋时卫灵公夫人南子在锦帏中接见孔子，楚王母弟鄂君子皙以绣被包裹渔家女供自己享乐。

⑪ 石家为石崇家。

⑫ 荀令为荀彧。

⑬ 谢郎为谢庄。

⑭ 荀令为荀彧。

⑮ 东汉外戚梁冀妻与名叫秦宫的璧奴有染，西汉成帝皇后赵飞燕与宫奴赤凤私通。

⑯ 宓妃借指魏文帝曹丕之甄后，愁坐芝田馆中暗恋陈王曹植。

⑰ 羊权为东晋人，金条脱为臂饰。

⑱ 温峤娶其堂姑之女，聘礼为玉镜台一架。

玉桃偷得怜**方朔**①，金屋修成贮**阿娇**②。　　　　李商隐《茂陵》

越桂留烹**张翰**鲙，蜀姜供煮**陆机**莼。③　　　　李商隐《赠郑谠处士》

军令未闻诛**马谡**④，捷书惟是报**孙歆**⑤。　　　　李商隐《随师东》

谁解乘舟寻**范蠡**，五湖烟水独忘机。　　　　温庭筠《利州南渡》

**苏武**魂销汉使前，古祠高树两茫然。　　　　温庭筠《苏武庙》

**钱王**⑥登假仍如在，**伍相**⑦随波不可寻。　　　　鲁迅《阻郁达夫移家杭州》

坟坛冷落将军**岳**⑧，梅鹤凄凉处士**林**⑨。　　　　鲁迅《阻郁达夫移家杭州》

故垒西边，人道是、三国**周郎**⑩赤壁。　　　　苏轼《念奴娇》

遥想**公瑾**⑪当年，**小乔**⑫初嫁了，雄姿英发。　　　　苏轼《念奴娇》

赣水那边红一角，偏师借重**黄公略**。　　　　毛泽东《蝶恋花》

雾满龙岗千嶂暗，齐声唤，前头捉了**张辉瓒**。　　　　毛泽东《渔家傲》

惜**秦皇**⑬**汉武**⑭，略输文采；**唐宗**⑮**宋祖**⑯，稍逊风骚。　　　　毛泽东《沁园春》

一代天骄，**成吉思汗**，只识弯弓射大雕。　　　　毛泽东《沁园春》

我失**骄杨**⑰君失**柳**⑱，杨柳轻飏，直上重霄九。　　　　毛泽东《蝶恋花》

---

① 文人东方朔本是天上仙官，因偷吃王母蟠桃而被贬谪人间。

② 汉武帝刘彻幼时对其长公主的姑母说，日后若娶得其女阿娇，当以金屋贮之。

③ 张翰和陆机皆为西晋时人。

④ 马谡为蜀汉诸葛亮手下将领。

⑤ 孙歆为东吴都督。

⑥ 钱王为吴越王钱镠。

⑦ 伍相为伍子胥。

⑧ 岳为岳飞。

⑨ 林为林逋。

⑩ 周郎乃周瑜。

⑪ 公瑾为周瑜表字。

⑫ 小乔为乔玄次女，周瑜之妻。

⑬ 秦皇为秦始皇嬴政。

⑭ 汉武为汉武帝刘彻。

⑮ 唐宗为唐太宗李世民。

⑯ 宋祖为宋太祖赵匡胤。

⑰ 骄杨为杨开慧。

⑱ 柳为柳直荀。

# 附录　圆周率 π 的汉字表现形式<sup>①</sup>

**圆周率 π 等于**

绕树三匝，何枝可依。　　　　　　　　　　　　曹操《短歌行之一》

一片花飞减却春，风飘万点正愁人。　　　　杜甫《曲江二首之一》

所谓伊人，在水一方。　　　　　　　　　　　《诗经·秦风·蒹葭》

金河秋半虏弦开，云外惊飞四散哀。　　　　　　杜牧《早雁》

花间一壶酒，独酌无相亲。　　　　　　　　　李白《月下独酌》

五岭皆炎热，宜人独桂林。　　　　　　　　杜甫《寄杨五桂州谭》

星临万户动，月傍九霄多。　　　　　　　　　杜甫《春宿左省》

二月艳阳节，一枝惆怅红。　　　　　温庭筠《敷水小桃盛开因作》

此日六军同驻马，当时七夕笑牵牛。　　　　李商隐《马嵬二首之二》

百年双白鬓，一别五秋萤。　　　杜甫《戏题寄上汉中王三首之一》

谁言寸草心，报得三春晖。　　　　　　　　　　孟郊《游子吟》

五圣联龙衮，千官列雁行。　　杜甫《冬日洛城北谒玄元皇帝庙》

八骏日行三万里，穆王何事不重来。　　　　　　李商隐《瑶池》

九嶷山上白云飞，帝子乘风下翠微。　　　　　毛泽东《答友人》

酒债寻常行处有，人生七十古来稀。　　　　杜甫《曲江二首之二》

岐王宅里寻常见，崔九堂前几度闻。　　　　杜甫《江南逢李龟年》

举杯邀明月，对影成三人。　　　　　　　　　李白《月下独酌》

洛阳宫殿化为烽，休道秦关百二重。　　　　杜甫《诸将五首之三》

三夜频梦君，情亲见君意。　　　　　　　杜甫《梦李白二首之二》

---

① 精确到小数点后一百位，π=3.14159265358979323846264338327950288419716939937510582097494459230781640628620899862803482534211706 79。文中数字以黑体字体现。

| 三十功名尘与土，八千里路云和月。 | 岳飞《满江红》 |
| 南朝四百八十寺，多少楼台烟雨中。 | 杜牧《江南春绝句》 |
| 咸阳宫阙郁嵯峨，六国楼台艳绮罗。 | 李商隐《咸阳》 |
| 外戚平羌第一功，生年二十有重封。 | 李商隐《少年》 |
| 画栏桂树悬秋香，三十六宫土花碧。 | 李贺《金铜仙人辞汉歌》 |
| 人间四月芳菲尽，山寺桃花始盛开。 | 白居易《大林寺桃花》 |
| 烽火连三月，家书抵万金。 | 杜甫《春望》 |
| 列郡讴歌惜，三朝出入荣。 | 杜甫《奉济驿重送严公四韵》 |
| 八月蝴蝶黄，双飞西园草。 | 李白《长干行》 |
| 功盖三分国，名成八阵图。 | 杜甫《八阵图》 |
| 碧城十二曲阑干，犀辟尘埃玉辟寒。 | 李商隐《碧城三首之一》 |
| 北斗七星高，哥舒夜带刀。 | 西鄙人《哥舒歌》 |
| 可怜九月初三夜，露似真珠月似弓。 | 白居易《暮江吟》 |
| 五夜漏声催晓箭，九重春色醉仙桃。 | 杜甫《奉和贾至舍人早朝大明宫》 |
| 十月清霜重，飘零何处归。 | 杜甫《萤火》 |
| 二三豪杰为时出，整顿乾坤济时了。 | 杜甫《洗兵马》 |
| 北风卷地白草折，胡天八月即飞雪。 | 岑参《白雪歌送武判官归京》 |
| 听猿实下三声泪，奉使虚随八月槎。 | 杜甫《秋兴八首之二》 |
| 四海齐名白与刘，百年交分两绸缪。 | 白居易《哭刘尚书梦得二首之一》 |
| 长安一片月，万户捣衣声。 | 李白《子夜吴歌》 |
| 楚塞三湘接，荆门九派通。 | 王维《汉江临眺》 |
| 七月七日长生殿，夜半无人私语时。 | 白居易《长恨歌》 |
| 为我一挥手，如听万壑松。 | 李白《听蜀僧濬弹琴》 |
| 掌珠一颗儿三岁，鬓雪千茎父六旬。 | 白居易《哭崔儿》 |
| 斯须九重真龙出，一洗万古凡马空。 | 杜甫《丹青引赠曹将军霸》 |
| 飞流直下三千尺，疑是银河落九天。 | 李白《望庐山瀑布》 |
| 乘兴南游不戒严，九重谁省谏书函。 | 李商隐《隋宫》 |
| 海外徒闻更九州，他生未卜此生休。 | 李商隐《马嵬》 |
| 夜发清溪向三峡，思君不见下渝州。 | 李白《峨眉山月歌》 |
| 罗帷送上七香车，宝扇迎归九华帐。 | 王维《洛阳女儿行》 |

秋水才深四五尺，野航恰受两三人。 杜甫《南邻》

山中一夜雨，树杪百重泉。 王维《送梓州李使君》

敏捷诗千首，飘零酒一杯。 杜甫《不见》

小径升堂旧不斜，五株桃树亦从遮。 杜甫《题桃树》

云随夏后双龙尾，风逐周王八骏蹄。 李商隐《九成宫》

三山半落青天外，二水中分白鹭洲。 李白《登金陵凤凰台》

喧呼马嵬血，零落羽林枪。 杜牧《华清宫三十韵》

尊罍溢九酝，水陆罗八珍。 白居易《轻肥》

七八个星天外，两三点雨山前。 辛弃疾《西江月》

从今四海为家日，故垒萧萧芦荻秋。 刘禹锡《西塞山怀古》

九秋风露越窑开，夺得千峰翠色来。 陆龟蒙《秘色越器》

四十年来家国，三千里地山河。 李煜《破阵子》

莫惊鸥鹭，四桥尽是，老子经行处。 苏轼《青玉案》

百年地辟柴门迥，五月江深草阁寒。 杜甫《严公仲夏枉驾草堂兼携酒馔》

九死南荒吾不恨，兹游奇绝冠平生。 苏轼《六月二十日夜渡海》

鬓毛方二色，愁绪日千端。 岑参《虢州酬辛侍御见赠》

三川北虏乱如麻，四海南奔似永嘉。 李白《永王东巡歌之二》

袅袅凉风动，凄凄寒露零。 白居易《池上》

试玉要烧三日满，辨才须待七年期。 白居易《放言五首之三》

五原空壁垒，八水散风涛。 杜甫《喜闻官军已临贼境二十韵》

飘飘何所似，天地一沙鸥。 杜甫《旅夜书怀》

五运未教移汉鼎，六韬何必待秦师。 韦庄《喻东军》

竹批双耳峻，风入四蹄轻。 杜甫《房兵曹胡马诗》

三年隔阔音尘断，两地飘零气味同。 白居易《忆微之》

南朝三十六英雄，角逐兴亡尽此中。 韦庄《上元县》

岂知为雨为云处，只有高唐十二峰。 李商隐《深宫》

二八月轮蟾影破，十三弦柱雁行斜。 李商隐《昨日》

寻思六祖传心印，可是从来读藏经。 韦庄《赠礼佛名者》

停车坐爱枫林晚，霜叶红于二月花。 杜牧《山行》

后来变化三分贵，同辈凋零大半无。 白居易《代梦得吟》

| | |
|---|---|
| 一封朝奏九重天，夕贬潮阳路八千。 | 韩愈《左迁至蓝关示侄孙湘》 |
| 死去元知万事空，但悲不见九州同。 | 陆游《示儿》 |
| 九州生气恃风雷，万马齐暗究可哀。 | 龚自珍《己亥杂诗之二》 |
| 八月秋高风怒号，卷我屋上三重茅。 | 杜甫《茅屋为秋风所破歌》 |
| 江雨霏霏江草齐，六朝如梦鸟空啼。 | 韦庄《台城》 |
| 心游目送三千里，雨散云飞二十年。 | 温庭筠《送崔郎中赴幕》 |
| 蝉鸣空桑林，八月萧关道。 | 王昌龄《塞上曲》 |
| 欢娱牢落中心少，亲故凋零四面空。 | 白居易《杪秋独夜》 |
| 三顾频烦天下计，两朝开济老臣心。 | 杜甫《蜀相》 |
| 一山飞峙大江边，跃上葱茏四百旋。 | 毛泽东《登庐山》 |
| 坐地日行八万里，巡天遥看一千河。 | 毛泽东《送瘟神二首之一》 |
| 东风不与周郎便，铜雀春深锁二乔。 | 杜牧《赤壁》 |
| 五更鼓角声悲壮，三峡星河影动摇。 | 杜甫《阁夜》 |
| 秋毫不犯三吴悦，春日遥看五色光。 | 李白《永王东巡歌之三》 |
| 洛城一别四千里，胡骑长驱五六年。 | 杜甫《恨别》 |
| 二十四桥明月夜，玉人何处教吹箫。 | 杜牧《寄扬州韩绰判官》 |
| 亲朋无一字，老病有孤舟。 | 杜甫《登岳阳楼》 |
| 劝君更尽一杯酒，西出阳关无故人。 | 王维《渭城曲》 |
| 泠泠七弦上，静听松风寒。 | 刘长卿《听弹琴》 |
| 浪笑榴花不及春，先期零落更愁人。 | 李商隐《回中牡丹为雨所败二首之二》 |
| 松楸远近千官冢，禾黍高低六代宫。 | 许浑《金陵怀古》 |
| 七百里驱十五日，赣水苍茫闽山碧。 | 毛泽东《渔家傲》 |
| 风涛回首空三岛，尘壤从头数九垓。 | 林则徐《赴戍登程口占示家人》 |